Tom Gamble

TAL DER HOFFNUNG

atb aufbau taschenbuch

Tom Gamble, geboren in Essex, ging der Liebe wegen nach Frankreich, wo er heute mit seiner Frau und drei Kindern lebt. Auf langen Trekkingtouren durch die abgelegensten Gegenden Nordafrikas lernte er das harte Leben und die alte Kultur der Berber kennen.

Am Vorabend des Zweiten Weltkrieges begegnen sich der Brite Harry Summerfield und der Amerikaner Jim Wilding in Nordafrika und werden Freunde. Dann nimmt Harry in Marrakesch den zweifelhaften Auftrag des mysteriösen Marokkaners Abrach an: Er verfasst für ihn Liebesbriefe an die junge Französin Jeanne, um sie in dessen Namen zu verführen – beginnt jedoch selbst eine leidenschaftliche Affäre mit ihr. Als man ihre Liebe entdeckt, wird Harry von Abrachs Männern zu einem Berberstamm verschleppt. Jeanne sucht indes Zuflucht bei Jim, bis sie und ihre Familie vor den französischen Kollaborateuren in die Berge flüchten müssen. Doch schon bald erreicht der Krieg die Täler des Atlasgebirges, und keiner von ihnen ist mehr sicher.

Tom Gamble

TAL DER HOFFNUNG

Eine Marokko-Saga

Aus dem Englischen
von Yasemin Dincer

atb aufbau taschenbuch

Die Originalausgabe unter dem Titel
Amazir. A novel of Morocco
erschien 2010 bei Beautiful Books Limited, London.

ISBN 978-3-7466-2865-3

Aufbau Taschenbuch ist eine Marke der
Aufbau Verlag GmbH & Co. KG

1. Auflage 2012

Umschlaggestaltung Ian Pickard
unter Verwendung eines Motivs von © Chris Hepburn/iStockphoto
Grafische Adaption capa, Anke Fesel
Satz LVD GmbH, Berlin
Druck und Binden CPI Clausen & Bosse, Leck
Printed in Germany

www.aufbau-verlag.de

Für die Kinder des Atlas

Si riches avec si peu

1

Im Rückblick scheint es, als hätte es das Jahr 1938 gar nicht geben sollen. Es war wie ein Moment des Innehaltens in einer lauten Runde, eine irritierende Pause, bevor alle wieder zum Leben erwachten. Die Welt wartete.

Im Mai jenes Jahres lernte Jim Wilding in einer Bar in Gibraltar Harry Summerfield kennen. Wildings Job hatte ihn damals für einen kurzen Zwischenstopp nach Europa geführt, bevor er sich in Französisch- und Spanisch-Mauretanien auf die Suche nach Öl begeben sollte.

Dem Amerikaner Wilding erschien die Situation in Europa als einziges Theater. Der drohende Krieg wirkte so unwahrscheinlich und weit entfernt wie ein schlechter Scherz, und Wilding vermutete, dass es den meisten Menschen in dieser Hinsicht ganz ähnlich ging: Sie hatten einfach dringlichere Sorgen.

Auf der Reise von Southampton nach Gibraltar las Wilding sich durch einen ganzen Stapel Zeitungen. Die ausgelesenen Blätter reichte er an eine mitreisende britische Familie weiter, und es amüsierte ihn zu beobachten, wie der Junge und das Mädchen verschiedene Photographien daraus ausschnitten. Sie klebten sie in ein Heft und erschufen ihren eigenen Comicstrip, indem sie Sprechblasen an die Münder, manchmal auch, unter boshaftem, unkontrollierbarem Gekicher, an die Nasen und Hinterteile der Politiker malten. Die Kinder zeigten Wilding ihre Kunstwerke, und bei genauerem Hinsehen bemerkte er, dass sie die Blasen zwar hauptsächlich mit kindischen Äußerungen gefüllt, dabei jedoch mit ihren Kommentaren den Nagel mehrfach so genau auf den Kopf getroffen hatten, wie es manchmal eben nur Kinder können.

Wilding lachte leise vor sich hin – jetzt wirkten die politischen Verwerfungen endgültig wie ein Theaterstück. Je länger er die Bilder betrachtete, desto stärker wurde sein Eindruck, dass es sich bei alldem lediglich um ein Kriegsspiel mit grellen Verkleidungen handelte, und er musste lachen. »Wer wohl die Schlacht gewinnt?«, scherzte er mit der Familie.

Der Frachter legte in Gibraltar an, einem schäbigen, hektischen kleinen Ort, der von einem einzelnen Felsen und der britischen Küstenbatterie dominiert wurde. Seit Wilding vor zwei Wochen aus New York abgereist war, hatte er den größten Teil der Zeit eingepfercht in einer Schiffskabine verbracht, und nun konnte er es kaum erwarten, wieder festen Boden unter seinen Füßen zu spüren. Auf der Suche nach einem Bier spazierte er am Hafen entlang in Richtung Stadt.

Die erste Bar, die er entdeckte, war ihm zu laut, vollgestopft mit Matrosen. Eine zweite, nur ein kleines Stück weiter die Hauptstraße entlang, wirkte ruhiger. Wilding betrat den kühlen Innenraum, verlor im düsteren Licht kurz die Orientierung und setzte sich dann an den ersten freien Tisch, um zu bestellen.

Als seine Augen sich an die Dunkelheit gewöhnt hatten, erkannte er, dass die Wände vom Tabakrauch bräunlich verfärbt waren. Der Raum war nahezu leer, und Wilding betrachtete die schweigsame Kundschaft: ein schlafender britischer Matrose am Nachbartisch, den Kopf auf die Arme und eine Ausgabe der *Movie Times* über die Mütze gelegt, zwei träge ältere Einheimische in billigen Baumwollanzügen und schließlich ein vierter Mann, seiner Kleidung nach zu urteilen Engländer und schätzungsweise in Wildings Alter, also neunundzwanzig.

Er saß etwa zehn Meter von ihm entfernt, schwitzte und wartete. Dabei sah er aus, als hätte er sein ganzes bisheriges Leben lang nur gewartet. Wilding beobachtete ihn, wie er sein Glas anhob, feststellte, dass es fast leer war, und einen genau dosierten Schluck nahm, damit noch ein letzter Rest darin verblieb. In diesem Augenblick schaute der Engländer mit seinen klaren, stechend blauen Augen auf. Wilding wurde neugierig auf diesen Mann. Offensichtlich irritiert, wandte sich dieser sogleich wieder der Zeitung zu, die vor ihm ausgebreitet lag. Lange Sekunden verstrichen. Er schien nicht zu lesen, sondern nachzudenken. Wilding entschloss sich, zu ihm hinüberzugehen.

»James – *Jim* – Wilding«, sagte der Amerikaner mit ausgestreckter Hand.

Der Engländer sah zu ihm hoch. »Du bist ein *Yankee.*«

Ein trockener britischer Tonfall. Der Mann starrte auf Wildings ausgestreckte Hand, runzelte die Stirn und ergriff sie zögerlich. Wilding fragte sich, ob Händeschütteln unter Briten vielleicht nicht üblich war.

»Harry Summerfield.«

Der Engländer blickte zur Tür, dann auf Wilding, der in vergeblicher Erwartung einer Einladung, Platz zu nehmen, vor dem Tisch stehengeblieben war. Schließlich zog er einfach einen Stuhl zurück und setzte sich.

»Verdammt heiß«, bemerkte Wilding und deutete mit einer Geste an, dass die Hitze ihm zu schaffen machte, obwohl er bei seinem Job in den Südstaaten schon Temperaturen erlebt hatte, die den hiesigen glichen, wenn nicht gar höher waren. Summerfield grinste verlegen, wandte den Blick wieder zur Tür, schaute zwischendurch auf seine Armbanduhr und schien dann endlich mit einem Seufzer zu beschließen, sein Glas zu leeren und aufzubrechen. Instinktiv und ohne zu wissen, weshalb, drehte Wilding sich zur Bar um und rief nach einem weiteren Bier. »Das geht auf mich«, erklärte er und prostete dem fremden Engländer zu. Summerfield wirkte erst überrascht, dann beschämt und beunruhigt, doch nach einem letzten Blick in Richtung Eingang trank er den Rest seines Biers aus und nickte.

»Danke, Yankee.«

Wilding fielen Summerfields markante Augenbrauen auf – oder vielmehr seine Augenbraue. Es war eine einzige markante Linie, die den Blick auf die darunterliegenden, strahlend blauen Augen lenkte, die ihn so entschlossen wie undurchdringlich anblickten.

»Was führt dich nach Gibraltar?«, fragte Summerfield.

»Ich komme gerade aus Southampton und nehme von hier aus die Fähre nach Marokko. Von dort aus geht es weiter südlich nach Mauretanien.«

»Du willst also nicht nach Spanien?« Der Engländer wirkte erstaunt. »Ich dachte, du wärst …«

»Ich bin weder Schriftsteller noch Journalist«, warf Wilding grinsend ein. »Was ja anscheinend all die anderen Amerikaner hier sind. Ich arbeite für Southern Star Petroleum, und die glauben, dass es da unten Öl gibt.«

»Wo es Geld gibt …«, murmelte Summerfield mit ironischem Unterton.

»Da ist das Leben«, beendete Wilding den Satz, bereit, das Spiel mitzuspielen. »Manchmal bringen Geschäfte die Menschen zusammen.«

»Und manchmal entzweien sie sie«, fügte der Engländer hinzu.

Summerfield tat, als widmete er sich wieder seiner Zeitung, und Wilding begann zu bereuen, dem miesepetrigen Tommy ein Bier spendiert zu haben. Er wollte die Begegnung so schnell wie möglich beenden. »Na gut, Harry, sag mir noch, was du so vorhast, und dann lasse ich dich in Frieden«, verkündete er geradeheraus.

»Warten«, antwortete Summerfield mit einem seltsamen Gesichtsausdruck.

»Ach ja?«, erwiderte Wilding ironisch.

»Auf einen Kontaktmann«, erklärte Summerfield, der die Gereiztheit des Amerikaners spürte und sich endlich bemühte, sein Verhalten wiedergutzumachen. »Um dort rüberzukommen«, fügte er noch mit einem Kopfnicken in Richtung der spanischen Grenze hinzu. »Die verdammten Spanier – so was von unzuverlässig. Und es scheint ihnen völlig gleichgültig zu sein.«

Wilding war überrascht. »Du bist also Journalist?«

»Um Gottes willen«, erwiderte Summerfield. »Obwohl ich tatsächlich schreibe. Ich habe als Werbetexter gearbeitet, als einer dieser Wortalchemisten, die mit Lügen Träume verkaufen. Seife, Corned-Beef-Dosen, Zigaretten, Klopapier, was immer du willst, ich habe darüber geschrieben. Nein«, kam er wieder auf Wildings Frage zurück. »Ich hatte gehofft, ich könnte mich an dem Chaos dort drüben beteiligen. Seit drei Tagen warte ich nun schon in diesem Loch darauf, dass mein Kontaktmann auftaucht.«

»Du meinst, du willst kämpfen?«, hakte Wilding nach, der sofort merkte, wie dumm seine Frage klang, und daraufhin die Stimme senkte. »Du wartest darauf, an die Front gelassen zu werden? Du weißt aber schon, dass der Krieg längst verloren ist?«

»Ich wüsste nicht, was ich hier sonst suchen sollte«, gab Summerfield zurück und ignorierte Wildings letzte Bemerkung. »Alles in allem bin ich nun seit einem Monat auf dem Kontinent. Ich habe versucht, von Norden aus nach Spanien zu kommen, aber die Grenze ist in beide Richtungen abgeriegelt, damit niemand rauskommt. Irgendein Kerl hat mir einen Namen genannt und behauptet, ich könne mich von einem Boot an der Küste absetzen lassen.«

»Es muss doch tausend Möglichkeiten geben«, gab Wilding zu

bedenken. »Zum Beispiel über Portugal. Sie können unmöglich die komplette Grenze absichern. Dafür ist sie viel zu lang.«

Summerfields Tonfall wurde wieder distanziert. »Stellst du meine Entschlossenheit in Frage, Wilding?«

Wilding starrte den Engländer an, verblüfft über dessen Empfindlichkeit. »Herrje, nein – ich wollte doch nur behilflich sein«, verteidigte er sich. Sein Gegenüber schien darüber nachzudenken, und langsam entspannten sich seine Gesichtszüge wieder. Der arme Kerl sah völlig erschöpft aus. »Du musst müde sein«, tastete Wilding sich vor.

»Das ist das Klima hier«, erwiderte Summerfield entschuldigend. »Mit dem Reisen und all seinen Unannehmlichkeiten werde ich schon fertig, daran bin ich gewöhnt, aber mit dieser gottverdammten Hitze hatte ich wirklich nicht gerechnet. Ich schätze, ich bin wohl einfach nicht so tatkräftig wie manch anderer.«

»Was meinst du damit?«

»Ich habe nicht die richtigen Schulen besucht«, erklärte Summerfield säuerlich. »Ich bin nicht von der richtigen Sorte.« Und als er sah, dass Wilding ihn immer noch nicht verstand, fügte er hinzu: »Ich habe nie gelernt, mit all dem fertig zu werden, was von einem *echten Gentleman* erwartet wird.«

Wilding lachte auf: »Also wirklich, Harry! Dieser ganze Kram ist doch völlig veraltet!«

»Nicht da, wo ich herkomme«, widersprach Summerfield und wurde rot, als bemerkte er, dass er auf den Amerikaner seltsam wirken musste.

»Wen interessiert das schon?«, tat Wilding ab. »Das hier ist nicht England – da kann der Union Jack noch so sehr auf dem Gipfel des Felsens flattern. Trink dein Bier aus, Harry. Ich muss mir ein wenig die Beine vertreten, und du hörst dich an, als bräuchtest du dringend eine Luftveränderung.«

In den darauffolgenden Tagen erkundeten Wilding und Summerfield die Kolonie, wobei sie immer wieder in verschiedenen Bars Halt machten, um ihren Durst zu stillen und sich amüsiert über dieses seltsame kleine Stück Großbritannien auszutauschen. Wilding erfuhr, wie Summerfield zu der Überzeugung gelangt war, am Spanischen Bürgerkrieg teilnehmen zu müssen. Angefeuert von einer Rede Orwells ein Jahr zuvor in London, war er hergekommen. Der große Schriftsteller hatte formuliert, was Summerfield immer schon gefühlt, aber selbst nie in Worte hatte fassen können, nämlich die Notwendigkeit, für eine gerechte Sache zu kämpfen.

Summerfield machte auf Wilding bisweilen den Eindruck eines Jungen, der noch nicht wusste, was für ein Mann er werden wollte. Es schien, als glaubte der Engländer an Märchen, an den Kampf zwischen Gut und Böse, an einen weißen Ritter, der die Prinzessin namens Demokratie retten musste. Wilding war mehrmals kurz davor, ihm ins Gesicht zu sagen, dass er wohl vor allen Dingen auf der Suche nach sich selbst ins Feld zog und es andere Wege gäbe, zu sich zu finden, als auf Menschen mit anderen Ansichten zu schießen. Dann wieder meldete sich der letzte Rest Idealismus in Wilding zu Wort, und er dachte sich, dass am Ende sowohl die größten als auch die irrwitzigsten menschlichen Leistungen eher von dem Kind als von dem Erwachsenen in uns vollbracht werden. Vielleicht fühlte sich hier sogar eine unentdeckte künstlerische Seite in ihm angesprochen, die von einer Familie, die sich seit mehreren Generationen der Wissenschaft verschrieben hatte, sowie von fünf Jahren Geologiestudium in Princeton nicht gerade befördert worden war. Der naive Glaube, dass Träume und Heldenmut den Lauf der Welt verändern konnten, die kindliche Missachtung aller Vernunft schien jedenfalls charakteristisch für Harry Summerfield zu sein.

Und aus genau diesem Grund wurde er Wilding immer sympathischer. Summerfield war eben kein gewöhnlicher Engländer, er war ein Zweifler und Rebell. An seinem zweiten und letzten Abend in Gibraltar nahm Wilding Summerfield mit zu den Pubs am Hafen. Als sie um zwei Uhr morgens im *The HMS Vengeance* über einem doppelten Whisky das Schicksal der Welt erörterten, platzte Wilding plötzlich mit einer Einladung an Summerfield heraus, ihn nach Afrika zu begleiten. Er behauptete, der Krieg könne warten und die Kultur dieses unbekannten Kontinents würde ihn auf seinem künstlerischen Weg sicher weiter bringen als Spanien. Und zu Wildings großer Freude erhob Summerfield, nachdem er etwas mühsam von seinem Stuhl aufgestanden war, sein Glas und verkündete, dass es noch andere, größere Schlachten zu schlagen gäbe. Wie richtig er damit liegen sollte.

Am nächsten Morgen nahmen die beiden die Fähre und tuckerten hinüber nach Tanger. Es folgte eine strapaziöse Zugreise durch die spanische Enklave bis nach Casablanca, bei der sie an zweiundvierzig Bahnhöfen hielten, Zeugen einer öffentlichen Auspeitschung wurden und mehrmals wegen Ziegenherden warten mussten, die die Gleise besetzt hatten. Währenddessen zeigte Summerfield Wilding einige seiner Notizbücher, in denen er seine Beobachtungen festhielt. Wilding pfiff durch die Zähne. Summerfields Stilsicherheit war beeindruckend – zumindest für ihn, der von Haus aus Wissenschaftler war. Summerfield schrieb in trockener Prosa ebenso wie in elaborierten Versen, er verfasste witzige Satiren und treffsichere Parodien. Der Inhalt des Geschriebenen war dagegen weniger eindrucksvoll. »Du wirst schon etwas finden, das es wert ist, darüber zu schreiben«, erklärte Wilding. »Und wo, wenn nicht auf dieser Reise?«

In Casablanca, einer geschäftigen, beinahe europäisch anmutenden Stadt, in der es von Militär nur so wimmelte, legten sie eine

Zwischenstation im Büro von Southern Star Petroleum ein, bevor sie am Tag darauf einen weiteren Zug in Richtung Süden bestiegen.

In Marrakesch schließlich trennten sich ihre Wege, da Summerfield aus einer Laune heraus entschied, dort zu bleiben. Sie saßen bei einem Tee in der Hotellobby. Ein großer, surrender Ventilator spendete ihnen dankenswerterweise einen kühlen Luftzug, bevor er mit einem Knall ausfiel.

»Ich bin in sechs Monaten wieder da«, erklärte Wilding. »Zehn Tage Urlaub, dann die nächste Erkundung mit weiteren geologischen Untersuchungen und Prospektionen.« Er wischte sich über die Stirn. »Sollten wir auf Öl stoßen, werde ich mein Lager wohl dauerhaft im Süden aufschlagen. Was ist mit dir, Harry?«

Wildings Bewegung nachahmend, wischte sich auch Summerfield über die Stirn und pustete dann Luft in sein Gesicht. »Ich denke, ich bleibe in Marrakesch, Jim – auch wenn es hier tatsächlich *noch* heißer ist als in Gibraltar. Aber es ist wohl einfach eine Frage der Zeit, bis ich mich daran gewöhne«, fügte er hinzu. »Ich habe ein wenig gespart. Und wenn mir das Geld ausgeht, setze ich darauf, dass mir meine Französisch- und Spanischkenntnisse hier irgendeinen Job einbringen.«

»Wie wäre es mit einem Job bei Southern Star?«, schlug Wilding vor.

Summerfield schüttelte entschlossen den Kopf. »Nein, danke.« Nach kurzem Zögern schränkte er seine Ablehnung jedoch ein: »Aber wer weiß, Jim. Vielleicht komme ich irgendwann einmal darauf zurück. Danke für das Angebot.«

Wilding schrieb eine Adresse auf und reichte sie ihm über den Tisch, eine Geste, die Summerfield nicht erwidern konnte.

»Ich schicke dir ein Telegramm, sobald ich eine Bleibe gefunden habe«, sagte er.

Als Wildings Zug mit einstündiger Verspätung endlich eintraf, verabschiedeten sie sich auf dem Bahnsteig. Er betrat sein Abteil, als die Lokomotive einen Ruck machte und ihr Pfeifsignal ertönen ließ.

»Hey, Harry!«, rief er aus seinem Fenster. »Ich hoffe, du bereust es nicht, dass ich dich hierhergeführt habe.«

»Womöglich hast du mir damit das Leben gerettet, Jim«, rief Summerfield zurück. »Aber auf jeden Fall hast du mich davor gerettet, mein Leben lang zu warten.«

»Hättest du es denn wirklich durchgezogen?«, wollte Wilding noch wissen.

Der Engländer grinste und schien abzuwägen, ob er sein Geheimnis für sich behalten oder es aufdecken sollte. Er zuckte die Achseln. »An *irgendetwas* muss man doch glauben, Jim – was soll man denn sonst tun?«

Das war das Letzte, was Wilding Summerfield für die nächsten acht Monate sagen hörte.

2

Summerfield stand auf dem Bahnsteig und sah zu, wie der Zug langsam aus seinem Blickfeld verschwand. Die Luft war noch kühl und der Himmel über ihm von einem strahlenden Blau. Summerfield erkannte darin die Farbe wieder, mit der die Einheimischen nicht nur ihre Kleider färbten, sondern auch dekorative Elemente an Gebäuden und Gegenständen hervorhoben. Dieses Blau fiel sofort ins Auge in einer Stadt, die ansonsten in Rottönen gefärbt war, angefangen bei der Erde der Dattelhaine jenseits der Stadttore, die den Karawanen aus dem Süden Schutz boten, über die hohen, blassrosa Erdwälle, die die Stadt umschlossen, bis zur Farbe der Paläste ebenso wie der sich in der Medina ausbreitenden klapprigen Hütten. Die Farbschattierungen im Straßenbild reichten von Rosa über Rot, Rostfarben und Braun bis zu den schwarzen Umrissen der verhüllten Frauen und eben jenem beinahe phosphoreszierenden Blau. Es war ein Fest, ein Zauber, der Summerfield in seinen Bann zog.

Plötzlich wurde er sich bewusst, dass er nicht allein war, dass andere ihn vielleicht dabei beobachtet hatten, wie er den Himmel betrachtet und aus einem Glücksgefühl heraus unverhofft zu lächeln begonnen hatte. Also drehte er sich um, steckte die Hände in die Hosentaschen und schlenderte zurück ins Hotel.

An der Rezeption verlängerte er seinen Aufenthalt um zwei Tage, da er davon ausging, dass er so lange brauchen würde, um eine Unterkunft zu finden. Er ließ seine Koffer zurück und trat hinaus in die Sonne, um die Altstadt zu erkunden. Sogleich lastete die Hitze auf ihm, sie schien ihn zu Boden drücken zu wollen. Er wühlte in seinem Rucksack nach dem Hut, den er vor wenigen Wochen im Army-&-Navy-Store in der Oxford Street erstanden hatte. Es war ein breitkrempiger Schlapphut aus hellgrüner Baumwolle, der für den Einsatz in den heißeren Teilen des Empires vorgesehen war. Aus der Glastür des Hotels blickte ihm sein Spiegelbild entgegen, ein junger Mann, der frisch aus Oxford zu kommen schien. Es war ihm unangenehm.

Er schritt über den breiten, der gleißenden Sonne ausgesetzten Marktplatz *Djemaa el Fna,* der bis auf die Überreste des vorigen Abends und ein paar Obstverkäufer unter den gespannten Segeltüchern ihrer behelfsmäßigen Stände noch leer war. Er ging an einem Blinden in einer zerlumpten *Djellaba* vorbei, der ihm etwas auf Arabisch zumurmelte. Die Hitze setzte Summerfield zu, und da er längst ins Schwitzen geraten war, flüchtete er sich in den Schatten, den ein paar Dattelpalmen und Magnolien über eine Gruppe von etwa dreißig Menschen warfen. Es war, als wäre er in ein kühles Schwimmbecken gesprungen. Obwohl er nur ein paar hundert Meter gegangen war, klebten ihm die Kleider vor Schweiß am Körper. Er setzte sich auf eine Bank und wurde prompt von einem jungen Teeverkäufer angesprochen. Summerfield wollte keinen Tee, doch der Junge mit dem rasierten Schädel blieb hartnäckig und drückte ihm schließlich eine Tonschale in die Hand, womit sein Schicksal besiegelt war. Er zahlte also, und der Junge verschwand ebenso schnell wieder, wie er aufgetaucht war, ohne ihm Wechselgeld herauszugeben. Summerfield schüttelte den Kopf, nahm eine Zigarette aus seinem Etui, zündete sie an und blies den Rauch aus.

Zu seiner Linken ragte das imposante Minarett der Koutoubia-Moschee mit seinem Schachbrettmuster aus Kacheln in die Höhe. Es brachte ihm den klagenden Ruf des Morgengebets in Erinnerung, der ihn und Wilding um fünf Uhr früh aus dem

Schlaf gerissen hatte. Zuerst hatten sie geflucht, doch mit der Zeit hatten die langen, nasal vorgetragenen Gesänge, die in der kühlen Dämmerung widerhallten und dieselben hypnotischen Verse endlos wiederholten, wohltuend und beruhigend auf sie gewirkt. Sogar die verzerrt und gequält klingenden Töne – wie die Mitternachtsserenade einer Katze, hatte er zu Wilding gesagt – offenbarten schließlich ihre melodische Qualität, während er zurück in den Schlaf sank. Er hatte nicht geglaubt, dass er sich so schnell daran gewöhnen würde. Er zog an seiner Zigarette, nippte an dem heißen Minztee und fühlte sich gleich besser.

Plötzlich hatte er das Gefühl, beobachtet zu werden. Er drehte sich zur Seite und fuhr zusammen. Zwei Kreaturen mit schaurigen Gesichtern blickten ihm entgegen und brachen nun in Gelächter aus. Summerfield hatte noch nie solche großen, gelben Zähne gesehen – sie erinnerten ihn fast an Dromedare.

»Verschwindet«, brummte er unangenehm berührt, aber sie kamen näher und deuteten auf seine Zigarette. »Geht weg«, sagte er noch einmal, während ihm ihr Geruch nach Schweiß und Heu in die Nase stieg. Er wiederholte seine Worte auf Französisch und Spanisch, doch ohne Erfolg. Vielleicht waren sie taub, dachte Summerfield und fuhr einfach fort, zu rauchen und seinen Tee zu trinken. Doch die Männer blieben beharrlich mit bettelnd ausgestreckten Händen vor ihm knien. Summerfield seufzte gereizt, öffnete sein Zigarettenetui und gab ihnen, wonach sie verlangten. Als sie ihn daraufhin noch mit Gesten um Feuer baten, entzündete er ein Streichholz und zischte: »Nun verschwindet aber!« Sie grinsten, erhoben sich und trotteten lässig rauchend davon.

»Sie hätten sie einfach weiter ignorieren sollen«, hörte er plötzlich eine Stimme auf Französisch. »Dann hätten sie Sie irgendwann in Ruhe gelassen. Alles nur eine Frage der Zeit.«

Summerfield drehte sich um und erblickte einen großen, kräftig gebauten Marokkaner in gut geschnittener königsblauer Landestracht. Ein dünner Schnurrbart à la Clark Gable schmückte seine Oberlippe, und seine großen, glatten Hände umschlossen einen zusammengefalteten Schirm. Er lächelte. Was soll nur dieses Lächeln?, fragte sich Summerfield.

»Oder Sie müssen ihnen direkt in die Augen blicken«, fuhr der Mann fort. »Etwa so –« Der Gesichtsausdruck des Arabers wurde so grimmig, dass es Summerfield kalt den Rücken hinunterlief. »Nur ein guter Rat«, erklärte der Mann. »Versuchen Sie es beim nächsten Mal.«

Summerfield nickte argwöhnisch. Er fühlte sich auf einmal sehr allein und angreifbar.

»*Merci.*«

»Mit Gottes Gnade«, erwiderte der Mann und verbeugte sich leicht.

Summerfield war verwirrt und wusste nicht, wie er reagieren sollte. Er presste die Lippen aufeinander, zögerte und beschloss dann mit einem leichten Hüsteln, weiterzugehen. Er stand auf und spürte den Blick des Arabers auf seinem Rücken brennen wie die verdammte Sonne. Eine Sekunde lang fühlte er sich wie gelähmt – als steckte er im heißen Straßenpflaster fest. Schließlich löste er sich mit einem Ruck und eilte auf eine enge Gasse zu, die vom hintersten Winkel des Platzes abging.

»Ihr Tee«, rief der Mann ihm hinterher, doch da war Summerfield bereits verschwunden.

Ihm war, als wäre er mit einem Schritt ins Mittelalter zurückversetzt worden. So etwas hätte er in Spanien nicht zu Gesicht bekommen, fuhr ihm durch den Sinn. Im Stillen dankte er Wilding, dass dieser ihm das sichere Elend an der spanischen Front erspart hatte.

Im Gewirr der unzähligen Straßen und Gässchen hatte er sich rasch verloren. An manchen Stellen waren die Wege so eng, dass

Karren und andere Fortbewegungsmittel seitlich angehoben werden mussten und mit einem Rad durch die verdreckte Rinne in der Straßenmitte ratterten, während das andere Rad an den Häuserwänden entlangschabte. Summerfield bemerkte die Rillen, die sich an diesen Nadelöhren im Laufe der Zeit auf Schulterhöhe in die steinernen Wände geprägt hatten.

Aus allen Richtungen drangen Geräusche auf ihn ein; verglichen mit der Leere des kaum zweihundert Meter entfernten Platzes herrschte der reinste Tumult – ein Gemisch aus Lachen, dem Betrieb von Nähmaschinen und Drechselbänken, vorbeiratternden Karren, dauerklingelnden Fahrradfahrern, die ohne Rücksicht auf Verluste durch die engen Gassen preschten, Tierlauten, Musik und dem schrillen Trällern der hinter kunstvoll geschnitzten Holzgittern in ihren Häusern verborgenen Frauen. Die Menschenmenge bewegte sich in zwei verschiedenen Geschwindigkeiten: Die einen standen paarweise oder in kleinen Gruppen ruhig beieinander, während die Mehrheit in großer Eile war, geschickt an allen Entgegenkommenden vorbeihuschte und dabei den Fahrrädern und dem Müll und den Fäkalien auswich. Summerfield stach aus der Masse heraus, denn er blieb weder stehen, noch bewegte er sich schnell genug. Vielleicht fiel er durch seinen Gang sogar noch mehr auf als durch seine Kleidung und wurde beständig von Blicken verfolgt. Die Kinder waren weniger zurückhaltend und drehten die Köpfe nach ihm um oder liefen ihm eine Weile hinterher, äfften seinen Gang nach und schnatterten dabei fröhlich vor sich hin. Ein paarmal spuckten ihm düster dreinblickende Männer vor die Füße, und er konnte nicht ausmachen, ob sie ihn damit herausfordern wollten oder nicht.

Zuerst nervös und unsicher, fand sich Summerfield langsam in seine Rolle und übernahm den gleichgültigen Gestus eines Mannes, der sich in dieser fremden Umgebung ganz selbstverständlich bewegt. Vielleicht half ihm der Rat des Marokkaners unter den Magnolien, vielleicht auch (und hier musste er über sich selbst lächeln) seine britische Herkunft. Er spürte, wie sein Blick sich verhärtete, und erinnerte sich an ein Sprichwort, das er einst in einem Sammelband persischer Gedichte gelesen hatte: »Der Blick eines Mannes bestimmt, was er in seiner Seele trägt.« Sowohl den Bettelnden als auch den Angriffslustigen begegnete er mit dem Ausdruck eiserner Ruhe, und sie schienen ihn tatsächlich in Frieden zu lassen.

Nach einer Weile blieb er durstig stehen. Er schaute sich um, machte ein Gesicht in der Menge aus, das ihm vertrauenswürdig erschien, und fragte zuerst auf Französisch, dann auf Spanisch, wo er sich ausruhen und etwas trinken könne. Der junge Mann lächelte und forderte ihn auf, ihm zu folgen. Summerfield wog das Risiko ab und ließ sich schließlich von ihm durch ein Labyrinth von Gängen führen, die auf einmal geradezu ohrenbetäubend ruhig, erstaunlich sauber und geruchlos waren. Vor einer kleinen, mit Ornamenten verzierten Tür blieben sie stehen. Der junge Mann nickte, lächelte erneut und öffnete die Tür. Vorsichtig wagte Summerfield einen Blick hinein, drehte sich dann zu dem Jungen um und lächelte zurück.

»Hier«, sagte er und kramte in seiner Hosentasche. *»Merci.«* Er legte ihm eine Münze in die Hand.

Ein dämmriger, bogenförmiger Eingang führte in das himmlischste, atemberaubendste und schönste Gebäude, das Summerfield je gesehen hatte. Er betrat zum ersten Mal in seinem Leben einen *Riad* und war schier überwältigt. Um den Innenhof des kleinen Palastes, der als Gästehaus genutzt wurde, zählte er zwölf offene Räume, jeder von ihnen geschmückt mit bunten Wandteppichen und Fliesen, Läufern und aufwendig geschnitztem Holz, jeder in einer eigenen Farbe: Hellgrün, Blau, Weiß, Orange, Dunkelrot, Pastellgelb, Rosa. In jedem Raum wurden niedrige Tische von großen, einladenden Kissen umringt. Stühle gab es nirgends. Im Zentrum des Ganzen befanden sich unter freiem Himmel ein Teich, eine Dattelpalme, Lilien und Magnolien, deren Zitrusduft der Luft eine ätherische, himmlische Note verlieh. In der Mitte des Teiches, zugänglich über eine kleine Holzbrücke, stand ein gläserner Pavillon mit einem Tisch und ein paar luxuriösen Kissen aus goldener Seide. Man hörte Wasser plätschern, Vögel zwitschern und tirilieren und nur hin und wieder mit einem Flügelschlagen die Ruhe durchbrechen. Ich habe das Paradies gefunden, dachte Summerfield und schloss die Augen.

Es erschien ein junger Mann in einem weißen Umhang und vollführte die übliche Grußgeste: Er legte die rechte Hand aufs Herz und breitete den Arm dann mit einer schnellen Bewegung weit aus. Ohne ein Wort zu wechseln, ließ Summerfield sich in einen der Räume – es war der hellgelbe – und an einen Tisch führen. Man brachte ihm einen großen Messingkessel mit Tee und ein Tablett voller Küchlein, die in Zucker und Honig schwammen. Der junge Kellner füllte ein Kelchglas mit Minztee. Als er fertig war, öffnete sich die Eingangstür mit einem lauten Knarren. Summerfield drehte sich um und erkannte ausgerechnet seinen merkwürdigen Ratgeber vom Marktplatz. Der kräftige Marokkaner entdeckte Summerfield, schenkte ihm erneut sein übertriebenes Lächeln und kam dann auf ihn zu.

»Hier sind Sie also – ohne Zweifel hat das Schicksal beschlossen, dass wir uns heute begegnen.« Es folgte die Begrüßungsgeste, eine Hand auf dem Herzen.

»Möglich«, antwortete Summerfield misstrauisch. Er erhob sich und streckte aus irgendeinem Grund seine Hand aus, wie der Amerikaner Jim Wilding es wohl getan hätte.

Der Mann nickte in Richtung des großen Kessels. »Ich bin dazu verpflichtet, Ihnen diesen Tee zu spendieren, da Sie vorhin nicht ohne meine Schuld um Ihr Getränk gekommen sind.

Ich fürchte, ich habe Sie ein wenig überrumpelt. Verzeihen Sie mir.«

»Das wäre dann hiermit schon das zweite Mal«, erwiderte Summerfield kurz angebunden. Doch dann besann er sich: »Bitte setzen Sie sich – ich nehme Ihr Angebot an. Und vielleicht können Sie mir noch einen weiteren Rat geben«, bat er.

Der Mann zog eine Braue hoch. »Ach?«

»Ja«, bestätigte Summerfield. »Aber zunächst –«

»Zunächst einmal sollten wir uns einander vorstellen«, unterbrach ihn der Marokkaner. »Ich bin Abrach.«

»Harry Summerfield. Aber ich habe Ihren Nachnamen nicht mitbekommen.«

»Mein Vorname, *Abrach,* soll genügen«, sagte der Mann mit einem Grinsen. »Mein Familienname ist lang und allem Anschein nach recht kompliziert auszusprechen für fremde Zungen.« Summerfield zögerte und überlegte, ob er darauf bestehen sollte, den Namen seines Gegenübers zu erfahren, doch da sprach der Marokkaner schon weiter. »Ich bin Kaufmann. *Un commerçant,* wie wir im Französischen sagen. Doch ich habe nicht nur ein Geschäft, sondern mehrere.«

»Und ich muss Ihnen sagen, dass ich kein Franzose bin.«

»In der Tat. Ihrem Akzent nach würde ich Sie für einen Engländer halten, vielleicht auch für einen Amerikaner«, erwiderte Abrach in seinem fortwährend ruhigen, allzu höflichen Tonfall. »Doch ich tippe eher auf einen Engländer – Sie sehen einfach nicht aus wie ein Amerikaner. Und Sie verhalten sich auch nicht wie einer, zumindest nicht wie jene, die ich auf meinen Reisen kennengelernt habe.«

»Ihre Einschätzung ist korrekt, Abrach«, erklärte Summerfield, wobei er den aalglatten Tonfall übernahm, und nippte an seinem Tee. »Ich habe auf dem Platz den Eindruck gewonnen, Sie seien ein Mann von Bedeutung. Ihre Kleidung«, fügte er höflich hinzu.

Abrach nahm das Kompliment mit einem Nicken und Lächeln an. Summerfield fiel plötzlich etwas ein: »Sagen Sie, woher stammt diese unglaubliche blaue Farbe?«

»Ah, ja«, sagte Abrach. »Sie meinen das besondere Blau dieser Region.« Er bedeutete dem jungen Kellner, ihm auch einen Tee zu servieren. »Ob Sie es glauben oder nicht, diese Farbe hat ein Franzose entdeckt. Ein Maler namens Majorelle. Er lebt in der Stadt und malt oft im Atlasgebirge, östlich von hier. Die Berberstämme tragen ein Blau, das Majorelle mit anderen Pigmenten vermischt hat, um diese einzigartige Farbe zu erschaffen. Sie wird daher auch *Bleu Majorelle* genannt.«

»Ich sollte mir ein Tuch für den Kopf in dieser Farbe kaufen, falls ich mich dazu entschließe, in die Berge zu reisen«, überlegte Summerfield.

»Wir nennen es *Chech*«, erklärte Abrach. Dann fügte er nahtlos hinzu: »Darf ich Sie denn fragen, was Sie nach Marrakesch geführt hat?«

Summerfield lachte. »Ein Amerikaner!« Zum ersten Mal wechselte Abrachs freundlich interessierter Gesichtsausdruck zu einem Stirnrunzeln. Summerfield erklärte: »Ich wollte eigentlich nach Spanien, um dort am Bürgerkrieg teilzunehmen. Er hat es mir ausgeredet.«

»Ein weiser Mann«, bemerkte Abrach. »Womöglich gar ein Geschenk des Himmels. Ich habe den Tod gesehen, als die Spanier und Franzosen hier vor ein paar Jahren die Dissidenten bekämpft haben. Ein entsetzlicher, hässlicher Anblick.«

Sie schwiegen einen Augenblick, und Summerfield richtete seine Aufmerksamkeit erneut auf den Innenhof. Eine Woge der Gelassenheit durchströmte ihn. Die Farben, das Plätschern des Wassers, der Vogelgesang und der süße Minztee in seinem Mund fügten sich zu einem perfekten, beglückenden Gesamteindruck zusammen.

Als er sich wieder Abrach zuwandte, merkte er, dass dieser ihn beobachtete. Der Händler schien sich nicht ertappt zu fühlen. Stattdessen lächelte er, und Summerfield meinte, eine Spur Traurigkeit in seinem Gesicht zu erkennen.

»Mr. Summerfield, Sie erwähnten, dass ich Ihnen vielleicht behilflich sein könnte«, sagte Abrach gehabt freundlich. »Darf ich fragen, wie?«

»Sie sind ein aufmerksamer Zuhörer«, nickte Summerfield. »Ich hatte gedacht, dass Sie mir eventuell eine Adresse für eine Unterkunft nennen könnten.«

»Sie wohnen doch sicher in einem Hotel?«

»Ich würde gern irgendwo unter Menschen leben – den Menschen von hier.«

»Tatsächlich?«, entfuhr es Abrach erstaunt.

»Es ist auch eine Frage des Geldes«, fügte Summerfield hinzu und hielt dabei dem Blick des anderen stand. »Zuerst dachte ich, mir würde eine Woche hier in Nordafrika genügen. Nun aber …«, er bedachte ihre Umgebung mit einem anerkennenden Kopfnicken, »nun denke ich, dass ich doch gern ein wenig länger bleiben würde.«

»Ein weiser Mann plant mit dem Kopf und dem Herzen«, erklärte Abrach. »Gut, dass Sie sich Gedanken machen.« Er hielt inne und wählte seine Worte sorgsam. »Mr. Summerfield, Sie sind also … kein *reicher* Mann?«

Summerfield schnaubte. »Nein. Und im Augenblick habe ich auch kein Interesse daran, einer zu werden.« Er grinste ironisch. »Abrach, Sie halten mich sicher für einen Dummkopf.«

»Ich halte Sie für außergewöhnlich.«

»Die Welt verändert sich. Viele Menschen beginnen zu glauben, dass sie allen gehört und nicht nur einigen wenigen.«

Abrach dachte darüber nach und seufzte. »Ich schätze, das gilt für Ihre Welt, Sidi Summerfield. Hier ist es anders – die Menschen, die Wohlstand anstreben, denken, es sei ihnen vorherbestimmt, diesen zu erlangen, und wahrscheinlich haben sie auch allen Grund zu dieser Annahme.«

»So anders ist das gar nicht«, erwiderte Summerfield kopfschüttelnd.

»Lassen Sie uns diesen herrlichen Ort nicht durch Politik und Ideologie verderben«, verkündete Abrach. »Wir werden sicher noch weitere Gelegenheiten haben, über diese Themen zu diskutieren. Sehen Sie, ich bin kein ungebildeter Mann. Ich habe eine Zeit lang bei unseren europäischen Machthabern Medizin studiert, und aufgrund meiner arabischen Schulbildung genieße ich solche Rededuelle bisweilen.« Das Lächeln des Kaufmanns blieb ein paar Sekunden lang ungebrochen und löste wiederum Unbehagen in Summerfield aus. Endlich fuhr Abrach fort: »Doch nun möchte ich Ihre Frage beantworten. Ich kann drei Möglichkeiten vorschlagen: Sie können Ihr Hotel verlassen und ein willkommener Gast in einem meiner Häuser sein – ich habe mehrere leerstehende Räume, die nur darauf warten, bewohnt zu werden. Zweitens bin ich mit dem Besitzer eines der besseren Hotels der Stadt gut befreundet. Er ist mir noch etwas schuldig und würde Ihnen sicher ein Zimmer zu einem sehr großzügigen Preis überlassen. Und schließlich kann ich für Sie auch eine Unterkunft im beliebteren Teil der Altstadt arrangieren, nicht weit von hier – die Wohnung eines anderen Bekannten, der zurzeit abwesend ist, möchte ich hinzufügen. Dort werden Sie Armut sehen, Mr. Summerfield. Sie werden mitbekommen, wie die meisten Stadtbewohner leben, und Sie werden auf sich und Ihre Wertsachen achtgeben müssen. Ein Europäer an einem solchen Ort ist etwas völlig Neues. Ihre Anwesenheit könnte als störend empfunden werden. Das sind also meine Angebote an Sie.«

Summerfield sah den Kaufmann aufmerksam an. »Ihre Großzügigkeit ist …«

»… eines guten Marokkaners würdig«, vollendete Abrach den Satz. »Doch ich muss hinzufügen, dass ich vielleicht einen kleinen Auftrag für Sie habe, der Ihnen ermöglichen würde, länger zu bleiben, als Sie geplant hatten. Natürlich nur, wenn Sie das möchten.« Wieder schüttelte Summerfield den Kopf. »Es ist keine Arbeit, an die Sie jetzt vielleicht denken.« Summerfield blickte auf und bedeutete dem Kaufmann fortzufahren. »Sehen Sie, auch ich bin auf Ihre Hilfe angewiesen. Und vor allen Dingen, Harry Summerfield, auf Ihre Diskretion.«

»Ich verstehe nicht …«

»Mr. Summerfield, auf dem Platz habe ich Sie drei verschiedene Sprachen sprechen hören.«

»Englisch, Spanisch und Französisch«, gab Summerfield zu und wandte den Blick ab. »Ich habe in England an der Universität studiert – das scheint allerdings eine Ewigkeit her zu sein.«

»Sie können diese Sprachen sprechen – aber können Sie sie auch *schreiben*?«

Mit dieser Frage hatte Summerfield nicht gerechnet. »Ja, das kann ich. Um genau zu sein, habe ich sogar meinen Lebensunterhalt mit Schreiben verdient. Weshalb?«

»Mr. Summerfield, waren Sie jemals verliebt?«

»Wer war das nicht?«

»Wovon ich rede, ist die Liebe zu einer Frau, die so stark ist, dass sie der einzige Sinn Ihres Daseins zu sein scheint.«

»Das kommt mir ein wenig dramatisch vor, Abrach.«

»Sagten Sie nicht, Sie würden schreiben?«

»Aber nicht über Dinge dieser Art und nur im Verborgenen. Eigentlich war ich bloß Werbetexter für nutzlose Produkte.«

»Wer schreibt, ist immer ein Schriftsteller vor Gott, ganz gleich, ob er anderen bekannt ist oder nicht. Denken Sie nicht? *Fühlen* Sie denn nicht, dass Sie ein Schriftsteller sind?«

»Sie reden, als wäre ich beim zweiten Teil einer Prüfung durchgefallen«, kommentierte Summerfield mit wachsender Verärgerung.

»Ich bringe lediglich meinen Glauben an Ihre Fähigkeiten zum Ausdruck, Harry. Darüber hinaus glaube ich an Zeichen. Sie sind auf dem Platz zu mir gekommen – ein Mann, der mir behilflich sein kann, wenn er es denn wünscht.«

»Und war ich es etwa auch, der hier zu Ihnen gekommen ist?«, fragte Summerfield.

Abrach lachte. »Manchmal muss man einem Zeichen nachhelfen, um die Dinge ins Rollen zu bringen.«

»Also sind Sie mir gefolgt.«

»Ich habe den Mann gefragt, der Ihnen den Weg gezeigt hat. Sehen Sie, die Idee kam mir in dem Augenblick, in dem Sie fort waren. Und man sollte seinen Ideen auf der Spur bleiben.«

»Ich bin nicht zum Kämpfen nach Spanien gegangen.«

»Aber Sie haben sich nun dafür entschieden, länger in Marrakesch zu bleiben. Manchmal geht es eben darum, sich für die richtige Idee zu entscheiden.« Summerfield presste die Lippen aufeinander. Er hasste es, etwas aufgezwungen zu bekommen. Als er Summerfields Widerstand spürte, fügte Abrach hinzu: »Ich fürchte, ich war zu aufdringlich. Vergeben Sie mir – mein Beruf des Kaufmanns hat auf meine Manieren abgefärbt. Ich möchte Sie nicht drängen, Sidi Summerfield. Ich möchte, dass wir eine Vereinbarung treffen, die uns beiden zum Vorteil gereicht.«

Summerfield schwieg noch immer. Ein Fink flog kaum einen halben Meter über ihren Köpfen hinweg und landete auf einem Zweig. Er war so nah, dass Summerfield den Herzschlag auf seinem Brustkorb sehen konnte. Er seufzte. Das Angebot war interessant, sonderbar, aber nicht ohne Komplikationen. Er hatte sich vorgenommen, niemandem gegenüber verantwortlich zu sein als sich selbst. Doch dann dachte er, dass er in der Vergangenheit schon zu viele Gelegenheiten verpasst hatte – und weshalb? Wegen seiner Angst, sagte er sich. Angst vor dem Unbekannten, Angst vor seinen eigenen Fähigkeiten.

»Abrach, Sie möchten, dass ich Liebesbriefe für Sie schreibe, geht es darum? Sie wollen die Dame täuschen? Ist das nicht ein wenig zu … dramatisch?«

»Nur ein Brief – ein Test sozusagen. Und dann …«

»Darf ich fragen, weshalb Sie ihr nicht selbst schreiben?«

»Mein lieber Freund, ich kann nicht so Französisch schreiben, wie ich es spreche. Das ist einer der Gründe, weshalb ich mein Studium bei den Europäern nicht fortsetzen konnte. Und, um es freundlich auszudrücken, ich bin kein Dichter. Ich bin dazu geboren worden, mein Geld durch Handel zu verdienen.«

»Warum sagen Sie es ihr dann nicht einfach?«

Für einen Augenblick blitzte eine merkwürdige Schärfe in Abrachs Blick auf, und er lachte bitter. »Weil die betreffende Frau eine Europäerin ist.«

»Ich verstehe.«

»Tatsächlich, Mr. Summerfield?«

»Ich schätze, Sie spielen auf die Vorschrift an, dass sich Blut nicht vermischen soll?« Abrach nickte. »In einigen unserer britischen Herrschaftsgebiete gilt dieses Gesetz auch«, fügte Summerfield hinzu. »Und Sie sind sich wohl der Tatsache bewusst, dass ich damit einen Verhaltenskodex meiner eigenen Leute brechen würde?«

»Sie sehen sich doch nicht wirklich als einer von *denen* an, Harry? Das sind Franzosen, Spanier. Sie sind Brite. Und soweit ich weiß, haben die Briten eine bestimmte Meinung über ihre *frères ennemis* auf der anderen Seite des Ärmelkanals? Habe ich nicht recht? Sidi Harry, ich hielt Sie für einen Mann, der für Gleichheit eintritt. Und ich hatte den Eindruck, dass Sie sich uns, den Marokkanern, näher fühlen als den Franzosen oder Spaniern, ungeachtet Ihrer Hautfarbe. Alle Fremden halten zusammen –

das ist das Bizarre an der ganzen Geschichte. Wir Marokkaner sind ja Fremde im eigenen Land.«

Sie saßen ein paar Minuten schweigend da. Zwei weitere Gäste betraten das Gebäude, grüßten sie und suchten sich einen Raum auf der anderen Seite des Seerosenteiches aus. Obwohl sie leise sprachen, drangen ihre Worte zu Summerfield herüber und waren so geheimnisvoll und verzaubernd wie das frühe Morgengebet. Er wurde auf einmal sehr müde, die Hitze, dieser Mann und das Gespräch, das zu einer Feilscherei geworden war, hatten ihn ganz durcheinandergebracht. Er hatte kein Zeitgefühl mehr, konnte sich jedoch nicht entschließen, auf seine Armbanduhr zu sehen. Es war unwichtig.

»Abrach«, begann er zögerlich, »glauben Sie an das Schicksal?«

Der Kaufmann lachte leise. »Diese Frage stellt sich jeder Mann einmal. Ich denke, Sie kennen meine Antwort bereits. Obwohl es sich manchmal versteckt hält – düster und gefährlich, wie es scheint. Zu anderen Zeiten ist es dagegen so klar wie das Wasser einer Bergquelle.«

»Vor einer Weile habe ich die Worte eines großen Mannes gehört, eines der größten Schriftsteller unserer Zeit, und er gab mir damit die Kraft, endlich dem zu folgen, was ich schon immer tun und sein wollte. Dann erlitt ich auf dem Weg nach Spanien einen Fehlschlag nach dem anderen und habe meinen Plan schließlich fallenlassen.«

»Manche sehen Rückschläge als Prüfung unseres Willens. Wenn Sie von Ihrem Weg abgekommen sind, ist dies ein Zeichen dafür, dass Sie dem Ruf nach Spanien niemals wirklich folgen wollten.«

»Ich bin tatsächlich froh, hier zu sein«, sagte Summerfield halb zu sich selbst. »Ich hatte nicht damit gerechnet, mich hier dem, was ich wirklich will, so nahe zu fühlen. Ich hatte so viele falsche Vorstellungen.«

»Diese mögen auf die Probe gestellt werden«, erwiderte Abrach. »Und vielleicht stellen sie sich auch als wahr heraus. Sie werden es sehen.«

»Es ist so schwierig. Der Amerikaner, den ich in Gibraltar kennengelernt habe, Jim Wilding, würde es wohl verstehen«, sagte Summerfield mehr zu sich selbst.

»Wofür Sie sich auch entscheiden, Harry Summerfield, achten Sie darauf, dass es für Sie der rechte Weg ist. Sonst wird Ihr Leben voller Kummer und Reue sein.«

»Ist das so?«, fragte Summerfield.

»Sie kennen den Weg«, antwortete Abrach selbstzufrieden.

Summerfield blickte dem Kaufmann fest in die Augen und atmete tief durch. »Ich nehme Ihr drittes Angebot an.«

»Und meinen Auftrag, Sidi Summerfield?«

»Den nehme ich ebenfalls an«, willigte Summerfield ein. »Meine Hand wird Schöneres schreiben als je eine andere zuvor.«

»*Maktub,* so steht es geschrieben«, sagte Abrach und schüttelte Summerfield die Hand.

3

Zwei Tage darauf kam einer von Abrachs Angestellten beim Hotel vorgefahren, ein kleiner, stiller Mann in den Vierzigern, mit einer von einem kummervoll dreinblickenden Esel gezogenen Kalesche. Abrach war nirgends zu sehen, und als Summerfield den Angestellten nach ihm fragte, blieb dieser stumm. Summerfields Koffer wurden auf die Kalesche gehievt, und er selbst setzte sich hinter den Angestellten, der dem Hinterteil des Esels einen kräftigen Stockhieb verpasste. Das Tier gehorchte und schritt los, nicht ohne jedoch dem Fahrer einen reichlich herablassenden Blick zuzuwerfen. Vielleicht bekommt er im nächsten Leben seine Chance auf Rache, dachte Summerfield, während sie den Weg entlangzottelten, der parallel zur Stadtmauer verlief.

Sie überquerten den *Djemaa el Fna,* der erneut mit den Resten des abendlichen Marktes übersät war, und Summerfield erkannte die Stelle wieder, an der er Abrach zum ersten Mal getroffen hatte. Er glaubte, auch den Jungen wiederzuerkennen, der ihm den Tee verkauft hatte. Er winkte ihm zu, und der Junge winkte zwar zurück, konnte sich aber offensichtlich nicht an ihn erinnern. Weit hinten auf der rechten Seite des Platzes entdeckte er die Straße, die ihn zum *Riad* geführt hatte, und hoffte (die Geborgenheit des Bekannten, wie er sich dabei dachte), die Kalesche würde ihn in diese Richtung bringen. Doch das tat sie nicht. Stattdessen riss der Fahrer die Zügel nach links, woraufhin der Esel widerwillig die Richtung änderte, und sie bewegten sich auf einen Teil der Stadt zu, den Summerfield bislang noch nicht betreten hatte.

Sie fuhren etwa fünfzig Meter durch den westlichen Zipfel der Medina mit ihren alten, einstöckigen Gebäuden auf einer engen Kopfsteinpflasterstraße, die unter einem Sonnendach verlief, das aus allen möglichen Materialien zusammengestückelt war: Brettern, Ästen und Blättern von Dattelpalmen, Kaninchendraht, Glas, Stoff und Pappe. An manchen Stellen waren Löcher entstanden, durch die das Sonnenlicht trichterförmig einströmte und die Millionen Staubpartikel in der Luft sowie die überall herumsummenden Fliegen anstrahlte. Zahllose Händler hatten hier ihre kleinen Läden, deren Waren sich bis auf das Kopfsteinpflaster hinaus ausbreiteten. Die Fülle an Farben, Formen und Gerüchen ließ Summerfield schwindeln, und noch bevor er beginnen konnte, die einzelnen Mosaiksteinchen zu einem vollständigen Bild zusammenzusetzen, waren sie schon wieder draußen im gleißenden Sonnenlicht und befanden sich auf einmal in einem Bezirk, der ganz der Fahrradreparatur bestimmt zu sein schien.

Eine Mischung aus Maschinenöl, Gummi und dem beißenden Geruch von rostendem Metall strömte ihm in die Nase. Um ihn herum sah es aus wie in einem offenen Grab. Haufen aus Einzelteilen, die skelettartigen Überreste von Rahmen, verbogene Reifen, bergeweise Zahnräder, Speichen sowie traurige, wie zum Betteln erhobene Lenkstangen übersäten beide Seiten der Straßen. Manche Haufen lagen mitten auf dem Weg, so dass Abrachs Angestellter die Kutsche vorsichtig um sie herum manövrieren musste und einmal, als ein Reifen feststeckte, wütend eine Gruppe Herumstehender herbeirief, um die Blockade beiseitezuräumen.

Summerfield spürte die Aufregung in sich wachsen. Aufregung, die sich mit ein wenig Angst vermischte. Ihm wurde auf einmal bewusst, dass dies der Ort war, an dem er von nun an leben würde – zumindest für eine Weile. Ein völlig fremder Ort, mehr als zweitausend Kilometer von zu Hause und ganze Welten von seiner eigenen Kultur entfernt. Ein Teil von ihm wollte widerstehen. Eine Stimme in ihm behauptete, dass es eine dreckige, faule Welt sei. Eine Welt, die, weil sie anders war, einfach falsch sein müsse. *Sie ist nicht zivilisiert,* sagte die Stimme über diese Welt. *Sie ist gefährlich,* meldete sich eine zweite zu Wort. Doch diese inneren Dämonen wurden von einer dritten Stimme übertönt: *Ich möchte sie sehen und erleben und verstehen.*

Sonderbarerweise schien sein Instinkt etwas zu ahnen, das untrennbar mit seiner Zukunft verwoben war. Dasselbe Gefühl hatte er im Jahr zuvor verspürt, als er inmitten der Menge, die in die Lesesäle der Londoner Bibliothek geströmt war, Orwells Worte zum Konflikt in Spanien vernommen hatte. Als hätte sich in seinem Inneren eine Flamme entzündet, die ihm das Blut in den Kopf steigen ließ. Alles schien in diesem einen Moment zusammenzufließen. Und nun stellte er fest, dass es wieder so war, nur war das Gefühl beinahe noch stärker.

Die zahlreichen kleinen Werkstätten mit ihren ungezählten Fahrradteilen verschwanden so schnell aus seinem Blickfeld, wie sie aufgetaucht waren, und ein neuer Bezirk öffnete sich vor ihnen. Zu ihrer Rechten war die Rückwand der Altstadt mit ihrer zusammengezimmerten Überdachung. Zu ihrer Linken befand sich eine weitere Reihe Gebäude, die in Summerfields Augen den anderen Hütten ähnelten, jedoch unregelmäßig in mehreren Stockwerken übereinandergestapelt waren. Manche von ihnen hatten Glasfenster, andere hölzerne Fensterläden oder rostige Eisenstangen vor den Öffnungen, wieder andere Fenster blieben völlig frei. Hier und da tauchten altmodische kleine Ladenfronten auf, über deren Türen die seltsamen arabischen Schriftzeichen und darunter, etwas kleiner, französische Buchstaben die Art des Geschäfts anzeigten: *Pharmacie, Dentiste, Épicerie, Coiffeur …* Nach einer breiten Kurve kamen sie in ein Raster aus schmalen

Pfaden, die der Gegend eine Zukunft als Erweiterung der Medina verhießen, bevor der Wagen schließlich in eine der Straßen einbog und zum Stehen kam.

Summerfield machte sich zum Aussteigen bereit, doch der Angestellte, der sich ihm nun als Nassir vorstellte, schüttelte den Kopf und bedeutete ihm mit einer Handbewegung, im Wagen zu bleiben. Summerfield fügte sich. Der kleine Mann stieg ab und lief suchend durch die Menge, wobei er sich hin und wieder auf die Zehenspitzen stellte.

Während Nassir sich umschaute, näherte sich eine kleine Gruppe Jungen, alle barfuß, schmutzig und in abgetragene Kleidung gehüllt. Ein paar von ihnen strahlten ihn aus dreckigen Gesichtern an. Andere starrten ihn einfach nur an. Summerfield erkannte hinter ihrer scheinbaren Feindseligkeit eine tiefe Skepsis und eine Mischung aus Misstrauen, Angst und Neugierde. Sie beäugten sich noch eine Weile gegenseitig, bis Summerfield, der sie ein wenig ärgern wollte, eine Hand nach oben schnellen ließ, worauf einige der Jungen zusammenzuckten – einer drehte sich sogar um und wollte fortrennen –, um sie dann an den Nacken zu führen und sich dort seelenruhig zu kratzen. Er wiederholte das Ganze mit etwas weniger dramatischem Effekt. Dieses Mal grinste er dabei, und die Jungen brachen in Gelächter aus. Einer streckte die Hand nach Geld aus, und die anderen folgten nach und nach seinem Beispiel. Summerfield zog nur die Schultern hoch, doch die Jungen drängten näher heran und drückten sich lautstark gegen den phlegmatischen Esel. Da tauchte zum Glück Nassir wieder auf und schimpfte sie stockschwingend auf Arabisch aus. Die Jungen machten auf dem Absatz kehrt und rannten davon, blieben aber schon nach wenigen Metern wieder stehen. Summerfield kam sich ein bisschen dumm vor, da er das Gefühl hatte, dass Nassirs Worte auch an ihn selbst gerichtet gewesen waren. Er hat ja recht, dachte er. Er war nun kein Tourist mehr, sondern einer von ihnen, und er musste die Regeln seiner neuen Heimat respektieren.

Endlich gab Nassir ihm ein Zeichen, vom Wagen zu steigen. Auf Bodenhöhe erschienen ihm die Dinge plötzlich ganz anders, und Summerfield musste gegen das Gefühl der Verlorenheit ankämpfen. Überall um ihn herum waren Menschen, die für ihn alle gleich aussahen. Der Fahrer zog ihn am Arm, und Summerfield folgte ihm mit dem Rucksack in der Hand. Sie passierten einen übelriechenden Baum, dessen Wurzeln anscheinend großzügig mit Urin gewässert wurden, hinter dem Nassir nach links in einen schattigen, etwa fünf Meter breiten Pfad einbog und vor einer Tür stehenblieb. Summerfield zog fragend die Augenbrauen hoch, woraufhin Nassir mit ausdrucksloser Miene nach oben deutete. Summerfield nickte. Dankbar registrierte er, dass er zumindest nicht im Erdgeschoss wohnen würde.

Der Fahrer verschwand, nachdem er dem unwilligen Engländer ein Trinkgeld entlockt hatte. Dann stand Summerfield plötzlich allein hinter einer geschlossenen Tür, von der die grüne Farbe abblätterte. Die Stille war bemerkenswert. Es war ein weiteres Puzzleteil im großen Gesamtbild der Stadt, in der größter Lärm und völlige Ruhe nur ein paar Meter voneinander entfernt existieren konnten. Summerfield drehte sich um und betrachtete sein neues Zuhause.

Im Halbdunkel entdeckte er in einer Ecke einen einfachen Ofen aus Ziegeln und Ton, der von einem Metallgitter bedeckt wurde. Über ihm verschwand das Ofenrohr in der Decke, wo es einen großen schwarzen Fleck hinterlassen hatte. Die Mitte des Raumes bedeckten zwei abgewetzte Teppiche, deren ursprüngliche Farbe kaum noch zu erkennen war. Die Möblierung bestand aus einem Holzbett, einer Kommode und einem niedrigen Tisch mit zwei Sitzkissen. Ein offener Türrahmen führte in einen zweiten

Raum, den Summerfield nun erkunden ging, nicht ohne zuvor nachzusehen, ob die Wohnungstür auch richtig verschlossen war.

In den hinteren Raum fiel von der Straße aus etwas Sonnenlicht ein. Dort befanden sich lediglich ein Wassereimer, ein kleiner Schreibtisch und, Gott sei Dank, ein Stuhl, der aussah, als hätte er bereits ein früheres Leben in einem der französisch-spanischen Verwaltungsbüros der Stadt hinter sich. Das Fenster war lediglich ein großes, gähnendes Loch in der Wand, was die Fliegen freute, die fröhlich ein- und ausflogen. Die Wände waren rosa verputzt, rau und uneben, und der Geruch war kaum näher bestimmbar und erinnerte vielleicht am ehesten an den von Moos.

Doch was Summerfields Aufmerksamkeit vor allen anderen Dingen auf sich zog, war eine schmale Leiter, die hinauf zu einer hölzernen Falltür in der Decke führte. Er kletterte hoch, drückte dagegen und bekam eine Dusche aus Staub und Sand ab. Er drückte fester, und diesmal gab die Tür mit einem lauten Knall nach. Summerfield quetschte sich vorsichtig durch die Öffnung und fand sich auf dem Dach wieder. Er blieb ein paar Sekunden in der Hocke und gab seinen Augen Zeit, sich an das Licht zu gewöhnen, das ihm Schmerzen verursachte. Sofort spürte er die Sonne auf seiner Haut; sie brannte auf seinem Gesicht, seinem Nacken, seinen Unterarmen und Händen. Nach einer Weile stand er auf, obwohl ihm von der Höhe ein wenig schwindelig war, und machte ein paar Schritte über das brennend heiße Dach bis an den Rand, wo er sich vorbeugte und hinunterblickte. Zu seiner Überraschung befand sich nur etwa zwei Meter unter ihm ein weiteres Dach – eigentlich eine Terrasse, wie er nun erkannte – und darunter noch eines. Die Terrasse im ersten Stock war halb von einer schattenspendenden Leinwand abgeschirmt, über der zweiten war ein großes Zelt gespannt, wie Summerfield es aus Gemälden von Beduinen in der Wüste kannte. Er sah außerdem Pflanzen und dürre Bäumchen in Töpfen sowie einen großen Wassertank, um Regenwasser einzufangen (sollte es denn jemals regnen, dachte er). Er trat einen Schritt zurück und reckte sich, da er sich nun etwas sicherer fühlte, um über die Dächer in seinem Umkreis hinwegzublicken. Straßenlärm drang zu ihm herauf, und die Gerüche der Stadt wechselten sich in der leichten Brise ab. Nicht allzu weit entfernt ragten die hohen, eckigen Minarette der *Koutoubia* und anderer Moscheen aus der Medina in den Himmel. Er merkte, dass sein Unterarm schon begann, sich zu röten, und entschied, in seine Räumlichkeiten zurückzukehren.

Auf dem kleinen Schreibtisch vor dem großen Fenster lag ein Brief. Abrachs Angestellter musste ihn dort hinterlegt haben. Summerfield setzte sich auf den Stuhl, zündete sich eine Zigarette an und öffnete den Umschlag.

Ich grüße Sie fürwahr erneut, Sidi Summerfield, begann er, und Summerfield entfuhr ein schnaubendes Lachen ob dieser verstaubten Etikette. Dann fiel ihm ein, dass Abrach nicht gern schrieb – wahrscheinlich hatte er den Brief diktiert. Er las weiter: *Ich habe für die Einrichtung Ihrer Unterkunft gesorgt, fühlen Sie sich jedoch frei, nach Belieben weitere Möbelstücke hinzuzufügen. Ich werde einmal pro Woche einen Mann namens Badr zu Ihnen schicken, um sicherzugehen, dass alles in Ordnung ist. Dieser Mann wird außerdem die Miete für die Wohnung kassieren, und er wird Ihnen die Bezahlung für den Brief, den Sie schreiben werden, in einem versiegelten Umschlag übergeben. Und drittens wird er Ihnen, falls unsere Geschäftsvereinbarung fortgesetzt wird, Anweisungen für mögliche weitere Briefe aushändigen und einsammeln bereits geschriebene Briefe einsammeln* (Summerfield bemerkte den Fehler). *Ich würde Sie außerdem gern einmal pro Woche zu einer Besprechung treffen. Ich ende mit einer Erinnerung an die Bedingungen unserer Abmachung, insbesondere an das Vertrauen, das ich in Ihre Diskretion sowie in Ihre Fähigkeiten setze. Ich füge weiter hinzu, dass ich unsere Vereinbarung jederzeit beenden kann, wenn ich es für geboten erachte. Selbstverständlich soll jeder Beleg unserer Korrespondenz zerstört werden. Badr ist angewiesen, dies in Ihrem Beisein zu beaufsichtigen.*

Hochachtungsvoll und bis bald …

Keine Unterschrift. Summerfield lehnte sich zurück und drückte die Zigarette im Eimer aus, bemerkte jedoch sogleich, dass dieser wahrscheinlich für andere Zwecke vorgesehen war. Er sann über Abrachs Worte nach. Diese ganze Heimlichtuerei. Vielleicht lag darin ein Hinweis auf eine drohende Gefahr. Doch sie hatten eine Vereinbarung getroffen, und Summerfield fühlte sich dem Kaufmann gegenüber verpflichtet, nicht zuletzt, weil er ihn schätzte. Plötzlich fiel ihm auf, dass sie noch gar keinen Preis verhandelt hatten. Was für ein ausgefuchster – hob Summerfield in Gedanken an und musste lächeln. *Inschallah,* sagte er leise und wandte sich zum Fenster: Gottes Wille geschehe.

Zwei Tage später machte sich Summerfield auf den Weg zum Hauptpostamt, um Jim Wilding seine neue Adresse zu telegraphieren. Bei seiner Rückkehr wartete ein großer, kräftiger junger Marokkaner in der schmalen Gasse vor seinem Haus auf ihn.

»Badr«, sagte der Heranwachsende und kratzte sich am Kinn. Summerfield bemerkte sofort seine auffallend blauen Augen – Berberaugen. *»J'ai une lettre pour vous.«*

»Komm mit rein«, erwiderte Summerfield und ging voraus, die Treppen hinauf bis in den dritten Stock, während Badr ihm folgte. Obwohl er stets zwei Stufen unter ihm war, befand sich der Kopf des jungen Mannes auf gleicher Höhe mit Summerfields. Als sie in der Wohnung angelangt waren und die Tür hinter sich geschlossen hatten, wandte Summerfield sich an den Boten und machte die übliche Willkommensgeste. »Abrach hat dich also zu mir geschickt«, sagte er auf Französisch. »Darf ich den

Brief haben?« In diesem Moment erst fiel ihm der vergebliche Versuch des Jugendlichen auf, sich einen Bart wachsen zu lassen, was seinen Tick erklärte, sich unablässig am Kinn zu kratzen. Der junge Mann zögerte, ließ sich Zeit zum Verstehen und steckte dann eine Hand in sein Hemd, um den Brief darunter hervorzuziehen und ihm zu reichen. Das Papier war ganz feucht von seinem Schweiß. »Erwartet Abrach die Miete für diese Räume?«

Der Bote schüttelte den Kopf. »Nach der Arbeit. Abrach wird zu Ihnen kommen. Sie werden reden und verstehen.«

»Danke, Badr.«

Wieder allein, blickte Summerfield aus dem Fenster und beobachtete, wie der Junge auf die Straße trat und hinter dem Baum um die Ecke verschwand, der tatsächlich als eine Art öffentliche Toilette diente. Ein Wunder, dass der Baum überhaupt noch stand.

Er setzte Wasser auf, platzierte den Brief auf dem Schreibtisch und spitzte ein paar Bleistifte an, während der Tee zog. Dann holte er Papier hervor, legte drei Bogen auf den Schreibtisch und beschwerte sie mit seiner Armbanduhr, wobei ihm der erschreckend weiße Streifen an seinem Handgelenk ins Auge fiel, ein Erbe Englands. Als der Tee genügend abgekühlt hatte, nahm er einen Schluck und öffnete den Brief, der wieder mit der merkwürdigen, schwerfälligen Formulierung begann:

Ich grüße Sie fürwahr erneut, Harry Summerfield,

ich hoffe, es geht Ihnen gut. Nun ist die Zeit zum Schreiben gekommen, Sidi Summerfield. Sie müssen behutsam und überzeugend zugleich vorgehen. Ich fürchte nämlich, dass die Dame schüchtern ist und eine offene Liebeserklärung ablehnen würde. Ich möchte also mit einer förmlichen Erklärung meiner Bewunderung beginnen. Ich habe sie beobachtet und ihre Schönheit und ihre einer Frau geziemende Sanftheit erkannt. Ich möchte ihr so taktvoll und höflich wie möglich mitteilen, dass sie mein Herz vom ersten Augenblick an erobert hat.

Zu Ihrer Information: Sie hat dunkles Haar, ist weder groß noch klein, hat braune Augen und eine sehr weibliche Silhouette. Außerdem ist sie jung, zwanzig Jahre, um genau zu sein, und äußerst intelligent. Und sie hat die Anmut einer Gazelle.

Viel Glück, Sidi Summerfield.

Summerfield schüttelte den Kopf. Er verstand nicht, weshalb Abrach seiner Angebeteten nicht genau diese Worte einfach selbst schrieb. Doch nun konnte er damit Geld verdienen, außerdem hatte er verstanden, dass Abrach etwas Besonderes, etwas Poetischeres vorschwebte. Zu dumm nur, dass es nichts gab, das als Ausgangspunkt taugte – die Beschreibung der jungen Frau passte wahrscheinlich auf zwanzigtausend weitere Damen in Marrakesch.

Er las den Brief ein zweites Mal, nahm einen Bleistift zur Hand und wartete auf eine Inspiration, die jedoch nicht kam. Stattdessen füllten bald kleine Schnörkel das Blatt, die einer zusammengerollten Schlange glichen. Er schnaufte hörbar und trank seinen Tee aus. Nachdem er eine gefühlte Stunde auf dem Stuhl gesessen hatte, stand er schließlich ungeduldig auf und umrundete einmal den Raum. »Nein, nein, *nein*! Ich werd's nicht machen – ich *kann's* nicht.« Er nahm erneut Platz, sprang jedoch gleich wieder auf, und sein Blick wurde einmal mehr von der Falltür in der Decke angezogen.

Es war früher Abend, und die Sonne versank langsam im Westen. Die rosafarbene Stadt hatte sich rötlich gefärbt, und die entfernten Geräusche des Platzes mit den Vorbereitungen der Händler auf die nächtliche Betriebsamkeit drangen zu ihm herauf. Er hatte begonnen, den Reiz dieser Tageszeit zu schätzen. Die Stadt würde bald in eine kurze Totenstarre verfallen, die kaum eine Stunde währte, zwischen dem Ende der Vorbereitungen auf den Abend und dem Eintreffen der wogenden Menschenmasse, die den riesigen Platz füllte. Summerfield schloss die Augen, spürte die warme und zugleich kühlende Brise auf seiner Haut und sog den Duft nach Rauch und Gewürzen tief ein. »Komm schon, komm zu mir«, flüsterte er. Er richtete seine Aufmerksamkeit ganz auf das Bild, das er sich von ihr machte, und begann langsam zu schreiben.

4

Sie trat gerade aus dem Eingangstor der *Académie des Jeunes Demoiselles de Sainte Suzanne de Marrakesh.* Die Uhr schlug fünf, und der Unterricht war für diesen Tag beendet. Die reich verzierten Tore, eine reduzierte Nachahmung derer, die sie auf Bildern des Palastes von Versailles gesehen hatte, hatten sich in der Hitze vieler marokkanischer Sommer verzogen und schlossen nun nicht mehr richtig. In Ermangelung einer besseren Lösung hatte man ein Seil um sie geknotet, das ein Aufschwingen verhinderte und von einem Einheimischen bewacht wurde, der vor einigen Jahren die Geschäftsidee hatte, es zu lösen und wieder zusammenzubinden, wann immer Besucher eintreten oder herauskommen wollten. Der Mann war alt und faltig und trug Umhang und Kapuze als Schutz vor der Sonne. Seine krummen, arthritischen Hände ähnelten immer mehr den Knoten, die er hundertmal täglich band und wieder aufknüpfte. Keine der jungen Schülerinnen des Instituts kannte seinen Namen, stattdessen nannten sie ihn *Monsieur Quasimodo,* machten ihre Bosheit jedoch durch Trinkgeld und Essensgeschenke wieder wett.

Vor der französischen Schule befand sich ein Platz, an dem sich drei Straßen sowie ein Schotterweg, der in die Dattel- und Orangenhaine führte, trafen.

Der Springbrunnen in der Mitte des Platzes funktionierte nur in den Wintermonaten, um ihn herum war ein dichter Rasen aus robustem Gras, auf dem etwa ein Dutzend Orangenbäume standen. Hufgeklapper vermischte sich mit den Geräuschen mehrerer Autos, die die Eltern der reicheren Schülerinnen gesandt hatten und die nun um die *place* herum parkten, um auf die jungen Damen zu warten.

Jeanne verabschiedete sich von ihren drei Freundinnen mit je einer *bise* und noch einem Winken, während sie sich unter dem Schutz ihrer Strohhüte und Sonnenschirme in Richtung ihrer jeweiligen Transportmittel entfernten. Jeannes Begleiterin Soumia, die schon seit beinahe fünfzehn Jahren in den Diensten der Familie stand, tauchte in ihrem hellblauen Arbeitskleid auf und begann ihr übliches Ritual, Jeanne zum Trinken zu drängen.

»Aber Soumia, ich habe doch schon ein Glas Wasser getrunken«, protestierte Jeanne wie immer und gab sich schließlich wie immer geschlagen. Soumia war für ihre Sturheit bekannt, und ihre Ansichten über bestimmte Dinge mussten als unverrückbare Wahrheiten akzeptiert werden: wie viel Salz ins Zucchinigemüse gehörte, zu welcher Tageszeit man Tee aufbrühte, wo im Haus Jasmin aufgestellt werden sollte, um unangenehme Gerüche und böse Geister zu vertreiben, und natürlich, wie viele Gläser Wasser man am Tag zu trinken hatte. Nicht einmal ihre Eltern trauten sich, ihr in diesen Dingen zu widersprechen. Vor vielen Jahren hatte ihre Mutter es einmal gewagt, Soumias Vorgaben zu missachten, und die alte Dame (die tatsächlich kaum älter als Jeannes Mutter war, also etwa fünfundvierzig) hatte einen ganzen Monat lang geschmollt, bevor sie eine Entschuldigung annahm und ihre Arbeiten wieder mit vollem Eifer anpackte.

Auf dem Weg zum wartenden Zweisitzer blieb Soumia stehen. Jeanne wusste, was als Nächstes kam, noch bevor ihre ehemalige Kinderfrau den Mund aufmachte.

»Ja, schon gut, Soumia«, sagte sie und rollte die Ärmel ihrer Bluse herunter. »Aber all meine Freundinnen tragen kurze Ärmel. Ich komme mir so altmodisch vor!«

»Wollen Sie etwa verbrennen, Jeanne?«, fragte Soumia und fügte ihren typischen Laut der Missbilligung hinzu, der wie ein verschlucktes h klang. »Wollen Sie, dass Ihre Haut so braun und schrumplig wird wie meine, wie eine Dörrpflaume?«

»Du hast wunderschöne Haut«, erwiderte Jeanne. »Eigentlich –«

»Nichts *eigentlich,* 'moiselle«, fuhr Soumia ihr über den Mund. »Sie müssen auf Ihre Blässe achtgeben. Sie macht euch europäische Damen so anders, so kostbar.«

»Dieses ganze Getue um die Hautfarbe«, grummelte Jeanne. »Und im Übrigen brauchst du nicht denken, mir wäre nicht aufgefallen, dass die anderen Mädchen trotzdem heller bleiben als ich, auch wenn sie ärmellose Kleider tragen.«

»Seien Sie still, Jeanne, oder ich sage Ihren Eltern, wie Sie sich benommen haben. Sie hören sich an, als würden Sie sich für sie schämen.«

»Ganz im Gegenteil, Soumia – ich wünschte nur, sie würden mit mir reden.«

»Mit Ihnen reden? Das tun sie doch jeden Tag.« Aber Soumia sprach nicht weiter. Stattdessen blickte sie auf die andere Seite des Platzes hinüber. Drei zerlumpte Kinder aus der Medina waren dort unter lautem Gebrüll aufgetaucht. »Hmm – die führen nichts Gutes im Schilde«, murmelte sie. »Kommen Sie, Jeanne. Bleiben Sie da nicht stehen. Setzen Sie sich, und dann fährt Mohammed uns nach Hause.« Aber die drei Kinder schienen direkt auf sie zuzulaufen. »Bettler!«, rief Soumia. »Die sollte man gar nicht in dieses Viertel hineinlassen.« Der Fahrer Mohammed reichte Jeanne gerade die Hand zum Einsteigen, als die Kinder bei ihnen angelangt waren. Er drehte sich zu ihnen um und sprach sie mit leiser Stimme an, in dem vergeblichen Versuch, ihnen damit Angst einzujagen.

»Wir schulden euch nichts, ihr kleinen Plagen – haut ab!«

»Gott möge Ihnen gnädig sein! Der böse Blick soll Sie nicht treffen – geben Sie uns etwas, o gütige Dame! Nur eine kleine Münze!«

Soumia seufzte vor Ärger, der mehr von Verlegenheit als Wut herrührte, und stieg noch einmal aus. »Ihr müsst uns mit jemandem verwechseln«, verkündete sie laut auf Französisch und fügte eine Schelte auf Arabisch hinzu.

Von ihrem Sitz aus bemerkte Jeanne, dass einem der Kinder ein Arm fehlte. Sein glatter, runder Stumpf war deutlich sichtbar, während er gestikulierte. Sie schüttelte den Kopf. Warum konnte Mohammed ihnen nicht einfach ein paar Münzen zuwerfen? Im selben Moment huschte plötzlich eine Gestalt – *ein Mann* – auf der anderen Seite des Wagens vorbei und ließ etwas Weißes, Flatterndes durchs Fenster fallen. Jeanne wich instinktiv zurück und schnappte nach Luft. In der nächsten Sekunde war der Mann schon verschwunden. Sie identifizierte das weiße Etwas vor ihr auf dem Boden als einen Brief, den sie aufhob. Sie schaute sich noch einmal nach dem Mann um, da vernahm sie Soumias Stimme.

»Was ist los? Was ist passiert?«

Sie würde nie genau wissen, weshalb sie so handelte. Jeanne Lefèvre steckte den Brief rasch in ihre Schultasche und runzelte die Stirn. »Ich dachte, ich hätte noch etwas vergessen, Soumia – und um Himmels willen, gib diesen Kindern doch eine Münze, um sie ruhigzustellen. Siehst du nicht, dass der arme Junge da nur noch einen Arm hat?«

Soumia verdrehte die Augen und brummelte dem Fahrer etwas zu. »Wenn wir für jedes fehlende Körperteil in dieser Stadt bezahlen würden, wären wir bald arm. Ach, nun machen Sie schon, Mohammed! Geben Sie ihnen ein paar *sous*!«

Sie hätte Soumia den Brief zeigen können. Sie hätte ihn vor ihr öffnen können. Sie hätte ihn sogar ungelesen ihrem Vater übergeben können. Stattdessen behielt sie ihn in ihrer Tasche auf dem Schoß, die sie wie einen kostbaren Schatz umklammerte. Auf der Heimfahrt bemerkte Soumia, sie wirke ein wenig angespannt. Jeanne erwiderte, der Tag sei ziemlich anstrengend gewesen – sie hatten tektonische Platten durchgenommen –, worauf Soumia ein bedrücktes Seufzen entfuhr: *»Schon wieder eine neue Krankheit!«*

Weder ihr Vater noch ihre Mutter waren zu Hause. Wahrscheinlich waren sie zu einer *Soirée* ihres Bridge-Clubs eingeladen und würden erst spät zurückkehren. Während Soumia Tee zubereitete, zog Jeanne sich auf ihr Schlafzimmer zurück.

Das Haus ihrer Familie war von mittlerer Größe, im Kolonialstil erbaut und gehörte zu etwa zwanzig weiß getünchten Gebäuden gleicher Bauweise in ihrer Straße, die eigens für die Staatsdiener aus dem französischen Mutterland errichtet worden waren. Vier Schlafzimmer befanden sich im oberen Stockwerk, in zwei weiteren in einem Nebengebäude waren Soumia und Mohammed untergebracht. Zum Glück hatte man bei der Planung an eine Veranda gedacht, außerdem waren auf beiden Straßenseiten und in den Gärten Bäume gepflanzt worden, die wohltuenden Schatten spendeten. Vom Wind aus den Höhen des Atlasgebirges hergeweht, wuchsen hier auch Sandthymian und Bohnenkraut in Hülle und Fülle. Die Sträucher rochen so stark, dass Jeanne auch mit geschlossenen Augen wusste, wann sie sich ihrem Zuhause näherten. Sie hatte es einmal ausprobiert, und tatsächlich: Ihre Straße roch unverwechselbar nach Pfeffer und Zitronen.

Sie schloss die Schlafzimmertür hinter sich, öffnete ihre Schultasche, wühlte zwischen Büchern und Heften, konnte den Brief jedoch nicht finden. Da leerte sie die Tasche über ihrem Bett aus – und dort lag er. Sie drehte sich zur Tür, lauschte ein letztes Mal, ob sich Schritte näherten, und hielt sich den Brief dann ganz nah vors Gesicht, um daran zu riechen. *Fleur d'oranger.* Diesen Duft kannte sie aus der Stadt. Die Frauen verwendeten ihn zum Kochen, die Männer benutzten ihn als Eau de Cologne, um ihren Schweißgeruch zu überdecken, und in den *Riads* und Restaurants wurde er mit Wasser vermischt vor und nach dem Mahl zur Erfrischung der Hände angeboten. Sie sog noch einmal tief die Luft ein und brach dann vor Aufregung lächelnd das Siegel auf. Sie zögerte. Konnte es ein Irrtum sein? Einem plötzlichen Gedanken folgend, sah sie noch einmal auf der Vorderseite des Umschlags nach: keine Unterschrift, keine Adresse, noch nicht einmal ihr Name. Also war dem Mann ein Irrtum unterlaufen. Es musste ein Versehen sein. Sie richtete ihre Aufmerksamkeit wieder auf den Brief selbst, zog ihn aus dem Umschlag, faltete ihn auseinander und begann zu lesen.

Zärtlich nimmt mein Blick das Ende des Tages wahr, die Anmut des herabsinkenden Schattens entlockt mir ein tiefes, glückliches Seufzen, denn schon bald folgt der Augenblick des Erwachens, wenn Sie sich vor meinem inneren Auge erheben und sich einmal mehr in meinen Tag verwandeln.

Eine Schönheit wie die Ihre, die bei Sonnenuntergang erblüht, muss von jedem Mann bewundert werden, und zweifellos, liebreizende junge Dame, bin ich nur einer von vielen, deren Worte Ihnen zufliegen.

Jeanne wurde rot, fühlte sich verwirrt und beunruhigt. Bei den letzten Worten schien sich ihr Blick nach innen zu richten und sehnsüchtig die Tiefe ihres Körpers zu erfassen. Sie sah sich wie auf der Suche nach Unterstützung im Zimmer um, trat dann vor die Waschschüssel auf ihrem Nachttisch und tauchte ihre Finger ins Wasser. Sie tupfte etwas davon auf Nacken und Stirn, doch die kühlen Tropfen schienen auf ihrer Haut sofort zu verdunsten. Sie spürte Wut in sich wach werden. Es war einfach unsittlich – *wie konnte er es wagen* (es war doch sicher ein Er, oder?), solche Dinge zu schreiben? Und ausgerechnet an *sie*? Doch dann überwog wieder die Neugierde. Ihr Blick fiel erneut auf das Geschriebene, trotz ihrer Empörung konnte sie nicht widerstehen und las die Zeilen ein zweites Mal. Und sie kam zu dem Schluss, dass sie durchaus gut geschrieben waren. Wenn sie es einmal ganz objektiv betrachtete, musste sie sogar zugeben, dass sie wunderschön waren. Sie las den Brief ein drittes Mal. Doch diesmal wurde sie von Soumia unterbrochen, die sie zum Tee nach unten rief. Jeanne stand auf, steckte den Brief erst unter ihr Kopfkissen, nach kurzem Zögern doch lieber unter die Matratze, und trat in den Flur hinaus.

»*Immer* noch nicht umgezogen!«, rief Soumia, als bedeutete es das Ende der Welt. »Sie hatten wohl wirklich einen harten Tag, junge Dame!«

»Den hatte ich tatsächlich, Soumia«, erwiderte Jeanne verlegen.

Wie so oft und ungeachtet ihrer zahlreichen Versuche, zu entkommen, fand Jeanne sich nun am Tisch mit Soumia wieder, wo sie sich alles anhören musste, was diese zu erzählen hatte. Je mehr Zeit verstrich, desto unruhiger wand sie sich auf ihrem Stuhl. Am schlimmsten wurde es, als Soumia zu einer Zusammenfassung ihres Tages ansetzte. Unter normalen Umständen folgte Jeanne ihrem Monolog mit einigen Lauten der Bestätigung und Kommentaren, bis sie geendet hatte. Diesmal konnte sie jedoch Soumias Vorliebe für das Auflisten der kleinsten und nebensächlichsten Einzelheiten kaum ertragen – von der Qualität des Leitungswassers um sechs Uhr morgens bis zu dem Insekt, das Mohammed in der Gießkanne entdeckt hatte, und dem Zustand der Rinnsteine auf dem Weg zur *Académie.* Jeanne erwähnte, dass sie noch Hausaufgaben erledigen musste, worauf Soumia erwiderte, dass sie sich damit Zeit lassen könne, da ihre Eltern noch nicht zurück waren. Als Soumia anfing, über das Auftauchen der Bettlerkinder vor der *Académie* zu reden, konnte Jeanne kaum mehr an sich halten. Doch vergebens, wie sehr sie auch versuchte, Soumia durch Andeutungen auf den geheimnisvollen Mann hinzuweisen, selbstverständlich ohne ihn direkt zu erwähnen, ließ diese sich nie auf das Thema ein, sondern schimpfte lieber ausgiebig über die Polizei der Stadt, die Bettler, die örtlichen Steuern, die Bedrohung durch Raubüberfälle und schließlich über Mohammed, den sie als viel zu sanftmütig und nachgiebig empfand, um der Familie wirklich von Nutzen zu sein. Irgendwann hörte Jeanne auf zuzuhören und schweifte in Gedanken ab zu dem Thema, das sie seit eineinhalb Stunden wirklich beschäftigte.

In der abgeschirmten Welt ihrer Gedanken kehrten die Worte des Briefes zu ihr zurück, der Duft der Orangenessenz, Erinnerungsbruchstücke, die sich nicht in einen logischen Zusammenhang bringen lassen wollten. Hatte sie das Gesicht des Mannes gesehen? Sie versuchte angestrengt, sich daran zu erinnern und das Bild vor ihrem geistigen Auge heraufzubeschwören. Nein, nein – *streng dich an,* forderte sie sich auf.

»Was haben Sie gesagt?«, drang plötzlich Soumias Stimme zu ihr hindurch und ließ Jeanne zusammenzucken.

»Was?«

»Stimmen Sie mir etwa nicht zu, Mademoiselle?«

»Ich habe mich nur gerade gefragt, ob es vielleicht ein Trick war«, stammelte Jeanne.

»Ein Trick? *Vom Gouverneur?*«

»Von den Jungen vor der *Académie.* Vielleicht war ihre Bettelei nur ein Ablenkungsmanöver. Vielleicht hat ihr Vater den Augenblick genutzt, um diejenigen auszurauben, deren Aufmerksamkeit gefesselt war –«

»Grundgütiger«, entfuhr es Soumia, und sie schlug die Hände mit einer theatralischen Geste vors Gesicht. »*Darauf wäre ich niemals gekommen!* Wir müssen schnell nach unseren Sachen sehen!«

»Hast du denn jemanden bemerkt?«, fragte Jeanne. »Einen Mann vielleicht?« Soumia hielt inne, wandte sich ab und versuchte mit zusammengekniffenen Augen, sich zu erinnern. »Denk nach, Soumia.«

Soumia überlegte. »Nein.«

»Bist du dir ganz sicher?«

»Ich war ganz damit beschäftigt, die kleinen Bettler zu vertreiben«, gab Soumia enttäuscht zur Antwort. »Ich hätte besser achtgeben müssen!«

»Ich sage ja nicht, dass ein Mann dagewesen *ist*«, fügte Jeanne rasch hinzu, damit Soumia die Szene nicht noch einmal in allen Einzelheiten durchging. Soumia brummte vor sich hin und schwieg. Jeanne steckte sich den letzten Kuchenkrümel auf ihrem Teller in den Mund und stellte ihre Tasse ab.

»Mademoiselle, fühlen Sie sich nicht wohl?«, fragte Soumia misstrauisch. Jeanne schüttelte den Kopf. »Sie haben doch nicht –«

»Bitte was, Soumia?«, unterbrach sie Jeanne, die genau wusste, worauf sie abzielte.

»Sie fühlen sich doch nicht etwa unpässlich?«, korrigierte Soumia sich, da sie die Warnung in Jeannes Stimme vernommen hatte. »Nein?«

»Nein, Soumia«, sagte Jeanne entschieden. »Ich bin sicherlich nicht *unpässlich* in dem Sinne, wie du es meinst. Nur ein bisschen müde. Ich unterhalte mich sehr gern mit dir, aber ich muss wirklich noch etwas für die *Académie* erledigen.«

»Aber doch hoffentlich nichts über die *tiktonischen Blattern*?«, forschte Soumia nach. »Es ist wirklich unglaublich, dass ihr Mädchen so etwas im Unterricht untersucht. Man stelle sich nur vor – die ganze Stadt könnte sich anstecken!«

»Na ja, manchmal versuchen sie tatsächlich, aus dem Glas zu springen, aber unsere Lehrerin erinnert uns immer daran, die Deckel gut zu schließen«, erklärte Jeanne mit Unschuldsmiene.

»Das will ich auch hoffen«, erwiderte Soumia ein wenig enttäuscht. »Gut, Jeanne – vielleicht sollte ich Sie wirklich an Ihre Arbeit lassen. Aber überanstrengen Sie sich nicht. Und ich werde noch einmal den Inhalt meiner Tasche überprüfen, nur um sicherzugehen. Und gehen Sie bloß nicht raus in die Hitze!«, fügte sie noch hinzu.

»Ich verspreche es«, versicherte Jeanne mit einem Lächeln. »Übrigens glaube ich, dass ich heute Abend früh zu Bett gehen werde. Könntest du mir etwas zu essen hochbringen? Ich lasse das Tablett dann einfach auf dem Treppenabsatz stehen.« Mit diesen Worten erhob sich Jeanne und stieg endlich die Treppe hinauf in ihr Schlafzimmer.

Der Abend dämmerte. Sie erlaubte sich noch nicht, den Brief ein weiteres Mal zu lesen, sondern konzentrierte sich auf ihre Hausaufgaben. Voller Vorfreude saß sie an ihrem Schreibtisch und verfasste ihren Geographie-Aufsatz. Sie musste jedes Mal kichern, wenn der Begriff *tektonische Platten* darin auftauchte, und es fiel ihr schwer, ihn nicht durch Soumias *tiktonische Blattern* zu ersetzen. Das musste sie unbedingt ihren Freundinnen erzählen! Da fiel ihr ein – sollte sie ihnen auch von dem *Brief* berichten? Es würde ihr Ansehen bei den anderen Mädchen sicher steigen lassen – sie würden sie für erfahrener halten, als sie war, für eine Frau. Andererseits könnte es böse Zungen zum Tratschen verleiten. Und sie könnten sich über sie lustig machen. Sie beschloss, darüber zu entscheiden, wenn sie den Brief noch einmal gelesen hatte, und wandte sich erneut ihrem Aufsatz zu.

Langsam wurde es Nacht. Soumia hatte ihr ein Tablett mit einem leichten Abendessen sowie einem Krug mit frischem Wasser gebracht, das sie wie vereinbart nach dem Essen vor ihrer Tür auf dem Treppenabsatz hinterließ. Sie rief *Bonne nuit* nach unten und hörte aus der Ferne Soumias Stimme antworten und ihr einen geruhsamen Schlaf wünschen.

Leise schloss Jeanne die Tür hinter sich und ging zu ihrem Bett. Sie bemerkte, dass sie immer noch ihre Schuluniform trug, verschob das Umziehen jedoch auf später und tastete mit den

Fingern unter der Matratze nach dem Umschlag. Als sie den Brief hervorzog, kam ihr kurz der Gedanke, dass ihre Hände nun den Geruch und den Schweiß des Mannes an sich trugen, der ihn geschrieben hatte. Sie erschrak darüber und wollte sich schon die Hände waschen gehen, da hielt sie in der Bewegung inne. Es war töricht. Sie würde den Brief doch nicht mit Handschuhen halten wollen, wenn sie ihn las! Und als sie sich zurück in den Schein ihrer Nachttischlampe begab, sandte ihr die Vorstellung, dass sie mit einem Teil der Person, die den Brief geschrieben hatte, in Berührung gekommen war, einen Schauder über ihren Körper.

Sie las den Brief gleich zweimal hintereinander, beim ersten Mal schnell, beim zweiten Mal auf jedes einzelne Wort achtend. Ihr war, als könnte sie die Stimme des Mannes in ihrem Kopf vernehmen, und seltsamerweise kam ihr dabei das Bild des jungen Schauspielers vor Augen, den sie einige Monate zuvor als Molières »Le Bourgeois gentilhomme« auf der Bühne gesehen hatte. Er hatte mit seinen feinen Gesichtszügen fast wie ein neugieriges Vögelchen ausgesehen, und seine klaren braunen Augen waren ungemein ausdrucksstark gewesen. Ein paar ihrer Freundinnen hatten ihm geschrieben, und zwei von ihnen, von denen eine ihre beste Freundin Cécile war, hatten zur Bestürzung aller anderen tatsächlich eine sehr freundliche Antwort erhalten.

Jeanne knipste das Licht aus und grübelte über den kurzen Text in ihren Händen nach, versuchte seine Bedeutung zu entschlüsseln und forschte auch nach darin *verborgenen Bedeutungen.* Es ging um Bewunderung, um die Bewunderung ihrer Schönheit. *Schönheit!* Sie gluckste. Das Wort war ihr noch nie in den Sinn gekommen. Zumindest nicht, wenn sie an sich selbst dachte. Ihr Körper war etwas, das eben einfach da war – die meiste Zeit über spürte sie ihn überhaupt nicht, er war einfach Teil eines Ganzen, das von ihrem Kopf beherrscht wurde. Natürlich masturbierte sie, wie ihre Freundinnen auch – obwohl die Schwestern auf der

Académie es verteufelten. Was machten *sie* eigentlich stattdessen?, fragte sie sich auf einmal, schlug sich diesen Gedanken jedoch gleich wieder aus dem Kopf. Sie, Jeanne, hatte auch schon geküsst. Mehrmals sogar. Es waren süße, so zärtliche wie flüchtige Küsse gewesen, die sie mit Edouard, dem Sohn eines Arbeitskollegen ihres Vaters, getauscht hatte. Er schien sie gernzuhaben. Vielleicht war der Brief ja von ihm? Nein, dafür klang er zu erwachsen. Edouard war erst neunzehn und besaß leider keinerlei literarisches Talent, dachte Jeanne. Er war für eine Laufbahn als Buchhalter im Staatsdienst wie geschaffen.

Der Brief. So hatte sich noch nie zuvor jemand an sie gewandt, und seine Worte wühlten sie auf. Sie sog tief Luft ein und spürte ihr Herz schlagen. Sie lauschte, und das Pochen wurde schneller, tiefer, als wollte es ihren Gedanken vorauseilen. Und dann verspürte sie ein Prickeln, weiter unten, im intimen, unsagbaren Bereich ihrer Weiblichkeit. Sie atmete noch einmal tief ein, konzentrierte ihre Gedanken auf den Brief, zügelte ihr rasendes Herz und brachte es in einen langsameren Rhythmus.

Mit einem Ruck stand sie auf, schloss die Fensterläden und zog die Vorhänge zu, um die Welt draußen auszuschließen. Das Wort *Schönheit* kam ihr wieder in den Sinn und erfüllte sie erneut mit Staunen und einem Anflug von Schuld und Scham. Auf einmal fühlte sie sich schrecklich allein und verwundbar. Sie knipste ihre Nachttischlampe wieder an, und sofort fiel ein sanfter Schein über ihr Bett. Er beleuchtete *Baudelaire,* ihren treuen, abgenutzten Teddy mit seinem warmen Licht. Sie hob das Kuscheltier auf, drückte es an ihre Wange, und der leicht süß-saure Geruch seiner Wolle erfüllte sie mit einem Gefühl des Trostes. Es war alles in Ordnung.

Sie begann sich zum Schlafen umzuziehen. Es war kurz vor zehn, und durch die Fensterläden drang kühle Luft in ihr Zimmer. Vor dem Spiegel zog sie ihr Kleid und ihre Bluse aus, faltete sie ordentlich und legte sie auf ihren Frisiertisch. Dann schlüpfte sie aus ihrer Unterwäsche, griff nach ihrem Nachthemd und zögerte. Ihr Blick wanderte zurück zum Spiegel. Zuerst schamhaft, dann neugierig betrachtete sie ihren zur Seite gedrehten Körper. Ihr Spiegelbild erschien ihr heute anders als sonst. Es war, als wäre sie aus sich selbst herausgetreten und sähe sich dabei zu, wie sie sich im Spiegel betrachtete. Sonderbar. Sie trat dichter heran.

Das Bild, das ihr entgegenblickte, war sowohl vertraut als auch fremd, und ihr wurde auf einmal bewusst, dass sie eine Frau sah. Eine mittelgroße, schlanke Frau mit gewelltem Haar, das in der Dunkelheit fast schwarz wirkte und auf ihr Schlüsselbein hinunterfiel. Ihre Augen waren ebenfalls dunkel, haselnussbraun. Zwei ausgeprägte schwarze Halbmonde bildeten ihre Augenbrauen, dazwischen war ihre recht markante Nase zu sehen. Schmale, noch kindliche, zerbrechlich wirkende Schultern, die in schlanken, aber starken Armen mündeten. Die sanfte Rundung ihrer festen Brüste, die in der Mitte spitz zuliefen und deren harte, dunkle Warzen leicht nach außen zeigten. Ihr Bauch war noch so flach wie die Oberfläche eines ruhigen Sees, doch ihre Hüften wölbten sich bereits fraulich nach außen. Ihre Schenkel waren rund und kantig zugleich und umschlossen die Hülle ihres Geschlechts, ein pechschwarzes Dreieck. Ein seitlicher Blick offenbarte einen frühreifen, frech hervorspringenden Hintern, der der Schwerkraft zu trotzen schien. Dort im Spiegel blickte ihr tatsächlich eine Frau entgegen, womöglich sogar eine, auf die die Worte des Briefes zutrafen.

Sie trat einen Schritt zurück und betrachtete ihren Umriss und ihre Hautfarbe, wobei ihr wieder einmal auffiel, dass ihre Figur nicht unbedingt der der anderen Europäerinnen ähnelte und dass ihre Haut zwar hell war, aber auch einen tieferen, reichhaltigeren Ton besaß, der an die Haut einer jungen grünen Olive erinnerte. Eigenartig, dachte sie. Wer *ist* diese Frau, die zu keinem klar definierbaren geographischen Ort zu gehören scheint? Wie kann jemand denn nirgends hingehören? Schließlich zog Jeanne müde und ratlos ihr Nachthemd an und legte sich ins Bett. Sie schlief ein mit dem Brief unter dem Kopfkissen und dem Bewusstsein ihres Körpers auf dem Laken, dieser Fremden, die sie selbst war.

5

Abrach war bester Laune. Sie saßen im Café Kasbah vor dem zerfallenden Königspalast, und er hatte Summerfield gerade einen *caoua* – Kaffee – bestellt. Der Kaufmann trug sein typisches Lächeln im Gesicht, doch diesmal wirkte es gewichtiger, ehrlicher auf Summerfield.

»Harry Summerfield, ich bin sehr zufrieden mit Ihrer Arbeit«, verkündete Abrach grinsend. Und dann, wie nebenbei: »Verzeihen Sie mir bitte, dass ich Sie nicht zu Hause besucht habe. Ich möchte so diskret wie möglich vorgehen.«

»Sie würden dort sicher heftig bedrängt werden«, mutmaßte Summerfield und nahm den Kaffee mit einem Kopfnicken entgegen.

»Ich helfe immer denen, die mir geholfen haben«, erklärte Abrach. »Doch manche Menschen wollen einem einreden, sie hätten geholfen, obwohl sie überhaupt nichts für einen getan haben. Und gerade diese Menschen fordern oft am meisten!«

»Wie sonderbar«, entfuhr es Summerfield. Er lächelte, da ihm Abrach und seine schlichten Weisheiten langsam ans Herz wuchsen.

Der Kaufmann bedeutete dem Kellner, ihre Gläser neu zu füllen, und wandte sich dann wieder Summerfield zu. »Also, erzählen Sie mir – wie geht es Ihnen, Harry? Sind Sie immer noch entschlossen, ein wenig länger hierzubleiben?«

»Jeder Tag birgt eine neue Entdeckung«, gab Summerfield zur Antwort. »Ich will bleiben, nicht bis mir das Geld ausgeht, sondern bis sich die Neuheit dieses Ortes für mich verbraucht hat.«

»Gut«, sagte Abrach lächelnd. »Und das darf ruhig eine Weile dauern. Denn, wie Sie sich vielleicht denken können, ich möchte Ihre Dienste gern weiterhin in Anspruch nehmen.«

»Ehrlich gesagt hatte ich fast erwartet, dass ich Sie heute zum letzten Mal sehen würde, Abrach. Dann habe ich also Ihren Test bestanden?«

»Sie haben ihn mit Bravour bestanden – und ich danke Ihnen.«

»Ich war ein wenig besorgt«, meinte Summerfield. »Man fragt sich immer, wie der Leser das Geschriebene wohl auffassen mag.«

»Das ist ein gutes Zeichen, Harry. Es zeigt, dass Sie Ihr Handwerk professionell ausüben.«

Summerfield beugte sich vor. »Wissen Sie, am schwersten war es für mich, die nötige Inspiration zu finden. Ich wusste einfach nicht, wie ich den Ball ins Tor bringen sollte.«

Abrachs Mundwinkel senkten sich. »Ich möchte doch bitten! Sie sprechen über das bezauberndste Wesen der Welt wie über ein Fußballspiel!«

Summerfield lachte. »Ich habe mich schließlich an die Stadt Marrakesch selbst gewandt.« Abrach blickte ihn stirnrunzelnd an. »Ja«, fuhr Summerfield fort, der sich eine Zigarette anzündete und das Gespräch sichtlich genoss. »Als mir einfach nichts einfallen wollte, bin ich aufs Dach gestiegen, und als ich von dort aus die Stadt, ihre Lichter und den Sonnenuntergang sah, wusste ich, dass ich mein Thema gefunden hatte.«

»Ich verstehe«, erwiderte Abrach, der plötzlich betrübt wirkte. »Wenn ich mich bei Sonnenuntergang also einfach auf meine Terrasse gestellt hätte, hätte ich das Ganze auch selbst schreiben können – und dabei Geld gespart!«

Beide lachten. »Sie können es ja versuchen«, meinte Summerfield, worüber Abrach kurz nachdachte, dann jedoch den Kopf schüttelte.

»Ein weiser Mann lässt den Meister sein Handwerk verrichten. Meine Geschäfte würde ich Ihnen nicht anvertrauen. Die Poesie dagegen würde ich nicht in meine eigenen Hände legen wollen.«

Sie saßen eine Weile schweigsam an ihrem Tisch und beobachteten das lebhafte Kommen und Gehen in der engen Gasse vor dem Fenster. Abrach beugte sich vor und wies Summerfield auf den Himmel hin, dessen trübes Blau auf unmittelbar bevorstehenden Regen hinwies. Tatsächlich kam Wind auf, der Staub und Sand aufwirbelte, durch die Straßen und Gassen trug und bis auf die Tische des Cafés wehte. Summerfield tauchte eine Fingerspitze in die Staubschicht und betrachtete sie eingehend.

»Er kommt aus der Wüste«, erklärte Abrach und zog die Augenbrauen hoch. »Von Ouarzazate und von noch weiter her.« Seine Stimme drang wie aus der Ferne zu Summerfield, als spräche die Weite der Wüste selbst aus ihr. Er nickte.

»Eines Tages werde ich dorthin reisen.«

Der Regen wurde stärker. Summerfield versuchte, ihn mit dem englischen Regen zu vergleichen – etwa mit dem Regen vor einem Auguststurm. Aber das traf es nicht ganz. Hier fiel der Regen in sichtbaren Tropfen, die wie die milchigen Halbedelsteine aussahen, aus denen die örtlichen Kunsthandwerker ihre Schmuckstücke fertigten. Große, rosafarbene Staubexplosionen auf den Pflastersteinen. Die Menschen draußen suchten jedoch keinen Schutz vor dem Regen. Stattdessen schienen immer mehr von ihnen auf die Straße zu strömen und sich aneinander vorbei über das Kopfsteinpflaster zu drängen. Etwa zehn Meter zu ihrer Linken befand sich ein Loch in der Straße, wo Arbeiten am Abwasserkanal vorgenommen wurden, daneben lag ein Haufen ausgegrabene Erde, der sich unter dem anhaltenden Regen rasch verteilte. Ein Mann verlor im Vorbeigehen auf dem rutschigen Untergrund das Gleichgewicht und fiel hin. Ein zweiter half ihm auf die Beine und lief danach gleich weiter. Der erste rief ihm noch einen Dank hinterher und setzte dann, seine *Djellaba* mit dunkelrotem Schlamm verschmiert, ebenfalls seinen Weg fort. Summerfield sah seinen Begleiter lachend an – nicht aus Schadenfreude, sondern aus verzückter Überraschung über die Gelassenheit, die sie zur Schau trugen. In einen Erdhaufen zu fallen, der einfach mitten auf der Straße liegen gelassen worden war, schien für die Leute so normal zu sein wie der Sonnenaufgang.

Nach etwa zehn Minuten war der Schauer jäh vorüber, und die kühle Luft heizte sich sogleich wieder auf, wobei ein schwerer Geruch aufstieg, den Summerfield als Mischung aus Schweiß, Exkrementen und Leder identifizierte. Er rümpfte die Nase, versuchte aber, sein Missfallen zu verbergen. Abrach musste es dennoch bemerkt haben, denn er rief etwas auf die Straße hinaus. Sogleich erschien ein alter Mann mit einem Korb unter dem Arm. Abrach drückte ihm eine Münze in die Hand und griff in den Korb, aus dem er zwei Zweige frischer Minze herausholte.

»*Choukran,* danke«, sagte er zu dem Straßenhändler und drehte sich dann zu Summerfield um: »Hier, nehmen Sie die. Ich bin daran gewöhnt.« Summerfield nahm die Minze entgegen und fragte sich, ob er die Blätter abzupfen und kauen sollte. »So«, erklärte Abrach, nahm die Zweige noch einmal an sich und hielt sie sich unter die Nase. »Das tötet die üblen Gerüche ab. Sie sind wohl noch nicht im Gerberviertel gewesen.« Er reichte sie ihm zurück. »Mein Freund, Sie haben noch viel zu entdecken – aber denken Sie immer an die Minze. Sie werden Ihre Bedeutsamkeit noch erkennen.«

Nach dem Kaffee lud Abrach Summerfield auf einen Spaziergang in den königlichen Gärten außerhalb der Stadtmauern ein. Schon bald steuerten sie in einer herbeigerufenen Kalesche ihrem Ziel zu. Summerfield versuchte während der Fahrt ein Gespräch zu beginnen, doch der Kaufmann schwieg beharrlich, was

Summerfield als Vorsichtsmaßnahme verstand für den Fall, dass der Fahrer ihnen lauschte.

Gerade als sie aus der Kalesche stiegen, um die kunstvoll angelegten Gärten zu betreten, klarte der Himmel auf. Sie begannen ihren Rundgang, und Abrach führte Summerfield zu einem Zierteich. Summerfield wartete einen passenden Augenblick ab, um die Frage zu stellen, die ihm schon die ganze Zeit auf der Zunge brannte.

»Sie sagten, der Brief habe ein positives Ergebnis erzielt«, fing er an. »Sie hat also darauf geantwortet?«

Sein Begleiter nahm seinen Hut ab, wischte sich mit dem Handrücken über die Stirn und danach die Hand an einem Taschentuch ab. Er schnaubte kurz. »Oh, nein. Wenn es doch nur so schnell und einfach ginge, mein Freund. Es wird Zeit brauchen. Man findet einen Schatz selten schon nach dem ersten Spatenstich.«

Summerfield nickte zustimmend. »Doch was ist dann das positive Ergebnis, mit dem Sie so zufrieden sind?«

»Harry, Sie sind sehr direkt. In der Tat gibt es gleich zwei Erfolge zu vermelden, beide kaum sichtbar, aber dennoch bedeutend.«

»Erzählen Sie«, forderte Summerfield ihn auf und konzentrierte sich dabei im Geiste bereits auf das Verfassen des nächsten Briefes.

»Zum einen hat die betreffende junge Schönheit den Brief nicht abgelehnt. Sie hätte den Umschlag einfach in den Rinnstein werfen können, aber sie tat es nicht. Zum anderen hat sie ihn *gelesen.*«

»Woher wissen Sie das?«, fragte Summerfield.

»Weil sie am nächsten Tag aufmerksam die Gesichter in der Menge abgesucht hat. Sie war offensichtlich fasziniert und schien weder besorgt noch verärgert zu sein. Meinem Beobachter zufolge wirkte sie eher neugierig und bereit für eine weitere Kontaktaufnahme.«

Summerfield kicherte. »Ich kann mir ihr Gesicht vorstellen, als sie las –«

»Ich möchte nicht, dass Sie darüber lachen«, unterbrach ihn Abrach mit versteinerter Miene. Summerfield schwieg überrascht von dem plötzlichen Stimmungsumschwung. »Ihr Schreiben muss immer von Respekt zeugen, Harry. Und das fällt Ihnen leichter, wenn Sie sie als Person respektieren.« Abrachs Tonfall wurde sanfter: »Sehen Sie, für mich ist sie eine Schönheit, ein einzigartiges Wesen, und ich liebe sie mehr, als Sie es sich vorstellen können. Oh, wenn Allah es will – Harry, ich schwöre Ihnen, ich würde mein Leben und meinen Wohlstand an die Bedürftigen verschenken, wenn ich sie damit nur für mich gewinnen könnte.«

6

Nichts geschah. Weder am zweiten noch am dritten Tag. Jeden Tag verließ Jeanne die *Académie* und wartete vor den Toren, bis Soumia sie abholen kam. Sie hatte sich die Gesichter auf dem Platz so oft angesehen, bis sie jedes einzelne auf Anhieb wiedererkannte. Und sie schaute weiter, fragte sich, welcher der Herumstehenden eine unerwartete Bewegung machen und auf sie zukommen würde. Doch niemand kam. Sie trödelte länger als sonst vor der Kalesche herum, bis sie merkte, dass Soumia argwöhnisch wurde, und kletterte dann enttäuscht mit einem kurz angebundenen *Oui, Soumia* hinein.

Am vierten Tag kam Jeanne der Gedanke, dass sie sich vielleicht zu sehr auf eine bestimmte Sache konzentriert und darüber den weiß gekleideten Mann übersehen hatte. Sie hatte nämlich die ganze Zeit erwartet, dass der Bote nachmittags, nach dem Unterricht erscheinen würde. Morgens jedoch war sie, ohne auf Details zu achten, ins Gebäude geeilt, nur in Sorge, ihren Platz nicht rechtzeitig vor dem Glockenläuten zu erreichen. Warum hatte sie nicht daran gedacht, dass er zu jeder Tageszeit erscheinen könnte? Sie schalt sich für ihre Dummheit und war umso aufgeregter, als sie an diesem Morgen mit Mohammed zusammen das Haus verließ.

Als der Wagen zum Stehen kam und Mohammed ihr die Tür öffnete, stieg sie voller Anspannung aus. Sie glaubte zu spüren, dass etwas geschehen würde. Dieses Mal wartete sie, bis Mohammed davongefahren war, und ging erst danach auf das Tor mit dem alten Seilbinder zu. Sie versuchte sich umzusehen, ohne dabei verdächtig zu wirken, erwiderte den Gruß von ein paar Mädchen, konnte den Mann jedoch nirgends entdecken, genauso wenig etwas in der Hand von irgendjemandem, das einem Brief ähnelte. Sie senkte den Blick und begann an ihrer Hypothese zu zweifeln. Sie war schon bereit, sie ganz aufzugeben, als es so weit war. Es ging rasend schnell. Plötzlich stand ein junger Araber vor ihr. Sie blickte auf, und in ihrem Gesicht blitzte die Frage auf: *Bist du es? Bist du der Briefeschreiber?* Sie brachte allerdings kein Wort heraus. Doch der Mann schien die Frage zu spüren und schüttelte den Kopf. Er war groß, dünn, kaum älter als sie selbst, glatt rasiert und westlich gekleidet, schon beinahe zu sauber und adrett. Er wirkte, als fühlte er sich in seiner Aufmachung ein wenig unbehaglich.

»*Un deuxième message*«, sagte er sanft auf Französisch. »Ich warte, falls Sie antworten möchten.« Er streckte die Hand aus, als wollte er ihre schütteln, doch sie verbarg einen kleinen weißen Umschlag, den er in ihre Handfläche presste.

Jeanne stand wie angewurzelt, merkte, wie die Zeit verstrich, und wusste, dass sie sich beeilen musste, damit niemand auf sie aufmerksam würde. »Wo?«, platzte es aus ihr heraus. »Wann?«

»Machen Sie so«, antwortete er rasch mit einer fächelnden Handbewegung. »Ich werde warten, keine Sorge.« Und er lächelte. »*Au revoir.*«

»Wie heißt du?«, flüsterte Jeanne, doch der junge Araber schüttelte den Kopf.

»Ich bin es nicht.«

Die folgenden Stunden waren eine Qual. Sobald Jeanne durch die Tore der *Académie* trat, legte ihr das Schicksal tausend verschiedene Hindernisse in den Weg. Aus irgendeinem Grund wollte an diesem Tag anscheinend jeder mit ihr sprechen, sie um Rat fragen und sie mit allem nur Erdenklichen belästigen. Ihre beste

Freundin Cécile heftete sich an ihre Fersen, sobald sie das Gebäude betrat, und fragte erst nach einem Aufsatz für den Englisch-Test, dann nach diesem und jenem. Sarah Bassouin, das hübsche jüdische Mädchen, das bereits verlobt war und Ende des Jahres einen mit der Familie befreundeten Botschaftsmitarbeiter heiraten sollte, behelligte sie mit der Einladung zu einer Party, gerade als Jeanne die Damentoilette betreten wollte.

»Vielen Dank«, erwiderte Jeanne. »Lass uns in der Pause darüber reden.« Doch Sarah Bassouin folgte ihr zu ihrem Entsetzen durch die Tür und plapperte einfach weiter, während Jeanne die Kabine betrat. »Sarah, es tut mir leid, aber –«, entfuhr es ihr schließlich, als die Schulglocke erklang.

»Keine Zeit!«, rief Sarah fröhlich. »Komm schon, du weißt, was die alte Marthe sagt, wenn wir zu spät sind!«

»Aber ich muss mal!«, erwiderte Jeanne.

»Hättest vorher gehen sollen. *Pisseuse*!«

»Sarah«, keuchte Jeanne entsetzt. »Wie drückst du dich aus!«

Und so begann der Unterricht. *Sœur* Marthe, deren Alter unbekannt und kaum auszumachen war und die selbst zu dieser Uhrzeit von der Hitze schnaufte, schien sie auf dem Kieker zu haben. Jeanne konnte ihren Blick nicht von ihrer Schultasche abwenden, in der sie den Brief inzwischen versteckt hatte. Schwester Marthe war knallrot im Gesicht und besprühte sich immer wieder mit Wasser aus einem bauchigen Parfümflakon mit einer daran befestigten Gummipumpe, den sie stets bei sich trug. Dennoch wurde sie von ihrem Leiden nicht so sehr abgelenkt, dass sie Jeanne nicht bemerkt hätte.

»Mademoiselle Lefèvre«, ertönte ihre Stimme. »Gehe ich etwa recht in der Annahme, dass Sie zu den Aufzeichnungen Ihrer Nachbarin hinüberschielen?«

Jeanne erstarrte. »Nein, Schwester.«

»Was treiben Sie dann, Mademoiselle?«

»Nichts Gutes«, kam es irgendwo aus den hinteren Reihen, woraufhin ein kollektives, wenn auch unterdrücktes Kichern durch die gesamte Klasse ging, das durch Schwester Marthes wütend verzerrte Gesichtszüge jedoch abrupt zum Schweigen gebracht wurde.

»Nun?«

»Es tut mir leid, Schwester Marthe«, antwortete Jeanne, die rot anlief und all ihre Energie aufbringen musste, um gerade und aufmerksam dazusitzen.

»Sie wirken nervös«, bohrte die Lehrerin weiter.

»Sie ist verliebt!«, flüsterte es, und diesmal störte sich das aufkommende Gelächter und Gejohle nicht an Schwester Marthes finsteren Blicken.

»Das stimmt nicht!«, rief Jeanne, bemerkte jedoch sofort, dass es ein Fehler war. Von nun an würde ihr niemand mehr glauben. Die anderen Schülerinnen juchzten noch einmal auf.

»Seid still!«, rief Schwester Marthe keuchend vor Anstrengung. Die Klasse verstummte. Schwester Marthes Parfümzerstäuber quietschte unter ihrem hastigen Pumpen. »Lefèvre, Sie fahren mit dem nächsten Absatz fort. Lesen Sie.« So begann Jeanne also stockend und holprig mit Shakespeares »Sturm«, bis Schwester Marthe, offensichtlich gepeinigt von ihrem Vortrag, sie beinahe anflehte aufzuhören. »Was ist nur los mit Ihnen, Mademoiselle? Sind Sie krank?«

Jeanne lief krebsrot an, zögerte und sagte dann: »Ich würde gern auf die Toilette gehen, bitte.«

»Sie lügt nicht, Schwester«, rief Sarah. »Sie musste schon vor der Stunde gehen. Ihre Blase muss gleich platzen!« Erneutes Gelächter.

»Sarah Bassouin!«, kreischte Schwester Marthe. »Nur weil Sie uns dank Ihrer Heirat verlassen, heißt das nicht, dass Sie das Recht haben, allen Anstand zu verlieren!« Und an Jeanne gewandt, während sie sich die Stirn abwischte: »Also, mein Mädchen, warum haben Sie nicht einfach die Hand gehoben?«

»Ich dachte, es wäre –«

»Was?«

»Ich dachte, es wäre nur … Aber das ist es nicht.«

»Lieber Gott«, seufzte Schwester Marthe stoisch. »Sie sind diesen Monat ein wenig früh dran – nun gehen Sie schon. Rasch!«

Jeanne stand auf, ergriff ihre Tasche und schlich aus dem Klassenraum, wobei sie jedoch noch den Schirmständer umwarf. Auf das laute Klappern folgte erneutes Gekichere. Sie bückte sich und sammelte die Schirme gemeinsam mit Cécile auf, die ihr zu Hilfe geeilt war. Dann verschwand sie hinter der Tür, durch die sie beim Schließen einen letzten Blick auf Schwester Marthe erhaschte, die ihre Augen verzweifelt gen Himmel rollte.

Einmal auf der Toilette angelangt, schloss Jeanne sich in eine Kabine ein und setzte sich. Sie war völlig außer Atem. Die Aufregung war kaum zu ertragen und kurz davor, in Angst umzuschlagen. Ihre Hände zitterten, als sie nach unten griff und ihre Tasche auf den Schoß zog. Der Brief erschien ihr so kostbar, so schutzbedürftig. Sie roch wieder einen Hauch von *fleur d'oranger,* der trotz seiner Zartheit den Bleichmittelgeruch in der kleinen Zelle übertönte. Sie fürchtete, sie könnte den Brief versehentlich zerreißen, und lehnte sich noch einmal zurück, um tief Luft zu holen. Schwester Marthe würde sich bald wundern. Die anderen auch. Ich darf nicht zu lange fortbleiben, jagte es ihr durchs Hirn. Mit größter Anstrengung wandte sie sich dem gefalteten Papier zu, löste umständlich das Siegel, fuhr zusammen, als sie das Papier dabei leicht einriss, brachte ihre Finger wieder unter Kontrolle und fuhr fort, bis das Siegel komplett aufgebrochen war. Sie zog den Brief aus dem Umschlag, wobei er ihren Fingern entglitt und zu Boden rutschte. Sie hob ihn auf, faltete ihn auseinander und keuchte – es war ein Gedicht.

Die nächtlichen Augen
der alten, immerwährenden Sterne leuchten
über unzähligen Herzen
und unzähligen Worten.
Unendlich sind sie,
diese silbernen Punkte
im Nadelkissen der Nacht,
wie auch die Gleichnisse für Augen,
für schlagende Herzen, Schicksal und Torheit:
Immerwährende Geschichten,
bestimmt, sie zu leben,
und sie leben – wie die Sterne.

Jeanne fühlte, wie sie die Kontrolle über ihren Körper verlor. Sie öffnete die Augen. Irgendwie war sie auf dem Boden der Toilettenkabine gelandet. Sie konnte unmöglich abschätzen, wie viel Zeit vergangen war, doch es kam ihr vor wie die Sterne in dem Gedicht – unendlich. Sie war ohnmächtig geworden. Liebe Güte, sie war *ohnmächtig* geworden, wiederholte sie in Gedanken, als müsste sie diesen Umstand bestätigt bekommen. Sie versuchte aufzustehen, rutschte zurück und atmete tief durch, bevor sie sich in eine sitzende Position hievte. Voller Sorge, ihn verlieren zu können, faltete sie den Brief rasch zusammen. Sie steckte ihn nicht wieder zurück in ihre Tasche, sondern schob ihn instinktiv unter den Rock zwischen den elastischen Bund ihrer Unterhose und ihre nackte Haut und bedeckte ihn mit den Falten ihrer Bluse.

Als sie die Tür zum Klassenzimmer öffnete, war alles still. Die Mädchen saßen über einen Test gebeugt, und Schwester Marthe nickte Jeanne zu, sie solle sich setzen, nachdem sie sie einen Augenblick lang zuerst misstrauisch, dann besorgt beäugt hatte. Arme Jeanne. Sie konnte sich nicht eine Sekunde konzentrieren. Der Text schien sie anzuspringen, die Buchstaben verschwammen vor ihren Augen. Sie spürte, wie sie erneut rot anlief. Sie musste die ganze Zeit auf das Aufgabenblatt gestarrt haben, da plötzlich wie aus dem Nichts eine Hand auf ihrem Schreibtisch auftauchte. Es war keine andere als die faltige, fleckige Hand von Schwester Marthe. Jeanne schloss die Augen und rechnete mit dem Schlimmsten – dass sie sie auffordern würde, sich zu erheben. Sie sah es genau vor sich: Der Brief würde hinunterrutschen und auf den Boden fallen. Schwester Marthe würde von ihr verlangen, ihn vor der ganzen Klasse laut zu lesen. Diese Schmach. Doch stattdessen legte sich die Hand überraschend leicht auf ihre Schulter. Sie blickte auf. Schwester Marthes Gesichtsausdruck sah verändert aus. Es lag Sanftheit darin. Die alte Lehrerin bedeutete Jeanne mit einem Hochziehen der Augenbrauen aufzustehen. Leise, ohne Aufsehen zu erregen, folgte Jeanne ihr hinaus auf den Korridor.

»Jeanne, stecken Sie in Schwierigkeiten?« Die Stimme der Schwester war freundlich.

Jeanne schüttelte den Kopf. »Nein, Schwester. Ich bin nur sehr müde, das ist alles. Eine leichte Erschöpfung.«

Nun schüttelte Schwester Marthe den Kopf. »Ganz offensichtlich bedrückt Sie etwas, Jeanne. Es wäre klug, darüber zu sprechen.«

Jeanne zögerte, und ein leises Seufzen entwich ihren Lippen. »Es tut mir leid, Schwester Marthe – ich kann nicht. Es tut mir leid.«

Die alte Dame schürzte die Lippen, und für einen kurzen Augenblick verhärteten sich ihre Gesichtszüge wieder. »In diesem Fall verschreibe ich Ihnen ein paar Tage Ruhe übers Wochenende. Kein Ausgang, vor allem nicht zu den Partys Ihrer Mitschülerinnen. Ich werde Ihren Eltern eine Nachricht zukommen lassen. Gehen Sie. *Nach Hause* – der Freitag ist für Sie beendet.«

Schlimmer hätte es nicht kommen können. Bevor sie sich versah, hatte Schwester Marthe sie schon ins Krankenzimmer geführt und darüber gewacht, dass die Krankenschwester, eine kleine, drahtige Frau namens Madame Hubert, ihr zwei Dosen Chinin verabreichte. Die Flüssigkeit war so entsetzlich bitter, dass es ihr die Tränen in die Augen trieb. Sie saß reglos auf einer der zwei Liegen in dem trostlosen, erbsengrün gestrichenen Raum, während Schwester Hubert ihren Blutdruck maß.

Ihr Herz pochte rasend – nicht nur, weil sie den Brief auf ihrer Haut spürte, sondern aus Angst, Schwester Hubert würde sie jeden Augenblick auffordern, sich zu einer weiteren Untersuchung auszuziehen, und ihn dort finden. Der Umschlag war durchweicht von ihrem Schweiß und klebte an ihrer Hüfte, was schrecklich juckte. Sie zwang sich stillzuhalten.

Zwanzig Minuten darauf erschien Soumia in der Tür. »Ich wusste doch, dass etwas nicht stimmt«, rief sie und blickte die Krankenschwester wissend an.

»Es ist nichts Ernstes«, erwiderte Schwester Hubert. »Wahrscheinlich bloß Bauchkrämpfe. Sorgen Sie dafür, dass sie viel trinkt.«

»Ich wusste es!«, kreischte Soumia auf – die Krankenschwester hatte bei ihr einen Nerv getroffen. Jeanne verzog beschämt das Gesicht.

»Rufen Sie einen Arzt, wenn es bis morgen früh nicht besser ist. Nur um sicherzugehen«, fügte Schwester Hubert stirnrunzelnd hinzu. Sie zog ein Formular aus einem Ablagekasten. »Ich benötige nun von Ihnen beiden eine Unterschrift – *oder Ihr Zeichen*. Hier unten bitte.«

Soumia nahm den Stift an sich. »Ich kann schreiben«, sagte sie trotzig und unterschrieb, wobei sie die größte Sorgfalt auf jeden einzelnen Kringel verwendete und sich vor Konzentration auf die Zunge biss. Dann reichte sie den Stift an Jeanne weiter.

Einmal zu Hause angekommen, hatte Jeanne gehofft, sie könne gleich in ihr Schlafzimmer verschwinden, um den Brief zu verstecken. Doch ihre Mutter erwartete sie bereits. Also führte Soumia die junge Frau auf die Veranda und setzte sie auf den Rohrsessel, der sonst ihrem Vater vorbehalten war. Dann ging sie Tee holen und tauchte sogleich im Gefolge von Jeannes Mutter wieder auf.

Madame Lefèvre war groß, blass und strahlte eine Gelassenheit aus, wie es nur Menschen mit einer guten Kinderstube vermögen, aufgewachsen im Glauben an bestimmte Grenzen, die nicht zu übertreten sind. Der Blick aus ihren grauen Augen war fest, ihre Lippen waren schmal und zart, wobei Jeanne wusste, dass diese Lippen sowohl die sanftesten Schmeicheleien als auch die bittersten Vorwürfe aussprechen konnten. Sie hatte es nie geschafft, die Aufmerksamkeit ihrer Mutter gänzlich auf sich zu ziehen. In all den Jahren hatte sie in Anwesenheit ihrer Mutter immer das Gefühl gehabt, dass irgendetwas fehlte.

Jeannes Mutter, die wieder einmal eins ihrer zitronengelben Kleider trug, setzte sich zu ihr und ergriff ihre Hand.

»Schwester Marthe hat mich angerufen. Wie geht es dir, mein Liebes?«

»Sie hat gesagt, sie würde eine Nachricht schreiben«, sagte Jeanne stirnrunzelnd. Es kam ihr beinahe wie ein Verrat vor. »Sie hätte nicht anzurufen brauchen. Es gibt wirklich keinen Grund zur Besorgnis, Mutter. Ich bin nur in letzter Zeit ein wenig müde.«

Ihre Mutter nickte leicht. Und war das etwa der Anflug eines Lächelns? »Deine Müdigkeit scheint nun schon eine Weile anzudauern«, stellte Madame Lefèvre fest und bedeutete Soumia mit einem Blick, sich zurückzuziehen. »Soumia hat mir davon erzählt – vor beinahe einer Woche. Sag mir«, fuhr sie mit ruhiger Stimme fort, schenkte Tee aus und reichte Jeanne eine Tasse, »was für eine Art von Müdigkeit ist das? Vielleicht eine *Edouard*-Müdigkeit?« Sie betonte die Worte, als hielte sie sie mit einer Pinzette vor sich hoch.

»*Mutter!*«

»Es mag albern klingen«, erwiderte ihre Mutter mit einem leicht belustigten Zug um die Lippen. »Aber ganz im Ernst – dein Vater und ich haben bemerkt, dass er sich bei jeder Begegnung Mühe gibt, sie in die Länge zu ziehen.«

»Er ist ein ziemlich ernsthafter Mensch«, erklärte Jeanne, deren Interesse geweckt war.

Ihre Mutter zog eine Augenbraue hoch. »Wie ich höre, sammelt er Insekten.«

»*Briefmarken,* Mutter.«

»Kein großer Unterschied«, fuhr ihre Mutter fort. »Ein netter Junge. Sein Vater ist ein guter Freund deines Vaters – und er hat keine schlechte Position.«

»Sind das die Kriterien für eine Ehestiftung, *Maman*? Ich dachte, das hätte es nur bis zum letzten Jahrhundert gegeben.«

»Meine liebe Jeanne, werde nicht unverschämt. Ich habe lediglich angedeutet, dass ein junger Mann vorzuziehen ist, dessen Eltern – nun ja, zu unseresgleichen zählen, das ist alles.« Sie blickte auf, sah das Entsetzen im Gesicht ihrer Tochter und lächelte erneut. »Edouard ist wirklich ein netter Junge.«

»Und er scheint mich tatsächlich zu mögen«, fügte Jeanne hinzu.

»Tatsächlich«, erwiderte ihre Mutter und nahm einen Schluck Tee. »Nett und ... *furchtbar langweilig.* Wirklich genau wie sein Vater – aber sag das um Himmels willen niemandem. Oh Jeanne, kannst du dir vorstellen, ihn wöchentlich in den *Souk* begleiten zu müssen, damit er sich neue Exemplare kaufen kann – Käfer, Kakerlaken, Spinnen – *brr!*«

»Ich habe gesagt, er sammelt *Briefmarken,* Mutter!«, rief Jeanne und fiel in das Gelächter ihrer Mutter ein.

»Das hast du, mein Schatz, das hast du.«

Ihre Mutter nippte noch einmal an ihrem Tee und stellte die zarte Porzellantasse dann zurück aufs Tablett. Sie blickte Jeanne darüber hinweg an. »Jeanne, ich wünsche mir natürlich, dass du dich verliebst. Das würde eine Beziehung wertvoller machen. Vielleicht auch … *dauerhafter.*«

»Das wünschst du dir?«

»Ja. Aber noch nicht jetzt – und *nicht* in irgendjemanden.«

»Du meinst, dass man einander vorgestellt werden und dann umeinander werben sollte, so wie Papa und du damals?«

Die Lippen ihrer Mutter schienen noch schmaler zu werden, fast zu verschwinden. »Ja, Liebes – so wie dein Vater und ich. Also gut«, fügte sie hinzu und holte tief Luft. »Dir scheint es ja schon besser zu gehen. Ich dachte mir, dass dir ein wenig plaudern guttun würde. Aber du hast mir immer noch nicht gesagt, was der Grund deines Unwohlseins ist. Wenn es nicht Edouard ist …«

»Die Abschlussprüfungen«, sagte Jeanne versuchsweise, obwohl ihre Mutter natürlich wusste, dass sie erst in ein paar Monaten stattfinden würden. »Das Wetter –« Ihre Mutter räusperte sich nur leicht, doch Jeanne verstand den Hinweis. Sie seufzte. Der Brief kam ihr in den Sinn. Wie würde ihre Mutter darauf reagieren? Was würde ihr Vater sagen? Er würde sie wahrscheinlich sofort Tag und Nacht bewachen lassen. Sie seufzte noch einmal. »Ich selbst bin der Grund«, erklärte sie schließlich zur Überraschung ihrer Mutter.

»Du selbst?«

»Mutter, ich – ich beginne zu spüren, dass … ich anders bin.«

»Anders?« Wieder zappelte das Wort im Pinzettengriff ihrer Mutter. »Natürlich bist du anders – jeder von uns ist anders.«

»Aber Mutter, wenn ich mich im Spiegel betrachte, sehe ich eine Frau, die weder dir noch Papa ähnelt.«

Ihre Mutter schnaubte leise. »Zuerst einmal, *Frau* – das Wort scheint mir nicht recht passend, Jeanne.«

»Ich bin zwanzig, Mutter – bald schon einundzwanzig.«

»Und als ganz besonders kränkend empfinde ich es, dass du behauptest, *anders* zu sein«, fuhr ihre Mutter fort. »Was an dir ist denn *anders,* mein Kind?«

»Meine Hautfarbe«, antwortete Jeanne, vielleicht ein wenig zu schnell. »Meine Gesichtszüge«, fügte sie hinzu, verschlimmerte es damit jedoch nur.

»Das ist ja lächerlich!«, rief ihre Mutter, womit sie Soumia aufschreckte, die sofort auf der Veranda erschien. »Gehen Sie«, befahl ihre Mutter im selben Atemzug. »Lächerlich und kränkend. Eine Kleinmädchenphantasie – das Waisenkindsyndrom. Jeanne, so etwas würde ich von einem sechsjährigen Mädchen erwarten, aber nicht von einer – wie du meinst – Frau von zwanzig Jahren.«

»Mutter«, rief Jeanne, die sich verteidigen wollte, doch ihre Mutter winkte ab.

»Geh in dein Zimmer und nimm ein kühles Bad, Kind. Das wird deine wirren Gedanken beruhigen. Ich weiß nicht, was der Auslöser für dieses Verhalten ist, aber bis zum Abendessen wirst du dich mäßigen. Hast du mich verstanden? Ich dulde keine weiteren Diskussionen.«

Jeanne zögerte, doch als sie sah, dass es keinen Zweck hatte fortzufahren, erhob sie sich und ging nach oben. Ihr Vater würde sie beim Abendessen garantiert kreuzigen – es würde ihr mindestens einen Monat Hausarrest einbringen. Sie fühlte sich sterbenselend.

Schließlich war sie allein in ihrem Schlafzimmer und schloss die Tür hinter sich. Sie ließ sich erschöpft aufs Bett fallen, starrte eine Weile einfach nur an die Decke und konzentrierte sich auf das Auf und Ab ihres Brustkorbs und auf die Schwere, die allmählich aus ihren Gliedern wich. Irgendwann griff sie sich an die Hüfte und zog die Bluse aus dem Rock. Ihre Fingerspitzen ertasteten den heißen, feuchten Brief und zogen vorsichtig daran. Doch er bewegte sich nicht, er klebte an ihr fest. Sie dehnte den Bund ihres Rockes und zog ihre Unterhose etwas nach unten. Sie lag nun auf ihre Kissen gestützt auf der Seite, und ihre freie Hand löste behutsam den Umschlag von ihrer Haut. Darauf blieben Tintenspuren zurück sowie ein Hauch von Orangenessenz. Sie fühlte sich ganz leicht, fast ein wenig benommen. Sie legte sich mit dem Umschlag in der Hand auf den Rücken. Das Siegel bröckelte langsam ab. Der auseinandergefaltete Brief roch intensiv, überwältigend. Sie gab sich ganz dem Vergnügen hin, ihn wieder und wieder zu lesen, ohne dabei zu merken, wie die Zeit verstrich.

Ihre letzte Prüfung dieses Tages war das Abendessen, das äußerst seltsam verlief. Jeanne war um Punkt acht frisch gewaschen in ihrem Pyjama unten erschienen und hatte sich fest vorgenommen, die Fassung nicht zu verlieren. Ihr Vater, der immer noch seinen Arbeitsanzug aus weißem Leinen trug und mit seinem krummen Rücken und der Glatze wie der Inbegriff eines Staatsbeamten aussah, nahm ihren Kuss entgegen, ohne sich von seinem Stuhl am Esstisch zu erheben. Mutter saß zu seiner Linken und überflog die Zeitung, die er ihr aus dem Büro mitgebracht hatte. Von Zeit zu Zeit machte sie eine Bemerkung und wechselte ein paar Worte mit ihr. Als Soumia das Essen servierte, drehte sich das Gespräch um den Arbeitstag ihres Vaters, die Situation in Frankreich und ganz Europa und um das Hindenburg-Unglück, das zwar schon einige Monate zurücklag, sich aber dank der Wochenschauen, die sie im *Pathé*-Kino gesehen hatten, wohl für immer in ihr Gedächtnis gebrannt hatte. Jeannes Vater spülte sich den Mund mit einem Tafelwein aus der Region und fragte sie schließlich, wie es ihr ging. Mit einem verstohlenen Blick zu ihrer Mutter erwiderte Jeanne, dass sie ein wenig erschöpft gewesen sei, es ihr nun aber schon wieder besser gehe. Ihre Mutter sagte nichts, hüllte sich in Schweigen und lenkte das Gespräch bald auf ein anderes Thema.

Um neun kehrte Jeanne so erleichtert wie überrascht in ihr Zimmer zurück. Hatte Mutter etwa ein Zeichen weiblicher Solidarität erkennen lassen? Vielleicht würde ihre Mutter sie ja nun endlich wie eine wahre Freundin und Ebenbürtige behandeln.

Sie knipste ihre Nachttischlampe an und las das Gedicht von neuem. Jeanne hatte noch nie impulsiv gehandelt, noch nie war sie verliebt gewesen. Nun wollte sie es. Sie wollte jenes große, erhabene Gefühl verspüren, das einige ihrer Freundinnen bereits erlebt und von dem sie erzählt hatten. Sie hatten behauptet, man fühle sich, als könnte man fliegen, höher als jeder Vogel, getragen von einer Strömung, die einen immer weiter hinaufwirbelte, der Sonne und dem Himmel entgegen. Dafür stürzte man in anderen Momenten verzweifelt und unkontrolliert in die Tiefe, bis man sicher war, sterben zu müssen. Doch im allerletzten Augenblick, wenn man bereits alles verloren glaubte, würde das Gefühl einen erneut hinaufbefördern, hoch hinauf, wo man frei schwebte. Sie hatten ihr verraten, dass es merkwürdige Dinge mit dem Herzen anstellte und die erlesensten Schauer durch den gesamten Körper fahren ließ. Es gab auch Dinge, über die sie nicht sprachen, die sich Jeanne und die anderen begierigen Zuhörerinnen jedoch ausmalen konnten – dunkle, verbotene Dinge, die sich über Erziehung und Grenzen, Hautfarbe und Rasse hinwegsetzten. Als würde alle Ordnung zerschlagen werden, eine sanfte und zugleich stürmische Anarchie. Jeanne wollte dieses Gefühl selbst erfahren. Es schien, als hätte sie ihr gesamtes bisheriges Leben nur an diesen einen Punkt führen sollen.

Sie nahm ihren Lieblingsstift zur Hand und zog ein Blatt Papier aus ihrer Schreibtischschublade, im tiefen Bewusstsein, dass nun etwas Großes geschehen würde, das sich ihrem Einfluss entzog. Sie würde anfangen zu leben, die Welt in all ihrer Pracht auszukosten. Sie begann mit dem Verfassen ihrer Antwort.

7

Der Brief lag mit der Rückseite nach oben ungelesen auf seinem Schreibtisch. Summerfield lehnte sich zurück, wischte sich den Schweiß von Händen und Augenbrauen und versuchte, den leichten Duft zu identifizieren, den das Papier verströmte. Eine Mischung aus Zitrone und Pfeffer, dachte er. Thymian vielleicht? Citronella? Es könnte Abrachs Duft sein – aber roch der nicht nach *Orange*? Summerfield hob den Blick.

In der kleinen Sackgasse vor seinem Fenster wurde gerade ein Streit ausgetragen – oder zumindest klang es so. Summerfield stand auf und schaute aus dem offenen Fenster hinaus. Zwei Frauen, vielleicht Mutter und Tochter, ließen eine Schimpftirade auf einen Mann los, der schicksalsergeben auf einer Handkarre saß. Der Mann sah zufällig hinauf, und ihre Blicke trafen sich. Summerfield zuckte die Achseln, und der Mann ahmte seine Geste nach. *Frauen!,* schien er zu sagen. Manche Sprachen wurden eben universal verstanden.

Summerfield kehrte an seinen Schreibtisch zurück, zündete sich eine Zigarette an, wischte sich mit einer Geste, die ihm inzwischen zur Gewohnheit geworden war, noch einmal den Schweiß von der Stirn und drehte vorsichtig das Blatt Papier um. Es war ein sehr kurzer Text darauf zu sehen – nur eine Zeile, die mit größter Sorgfalt in nachtblauer Tinte geschrieben worden war. An der Regelmäßigkeit und Breite des Strichs erkannte er, dass es sich um einen hochwertigen Füllfederhalter handelte. Obwohl es hell genug war, setzte er seine Brille auf und las:

Ein Wunsch, Sie jene Worte schreiben zu lassen, die Sie nicht zu sagen vermögen; zarte, liebliche Worte, zu denen ich allein Sie inspirieren konnte …

Summerfield zog es die Brust zusammen. So einfach und klar, dachte er, und so ehrlich. Er war verdutzt. Er verglich diese Worte sogleich mit seinen eigenen, die ihm nun plump und schwerfällig erschienen. Was dieser jungen Frau gelungen war, war so frei von jedem Kunstgriff, dass es sich laut und wahrhaftig von allem anderen abhob. Er fühlte sich schäbig bei dem Gedanken, dass seine eigenen Worte als Falle für sie gedient hatten und dass diese Falle zugeschnappt war. Er lehnte sich in seinem Stuhl zurück und zog an seiner Zigarette. Plötzlich wurde ihm das Ausmaß seiner Manipulation bewusst, oder vielmehr, wie sehr er es ablehnte, ein unschuldiges Herz so zu manipulieren.

Er stand erneut auf und trat ans Fenster. Der Streit war vorüber, die beiden Frauen waren verschwunden. Nur der Mann saß noch vorgebeugt auf seinem Karren und starrte ins Leere. Summerfield betrachtete den rasierten Schädel des Mannes und seine silbernen Bartstoppeln, die im Sonnenlicht glänzten. Dann blickte er die Gasse entlang auf die Hauptstraße. Menschen eilten auf dem Weg zu irgendeinem unbekannten Ziel wortlos aneinander vorbei. Ein kleiner Junge an der Hand seiner Mutter blieb stehen, um gegen den Baum zu pinkeln. Das Leben nahm seinen Lauf, die Hektik, das unendliche Kommen und Gehen.

Nach einer Weile setzte sich Summerfield wieder an den Schreibtisch. Er zündete sich noch eine Zigarette mit dem braunen, kratzigen Tabak der Region an und bekam prompt einen Hustenanfall. Noch einmal las er ihre Worte und fühlte dabei etwas Unbestimmtes, tief in ihm Verborgenes aufkeimen. Vielleicht war es die Erkenntnis, dass er seine Aufgabe erfüllt hatte. Doch langsam dämmerte ihm, es könnte vielleicht auch etwas damit zu tun haben, dass seine eigenen Worte gelesen worden waren und auf solch süße Weise Anerkennung und Bestätigung erfahren hatten. Sie hatten in der jungen Frau eine Empfindung geweckt. Und sie hatte ihre Gefühle mutig einem unbekannten Schreiber, einem unbekannten Mann mitgeteilt – Abrach natürlich, aber in Wahrheit doch ihm, Harry Summerfield. Lieber Himmel, sie würde sich doch nicht etwa in ihn verlieben? Der Gedanke erschien ihm auf traurige Weise ironisch. Doch dann entfaltete er sich, glimmte in seinem Geist auf und hinterließ dort ein seltsames Gefühl der Erfüllung.

8

Die rote Stadt platzte geradezu aus allen Nähten. Zwar fand der Markt täglich statt, doch an jenem Tag kam zusätzlich eine Karawane aus etwa zweihundert Händlern hinzu, die aus Französisch-Westafrika über Mauretanien heraufgezogen waren, um ihre Waren zu verkaufen. Der *Djemaa el Fna* war vollgestopft mit Menschen; ganze Familien versammelten sich, um Gewürze und Stoffe zu kaufen, und die Ladenbesitzer Marrakeschs füllten ihre Vorräte auf.

Summerfield fand sich gefangen in der Menge wieder. So weit er sehen konnte, war er der einzige Europäer unter etwa zehntausend Leuten. Es war ein merkwürdiges Gefühl, und er fragte sich spaßeshalber, wie es wohl andersherum wäre – wenn er der einzige Araber unter zehntausend Europäern wäre. Wie würde er dann empfinden?

Er wusste nicht, wohin er gehen sollte, und ließ sich von der Menge, einer sich windenden Schlange mit eigenem Willen, an den vielen provisorischen Ständen vorbeiziehen. Der Lärm war ohrenbetäubend – ein jeder schien zu schreien und zu schubsen. Er vernahm hohe Frauenstimmen, kreischende Kinder mit schmutzigen Gesichtern, die sich überall durchquetschten, Männer, die mit kehligen Lauten und solcher Vehemenz feilschten, dass es schien, die Verhandlung würde unweigerlich in üblem Streit enden, was nie der Fall war. Doch inmitten dieser Geräuschexplosion, dieses spielerischen Kampfes und Chaos, erschien immer wieder ein breites Lächeln auf den Zügen der Menschen. So wich ein scheinbar aufgebracht schreiender Mann vor einer solchen Auseinandersetzung zurück und stolperte rückwärts in Summerfield hinein. Dieser fing ihn geistesgegenwärtig auf und war erstaunt, ein breites Grinsen auf dem Gesicht des Mannes zu entdecken, als dieser sich zu ihm umdrehte. Er grinste zurück. Der Mann klopfte ihm ohne Berührungsängste auf die Schulter und winkte dem Händler zu. Summerfield entfuhr ein gurgelndes Geräusch, das anscheinend alle verstanden. Allgemeines Gelächter brach aus, und der Kaufmann zuckte mit den Schultern, gab endlich nach und reichte dem Käufer seine Rechte. Sie schüttelten sich die Hände, tauschten eilig ein paar schmuddlige Geldnoten aus, und schon war der Mann, der mit Summerfield zusammengestoßen war, mit seiner neu erworbenen Bratpfanne verschwunden. Summerfield schüttelte den Kopf, und erneut lächelte ihm jemand aus der Menge zu. Ein seltsames Prickeln erfüllte ihn. Er fühlte sich fast wie einer von ihnen.

Nach weiteren zehn Minuten im Gedränge fand er sich vor einem Stand wieder, an dem Kopfbedeckungen verkauft wurden. Daneben hatte sich eine Gruppe Berbermusiker aufgebaut, die die außergewöhnlichsten Hüte trugen, die Summerfield je gesehen hatte: Sie sahen aus wie riesige, kegelförmige Sombreros, von denen rote und schwarze Stoffstreifen herabhingen. Er wollte sich gerade dem Stand nähern, um einen besseren Blick auf die Waren werfen zu können, da ergriff ihn auf einmal jemand am Arm und zog ihn zur Seite. Es war ein kleiner, bärtiger Mann, der aufgeregt auf ihn einredete und auf einen großen Korb wies, der vor ihnen auf dem Boden stand. Summerfield runzelte die Stirn und wurde mit einem Schlag hellwach, als er sah, dass sich darin zwei, vielleicht auch drei zusammengerollte Kobras befanden. »*Choukran*«, bedankte er sich mit einem Kopfnicken.

Die Hüte interessierten ihn nicht. Er erinnerte sich an sein Gespräch mit Abrach und dessen geheimnisvollen Verweis auf die Wüste und wollte nur eins: ein Tuch – einen *Chech,* wie ihn die Wüstenmenschen trugen. Außerdem wollte er Hosen und ein Leinenhemd kaufen, in denen er sich nicht mehr so stark von den Einheimischen abhöbe. Der Handel dauerte zehn Minuten und folgte dem Muster, das er bei dem Kunden am anderen Stand beobachtet hatte, bloß verkehrt herum: Nun war es der Händler, der in Rage geriet, was noch dadurch verschlimmert wurde, dass keiner das Wort des anderen verstand. Um sie herum hatte sich rasch eine Menschenmenge gebildet, die amüsiert dem Europäer mit dem sonderbaren Wunsch, ihre Kleidung zu erwerben, zusah und sich an seinem Gemisch aus Französisch, Arabisch, Spanisch und diesem echoartigen Singsang der englischen Sprache erfreute. Am unterhaltsamsten von allem war für sie vielleicht noch Summerfields schwungvolles Gestikulieren. Als das Geschäft endlich abgeschlossen war, applaudierte das kleine Publikum. Eingeschüchtert nahm Summerfield seine neuen Kleider entgegen und ließ sich von der Strömung weitertragen.

Am Nachmittag legte er sich schlafen. Bevor er die Augen schloss, kam ihm der Gedanke, dass er mehr und mehr die Gewohnheiten seiner Umgebung übernahm. Er würde auch gern einmal *khat* probieren, sagte er sich noch – in dieser Gegend sah man es zwar nicht so oft, dafür aber weiter im Osten, wo hauptsächlich Arbeiter nachmittags auf diesem schlaffördernden Kraut herumkauten.

Er musste etwa zwei Stunden geschlafen haben. Auf die Uhr zu schauen hatte er keine Lust. Als Erstes spritzte er sich mit Wasser ab, da er selbst im Schlaf noch geschwitzt hatte. Dann probierte er die Kleidung an, die er auf dem Markt gekauft hatte. Ein weißes Leinenhemd, das an einen Kittel erinnerte, schwarze Baumwollhosen, die locker fielen und Luft an die Haut ließen. Und als Letztes einen schwarzen *Chech*. Er betrachtete sich in dem kleinen Spiegel, den er zum Rasieren benutzte, und versuchte, das Tuch um seinen Kopf zu binden. Die Männer von der Karawane hatten damit ihren gesamten Kopf umwickelt, bis nur noch die Augen herausschauten. Es war keine leichte Aufgabe. Wie er das Material auch drehte und drapierte, es wollte einfach nicht an seinem Platz bleiben. Am Ende verlor er die Geduld und warf es in eine Ecke. Ihm war durch seine Anstrengungen unerträglich heiß geworden. Er trank in großen Schlucken ein Glas Wasser. Und dann erinnerte er sich an den Mann, den er am Morgen gesehen hatte, seinen Nachbarn aus dem Erdgeschoss.

Die Tür stand offen. Er zögerte und suchte tatsächlich nach einer Türklingel. Vielleicht war niemand zu Hause, dachte er und hoffte insgeheim, einfach wieder zurück auf sein Zimmer gehen zu können. Aber nein – in diesem Augenblick hörte er Stimmen. Er rief in die Wohnung hinein. Die Stimmen verstummten. Er rief erneut.

Der Mann erschien mit angespanntem Gesichtsausdruck, dann erkannte er Summerfield. *Bonjour,* stammelte er, und Summerfield fragte ihn auf Französisch, ob er ihm helfen könne, den *Chech* richtig zu binden. Der Mann sah ihn verständnislos an und kratzte sich zuerst an der stoppligen Wange, dann am kahlgeschorenen Schädel. Er hatte zur Begrüßung offensichtlich das einzige französische Wort gesagt, das er kannte. Summerfield deutete auf das Tuch in seiner Hand. Der Mann schüttelte den Kopf und verschwand dann im Hausflur. Summerfield fragte sich, ob er wieder gehen sollte, zögerte jedoch. Als er sich gerade umdrehen wollte, tauchte der Mann gemeinsam mit einer seiner jungen Töchter wieder auf. Sie trug einen langen dunkelblauen Umhang, und ihr Gesicht war unverschleiert. Summerfield wiederholte sein Anliegen noch einmal langsam, und das Mädchen ließ daraufhin einen scheinbar unendlichen Redeschwall auf ihren Vater los. Der Mann sah Summerfield neugierig an, zuckte die Schultern ganz ähnlich, wie er es schon am Morgen getan hatte, und bat ihn herein.

Summerfield betrat die dunkle Wohnung und blieb wie angewurzelt stehen. Vor ihm stand die gesamte Familie aufgereiht: der Mann, seine beiden Ehefrauen, die Summerfield nun als solche identifizierte, sowie zwei Töchter und zwei Söhne, die alle noch unter zehn Jahren zu sein schienen. Als Summerfields Augen sich an die Dunkelheit gewöhnt hatten, bemerkte er, dass alle auf seine Füße starrten. Er trug seine Stiefel. Vielleicht sollte ich sie ausziehen, dachte er und nickte in Richtung Boden. Doch der Mann wackelte mit dem Zeigefinger. *Nicht nötig,* erklärte das kleine Mädchen auf Französisch, woraufhin ihre Mutter sie streng anblickte. Summerfield durchwühlte seine Hosentaschen auf der Suche nach etwas, um seine Dankbarkeit auszudrücken, fand jedoch nur seine Zigaretten und ein paar Bonbons, die er gerade noch eingesteckt hatte. Er bot das Päckchen dem Vater an, der nickte und sich eine Zigarette daraus nahm, und drückte die Bonbons dann etwas unbeholfen dem Mädchen in die Hand, das sie sich ohne Rücksicht auf ihre Geschwister in den Mund steckte.

»Ich wohne über Ihnen – direkt unter dem Dach. Ich möchte Sie bitten, mir zu zeigen, wie man das hier anlegt«, erklärte Summerfield in langsamem Französisch und hielt dabei den *Chech* hoch. Das Mädchen übersetzte unsicher. Summerfield bemerkte die gemischten Reaktionen der Familie. Die Jungen lachten, das zweite Mädchen kicherte, ebenso eine der Ehefrauen. Die andere, ältere Frau runzelte die Stirn. Die Miene des Mannes blieb unbewegt, er wollte ohne Zweifel nicht den Streit vom Vormittag aufwärmen. Allem Anschein nach überließ er die Entscheidung seiner zweiten, ernst blickenden Ehefrau.

»Es wäre mir eine große Ehre«, fügte Summerfield hinzu und sah der ersten Frau dabei direkt ins Gesicht, die jedoch auf der Stelle den Blick abwandte. »Tut mir leid«, sagte Summerfield und wiederholte seine Worte an den Mann gerichtet. Dieser schien das Gewicht seiner Bitte abzuschätzen und sagte schließlich:

»*Atay,* Tee.«

Das Mädchen saß an seiner Seite, während die Erfrischung vorbereitet wurde. Endlich hatte er eine Verbündete – dank seiner Bonbons. Er lächelte sie an. »*Comment dit-on: Je m'appelle Harry Summerfield. Quel est votre nom?*« Er zwinkerte ihr zu, und sie flüsterte ihm auf Arabisch ins Ohr: »*Ana Summerfield. Chnou smitek?*« Er wiederholte es. Der Mann klopfte sich auf die Brust.

»*Abdlakabir.*«

»*Ab … bl* – nein, tut mir leid, es ist zu schwer«, gab Summerfield auf, und alle lachten.

»Abd-la-ka-bir.«

»*Ablakakababir.*«

»Nein! AB-LAK«, wiederholte der Mann sehr langsam und laut. Es brauchte noch drei weitere Anläufe, bis Summerfield es richtig hinbekam, woraufhin alle Beifall klatschten, mit Ausnahme des Familienoberhaupts, Abdlakabirs erster Frau, deren Gesichtsausdruck Summerfield trotz der warmen Begrüßung und der Nachmittagshitze an einen Novembermorgen im Hafen von Dover erinnerte.

Sie schienen alle Zeit der Welt zu haben. Das Wasser für den Tee köchelte langsam auf niedriger Flamme. Die Nachmittagsfliegen surrten behäbig durchs Zimmer. Summerfield nutzte die Gelegenheit, sich den Raum, der als Küche und Esszimmer zugleich diente, genauer anzusehen. Er war seit vielen Jahren nicht mehr neu gestrichen worden, vielleicht zum letzten Mal, als der Mann mit seiner ersten Frau eingezogen war. Die dicke Farbschicht aus verblichenem hellem Lindgrün war an einigen Stellen abgebröckelt und hatte nackte Wunden aus pulvrigem Putz hinterlassen. An den Wänden hingen mehrere Teppiche, und Summerfield fragte sich, ob sich dahinter wohl noch mehr Löcher verbargen. An einer Wand hingen Kochtöpfe und Steingut an einer Reihe Nägel. Gegenüber dem Ofen stand ein einzelnes

Möbelstück aus rötlichem, dunklem Holz, in dessen Türen kunstvoll miteinander verwobene und mit Perlmutt ausgelegte Sterne geschnitzt waren. Summerfield bemerkte, dass die beiden Frauen ihn dabei beobachteten, wie er das Muster studierte, und nickte ihnen höflich zu. Die erste Frau verschwand augenblicklich und tauchte mit dem Tee wieder auf. Abdlakabir schenkte ihn reichlich pompös mit hoch erhobenem Arm ein und vergoss dabei, wie Summerfield bemerkte, nur bei einer einzigen Tasse einige Tropfen – der seiner ersten Frau. Sie nahmen alle einen Schluck. Summerfield machte ein genussvolles Geräusch, das der Hausherr Abdlakabir nachahmte.

Als sie ihren Tee getrunken hatten, griff er nach Summerfields Tuch. Die Kinder versammelten sich um sie herum und wurden gleich wieder zurückgedrängt. Der ältere Sohn wurde angewiesen, den Finger aus der Nase zu nehmen, nachdem er so ausdauernd wie erfolglos darin gebohrt hatte.

Abdlakabir war ein Meister. Zuerst band er einen einfachen losen Knoten, dann schlang er sich den Schal um den Kopf, und innerhalb von drei Sekunden hatte er den Stoff zu einer Kopfbedeckung gewickelt, die der der Männer aus der Karawane glich. Zu schnell für Summerfield. Abdlakabir wiederholte jeden einzelnen Handgriff noch einmal langsamer und gab Summerfield das Tuch dann zurück, damit dieser es selbst ausprobierte. Summerfields erster Versuch war eine Katastrophe – am Ende saß ihm so etwas wie ein kegelförmiger Turban auf dem Kopf, womit er seine Zuschauer bestens amüsierte. Er wurde rot, doch da ihm nicht entgangen war, dass selbst die erste Ehefrau lächeln musste, mimte er übertriebene Frustration. Dann versuchte er es erneut, aber diesmal löste sich der Knoten, und das ganze Gebilde rutschte ihm auf den Schoß. Wieder Quietschen und Lachen. Abdlakabir wackelte mit dem Kopf, gurrte *»la, la, la«* – was das Mädchen hilfsbereit mit *»non, non, non«* übersetzte – und nahm das Tuch an sich, um es ihm ein letztes Mal zu zeigen. Summerfield passte genau auf, nahm den *Chech* wieder entgegen und erzielte nach zögerlichem Anfang einen kleinen Erfolg, den die gesamte Familie beklatschte. Abdlakabir sprach über den Lärm hinweg, und das Mädchen wandte sich an Summerfield, um seine Worte zu erläutern: »Man kann den *Chech* auf zwei verschiedene Weisen tragen – nach Art der Wüste und nach Art der Berge. Soll Vater Ihnen nun die Art der Berge vorführen?«

Summerfield lächelte und verneinte: »*La, la,* nein, nein – eine ist schon kompliziert genug! Ein anderes Mal gern – vielen, vielen Dank.«

Eine weitere Runde Tee wurde ausgeschenkt, während Summerfield einen zweiten erfolgreichen Versuch mit dem Tuch startete. Dann sagte die erste Ehefrau etwas, woraufhin zu Summerfields Überraschung alle hastig aufstanden. Matten wurden ausgelegt. Er fragte das Mädchen alarmiert: »Was passiert denn nun?«

»Nachmittagsgebet!«, sagte das Mädchen und fügte bestimmt hinzu: »Sie müssen Ihre Schuhe ausziehen.«

»Oje, das hatte ich ganz vergessen«, sagte Summerfield, dann: »Aber ich bin Anglikaner! Wir machen so etwas nicht.« Er hatte die letzten Worte kaum ausgesprochen, da erfüllte ein widerhallender Klageton die Luft, der aus der nächsten Moschee via Megaphon durch die Straßen getragen wurde. Die Familie nahm sofort die Gebetsposition ein, und Summerfield, der immer noch mit seiner Tasse in der Hand verharrte, fühlte sich wie ein Eindringling.

Seine Anwesenheit erschien ihm respektlos. Da saß er nun, mit seinen Stiefeln an den Füßen, inmitten einer Familie, die ihn willkommen geheißen und in ihren Bräuchen unterrichtet hatte. Er runzelte die Stirn, stellte seinen Tee beiseite und begann, seine Schnürsenkel zu lösen. Zunächst stand er einfach nur da, wie in einer Kirche, mit gesenktem Kopf und aneinandergelegten Händen – etwas, das er seit der Schule nicht mehr getan hatte. Sozialisten taten so etwas garantiert nicht – zumindest nicht die, die zum Kämpfen nach Spanien gingen, ertönte es streitlustig in seinem Kopf. Doch er war nicht für die gerechte Sache nach Spanien gegangen. Stattdessen war er nach Marokko gekommen – nur für sich allein und, wie ihm langsam bewusst wurde, um des Ortes und der Menschen willen. Womöglich sollte er sich niederknien? Er wusste nicht, ob es erlaubt war, konnte die Familie jedoch auch nicht unterbrechen, um danach zu fragen. Schließlich folgte er einem Gefühl von Demut, löste die Hände voneinander, fiel neben dem Mädchen, das ihm einen frechen Blick zuwarf, auf die Knie und schloss die Augen. Was Orwell wohl dazu gesagt hätte?, fragte er sich. Was würde Jim Wilding sagen? Das schmerzhaft in die Länge gezogene Klagelied entfaltete eine hypnotisierende Wirkung und zog ihn in seinen Bann. Er driftete ab. Und Orwell? Und Wilding? Unwichtig. Sie würden es nie erfahren.

Als es Abend wurde, stieg er erneut aufs Dach und machte es sich dort auf einem Kissen gemütlich, um die kühle Luft und den Sonnenuntergang über der rosa schimmernden Stadt zu genießen. Er hatte sein Notizbuch mitgebracht und begonnen, eine Antwort auf den Brief zu formulieren, doch er war noch nicht zufrieden damit. Es lag nicht an seinen Worten – sie schienen ihm eigentlich gelungen. Es lag vielmehr an der Botschaft selbst, an dem Grund seines Schreibens.

Er hatte Abrach nun schon seit einigen Tagen nicht mehr gesehen. Der Kaufmann war auf irgendeiner Geschäftsreise, und Summerfield hatte den Brief über seinen Boten Badr erhalten. Als er darüber nachdachte, wurde ihm bewusst, dass Abrach eine Motivation für sein Schreiben gewesen war. Abgesehen von dem Lohn, den er dafür erhielt, gaben der Kontakt mit dem Mann und seine Persönlichkeit Summerfield Glauben an sein Tun. Abrach brauchte Summerfield, und dank ihm hatte er selbst Anerkennung erhalten. Doch nun, nach dieser ersten, einfachen Antwort, war Summerfield unbehaglich zumute. Auf der einen Seite stand sein Auftraggeber, zu dem er eine freundschaftliche Beziehung aufgebaut hatte. Auf der anderen eine Frau, die er noch nie gesehen hatte, deren Antwort ihm jedoch einen Blick in ihr Herz, auf ihr Wesen erlaubt hatte. Sie war für ihn real geworden. Ihre wenigen Worte hatten ihm so vieles mitgeteilt. In ihnen verbargen sich Mut und ein hoffnungsvolles Herz. Und Verletzlichkeit. Sie hatte sich ihrem Briefpartner ausgeliefert – *ihm*. Und nun musste er überlegen, wie er weiter vorgehen sollte, denn ihr Brief hatte Zweifel in ihm geweckt. *War es seine eigene Angst, die ihn zögern ließ? Was würde mit ihr geschehen? Und Abrach – was würde für ihn bei all dem herauskommen?* Er blickte über die Dächer auf die fernen Umrisse des Atlasgebirges, die sich dunkelviolett vom tiefen Blau des Himmels abhoben. Er befand sich in einer mächtigen Position. Mit seinen Worten hatte er sich bereits in ihre Gefühle und ihre Gedanken gebohrt, und jeder weitere Schritt würde nun Turbulenzen erzeugen. Sollte er das kleinere Übel wählen und seinen Vertrag mit Abrach aufkündigen? Oder sollte er weitermachen?

Er blickte auf die drei Zeilen in seinem Notizbuch. Drei Zeilen, die ihn zwei Stunden gekostet hatten. Sie waren so, wie Abrach sie geschrieben hätte, wenn er es vermocht hätte. Summerfield zögerte mit zusammengepressten Lippen. Dann folgte er einem Impuls und kritzelte über die Worte, bis sie vollkommen unleserlich waren. Als würde er seinen Ärger widerspiegeln, verwandelte sich der Himmel innerhalb der nächsten fünf Minuten von einem metallischen Blau in ein tiefes Schwarz. Die reichen Stadtviertel im Süden und Westen wurden sogleich von Straßenlampen beleuchtet, die ärmeren im Norden und Osten von entzündeten Feuern.

Da kam ihm die Idee. Sie war noch roh und weit entfernt, aber dennoch solide, wie eine Nussschale. Er stand auf, verschwand in seinem Zimmer und tauchte mit einer Öllampe in der Hand wieder auf. Er stellte sie neben sein Notizbuch und war mit einem Mal ganz aufgeregt. Er erinnerte sich noch genau an die Worte, die er vor zehn Minuten durchgestrichen hatte. Er zückte seinen Bleistift, drehte ihn zwischen Daumen und Zeigefinger und trommelte damit einen Rhythmus auf seinem Knie. Langsam, ganz langsam begann er zu schreiben.

Ich hätte nicht mit einer so wundervollen, zarten Antwort gerechnet. Die Wahrhaftigkeit Ihrer Worte führt mir meine eigene Unbeholfenheit vor Augen. Ich bin ein Fels, doch Sie sind klares, fließendes Wasser. Ich habe bereits begonnen, meine Gestalt zu verändern, meine Härte zu verlieren und die Rauheit meines Steins zu glätten. Mögen meine Worte so sanft rinnen und zugleich so tiefgründig und wahrhaftig sein wie Sie, meine Liebe. Möge ich für Sie polierter Fels und strömendes Wasser zugleich sein.

Summerfield war noch nicht fertig. Er blieb auf dem Dach sitzen, bis ihn die kühle, klare Luft aus den Bergen erreichte. Er schrieb nun frei, für sich selbst – Worte, wie er sie selbst an sie gerichtet hätte. Erst als kurz vor Einbruch der Dämmerung das Morgengebet vom Minarett aus über die Stadt getragen wurde, klappte er das Buch zu, kletterte vom Dach und schlüpfte ins Bett.

9

Am nächsten Tag brachte er die Nachricht zu Badr, seinem jungen Mittelsmann. Abrach hatte ausdrücklich angewiesen, dass Badr stets zu ihm kommen sollte, doch nachdem sie die anfängliche Förmlichkeit abgelegt hatten, hatte Summerfield den Boten einmal für ein kleines Entgelt nach Hause begleiten dürfen.

Es war eine ganz neue Erfahrung für ihn gewesen, denn Badr lebte in einer Nachbarschaft, die noch ärmlicher war als seine eigene. Dort, zwischen den in alle Richtungen wuchernden Hütten aus Wellblech, unförmigen Ziegelsteinen oder Holz und Zelten aus Stoffbahnen hatte Summerfield schon den zweiten Brief vor beinahe eineinhalb Wochen übergeben. Die Gesichter in dieser Gegend waren hart, vom Leben gezeichnet und drückten entweder Misstrauen oder gar unverhohlenes Missfallen über seine Anwesenheit aus, selbst als Badr an seiner Seite war. Nach kaum dreißig Minuten hatte Summerfield sich entschlossen, diesen Ort rasch wieder zu verlassen, da er sich zum ersten Mal in Gefahr fühlte. Badr, dem die angespannte Atmosphäre ebenfalls nicht entgangen war, hatte ihn mit einem entschuldigenden Achselzucken verabschiedet und (nicht ohne Stolz, wie Summerfield bemerkte) erklärt: »Hierher kommen die Ausgestoßenen, denn sie haben keinen anderen Ort.« Doch gerade das hatte ihn auch fasziniert, dieses deutliche Unwillkommensein, die wortlose Sprache, die ihm mitteilte, dass er ein Fremder und deshalb ein Feind war. Und da wusste er, dass er wiederkommen würde.

Dieses Mal wollte Summerfield Badrs Leuten näherkommen. Er zog die locker sitzende Baumwollhose und das Hemd vom

Marktplatz an, dazu seine offenen Sandalen, mit denen er sonst nur durch die Wohnung lief, und band sich schließlich, immer noch mit reichlich Mühe, das schwarze Tuch um den Kopf und über den unteren Teil seines Gesichts. Den übriggebliebenen Stoff steckte er im Nacken fest. Seine Haut war mit der Zeit braun geworden, und so wiesen ihn nur noch seine blaugrauen Augen als Ausländer aus. Doch dann fiel ihm ein, dass es unter den Berberstämmen aus den Bergen auch helläugige Frauen und Männer gab, und er fragte sich, ob er vielleicht sogar als einer von ihnen durchgehen würde. Er steckte den neuen Brief behutsam in die Tasche und machte sich auf, um eine Kalesche zu finden.

Zuerst wollte der Fahrer ihn nicht mitnehmen – was ein gutes Zeichen war. Als er jedoch näher herantrat, bemerkte Summerfield, wie der Mann erst staunte und ihn dann mit einem Stirnrunzeln bedachte. Summerfield musste lachen und kletterte in den Wagen. So übermütig hatte er sich nicht mehr gefühlt, seit er mit Jim Wilding durch die Straßen von Gibraltar gezogen war.

Summerfield ließ die Kalesche absichtlich etwas außerhalb des Elendsviertels halten und ging den Rest des Weges zu Fuß. Schon nach ein paar Schritten wurde ihm sein Gang bewusst – er unterschied ihn immer noch von den Einheimischen, wies ihn als Europäer aus. So unauffällig wie möglich beobachtete er die Menschen um sich herum und pickte sich schließlich einen Mann seiner Größe und Statur heraus, der auf den Zehen zu laufen schien, was einen taumelnden, schlurfenden Gang ergab. Summerfield, der sich ganz auf das Spiel einließ, kopierte diese Bewegungen, so gut er konnte, und setzte seinen Weg fort. Er registrierte, dass er von niemandem angestarrt oder beobachtet wurde. Sein Vorhaben schien geglückt.

Die Häuser aus roten, verputzten Steinen, die denen aus seiner Gegend ähnelten, wurden immer spärlicher und durch jene armseligen Hütten ersetzt, die er noch von seinem ersten Besuch kannte. Es war, als hätte er eine unsichtbare Grenze überschritten. In den Straßenecken saßen untätige Männer in Gruppen beisammen, die Gassen wurden immer schmutziger und zerfurchter, angefüllt mit Abfällen und trocknenden Fäkalien. Alte Frauen kauerten vor ihren Hütten, schmutzverkrustete und in Lumpen gekleidete Kinder spielten oder zankten sich. Hier und da sah man einen Wagen, doch die meisten Lasten wurden getragen, meist von Frauen, teils tief gebeugt von ihrem Gewicht. Und überall starrte man ihn nun wieder an, trotz seiner Kleidung.

Summerfield wurde klar, dass es hier nicht zählte, wer er war, oder selbst, wie er sich kleidete. Er war einfach ein Fremder, einer, der nicht zu ihnen gehörte. Diesmal starrte er zurück, hinter dem sein Gesicht fast bedeckenden Tuch hervor. Und er stellte fest, dass jene, die ihn angestarrt hatten, schließlich die Augen abwandten. Er begann zu glauben, er würde vielleicht wirklich für einen Berber gehalten werden, als er plötzlich in Badr hineinlief.

»Monsieur Summerfield?«, fragte der junge Mann ungläubig.

»Harry«, erwiderte Summerfield, zwischen Ärger und Verlegenheit schwankend. »Ich komme mit einem Brief.«

»Das würde dem Chef nicht gefallen«, sagte Badr und zog ihn zur Seite.

»Ich musste sichergehen, dass er dich so schnell wie möglich erreicht«, rechtfertigte sich Summerfield. »Dieser Brief ist sehr wichtig.«

»Ich verstehe«, sagte Badr und fuhr sich über die vereinzelten Barthaare an seinem Kinn. Er erinnerte Summerfield immer mehr an einen lädierten Teddybären. »Dann seien Sie mein Gast. Kommen Sie.«

Summerfield folgte ihm, und Badr stellte mit einem Blick auf ihn fest: »Sie sehen aus, als wären Sie einer von uns, Monsieur.«

»Harry«, wiederholte Summerfield.

»Aber an ein paar Einzelheiten konnte ich doch deutlich erkennen, dass Sie es nicht sind.«

»Ach ja?«, fragte Summerfield mit einem Anflug von Ärger. »Woran denn?«

Badr blieb stehen und sah ihn direkt an. »Zuerst einmal sind Ihre Klamotten zu neu. Schauen Sie sich doch um – die Kleider dieser Leute sind die Kleider ihrer Brüder und Cousins oder Väter und gar Großväter. Vielleicht sogar die Kleider der Menschen, die sie umgebracht haben.«

»Du liebe Güte.« Summerfield runzelte die Stirn, worauf Badr lachte. Vielleicht wollte der junge Mann ihn mit seinen Geschichten bloß beeindrucken?

»Dann ist da Ihr Geruch«, fuhr Badr fort und kratzte sich noch einmal heftig.

»Mein Geruch?«

»Als ich gegen Sie gelaufen bin, habe ich sofort Seife gerochen, europäische Seife. Wir verwenden – wenn wir es uns überhaupt leisten können – flüssige Seife aus Oliven. Oder Orangenessenz.«

»Danke für den Tipp«, sagte Summerfield, während sie ihren Weg fortsetzten. »Ich werde es mir merken.«

»Und als Letztes«, fügte Badr mit einem frechen Grinsen hinzu, »tragen Sie eine *sehr* teure Armbanduhr am Handgelenk, die sich hier niemand jemals leisten könnte.«

Summerfield blickte auf seinen Arm hinunter und dann überrascht wieder hoch: »Ich trage keine Armbanduhr, Badr.«

»Korrekt«, erwiderte der junge Mann. »Sie befindet sich in meiner Tasche. Ich habe sie Ihnen abgenommen, als wir gegeneinandergestoßen sind. Hier –«

Summerfield gab sich geschlagen und schüttelte den Kopf. Er nahm die Uhr entgegen. »Danke, Badr. Du hättest sie auch behalten können, denn mir wäre es wohl erst viel später aufgefallen.«

Badr neigte zustimmend den Kopf, dann verdüsterte sich seine Miene. »In diesem Teil der Stadt wissen die meisten Menschen nie, ob es überhaupt ein *Später* geben wird – deshalb habe ich sie Ihnen zurückgegeben.«

Summerfield lächelte. »Du hast es getan, weil du mich magst.«

»Vielleicht habe ich es auch deswegen getan, Harry«, bestätigte der junge Mann. »Aber machen Sie sich nicht über mich lustig – im letzten Jahr ist mein Vater gestorben, im Jahr davor einer meiner Brüder. Für sie gab es kein *Später*. Und natürlich wurden sie ausgeraubt, bevor ich bei ihnen war, um ihre Leichname fortzubringen. So ist hier das Gesetz.«

»Das verstößt gegen die Regeln des Islams«, bemerkte Summerfield. »Was sagen eure religiösen Führer dazu?«

»Sie setzen Tag für Tag ihr Leben aufs Spiel. Die Dinge verändern sich.«

Summerfield blickte ihn an. Er selbst hatte vor nur zwei Wochen etwas ganz Ähnliches zu Abrach gesagt. »Du meinst, die alten Regeln geraten in Vergessenheit?«

Nun war es an Badr, ihn aufmerksam zu mustern. Ein dünnes Lächeln umspielte seine Lippen, und er senkte seine Stimme: »Ich denke, gerade Sie wissen, wovon ich spreche. Ist der Sozialismus etwa keine Weltreligion, Harry?« Summerfield schwieg. »Kommen Sie – setzen wir unser Gespräch an einem sichereren Ort fort.«

Sie betraten eine Hütte mit einer großen Plane als Überbau, der sie vor der brennenden Sonne abschirmte. Nach Badrs Einladung hatte Summerfield einen intimeren Ort erwartet. Stattdessen war die Hütte zum Bersten gefüllt mit trinkenden und schwarzen Tabak rauchenden Männern. Der Gestank war überwältigend, und Summerfield atmete in kurzen, flachen Zügen, bis er sich langsam daran gewöhnte.

»Einen Orangensaft?«, schlug Badr vor. »Das billigste und

beste Getränk. Allah lässt die Früchte in dieser Gegend im Überfluss wachsen, selbst in den ärmsten Gebieten.«

Der Saft war süß, mild und überraschend kühl. Er schien nicht recht in die schäbige Umgebung zu passen. Summerfield wendete sich Badr zu, um an ihr begonnenes Gespräch anzuknüpfen.

»Und woran glaubst du, Badr? Allah oder Marx? Es scheint dir nichts auszumachen, die beiden in einem Atemzug zu nennen.«

Badr lehnte sich mit plötzlich ernstem Gesichtsausdruck vor: »Im Gegensatz zu manch anderem beginne ich zu glauben, dass die Ideen der beiden sich durchaus miteinander vertragen.«

Summerfield legte den Kopf zur Seite. »Eine machtvolle Kombination. Weiß Abrach davon?«

»Meine Beziehung zum *Patron* ist von dem Respekt und den Diensten, die ich ihm erweise, geprägt. Ich würde ihn niemals mit meinen Ansichten behelligen. Er arbeitet hart und hat genug Sorgen mit seinen Geschäften.«

Summerfield nickte. »Badr, mich überrascht nicht so sehr, was du sagst. Ich empfinde vielmehr dich selbst als überraschend. Ich hätte –«

»– nie gedacht, dass ein Mensch meiner Herkunft sich dieser Dinge so bewusst sein kann?«, beendete Badr seinen Satz.

»Wahrscheinlich. Ich hätte es jedoch etwas weniger grob ausgedrückt«, fuhr Summerfield fort. »Und weshalb sprichst du überhaupt mit mir darüber?«

»Weil ich verstehe, weshalb Sie sich wie meine Leute kleiden wollen. Und weil wir an etwas Ähnliches glauben.«

»Ich glaube nicht an Gott«, entgegnete Summerfield.

»Dann werden Sie es noch tun, bevor Sie sterben«, erwiderte Badr. »Verzeihen Sie meine Direktheit – aber hier, in diesem Land, werden Sie Ihn schließlich finden.«

»Was macht dich da so sicher?«

»Das ist nicht schwer«, grinste Badr. »Dieses Land ist einfach so wunderschön.«

»Das ist mein Land auch.«

Badr dachte einen Moment darüber nach. »Ich war noch nie in England. Aber ist Er dort nicht auch präsent? Soweit ich weiß, habt ihr sogar ein Lied darüber – *On England's pleasant pastures seen*«, rezitierte er mit einer Betonung, die Summerfield Zahnschmerzen bereitete.

»Badr, du überraschst mich immer mehr. Wobei du wirklich ein paar Englischstunden nötig hättest, wenn ich so direkt sein darf.«

»Und Sie müssen unsere Sprache lernen – die wahre Sprache dieses Landes.«

»Du hast recht«, nickte Summerfield. »Vielleicht werde ich das auch tun.«

Sie unterhielten sich noch eine Weile, kamen bald auf Abrach zu sprechen, über den Badr sich jedoch jeden Kommentar versagte, und dann auf den Brief. Summerfield griff in seine Tasche und reichte ihn über den Tisch.

»Wie sieht sie aus?«, fragte Summerfield unschuldig.

»Ich wusste nicht, dass die Briefe an eine Frau adressiert sind«, antwortete Badr ausweichend. »Mein Chef spricht nicht über seine Privatangelegenheiten.«

»Du überbringst ihr den Brief also gar nicht selbst?«, hakte Summerfield nach.

Badr schüttelte den Kopf. »Abrach ist ein kluger Mann – und sehr diskret. Es gibt einen geheimen Ort, an dem ich den Brief hinterlasse, und ich sehe nie, wer ihn von dort fortnimmt.«

»Aber du könntest es herausfinden.«

»Ich möchte noch eine Weile weiterleben«, erwiderte Badr barsch. »Ich habe … noch eine Menge zu tun in diesem Leben.« Summerfield brummte und schaute in sein Glas. Der junge Mann fuhr fort: »Und wenn Sie mich jetzt entschuldigen würden; ich muss aufbrechen und den Brief an seinen Platz legen. Und bitte versuchen Sie nicht, mir zu folgen«, fügte er hinzu. »Ich sage das, um sicherzugehen, dass wir beide noch ein *Später* erfahren werden.«

»Verstanden«, erklärte Summerfield, dem klar wurde, dass es zwecklos war weiterzuforschen. »Ich werde noch eine Weile hier sitzenbleiben und dann einen Spaziergang unternehmen. Mir wird nichts passieren, oder?«, fragte er noch, als Badr sich erhob.

»Ihnen passiert nichts«, erwiderte Badr mit einem Lächeln. »Sie sind doch schon einer von uns. *Fast!*«

In dem provisorischen Café zurückgelassen, bedauerte Summerfield Badrs Fortgehen augenblicklich. Wurde er langsam paranoid oder fixierten tatsächlich mehrere Augenpaare seinen Rücken? Wütend auf sich selbst bestellte er ein weiteres Glas, obwohl eine Stimme in seinem Inneren ihn drängte, diesen Ort so schnell wie möglich zu verlassen. Und dann geschah es; jedoch nicht, wie er es erwartet hatte. Die Gefahr kam von außen.

Plötzlich ertönte das Quietschen von Bremsen und das Schlittern von Reifen. Noch bevor das Gefährt zum Stehen kam, brach in der Hütte Chaos aus. Stühle und Tische fielen in einer Staubwolke zu Boden, und ehe Summerfield wusste, wie ihm geschah, drängten und drückten sich alle hinaus. Verwirrt erhob er sich halb und sah sich um. Vor dem Hintereingang hatte sich eine Menschentraube gebildet. Er sah sogar zwei Männer, die aus den Fenstern sprangen und mit flatternden *Gandoras* davonrannten. In diesem Augenblick zog ihn jemand brutal am Arm. Er stemmte sich dagegen, zog in die andere Richtung, wurde jedoch zurückgezerrt. Er fuhr mit einem ärgerlichen Schrei herum und verstummte in der nächsten Sekunde mit weit geöffnetem Mund. Vor ihm stand ein französischer Gendarm, der mit einer

Hand seinen Arm festhielt und die andere mit einem Stock erhoben hatte. Summerfield starrte ihn fassungslos an. Dann traf der Stock mit einem schmerzhaften Schlag auf seiner Schulter auf. *»Ich bin Brite!«,* hörte er sich aufheulen, bevor er zu Boden fiel und weiter auf ihn eingeprügelt wurde.

Aus Angst, noch mehr Schläge abzubekommen, wagte Summerfield es nicht, seinen Kopf zu heben, und ließ sich nach draußen schubsen, wo bereits eine Gruppe Männer vor der Klappe eines Lastwagens stand. Er blutete, und sein Hemd war gerissen. Mit scharf gebrüllten Befehlen und Stockschlägen teilten die Gendarmen die Männer in zwei grobe Reihen ein. Es waren mindestens zwanzig, und Summerfield, der nun doch einen Blick riskierte, erkannte zwei von den Männern wieder, die ihn im Café so grimmig angestarrt hatten. *»Papiers!«* Die Gendarmen schritten die Reihen ab und sprachen jeden einzeln an. Wer Papiere hatte, gab sie zur Überprüfung heraus, wer keine hatte, wurde gezwungen, in den Lastwagen zu steigen.

»Toi! Papiers – yallah!«

Summerfield sah auf. Ein großer rothaariger Gendarm, dem der Schweiß auf der Oberlippe stand, blickte ihm entgegen. Seine khakifarbene Uniform verströmte einen stechenden Mix aus Schweiß und Eau de Cologne, der Summerfield in die Nase stieg. Seinem Akzent nach vermutete er, dass der Franzose aus dem Norden kam – nicht weit von Calais entfernt, fast schon in England. Das Ganze war einfach nur lächerlich.

»Zuerst einmal bin ich Brite«, erklärte Summerfield auf Französisch. »Zweitens, duzen Sie mich nicht. Und drittens, verlange ich eine Entschuldigung.«

»Was zum Teufel –?«, rief der Gendarm ungläubig. Er drehte sich um. »Sergeant Gautier!«

Der Schnurrbart des Sergeanten, der nun erschien, war so aufwendig zurechtgestutzt, dass Summerfield unter normalen Umständen zum Lachen zumute gewesen wäre, sein Blick jedoch löste größtes Unbehagen in ihm aus. Er ließ vermuten, dass dieser Mann zu allem imstande wäre.

»Was will der verdammte Neger? Der blutet ja wie ein Schwein.«

Summerfield zuckte zusammen. »Ich bin britischer Staatsbürger.«

Die beiden Polizisten sahen sich an. »Warum zum Teufel steckst du dann in diesem Clownskostüm? Wo sind deine Papiere?«

»Ich habe sie nicht bei mir.«

»In den Lastwagen – sofort!«

»Ich bin Brite«, wiederholte Summerfield, der Verzweiflung nahe. »Ich war nur zufällig in diesem Café – ich bin zu Besuch hier. *Bitte.*«

Die Gendarmen waren mittlerweile unsicher, wie sie sich verhalten sollten, und Summerfield spürte, dass ihm genau das zur Bedrohung wurde – mit seinem Auftreten an diesem Ort bewegte er sich außerhalb ihres Horizonts. Jede abrupte Handlung, Aussage oder Bewegung konnte sie dazu bringen, ihn an Ort und Stelle zu erschießen. Langsam und unter Schmerzen hob Summerfield seinen rechten Arm und löste den *Chech,* in der Hoffnung, sein hellbraunes Haar würde ihnen als eindeutiger Beweis seiner Nationalität genügen.

»Wir sollten den Leutnant informieren«, meinte der jüngere der beiden.

Der Sergeant schüttelte den Kopf. »Nein. Das bringt uns nur Scherereien. Denken Sie nur an den ganzen beschissenen Papierkram.« Daraufhin richtete er sich an Summerfield: »Du. *Dummkopf.* Hau ab – *auf der Stelle*! Und du hast nichts von alldem gesehen, verstanden?« Seine Hand umfasste den Griff des Stockes fester, und Summerfield nickte eingeschüchtert, worauf der Sergeant mit dem Kopf nach vorn schnellte und ihn anbrüllte. »Mach dich vom Acker – *dégage!*« Summerfield trat aus der Reihe und lief davon, die feindlichen Blicke der weniger glücklichen Männer im Rücken.

Am nächsten Tag waren die Schmerzen unerträglich geworden. Als er aus dem Armenviertel zurück in seine Wohnung gekommen war – an den Weg dorthin konnte er sich nicht mehr erinnern –, war er sofort in einen tiefen Schlaf gefallen. Nachts hatten ihn die Schmerzen aufgeweckt. Unfähig, seinen linken Arm zu bewegen, ohne dass eine scharfe Klinge durch die gesamte Seite seines Oberkörpers zu fahren schien, hatte er sich vorsichtig ausgezogen. Es hatte ihn beinahe zwanzig Minuten gekostet, und als er schließlich so weit war, seine Schulter zu entblößen, wäre er fast in Ohnmacht gefallen. Wo der Schlagstock aufgetroffen war, hatten sich zwei deutliche violett angelaufene Striemen gebildet, die von einer dunklen Kruste umgeben waren, wo Blut ausgetreten und geronnen war. Seine gesamte Schulter war rot und blau geschwollen, und an der Stelle, wo eine der Striemen über sein Schlüsselbein lief, war eine gigantische eiförmige Beule entstanden. Die Haut war aufgeplatzt, und es suppte eine gelbliche Flüssigkeit heraus. Er hoffte, dass nichts gebrochen war, und dankte Gott dafür, dass der Stock ihn nicht im Gesicht getroffen hatte – was für eine furchtbare Sauerei das erst geworden wäre. Er reinigte die Wunden mit heißem Wasser und legte sich selbst einen Verband an, während er sich fragte, wie er bloß einen Arzt ausfindig machen sollte.

10

Am nächsten Morgen stand Abrach mit einer Tasche voller Heilkräuter und Arzneien vor der Tür. Er sah aufrichtig besorgt aus.

»Kann ich Ihnen eine Tasse Tee anbieten?«, war das Erste, was Summerfield hervorbrachte, nachdem er sich von der Überraschung erholt hatte.

»Sie sind wirklich ein typischer Brite, Harry«, erwiderte Abrach kopfschüttelnd. »Setzen Sie sich und lassen Sie mich einen Blick auf Ihre Wunden werfen.« Summerfield setzte sich nach kurzem Zögern an den Schreibtisch. Er zuckte zurück, als der Kaufmann seine Schulter entblößte. »Tut mir leid«, sagte Abrach und schnitt eine Grimasse. »Ziemlich unangenehm«, kommentierte er. »Und ziemlich unglücklich. Sie sind also aus einer Kalesche gefallen?«, fragte er mit Unschuldsmiene.

Summerfield brummte. »Ich nehme an, Badr hat Ihnen alles erzählt.«

»Er war besorgt. Er hat das Ganze wohl beobachtet. Und Sie hatten noch Glück.«

»Eine reizende Art der Franzosen, mich in Marokko willkommen zu heißen.«

»Diesen Ärger haben Sie sich selbst eingehandelt, weil Sie sich verkleidet haben, Mr. Summerfield«, erwiderte Abrach vorwurfsvoll. »Diesmal waren es die Gendarmen, die Sie verletzt haben – an diesem Ort hätten es aber ebenso gut die Einheimischen sein können. So unvernünftig.« Er schüttelte erneut den Kopf. »Sie werden sich hoffentlich nicht noch einmal in diese Gegend wagen.«

»Ich bin jetzt erst recht entschlossen, es wieder zu tun«, gab Summerfield zurück und verzog das Gesicht, als Abrach eine dunkle, bräunlichgrüne Flüssigkeit auf seine Wunde auftrug. »Allerdings werde ich es beim nächsten Mal klüger anstellen.« Er bemerkte das flüchtige Stirnrunzeln des Kaufmanns und fügte hinzu: »Ich wollte Ihnen keinen Ärger machen, Abrach. Und ich nehme die volle Verantwortung auf mich.«

»Badr erwähnte, dass Sie großes Interesse an unserer Kultur haben«, sagte Abrach. »Das ist gut – wenn Sie es richtig angehen.«

»Es tut mir leid«, wiederholte Summerfield und versank einen Moment in Gedanken. »Dieses Erlebnis hat mich wirklich schockiert. Weshalb haben sie das getan? Und weshalb mit solch einer Wut und Brutalität?«

»Wahrscheinlich hatten sie Angst«, gab Abrach zu bedenken. »Angst schlägt leicht in Hass um. Dahinter können sie sich verstecken und ihre Angst so überwinden. Diese Gegend hat einen gewissen Ruf. Nachts hätten sie diese Aktion nicht ausführen können – sie hätten es zumindest nicht gewagt.«

»Sie waren also auf Verbrecherjagd?«

»Möglich. Doch sind in ihren Augen auch diejenigen kriminell, die nur ein wenig anders denken als sie selbst.«

Summerfield zog eine Augenbraue hoch. »Das müssen Sie mir erklären.«

Abrach legte behutsam eine Kompresse über Summerfields Schlüsselbein. »Sehen Sie, Harry, ich kenne mich mit der Behandlung von Verletzungen gut aus. Das habe ich allerdings nicht während meines Studiums gelernt, sondern von einem Stammesarzt während der Aufstände.«

»Wann war das? Ich wusste nicht, dass es eine Rebellion gegeben hat.«

»Vor langer Zeit, die eigentlich doch wieder nicht so lange her ist«, verbesserte sich Abrach. »Neunzehnhundertfünfundzwanzig. Vor nur dreizehn Jahren haben die Berberstämme des nördlichen Rifgebirges unter Abd El-Krim ihre Unabhängigkeit von den französischen Behörden erklärt. Im südlichen Atlas hat daraufhin Moha ou Hammou Zayani den Kampf aufgenommen. Viele von uns wurden sich damals zum ersten Mal ihrer ursprünglichen Identität bewusst. Wir gründeten sogar eine politische Gruppierung namens *Istiqlal,* die eine verfassungsgemäße Regierung und gesetzlich verankerte Autonomie forderte.«

»Sie sagen *wir,* Abrach.«

»Damals war ich noch jung und ungestüm«, erklärte Abrach und blickte kurz von Summerfields Schulter auf. Auf seinem Gesicht erschien ein entwaffnendes Lächeln. »Ich weiß nicht, ob ich heute noch für dieselben Überzeugungen kämpfen würde.«

»Und was ist geschehen?«

Abrach ließ sich mit seiner Antwort Zeit, bis er die Schlinge für Summerfields Arm gebunden hatte. »Der Krieg dauerte ein Jahr, wobei die Kämpfe nun schon seit über einem Jahrzehnt anhalten. Wie die Briten in ihren eroberten Gebieten wollten auch die Franzosen ihren Besitz nicht aufgeben. Die Aufstände wurden blutig unterdrückt, es gab viele Gefechte im östlichen Teil des Landes. Die Franzosen und Spanier haben aus Flugzeugen heraus mit Senfgas angegriffen. Am Ende stand die bedingungslose Kapitulation.«

»Und Krim und Zayani?«

»El-Krim«, verbesserte ihn Abrach. »Er wurde nach Madagaskar ins Exil verbannt. Moha ou Hammou Zayani fiel im Kampf. Was mit ihren Sympathisanten geschah – nun, Sie können es sich vermutlich vorstellen.«

»Und *Sie*?«

Abrach lachte grunzend auf. »Ich? Ach, ich war ja nur ein Amateurarzt, der geholfen hat, wo er konnte. Ich habe sogar die Franzosen versorgt, Harry. Das ist nun einmal die Pflicht eines Arztes.« Selbstkritisch fügte er hinzu: »Und vielleicht war mir auch bewusst, dass mir diese Rolle einen gewissen Schutz von beiden Seiten gewähren würde. Man muss ja irgendwie sein Überleben sichern.«

»Sie taten, was getan werden musste«, erwiderte Summerfield, den eine undefinierbare Traurigkeit überkam. Abrach trat einen Schritt zurück, um sein Werk zu begutachten, und Summerfield schlüpfte vorsichtig in sein Hemd. »Vielen Dank.«

Abrach blieb noch eine Weile bei ihm. Sie tranken Tee und sprachen übers Geschäft. Summerfield nahm zwei Umschläge in Empfang; der eine enthielt sein Honorar, der zweite die Antwort der jungen Frau. Die beiden waren symbolisch voneinander getrennt, als wollte Abrach das eine nicht mit dem anderen beflecken.

»Die Sache ist nun an einen Punkt gelangt, an dem ein wenig Abstand vonnöten ist. Liebe braucht Luft zum Atmen – wie ein Baum muss sie sowohl Wurzeln schlagen als auch frei nach oben wachsen können.«

Summerfield schüttelte lächelnd den Kopf. »Ich verstehe immer noch nicht, weshalb Sie ihr nicht einfach selbst schreiben. Sie können solche Dinge doch sehr gut ausdrücken.« Abrach antwortete nicht. Stattdessen wollte er von Summerfield erfahren, wie dieser ihre Fortschritte einschätzte.

»Ich habe den Eindruck, dass die fragliche junge Dame dieser Korrespondenz sehr zugetan ist«, erklärte Summerfield. »Ihre Antwort war offen und wahrhaftig. Ich spüre echte Empfindung in ihren Worten.«

»Würden Sie auch von *Liebe* sprechen, Harry?«

Summerfield überlegte kurz, dachte an sie und Abrach und auch an sich selbst. Er verspürte plötzlich den Drang, Abrach das merkwürdige Gefühl zu erklären, das ihn bereits beim Lesen ihrer Nachricht überkommen hatte. Doch er tat es nicht. Später erkannte er darin einen gewissen Besitzanspruch – als gälten die Empfindungen des Mädchens ihm und nicht seinem Auftraggeber.

»Noch nicht«, sagte er stattdessen. »Aber ich bin mir sicher, dass ihre Gefühle schon bald stärker werden.«

Abrachs Blick, in dem große Gewissheit zu liegen schien, verblüffte Summerfield. Ein kaum wahrnehmbares ironisches Lächeln umspielte Abrachs Lippen, als dieser nun sagte: »Ich werde nicht urteilen.«

Summerfield öffnete den Mund – was hatte er damit gemeint? –, doch Abrach erhob die Hand.

»Inschallah.« Im Aufstehen fügte er hinzu: »Und nun muss ich zurück zu meinen Geschäften. Passen Sie auf sich auf, Harry. Ich lasse Ihnen die Arzneien da, und wenn Sie Hilfe benötigen, wird Ihnen die Familie zur Seite stehen, die unter Ihnen wohnt. Ich habe bereits alles mit ihnen vereinbart.«

Nachdem Abrach ihn verlassen hatte, hörte Summerfield noch einmal kurz die tiefe und eigenartig schroffe Stimme seines Auftraggebers (er hatte ihn noch nie zuvor Arabisch sprechen hören), als er im Treppenhaus ein paar Worte mit Abdlakabir wechselte. Dann beugte er sich vor und zog den Brief zu sich heran. Da sein linker Arm an seine Brust gebunden war, konnte er ihn nur mit einiger Mühe öffnen.

Diesmal war die Nachricht des Mädchens länger, es war ein ganzer Brief. Abrach hatte aus Diskretion eine Stelle im Text geschwärzt.

Ich danke Ihnen für Ihre freundliche Nachricht. Sie vergleichen sich mit einem rauen, harten Felsen, doch Ihre Worte vermitteln mir den Eindruck, dass Sie ein kostbar glänzender Stein sein müssen. Ihre Worte sind eine Wohltat, und ich freue mich über jedes einzelne von ihnen. Ich weiß weder, wer Sie sind, noch, wie Sie aussehen, doch mit Ihren Briefen hat sich eine Vorstellung in meinem Kopf geformt, ein physisches Bild, das aus vielen verschiedenen der Menschen zusammengesetzt ist, die ich in meinem Leben getroffen habe (bitte verzeihen Sie mir und lachen Sie nicht über mich), und womöglich meilenweit von der Wirklichkeit entfernt. Zugleich ist dieses Bild mit Gefühlen verknüpft, die mir nur zu wirklich erscheinen.

Manchmal versetzt mich der Gedanke in Erstaunen, dass Sie gerade mich ausgewählt haben und keins der anderen Mädchen von der Académie, da Sie uns doch zweifellos beobachtet haben.

Jeden Morgen und jeden Abend suche ich die Gesichter der wartenden Menschen ab nach dem einen Gesicht, das dem Bild entspricht, was ich mir gemacht habe. Doch Sie erscheinen nicht. Stattdessen tritt wie aus dem Nichts plötzlich Ihr Bote zu mir (der übrigens ein überaus liebenswerter junger Mann ist) und weigert sich auch auf all mein Nachfragen, meine Neugierde zu stillen. Mein Verstand sagt mir, dass Sie jemand aus meinem Bekanntenkreis sein müssen, doch je länger ich darüber nachdenke, desto weniger kann ich glauben, dass Sie zu den Freunden meines Vaters gehören. Ich kenne wirklich niemanden, der so wunderbar schreiben könnte. Daher bleiben Sie für mich ein Geheimnis. Und das regt meine Neugierde noch mehr an.

Ich würde Sie gern sehen, wenn es irgend möglich ist. Wenn nicht, hätte ich gern eine Photographie oder zumindest eine Beschreibung von Ihnen, da es wohl kaum gerecht ist, dass Sie beobachten dürfen, ohne selbst beobachtet zu werden.

Ich frage mich, wie viel Sie von mir wissen? Natürlich, dass ich auf die – – – – gehe: Meine Lieblingsfächer sind Geographie und Englisch, und dies würde ich auch gern nächstes Jahr an der Universität studieren, was wohl bedeutet, dass ich nach Frankreich zurückkehren werde …

Summerfield legte den Brief vor sich und lehnte sich zurück. Sie würde Marokko also verlassen. Es war der natürliche Lauf der Dinge, und doch versetzten ihre Worte ihm einen kleinen Stich.

Er schüttelte den Kopf und kam sich plötzlich lächerlich vor. Seine Aufgabe war es lediglich, ihr zu schreiben, und nun drifteten seine Gedanken schon wieder ab. »Was für ein Dummkopf du doch bist«, sagte er laut zu sich selbst und ließ die Worte auf sich wirken.

Nach einer Weile nahm er sich mit etwas klarerem Kopf den Brief erneut vor. Dieses Mal arbeitete sein Geist mechanisch und professionell, und er las, als sezierte er die Worte mit einem Skalpell. Doch mittendrin zuckte er zurück. Ihm war plötzlich klar geworden, dass der Brief ihm trotz Abrachs Zensur Hinweise darauf gab, wer und wo sie war. »Ich Dummkopf«, murmelte er erneut, allerdings aus einem anderen Grund.

Es war so klar und deutlich. Auch wenn er ihren Namen nicht kannte, besaß er doch längst alle Informationen, die er benötigte. Er kannte ihr Alter und ihre Nationalität. Er kannte ihr Milieu. Abrach hatte ihm bereits grob ihr Aussehen beschrieben. Er wusste, dass sie studierte – und so viele Schulen konnte es in Marrakesch ja nicht geben, weniger noch, wenn man ihr Alter und ihren Hintergrund berücksichtigte. Auch über ihre Vorlieben und ihren Charakter hatte er nun etwas erfahren. So wie sie selbst es in ihrem Brief beschrieben hatte, konnte er sich schon fast ein Gesicht zu ihren Worten vorstellen. In ihm wuchs die Überzeugung, dass er sie finden könnte.

Der Nachmittag schritt voran. Statt zu schlafen, lief er unruhig im Zimmer auf und ab und schob die Entscheidung hinaus. Als ihm endlich bewusst wurde, dass er nur trödelte, las er ihren Brief von neuem, diesmal mit etwas mehr Abstand, und wog sorgfältig seine Chancen ab, sie zu finden. Abrach hatte ja gesagt, dass er ihr ein wenig Zeit lassen sollte, damit ihre Gefühle wachsen konnten. Und diese Zeit – eine Woche, zehn Tage, zwei Wochen? – konnte er nutzen, um Nachforschungen zu betreiben. Er wollte sie nur einmal sehen. Und vielleicht, fügte er, alle Widerstände rasch aufgebend, hinzu, mit ihr sprechen. Nur ein paar Worte. Er stellte sich vor, wie er sie, ganz wie im Film, auf Anhieb erkennen und auf sie zugehen würde. Und ihr ginge es ebenso, geleitet von einem sechsten Sinn oder vielleicht einer Ahnung ihres gemeinsamen Schicksals. Wie in allen großen Liebesgeschichten würden sich ihre Blicke treffen. Er würde seinen Mund öffnen, doch er bräuchte nichts zu sagen. Er würde also schweigend an sie herantreten, bis ihre Lippen sich berühren würden. Und dann ... Und dann? Mit der letzten Frage riss sich Summerfield schlagartig selbst aus seinen Träumen. Ihm war, als wäre eine Seifenblase geplatzt, deren Reste ihm nun ins Gesicht spritzten.

Es war lächerlich. Er rief sich sein Alter in Erinnerung. Seine Herkunft. Fluchend rief er sich auch Abrach in Erinnerung. Das genügte. Der Freudenrausch verflog allmählich. Er setzte sich auf den Rand seines Bettes und seufzte. *Abrach*. Ihn überkam mit einem Mal tiefe Müdigkeit, und er legte sich hin. Seine Schulter pochte schmerzhaft – und machte ihn auf einen weiteren Aspekt aufmerksam, den er übersehen hatte: Wäre sie überhaupt zu beeindrucken von einem schlecht rasierten, übel zugerichteten Engländer ohne Anzug? Ohne Geld? Verbrannt von der Sonne und womöglich auch noch stinkend?

Vielleicht war es sein auflodernder Stolz, vielleicht auch der kritische Blick des Schriftstellers in ihm, der ihn nun den Fokus auf seinen Auftraggeber richten ließ. Mit einem Mal tauchten mehrere Fragen gleichzeitig auf, Fragen, die er bis zu diesem Augenblick unbeantwortet gelassen und unterdrückt hatte. Er hatte Abrach nie in Zweifel gezogen – oder zumindest nicht seine Beziehung zu ihm: Er war von einem reichen arabischen Kaufmann beauftragt worden, Liebesbriefe für diesen zu verfassen. Das war alles. Seine einzige Aufgabe war es, sich etwas einfallen zu lassen und dabei loyal und diskret vorzugehen. *Aber was war mit Abrach?* Summerfield starrte an die Decke und beobachtete eine

Weile eine ziellos umherschwirrende Fliege, bevor er sich den Kaufmann vor Augen rief: ein großer, untersetzter Mann, der auf die fünfzig zuging und fast ein wenig schwerfällig wirkte. Aber gepflegt und sehr geschmackvoll gekleidet war. Im Vergleich zu seinen Landsleuten hatte er geradezu helle Haut. Der ordentliche kleine Clark-Gable-Schnurrbart unter der großen, markanten Nase, die auf einen festen Charakter schließen ließ, darüber dichte, scharf geschwungene Augenbrauen wie zwei gebogene Klingen. Er war intelligent und geistreich. Ein Mann, der seine Erfahrungen gemacht hatte, dachte Summerfield beim Gedanken daran, was Abrach von seinen jugendlichen Überzeugungen berichtet hatte, und an seine heutige Abgeklärtheit. Der Drang nach Bequemlichkeit war größer gewesen als seine Überzeugungen. Vielleicht war die Wahrheit sogar brutaler als diese Version, überlegte Summerfield. Und wie sah es mit Abrach und der jungen Frau aus? Woher kannte er sie? Warum war er so besessen von ihr – und nicht von irgendeiner Frau, die zu seinen eigenen Leuten gehörte? Ihm kam der Gedanke, dass Abrach womöglich längst verheiratet war – vielleicht auch mehrmals, schließlich kannte sich Summerfield mit den Bräuchen in diesem Land noch nicht gut aus. Was, wenn Abrach nur aus einer Laune heraus handelte? Wenn es nur die fixe Idee eines erfolgreichen Mannes war, etwas haben zu wollen, das er in seiner eigenen Kultur nicht fand? So viele Fragen und keine Antworten. Er war verwirrt.

Summerfields Gedanken wanderten zum Ursprung der ganzen Geschichte. Bisher hatte er sich nur auf sein unmittelbares Ziel konzentriert: das Mädchen dazu zu bringen, sich in Abrach zu verlieben. Nun aber fragte er sich, wie es überhaupt um Abrachs Erfolgschancen stand. Denn es war eine Sache, dass sie sich in ein Bild verlieben sollte, einen Traum – doch was kam *danach*? Summerfield sah plötzlich die Wahrheit in all ihrer Klarheit und Brutalität vor sich: *Abrach konnte nicht gewinnen*. Alles sprach gegen ihn: sein Alter, seine Herkunft, sein Beruf, seine Sprache, vielleicht sogar sein Äußeres. Allem Anschein nach hatte der Kaufmann diesem Aspekt jedoch bislang keine Beachtung geschenkt, da er sich stets so sicher zu sein schien, welche Schritte wann zu tun waren. Andererseits waren logische Erwägungen meist nicht gerade das, wofür ein verliebter Mann empfänglich war, da er nichts als sein Streben nach Eroberung im Kopf hatte. Die Liebe konnte zur blutigsten aller Schlachten werden.

Er schweifte in Gedanken ab, beobachtete erneut die Fliege an der Zimmerdecke, die es sich anscheinend in einem kleinen Loch im Putz gemütlich gemacht hatte, und landete dann bei seiner eigenen Vergangenheit. Er hatte diese Sehnsucht vor einigen Jahren selbst erlebt.

Ihr Name war Elizabeth Thornton. Und er hatte das Spiel verloren. In mancher Hinsicht erinnerte ihn die aktuelle Situation an jene unerfreuliche Geschichte von damals: unterschiedliche Herkunft, unterschiedliche Wertvorstellungen. Elizabeth war die Schwester eines ehemaligen Lehrerkollegen. Genau wie Jeanne gehörte sie der gehobenen Gesellschaft an. Die Hoffnungslosigkeit, sich nach einer Frau zu verzehren, die er niemals bekommen würde. Vielleicht hatte er England auch deswegen – neben seiner Begeisterung für Orwells Ruf nach internationalem Engagement – in Richtung Spanien verlassen: um sein Versagen und seinen Verlust so schnell wie möglich zu vergessen. Er lachte trocken auf. Ihm wurde mit einemmal bewusst, dass Männer nahezu unmögliche Herausforderungen oft nur aus einem einzigen Grund annahmen: weil sie sich vor einer bestimmten Person beweisen wollten, um jeden Preis. Wollte er selbst sich etwa *immer noch* vor Elizabeth Thornton und ihrer Familie beweisen? Schmiedete sein Unterbewusstsein gar Pläne, irgendwann einmal zurückzukehren und sie doch noch zu erobern? Summerfield schnaubte bitter, und beinahe im selben Augenblick ertönte von unten eine Stimme. Es war sein Nachbar.

»Monsieur Summerfield. *Un télégramme!*«

»Ich kann nicht aufstehen!«, rief Summerfield gereizt und verzog das Gesicht vor Schmerzen. »Lesen Sie es mir bitte vor.« Stille. Summerfield tat seine Schärfe sofort leid – er hatte nicht daran gedacht, dass Abdlakabir ihn vermutlich gar nicht verstand. Er setzte sich auf. »Hören Sie … äh, es tut mir leid, Abdlakabir. Ich –«

Doch da hörte er schon die reizende Stimme von Abdlakabirs Tochter langsam und unsicher vorlesen:

»*Lieber Harry. Ankomme am fünfundzwanzigsten um vierzehn Uhr in Marrakesch. Bis bald. Jim* –«, sie buchstabierte den Namen des Amerikaners: »*Wil-ding.*«

Summerfield stieß einen Freudenschrei aus, der ihn allerdings sogleich mit schmerzverzerrter Miene zusammenzucken ließ. »*Choukran,* meine kleine Prinzessin. Ich danke dir!«

11

Irgendetwas war anders. Es war für Jeanne eine der seltenen Zeiten im Leben, in denen man eine Veränderung wahrnimmt, noch während sie sich vollzieht. Die Vögel zwitscherten nach wie vor in den Orangenhainen. Mohammed führte beharrlich wie Knut der Große seinen hoffnungslosen Kampf gegen den Sand fort, der sich Tag für Tag über die Blumenbeete legte. Das pikante Aroma von Thymian und Bohnenkraut kennzeichnete noch immer ihr Zuhause, und die liebenswürdige, unveränderliche Soumia bedrängte sie stetig weiter mit ihrem Wasser und ihren Belanglosigkeiten und behandelte sie noch immer genauso, wie sie sie als Kind behandelt hatte. Um sie herum hatte sich also nichts verändert. Es war Jeanne selbst.

Insgeheim hielten ihr Geist, ihr Herz und ihre Seele einen kostbaren Schatz vor den Blicken der anderen verborgen. Er war der Grund dafür, dass ihr Gang sich deutlich verändert hatte, aufrechter und bestimmter geworden war. Er brachte sie dazu, von ihren Schulbüchern aufzusehen und an die unausgesprochene Wahrheit zu denken, dass das Studium selbst nicht das Wichtigste war, sondern nur eine der Kreuzungen, von denen aus man seinen Weg in sein wahres Leben wählte. Vor allem aber standen nun all ihre Antennen auf Empfang. Selbst die Bäume, die Steine und der Sand sprachen zu ihr – nicht mit Verben oder Adjektiven, sondern in einer wahrhaftigeren Sprache aus Geräuschen und Stimmungen, die vielleicht sogar noch klarer zu verstehen war als die aus Worten. Es war, als hätte sie ein Ziel vor Augen. Das Wort *Schicksal* kam ihr in den Sinn, und auch wenn sie nicht genau wusste, was ihr Schicksal sein, wohin sie gehen und wem sie auf ihrem Weg begegnen würde, *fühlte* es sich doch so an, als wäre sie gerade dabei, die Bedeutung dieses allmächtigen Wortes zu erfahren. Nachts las sie wieder und wieder die Briefe, vor allem die Gedichte, die sie von ihm bekommen hatte. Ihre Träume waren nun nicht länger unruhig und verworren, sondern erschienen ihr warm und vertraut, als hätte ihr Herz eingewilligt. Und so wartete sie.

Das Semester neigte sich dem Ende zu. Als sie eines Morgens zum Frühstück erschien, bedachte ihre Mutter sie mit einem prüfenden Blick. Jeanne vermied es, sie anzusehen, setzte sich und wartete darauf, dass Soumia mit dem Essen kam. Doch sie konnte beinahe spüren, wie ihre Mutter die Lippen fest zusammenpresste in dem Versuch, die Worte zurückzuhalten, bis Soumia wieder verschwunden wäre.

»Guten Morgen, 'moiselle«, sagte Soumia, die mit dem Frühstückstablett in den Händen erschien. »Möchten Sie einen Pfannkuchen? Mohammeds Bruder hat uns etwas von seinem Honig geschenkt.« Jeanne nickte lächelnd. »Den Bienenstock«, fuhr Soumia fort, was Jeannes Mutter zu einem Seufzen veranlasste, da sie wusste, was nun folgen würde, »hat Abdul entdeckt, der übrigens in Erwägung zieht, sich der leichten Kolonialkavallerie, also den *Meharisten,* anzuschließen. Er fürchtet, dass seine Eltern ihm sonst früher oder später eine Reihe von, sagen wir einmal: nicht ganz so freundlichen jungfräulichen Bräuten vorstellen werden, die er natürlich nicht –«

»Köstlich!«, unterbrach Jeanne sie. »Mutter, hast du schon den Honig von Mohammeds Bruder Abdul probiert?«

»Ja, das habe ich, mein Schatz«, antwortete ihre Mutter trocken und sah kurz von ihrer Ausgabe von *La Métropole* vom Vormonat auf.

Soumia lächelte dankbar, verzog dann aber gleich die Stirn zu einem Runzeln. »Liebe Jeanne«, wandte sie sich mit leiser, besorgter Stimme an sie. »Gibt es irgendwelche Neuigkeiten von den tiktonischen Blattern, die Sie erwähnt hatten? Ich habe mit Fatima darüber gesprochen, und sie meint, gelesen zu haben, dass die Deutschen sie für ihre Kriegspläne erfunden haben.«

Jeanne gelang es nur mit Mühe, ein Prusten zu unterdrücken, bei dem sie ihren Pfannkuchen über den gesamten Tisch verteilt hätte. Sie blickte ihre Mutter mit Tränen in den Augen an. Diese machte ein finsteres Gesicht und schlug ihre Zeitschrift zu.

»Danke, Soumia. Ich nehme an, Sie müssen noch im Salon Staub wischen, bevor Vaters Gäste erscheinen.«

»Aber das ist doch erst heute Abend«, setzte Soumia an, als sie plötzlich verstand: *»Oui, Madame.«*

Jeannes Mutter blickte Soumia nach und wandte sich dann kopfschüttelnd an Jeanne: »Was hast du ihr da nur wieder erzählt? Du weißt doch, wie schnell sie sich Sorgen macht. All das Gerede vom Krieg genügt schon, jetzt auch noch die Blattern? Und *tiktonisch* – wo hast du das denn her?«

»Es heißt eigentlich tektonisch«, erklärte Jeanne. »Es geht um eine neue geologische Theorie, die besagt, dass die Erde aus Platten zusammengesetzt ist, die das Relief des Planeten formen, wenn sie sich in Bewegung setzen – deutlich sichtbar an den Bergketten.«

Ihre Mutter sah sie missbilligend an. »Diese Frage war nicht dazu gedacht, dass du sie beantwortest – und schon gar nicht in diesem Ton.«

»Entschuldige, Mutter«, erwiderte Jeanne und blickte grinsend auf ihren Pfannkuchen hinunter.

Schweigen. Jeanne nahm einen Schluck Tee. Ihre Mutter schlug erneut ihre Zeitschrift auf und schnalzte mit der Zunge. »Und was ist das überhaupt für eine lächerliche Idee?«, bemerkte sie und warf Jeanne einen scharfen Blick aus ihren grauen Augen zu. »Wenn diese sogenannten Platten sich bewegen würden, müssten wir das doch bemerken. Deiner dummen Theorie zufolge treiben wir wohl alle auf einzelnen Landstücken herum.«

»Genau«, sagte Jeanne und nickte zustimmend.

»Unsinn«, erwiderte ihre Mutter. »Der Erdkern besteht aus Stein und Feuer, nicht aus Wasser. Daher ist es unmöglich, dass wir darauf treiben.«

»*Professeur* Duchenne würde das einen ›einschränkenden Glauben‹ nennen«, bemerkte Jeanne, der die Wirkung ihrer Worte nicht bewusst war. Ihre Mutter presste die Lippen so fest aufeinander, dass sie beinahe nicht mehr zu sehen waren.

»Ich bin ganz und gar nicht damit einverstanden, dass eine unbedeutende Lehrerin mir unterstellt, mein Glauben sei beschränkt! Anscheinend verlangt deine *Professeur* Duchenne, dass ihr sowohl die Wahrheit als auch die Autoritäten in Frage stellt. Ich sollte den Bischof darüber informieren, der – wie du wohl weißt, Jeanne – der größte Kostenträger der *Académie* ist.«

»Ja, Mutter«, sagte Jeanne und senkte den Blick erneut, diesmal aus kindlicher Angst vor den Konsequenzen. »Tut mir leid.«

»Und um Himmels willen, keine Unverschämtheiten mehr!«

Wieder herrschte ungemütliches Schweigen. Jeanne registrierte auf einmal die Geräusche, die ihr Kiefer beim Kauen machte. Sie versuchte also, langsamer zu kauen, und probierte es nach einer Weile mit einer seitlich gerichteten Bewegung. Ihr Kiefer knackte dumpf. Sie blickte auf und ihrer Mutter geradewegs in die Augen.

Ein weiterer Seufzer. »Jeanne.«

»Ja, Mutter.«

»Die Feier. Ich bin nicht … Irgendetwas ist geschehen – du bist … du hast dich verändert. Du wirst es mir doch sagen, oder?«

Jeanne runzelte die Stirn. »Welche Feier? Sarah Bassouins Feier? Die Weihnachtsfeier?«

»Du tust es schon wieder!«, rief ihre Mutter laut genug, um Soumia zurück auf die Veranda eilen zu lassen. »Nein«, sagte ihre Mutter nur und gab der Haushälterin mit einem knappen Wink zu verstehen, dass sie ins Haus zurückgehen solle. Sie durchbohrte Jeanne mit ihrem Blick und fuhr fort: »Was ich sagen wollte, war, dass du mit irgendwelchen Schwierigkeiten immer gleich zu mir kommen solltest, bevor dein Vater etwas davon erfährt. Du hast es vielleicht nicht mitbekommen, junge Dame, aber ich habe dich schon bei mehreren Gelegenheiten geschützt.«

Jeannes Blicks war voller Reue. Wieder entschuldigte sie sich, und diesmal ließ ihre Mutter es als ernst gemeint durchgehen. »Mutter, ich würde wirklich *sehr* gern auf Sarahs Party gehen. Wahrscheinlich ist es eine der letzten Gelegenheiten für mich, sie zu sehen. Nach der Hochzeit wollen sie doch nach Europa ziehen. Darf ich also gehen – *bitte*? Mit deinem Segen?«

Ihre Mutter schaute in die Ferne und schien Jeannes Anliegen abzuwägen. Schließlich nickte sie, und Jeanne bedankte sich herzlich. »Dieses Gespräch, das wir vor einer Weile geführt haben – so sonderbar und unbegründet es auch gewesen sein mag –«, fuhr ihre Mutter fort und sah Jeanne ins Gesicht, »mir schien es, als würdest du deine Wurzeln in Frage stellen, Jeanne.«

Jeanne blickte sie überrascht an. »Das hatte ich schon wieder ganz vergessen, Mutter. Ehrlich.«

Ihre Mutter wirkte etwas entspannter. »Jeder stellt sich diese Fragen irgendwann einmal, mein Schatz. Ich nehme an, im Grunde sind wir alle auf der Suche nach unserer Identität. Unserem wahren Selbst.«

Jeanne hörte auf zu kauen und blickte ihre Mutter mit einem plötzlichen Gefühl der Komplizenschaft an. Diese schien es zu erkennen, denn ihr trat ein leichtes, seltsames Lächeln auf die Lippen.

»Ich kann das also durchaus nachvollziehen. Es gehört zum Erwachsenwerden«, fügte ihre Mutter hinzu. »Hast du mich verstanden?« Jeanne nickte. »Doch das heißt nicht, dass du die Identität, die dir bis heute die deine schien – oder mit der wir, deine Eltern, und dein Umfeld dich geprägt haben –, verleugnen sollst. Sie bleibt vielmehr bestehen und wird sich zu einer neuen weiterentwickeln. Meine Tochter, glaube mir«, sagte ihre Mutter mit einem solchen Ernst in der Stimme, dass es Jeanne beinahe Angst einflößte, »*ich* habe mein Bestes gegeben, damit das Fundament deines zukünftigen Lebens gut, intakt und solide ist.« Jeanne war gerührt, obgleich eine neugierige Stimme in ihrem Inneren spitzfindig bemerkte, dass ihre Mutter ihren Vater außen vor gelassen hatte. Sprach daraus pure Egozentrik, oder lag darin eine gewisse Bitterkeit ihrer Mutter gegenüber dem schwachen Einsatz ihres Mannes bei der Erziehung seiner Tochter? Jeanne erschrak. Ihre Mutter hatte sich plötzlich zurückgelehnt und beinahe erleichtert zu lachen begonnen. »Was ich dich wohl eigentlich bitten wollte, ist, dass du darüber nachdenkst, was richtig und was falsch ist. Und falls Edouard, unser junger Käfer- oder auch Briefmarkensammler, anfangen sollte, dir den Hof zu machen, sag mir *bitte* Bescheid, bevor ihr irgendwelche Dummheiten macht.«

An jenem Abend hatte Jeannes Vater ein paar Freunde zum Essen eingeladen. Jeanne konnte sich jedoch kaum vorstellen, dass ihr Vater echte Freunde hatte. Im Grunde waren es Arbeitskollegen und andere Entscheidungsträger der herrschenden französischen Gesellschaft.

Soumia hatte mit Hilfe ihrer Nichte Faïza *Blanquette de veau* zubereitet, das seltsamerweise unbestreitbar nach Zimt schmeckte und so eine marokkanische Note bekommen hatte. Doch niemand sagte etwas. Der Wein wurde mit Komplimenten überhäuft, als wäre er ein weiterer Gast. Von Berbern hergestellter Ziegenkäse ersetzte den Camembert, und zum Dessert gab es eine einfache regionale Köstlichkeit: Orangenscheiben, ebenfalls mit Zimt bestäubt und mit einem Zweig frischer Minze dekoriert. Der Direktor von *Poste et Télégraphe,* ein übertrieben jovialer, bereits ergrauter Junggeselle namens Fresquin, lobte Soumias Kochkünste und brachte sie damit zum Erröten, bevor sie in ihren spitzen *Babouches* davontrippelte. Die anwesenden Ehefrauen tauschten Kochrezepte aus und sprachen über Mode, die Männer diskutierten die neuesten technischen Fortschritte und Sportergebnisse. Jeanne war als Tochter der Gastgeber verpflichtet, sitzen zu bleiben, zu essen – und zu schweigen. Nach ein paar anfänglichen Fragen zum Fortgang ihres Studiums wurde sie rasch links liegengelassen, ein Zeichen dafür, dass man sie noch nicht als Erwachsene ansah.

Es machte ihr jedoch nichts aus. Stattdessen ergriff sie die Gelegenheit, die Gäste eingehend zu begutachten. Wann immer sie in der letzten Zeit auf Menschen traf, beobachtete sie sie auf der Suche nach versteckten Hinweisen. Immerhin war es gut möglich, dass der geheime Verfasser der Briefe und Gedichte unter ihnen war, und dieser Gedanke erfüllte Jeanne mit Aufregung. Denn wie sollte sie die Aufmerksamkeit ihres Verehrers auf sich gezogen haben, wenn er sie gar nicht kannte? Sie achtete außerdem auf mögliche Zeichen von einem der am Tisch versammelten Männer. Lag etwa in jenem Blick etwas verborgen? Weshalb wandte sich Oberst Le Guédec, der Chef der örtlichen Gendarmerie, abrupt ab, wenn ihre Blicke sich begegneten? Was hatte der Nationalbankdirektor mit seinem Kompliment eigentlich sagen wollen?

Doch an diesem Abend schien ihre Suche vergeblich. Alle waren so ernsthaft wie alt – insbesondere der letzte Punkt schreckte sie ziemlich ab –, so dass sie nicht nur keine Hinweise erkennen konnte, sondern sich auch keine erhoffte. Als ihre Mutter eine der Ehefrauen dabei erwischte, wie sie Jeanne ansah, die wiederum deren Mann aufmerksam beobachtete, bemerkte sie äußerst diplomatisch, die Jugend habe doch sicher andere Dinge im Kopf, als dem Erwachsenengeplauder zu lauschen. Jeanne lächelte dankbar und erhob sich. Als sie den Raum verließ, wurden Zigarren und Zigaretten angezündet, und sie verharrte noch eine Weile auf dem Treppenabsatz, um das Gespräch zu verfolgen, das mittlerweile um das ernsthafte Thema des Krieges kreiste. Bei früheren Diners war der fragliche Krieg stets der Spanische Bürgerkrieg gewesen, der nun offensichtlich in den Hintergrund getreten war. Ihr Vater hatte Nachricht aus Paris erhalten – Hitler, dieser merkwürdig aussehende Deutsche mit dem kleinen Schnurrbart und dem furchteinflößenden Blick, hatte seine Truppen an ebenjenem Tag ins tschechische Grenzgebiet vorrücken lassen.

12

Sarah Bassouins Party wurde mit großer Ausdauer und viel Hingabe vorbereitet. Sarah galt nicht nur als das hübscheste Mädchen der *Académie,* sondern auch als das wankelmütigste. Es war wirklich ein Wunder, dass sie sich entschieden hatte, den Antrag ihres zukünftigen Ehemanns anzunehmen. Jeannes Freundinnen waren einhellig der Meinung, der junge Finanzbeamte der Botschaft, *Chéri Henri,* wie Sarah ihn nannte, müsse wahrlich ein Mann mit einem sehr starken Willen sein, wenn er sich zutraute, Sarahs überschäumenden Charakter zu zügeln.

Noch in der Woche vor dem Fest überlegte Sarah sich dreimal ein neues Motto. Die erste Idee war, dass alle als Ritter und Burgfräulein kommen sollten. Die jungen Damen waren begeistert, bis einer der männlichen Gäste zu bedenken gab, dass es schwierig sein dürfte, in Marrakesch eine komplette Ritterrüstung aufzutreiben. Edouard, der an der Planung ebenfalls beteiligt war, fügte mit ernster Miene hinzu, dass eine Rüstung zwei große Probleme mit sich bringen würde: Erstens wäre es reichlich unangenehm, in der Sommerhitze – mittlerweile stieg das Thermometer schon oft auf vierzig Grad – in einem Anzug aus Stahl zu stecken. Zweitens wäre es damit äußerst schwierig zu tanzen. Nachdem Sarah erst noch gescherzt hatte, dass es keinen großen Unterschied machen würde, da Henri ihr sowieso ständig auf die Zehen trat, wurde der Plan mit den Rittern und Burgfräulein schließlich aufgegeben.

Das zweite Motto, das ganze zwei Tage lang zur Debatte stand, war eine Feier im Stil der Goldenen Zwanziger. Jeanne erklärte allerdings mit Unterstützung von Cécile, dass sie doch wohl kaum Lust hatten, wie ihre Eltern auszusehen. »Langweilig«, stimmten die anderen zu, und so wurde auch dieser Vorschlag verworfen.

Schließlich war es Robert de Montpommier, der zweite Sohn des Bankdirektors, der auf die Idee kam, sich wie die Einheimischen zu kleiden – »ganz einfach und wahnsinnig originell«. »Und noch dazu praktisch«, hatte Edouard hinzugefügt, denn sie konnten sich ja problemlos irgendwelche Klamotten von ihren Bediensteten leihen. So fiel also die Entscheidung. Noch unbeantwortet waren allerdings die nicht minder schwierigen Fragen nach dem Essen, der musikalischen Untermalung, dem Einlass von Freundesfreunden, die in letzter Minute darum baten, mitkommen zu dürfen, der Beförderung der Gäste sowie den Geschenken. Sich selbst treu bleibend, schaffte es Sarah, keine dieser Fragen zu klären, bevor es eigentlich längst zu spät war. Am Ende klappte aber doch alles.

Das Haus der Bassouins befand sich, im Gegensatz zu den meisten Wohnsitzen der anderen eingewanderten Familien, fernab des europäischen Bezirks nahe dem Zentrum von Marrakesch. Sarahs Vater, ein Algerienfranzose, war der Meinung gewesen, sie sollten etwas von der Atmosphäre ihrer Umgebung mitbekommen. Unter normalen Umständen wäre dieses Ansinnen als geschmacklos verurteilt worden. Doch Sarahs Vater war der Präsident der Handelskammer für den gesamten südlichen Sektor von Marokko, ein geschätzter Berater der Botschaft und vor allen Dingen der Vorsitzende des örtlichen Bridge-Clubs. Niemand würde es wagen, die Wahl seines Wohnortes zu kritisieren.

Von außen wirkte das Haus mit seiner blanken, dunkelviolett getünchten Wand und mehreren kleinen, vergitterten Fenstern düster und abschreckend. Durch eine kleine Tür aus dickem

Holz, die sich im Laufe der Jahre verzogen hatte und mit Eisen beschlagen war, gelangte man hinein. Davor stand Jeanne in ihrem frisch gebügelten weißen Baumwollkleid mit einer Tasche in der Hand. Mohammed und Soumia warteten in der Kalesche, bis sie sicher im Haus angelangt war.

»Ich hoffe sehr, dass die Kleider Sarahs neuem Dienstmädchen gefallen«, hatte sich Soumia während der Fahrt ins Stadtzentrum gesorgt. »Ich habe sie nun schon seit fast zwanzig Jahren nicht mehr getragen. Aber du meintest ja, sie sei noch jung.«

»Ich bin mir sicher, sie wird begeistert sein«, hatte Jeanne sie beruhigt und auf die mit Kleidern vollgepackte Tasche geklopft. »Und wenn nicht, kannst du immer noch mir die Schuld geben, weil ich sie ausgesucht habe.«

Die Tür öffnete sich. Dahinter tauchte Jean Bassouin, Sarahs Vater, auf – eine weitere seiner unüblichen Angewohnheiten.

»Oh«, machte Jeanne erstaunt. »Ich hatte erwartet ...«

»Ich begrüße meine Gäste immer selbst«, erklärte Sarahs Vater freudestrahlend. »Komm doch herein – Jeanne Lefèvre, nehme ich an? Ja, ich kenne deinen Vater sehr gut. Ein guter Kartenspieler, erscheint regelmäßig bei uns im Club.« Jeanne trat ein und vernahm sogleich Stimmen aus dem oberen Stockwerk, wie gewöhnlich am lautesten die von Sarah. Sie folgte Sarahs Vater durch einen kühlen, mit Steinplatten ausgelegten Korridor und eine enge Treppe hinauf. »Dein erstes Mal *chez nous,* wenn ich mich nicht irre«, sagte Bassouin, ganz der freundliche Gastgeber. »Meine Tochter hat mir erzählt, du seist eine gute Freundin von Cécile.« Er drehte sich zu ihr um, und Jeanne nickte. Plötzlich hielt er inne: »Solltest du nicht verkleidet sein? Ich muss schon sagen, die anderen sind ein wahrer Augenschmaus.«

Jeanne ließ den Kopf hängen. »Meine Eltern hätten wohl ein riesiges Aufhebens darum gemacht«, erklärte sie entschuldigend.

»Ach je«, murmelte Monsieur Bassouin und sah sie mit Bedauern an, jedoch nicht, wie Jeanne zuerst glaubte, wegen der Unannehmlichkeiten, die ihren Eltern entstanden wären. »Ich kann mir vorstellen, dass du einige schwierige Momente durchlebst, junge Dame.«

Jeanne erwiderte sein verschwörerisches Lächeln. »Aber es ist mir gelungen, ein paar Sachen in meiner Tasche hinauszuschmuggeln«, verkündete sie.

»Na, das ist doch wunderbar.«

»Aber bitte sagen Sie es nicht weiter. Ich habe behauptet, sie wären für Ihr Dienstmädchen.«

Jean Bassouin dachte einen Moment lang darüber nach und zwinkerte ihr dann zu.

»Ich wünschte –«, setzte Jeanne an, ehe sie sich zurückhalten konnte, doch Sarahs Vater unterbrach sie.

»Sie geben wahrscheinlich ihr Bestes, denkst du nicht? Du bist eine sehr hübsche junge Frau. Eltern sind manchmal ein bisschen sonderbar. Ich bin mir sogar sicher, dass Sarah dasselbe über mich sagen würde. Komm.«

Sie stiegen weiter die enge Wendeltreppe hinauf. Das Stimmengewirr wurde lauter, und plötzlich traten sie aus der Dunkelheit des Treppenhauses in einen riesigen, prachtvollen Raum, der von etwa einem Dutzend roter, grüner, gelber und blauer arabischer Lampen erleuchtet wurde.

»Ich zeige dir, wo du dich umziehen kannst«, sagte Sarahs Vater mit erhobener Stimme, doch es war schon zu spät. Mit einem Kreischen eilte Sarah auf sie zu und ergriff Jeannes Arm, offensichtlich ohne ihre fehlende Kostümierung zu bemerken. »Oh, na gut«, machte Monsieur Bassouin verlegen und drehte sich hilfesuchend zu seiner Frau um. »Später also.«

Jeanne war noch nie in so kurzer Zeit von so vielen Menschen auf die Wangen geküsst worden. Manche der Anwesenden kannte sie, anderen wurde sie vorgestellt, vergaß aber sogleich wieder ihre Namen. Nicht nur Sarah, sondern all ihre Freundinnen schienen sich in einem Zustand purer Euphorie zu befinden.

»Bist du betrunken?«, zischte Jeanne hinter vorgehaltener Hand.

»Natürlich nicht«, kicherte Sarah. »Aber keine Sorge, ich habe uns für später ein paar Tropfen von Papas Punsch gesichert.«

Jeanne wollte weiter nachforschen, was der Grund für die fröhliche Stimmung war, da sah sie ihn plötzlich. Sie spürte förmlich, wie ihr Kiefer hinunterklappte. Es war Sarahs Verlobter Henri, oder besser gesagt, *sein Freund,* mit dem er gerade durch die Gästeschar auf sie zusteuerte.

»Ja!«, keuchte Sarah und zupfte sie am Ärmel. »Wenn ich gewusst hätte, das Henri solche Freunde hat!«

»Sarah!«, stieß Jeanne hervor, die schockiert war, wie freimütig ihre Freundin auch nur den Gedanken an Untreue aussprechen konnte. Doch Sarah antwortete nur mit einer Art Gurren.

»Sein Name ist Ludovic«, erklärte sie, während die beiden jungen Männer sich näherten.

»Ludo«, korrigierte sie der Benannte.

»Ist das nicht ein Spiel?«, fragte Jeanne, und sofort war es ihr peinlich, es ausgesprochen zu haben.

Ludo räusperte sich, grinste und bot ihr seine Hand an. »Wie geht es Ihnen? Verzeihen Sie, dass ich Ihnen kein *bisou* gebe«, sagte er. Jeanne mochte den Klang seiner Stimme, volltönend, angenehm und geschliffen. »Angesichts Ihrer Schönheit würde ich dabei nur erröten.«

»Du blöder Hund«, rief Henri, der sich neben Sarah stellte und ihren Arm ergriff. »Aber es scheint, als wäre es unsere arme Jeanne, die nun rot wird!« Sie lachten. Jeannes Gesichtsfarbe wechselte von Pink zu Rot zu Violett, und sie blickte panisch in eine andere Richtung. O Gott, dachte sie, und er könnte sogar *derjenige* sein. Sie zwang sich, ihn erneut anzusehen, und lächelte entschuldigend.

»Ich muss wirklich sagen, eure Kostüme sind –«

»Das ist es!«, rief Sarah. »Ich *wusste* doch, das irgendetwas nicht stimmt. Warum hast du dich nicht verkleidet?« Jeannes Blick wurde hart, und Sarah verstand sofort. »Hmmm, Mater und Pater, *n'est-ce pas*? Kein Problem. Du ziehst dich nachher um. Komm – lass uns zu Cécile gehen. Sie steht neben deinem Edouard.«

»Er ist nicht *mein* Edouard!«, rief Jeanne.

Als Sarah sie davonzog, nickte Ludo ihr zu. »Vielleicht tanzen wir später miteinander?«, rief sein sanfter Bariton ihr hinterher.

»Ja«, sagte Jeanne und reckte noch den Hals, da war er schon aus ihrem Blickfeld verschwunden. »Wer ist das?«, fragte sie Sarah, als die Luft rein war.

»Ludo ist Henris bester Freund.«

»So viel weiß ich.«

»Na schön. Also, Ludo kommt frisch von der *Ponts et Chaussées*«, fuhr Sarah fort und senkte ehrfürchtig die Stimme, als sie den Namen der elitären *Grande École* aussprach. »Er arbeitet als Eisenbahntechniker.«

»Hier in Marrakesch?«, wollte Jeanne wissen.

»Leider nicht, soweit ich weiß. Ich glaube, er arbeitet abwechselnd in Rabat und Casablanca.«

»Er kann es also nicht sein«, murmelte Jeanne.

»Wie bitte?«, fragte Sarah.

»Was? Oh, nichts.«

Edouard und Cécile waren tief ins Gespräch vertieft. Edouard trug ein Paar gestreifte Zuaven-Hosen, eine Weste und einen hohen Fez mit Quaste. An den Füßen trug er ein Paar unglaubliche gelbe Lederpantoffeln, die sich gefährlich nach oben krümmten und in zwei Messingspitzen endeten.

»Ich finde, du siehst ein bisschen aus wie ein Türke«, bemerkte Jeanne kritisch.

Edouard lächelte ungezwungen. »Ist doch eigentlich dasselbe. Aber was ist mit dir, Jeanne? Traust du dich nicht, dich zu verkleiden?«

Jeanne stöhnte. »Nein – meine Eltern mal wieder. Aber irgendwo habe ich noch eine Tasche mit Klamotten. Nur jedes Mal, wenn ich mich umziehen will, zerrt Sarah mich weg.«

»Sie ist betrunken«, kicherte Cécile.

»Das habe ich auch schon gesagt.«

»*Liiieeebes*trunken«, sagte Cécile mit einem Augenzwinkern. Sarah quietschte in einer Tonhöhe, die Edouard zusammenzucken ließ. »Du Glückliche!«, fügte Cécile hinzu.

»Ja«, sagte Sarah plötzlich ganz nüchtern. »Ich Glückliche.« Auf einmal wirkte sie wie ein Kind, das sich verlaufen hatte. »O Gott …«, murmelte sie abwesend. »Ich glaube, ich muss mich wirklich betrinken. Kommt, ich zeige euch, wo Papas Punsch ist.«

Cécile trottete ihr hinterher, doch Jeanne blieb stehen. »Ich will mich erst umziehen.« Sie wandte sich noch einmal kurz Edouard zu, lächelte und wollte sich auf die Suche nach ihrer Tasche begeben, da legte er ihr die Hand auf den Ellbogen und zog sie sanft zurück.

»Ja?«, fragte sie und dachte, der junge Mann würde etwas von ihr wissen wollen. Stattdessen stand er wie festgenagelt, schien sich reichlich unbehaglich zu fühlen und starrte auf seine gebogenen Slipper. »Ja, Edouard?«, wiederholte Jeanne und runzelte die Stirn. »Du musst dich doch nicht etwa übergeben?«

Das weckte ihn auf. »Nein, um Gottes willen!«, platzte er hervor. Erneut beklommenes Schweigen.

»Also?«, bohrte Jeanne weiter. »Was ist los?«

»Jeanne, was ist passiert?« Jeanne blickte ihn verständnislos an, und Edouard holte noch einmal Atem. »Du … wirkst – *anders.*«

»Anders? Wieso sagen mir nur immer alle, dass ich anders bin?«

»Ich – ich meinte nicht anders im – im Sinne von sonderbar«, stotterte Edouard und trat näher an sie heran. Unglücklicherweise stieß er dabei mit den gebogenen Spitzen seiner Schuhe gegen Jeannes Schienbeine.

»Au!«, schrie sie, sprang zurück und rieb sich die schmerzende Stelle.

»Ach herrje – habe ich dir weh getan?«, rief Edouard. »Diese verdammten Pantoffeln! Oje, es tut mir so leid, Jeanne.«

»Schon in Ordnung«, sagte Jeanne und verzog das Gesicht. »Also?«

»Also«, fuhr Edouard mit großer Mühe fort. »Ich meinte anders im Sinne von – *schön.*«

»Ach, du liebe Güte.«

»Ja, du bist … Es fällt mir schwer, dich einzusortieren«, kämpfte sich Edouard voran.

»Ich bin keine Briefmarke, Edouard«, bemerkte Jeanne.

»Ganz und gar nicht. Weißt du, es ist … Du bist … Es scheint mir fast so, als ob du eine Frau geworden wärst.«

Jeanne schaute grimmig. »Eine Frau? Aber ich war doch schon immer eine Frau.«

»Nein, Dummchen. Frau im Sinne von erwachsen – eine richtige Frau eben.«

Jeanne schwieg. Sie beobachtete Edouard dabei, wie er sie betrachtete. Plötzlich schweifte sein Blick ungeniert über ihren Körper, fast schon – um es mit seinen Worten zu sagen – *männlich.* Es war, als dämmerte ihr auf einmal etwas.

»Edouard?«

»Ja.« Edouards Stimme war ein krächzendes Flüstern. »Ja?«, wiederholte er etwas kraftvoller.

»Wir haben …« Sie senkte ihre Stimme. »Wir haben uns geküsst, nicht wahr?«

Edouard nickte. »Das erste Mal, dass meine Lippen denen einer Frau begegnet sind.«

»Abgesehen von denen deiner Mutter«, korrigierte ihn Jeanne.

»Nicht einmal das«, verneinte Edouard.

»Nein – meine auch nicht«, erwiderte Jeanne mechanisch. »Aber wir haben uns geküsst. Zweimal.«

»Es waren aber keine richtigen Küsse. Nicht – du weißt schon.«

Jeanne spürte, wie ihre Haut unter ihren Kleidern glühte. Was für ein unanständiger, traumhafter Gedanke – mit Zunge zu küssen. »Ich war neugierig«, sagte sie, ohne darüber nachzudenken. »Deshalb wollte ich dich küssen.«

»Hmmm«, murmelte Edouard und analysierte die Situation. »Ich denke, mir ging es genauso.«

»Edouard, schreibst du Gedichte?«

Edouard sah sie überrascht an. »Nein. Wieso?« Er zuckte mit den Schultern. »Ich schätze, ich könnte es, wenn ich müsste. Reime – es dreht sich alles nur um Reime. Mehr braucht ein gutes Gedicht nicht.«

Jeanne lachte. »Edouard, du klingst wie mein Vater!«

»Na ja, von ihm habe ich das ja auch«, verteidigte er sich. Sein Blick wirkte unsicher. Und da begriff sie. Plötzlich konnte sie die Fäden zusammenführen.

»Du hast also mit Vater über Gedichte gesprochen? Und über – *über mich*?«

»Jeanne«, sagte er. »Ich würde dir gern zeigen –« Doch Edouard brachte seinen Satz nicht zu Ende.

»Was denn, deine Käfersammlung vielleicht?«, unterbrach ihn

Jeanne scharf. »Käfer!«, zischte sie noch einmal und zog wütend davon.

»Ich sammle keine Käfer, Jeanne«, rief Edouard ihr beleidigt hinterher. »Ich sammle Briefmarken!«

Jeanne erkannte am unterdrückten Kichern, das aus der Tür drang, in welchem Zimmer die beiden sich befanden. Sie klopfte. Stille. Sie klopfte noch einmal etwas sanfter.

»Ich bin's – Jeanne.«

»Komm rein!«, zischten beide gleichzeitig, und Sekunden später wurde der Schlüssel im Schloss umgedreht.

Jeanne drückte die Tür auf, die sofort hinter ihr zugezogen und wieder abgeschlossen wurde. Das Zimmer war düster, und trotz des geöffneten Fensters hingen Zigarettenrauch und der Übelkeit erregende süßliche Geruch von Rum und Orangensaft darin. Sie bekam ein Glas in die Hand gedrückt. Sie nippte daran und verzog das Gesicht.

»Du hast dich ja immer noch nicht umgezogen«, bemerkte Cécile.

»Du siehst anders aus«, fügte Sarah ahnungslos hinzu.

»O *Gott*!«, stöhnte Jeanne. »Nicht du auch noch!«

»Was habe ich denn gesagt?«, kreischte Sarah und wurde sofort von Cécile zum Schweigen gebracht. »Tut mir leid – muss vom Alkohol kommen. Ich muss mal pissen.«

»Sarah – was sagst du!«

Cécile unterdrückte einen Lachanfall und steckte Sarah damit an. »Was ist denn eigentlich los? Du wirkst irgendwie schlecht gelaunt.«

Jeanne setzte sich neben ihre Freundinnen auf den Rand von Sarahs Bett. Céciles Schleier war heruntergerutscht, und ihre Mascara war verlaufen. »Edouard – das ist los. Der Idiot hat mit meinem Vater geredet. Geheime Pläne haben sie geschmiedet!«

Interessiert rückten Sarah und Cécile näher. »Über meine Zukunft.«

»Du meinst, er will dich heiraten?«, staunte Cécile. »Nicht du auch noch! Und was ist mit dir, willst du ihn auch heiraten?«

»Wir hätten uns niemals küssen dürfen«, sagte Jeanne und merkte erst zu spät, dass sie damit ihr Geheimnis verraten hatte.

»Du hast *Edouard* geküsst – den Philatelisten, den zukünftigen Buchprüfer?!«

»Aber nicht mit – ihr wisst schon.«

»Zunge«, sagte Sarah wissend. »Oh, du armes Mädchen. Dann weißt du ja noch gar nicht ...«

»Wie ist es?«, fragte Jeanne in dem verzweifelten Versuch, das Thema zu wechseln.

»Muss ganz schön klebrig sein«, meinte Cécile und nahm einen Schluck aus ihrem Glas.

»Es ist warm und feucht und angenehm und ... Und es kitzelt«, erklärte Sarah begeistert. Jeanne und Cécile kicherten. Sarah sprach weiter. »Henri kann wunderbar küssen. So – *erotisch.*« Jeanne konnte nur mit Mühe ein lautes Seufzen unterdrücken. »Wenn er mich küsst«, fuhr Sarah mit sanfter, heiserer Stimme fort, »habe ich das Gefühl, ich müsste gleich in Ohnmacht fallen.«

»Erzähl weiter«, ermunterte sie Cécile.

»Zuerst küsst er mich sanft auf die Lippen und dann – nicht immer, denn ich reize ihn gern ein bisschen und widerstehe –«

»Du behältst die Lippen geschlossen«, erklärte Jeanne.

»So muss man es anscheinend machen.«

»Warum?«, wollte Cécile erstaunt wissen.

»Nun, ich denke, dass der Mann die Frau dann besser zu schätzen weiß.«

»Ich würde ja denken, dass es ihn eher ärgert«, kommentierte Jeanne.

»Das soll es ja auch«, bestätigte Sarah kopfschüttelnd. »Versteht ihr denn nicht? Es lässt ihn … rabiater werden.«

»Komisch«, murmelte Cécile. »Weshalb sollte man denn wollen, dass einer rabiat wird?«

»Aber ja doch. Mutter meint, es ist wie zwischen einem Löwen und einer Gazelle.«

»Du hast mit deiner Mutter über Sex geredet?«, keuchte Jeanne. Es war unvorstellbar.

»Natürlich. Als ich ihr meine Gefühle für Henri offenbart habe, war es gleich das Erste, worüber wir sprachen. Sie nahm mich beiseite, als Papa bei der Arbeit war, und wir haben ein ganz großartiges Gespräch geführt.«

»Gott, hast du ein Glück«, sagte Jeanne. »Ich glaube ja, dass meine Mutter denkt, Sex wäre bloß ein anderes Wort für Geschlecht.«

»Also, was hat Mater noch gesagt?«, fragte Cécile, die sich zusammenkauerte und dabei unbewusst ihre Knie entblößte.

Sarah trank einen Schluck und hielt Cécile ihr Glas dann zum Wiederauffüllen hin. »Nun, sie hat von der Klitoris gesprochen.«

»Was ist das?«

»Die Klitoris …« Sarah wartete einen Moment, ließ das Wort im Raum stehen und sich setzen, so wie ihre Mutter es bei ihrem Gespräch auch getan hatte. »Die Klitoris ist ein Juwel, ein versteckter Schatz im Körper der Frau.« Schweigen. Jeanne und Cécile warfen sich ratlose Blicke zu. »Es ist eine Metapher«, erklärte Sarah und hoffte insgeheim, dass die beiden es begreifen würden, da es selbst für sie ein etwas heikles Thema war.

»Ich erinnere mich tatsächlich daran, dass ich das Wort einmal gehört und Mama danach gefragt habe«, brachte Cécile mit Mühe hervor. »Da muss ich etwa vierzehn gewesen sein.«

»Und was hat sie dazu gesagt?«, wollte Sarah wissen, die hoffte, dass Cécile nun die Erkenntnis käme.

»Ich fragte: ›Mutter, was bedeutet das?‹ Und Mama sagte: ›Oh, das ist etwas Wissenschaftliches.‹«

Schweigen.

»Das war alles?«

»Also – ja. Ich habe mich nicht getraut nachzuhaken.«

»Eine Klitoris«, setzte Sarah erneut an, die verbotene Sache zu erklären, diesmal mit von Weisheit und Gewissheit erfüllter Stimme, »ist etwas, das sich im Intimbereich der Frau befindet und beim Sex dafür sorgt, dass die Frau …«

»Sprich weiter!«

»… einen Orgasmus bekommt.«

Jeanne keuchte. Cécile fragte: »Was ist das?«

»Ach, sei still!«, fluchte Sarah. »Benutz verdammt noch mal ein Wörterbuch!«

»Was es auch ist, es klingt nützlich«, meinte Cécile.

»Wenn du sie findest, wirst du es wissen«, erklärte Sarah voller Sehnsucht.

»Das kann man wohl sagen«, log Jeanne, die sofort spürte, wie sie rot anlief, und sich vor weiteren Fragen Céciles fürchtete. Sie nahm rasch einen – und noch einen – Schluck aus ihrem Punschglas. Cécile sah sie kläglich an.

»Ach, verdammt noch mal!«, platzte Sarah verärgert heraus. »Nun mach nicht so ein dummes Gesicht. Hier!« Unvermittelt griff Sarah unter Céciles Rock und tastete dort herum. Cécile saß stocksteif da und starrte sie nur wortlos an. Sarah legte die Stirn in Falten.

»Du siehst aus, als würdest du ganz hinten im Küchenschrank nach Keksen wühlen«, flüsterte Jeanne, verwirrt und fasziniert zugleich.

»Es ist auch so ähnlich«, murmelte Sarah. »Halt still! Vielleicht besitzt nicht jede Frau eine? Darüber hat Mutter nichts gesagt. Da – das ist sie! Das muss es sein!«

»O Gott!« Cécile sah aus, als durchführe sie ein Stromstoß. Sie quietschte: »Ja – das muss es sein!« Sarah zog ihre Hand zurück, und Cécile fiel kichernd in sich zusammen. »Meine Güte! Danke für die Erklärung.«

Sarah tippte sich gegen die Stirn, als Heldin ausgezeichnet, als Frau, griff sich eine Zigarette und trank einen Schluck.

Auf einmal waren hinter der Tür Stimmen zu vernehmen. Männerstimmen. Die drei Freundinnen erstarrten kurz und versteckten dann nicht ganz geräuschlos die verräterischen Gläser.

»Seid ihr da drin?« Es war Henris Stimme. »Sarah – komm raus. Wir legen Musik auf. Zeit für einen Tanz.«

Im Empfangssaal spielte das Grammophon gerade einen beliebten Walzer. Jeanne stellte jedoch überrascht fest, dass niemand tanzte. Dann verbeugte sich Monsieur Bassouin galant vor seiner Frau und eroberte mit ihr zusammen die Tanzfläche. Henri in seinem wehenden Wüstengewand führte Sarah hinterher. Ludo warf Jeanne einen Blick zu, Jeanne nickte, doch da trat Edouard vor, ohne den Fez, und nahm sie am Ellbogen, bevor Ludo sie erreichen konnte.

Sie hielten beinahe eine Armlänge Abstand, aus Unsicherheit, aber auch, weil Edouards Schuhe jegliches Näherrücken verhinderten.

»Du siehst unverändert aus«, bemerkte Edouard schließlich mit einem Blick auf ihr Kleid.

»Eben meintest du noch, ich hätte mich verändert«, gab Jeanne trocken zurück.

»Das meine ich nicht –«, setzte Edouard zur Erklärung an und verzog dann das Gesicht. »Jeanne, sieh mal, es tut mir leid. Aber, warum um Himmels willen hast du behauptet, ich würde Käfer sammeln?« Er schüttelte den Kopf.

Jeanne schürzte die Lippen. »Ach, meine Mutter hatte da so

etwas gesagt«, erwiderte sie. Und dann, nach einer kurzen Pause: »Weißt du, ich glaube ja schon, dass ich dich mag. Ich will nur nicht, dass plötzlich jemand ankommt und mir vorschreibt, wen ich mögen soll. Verstehst du?«

Edouard runzelte die Stirn.

»Aber läuft es nicht genau so?«

»Hier vielleicht … Kann sein, aber –«

Edouard zuckte mit den Schultern. »Was passt dir denn dann nicht?«

»Edouard!« Jeanne blickte ihn schockiert an. »Romantik – schon mal was davon gehört?«

»Ach, das«, meinte Edouard. »Wir haben uns doch geküsst, oder etwa nicht?«

»Aber das war doch nur aus Neugierde.«

»Gleich mehrmals.«

»Und was ist mit Gedichten und geheimen Nachrichten und Briefen?«

Edouard kicherte und wurde dann ernst. »Weißt du, Jeanne – ich kann das alles auch. Jeder Mann ist dazu in der Lage, wenn er sich in ein Mädchen verliebt. Sieh dir doch nur all die Paare an, die wir kennen. Unsere Eltern etwa! Manche Männer sind wirklich sonderbar. Aber ich bin mir sicher, selbst die hässlichsten und dümmsten unter ihnen haben es einmal fertiggebracht, ihre Frauen mit Versen zu umwerben.«

»Du bist also nicht verliebt«, stellte Jeanne fest, der dieser Gedanke langsam gekommen war, als wäre ein Zahnrad in Gang gesetzt worden.

»Was? Nein«, machte Edouard und ließ sie einen Moment lang los. Er sah verwirrt aus.

»Na ja, ich ja auch nicht – zumindest …«, begann Jeanne, hielt es jedoch für klüger, nicht fortzufahren. Sie tanzten eine ganze Strophe hindurch schweigend.

»Ich mag dich auch«, sagte Edouard schließlich, als hätte er die Situation gründlich analysiert und wäre nun bereit, ihr den Befund mitzuteilen. Jeanne blickte summend zur Seite. Céciles strahlendes Gesicht walzte an ihr vorüber – sie tanzte mit Ludo, dem stattlichsten von Henris Freunden. Dann erkannte sie Monsieur Bassouin, der sie anlächelte, worauf sie sich zwang, das Lächeln zu erwidern.

»Nun, ich kann mir aber einfach keine Beziehung vorstellen, die nicht auf Liebe basiert«, dachte sie laut nach.

»Nun«, sagte Edouard mit gesenkter Stimme. »Das kann ich auch nicht.«

»Also hör bitte auf, mit Vater Pläne zu schmieden.«

»Na ja, ich dachte mir, dass es ja vielleicht noch dazu kommen könnte – sehr bald sogar«, gab Edouard zu bedenken.

»Was?« Jeanne straffte die Schultern. »Du meinst …?« Edouards Gesichtsausdruck blieb unverbindlich, doch sie war sich sicher, dass sie ihn verstanden hatte. »Du meinst, wie wenn man ein elektrisches Licht anknipst?«

»Niemand weiß, wie es genau passiert«, fügte Edouard hinzu. »Elektrisches Licht – kein schlechter Vergleich.« Wieder wandte Jeanne verwirrt den Blick ab. Auf einmal erschienen ihr seine Worte ziemlich erwachsen, unanfechtbar. Sie wusste, dass er eine Antwort erwartete, doch was sollte sie sagen? Es war beinahe, als hätte Edouard ihr einen Antrag gemacht. Die Musik verstummte. Edouard trat einen Schritt zurück und verbeugte sich leicht. »Und ich bin dir nicht ein einziges Mal auf die Zehen getreten«, fügte er fast herablassend hinzu. So hatte sie Edouard bislang noch nie erlebt. Bestimmt, selbstsicher und mit einem leicht ironischen Lächeln auf den Lippen. Dann zeichnete sich plötzlich Besorgnis auf seinem Gesicht ab, und noch ehe sie sich umdrehen konnte, um zu sehen, was der Auslöser dafür war, wurde sie in die Arme eines Mannes gezogen – Ludos Arme.

»Herzlichen Dank«, sagte Ludo und nickte Edouard knapp zu.

»Mit Vergnügen«, erwiderte Edouard und stolperte dann rückwärts direkt in Cécile hinein.

»Lass uns tanzen, Edouard«, zwitscherte Cécile. »Nur bitte, nimm zuerst diese schrecklichen Hörner von den Füßen!«

Die Musik setzte erneut ein. Jazz. Jeanne stand unbeweglich da. Sie blickte Ludo verlegen an, der mehr als einen Kopf größer war als sie. Er lächelte.

»Keine Sorge, lassen Sie sich einfach von mir führen«, sagte er. »Das ist eins der wichtigsten Dinge, die man im Studium lernt. Paris würde gar nicht existieren ohne Jazz.«

Trotz seines Rats versuchte Jeanne zunächst, dem Rhythmus zu folgen, doch sie wurde sofort sanft, aber bestimmt davon abgebracht. Dieser Tanz war mit nichts zu vergleichen, das sie bisher erlebt hatte. Sie fühlte sich wie eine Stoffpuppe und musste an ihren Teddy Baudelaire denken, mit dem sie als Kind durchs Zimmer getanzt war. Sie war sich nicht sicher, ob es ihr gefiel. Es war ungestüm, voller Energie – fast schon ein Kampf. Mehrmals spürte sie, wie Ludos Griff fester wurde und seine Muskeln sich spannten. Wie ein Löwe und eine Gazelle, klang das Echo von Sarahs Worten in ihrem Kopf. Sie drückte ihn weg, sah auf und bemerkte ein seltsames Lächeln auf Ludos Lippen, bevor dieser mit einem Stoß konterte – einmal, zweimal, dreimal wurde sie herumgewirbelt, seine Hände umgriffen ihre, ihr Rücken wurde plötzlich gegen seinen Bauch gepresst. Sie spürte die Wärme seines Körpers, und – oh Gott – er hatte sie tatsächlich *angefasst*. Ihr erster Impuls war es, ihn fortzustoßen, doch in dieser Position gelang ihr nur eine wellenförmige Bewegung ihres Körpers. Er umklammerte sie von hinten wie ein Löwe, und sie war in seinen Armen wirklich so hilflos wie eine Gazelle. Sie spürte, wie ihr Körper erschlaffte, nachgab. Sein Griff löste sich ebenfalls. Er drehte sie noch einmal, diesmal ganz sanft, so dass sie sich wieder ins Gesicht blicken konnten. Die Musik wurde langsamer und klang aus.

»Sehen Sie«, meinte Ludo. »Sie können es. Gut gemacht.«

Jeanne sah ihn beunruhigt an, wandte den Blick ab und sah dann doch wieder hin. »Danke.« Ludo schwieg, doch sie spürte, dass er ihren Arm sanft drückte. Konnte es etwa so … dazu kommen?, fragte sie sich, in Gedanken bei ihrem Gespräch mit Edouard. Wie ein Kampf um Leben und Tod, danach das metaphorische Sterben, die eigenartige Ruhe dabei, die Einwilligung?

»Wie alt sind Sie?«, fragte sie, ohne nachzudenken.

Ludo trat einen Schritt zurück, um sie anzusehen, grinste und zog sie erneut an sich. »Sechsundzwanzig. Und ich nehme an, Sie sind fünfundzwanzig.«

Jeanne kicherte. »Nicht ganz. Sind Sie – sind Sie das, was man einen Verführer nennt?«

Ludo lachte auf. »Ha! Sie sind wirklich anders als die anderen Mädchen. Was denken Sie?« Jeanne dachte, dass Ludo nun schon die zigste Person in dieser Woche war, die behauptete, dass sie anders sei, doch sie sprach es nicht laut aus. Stattdessen zog sie die Stirn in Falten. »Bitte grübeln Sie nicht zu viel«, sagte Ludo. »Sie sind viel schöner, wenn Sie es nicht tun. Und das meine ich als Kompliment.«

»Ich denke, dass Sie sehr gut aussehen und ein bisschen beängstigend sind. Vielleicht, weil Sie so groß sind. Oder wegen Ihrer Herkunft.«

»Meine Herkunft?«, fragte Ludo lächelnd. »Die wird sich nicht großartig von Ihrer unterscheiden. Mein Vater arbeitet für die *République*. Er organisiert die Schienenlogistik für die Armee. Hören Sie –«

»Ich höre.«

»Ich bin ein wenig erschöpft – ich war den ganzen Tag unterwegs, um herzukommen. Können wir uns nicht ein ruhiges Plätzchen zum Reden suchen? Das würde mir sehr gefallen.«

Jeanne blickte ihm in die Augen, entspannte sich und nickte. »Das wäre schön.«

13

Der Abend ging bereits in die Nacht über, und die Luft war klar und schneidend kalt. Summerfield saß, den Schal um den Kopf gewickelt, eine Zigarette in der einen, ein Gläschen Whisky in der anderen Hand, auf dem unebenen Dach seiner spärlichen Unterkunft und blickte in den Himmel. Der Whisky war sein wöchentlicher kleiner Luxus, den er sich aus einer Flasche genehmigte, die er noch in Gibraltar gekauft hatte. Es kam ihm vor, als wäre es in einem anderen Leben gewesen. Es *war* ein anderes Leben, bestätigte er sich in Gedanken.

Vielstimmiges Murmeln drang aus der Stadt unter ihm herauf. Die Menschen drängten sich immer noch auf dem östlich gelegenen *Djemaa el Fna*. Erst zum Mitternachtsgebet würden sie sich zerstreuen. Der langgezogene, tremolierende Gesang würde Summerfield einen Schauder durch seine Glieder fahren lassen und, wenn er danach zu Bett ging, seinen Träumen Würze verleihen.

Er betrachtete die Sterne: Venus, den Polarstern, den Großen Wagen, Kassiopeia. Der Mond war eine Sichel, die Pupille eines Katzenauges. Er ließ den Himmel weiblicher erscheinen.

Er blickte gen Westen und nahm noch einen Schluck Whisky. Die Stadt lag in Dunkelheit gehüllt, bis auf ein paar verstreute Lichter und ein besonders hell erleuchtetes, großes Haus. Es war ihm schon an einigen Abenden zuvor aufgefallen. Er versuchte, seinen Blick darauf zu fokussieren, und überlegte nebenbei, dass ein Fernrohr womöglich eine lohnende Anschaffung darstellen würde. Bei Tageslicht hatte er gesehen, dass sich auf dem Dach des Hauses ein prächtiger Garten befand. Es war eindeutig das

Haus eines reichen Mannes. Vielleicht gehörte es ja sogar Abrach, kam ihm in den Sinn, und der Gedanke brachte ihn zum Lachen.

Von dort aus wanderten seine Gedanken zu der jungen Frau. Sie ist irgendwo da draußen, sagte er zu sich. Werde ich ihr je begegnen? Oh, wie ich dich in die Falle gelockt habe – vergib mir. Ich habe dich geködert wie einen Fisch, dem man eine Fliege an den Haken bindet. Ich habe mit Gedichten vor deinem Herzen herumgewedelt und mir damit deine Gefühle ergaunert. Und ich spiele das Spiel immer weiter, lockere die Schnur ein wenig, um sie bald darauf einzuholen. Ich war ein trügerischer, listenreicher Jäger. *War,* hatte sein Geist formuliert. Eigenartig. Ja, denn nun hängt der Jäger selbst an der Angel – an deinen spitzen Widerhaken. Ich kenne dich nicht, und doch weiß ich, dass du ehrlich und wahrhaftig bist. Noch ein Mädchen und doch schon eine Frau. Wahrscheinlich bist du eine schöne Erscheinung – mir wurde davon berichtet –, doch wirklich schön wirst du für mich durch deine Unschuld und dein Vertrauen. Und – vielleicht spricht jetzt der Tropfen Whisky aus mir – ich würde dich so gern nur ein einziges Mal küssen und dir sagen: Ich war derjenige, der diese gereimten Worte an einen Haken gehängt hat, und nun habe ich den Köder der Liebe selbst geschluckt.

14

Sie fühlte sich wie benommen und wusste nicht mehr, wie sie überhaupt auf die Dachterrasse gelangt waren. Als ob sie Figuren in einem Film wären: eben noch hier, plötzlich ganz woanders; in einer neuen Szene, an einem neuen Ort.

Sie konnte sich beinahe selbst dabei beobachten, wie sie langsam neben Ludo herlief, dessen stattliche Größe und Ausstrahlung sie beeindruckten. Sie hatten über seine Zeit in Paris geplaudert und über das Studium an einer so renommierten Schule wie *Ponts et Chaussées*. Doch ihr war nicht entgangen, dass er sie auch nach ihrem Leben in Französisch-Marokko gefragt hatte. Es kam ihr zwar vergleichsweise langweilig vor, doch Ludo – der den nördlich klingenden Nachnamen Dekerque trug und dessen Familie auch aus Lille stammte – beharrte darauf, dass es ihn brennend interessierte.

Als sie auf die große Dachterrasse hinaustraten, brachte die kühle Nachtluft sie plötzlich zum Verstummen. Die Veranda befand sich, wie in Marrakesch üblich, auf dem Dach des darunterliegenden Geschosses der terrassenförmig angelegten Häuser. Pflanzen und Bäume in Töpfen sowie ein kleiner im Schatten liegender Goldfischteich sorgten für einen hübschen Gesamteindruck.

»Sarahs Vater hat offensichtlich einen erlesenen Geschmack«, kommentierte Ludo und ließ das Ganze auf sich wirken. »Ich muss sagen, es gefällt mir.«

»Mir auch«, stimmte Jeanne zu. »Ich wünschte nur, ich hätte Zeit gehabt, mich umzuziehen. Ich fühle mich ein bisschen blöd, so aus der Reihe zu fallen. Wenn ich auch verkleidet wäre, würden wir –« Sie beendete den Satz nicht. Ludo zog eine Braue hoch. »Gleich aussehen«, verkündete Jeanne wenig originell.

»Hmmm.« Ludo blickte sie belustigt an.

»Schauen Sie nur«, rief Jeanne in dem Versuch, einen besseren Eindruck zu hinterlassen. Sie ging an den Rand des Daches und lehnte sich ans Geländer. »Ist das nicht herrlich?«

»Es ist nicht Paris«, sagte Ludo, trat zu ihr und fügte hinzu: »Aber es ist hübsch. Diese exotische Atmosphäre lässt mich nicht ganz kalt. Sie erinnert mich ein wenig an Tausendundeine Nacht.«

»Aber das war doch viel weiter östlich«, bemerkte Jeanne.

»Ich befürchte, das haben wir im Studium nicht durchgenommen«, erwiderte Ludo mit einem ironischen Tonfall in seiner volltönenden, weichen Stimme.

Jeanne kam sich töricht vor. »Tut mir leid. Ich nehme an, Sie sind nicht daran interessiert, solche Belanglosigkeiten zu erfahren – und schon gar nicht von mir. Ich habe ja noch nicht einmal meine Abschlussprüfungen hinter mir.«

»Soweit mir bekannt ist, benötigt Schönheit kein Examen«, sagte Ludo und blickte sie an.

»O nein –« Jeanne schüttelte den Kopf. »Ich bin nicht die Schöne von uns!«

»Waren Sie schon einmal verliebt?« Ludo beugte sich vor und schien selbst ein wenig überrascht von seiner Frage. »Nun?«

»Ich weiß es nicht«, antwortete Jeanne geheimnisvoll.

»Kommen Sie! Was ist das für eine Antwort? Das müssen Sie mir erklären.«

Jeanne blickte über die Stadt in den Nachthimmel, der von den Fackeln auf dem großen Platz orange gefärbt wurde, der in nur ein paar hundert Metern Entfernung hinter dem Dächergewirr verborgen lag. Im Osten sah sie das metallische Blau der Ebene und dahinter den schwarzen Horizont, die Berge. Dort funkelten die

Sterne am Himmel. Sie erinnerte sich an das Gedicht, rezitierte jedes einzelne Wort in ihrem Kopf. Auf einmal wurde ihr bewusst, dass sie schon seit einer ganzen Weile schwieg.

»Ich habe die Wahrheit gesagt«, erklärte sie nüchtern. »Es gibt …«

»Einen jungen Mann – diesen *Edouard* wahrscheinlich. Mit seinen gelben Schlappen ist er wirklich zu bemitleiden.«

»Nein.« Jeanne schwieg, holte dann tief Luft. »Ich wünschte, ich könnte es sagen.«

»Es muss etwas Ernstes sein«, sagte Ludo leichthin.

»Und Sie?«, wollte Jeanne wissen, um von sich abzulenken.

»Ich –«, begann Ludo, trat einen Schritt näher und senkte die Stimme. »Ich habe geliebt, ja.«

»Was bedeutet …«, hob Jeanne an.

»Was nicht notwendigerweise bedeutet, dass ich auch verliebt war«, erklärte Ludo.

»Und«, sprach Jeanne weiter, die nicht ganz verstand, was er meinte, »ich nehme an, Sie haben auch schon *richtig* geküsst?«

Ludo lachte auf. »Wenn Sie es so nennen möchten.« Er entfernte sich von ihr und lachte dabei vor sich hin, schritt bis zum Teich und drehte dann um. »Würden Sie es gern einmal ausprobieren?«

»Was?«

»Zu küssen – *richtig,* wie Sie es bezeichnen.«

Jeanne verkrampfte sich. »Das ist ziemlich dreist.«

»So muss ein Mann nun einmal sein.«

»Verstehe«, meinte Jeanne und hielt ihren Blick starr auf den Horizont gerichtet.

»Also?«, fragte Ludo beinahe herausfordernd.

»Ich – ich weiß nicht. Die Gedichte, die Briefe«, fing sie an, doch Ludo war schon auf sie zugetreten, hatte ihre Schultern ergriffen und sie sanft an sich herangezogen.

»Ein Mann muss … *ziemlich* dreist sein.«

»Aber vielleicht *bin* ich ja verliebt«, protestierte Jeanne verwirrt. Sie vernahm ihre eigene Stimme, schwach und kläglich. »Denn manche Geschichten sind zum Leben bestimmt. Und sie leben wirklich – wie die Sterne.«

»Bitte?«

»Ich weiß nicht«, rang Jeanne mit sich. Sie spürte Ludos Wärme in ihrem Nacken, seinen Atem, seinen Geruch, Paris. Seine Lippen pressten sich sanft auf ihre, so anders als Edouards, was sie überraschte und in seinen Bann zog. Ihr entfuhr ein leiser Ton, woraufhin Ludo den Druck erhöhte. Auf einmal schien ihr Mund in Flammen zu stehen und zitternde Hitzewellen durch ihren Körper zu senden. Ihre Zunge erwiderte den Druck – es war, als würde Brause in ihrem Mund explodieren.

Es war viel zu gut – teuflisch gut. »Nein!«, flüsterte sie heiser und drückte ihn weg. »Es tut mir leid – es tut mir leid, aber ich liebe einen anderen.«

»Er ist nicht hier«, erwiderte Ludo und zog sie wieder an sich. »Liebe *mich*.«

»O Gott.«

Doch Jeanne musste nicht weiter gegen ihn und sich selbst ankämpfen. Plötzlich durchbrach nämlich ein spitzer, langgezogener Schrei die Stille und hallte von den umliegenden Wänden wider.

Ludo fuhr herum. »*Was zum* –!«

Jeanne schüttelte sich und trat neben ihn. Gemeinsam starrten sie in die Dunkelheit.

»Was war das?«, fragte sie ängstlich.

»Seien Sie doch nicht albern!«, sagte Ludo beinahe wütend. »Das war –«

»Oh, danke!«, rief eine Mädchenstimme.

»Du liebe Güte – das ist Céciles Stimme!«, flüsterte Jeanne.

»Was ist bloß passiert?« Dann erinnerte sie sich – das Schlafzimmer, die drei Freundinnen, die Entdeckung. »Ach, herrje!« Eine zweite Stimme, diesmal von unten, verkündete den Beginn des Kostümwettbewerbs.

»Ich muss mich umziehen«, verkündete Jeanne hastig.

»Und ich schätze, wir überlassen das hier lieber unseren Freunden«, fügte Ludo verärgert hinzu.

Während Jeanne sich umzog, konnte sie hören, wie die Aufregung im Partysaal wuchs. Sie vernahm Beifall, gefolgt von Gelächter. Sie hörte Cécile, die zurückgekehrt war, und dann ein lautes »Hört, hört« von Edouard. Sie schlüpfte aus ihrem Baumwollkleid, faltete es eilig zusammen – Soumias vorwurfsvolle Stimme dabei im Hinterkopf – und glitt in das schwarze Leinenkleid und die rote Bluse mit den kaskadenförmigen Reihen winziger goldfarbener Plättchen. Dann folgte der breite schwarze Gürtel, der mit sonderbaren kleinen Symbolen bestickt war – Fischen, Ringen und Händen. Als Letztes die zierlichen Seidenpantoffeln, die ihre Füße geschmeidig umschlossen. Im Saal riefen sie bereits ihren Namen. Sie warf einen prüfenden Blick in den Spiegel. Das Kopftuch, sie band es um. Und zuletzt – dabei vernahm sie wieder Soumias Stimme, die unzähligen Geschichten aus ihrer Jugend – setzte sie noch mit einem Kholstift, einer marokkanischen Erfindung, deren Zusammensetzung sie nicht kannte, den schwarzen Strich um ihre Augen. Ein allerletzter Blick. Die perfekte Berberprinzessin. Sie zog die Nase kraus, öffnete dann die Tür zum Schlafzimmer und trat hinaus.

Der Saal war in einen Laufsteg verwandelt worden. In der Mitte stand ein kleines Podest, auf das jeder Gast kletterte, um sich begutachten zu lassen. Als sie den Raum betrat, waren gerade alle Blicke auf Edwige Janvier gerichtet, die Klassenstreberin und Sarahs Sklavin, die nun in ihrem arabischen Tänzerinnenkostüm posierte und zwischen Klatschen und anfeuernden Rufen knallrot anlief. Monsieur Bassouin, der die Rolle des Conférenciers übernommen hatte, forderte die Zuschauer auf, Punkte für Edwige zu vergeben.

»Vielen Dank, junge Dame. Applaus, bitte!«, rief Monsieur Bassouin. »Und nun, wie es scheint – *du lieber Himmel!*« Er brach mitten im Satz ab, als er Jeanne erblickte. »Es scheint«, begann er erneut, »dass nun endlich … Jeanne bereit ist.«

Als Jeanne nach vorn trat und sich einen Weg durch das Publikum bahnte, wandten sich alle in ihre Richtung, und der anfängliche Applaus verstummte rasch. Jeanne trat aufs Podium und lächelte schüchtern. Sie zog die Stirn leicht in Falten und suchte die Menge nach Sarahs Gesicht ab, bis sie es schließlich erspähte, daneben Céciles und Edouards, alle drei sprachlos vor Erstaunen.

»Was ist los?«, fragte Jeanne verunsichert. »Ist – ist irgendetwas nicht in Ordnung? Habe ich etwas vergessen?«

»Du siehst …«, stammelte Edouard.

»Ja?«, hakte Jeanne nach und errötete unangenehm. Gleich würden sie bestimmt wieder behaupten, sie wäre *anders*.

»… wie eine Marokkanerin aus!«, platzte es schließlich aus ihm heraus. »Ich hätte nie gedacht …«

»Was?«

»Sogar dein Gesicht!«, rief Edwige. »Deine Haut, deine Züge – unglaublich.«

»Das ist das Make-up«, rief Jeanne leicht panisch. Irgendjemand kicherte. Darauf folgte ein Männerlachen. Etwa Ludos?

»Ich würde sagen, Jeanne hat eindeutig gewonnen!«, verkündete Henri mit lauter Stimme, wie der Ansager bei einem Boxkampf. Es war das Zeichen für lautes Gelächter. Es schien, als würde die ganze Welt ihre Schadenfreude über ihr ausschütten. »Dann rede doch auch mal wie die Einheimischen!«, rief eine Stimme mit einem gespielten arabischen Akzent. »Oh, Aischa!«, ertönte eine weitere. »Oh, Scheherazade!«

Jeanne stand stocksteif auf dem Podium und war unfähig, sich vom Fleck zu bewegen. Ihre Beine wurden schwach. Sie begann zu zittern, ihr Mund zuckte, und dann konnte sie es nicht länger aufhalten und brach in Tränen aus, die sie verzweifelt hinter den Händen zu verbergen suchte.

»Macht Platz – lasst mich durch!« Monsieur Bassouin hatte beobachtet, wie das Mädchen dort oben vor Scham fast umkam. Er trat zu Jeanne auf das Podium, und augenblicklich kehrte Ruhe ein. Zornig in die Runde blickend, nahm er Jeanne am Arm und half ihr hinunter. »Sarah«, sagte er, nun mit gefasster Stimme, zu seiner Tochter. »Lass die Musik wieder spielen, und gib Bescheid, dass der Kuchen serviert werden soll.«

Begleitet von seiner Frau führte Monsieur Bassouin Jeanne in sein Arbeitszimmer. Er ließ sie in seinem Ledersessel Platz nehmen. »Bring mir doch ein Glas Wasser, meine Liebe«, bat er seine Frau. »Und ein Taschentuch. Armes junges Ding«, fuhr er an Jeanne gewandt fort. »Diese Dummköpfe. Ich bitte um Verzeihung.«

»Ich verstehe es nicht«, flüsterte Jeanne. Madame Bassouin beugte sich über sie, lächelte freundlich und drückte ihr ein Glas Wasser in die Hand. »Ich kam mir so furchtbar dumm vor.«

Bassouin seufzte und warf seiner Frau einen Blick zu. »Du sahst wunderschön aus, Jeanne. Glaub mir.«

»Aber sie haben gelacht. Das wäre eigentlich nicht so schlimm gewesen, doch sie haben ja gar nicht mehr damit aufgehört.«

»Jeanne, hör zu. Ich bin Jude. Ich bin in Algerien geboren und aufgewachsen. Als ich zum Studium nach Frankreich ging, haben sie dort auch über mich gelacht. Auch über meine liebe Frau. Sie musste die volle Wucht der Angst dieser Leute aushalten.«

»Angst?« Das Wort kam Jeanne merkwürdig vor, und sie blickte verständnislos auf. »Habe ich denn so furchterregend ausgesehen?«, fragte sie und trank einen Schluck Wasser. Sie musste lachen.

»Nicht furchterregend, Jeanne. Nur *anders*.«

Nun hatte schon die fünfte Person an diesem Abend dieses Wort verwendet. Was meinten sie nur alle damit? Sie starrte Sarahs Eltern verwirrt an. Diese lächelten ihr mit einer Mischung aus Sorge und Bedauern entgegen. Sie merkte, dass Bassouin erneut seine Frau ansah. In ihren Blicken lag etwas, das sie nicht genau deuten konnte.

»Armes Mädchen«, sprach Madame Bassouin beruhigend auf sie ein. »Nun komm – wisch dir die Tränen ab.«

15

Während er sich erholte und Abdlakabirs Kinder ihn täglich versorgten, nutzte Summerfield die Zeit zum Lesen. Als er sich stark genug fühlte, wagte er einen Ausflug zur Stadtbibliothek, wo er so viel wie möglich zur Geschichte des Landes auslieh. Ihn erfasste Unruhe, wann immer er französische Uniformen erblickte, und ihm wurde bewusst, dass es den Marokkanern wahrscheinlich ganz genauso ging.

Marrakeschs Wurzeln lagen in der Kultur der Berber, in ihrem Stolz und ihrer Erfindungsgabe, in religiösem Eifer sowie dem Drang zur Vereinigung. Das Berbervolk, dessen Name sich von der römischen Bezeichnung *Barbaren* ableitete, lebte schon von Anbeginn aller Zeiten im Norden Afrikas, der einen Flickenteppich aus Stämmen und Territorien darstellte. Doch um das Jahr 800 herum versammelten drei kleine Berberdynastien ihre Macht und eroberten Ägypten, wobei sie als Nachkommen von Fatima, der Tochter des Propheten Mohammed, die Herrschaft über alle Gläubigen in Spanien, Nordafrika und dem Mittleren Osten für sich beanspruchten.

Im Jahre 1070 reiste ein Krieger der Almoraviden aus dem westlichen Teil des Reiches durch die Sahara nach Mekka und erhielt dort von seinem geistlichen Führer den Auftrag, die Botschaft des Islams zu verbreiten. Er kehrte in seine Heimat zurück, ließ seine Truppen auf einer Ebene in der Nähe des Atlasgebirges Halt machen und sich dort niederlassen. Sie errichteten einen Palast, Moscheen und die erste der sechs Meter hohen Mauern aus Erde und rotem Ton, aus denen nach und nach die Befestigungsanlage der Stadt Marrakesch werden sollte, was übersetzt *Land Gottes* heißt. Eine der größten Leistungen seines Reiches war keine Eroberung, sondern die Konstruktion einer unterirdischen Bewässerungsanlage, die das Wasser aus den hundert Kilometer entfernten Atlasbergen in die Stadt leitete.

In der zweiten Hälfte des zwölften Jahrhunderts kam mit den Almohaden eine andere Berberdynastie an die Macht und rückte, in Reaktion auf die kastilische *Reconquista* der muslimisch besiedelten Halbinsel, nordwärts bis ins spanische Granada vor. In jener Zeit wurde das siebzig Meter hohe Minarett der großen, aus den Trümmern eines Almoraviden-Palastes erbauten Koutoubia-Moschee errichtet. Die Almohaden herrschten noch ein weiteres Jahrhundert über Nordafrika, bis ihre Vormachtstellung unter den Angriffen christlicher wie auch arabischer Kreuzritter ins Wanken geriet und ihr Großreich schließlich zerfiel. Die arabischen Eindringlinge siedelten sich an den Küsten und auf den Ebenen an, waren jedoch nie imstande, die Berberstämme in den Bergen und die Tuareg in der westlichen Sahara zu bezwingen.

Im vierzehnten und fünfzehnten Jahrhundert überquerten die Spanier dann die Straße von Gibraltar und gründeten Kolonien in Oran, Melilla, Ceuta und Tanger. Summerfield las, dass das Königreich Marokko zur Zeit der von den Türken kontrollierten islamischen Herrschaft in Afrika und im Mittleren Osten das einzige unabhängige Land geblieben war, das enge Verbindungen zu den Briten aufrechterhielt, die zu seinen ältesten Verbündeten gehörten. So wurde auch die drohende französische Expansion in Afrika lange abgewehrt, bis im späten neunzehnten Jahrhundert sowohl Deutschland als auch Frankreich Anspruch auf das marokkanische Territorium erhoben. 1911 drangen französische Truppen in Fès ein und lösten damit eine politische Krise zwischen den beiden Mächten aus, die damit endete, dass Frankreich die Vorherrschaft über Marokko zugesprochen wurde, während die Deutschen ihren Einfluss in Zentral- und Ostafrika ausweiten. Damit begann das französische Regiment unter Général Hubert Lyautey, der zunächst die traditionellen Autoritäten neben sich tolerierte, jedoch bald immer mehr Macht an sich riss, bis französische Funktionäre alle Schlüsselpositionen in Justiz, Handel, Nachrichtenwesen, Regierung und Militär besetzt hatten.

Summerfield informierte sich außerdem, wie die Franzosen heute in der Stadt präsent waren: mit zwei Garnisonen, drei Gerichtshöfen, einer Handelskammer, zwei Sportclubs, vier Banken, einem Krankenhaus nur für Franzosen, dem Bahnhof, einem Elektrizitätswerk, einem Wasserwerk, einem Post- und Telegraphenamt mit mehreren Zweigstellen, einem Rathaus mit angehängten Verwaltungsgebäuden – sowie fünf Schulen. Zwei davon waren Einrichtungen für die weiterführende Bildung der Schulabsolventen der französischen Gemeinde. An dieser Stelle fasste Summerfield den Entschluss, diese beiden Institutionen aufzusuchen und dort nach der jungen Frau Ausschau zu halten.

Bevor er jedoch dazu kam, überbrachte ihm Badr erneut eine Botschaft von Abrach. Summerfield lud den jungen Mann auf sein Zimmer, bedankte sich bei ihm dafür, dass er Abrach nach dem Vorfall benachrichtigt hatte, und fragte ihn, ob er ihm neue Kleider besorgen könnte, da sein Hemd und seine Kopfbedeckung bei der Auseinandersetzung mit den Gendarmen in Mitleidenschaft gezogen worden waren.

Er mochte Badr und empfand dem jungen Mann gegenüber eine Mischung aus Dankbarkeit und Neugierde. Denn je mehr er über ihn erfuhr, desto rätselhafter erschien er ihm. Summerfield erkannte in ihm ein paar seiner eigenen Wesenszüge wieder, gleichzeitig war ihm jedoch bewusst, dass Badrs Seele harte Seiten hatte, wie er sie bei sich selbst nicht kannte, so beschwerlich sein bisheriges Leben nach britischen Maßstäben auch gewesen sein mochte. Badr dagegen schien nach Vergeltung zu trachten, und

Summerfield spürte, dass die Dämonen, die Badr plagten, nicht ganz ungefährlich waren. Diese Mischung machte ihm Bedenken, und er wurde das Gefühl nicht los – und vermutete, dass auch Badr es ahnte –, dass sie ihn eines Tages frühzeitig ums Leben bringen könnte.

Abrach wollte, dass Summerfield der jungen Frau nun antwortete, und hatte eine Liste mit Punkten beigefügt, die dabei berücksichtigt werden sollten. Diesmal sollte es kein Gedicht sein – nur ein einfacher, klarer Gedankenaustausch. Abrach schien eine gewisse Distanz wahren zu wollen, und Summerfield nahm an, dass er sich die schweren Geschütze für die nächste Runde aufbewahren wollte. Der Kaufmann benutzte Summerfield ein weiteres Mal dafür, mit dem Fisch zu spielen – die Schnur einzuholen, wieder locker zu lassen, einzuholen, locker zu lassen. Es war nur eine Frage der Zeit, bis er zuschlug.

Summerfield bat Badr zu warten, während er ein Antwortschreiben formulierte. Diese Art der Korrespondenz erforderte kein langes Nachdenken, und in dreißig Minuten war das Werk vollbracht.

Ich danke Ihnen für Ihren Brief und entschuldige mich vielmals dafür, dass ich nicht früher antworten konnte, obwohl die Worte, die ich nun schreibe, jeden Tag in meinen Gedanken und auf meinen Lippen waren.

Auch wenn ich mich Ihnen von Zeit zu Zeit so nahe fühle, gehen Sie richtig in der Annahme, dass ich nicht zu Ihrem direkten Umfeld gehöre. Für den Moment muss ich für Sie ein Geheimnis bleiben, und es tut mir leid, wenn diese Tatsache Ihnen Unbehagen bereitet. Doch es ist nicht anders möglich.

Lassen Sie sich jedoch versichern, dass der richtige Zeitpunkt für ein Treffen kommen wird – und ich ihn mir sehnlichst herbeiwünsche. Um Ihnen jedoch auf Ihre Fragen zu antworten, kann ich Ihnen nur so viel sagen, dass ich ein recht wohlhabender Mann bin, der seinem Beruf erfolgreich nachgeht und über eine gute Bildung verfügt. Ich bin ein Ehrenmann und will Ihnen auch nicht verschweigen, dass ich ein wenig älter bin als Sie.

Sie sind überrascht, dass ich Sie auserwählt habe, und das wiederum überrascht mich. Denn Sie müssen doch wissen, dass Ihre Schönheit keine Konkurrenz und meine Wahl keinen Zweifel kennt. Was Ihre Bitte nach einer Photographie angeht, wünsche ich mir, dass Sie sich das Bild von mir bewahren, das in Ihrem Herzen in aller Klarheit entstanden ist und das damit alle anderen Bilder bei weitem übertrifft.

Ich wünsche Ihnen alles Gute und möchte Sie ermutigen, Ihre Studien weiter voranzutreiben. Ich werde Ihnen bald wieder schreiben.

Mit den wärmsten und verbindlichsten Grüßen.

Als Summerfield den Brief schließlich in einem Umschlag versiegelt und an Badr übergeben hatte, sah dieser ihn sonderbar an. Auf seinem Gesicht zeigte sich die Spur eines Stirnrunzelns.

»Nun? Stimmt irgendetwas nicht, Badr?«, fragte Summerfield, und seine Stimme verriet leichte Verärgerung.

»Sie haben soeben deutlich gemacht, was nicht stimmt«, erwiderte Badr. »Ich vernehme Zurückhaltung in Ihrer Stimme, spüre Wut in Ihren Bewegungen.«

»Unsinn«, fuhr Summerfield ihn an und ärgerte sich sogleich über sich selbst.

»Sie bedrückt etwas, Mr. Summerfield.«

»Mir tut immer noch die Stelle weh, wo mich der Stock des Gendarmen getroffen hat«, erklärte Summerfield. »Und wie oft soll ich es dir noch sagen, Badr – mein Name ist *Harry*! Geh jetzt und überbringe deinem Chef diesen Brief.« Badr steckte sich den Brief sorgsam ins Hemd und lächelte schief. Er war schon fast zur Tür hinaus, da drehte er sich noch einmal um.

»*Académie des Jeunes Demoiselles de Sainte Suzanne de Marrakesh*«, sagte er, wie als Antwort auf eine Frage.

Summerfield zog eine Braue hoch. »Ich hatte doch gar nichts gefragt, Badr.«

»Ach«, seufzte der junge Mann unbestimmt, sah erst auf den Fußboden und dann Summerfield direkt ins Gesicht. »Dann stand es wohl geschrieben, dass ich es Ihnen sagen sollte. Bitte – *Harry Summerfield* – gehen Sie diskret vor.«

Summerfield hielt dem festen Blick des Jungen stand und nickte.

Der Platz vor der *Académie* lag völlig verlassen da, als Summerfield ihn betrat. An der verzierten Hauptfassade des Gebäudes hing eine große Uhr, die gerade sieben schlug. Der Himmel war milchig-weiß, und es würde wohl bald regnen.

Summerfield, der die neuen Kleidungsstücke trug, die Badr ihm gebracht hatte, setzte sich knapp fünfzig Meter vom Haupteingang entfernt auf die Bordsteinkante und wartete. Sein Arm war immer noch verbunden und unter seinem weiten Hemd versteckt, so dass es aussah, als wäre er amputiert. Vermischt mit dem Grasduft des dichten Rasens in der Mitte des Platzes wehte ihm hin und wieder der Schweißgeruch aus seinen Kleidern in die Nase. Er zog die Knie an, wickelte sich das Tuch so um den Kopf, dass es Mund und Nase bedeckte, und wartete.

In seiner Brusttasche steckte eine Nachricht. *Seine* Nachricht, verfasst beinahe drei Wochen zuvor, nachdem er ihre ersten einfachen Zeilen gelesen hatte. In der vorigen Nacht hatte er von ihrer Begegnung geträumt. Er würde sie beiseitenehmen, sein Gesicht enthüllen und ihr die Nachricht übergeben. Die Vorstellung war wild und unrealistisch, und er wusste nur zu gut, dass die Szene wohl nie genau so stattfinden würde. Dennoch hatte er beim Verlassen seiner Wohnung den Brief hoffnungsvoll in die Tasche geschoben. Man konnte ja nie wissen.

Gegen halb acht erschien ein alter Mann, auf seinen krummen

Beinen wankend, und setzte sich mühsam vor das große schmiedeeiserne Tor, das mit einem Vorhängeschloss gesichert war. Auf der anderen Seite des verzogenen Tors tauchte eine Nonne mit einem Seil in der Hand auf. Doch statt den Bettler zu verscheuchen, öffnete sie das Schloss, wickelte das Seil darum und übergab dem alten Mann dessen Enden. Mit gefalteten Händen sprach sie ein kurzes Gebet, woraufhin der Alte nickte und die muslimische Grußgeste ausführte. Als sie fort war, hockte er sich gemütlich hin und ließ den Blick schweifen, bis er auf Summerfield fiel. Er verharrte ein paar Sekunden lang reglos. Summerfield wurde unbehaglich zumute, und er fragte sich, ob der Mann vielleicht zu allem Überfluss blind war. Womöglich hielt er ihn auch für einen Rivalen. Endlich nickte der alte Mann ihm zu, und Summerfield erwiderte die Geste mit einer vagen Bewegung seines freien Arms.

Etwa zehn Minuten später tauchte eine Frau in einem dunkelbraunen Mantel und knöchellangen Kleid auf, die wahrscheinlich eine externe Lehrerin war und Summerfield zum ersten Mal Gelegenheit bot, Zeuge jener sonderbaren Zeremonie zu werden, die sich bis zum Läuten der Schulglocken eine Stunde darauf noch oft wiederholte: Die Frau blieb stehen, beugte sich leicht vor und überreichte dem Mann ein Stückchen Brot, das dieser flink in einer Tasche seines Gewandes verschwinden ließ. Über den ruhigen Platz hinweg vernahm Summerfield die Worte »*Dieu vous bénisse,* Gott segne Sie«, vermutlich die einzigen Worte, die der Alte auf Französisch kannte. Daraufhin löste er den Knoten des Seils, das Tor schwang auf, die Frau trat ein, und der Mann zog das Tor sofort wieder zu und band den Knoten fest. Auf seinem Beobachtungsposten runzelte Summerfield die Stirn. Warum um alles in der Welt ließen sie das Tor nicht einfach offen? In diesem Augenblick zerplatzte der erste Regentropfen auf seiner Hand.

Als die Schülerinnen der *Académie* zuerst vereinzelt, dann in Grüppchen und schließlich in einem stetigen Fluss erschienen, regnete es bereits in Strömen. Summerfield war völlig durchnässt. Er roch schlimmer als je zuvor, da sich nun die Feuchtigkeit mit der Hitze seines Körpers vermischte und einen penetrant abgestandenen Gestank um ihn herum verbreitete. Er konnte kaum ein Gesicht erkennen. Die jungen Damen der *Académie* trugen ihre Hauben und blauen Umhänge oder wurden von Begleitern mit großen Regenschirmen geschützt. Autos und Kutschen fuhren vor und rangelten sich um einen Platz direkt vor dem Tor. Im strömenden Regen öffnete der alte Mann unablässig das Tor mit seinem Seil, band es dann wieder zu und steckte die milden Gaben ein, die die jungen Damen ihm überreicht hatten – Essen in die rechte Tasche, Münzen in die linke. Verdammt, fluchte Summerfield im Stillen und wischte sich das Gesicht ab, der alte Knacker muss ja ein Vermögen machen! Die Glocke ertönte. Summerfield musste einsehen, dass sein Abenteuer fruchtlos gewesen war. Und reichlich dumm obendrein. Es wäre viel ergiebiger gewesen, nachmittags zu kommen und die Schülerinnen beim Verlassen des Gebäudes zu beobachten, wenn er ihre Gesichter sehen konnte. Übelriechend und mit vor Nässe triefenden Kleidern watete er durch den Matsch zurück auf die Hauptstraße, wo er eine Kalesche herbeiwinkte.

Frisch gewaschen und in seinen eigenen marokkanischen Kleidern – die bis auf einen bräunlichen Fleck an der linken Schulter, eine Spur seiner Wunden, wieder sauber waren – kehrte er am Nachmittag zurück und nahm erneut seinen Platz ein. Wieder saß der alte Mann vor dem Tor. War er etwa den ganzen Tag dort geblieben? Sie wechselten erneut Blicke, und der alte Mann schenkte ihm ein Zahnfleischlächeln, das Summerfields Ansicht nach ziemlich selbstgefällig daherkam. Zumindest würde es nicht wieder regnen.

Um fünf Uhr füllte sich der Platz mit wartenden Transportmitteln. Sogar ein Bus befand sich darunter. Die Glocke ertönte, und die Schülerinnen strömten aus dem Gebäude. Dieses Mal wagte sich Summerfield instinktiv weiter vor und betrachtete die Gesichter aus gerade noch vertretbarer Nähe.

In seinem Kopf hatte sich längst ein Bild von ihr geformt. Weder groß noch klein, hatte Abrach gesagt. Außergewöhnlich hübsch. Dunkles Haar und braune Augen. Anmutig wie eine Gazelle. Wahrscheinlich irgendwie anders als die anderen. Er suchte nach einer, die aus der Menge hervorstach. Summerfield konnte sein Hirn arbeiten hören, während er Gesicht für Gesicht durchging – nein, nein, nein, nicht die da, aber dort, *j* … nein, auch nicht.

Und dann sah er sie – die junge Frau. Dunkles, leicht gewelltes Haar, zu weit entfernt, um ihre Augenfarbe erkennen zu können, doch wahrscheinlich war sie ebenfalls dunkel. Es waren ihre Bewegungen, die besonders waren, frei und sich ihres Körpers bewusst. Selbstbewusst und wunderschön, dachte Summerfield. Konnte sie es sein? Sein Herz vibrierte, und er trat unbewusst einen Schritt vor. Er *wollte,* dass sie es war. Die kleine Gruppe unterhielt sich lautstark. Die junge Frau sagte etwas, woraufhin die anderen lachten und eine ausrief: »Oh, Sarah!« Ihr Name, dachte Summerfield triumphierend. Und dann nagte wieder die Unsicherheit an ihm – konnte sie es wirklich sein? Er begann, in etwa zwanzig Metern Entfernung neben ihnen herzulaufen, und glücklicherweise hatte bislang noch keine von ihnen in seine Richtung gesehen. Da fuhr ein Wagen vor, und ein junger Mann sprang heraus. Die kleine Gruppe machte Halt. Der junge Mann, der nun auf sie zuging, hatte schwarzes, zurückgekämmtes Haar und war lässig-elegant in beigefarbene Hosen und Blazer gekleidet. Er neigte sich hinunter und küsste drei der Mädchen auf die Wangen und schließlich – hier zuckte Summerfield überrascht zusammen – die junge Frau namens Sarah auf die Lippen. Ihre Freundinnen jauchzten, und der Mann nahm sie am Arm und führte sie zum Wagen. Summerfield konnte sich gerade noch davon abhalten aufzuschreien. Wie dumm er gewesen war! Erst da wurde ihm ein weiterer Beobachter bewusst – direkt gegenüber von ihm stand ein Gendarm und funkelte ihn misstrauisch an. Summerfield geriet kurz ins Straucheln und fing sich dann wieder. Der Polizist gab ihm einen Wink zu verschwinden, und Summerfield lief davon, noch elender als am Morgen.

Es dauerte lange, bis er sich beruhigt hatte. Erst spät am Abend wurde ihm klar, wie unvernünftig seine Gefühle und Gedanken geworden waren, wie absurd die Schlüsse, die er gezogen hatte. Zum einen, dass sie es tatsächlich gewesen war – die eine. Wie hatte er sich nur so sicher sein können? Und zum anderen, falls sie es wirklich war, dass die junge Frau nicht längst einen Mann in ihrem Leben hatte – denn tatsächlich hatte sie in all ihren Briefen nie von Liebe gesprochen. Und wieso war er nur davon ausgegangen, dass sie *ihn* erkennen würde? Summerfield landete mit einemmal wieder auf dem Boden der Tatsachen. Er seufzte, angelte nach einer Zigarette und warf das Streichholz nach dem Anzünden angewidert aus dem Fenster. Er war ein Ausländer, ein ziemlich komischer Vogel obendrein, und er hatte im Namen und Auftrag eines anderen Briefe geschrieben, nicht mehr – er sollte keinerlei Erwartungen haben, schon gar nicht an dieses gefährliche Spiel. Die Hoffnung, sie gefunden zu haben, brachte ihn nur noch mehr in Verzweiflung. Je eher er es hinter sich brachte und darüber hinwegkam, desto rascher würde er frei sein weiterzugehen.

16

In der letzten Märzwoche 1939 kehrte Jim Wilding nach Marrakesch zurück. Summerfield empfing ihn an demselben Bahnsteig, an dem er ihn vor beinahe acht Monaten verabschiedet hatte. Sie schüttelten sich kräftig die Hand. Wilding hatte sich verändert, wirkte härter. Sein Gesicht und seine Arme waren dunkelbraun gebrannt, die lederne Haut ließ ihn älter erscheinen. Und er hatte abgenommen.

»In Marrakesch werden wir dich schon mästen«, scherzte Summerfield, und Wilding parierte: »Dich aber auch, Harry – du siehst aus, als hättest du seit Tagen kein Fleisch mehr zu dir genommen.«

Summerfield lachte. Wenn er es sich recht überlegte, hatte er das tatsächlich nicht.

Sie riefen ein Taxi, einen alten Ford Pick-up, auf dessen Ladefläche die Kabine einer Kalesche befestigt worden war, und ließen sich ins Hotel bringen. Wilding lehnte sich während der Fahrt aus dem Fenster und konnte den Blick nicht von der vorbeiziehenden Stadt abwenden.

»Die Zivilisation, Harry – ich bin das gar nicht mehr gewöhnt. Das ist der reinste Luxus verglichen mit dem, wo ich herkomme.«

»Ich zeige dir bei Gelegenheit mal meine Wohnung«, erwiderte Summerfield. »Das wird dir die Augen öffnen, Jim.«

»Ganz bestimmt«, sagte Wilding und beugte sich weiter vor, um ein Blumenbeet mit seiner üppigen Begrünung zu bestaunen. »Aber immerhin gibt es hier Farben – *und* Menschen. Verdammt, ich bin da draußen fast verrückt geworden. Die meiste Zeit über standen mir ein Kamel und ein Beduine als einzige Gesprächspartner zur Verfügung.«

»*Tuareg,* Jim – sie werden hier Tuareg genannt. Beduinen stammen aus Arabien.«

»Und das Kamel war noch am gesprächigsten«, fuhr Wilding unbeirrt fort. »Irgendwann war ich fast so weit, dass ich es um Rat gefragt hätte.« Er ließ sich strahlend in seinen Sitz zurückfallen. Summerfield erkannte in diesem Augenblick, dass Wilding ein Mann war, der mit sich und der Welt zufrieden war, was auch ihn sich gleich viel besser fühlen ließ. Außerdem genoss er es, nach so langer Zeit einmal wieder Englisch sprechen zu können. »Du hast dich nicht verändert, Harry, zumindest nicht in deiner Art«, bemerkte Wilding, der ihn nun genauer in Augenschein nahm. »Ich freue mich wirklich, dich wiederzusehen.«

Summerfield lächelte. »Wir haben einiges zu besprechen, Jim. Ich schätze mal, wir werden beide noch sehen, wie sehr wir uns wirklich verändert haben.«

Vor dem Hotel zögerte Summerfield. In der Eingangshalle blieb er stehen. Er fühlte sich irgendwie fremd, fast unerwünscht. Wilding lief weiter, bis er es bemerkte, und kehrte dann um. Summerfield betrachtete gebannt die verschnörkelte Decke mit dem elektrischen Ventilator und den Messingverzierungen. Der ganze Luxus überwältigte ihn.

»Ja – geht mir genauso«, grinste Wilding. »Weißt du, ich habe seit fast sieben Monaten nicht mehr in einem richtigen Bett geschlafen. Ich fürchte, ich werde nie wieder aufwachen, wenn ich erst einmal darin liege.«

»Ich komme mir ein bisschen komisch vor«, erklärte Summerfield abwesend.

»Na, das wird sich nach ein, zwei Drinks gegeben haben. Komm schon – das ist noch so etwas, das ich vermisst habe.«

Kurz darauf saßen sie also in der Hotelbar, in Ledersesseln, an die sich keiner von ihnen so recht gewöhnen konnte. Das kalte Bier schmeckte bitter, trocken. Merkwürdigerweise verspürte Summerfield beim ersten Schluck geradezu Widerwillen. Wilding musste sein verzerrtes Gesicht gesehen haben, denn er erhob nun grinsend sein Glas.

»Erinnerst du dich noch an das Bier in Gibraltar, Harry?«, fragte Wilding. »Scheint eine Ewigkeit her zu sein.«

»Und Spanien«, fügte Summerfield hinzu. »Ich bin froh, dass ich nicht dort gelandet bin. Die Situation hat sich ja mittlerweile komplett gewendet.«

»Ich habe letzte Woche irgendein Zeitungsblättchen in die Hand bekommen«, erzählte Wilding. »Darin stand, dass Katalonien kurz davor sei, angegriffen zu werden.«

»Angegriffen? Meine Güte, es ist überrollt worden – schon vor einem Monat. Das Baskenland ebenfalls. Es sieht ziemlich hoffnungslos aus, Jim.«

»Nun, wenigstens wird das Töten dann irgendwann ein Ende nehmen, Harry. Was die größeren Auswirkungen angeht, habe ich auf der Rückreise gehört, dass über Deutschland gesprochen wird. Hab nur ein paar Brocken Französisch aufgeschnappt.«

Summerfield nickte. »Alle rüsten sich für einen Krieg in Europa, Jim. Die Franzosen reden darüber, ihre Reserven zu mobilisieren. Hitler kündigt an, er wolle verlorenes Land in Polen zurückerobern.«

»Sie wären Idioten, wenn sie glaubten, Krieg wäre eine Antwort darauf.«

»Da hast du recht. Das Problem ist nur – womöglich sind es Idioten.«

Wilding nahm einen Schluck Bier und ließ es über seine Zunge rollen, bevor er es hinunterschluckte. »Und was, wenn sie sich für den Krieg entscheiden, Harry? Was ist mit dir?«

Summerfield zog die Augenbrauen hoch. »Weißt du, Jim – das ist eine gute Frage. Da habe ich noch gar nicht drüber nachgedacht.«

»Kann ich dir nicht verübeln«, meinte Wilding. »Es ist doch unglaublich. Erst vor zwanzig Jahren haben sie sich gegenseitig abgeschlachtet. Man würde ja denken, sie hätten dazugelernt.«

»Ich schätze, ich würde zurückgehen«, folgte Summerfield seinem Gedankengang. Es überraschte ihn selbst. »Stell dir vor – ich glaube, das würde ich *wirklich* tun.«

»Und für all die Dinge kämpfen, die dir so ungerecht erscheinen«, stichelte Wilding und erhob sein Glas.

Summerfield schüttelte den Kopf und grinste. »Es ist meine Heimat, Jim. Hier draußen hatte ich schon beinahe meine Wurzeln vergessen. Dich wiederzusehen hat mich aufgeweckt.«

»Jetzt ist es also meine Schuld! Du bist wirklich undankbar. Wer war es denn, der dich vor Spanien bewahrt hat?«

»Aber, aber – du hast mir bloß die Richtung gewiesen. Und, wie sie hier immer zu sagen pflegen, *es stand geschrieben.*« Er prostete Jim zu.

»Unsinn!«, erwiderte Wilding grinsend, und sie tranken.

Wildings Gesellschaft tat ihm gut. Während Jim ein paar Telegramme verschicken ging, nahm Summerfield auf seinem Zimmer das erste Bad seit sechs Monaten. Es war so entspannend, dass er beinahe dabei einschlief, und er merkte erst, dass er kurz vorm Versinken war, als ihm das Wasser in den Mund lief. Prustend rappelte er sich auf, kletterte aus der Wanne und zog sich an. Es waren dieselben Kleider, die er bei seiner Ankunft in der Stadt getragen hatte, und sie rochen fremd und fühlten sich auf seiner blanken Haut steif an. Zu seiner eigenen Überraschung stellte er fest, dass er sich in seinen marokkanischen Gewändern – der *Djellaba* und den locker sitzenden Hosen – viel wohler fühlte. Er betrachtete sich im Schlafzimmerspiegel und schüttelte den Kopf.

Wilding kehrte zurück und nahm ebenfalls ein Bad, während Summerfield die beiden ordentlich gebügelten Zeitungen las, die zusammengefaltet auf dem Tisch lagen. Als Wilding in einem hellgrauen Anzug, frisch rasiert und mit frisiertem Haar schließlich wieder auftauchte, musste Summerfield lachen.

»Gütiger Gott, Jim – die Theater am Broadway machen doch nicht vor zehn auf!«

»Du solltest dir besser auch etwas Schickes zum Anziehen besorgen, Harry – wir sind eingeladen worden. Hier spricht sich alles schnell herum. Ich soll zu einer Abendgesellschaft erscheinen und werde dich dahin mitnehmen.«

»Das kann ich nicht. Am Ende würde ich mich nur danebenbenehmen.«

»Sag einfach, dass du Amerikaner bist«, erwiderte Wilding mit schiefem Lächeln. »Dann nimmt man es dir nicht übel.«

»Na gut, wann ist es? Ich habe ja noch nicht einmal einen Anzug.«

»Kein Grund zur Panik. Es findet in drei Tagen statt. Und ich kann dir einen Anzug leihen.«

Da lächelte Summerfield verschmitzt. »Nein, Jim – ich glaube, ich weiß schon, was ich anziehen werde. Ich werde es dir zeigen. Bin gespannt, was du dazu sagst.« Wilding neigte den Kopf, und Summerfield fuhr fort: »Aber dazu muss ich dich mit in meinen Stadtteil nehmen.«

»Mit Vergnügen, Harry – doch bitte, heute Abend würde ich gern etwas Gutes zwischen die Zähne bekommen und dann erst einmal ausgiebig schlafen. Lass uns morgen darüber sprechen.«

Am nächsten Tag sah und hörte Summerfield nichts von Wilding. Er nahm an, der Amerikaner kümmere sich um geschäftliche Angelegenheiten, sende vielleicht Berichte an seine Arbeitgeber in den Staaten. Summerfield verbrachte die Zeit damit, sich all den Routineaufgaben zu widmen, die er in den letzten Wochen hatte schleifen lassen, und als alles erledigt war, fuhr er ins europäische Viertel, um in einem der Läden dort einen Anzug in Auftrag zu geben. Seine verrückte Idee, in marokkanischer Tracht zu der Einladung zu erscheinen, war von seinem vernünftigeren Selbst wieder verworfen worden, doch bereits nach einer kurzen Unterredung mit zwei Schneidern wurde ihm bewusst, dass er sich keine neue Garderobe leisten könnte. Anscheinend würde er Jims Angebot, ihm etwas zu leihen, doch annehmen müssen.

Gegen Abend rief Summerfield im Hotel an und wurde nach vollen fünf Minuten Wartezeit schließlich in Wildings Zimmer durchgestellt. Wildings Stimme klang schwer und schlaftrunken, und er gähnte ausgiebig in den Hörer.

»Harry? Herrje, das tut mir leid – muss den Tag durchgeschlafen haben. Wie spät ist es?«

»Acht Uhr abends«, antwortete Summerfield. »Ich dachte, du müsstest dich um Geschäftliches kümmern.«

»Das musste ich tatsächlich – um wichtige Geschäfte. Meine geschlossenen Augen.«

»Tut mir leid, dass ich dich geweckt habe.«

»Na«, protestierte Wilding. »Gut, dass du angerufen hast. Wollen wir uns treffen?«

»Morgen. Lass dich von einem Taxi zum Eingang der Medina bringen, dort werde ich dich erwarten. Aber ohne Anzug, Jim.«

»Okay. Ist gegen zehn in Ordnung?«

»Zehn ist gut.«

Den *Djemaa el Fna* umgab morgens eine herrlich träge Atmosphäre. Der weite, offene Platz wirkte ohne die abendlichen

Scharen von Menschen wie ausgestorben. Hier und da überquerten ihn ein paar vereinzelte Personen, und ab und zu schlug eine Polizeistreife eine geradlinige Schneise durch den Platz.

Die Märzsonne begann, die Steine und die Erde aufzuheizen, deren Farbe von Orange über Fuchsia zu Hellrosa wechselte. Streunende Hunde zogen ihre Kreise und schnüffelten an den Überbleibseln der vergangenen Nacht. Vereinzelte Männer sammelten Holzstücke, Papier und Essensreste ein.

Summerfield sah Wilding in einer Kalesche vorfahren und beobachtete den Amerikaner, wie er bezahlte und auf die festgestampfte Erde sprang. Er bemerkte, dass Wilding seinem Rat gefolgt war und legere Kleidung trug, in der er wahrscheinlich auch seine Bohrungen vornahm – beigefarbene Hosen, Stiefeletten, ein Buschhut und eine blaue Leinenjacke. Die Kutsche fuhr ab, und Wilding, der in seinem westlichen Aufzug trotz allem fremd wirkte, stand für einige Sekunden reglos da und suchte den Platz nach Summerfield ab. Dann blickte er auf seine Armbanduhr, ging ein paar Schritte, drehte sich um und hielt weiter Ausschau. Summerfield nahm in Wildings Bewegungen leichte Nervosität wahr und fragte sich grinsend, ob sein Freund ihn wohl erkennen würde. Wie erwartet wirkte Wildings Anwesenheit bald wie ein Magnet. Ein paar Männer traten auf ihn zu, redeten auf ihn ein und zogen weiter, als Wilding den Kopf schüttelte. Dann erschienen wie aus dem Nichts die Kinder und zerrten an Wildings Kleidern. So eindringlich Summerfield seinen Freund auch anblickte, hatte dieser ihn immer noch nicht erkannt. Es war Zeit, sich zu zeigen, dachte Summerfield, der Wildings wachsende Gereiztheit spürte.

Summerfield stand von seinem kaum zehn Meter entfernten Sitzplatz auf und ging zu ihm hinüber, wobei er die Kinder fortscheuchte. Wilding fuhr wild gestikulierend herum.

»Hau ab, du!«

»Ich habe dich gerade davor bewahrt, ausgeraubt zu werden!«, erwiderte Summerfield.

Wildings Kiefer klappte herunter, und Summerfield musste lachen. »Jim, ich bin's – Harry.«

»Was in Gottes Namen –«, setzte Wilding an. »Hast du dich mal angesehen, Harry?«

»Das kann ich gar nicht – ich scheine nämlich unsichtbar zu sein. Ich habe nur zehn Meter von dir entfernt gesessen.«

»Du hast also dabei zugeschaut, wie ich angegriffen wurde, du verrückter Hund.«

»›Angegriffen‹ ist wohl ein bisschen übertrieben, Jim. Und ich bin dir ja schließlich zu Hilfe gekommen.«

»Du hast doch nicht mehr alle Tassen im Schrank«, befand Wilding und schüttelte den Kopf.

Summerfield lachte schallend. Vielleicht hatte sein Freund recht. »Nun komm. Lass uns gehen, bevor die ganze Meute auftaucht. Folge mir, als hättest du mich als Führer engagiert.«

»Du hast sie nicht mehr alle«, wiederholte Wilding, trat hinter Summerfield und senkte die Stimme: »Du mischst dich also unter die Einheimischen.«

»Reiner Abwehrmechanismus, Jim. Tarnung. Mittlerweile bin ich so gut, dass es nur einem sehr aufmerksamen Einheimischen gelingen würde, mich zu durchschauen.«

»Du wirst dich noch in Schwierigkeiten bringen, Harry.«

»Das habe ich bereits. Interessanterweise bin ich allerdings nicht mit den Leuten von hier aneinandergeraten.« Wilding sah ihn schräg an, doch Summerfield winkte ihn weiter durch einen Durchgang in die verschachtelten Gassen des Souks. »Hier entlang, Jim. Bis zu mir ist es noch ein gutes Stück, und ich verirre mich immer noch manchmal in diesem Labyrinth. Übrigens, warum nennst du mich nicht einfach Hassan, solange wir hier sind.«

»Weil dein Name *Harry* ist, Harry«, erwiderte Wilding trocken.

»Ich meine ja nur, das könnte uns Ärger ersparen«, erklärte Harry und fügte in gedämpftem Tonfall hinzu: »Ich frage mich, was mir wohl passieren würde, wenn ich enttarnt werde. Hatte ich noch gar nicht bedacht.«

»Gott, du bist wirklich wahnsinnig. Es ist eine Gefahr für Leib und Leben, mit dir zusammen zu sein, Harry – entschuldige, *Mustafa*.«

»Hassan«, korrigierte Summerfield.

»Jesus, Maria und Josef, *Hassan* also!«

»Hassan allein genügt völlig.«

Summerfield schlängelte sich durch die belebten Straßen und Gassen, und Wilding folgte ihm auf dem Fuß. Von Zeit zu Zeit blieb Summerfield stehen, um Wilding etwas zu erklären oder zu zeigen. »Links siehst du den Rest des angeblich ältesten Gebäudes der Stadt, aus dem dreizehnten Jahrhundert – eine Art Kapelle. Und das hier«, sagte er und blieb vor einem Stand mit einer überbordenden Fülle von Pulvern und Wurzeln stehen, »ist flüssige Seife. Unglaublich, oder?«

»Du meinst, sie schmieren sich diesen Dreck auf die Haut?«

»Ich gebe zu, die Farbe ist ein wenig abschreckend. Aber sie wird aus Oliven gemacht und ist sehr gut für den Teint. Stell dir doch nur einmal vor, man würde das zu Hause vertreiben, Jim. *Flüssige Seife!*«

»Würde nicht funktionieren, Hassan«, erwiderte Wilding, der sich auf das Spiel einließ. »Das ist glitschiger als das glitschigste Seifenstück. Wie sollte man es festhalten, wenn man in die Wanne steigt?«

»Da hast du recht«, gab Summerfield schulterzuckend zu. »Trotzdem, schade. Und das hier«, sprach er weiter und zeigte auf einen Haufen kleiner, grob aufgeschichteter weißer Rechtecke,

»ist Jasminseife. In Stücken. Und da drüben – ein Pulver aus Gazellenhörnern.«

»Wozu soll das denn gut sein?«

»Es heißt, dass es aphrodisierend wirkt, aber die Leute hier streichen es auch auf ihre Wunden.«

»Und was ist mit diesem schwarzen Zeug?«, fragte Wilding. Er stupste einen geflochtenen Korb an, in dem sich eine metallgraue Paste befand.

»Sie sprechen es *Kol* aus, aber ich weiß nicht, wie man es buchstabiert.«

»Mein Führer in der Wüste hat sich das immer um die Augen geschmiert. Hab noch nie zuvor einen Mann Schminke auftragen sehen.«

»Das ist keine Schminke, Jim. So schützen sie ihre Augen vor dem blendenden Licht in der Wüste. Hier gibt es keine getönten Brillengläser. Wenn sie das nicht auftragen würden, würden sie erblinden.«

»Hey – was ist das denn Merkwürdiges?« Wilding war von Summerfields Mischung aus Begeisterung und Neugierde angesteckt worden und nun gar nicht mehr zu bremsen. Er griff in einen weiteren Korb und hielt etwas hoch, das wie eine kleine, kratzige Steinschleuder aussah.

»Keine Ahnung«, meinte Summerfield achselzuckend und sah zum Verkäufer hinüber, der sich eine davon nahm, seinen Mund öffnete, dabei vor Wilding eine Reihe dunkelbrauner Zähne entblößte, und zu schrubben begann. »Eine Zahnbürste!«, rief Summerfield.

»Offenbar sehr effektiv«, lachte Wilding. »Ich nehme eine.«

Nachdem Summerfield noch einen Schlenker gemacht hatte, nur um Wilding auf dem übelriechenden Hühnermarkt würgen zu sehen, traten sie wieder in das blendende Licht der offenen Straßen hinaus.

»Das ist ja die größte Müllhalde, die ich je gesehen habe«, stellte Wilding mit zusammengekniffenen Augen fest. Er kramte in seiner Tasche nach seiner Sonnenbrille.

»Und hier lebe ich. Wir sind fast da.«

»Nett«, kommentierte Wilding, als sie weitergingen. »Nichts für ungut, Harry – *Hassan* –, in diesem Durcheinander arbeiten ist eine Sache, aber hier leben?«

»Du wirst staunen, Jim. Und *Harry* ist jetzt in Ordnung. In dieser Gegend ist man meinen Anblick mittlerweile gewohnt.«

»Na, das ist doch schon mal etwas. Sag mir, wie haben sie den Engländer im Faschingskostüm aufgenommen?«

Summerfield schmunzelte. »Diese Kleidung ist wirklich äußerst praktisch, Jim. Solltest du auch mal ausprobieren.«

Wilding lächelte und schüttelte den Kopf. »Nein, danke, Harry. Jeder hat seine Identität – und ich bin ganz glücklich mit meiner.«

»Und mich macht es glücklich, mehrere zu haben. Stell dir vor, die Kinder hier haben sich angewöhnt, mich *Laurens* zu nennen! T. E. Lawrence – keine Ahnung, wo sie von ihm gehört haben, aber sie vergleichen mich mit Lawrence von Arabien!«

»Noch so ein verrückter Engländer, Harry.«

Die Männer gingen nun Seite an Seite, verlangsamten ihre Schritte und schlenderten durch den Randbezirk der Medina in das angrenzende Wohngebiet. Summerfield wies Wilding auf alle Besonderheiten hin – die kleinen Läden und Häuser mit ihren überquellenden Regalen und provisorischen Fenstern und den Türen aus Holz- und Glasresten. Ein paarmal liefen Gruppen lärmender Jungs an ihnen vorbei und grüßten Summerfield. Dieser erwiderte einige Worte auf Arabisch, die er mittlerweile aufgeschnappt hatte, und brachte sie damit zum Lachen.

Wilding sah ihn respektvoll an. »Harry, ich bin beeindruckt.«

Summerfield zuckte die Achseln. »Vielleicht lachen sie nur

über meinen Akzent. Stell dir nur vor, Jim – als Engländer bin ich in dieser Gegend sowieso schon ein Exot, und dann spreche ich auch noch mit dem sonderbarsten Akzent, den sie je gehört haben, in einer Sprache, die nicht einmal ihre eigene ist.«

»Sind das denn keine Araber?«, wollte Wilding wissen.

»Das dachte ich anfangs auch. Doch wir dürfen nicht vergessen, dass die Araber dieses Land vor Jahrhunderten erobert haben, Jim. Die meisten Leute hier sprechen zwei Sprachen, sogar drei, wenn du die französischsprachigen mitzählst. Ihre Sprache nennt sich *Tamazight,* das ist die Sprache der Berberstämme.«

»Du sprichst also mit den Kindern in ihrem Dialekt?«

»Nun – in den großen Städten ist die Sprache zwar am Aussterben, aber man ist hier immer noch sehr stolz auf seine Wurzeln. Doch was ich spreche, ist nur ein wenig Arabisch, die Lingua franca Nordafrikas. Es ist, als würde man einen Schotten oder Waliser als Angelsachsen bezeichnen«, holte Summerfield, zum ursprünglichen Thema zurückkehrend, aus. »Die Sachsen und die Angeln, die Engländer also, waren ja auch Eindringlinge –«

»Langsam!«, stöhnte Wilding und klopfte Summerfield auf die Schulter. »Ganz ruhig, Harry. Jetzt verstehe ich, weshalb du dich hier so gut zurechtfindest – du bist genauso kompliziert wie sie. Warum ihr Leute euch nicht einfach als Briten bezeichnen und damit zufrieden sein könnt, verstehe ich nicht. In den Staaten sehen wir mehr das große Ganze – wir sind alle Amerikaner, Punkt.«

»Kann sein«, erwiderte Summerfield. »Aber kratz nur ein wenig an der Oberfläche, und schon findest du Iren, Italiener, Chinesen, Deutsche, Schweden und was weiß ich, wie viele Nationalitäten noch. Habe ich nicht recht?«

»Wo hast du das alles her, Harry?«

»Aus Büchern. Nur Geschichten aus Büchern, nur Worte – aber ich glaube daran, dass es stimmt.«

»Nun, vielleicht tut es das«, gab Wilding zu. »Und du bist nun einmal ein ziemlicher Bücherwurm, wenn ich mich recht entsinne – du schreibst doch auch, nicht wahr?«

»Miserabel, Jim. Verlogene Worte für verlogene Träume. Bis mir die Politik in die Quere gekommen ist.«

»Das tut sie aber jetzt nicht mehr, Harry. Du hast nicht ein einziges Mal all die Ideale erwähnt, die du in Gibraltar noch hochhieltest. Du hast dich doch verändert.«

Die beiden bogen in Summerfields Viertel ein, wo er Wilding den Baum zeigte, der seine Straße markierte.

»Wenn du mal pinkeln musst, nur zu«, sagte Summerfield bedauernd. »Die Einheimischen nutzen ihn als Urinal.« Er sah zu Wilding hinüber, der eine Augenbraue hob, aber nichts erwiderte. Vielleicht gewöhnte der Amerikaner sich so langsam an die Umgebung. Bevor sie bei dem Baum angelangt waren, zog Summerfield Wilding am Arm, und sie blieben stehen. »Wir werden Frau Oudjine Nummer eins bitten, uns eine Mahlzeit zuzubereiten.«

»Nummer eins?«

»Herr Oudjine hat zwei Frauen. Für diese Gegend ist er recht wohlhabend. Komm – der Schlachter ist gleich hier um die Ecke.«

Kurz darauf standen sie vor dem Laden, der zwischen eine Eisenwarenhandlung, in der sich Kisten mit rostigen Schrauben und Nägeln stapelten, und eine Weberei voller Spulen mit Fäden in allen erdenklichen Farben gequetscht war. Summerfield registrierte Wildings Schwanken und drehte sich zu ihm um. Auf Wildings Gesicht zeigte sich verständnisloses Entsetzen.

»Harry – das kann nicht dein Ernst sein. Wir holen uns die Pest, wenn wir das Zeug hier essen.« Summerfield runzelte die Stirn und folgte Wildings Blick. Richtig – er sah nun durch Jims Augen und bemerkte, wie er es auch getan hatte, als er zum ersten

Mal an diesem Ort war, die abstoßende Auslage von Köpfen und Innereien auf dem klapprigen kleinen Stand vor dem Laden. Ein Schwarm fetter Fliegen schwirrte fröhlich von Kopf zu Kopf und wurde nur hin und wieder vom Sohn des Besitzers mit einem Bündel Palmwedel verscheucht.

»Ja, ich verstehe, was du meinst«, murmelte Summerfield gelassen. »Obwohl ich noch nicht herausfinden konnte, ob sie diese Köpfe hier tatsächlich verkaufen. Aber ich nehme es doch an.«

»Das ist … das ist *unrein*«, stotterte Wilding.

»Anscheinend nicht. Das Tier wurde nach islamischen Vorschriften getötet«, erwiderte Summerfield. »Hinein mit uns.«

Sie liefen an den Köpfen vorbei – zwei Ziegen, zwei Schafe und eine Kuh, die sie mit großen, hervorquellenden Augen fragend anzustarren schien, als sie den kleinen Laden betraten.

»Salaam«, sagte Summerfield und lächelte den Besitzer an, der seinen Gruß erwiderte. »Wir brauchen bitte Fleisch, Abdul – zum Kochen für Frau Oudjine«, fügte er auf Französisch hinzu.

Der Schlachter verschwand für einen Augenblick und ließ Summerfield und Wilding allein in dem gekachelten Raum zurück. Er wirkte frisch geputzt, bis auf die Fußleiste und die Ecken, die Abdul vergessen zu haben schien und in denen sich in den Fugen ein dicker, schwarzer Streifen Dreck angesammelt hatte. Wilding legte besorgt die Stirn in Falten – und erstarrte. Summerfield sah ihn fragend an, worauf der Amerikaner in Richtung eines kleinen Fensters nickte, das einen Blick auf den Hinterhof ermöglichte. Summerfield verzog das Gesicht. In der Mitte des kleinen, düsteren Hinterhofs befand sich ein meterhoher Berg aus Köpfen und Tierkadavern, deren strahlend weiße Knochen mit rosa Blutspuren überzogen waren.

»Das reinste Gemetzel«, scherzte Summerfield lahm.

»Harry, ich glaube, ich muss mich übergeben.«

»Nicht hier drin«, bemerkte Summerfield. »Das wäre unhygienisch.«

»Für mich oder für das Fleisch?«, würgte Wilding und erwiderte Summerfields Grimasse.

Abdul kam mit einem großen, in ein Leinentuch geschlagenen Stück Fleisch zurück und legte es auf die Werkbank. Wilding spähte hinüber – zum Glück wirkte es makellos. »Und wird Familie Oudjine das Mahl mit euch teilen?«, fragte der Schlachter und verscheuchte mit seinem gekrümmten Messer ein paar Fliegen.

»Nein, aber geben Sie ruhig noch ein Stück für die Familie hinzu.« Abduls Messer schnitt mit einem leisen Zischton durch das Fleisch, und er lächelte. »Hammelfleisch, Sidi Summerfield – ein prächtiges Tier, das ich heute Morgen erst geschlachtet habe. Möge Gott Madame Oudjine beim Kochen den gebührenden Respekt und das nötige Geschick verleihen.«

»Gott ist allmächtig«, erwiderte Summerfield und senkte ehrerbietig den Kopf.

Der Tag schritt voran, und die Sonne brannte zwei Stunden lang am höchsten Punkt, bis sie in den Nachmittag hinübersank. Die Gerüche aus der Küche seines Nachbarn stiegen köstlich in die windstille Luft auf, erfüllten Summerfields Räume und waberten hinauf bis aufs Dach, wo die beiden unter einem selbstgebastelten Baldachin Platz genommen hatten.

»Königlich«, kommentierte Wilding und nahm einen Becher frisch gepressten Orangensaft entgegen. »Harry, ich muss sagen, hier oben gefällt es mir wesentlich besser als dort unten. Danke.«

Die beiden Männer saßen im Schatten, schlürften ihren Saft und rauchten. Summerfield erläuterte kurz, was am Horizont mit seinen Minaretten und Hausdächern zu erkennen war, dann kamen sie auf die Arbeit zu sprechen.

Es stellte sich heraus, dass Wildings Suche in Mauretanien vergeblich gewesen war. Er hatte auf einem Gebiet nahezu so groß wie Frankreich unzählige Löcher gebohrt und unzählige Proben genommen. Kein Öl, doch immerhin hatte er größere Phosphat- und Magnesiumvorkommen entdeckt. Nun musste er noch ein letztes Mal zurückkehren, die letzten Bohrungen überwachen und dann einen abschließenden Bericht schreiben. Wilding meinte, er wolle diesen Anfang Juni in die Staaten senden. Und danach? Er hoffte, dass sie ihn dann nach Hause schickten, doch sie konnten ihm ebenso gut auftragen, weiter südlich nach Schwarzafrika und an die Westküste zu reisen, vielleicht nach Portugiesisch-Angola.

»Doch bevor sie das tun«, verkündete Wilding fest entschlossen, »werde ich Urlaub beantragen und dich noch einmal besuchen. Was hältst du von einer gemeinsamen Reise nach Libyen? Das Land soll voller Schätze und Ruinen sein.«

Summerfield nickte. »Warum nicht? Scheint mir eine gute Idee. Es hängt bloß davon ab, wie sich die Sache in Europa entwickelt. Libyen könnte zu einem gefährlichen Ort werden – ich kann mir nicht vorstellen, dass Mussolini ruhig bleibt, falls Deutschland in den Krieg zieht.«

Wilding stöhnte. »Gut – dann eben Algerien. Zumindest die Franzosen werden uns ja wohl ordentlich behandeln.« Summerfield lachte bitter, und Wilding blickte ihn fragend an. »Habe ich etwas Falsches gesagt?« Summerfield grinste und schüttelte den Kopf. »Dann erzähl mir doch mal von deiner Arbeit. Wie zahlst du die Miete für diesen Palast, Harry?«

»Ich schreibe, Jim«, antwortete Summerfield.

»Na, das ist doch großartig, Harry! Welche Zeitung?«

»Zeitung?«

»Ich nehme doch an, dass du fürs Schreiben bezahlt wirst?«

Summerfield nickte und fügte dann ausweichend hinzu: »Ach, nur etwas Lokales.«

»Interessant. Welche Art von Artikeln?«

»Ach, dies und das.«

»Dies und das«, ahmte Wilding nach und schwieg ein paar Sekunden. »Hey, Harry – ich kann mir nicht vorstellen, dass ein Kerl nichts verheimlicht, wenn er sagt: *dies und das*! Entweder machst du erstklassiges Zeug und stellst nur eure berühmte britische Bescheidenheit zur Schau, oder es ist so lausig, dass du nicht darüber sprechen willst.«

»Ich schreibe«, sagte Summerfield schlicht.

Wilding lehnte sich vor. »Erzähl mir mehr. Es interessiert mich wirklich, Harry. Darf man einem Freund etwa keine Fragen mehr stellen?«

Summerfield spürte, wie er errötete. »Liebesbriefe, Jim. Ich schreibe Liebesbriefe.«

Wilding blickte ihn stumm an und lachte dann schallend los. »Lieber Himmel! Und dafür wirst du bezahlt? Jetzt komm, Harry – länger halte ich es nicht mehr aus. Du musst die Katze endlich aus dem Sack lassen. Was für eine Geschichte steckt dahinter?«

»Ich meine es ernst«, beharrte Summerfield leicht verärgert. »Ehrlich.«

Erneutes Schweigen. Wilding sah ihn entschuldigend an.

»Für wen denn?«

»Einen Mann.«

»*Was?*«

»Nein, nein …« Summerfield schüttelte den Kopf. »Nicht, was du denkst. Für einen Gentleman, der sich in eine Dame verliebt hat. Er hat zufällig gehört, dass ich Französisch spreche, und auf einmal hatte ich einen Schreibauftrag.«

»Das ist ja wie in einem Roman«, kicherte Wilding.

»Na ja«, brummte Summerfield. »Mehr als du vielleicht denkst …«

»Herrje – du bist doch nicht …?«

Summerfield hob beschwichtigend die Hände. »Nein, also … *Ja*. Das heißt, ich kenne sie gar nicht – habe sie noch nie gesehen, aber –«

»Aber du hast dich in sie verliebt! Verdammt, das *ist* ein Roman, Harry.« Wilding lehnte sich zurück, rieb sich die Hände und zündete sich eine weitere Zigarette an. »Erzähl – wieso kümmert sich dieser Mann nicht selbst um sein Geturtel?«

»Sie ist Französin. Er ist ein Einheimischer. Und die Einheimischen dürfen nichts mit französischen Frauen anfangen.«

Wildings Gesichtsausdruck änderte sich schlagartig, und er senkte den Kopf. »Harry, das könnte dich in verdammt große Schwierigkeiten bringen. Die ganze Geheimniskrämerei, dieses groteske, verbotene Vorgehen.«

»Das wird mir langsam auch bewusst«, gab Summerfield seinem Freund recht. »Am Anfang war es nur ein willkommenes Einkommen.«

»Und wenn die Obrigkeit davon erfährt –«

Summerfield rümpfte die Nase. »Woher sollte sie? Wir gehen sehr vorsichtig vor, Jim.«

»Nichts bleibt für immer geheim. Außer es ist im Tower von London eingeschlossen, und nicht einmal dann.«

Sie schwiegen für ein paar Augenblicke. »Er ist ein Kaufmann, ein wohlhabender«, sagte Summerfield schließlich. »Er muss einigen Einfluss haben, und ich schätze, dass ich es ihm zu verdanken habe, dass die Leute hier mich akzeptieren.«

»Sieh dich vor, dass du nicht in eine Falle hineintappst«, erklärte Wilding mit warnendem Unterton. »Eine falsche Bewegung, und sie schnappt zu.«

»Nun, für den Moment stehe ich auf *seiner* Seite. Er ist mein Auftraggeber.«

»Ein Kaufmann, sagst du. Wie heißt er?«

Summerfield schüttelte den Kopf. »Kann ich nicht sagen, Jim. Aus Diskretion.«

»Du willst sagen, dass du einem Araber gegenüber loyal bist, wo du doch eigentlich mit den Franzosen verkehren solltest?« Wilding seufzte. »Ich verstehe dich nicht, Harry.«

»Sein Name ist Abrach – mehr weiß ich nicht«, gab Summerfield sich geschlagen. »Und behalt es für dich.«

»Abrach? Komischer Name. Und was weißt du über die Frau?«

Summerfield zuckte die Achseln. »Nicht viel.« Wilding zog ein Gesicht. »Nein, ehrlich. Alles läuft über mehrere Mittelsmänner. Doch ich weiß, dass sie jung ist und wo ich sie finden kann. Tatsächlich glaube ich sogar, sie gesehen zu haben – aber sie war mit einem anderen Mann in ihrem Alter zusammen.«

»Oje, der arme Teufel Abrach. Und du Ärmster!«

Summerfield winkte ab. »Nein, mach dir um mich keine Sorgen, Jim. Ich weiß ja noch nicht einmal, ob sie es wirklich war, auch wenn die Beschreibung genau passte. Doch als ich das Mädchen mit ihrem Freund sah, da erkannte ich sofort, dass sie sich lieben – so etwas sieht man einfach. Und eine Stimme in mir sagte: Okay, wenn es so ist, dann gib den Kampf auf, tritt einen Schritt zurück und konzentriere dich nur noch auf deinen Job.«

»Das ist doch etwas.«

»Und ich bin auch kurz davor, meinen Vertrag zu beenden. Wenn sie es war, weiß ich nun, dass sie vergeben ist. Ich würde den armen Abrach nur in eine Sackgasse führen.«

»Was hast du also vor?«

»Weiterziehen?« Summerfield verstummte und dachte einen

Augenblick über die Frage nach. »Ich könnte mir vorstellen, in den Atlas zu reisen und mich dort ein wenig umzusehen. Und danach –« Summerfield zuckte die Achseln. »Wer weiß?«

Sie schwiegen eine Weile gedankenverloren und ließen den Ausblick auf sich wirken. Schließlich seufzte Wilding auf. »Diese verdammten Idioten – sehen sie denn nicht, dass sie die Welt in einen neuen Krieg treiben? Harry, ich habe keine Lust zu kämpfen.« Summerfield blickte seinen Freund an und nickte stumm. Ein zweites Seufzen, diesmal ungeduldig. »Ich mache mir Sorgen um dich. Du gehst mit dieser ganzen Sache zu weit.« Er machte eine umfassende Geste über die Stadt hinweg und fuhr mit sanfterer Stimme fort: »Komm zurück zu deinen eigenen Leuten. Es ist noch nicht zu spät. Erinnerst du dich an den Job bei Southern Star, den ich dir vorgeschlagen hatte?«

»Du machst dir zu viele Sorgen, Jim. Ich bin nur neugierig, das ist alles. Wenn du das Leben einmal aus ihrer Perspektive betrachtest, siehst du Dinge, die du sonst nicht begreifen könntest. Hast du dich jemals gefragt, wie sie sich fühlen? Wie es sein muss, im eigenen Land von Fremden beherrscht zu werden?«

»Nein«, sagte Wilding geradeheraus. »Das habe ich nicht. Und ich will es auch nicht. Ich bin beruflich hier, vielleicht noch für ein paar Monate, und dann kehre ich nach Hause zurück. Natürlich fühle ich mich dabei irgendwie unwohl – und ich schätze, wenn ich so lange darüber nachdenken würde wie du, könnte ich sie auch verstehen. Aber ich kann mir nicht vorstellen, dass es mich schlauer machen soll, wenn ich mich in Lumpen hülle, um auszusehen wie einer aus Ali Babas Höhle.«

»Es muss sich gut anfühlen, ein Zeitlimit zu haben«, überlegte Summerfield ohne Groll. »Einen fest umrissenen Vertrag.«

»Ja, ich nehme an, das vereinfacht die Dinge«, nickte Wilding. »Aber du kannst dir auch selbst eine Frist setzen.«

Summerfield blickte Wilding an, dann lächelte er leicht: »Du hast recht, Jim. Ich habe schon einmal auf dich gehört, und da hat es mich vor Spanien bewahrt. Vielleicht sollte ich deinen Rat erneut beherzigen – den Sommer abwarten und dann abreisen. Vielleicht wird es Zeit, wieder zum Westler zu werden und meine Rolle anzunehmen.«

17

Am folgenden Abend machte Summerfield sich auf den Weg zu Wildings Hotel, um den Anzug abzuholen. Er hatte sich Wildings Ansichten durch den Kopf gehen lassen, und obgleich ein Teil von ihm dagegen rebellieren wollte, musste er sich doch eingestehen, dass die Logik des Amerikaners die einfachere Lösung bot. Die Unterredung mit Jim hatte ihm das Gefühl vermittelt, sich selbst aus der Distanz zu beobachten, wobei er, genau wie Jim, bemerken musste, wie fernab der Realität er sich bewegte. Und das beschämte ihn.

Als Summerfield klopfte, band Jim sich gerade die Krawatte um. Er wirkte dabei äußerst weltmännisch, ganz wie ein amerikanischer Filmstar.

»Sie werden dich bestimmt um ein Autogramm bitten«, grinste Summerfield, als er den Raum betrat.

»Der Anzug liegt im Badezimmer, Harry. Probier ihn an. Sollte dir eigentlich passen – er ist mir bei einem heftigen Regenschauer in Mississippi nämlich ein wenig eingegangen.« Und tatsächlich passte der hellbeige Baumwollanzug Summerfield wie angegossen. Nur seine Schuhe – rissige und staubige braune Lederstiefeletten – stachen etwas hervor. »Nun, sie müssen es eben tun. Mit Schuhen kann ich dir nicht aushelfen.«

»Ich werde es auf die Exzentrik der Engländer schieben – beziehungsweise ihren schlechten Kleidergeschmack. Darüber machen die Franzosen sich doch immer gern lustig.«

Sie fuhren in einem motorisierten Taxi in den französischen Bezirk. Es war das erste Mal, dass Summerfield dort war, und er betrachtete erstaunt die Sauberkeit und Ordnung mit den gemähten Rasen und den von Bäumen gesäumten Straßen. Am Ende eines schmalen, langgezogenen Parks, der als Pufferzone fungierte und den Schmutz der Stadt fernhielt, bog das Taxi in eine Wohnsiedlung voller großer, weiß getünchter Häuser ein und kam schließlich zum Stehen.

Summerfield stieg aus, streckte den Kopf vor und schnupperte.

»Alles in Ordnung, Harry?«, fragte Jim, der das Taxi bezahlte.

»Dieser Geruch«, sagte Summerfield, mehr zu sich selbst. »Eigenartig.«

Wilding atmete ein. »Kräuter«, stellte er fest. »Mal was anderes als der Gestank in der Innenstadt.«

»Angenehm«, befand Summerfield. »Wie eine Mischung aus Pfeffer und Zitrone. Riecht wie ...« Doch er kam nicht darauf. »Es fällt mir einfach nicht ein.«

»Komm – wir wollen uns nicht verspäten«, drängte Wilding und schob ihn vorwärts.

Das Haus war keine stattliche Villa, wie sie es eigentlich erwartet hatten, sondern von einer funktionalen, strengen Architektur und glich den etwa zwanzig anderen Gebäuden in der Straße. Im Anschluss an eine großzügige, schattige Veranda erstreckte sich ein weitläufiger Garten, der teils landschaftlich gestaltet und gepflegt, teils wild wuchernd und sandig war. Mehrere Schubkarren und eine Ansammlung von Gartengeräten vor einer Hütte wiesen auf den täglichen Kampf des Gärtners hin. Es war sinnlos, die Geräte überhaupt wegzuräumen.

Am Tor betätigte Wilding die Klingel, die trotz ihrer stattlichen Größe einen schrillen Ton erklingen ließ. Summerfield blickte Wilding mit unterdrücktem Grinsen an.

»Um Himmels willen, Harry«, zischte Wilding. »Das hier ist die Oberschicht. High Society.«

»Tut mir leid, Jim – das sind nur die Nerven«, erwiderte Summerfield zerknirscht. »Ich merke schon, wie sich der Rebell in mir regt. Bei solchen Veranstaltungen verspüre ich stets den Drang, Torten zu werfen und Möbel zu zertrümmern.«

»Herrje, reiß dich bitte zusammen.«

Ein Bediensteter erschien vor der Haustür und lief steif den Pfad entlang bis zum Tor. Der Hausherr hatte ihm offensichtlich aufgetragen, eine große Show abzuziehen.

»Guten Abend, Gentlemen. Dürfte ich Ihre Namen erfahren?«

»Salaam alikoum. Chnou smitek?«, fragte Summerfield.

Die Züge des Bediensteten versteinerten. Darauf hatte ihn sein Dienstherr offensichtlich nicht vorbereitet. Summerfield lächelte ihn an, während Wilding ein finsteres Gesicht machte. »Ich heiße Mohammed, Sir«, antwortete der Mann verwirrt.

»Ana min Sidi Summerfield, Mohammed«, fuhr der Engländer fort und nickte dann in Wildings Richtung. »Sidi James Wilding.«

»Ich bitte Sie, treten Sie ein«, sagte der Bedienstete mit einer Verbeugung und öffnete das Tor.

Die untergehende Sonne warf einen roten Schimmer auf die üppigen Magnolien im Garten. Summerfield sprach ein Kompliment aus, das die Augen des Bediensteten vor Stolz leuchten ließ. Wilding stieß Summerfield in die Rippen.

»Ich werde mir Mühe geben«, beschwichtigte Summerfield. »Mach dir keine Sorgen.«

»Wenn jemand das sagt, ist es exakt das, was ich tue – *mir Sorgen machen!*«

Sie wurden durch die Haustür in einen Flur geführt und gebeten, dort zu warten. Aus einem Raum zu ihrer Rechten vernahmen sie leises, französisches Stimmengewirr. Wilding betrachtete den in einem schwarzweißen Kreuzmuster gekachelten Fußboden, während Summerfield das Treppenhaus mit seinen Pflanzenkübeln und dem grünen Teppich in Augenschein nahm. An der

Wand hing ein Gemälde, vielleicht ein Porträt eines Vorfahren der Familie, womöglich auch irgendeines französischen Funktionärs, und in die rechte obere Ecke des Rahmens hatte jemand einen Zweig Thymian gesteckt. Er wollte Wilding gerade darauf aufmerksam machen, da eilte eine ordentlich gekleidete kleine Marokkanerin auf sie zu.

»*Madame*«, begrüßte Summerfield sie mit einer Verbeugung.

»O nein, ich bin nur die Haushälterin«, korrigierte ihn die Frau, die sich weigerte, sein Lächeln zu erwidern. »Hier entlang, meine Herren. Monsieur ist bei den anderen Gästen im Salon.«

Der Gastgeber kam sie begrüßen, ein intelligent aussehender Mann mit scharf geschnittenen Gesichtszügen von etwa Mitte fünfzig.

»Philippe-Charles Lefèvre«, stellte er sich vor, bemüht, langsam zu sprechen. »Hiesiger Verwaltungsleiter.«

Als Wilding ihm die Hand schüttelte, bemerkte Summerfield Lefèvres nach vorn hängende Schultern, die von langen Stunden am Schreibtisch zeugten.

»Und dies ist also Ihr Kollege, der Französisch spricht?«, fragte Lefèvre und wandte sich Summerfield zu, wobei sein Blick nur für den Bruchteil einer Sekunde an dessen Schuhen hängenblieb. »Brite, nicht wahr?«

»Ich befürchte, ja«, erwiderte Summerfield auf Französisch.

Lefèvres Lippen umspielte ein seltsames Lächeln. »Ich gehe doch davon aus, dass wir Verbündete sind, Mr. Summerfield. Waterloo ist nun schon eine ganze Weile her, nicht wahr? Wie dem auch sei«, fuhr ihr scharfsinniger Gastgeber fort, »treten Sie doch ein. Ich bin so froh, dass Sie kommen konnten. Und – lassen Sie sich versichern, Mr. Wilding, die meisten meiner Gäste sind des Englischen mächtig und würden sicher wahnsinnig gern Ihre Bekanntschaft machen. Etwas zu trinken?«

In der nächsten Viertelstunde wurden Wilding und Summerfield in den kleinen Kreis der Gäste eingeführt. Fresquin, der Direktor des Post- und Telegraphenamtes, der sonst mit lauter, dröhnender Stimme zu sprechen pflegte, war diplomatisch genug, nur leise zu murmeln, dass er sich freue, endlich einmal ein paar neue Gesichter zu sehen.

»Das ist der Nachteil daran, wenn man im Ausland lebt«, erklärte er. »Man trifft immer dieselben Leute – und bei Gott, ich habe diese Bridge-Gespräche wirklich satt. Was führt Sie denn nach Marokko?«

Jean Bassouin, der Präsident der Handelskammer, begrüßte sie auf Englisch. Summerfield mochte ihn auf Anhieb. Er war klein, gewitzt und steckte voller Energie. Lefèvres Frau trug ein blasses, zitronengelbes Kleid und wirkte darin auch selbst recht blass. Sie lächelte vornehm und bot ihnen ihre Hand dar – ob zum Küssen oder zum Schütteln, war nicht genau auszumachen. Summerfield schüttelte sie, und Wilding gab ihr mit einem großzügigen Strahlen einen *baisemain*.

»Wie edelmütig«, kommentierte Summerfield.

Wilding grinste zurück und sah Madame Lefèvre mit funkelndem Blick an. »Wir Amerikaner haben einen schlechten Ruf in puncto Manieren. Ich wollte nur beweisen, dass wir den Europäern das Wasser reichen können, wenn es darauf ankommt.« Madame Lefèvres Gesicht lief augenblicklich fleckig rot an, und Summerfield bemerkte aus dem Augenwinkel, wie das mit einem Tablett leerer Gläser vorübereilende Dienstmädchen ihr einen besorgten Blick zuwarf.

Ihnen wurden noch einige weitere Gäste vorgestellt, darunter Vertreter aus Bankwesen, Kirche und Bildung. Der gärtnernde Maler Majorelle war ebenfalls eingeladen worden, hatte jedoch unglücklicherweise bereits anderweitige Verpflichtungen. Schließlich wandte Lefèvre sich Summerfield und Wilding zu.

»Gut – mischen Sie sich doch einfach unter die Gäste. Oberst

Le Guédec werde ich Ihnen später vorstellen – er ist noch nicht angekommen. Sollte aber zum Essen da sein. Oh, dann wären da noch meine Tochter und ihre Freundin, das Mädchen von Jean Bassouin. Zumindest falls sie je wieder aus ihrem Zimmer auftauchen«, fügte er säuerlich hinzu.

Mit diesen Worten ließ er die beiden allein, und sie wollten sich gerade neue Getränke besorgen, da fing Madame Lefèvre sie ab.

»Mister Wilding – spielen Sie Bridge?«

»Nun – ich –«, begann Wilding, und ehe er es sich versah, hatte Madame Lefèvre schon zu einer ausführlichen Beschreibung des örtlichen Clubs angesetzt, wobei sie Summerfield unbeachtet links liegenließ. Dieser runzelte die Stirn, fing Wildings bangen Blick auf und grinste.

»Ich, äh – lasse dich dann mal allein. Werde mir nur eben etwas zu trinken holen.«

Summerfield steuerte auf die Haushälterin zu, die ihn immer noch mit dem eisigen Misstrauen einer Henne beäugte, die ihre Küken bewacht.

»Marhabi!«, rief Summerfield keck. »Willkommen!« Sie blieb unbeeindruckt. Vielleicht funktionierte Ironie auf Arabisch anders. »Einen Whisky, bitte«, fügte er leicht gereizt hinzu. »Darf ich Sie nach Ihrem Namen fragen?«

Die Bedienstete reichte ihm ein Glas. »Sie haben meinen Teppich beschmutzt, Sir«, erwiderte sie kurz angebunden.

»Ach, herrje!« Summerfield trat einen Schritt zurück und betrachtete die Stelle, auf der er gestanden hatte. »Das tut mir so leid – hätten Sie einen Wischlappen oder etwas in der Art? Ich werde es schnell sauber machen.« Sie blickte ihn entsetzt an, doch Summerfield hatte sich bereits gebückt, um ein paar Erdkrümel aufzulesen.

»Soumia! Was ist denn hier los?«, erschallte Monsieur Lefèvres Stimme.

»Nein, nein, nichts passiert«, beteuerte Summerfield und richtete sich auf. »Es war meine Schuld. Leider habe ich Soumia wohl zusätzliche Arbeit beschert.«

»Du lieber Gott, dafür bezahlen wir sie doch«, sagte Lefèvre mit hochgezogenen Augenbrauen. »Bitte – das Essen wird gleich serviert.«

Das Esszimmer war geräumig, geschmackvoll mit rustikalen Möbeln aus dem neunzehnten Jahrhundert eingerichtet – augenscheinlich Familienerbstücken – und blassgelb angestrichen, passend zu Madame Lefèvres Kleid. Zwei Tische waren aneinandergeschoben und mit einem dunkelblauen Seidentischtuch bedeckt worden. Darauf befanden sich Kerzen, Magnolienzweige und mehrere Besteckteile, die Summerfield noch nie zuvor gesehen hatte. Unruhe trat ein, während die Gäste hinter den Sitzen hin und her liefen wie Rennpferde, die sich vor der Startlinie drängen, nur um von Madame Lefèvre, dem Schiedsrichter, immer wieder neu platziert zu werden.

»*Garçon, fille, garçon, fille …*«, rechnete sie laut in dem Versuch, ein gleichmäßiges Muster zu schaffen. »Oje, Mister Summerfield – ich fürchte, wir sind mehr Herren als Damen. Sie werden zwischen dem Oberst und Monsieur Fresquin sitzen müssen.«

»Die beißen doch wohl nicht?«, erkundigte sich Summerfield, doch niemand schien seinen Scherz mitzubekommen.

»Ja, natürlich«, sagte die Gastgeberin rasch. »Bitte, setzen Sie sich alle«, rief sie und nahm selbst neben Wilding Platz. Anscheinend hatte der Amerikaner eine neue Freundin gefunden, und Summerfield dachte nur: Gott, wie trostlos ihr Leben sein muss. Wildings Exotik stellte Summerfields diesmal eindeutig in den Schatten. Jim war nicht nur ein gutaussehender Kerl, der zwischen all den französischen Staatsbeamten mittleren Alters wie ein seltenes Tier hervorstach, er war noch dazu Amerikaner – also ein Wesen von einem fernen Kontinent, auf dem an jeder Straßenecke Filmstars aus Limousinen stiegen und Bettler im Handumdrehen zu Millionären werden konnten. Wenn er ehrlich war, ödete Summerfield das Ganze ziemlich an und ließ ihn innerlich noch stärker rebellieren – tief in ihm brodelte es. Er schob sich unruhig auf seinem Stuhl hin und her und konnte nur mit Mühe verhindern, dass ihm etwas herausrutschte, das völlig *deplacé* war.

»Haben Sie es bequem, Mr. Summerfield?«, fragte Madame Lefèvre, wofür sie kurz ihren an Wilding gerichteten Wortschwall unterbrach.

»Danke, ja. Es ist nur der Anzug«, erklärte Summerfield und richtete sich auf. »Ich muss mich erst wieder daran gewöhnen, einen zu tragen.«

»Harry hat in letzter Zeit die Kleidung der Einheimischen getragen«, erläuterte Wilding schmunzelnd. »Ganz wie der *Scheich von Arabien*!«

Zu Summerfields Erstaunen schienen sich darüber alle köstlich zu amüsieren. Alle außer Jean Bassouin, der Handelskammerpräsident, der zustimmend nickte.

»Ich habe diese Art von Kleidung auch getragen, als ich noch in Algerien im Außendienst war. Sehr praktisch.«

»Genau«, bekräftigte Summerfield dankbar.

»Ja, aber es ist die Kleidung der Eingeborenen!«, donnerte Fresquin, der sich vor Lachen den dicken Bauch halten musste. In diesem Augenblick öffnete sich die Tür zum Esszimmer.

»Ah – die Jugend!«, rief Bassouin.

Summerfield erstarrte auf seinem Stuhl.

»Ich dachte schon, ihr hättet da oben Wurzeln geschlagen«, kommentierte Monsieur Lefèvre, ohne sich umzudrehen.

Den Raum betrat *sie* – die junge Frau, die er vor den Toren der *Académie* gesehen hatte –, begleitet von dem jungen Mann, den sie dort geküsst hatte. Summerfield war so verblüfft, dass ihm das zweite junge Mädchen, das den beiden folgte, zuerst gar nicht auffiel.

»Kommt herein, kommt herein«, flötete Madame Lefèvre. »Lasst mich euch unsere heutigen Ehrengäste vorstellen. Mr. Wilding aus Amerika und Mr. Summerfield aus England. Wie ich gehört habe, suchen sie hier nach Öl.«

Wilding stand auf und schüttelte Hände. Summerfield war noch immer so überwältigt, dass er einfach sitzenblieb, bis er Lefèvres Stirnrunzeln bemerkte.

»Pardon, tut mir leid. Sie sind …?«

»Sarah Bassouin.« Summerfield warf ihrem Vater, seinem Verbündeten, einen Blick zu und errötete. »Und das ist mein Verlobter Henri.«

Summerfield wandte sich dem jungen Mann zu und zögerte einen Augenblick, während er seine feinen Gesichtszüge und seine jugendliche Frische auf sich wirken ließ. Er musste sich zusammenreißen. Es war sie – die geheime Adressatin. Und es war hoffnungslos. Akzeptiere es, sagte eine Stimme in seinem Kopf. Summerfield nickte. »Sehr erfreut, Sie kennenzulernen. Ich bin Harry Summerfield.«

»Und dies«, verkündete Lefèvre, »ist unsere Tochter Jeanne. Sag hallo, Jeanne.«

Summerfield riss sich von dem hübschen Paar los und nahm zum ersten Mal die etwas schüchtern wirkende junge Dame mit dem leicht olivfarbenen Teint wahr. Sie war größer als Sarah Bassouin, mit der sie merkwürdigerweise eine gewisse Ähnlichkeit hatte, viel schlanker und hatte beinahe orientalische Gesichtszüge.

»Jeanne Lefèvre. Freut mich, Sie kennenzulernen, Mr. Summerfield«, sagte sie auf Englisch.

Summerfield lächelte und neigte höflich den Kopf. »Das Vergnügen ist ganz auf meiner Seite. Ihr Englisch ist hervorragend, Sie haben keinen Akzent.«

»Das hat sie aber nicht unserer Lehrerin Schwester Marthe zu verdanken!«, warf Sarah Bassouin ein.

»Sarah – ein wenig mehr Respekt, wenn ich bitten darf«, rief ihr Vater mit unterdrücktem Lächeln.

»Ich habe selbst eine Zeit lang unterrichtet«, erklärte Summerfield mit vorgetäuschtem Ernst. »Und ich kann Ihrer Tochter nur recht geben.« Summerfield ließ den Blick durch die Runde schweifen, doch lediglich Jean Bassouin, Jim und die drei jungen Herrschaften lachten. Monsieur Lefèvre räusperte sich.

»Britischer Humor, nehme ich an. Agnes –«, sprach er den Namen seiner Frau mit der Präzision eines chirurgischen Instruments aus, »bitte zeige den jungen Leuten doch ihre Plätze.«

Summerfield saß nun Jeanne Lefèvre gegenüber. Zu ihrer Rechten hatte Sarah Bassouins Verlobter Henri Platz genommen, und links von ihr saß Jim Wilding, der höflich den perfekten Gast spielte, Madame Lefèvres nicht enden wollenden Monolog über sich ergehen ließ und dabei nur gelegentlich nickte. Summerfield streifte erneut die Tochter der Lefèvres mit einem Blick, die ganz anders wirkte als ihre Mutter, so natürlich und entspannt, und ihm schoss der Gedanke durch den Kopf, dass sie und Jim Wilding ein hübsches Pärchen abgeben würden. Er in seinem hellgrauen Anzug mit seinen wie gemeißelten und doch feinen Gesichtszügen, und sie in ihrem blassblauen Frühlingskleid mit ihrem dunklen, wallenden Haar, das im Rücken zusammengebunden war und ihren eleganten Hals entblößte. Sie hatte große dunkelbraune Augen, und ihr Blick leuchtete jugendlich und war offen und rege, zeugte aber auch von Schüchternheit angesichts dieser Gesellschaft aus lauter Erwachsenen. Ihre Nase unterschied sie am meisten von den anderen um sie herum, denn sie war relativ lang und leicht gebogen. Sie wirkte beinahe italienisch.

Ein lautes »Ah!« auf seiner Linken ließ Summerfield zusammenzucken – es war der unüberhörbare Monsieur Fresquin vom Post- und Telegraphenamt –, und er sah sich um. Der Grund des Ausrufs war die verspätete Ankunft von Oberst Le Guédec, der noch die Uniform der Gendarmerie trug. Eine Vorahnung durchfuhr Summerfield mit einem Schauder, und ihm drehte sich der Magen um – der leere Stuhl neben ihm war für den Oberst vorgesehen. Lächerlich, dachte er und verfluchte die Ironie des Schicksals: Da saß er, bei einem Diner, zu dem er gar nicht hätte eingeladen werden sollen, in Gegenwart der jungen Frau, in die er sich beinahe verliebt hätte, die in Begleitung ihres Verlobten war, der sie ihm genommen hatte, und nun erschien auch noch ein Oberst der Gendarmerie, dessen Männer ihn erst vor wenigen Wochen beinahe zu Tode geprügelt hätten.

Der Oberst setzte sich, wobei seine Stiefel hörbar knarrten. Summerfield konnte ihn sofort riechen – ein Hauch Brillantine, vermischt mit einem intensiven Eau de Cologne – und wandte sich ihm zu.

»Freut mich, Sie kennenzulernen«, sagte der Oberst mit einem freundlichen Lächeln. »Brite, nicht wahr? Wir werden wohl demnächst wieder Seite an Seite kämpfen, wenn die Dinge in Europa erstmal aus dem Ruder geraten sind.«

»Bedauerlicherweise, ja«, erwiderte Summerfield, den der herzliche Händedruck des Obersts entwaffnete.

Le Guédec neigte seinen Kopf sinnierend. »Bedauerlich. Aber notwendig. Die *Boches* sind ein unsteter Haufen. Ungefähr alle dreißig Jahre kommen sie auf die Idee, unser Land anzugreifen. Das werden wir jetzt ein für alle Mal in Ordnung bringen.«

»Sie scheinen davon auszugehen, dass es zu einem Krieg

kommt?«, bemerkte Lefèvre, der sich vorbeugte, um über den Tisch hinweg seinen Gesprächspartner anzublicken.

»Spanien liegt am Boden«, erklärte der Oberst. »Das kann für mich nur weitere Unruhen bedeuten.«

»Aber wenigstens werden die Russen in Westeuropa nicht Fuß fassen«, mischte sich Fresquin lautstark in die Diskussion ein.

»Das ist doch was!«, rief Henri und errötete sogleich ob seiner spontanen Beteiligung am Gespräch.

Der Oberst brummte weder Zustimmung noch Ablehnung, was den übereifrigen Kommentar des Jungen noch deutlicher herausstechen ließ. »Und wie lautet die angloamerikanische Einschätzung der Situation?«, fügte Le Guédec hinzu und sah zu Wilding hinüber.

Dieser löste sich von der nicht abreißenden Konversation Madame Lefèvres und blickte den Oberst an, so dass ihre Worte für einen Augenblick einsam in der Luft schwebten.

»Nun, Oberst – wie Sie wissen, machen sich die Vereinigten Staaten mehr Gedanken über ihr eigenes Interessengebiet im Pazifik«, antwortete Wilding, ohne selbst Position zu beziehen. »Ich glaube also nicht, dass sich die USA in Ihre Angelegenheiten einmischen werden. Doch vielleicht kann Harry Ihnen eine bessere Antwort liefern – immerhin war er in Spanien.«

»Spanien? Wirklich?« Auf einmal schienen alle Blicke im Raum auf Summerfield gerichtet. Er blitzte Wilding vorwurfsvoll an.

»Nein, ich –«, begann er, doch es war schon zu spät. Es war eigenartig: Wenn Menschen etwas hören wollten, ließen sie nichts anderes gelten, bis sie es auch bekamen. Summerfield war nun ins Rampenlicht geschubst worden, und einen Augenblick lang herrschte erwartungsvolle Stille. Summerfield hüstelte höflich.

»Ich versichere Ihnen, meine Rolle war verschwindend gering, völlig unbedeutend. Jim, ich denke, du –«

»Welche Seite?«, fragte Henri ohne Umschweife.

»Waren Sie an der Front?«

»Und was ist mit den maurischen Söldnern? Es heißt, es habe Massaker gegeben.«

»Und die Bomben – in den Zeitungen standen fürchterliche Berichte.«

»Eine neue, entsetzliche Form des Krieges – Terror!«

Damit war die Diskussion pünktlich zum Servieren der aus Orangensorbet bestehenden Vorspeise entflammt. Summerfield wurde geradezu überrollt. Er befand sich mit einemmal im Zentrum eines Orkans verschiedener Meinungen und Argumente, die sich gegenseitig aufschaukelten, so dass jede neue Äußerung lauter vorgetragen wurde als die vorhergehende. Summerfields und Wildings Blicke trafen sich. Wilding wirkte fast verstört.

»Ich wusste nicht, dass es solche Auswirkungen haben würde«, flüsterte er ihm zu.

»Wir werden hier gerade Zeuge der Ausübung der beiden Lieblingsbeschäftigungen der Franzosen: Essen und Streiten. Und zwar beides gleichzeitig – besser geht es wohl kaum.«

»Und ich dachte, wir Amerikaner wären laut«, wunderte sich Wilding. »Aber das hier, das ist das reinste Chaos!« Da zupfte Madame Lefèvre Wilding am Arm. »Entschuldige mich, Harry«, sagte er und verdrehte die Augen.

Summerfield blieb unbeachtet zurück und lauschte der hitzigen Unterhaltung, wobei er jedes Mal zusammenzuckte, wenn Fresquins Stimme wie ein Kanonenknall über alle anderen hinwegdonnerte. Und plötzlich erreichte ihn von irgendwoher eine leise, von den anderen abgeschiedene Stimme. Sie gehörte Lefèvres Tochter Jeanne.

»Mr. Summerfield, ist es wahr?«

»Ist was wahr?«, fragte Summerfield und bemühte sich um Konzentration.

»Dass Sie für die Sozialisten gekämpft haben?«

»Nein«, antwortete Summerfield.

»Dann also für Franco?« Sie wirkte ein wenig verwirrt.

Summerfield schüttelte den Kopf.

»Das ist nicht das, was ich gesagt habe«, erwiderte er. »Ich habe versucht, es zu erklären, doch niemand will mir zuhören.«

»Was?«

»Wie ich schon sagte, niemand will mir zuhören«, wiederholte Summerfield, der sich den Scherz nicht verkneifen konnte.

Die junge Frau sah ihn erschrocken an, wie eine Gazelle, die Gefahr wittert. Und dabei sah sie für den Bruchteil einer Sekunde atemberaubend schön aus. »Nein, ich … ich meinte, was wollten Sie uns sagen? Oh, ich verstehe!« Sie lief rot an und lächelte gequält.

»Ich wollte kämpfen. Ich bin nach Gibraltar gegangen, um dort die Grenze zu überqueren – aber dann ist mein Kontaktmann nicht aufgetaucht.«

»Vater sagte, Sie haben mit Orwell gesprochen.«

Summerfield schnaubte. »Ich kann mir nicht vorstellen, dass Orwell sich mit mir unterhalten würde. Nein, ich habe ihn nur einmal reden hören.«

»Ach du meine Güte.« Jeanne Lefèvre schüttelte den Kopf.

»Enttäuscht?«, fragte Summerfield. »Tut mir leid. Ich wünschte, ich wäre ein wenig interessanter für alle Beteiligten.«

Die junge Frau schwieg einen Moment, und Summerfield richtete seine Aufmerksamkeit wieder auf den Schlagabtausch. Mittlerweile waren sie dazu übergegangen, die militärische Stärke der Deutschen zu analysieren. »Wir haben die besten Waffen der Welt«, versuchte Oberst Le Guédec, Madame Bassouins Sorgen zu vertreiben. »Keine Sorge, Jean wird man nicht einziehen. Zu alt! Nein, dann schon eher unseren jungen Henri hier – oje, habe ich etwas Falsches gesagt?«

»Was haben Sie denn mit Mr. Wilding in Mauretanien gemacht?«, richtete Jeanne Lefèvre das Wort wieder an ihn. Summerfield runzelte die Stirn und wandte sich ihr erneut zu.

»Ich war nicht mit Jim in Mauretanien. Das ist noch so eine Sache –« Sie öffnete den Mund, doch ihre Worte wurden durch ein plötzliches Wortgefecht zwischen Fresquin und Monsieur Lefèvre überdeckt. Sie blickte ihn hilflos an, und als Summerfield beim Versuch, sie zu verstehen, Grimassen schnitt, lächelte sie entschuldigend.

»Was tun Sie also, Mr. Summerfield?«

»Ich schreibe. Und Sie selbst?«

»Ich studiere.«

Summerfield lächelte. »Einsilbig scheint es besser zu funktionieren! Nun verstehen wir uns wenigstens.« Sie lächelte zurück, wobei sich auf ihren Wangen kleine Grübchen bildeten. Summerfield verspürte ein neckisches Kribbeln im Bauch. Sie barg wirklich einige Überraschungen. Natürlich schien sie etwas elitär, doch das war kein Wunder bei diesen Eltern. Aber, ertönte eine Stimme in seinem Inneren, sie hat etwas.

Der Hauptgang wurde serviert, und Mohammed half Soumia beim Ausschenken des Weins. Ein paar Tropfen gingen daneben, kleine purpurrote Spritzer – wie Blut, dachte Summerfield –, doch niemand sonst schien davon Notiz zu nehmen.

Mittlerweile wurde über Geschäftliches gesprochen. Jim Wilding war offensichtlich gerissener, als Summerfield gedacht hatte, denn er verstand es so kunstvoll wie diplomatisch, das Gespräch auf das Thema Erdöl zu lenken.

»Die Prospektion in Mauretanien hat bisher keine guten Ergebnisse geliefert«, beantwortete er eine Frage des Obersts und erntete erfreute Reaktionen. Wenigstens würden die Förderabgaben so nicht an die Spanier gehen, die im Augenblick den größten Teil des Gebiets kontrollierten. Wilding schüttelte mit einem

Seufzen den Kopf und bemühte sich um Blickkontakt mit Jean Bassouin.

»Die Briten haben Glück mit ihrem Einfluss in Arabien – ihre Erdölfirmen scheinen dort auf niemals versiegende Ölquellen gestoßen zu sein.«

»Die Briten wurden schon immer von einer Art sechstem Sinn geleitet«, bemerkte Bassouin. »Oder einem Glücksstern. Sie haben einfach ein Händchen fürs Geschäft – genau wie ihr Amerikaner. Leider verfügen wir romanischen Länder nicht über so viel Biss, wenn es ums Geldverdienen geht.«

»Alles eine Frage der Gelegenheiten«, milderte Wilding Bassouins Einschätzung ab. »Und eigentlich überrascht mich das«, fügte er interessiert hinzu, »denn die mediterranen Völker haben doch den modernen Handel und die Ökonomie praktisch erfunden. Es liegt Ihnen geradezu im Blut. Ohne die griechischen, römischen und phönizischen Kaufleute hätte sich die Welt niemals zu dem entwickelt, was sie heute ist – ganz zu schweigen von den späteren Entdeckern wie Vasco da Gama oder Columbus.«

»Die Geschichte ist eine Abfolge von Revolutionen«, gab Lefèvre zu bedenken. »Weltreiche entstehen, wachsen und verschwinden dann wieder. Auch wir werden wieder größere Zeiten erleben.«

»Und vielleicht schon eher, als Sie denken«, nickte Wilding.

»Ach ja? Wie darf ich das verstehen?« Bassouin beugte sich vor, und Lefèvre, Le Guédec und Fresquin taten es ihm gleich.

»Die Antwort liegt direkt vor Ihrer Nase – nun, etwa fünfhundert Kilometer weit östlich, um genau zu sein: in Algerien.«

»Die ungekrönte Prinzessin«, zitierte Bassouin. »Viermal so groß wie Frankreich und potentiell das reichste Land in ganz Afrika.«

»Ich habe erfahren, dass ein paar französische Ölfirmen dort mitten in der Wüste Bohrungen vornehmen«, fügte Wilding hinzu.

»Sie fördern sogar bereits Öl«, bestätigte Bassouin.

Wilding nickte. »Es gibt dort wahrscheinlich noch mehr als genug. Das Problem ist nur, dass Ihnen Mittel und Technologie fehlen. Sie brauchen Hilfe.«

»Und die Vereinigten Staaten könnten diese anbieten!«, platzte Fresquin mit dem heraus, was alle anderen gedacht hatten.

Wilding lächelte. »Sie wissen Bescheid, Monsieur Fresquin.« Und ernsthaft, doch in angeregtem Tonfall fügte er hinzu: »Und weshalb denn auch nicht?«

»Weil es französisches Herrschaftsgebiet ist – und damit französischer Besitz«, erklärte der Oberst.

»Das stimmt. Aber das muss eine amerikanische Firma nicht davon abhalten, dort gemeinsam mit den Franzosen Öl zu fördern und eine gewisse Beteiligung daran zu erhalten.« Auf den Gesichtern seiner Zuhörer machte sich Stirnrunzeln breit. »Man braucht nicht den ganzen Kuchen für sich allein«, erläuterte Wilding offensiver. »Jeder kann ein Stück davon abbekommen. Wir nennen dieses neue Konzept *Joint Venture*. Eine Arbeitsgemeinschaft mit einer Firma als Anführer, die den Löwenanteil bekommt, und anderen, die kleinere Teile für ihre Hilfe erhalten.« Die Zuhörer dachten schweigend darüber nach. »Oder man arbeitet mit Subunternehmen. Auch hier tun sich unbegrenzte Möglichkeiten auf. Sehen Sie, die französischen Behörden geben einem Unternehmen aus den USA –«

»Oder aus einem anderen Land«, erinnerte Bassouin ihn wachsam.

»Oder aus einem anderen Land«, echote Wilding mit einem leichten Schmunzeln. »Sie geben also *einem Unternehmen* die Erlaubnis, einer Geschäftstätigkeit nachzugehen, wofür sie wiederum eine Abgabe oder einen Anteil am Profit kassieren.«

»Aber warum sollte die französische Regierung ausländische Firmen in Algerien haben wollen?«

»Gute Frage!«, rief Wilding. »Und eben hierin liegt die Schönheit des Ganzen, denn, sehen Sie, die französische Regierung würde am Ende als Sieger dastehen.«

»Wie?«

»Ganz einfach! Sie bräuchte keinen einzigen Cent auszugeben. Die Vertragsfirma investiert das Geld, schafft die Ausrüstung an, bezahlt die Arbeiter, raffiniert das Öl – alles kostspielige und riskante Angelegenheiten. Was, wenn kein Öl gefunden wird? Stellen Sie sich nur das Loch in Ihren Taschen vor. So hätte Frankreich die volle Kontrolle über den Vertrag und über alle Entscheidungen, während die amerikanische – oder eine *andere* – Firma die ganze Arbeit übernimmt. Frankreich würde nicht nur von den Ölfunden profitieren; wenn Sie die Ersparnisse mit einrechnen, steht am Ende sogar ein noch größerer Profit. Alle gewinnen dabei. Insbesondere Frankreich.«

Jean Bassouin schien sich in sich zurückzuziehen wie eine Schildkröte in ihren Panzer. Die Idee faszinierte ihn offensichtlich, und Summerfield erkannte, dass hinter der unverbindlichen Fassade des kleinen Mannes tausend Gedanken durch seinen Kopf schwirrten. Langsam, jedes Wort mit Bedacht wählend, aber mit derselben Leichtigkeit, die in Wildings Stimme gelegen hatte, äußerte sich Bassouin schließlich.

»Ich kann Ihnen möglicherweise einen Kontakt zu einem ehemaligen Kollegen in Algerien herstellen, Mr. Wilding. Wären Sie bereit, mit ihm zu sprechen, wie Sie heute Abend mit uns gesprochen haben?«

»Sicher«, sagte Wilding. »Ich würde liebend gern ein paar Ideen austauschen. Schließlich können wir alle einander helfen.«

»Wenn ein Amerikaner etwas Derartiges sagt, bedeutet das

meistens achtzig-zwanzig«, warf Fresquin lächelnd ein. »Achtzig Prozent für Amerika und zwanzig für den Rest!«

»Vielleicht nicht in diesem Fall«, dachte Bassouin laut nach. »Was denken Sie, Mr. Summerfield? Wie lautet der britische Standpunkt in dieser Frage? Immerhin arbeiten Sie ja mit Ihrem Kollegen zusammen, oder nicht?«

Wilding warf Summerfield einen Blick zu. Dieser zögerte, lehnte sich dann zurück und lächelte geheimnisvoll. »Ich bin lediglich ein Beobachter«, erklärte er und sah erst Bassouin, dann den Rest der Runde an, wobei er einen kleinen Moment zu lang bei Lefèvres Tochter verharrte. »Ich finde, das Fleisch hat köstlich geschmeckt, der Wein war hervorragend und das Gespräch interessant – doch nun würde ich mir gern ein wenig die Beine vertreten.«

»Typisch britisch!«, rief Le Guédec. »*Filer à l'anglaise!* Aber eigentlich haben Sie ja recht. Ich fühle mich selbst schon ein wenig steif.« Er wandte sich in Madame Lefèvres Richtung und neigte den Kopf. »Dürften wir vor dem Dessert zehn Minuten bekommen, Madame Lefèvre?«

Wie auf ein Zeichen wurde nun allseits mit den Stühlen gerückt, was Soumia erschrocken nach Luft schnappen ließ, da sie wahrscheinlich schon daran dachte, dass sie nach diesem Abend den Fliesenboden neu bohnern musste.

Die Gäste teilten sich in kleine Grüppchen auf, doch Summerfield wollte lieber allein sein. Sie hatten fast zwei Stunden beisammengesessen – ihm fiel auf, dass er nicht mehr an Stühle gewöhnt war –, und das Gespräch, oder vielmehr das Spielen einer Rolle hatte ihn zutiefst gelangweilt. Wie mühsam es war, sich korrekt zu benehmen. Er war völlig erschöpft. Er erhob sich, nahm sein Glas und schlenderte hinter den anderen her in Richtung der Veranda und der Zigarren. Doch er blieb dort nicht stehen. Stattdessen bedankte er sich bei Mohammed, der ihm an der Tür die

Zigarrenkiste entgegenhielt, und nahm sich eine Zigarette. Er zündete sie an, blies Rauch aus und trat von der Veranda in den Garten.

»Was riecht hier so gut, Mohammed?«, fragte er auf Arabisch und drehte sich dabei noch einmal um.

»Bohnenkraut, Sidi.«

Summerfield summte nachdenklich. »Sehr angenehm. Orangen?«, fragte er weiter und deutete mit dem Kopf in die hinterste Ecke des großen Gartens. Der Bedienstete lächelte zurück und nickte. »Gute Arbeit«, lobte Summerfield erneut. »Darf ich?«

»Natürlich, Sidi«, antwortete Mohammed, und Summerfield wanderte weiter, ging ein paar Schritte den Kiesweg entlang und trat dann auf die dicht bewachsene, dunkle Rasenfläche. Das Gras war frisch geschnitten, doch so fest und robust, dass Summerfield, der sich hinuntergebeugt hatte, seine Hand schnell wieder hochzog. Die Halme waren so scharfkantig wie Glasscherben. Er hob die Handfläche vors Gesicht und entdeckte auf seiner Haut einen kleinen Tropfen Blut, der im Dunkeln beinahe schwarz aussah.

»Haben Sie sich verletzt?«, ertönte eine Stimme. Sie gehörte Lefèvres Tochter.

Summerfield seufzte.

»Nur ein kleiner Schnitt«, presste er hervor und drehte sich um.

»Als Kind bin ich einmal barfuß auf die Wiese gelaufen – ich trage heute noch eine kleine Narbe am Fuß.«

Summerfield lächelte und entspannte sich ein wenig. Sie war ganz und gar nicht lästig. In diesem Augenblick kam die Haushälterin mit einer Öllampe und Streichhölzern an ihnen vorbei.

»Machen sich Ihre Eltern etwa Sorgen?«, fragte Summerfield mit erhobenen Augenbrauen.

»Nein.« Jeanne schüttelte scheu den Kopf. »Wahrscheinlich will meine Mutter nur, dass alles perfekt ist.«

Sie schwiegen einen Moment und warteten, bis Soumia in der Dunkelheit verschwand und links und rechts von sich eine Spur aus Lichtkreisen hinterließ, während sie die Gartenlaternen anzündete. Summerfield atmete zufrieden aus.

»Sehr schön«, murmelte er. »Wohnen Sie schon immer hier?«

»Ja«, erwiderte sie. »Vater hat mittlerweile einen wichtigen Posten. Er ist in der Administration aufgestiegen.«

»Er scheint ein ziemlich kluger Mann zu sein.«

Jeanne nickte. »Er ist sehr gut auf seinem Gebiet. Und er arbeitet wirklich viel.«

»Stört Sie das?«, erkundigte sich Summerfield, der ein leichtes Bedauern in ihrer Stimme vernahm. »Wenn es in Ordnung ist, dass ich frage –«, fügte er diskret hinzu.

»Ja, selbstverständlich.« Die junge Frau trat einen Schritt vor. »Ich führe Sie durch den Garten.«

»Sollten wir nicht noch einen Dritten mitnehmen? Vielleicht hätte noch jemand Interesse – Jim zum Beispiel.«

»Soumia, unser Hausmädchen, wird aufpassen. Uns kann hier nichts passieren, Mr. Summerfield.«

»Ich meinte –«, setzte Summerfield an, hielt sich jedoch zurück. Ihre Unschuld war absolut. Es stimmte ihn fast ein wenig traurig. »Mit Vergnügen«, fügte er hinzu. »Gehen wir.«

Sie gingen an einer riesigen alten Magnolie vorüber und betraten den Teil des Gartens, der den Orangen- und Zitronenbäumen vorbehalten war. Ihr süßlicher Geruch lag intensiv in der warmen Luft.

»Die waren schon hier, bevor die Häuser gebaut wurden«, erklärte die junge Frau. Dann wechselte sie plötzlich das Thema: »Und wenn ich es nun richtig verstanden habe, arbeiten Sie also *nicht* mit Mr. Wilding zusammen.«

»Das stimmt. Es war am Tisch nicht leicht, sich zu verständigen.«

»Sie sind also nicht auf der Suche nach Öl?«, fragte sie rhetorisch weiter. »Sie schreiben.«

»So ist es. Und Sie, wenn *ich* es richtig verstanden habe«, ahmte Summerfield sie lächelnd nach, »studieren.«

»Ja.«

»An der *Académie*.«

»Das stimmt – woher wissen Sie das?« Die junge Frau sah ihn überrascht an.

»Hat Ihre Freundin Sarah nicht so etwas gesagt?«

Jeanne legte den Kopf zur Seite und runzelte die Stirn. »Kann sein. Zumindest hat sie Schwester Marthe erwähnt, unsere Lehrerin, wenn ich mich recht entsinne.« Sie lachte. »Und was schreiben Sie, Mr. Summerfield?«

»Oh«, machte Summerfield, dem sein Gespräch mit Jim Wilding wieder einfiel. »Nichts Wichtiges.« Er sah zu ihr hinüber und bemerkte, dass das Mädchen stutzig wurde. »Was mir wirklich wichtig ist«, fügte er hinzu, um den Schaden zu reparieren, »ist mein Traum, einst Gedichte zu veröffentlichen.«

»Wie interessant.«

»Ja«, meinte Summerfield nicht ganz ohne Ironie. »Ich weiß nicht, ob ich damit je Erfolg haben werde, aber zumindest versuche ich es. Und es ist immerhin eine Richtung.«

»Eine Richtung«, sprach das Mädchen ihm nach.

»Ein Weg. Und selbst wenn es nicht der richtige ist, wird er mich doch zu einem anderen führen – vielleicht sogar an eine Kreuzung.«

»Mr. Summerfield, Sie reden wie ein Araber. Die stellen auch immer solche Betrachtungen an.«

Summerfield lachte. »Ich habe sie schätzen gelernt. Ich –« Er hielt inne, um zu sehen, ob sie nicht vielleicht schockiert war.

»Ich bin gern in ihrer Gesellschaft. Sie sind ganz anders, als die Europäer denken.«

»Das finde ich auch«, erklärte Jeanne. »Ich fühle mich ihnen sehr verbunden, wahrscheinlich, weil ich mein ganzes Leben hier verbracht habe. Ich habe sogar das Gefühl, dass wir uns eigentlich ziemlich ähnlich sind.«

»Ich schätze, ein paar Leute würden das nicht allzu gern hören«, grinste Summerfield. »Der Oberst, zum Beispiel.«

Sie lachte. »Ach, der Oberst ist ein feiner Kerl. Sehr nett – manchmal wie ein Onkel zu mir.«

»Aber er muss seinen Job tun«, kommentierte Summerfield mit finsterer Miene. »Und zwar sorgfältig, ohne Zweifel.« Er biss sich auf die Zunge. Seine junge Begleiterin sah ihn neugierig an. »Tut mir leid, wenn ich zynisch klinge«, entschuldigte er sich und zündete sich eine weitere Zigarette an. Er bot sie ihr an, doch sie schüttelte den Kopf. »Es ist nur so, dass ich letztens ein paar seiner Männer in der Stadt in Aktion erlebt habe. Und *sorgfältig* ist noch ein sehr beschönigendes Wort dafür.« Sie sah verwirrt aus, und Summerfield schüttelte den Kopf. »Tut nichts zur Sache. Erwachsenenkram.« Darauf reagierte die junge Frau sofort.

»Ich *bin* erwachsen, Mr. Summerfield. Ich bin einundzwanzig – demnächst zweiundzwanzig. Bald werde ich nach Frankreich ziehen und dort zur Universität gehen. Sie können mit mir über solche Dinge sprechen – ich bin durchaus in der Lage, sie zu verstehen.«

Summerfield wollte sich gerade ein zweites Mal entschuldigen, da betraten sie eine kleine, von einem Gitter umschlossene Anlage. Auf der Stelle drang ein intensiver Duft in seine Nase. Als er sich umsah, erkannte er, dass sie sich in einem kleinen, üppigen Kräutergarten befanden. Thymian, Schnittlauch, Minze, Kreuzkümmel, Pfeffer und glasklar aus den anderen hervorstechend dieser köstliche Duft von – wie hatte der Bedienstete es genannt? – Bohnenkraut.

»Das ist –«, stammelte er, und sein erschrockener Gesichtsausdruck verwandelte sich in ein Lächeln. »Das ist ja wie im Himmel!«

Jeanne kicherte und hielt sich die Hand vor den Mund. »Sie sehen aus wie ein kleiner Junge! Wer ist hier nun das Kind?«, fügte sie etwas unverschämt hinzu, besann sich jedoch gleich. »Oh, es tut mir leid.«

»Nein – nein, das braucht es nicht«, lächelte Summerfield. »Das habe ich verdient. Es ist nur so wundervoll – als würde man den Garten Eden betreten!«

»Woher wollen Sie wissen, dass das Paradies so aussieht?«

Summerfield hielt abwehrend die Hand hoch. »Das geht nun aber wirklich zu weit«, sagte er mit gespieltem Vorwurf. Er drehte sich einmal um die eigene Achse, um die Düfte einzuatmen. »Und Sie? Was studieren Sie denn eigentlich?«

Ein kurzes Zögern. Die junge Frau zog den Schal fester um sich und zuckte leicht mit den Schultern. »Na ja, um es mit Ihren Worten zu sagen, was mir *wirklich* wichtig ist – obwohl meine Ausbildung natürlich auch wichtig ist –, das ist …«

»Ja?« Summerfield runzelte die Stirn.

»Eine wundervolle Geschichte, die ich gerade erlebe.« Summerfield blieb stehen und sah sie neugierig an. Sein Herz erwärmte sich, und für einen Augenblick zerschmolz er unter ihren so klaren und wahrhaftigen Worten. »Das ist sehr gut«, hörte er sich sagen und nickte ihr ermutigend zu. »Fahren Sie nur fort.«

»Ich weiß nicht, weshalb ich Ihnen das erzählen will – im Grunde sollte ich es wohl nicht tun«, fügte die junge Frau hinzu und vermied dabei jeden Blickkontakt. »Aber ich schätze, ich habe es nun einfach schon zu lange geheim gehalten.« Sie hob den Kopf und sprach weiter: »Und es erscheint mir so viel einfacher, mit Ihnen darüber zu sprechen – jemand anderem.«

»Einem Fremden«, setzte Summerfield hinzu und nickte. »Ja, es ist einfacher, mit jemandem über geheime Dinge zu sprechen, den man nicht kennt oder der von weit her stammt. Irgendwie fühlt man sich dabei geschützter.«

»Ich glaube, ich bin verliebt«, fuhr das Mädchen etwas überrascht von ihrem eigenen Mut fort. »Ehrlich gesagt war ich noch nie verliebt, deshalb nehme ich es nur an. Aber es ist wundervoll.«

»Der Mann kann sich glücklich schätzen«, meinte Summerfield, in dem plötzlich väterliche Gefühle für seine junge Begleiterin aufkamen. Sie war so süß. Sie erinnerte ihn an ein Kätzchen, das sich zum Schlafen zusammenrollt.

Sie lachte sanft. »Ich habe ihn noch nie gesehen.«

»Wie bitte?« Summerfield schaute sie aufmerksam an.

»Nein.« Sie blickte ebenfalls auf. »Noch nie. Es geht alles ganz behutsam voran – wir schreiben uns. Mr. Summerfield, mir ist etwas ganz Unglaubliches passiert, doch Sie müssen versprechen, niemandem etwas davon zu erzählen.«

Summerfield spürte, wie sein Herz sich verkrampfte.

»Versprechen Sie es?«

»Ich verspreche es, natürlich. Aber ich –«

»Vor ein paar Monaten habe ich auf einmal einen Brief von einem Mann überreicht bekommen – mitten auf der Straße.«

Es war, als käme ein heftiger Luftstrom auf. Er wurde immer schneller, wirbelte um einen Punkt in seiner Mitte und saugte Summerfield tief hinein. Gedankenfetzen rauschten durch seinen Kopf. Er roch den pfeffrigen Zitronenduft der Kräuter. Denselben Geruch hatten die Briefe gehabt, die er bekommen hatte. Nicht Abrachs Duft, sondern –

»Und wir haben unsere Korrespondenz fortgeführt«, sprach

die junge Frau weiter, die nichts von Summerfields innerem Aufruhr mitbekommen hatte. Sie schüttelte den Kopf. »Allerdings hat er nun schon seit einer Weile nicht mehr geantwortet. Ich mache mir Sorgen. Vielleicht hat er mich vergessen. Oder ihm ist etwas zugestoßen. Ich weiß nicht, was ich denken soll.«

Schweigen. In einem einzigen Moment schien es, als hätte das Schicksal Summerfield schon immer an genau diesen Ort führen wollen, in diesen Garten, zu dieser jungen Frau. Die gesamte Zeitspanne, die sein Leben ausmachte, schien zu einem einzigen Punkt zusammenzuschrumpfen, der nicht größer war als eine Nadelspitze und doch gewaltiger als der höchste Berg und der tiefste Ozean. Er merkte, dass die junge Frau ihn ansah. Er musste beängstigend auf sie wirken, denn ihr Gesichtsausdruck hatte sich unaufhaltsam von Melancholie zu Skepsis gewandelt.

»Verzeihen Sie bitte«, brachte Summerfield mit unsicherer Stimme hervor. »Ich fühlte mich nur gerade an eine ganz ähnliche Geschichte erinnert.«

»Ach, herrje«, sorgte sich das Mädchen. »Das tut mir leid. Ich hoffe, ich habe keine traurigen Erinnerungen aufgewühlt.«

»Ganz und gar nicht«, sagte Summerfield, dem es endlich gelang, sich zu sammeln. »Im Gegenteil, Sie haben die schönsten Erinnerungen in mir hervorgerufen, die ein Mann haben kann. Hören Sie – es gibt keinen Grund zur Besorgnis. Ihre Geschichte wird nicht enden. Noch nicht. Er wird sich melden, da bin ich mir sicher.«

»Ich hoffe es wirklich.«

»Er wird.« Summerfield wandte sich erneut dem Garten zu. »Darf ich etwas davon mitnehmen?«, fragte er und beugte sich über das Bohnenkraut. »Es riecht so köstlich.«

»Ich verwende den Duft für meine Briefe«, erklärte die junge Frau.

Summerfield konnte das Lachen nicht unterdrücken. »Ich

stelle mir vor, dass der Duft genauso ist wie Sie. Klar und wahrhaftig.«

»Wie bitte?«

»Nichts.« Summerfield schüttelte den Kopf. »Sagen Sie mir doch noch einmal Ihren Namen.«

»Jeanne.«

»Hören Sie, Jeanne –« Summerfield tastete sich mit der Hand in die Innentasche seines Jacketts vor. »Ich habe Ihnen von meiner Arbeit erzählt. Ich würde Ihnen gern etwas zeigen, das ich geschrieben habe – ich würde mich sehr freuen, wenn Sie es lesen und mir sagen, was Sie davon halten.« Die junge Frau sah ihn verdutzt an und runzelte die Stirn über seine Dringlichkeit. »Ein Dichter braucht Kritik von seinen Lesern. Ansonsten werde ich wohl nie Erfolg haben.« Er zog einen gefalteten Zettel hervor und überreichte ihn ihr. Die junge Frau zögerte, dann nahm sie ihn entgegen und begann ihn auseinanderzufalten. »Aber nicht jetzt. Es ist nicht der richtige Zeitpunkt dafür«, erklärte Summerfield und legte ihr behutsam eine Hand auf den Unterarm. Er zog sie jedoch sofort wieder zurück, da er ihr nicht zu nahe treten wollte. »Ich werde sonst nur in Verlegenheit gebracht.« Jeanne faltete das Papier wieder zusammen und hielt es weiter fest. »Sehen Sie«, sagte Summerfield und wies auf den Himmel. »Die alten Sterne – sie leben genau wie wir. Manchmal sind sie versteckt und kaum zu sehen. An anderen Tagen leuchten sie ganz hell und klar.«

»Silberne Punkte im Nadelkissen der Nacht«, rezitierte Jeanne. »Sie werden mir niemals langweilig werden.«

Summerfield betrachtete sie aus dem Augenwinkel und erschauderte, von einem plötzlichen Ansturm der Gefühle überwältigt. »Das ist vollkommen richtig«, sagte er. »Vollkommen richtig.«

18

Als alle Gäste gegangen, die Lichter gelöscht waren und sie die Geräusche der Aufräumarbeiten von unten vernahm – Klirren und Klappern und Klopfen –, als Mohammeds Stimme leise auf Soumia einsprach und diese lachte, als unerwartete Gerüche von Erde und Laub in ihr Zimmer drangen, zog Jeanne den Zettel hervor, entfaltete ihn behutsam und musste dabei an den komischen Engländer mit seinen komischen Schuhen und seinem komischen Gebaren denken. Als sie zu lesen begann, wurde sie von Leben durchströmt, und sie leuchtete wie der Vollmond über Bäumen und wogendem Gras.

Wärst du ein Fluss, so wäre ich dein Ufer, das du formst und dem du Leben schenkst. Und wärst du ein Fluss, so wäre ich die Weide, die vom Gewicht der Liebe und der Macht der Leidenschaft gebeugt wird und sich über dich senkt. Und wärst du ein Fluss, so suchte ich deine Quelle und ließe mich so lange auf dir treiben, bis ich vor Freude lachen muss. Und wärst du ein Fluss, so überflutetest du mich mit all deiner Weiblichkeit, und ich gelobte, dich aus der Dunkelheit des Landes aufs Meer hinauszutragen. Und wärst du ein Fluss, so wäre ich dein Schwan und zierte deinen Verlauf mit all dem Stolz und all der Schönheit, die deine Lebendigkeit hervorgebracht haben. Und wärst du mein Fluss, deine Strömung stark und dein Wasser reichlich, so wäre ich dein Bett, in dem die Seelen aller Liebenden ruhen. Und wärst du mein goldener Fluss, so wäre ich dein Schilf und sänge den Wellen in deinem Herzen leise ein Lied in den Wind; und wärst du ein Fluss, so wäre ich jede einzelne der Jahreszeiten und ließe dich auftauen, wenn du gefroren bist, und milderte deine Strömung mit jedem neuen glühend heißen Tag.

19

Abrach saß auf dem gepolsterten Rücksitz seiner neuesten Anschaffung, eines Ford T aus dem Jahre 1932. Zufrieden betrachtete er durch die Heckscheibe die Staubwolke, die der Wagen aufwirbelte. Summerfield drehte sich ebenfalls um und wurde kurz in die Luft gehoben, als sie über ein Schlagloch in der unbefestigten Straße fuhren. Die schwarzen Umrisse von Menschen, Karren und Tieren trotteten auf beiden Seiten voran, tauchten kurz auf und verschwanden dann wieder wie Geister in der Hülle aus Sand und Staub, die ihn an den Londoner Nebel erinnerte. Er lächelte Abrach matt zu und nickte.

»Ich dachte, ich biete Ihnen eine kleine Besichtigungstour«, erklärte Abrach strahlend. »Bringe Sie mal raus aus der Stadt. Ich wollte schon immer ein Auto besitzen«, setzte er nachträglich hinzu. »Wie die Franzosen.«

Summerfield nickte erneut. Obwohl er großes Interesse daran hatte, die Landschaft außerhalb der Stadt kennenzulernen, fühlte er sich unwohl in Abrachs Gegenwart. Der Mann war äußerst großzügig, und jedes Mal, wenn er Summerfield etwas anbot, kämpften in diesem die freundschaftlichen und respektvollen Gefühle, die sie beide nach wie vor aneinanderbanden, gegen sein Bedürfnis an, den Vertrag zwischen ihnen aufzulösen.

Summerfield konnte nicht aufhören, an Jeanne Lefèvre zu denken. Ihr gemeinsamer Spaziergang im Garten war ihm wie ein Traum erschienen, und erst einen Tag später wurde ihm das volle Ausmaß seiner Entdeckung bewusst. An jenem Nachmittag hatte er am Schreibtisch gesessen, und die Ereignisse hatten sich plötzlich in eine logische Ordnung gefügt. Die Erkenntnis war absolut und niederschmetternd. Hatte sie seine Nachricht gelesen? War es richtig gewesen, sie ihr zu geben? Wieder einmal verfluchte er seine Impulsivität. Er war sich ja nicht einmal seiner Gefühle für sie sicher. Und wie oder wo sollten sie miteinander in Kontakt treten? Und wann? Hunderte Fragen und zumindest für den Augenblick keine einzige klare Antwort.

Und da war Abrach. Seine Einladung zu diesem zweitägigen Ausflug. Summerfield blickte aus dem Fenster auf die Ebene und die Berge in der Ferne, doch seine Gedanken schweiften beinahe sofort wieder ab, zu seinem Gespräch mit Jim Wilding.

Der Amerikaner hatte ihn gewarnt. Jim schätzte die Situation als gefährlich ein, zum Scheitern verurteilt, und so war Summerfield fest entschlossen, seinen Vertrag mit Abrach aufzulösen, bevor alles aus dem Ruder lief. Doch hier saß er nun, in Gegenwart des Mannes, der Jeanne Lefèvre zum Ziel seiner Liebe erkoren hatte, und brachte kein Wort hervor. Es war zu spät. Allem Anschein nach war die Sache bereits aus dem Ruder gelaufen. Und je mehr er sich innerlich dafür verdammte, desto mehr schien Abrach ihm seine Dankbarkeit und Freundschaft anzubieten. Das Schicksal hatte anscheinend beschlossen, ein böses Spiel mit seinem Gewissen zu treiben, ihn auf die Probe zu stellen. Und jedes Mal, wenn er den richtigen Moment für gekommen wähnte, es Abrach zu sagen, löste er sich auch schon wieder in Luft auf.

Am Straßenrand tauchte eine Reihe verfallener Läden und schäbiger Hütten auf. Abrach tippte seinem Fahrer auf die Schulter und wies ihn an, langsamer zu fahren, damit Summerfield sich umschauen konnte.

»Brauchen wir Benzin?«, fragte er mit einem erneuten Schultertippen. Dann drehte er sich zu Summerfield: »Ich möchte ja nicht, dass wir auf einem Maultier zurück in die Stadt reiten müssen.«

Summerfield betrachtete aus dem Fenster den traurigen Anblick am Wegesrand, der das Elendsviertel eines Dorfes zu sein schien. Hier und da hatten sich Grüppchen ärmlich aussehender Männer gebildet, die an der Straße hockten und Waren auf Bettlaken und Pappresten feilboten – ein paar Seifenstücke, einen rostigen Kanister Benzin, einige Päckchen Reis oder Getreide. Inmitten der Ansammlung von Hütten hatte ein Trupp Gendarmen einen Kontrollpunkt errichtet. Sie wurden zwar nicht angehalten, doch die Polizisten beäugten den Wagen mit dem arabischen und dem weißen Insassen misstrauisch. Summerfield wagte kaum hinzusehen, erkannte jedoch noch, wie ein Polizist den Kopf senkte, um in ein Funkgerät zu sprechen. Er wusste allerdings nicht, ob dieser Funkspruch ihnen galt.

Als sie das Dorf hinter sich gelassen hatten, seufzte Abrach auf und grinste dann. »Die bereiten mir immer ein wenig Unbehagen«, erklärte er und strich seinen Umhang glatt.

»Da sind Sie nicht der Einzige.«

»Ach ja, richtig, Ihre überraschende Begegnung in der Stadt«, sagte Abrach nachdenklich. »Harry, heute möchte ich Ihnen meine Heimat, mein Dorf zeigen.«

»Ist es weit weg?«, fragte Summerfield, da er merkte, dass von ihm erwartet wurde, Konversation zu betreiben.

»Nicht allzu weit, würde ich sagen«, erwiderte der Kaufmann. Er wechselte rasch ein paar Worte mit dem Fahrer und wandte sich dann wieder seinem Gast zu. »Er meint, wir sollten in etwa zwei Stunden dort sein. Um genau zu sein«, fügte er hinzu und deutete durch die Windschutzscheibe nach vorn, »liegt es da drüben – in den ersten Ausläufern des Gebirges, südlich von hier.«

Summerfields Blick folgte Abrachs ausgestrecktem Finger bis zu einem entfernten Streifen Land, hinter dem sich die Hügel schichtweise in allen Grauschattierungen zum Atlasgebirge auftürmten. Er nickte und lächelte. »Weshalb drückt der Fahrer die ganze Zeit über seine Faust gegen die Windschutzscheibe?«, stellte er endlich die Frage, die ihn schon seit Verlassen der Stadt beschäftigte.

Abrach zog die Augenbrauen hoch. Die Geste erschien ihm so selbstverständlich, dass er sie gar nicht mehr bemerkte. »Sie meinen so?«, erkundigte er sich und ahmte den Fahrer nach, indem er den Arm mit geballter Faust ausstreckte. Summerfield nickte. »Wegen der Steine«, erklärte Abrach. »Andere Autos oder Laster wirbeln schließlich dieselben Staubwolken auf wie wir. So soll verhindert werden, dass die Windschutzscheibe zersplittert, falls ein Stein auftrifft.«

»Verstehe«, nickte Summerfield. Als wollte er Abrachs Erläuterung untermauern, fuhr im selben Augenblick ein Laster an ihnen vorüber und ließ die Faust des Fahrers automatisch als Keil gegen die Scheibe schnellen. »Interessant. Wirkt es denn?«

Abrach zog erneut die Augenbrauen hoch und blickte gen Himmel. »*Inschallah*. Wir sind bislang noch nie von einem Stein getroffen worden.«

Sie fuhren weiter, und die Federung krümmte sich und ließ den Wagen über einen besonders zerfurchten Straßenabschnitt holpern. Ein Schlagloch hob den Fahrer aus seinem Sitz, so dass sein Kopf mit einem lauten, dumpfen Knall gegen die nackte Wagendecke prallte. Als wollte er diese Peinlichkeit schnellstens vergessen machen, hupte er die vorbeilaufenden Menschen aggressiv an und ließ eine Schimpftirade auf eine Ziege los, die plötzlich auf dem Weg auftauchte. Als es wieder relativ gleichmäßig weiterging, wurde Abrachs Gesicht ernst.

»Nun zum Geschäft, Harry. Es wird Zeit«, erklärte er und blickte für einen flüchtigen Moment sehnsüchtig drein. »Wir müssen unsere Korrespondenz mit der jungen Dame wiederaufnehmen. Und ich bitte Sie, Mr. Summerfield, dabei nicht mit Leidenschaft zu geizen.« Summerfield wandte den Blick ab und nickte. »Doch zunächst einmal habe ich dies hier erhalten«, fuhr

Abrach fort, griff in seinen Umhang und zog einen Umschlag aus einer Tasche. »Eine ziemlich eigenartige Botschaft der betreffenden Dame. Wie es scheint, hat sie mich mit einem anderen Mann verwechselt. Daher auch die Notwendigkeit – die äußerst *drängende* Notwendigkeit –, die Vorgänge zu beschleunigen, bevor sie mir entkommt.«

»Entkommt?«, fragte Summerfield, erstaunt über die Wortwahl des Kaufmanns.

Abrach lachte. »Das meine ich natürlich im übertragenen Sinne. Daran können Sie ablesen, wie tief besorgt ich bin. Die junge Dame besetzt nun schon zu lange einen Platz in meinem Herzen, als dass ich sie an einen anderen verlieren möchte.«

Summerfield nahm den Umschlag entgegen. »Wir müssen diese Möglichkeit dennoch in Betracht ziehen«, sagte er und wartete auf ein Zeichen von Abrach, den Umschlag zu öffnen. Der Kaufmann nickte, sowohl als Aufforderung an Summerfield, den Brief zu lesen, als auch als Erwiderung auf dessen Äußerung.

»Ein jüngerer Mann, zweifellos ein Franzose. Sie hat in ihrem Umfeld wahrscheinlich Dutzende junger Verehrer.« Abrach schien sich einen Augenblick in Gedanken zu verlieren, dann seufzte er. »Ja, es ist sehr wahrscheinlich, Harry. Doch ich sehe die Sache recht gelassen. In meinen Augen ist es eine Prüfung und Herausforderung, sowohl für sie als auch für mich. Wenn sie wahrhaftig ist und meint, was sie schreibt, dann werde ich ihr Herz eines Tages gewinnen.«

»Wenn Sie es nicht schon längst haben«, fügte Summerfield hinzu, entfaltete den Brief und atmete den dezenten Duft von Bohnenkraut ein. Er musste lächeln und hob den Kopf, um direkt in Abrachs Augen zu sehen. »Der bisherige Briefaustausch war äußerst vielversprechend«, erklärte er taktvoll und hielt dem Blick des Kaufmanns stand. »Vielleicht war es falsch, den Prozess zu unterbrechen.«

Abrachs Miene versteinerte sich, und seine Augen verengten sich zu Schlitzen. »Nein«, entgegnete er und kniff sich in sein fleischiges Kinn. »Nein, ich glaube, es war ganz richtig so. Lesen Sie, vielleicht verstehen Sie dann, was ich meine.«

Summerfield versuchte, sich im rüttelnden Wagen aufrecht zu halten, und hielt den Brief mit beiden Händen vor sich. Er musste ihn zweimal hintereinander lesen.

Ich habe dich erkannt. Solche Worte kommen nicht von irgendeinem Mann, nicht einmal von einem bestimmten. Es sind Worte, die wie von Zauberhand mit dem Wind aus der Wüste herbeigeweht werden, um ihren Platz auf dem Papier einzunehmen. Und der Wind formt deine Schrift mit ihren Kreisen und ihrem Schwung, ihren Linien und Punkten. Warum hast du mir nie deinen Namen verraten? Weshalb die Geheimniskrämerei? Ich bitte dich noch einmal um ein Treffen. Ich brenne; ich bin eine Kerze, deren Flamme im Wind tanzt und zittert, sich dann wieder entzündet und hell leuchtet. Schreib mir bald. Sag mir, wo wir uns treffen können.

Summerfield wollte den Kopf nicht heben. Sein Herz pochte heftig. Er seufzte ärgerlich, versuchte, seine Gefühle unter Kontrolle zu bringen, und tat so, als würde er die Zeilen ein drittes Mal lesen. Gott sei Dank hatte sie seinen Namen nicht erwähnt – vielleicht hatte sie ihn vergessen. Es zog ihm das Herz zusammen. Der Schweiß zwischen seinen Schulterblättern wurde kalt und ließ ihn erzittern. Und gleichzeitig brannte er innerlich, denn sie hatte ihm geantwortet, sie hatte ihn erkannt. Es fehlte nicht viel, und Abrach hätte alles herausgefunden. Ihn überkam Panik. Es ist an der Zeit, sagte eine Stimme in ihm. Sag es ihm – *jetzt.*

»Nun?«, holte ihn Abrachs Stimme in die Realität zurück.

Summerfield sah den Kaufmann an und suchte in dessen Blick ein Zeichen des Begreifens.

»Sie wirken erschrocken, Harry. Geht es Ihnen gut? Ihnen ist nicht etwa schlecht?« Summerfield schüttelte den Kopf, was Abrach jedoch nicht davon abhielt, dem Fahrer zu bedeuten, er solle langsamer fahren.

»Es kommt nur so überraschend«, erklärte Summerfield und verfluchte sich insgeheim für seine Feigheit.

»Haargenau!«, rief Abrach. »Sehen Sie? Was für eine schreckliche Wendung des Schicksals – just in dem Moment, in dem die junge Schönheit dabei ist, sich zu verlieben – denn genau das sagen uns ihre Worte doch –, trifft sie einen anderen, unbekannten Mann und nimmt fälschlicherweise an, er sei ihr Briefeschreiber. Furchtbar!«

»Wirklich scheußlich«, bestätigte Summerfield halbherzig.

»Furchtbar!«, wiederholte Abrach und schüttelte den Kopf. Ein leises Grinsen erschien auf seinen Lippen. »Und zugleich äußerst faszinierend. Ironie war schon immer ein treuer Gefährte. So wird der Sache zusätzliche Würze verliehen – wie ich schon sagte: Es ist wie ein Test meiner Entschlossenheit, sie für mich zu gewinnen.« Abrach blickte gen Horizont und verlor sich für ein paar Sekunden in seinen Gedanken. »Daher müssen Sie nun schreiben, wie Sie noch nie zuvor geschrieben haben, Harry. Ich werde Ihnen Ihre Worte mit Gold aufwiegen.« Summerfield schüttelte den Kopf, doch Abrach blieb dabei: »Schreiben Sie ein Gedicht – und dringen Sie in das Herz des Mädchens ein wie ein Schlüssel ins Schloss. Drehen Sie diesen Schlüssel herum, Harry Summerfield, diesen perfekt passenden, gut geölten Schlüssel, der Metall schmelzen lässt. Ich muss ihr Herz voll und ganz besitzen. *Dann* erst werde ich mich mit ihr treffen – so, wie sie es sich wünscht.«

Die letzte Fahrtstunde verbrachten sie schweigend, abgesehen vom Fahrer, der hin und wieder einen Fluch ausstieß, wenn er das Lenkrad herumreißen musste, um ein Schlagloch oder einen Fußgänger zu umfahren. Die Straße begann anzusteigen und führte sie zunächst in einer sanften Neigung, dann in mehreren steilen Kurven in die Berge. Der helle, grobkörnige Staub der Ebene verwandelte sich in den pulvrigen, hellrosa Sand der Hügel. Hier und da tauchten spärliche, verzweifelt wirkende Grasbüschel auf, die sich im Geröll zwischen den Felsen festklammerten und dichter und saftiger wurden, je höher sie anstiegen. Der Fahrer legte einen niedrigeren Gang ein, und so ächzten und keuchten sie in ein kleines Tal auf der anderen Seite hinab. Sie fuhren durch eine baumbestandene Hochebene und weiter hinunter in das nächste Tal. Abrach wandte sich lächelnd an Summerfield.

»Wir sind fast da.«

Unten angelangt, führte die Straße an einem kleinen Flussbett entlang. Die Bäume wurden kräftiger, und das hohe Gras war von sattem Grün. Kleine Felder tauchten auf, die wie Dominosteine übereinander auf den Hängen des Tals angeordnet waren.

»Da«, verkündete Abrach. »Das Dorf.«

»Wo?« Summerfield suchte das Tal mit den Augen ab.

»Schauen Sie genau hin, Harry – *dort* – rechts von uns. Sehen Sie?« Und tatsächlich erkannte Harry nun die Schatten der Dächer und Mauern einer ansonsten perfekt getarnten Ansammlung von Gebäuden, die aus derselben rötlichen Erde erbaut waren, auf der sie standen. »Der Frühling ist früh in den Atlas gekommen«, murmelte Abrach, der die Freude in seiner Stimme nicht verbergen konnte. »Weiter oben in den Bergen breitet sich vor einem in dieser Jahreszeit eine solche Farbenpracht aus, dass man beinahe weinen möchte vor Glück.«

Der Weg wurde schmaler, bevor sie das Dorf erreicht hatten, zu schmal für den Ford. Auf ein Zeichen von Abrach brachte der Fahrer den Wagen zum Stehen, und jener stieg gemeinsam mit Summerfield aus, um die letzten paar hundert Meter zu Fuß zu gehen.

Sie gingen auf einem steilen, geraden und gut ausgetretenen Pfad, in dessen Mitte ein leise plätschernder kleiner Bach verlief.

»Das Wasser kommt aus den Bergen«, erklärte Abrach, erfreut

darüber, dass Summerfield sich interessiert zeigte. »Wenn es im Winter stürmt, gleicht dieser Pfad einem kleinen Wasserfall. Im Dorf gibt es auch einen Brunnen, der dann immer überläuft.«

»Sammeln sie das Wasser denn nicht? Für den Sommer?«

»Leider nein, Harry. So liegt es nicht in unserer Tradition. Anders als ihr Europäer denken die Menschen hier nicht ständig an die Zukunft und planen voraus. Wenn es heute viel gibt, nehmen sie, was da ist, und wenn es morgen nichts gibt, dann nehmen sie eben nichts.«

Summerfield nickte verständnisvoll und deutete auf die Bäume. Darin saßen Kinder, die ihnen schweigend beim Aufstieg zusahen. »Anscheinend werden wir beobachtet.«

Abrach lachte. »Harry Summerfield, Sie können davon ausgehen, dass sie uns schon beobachten, seit wir auf dem Scheitelpunkt vor dem ersten Tal aufgetaucht sind. Auch das ist Teil unseres Wesens – der Instinkt.«

Als sie den ersten Häusern des Dorfes näher kamen, wurden sie von ein paar streunenden Hunden begrüßt, die um sie herumsprangen und an ihren Füßen schnupperten. Abrach sagte etwas auf Tamazight und gab jedem einen groben Klaps aufs Hinterteil, der sie wie die Wilden im Zickzack zurück zu den Häusern rennen ließ.

Zuletzt ebnete sich der kleine Pfad, der gerade breit genug für zwei Maultiere war, und Summerfield fand sich vor dem Eingang des Dorfes wieder. Von hier aus sah er, dass der Weg durch die Häuser weiterführte, die alle identisch aussahen: rechteckige Gebäude aus aufeinandergeschichteten Blöcken aus Stein und Flechtwerk. Darauf befanden sich flache Holzdächer, die ebenfalls von einer Schicht Flechtwerk bedeckt waren, das an manchen Stellen über die Mauern hinausquoll, so dass es aussah, als wäre dort Laub versteinert. Auf Summerfield wirkten einige der Häuser wie Ruinen.

»Ein Brand?«, fragte er und wies auf die geschwärzten Wände.

»Man könnte es einen Brand nennen«, erwiderte Abrach leicht säuerlich. »Man könnte auch vermuten, dass die Familien sich auf der Suche nach Arbeit in die Städte begeben und ihre Häuser zurückgelassen haben. Zumindest würde das auf einige andere Dörfer zutreffen, Harry. Aber nicht auf dieses. Nicht hier.«

Eine junge Frau mit glänzender, hellbrauner Haut erschien vor ihnen. Sie war barfuß und trug ein Kleid in leuchtendem Rot und Blau, ihr Gesicht und ihre Haare waren bis auf ein dünnes blaues Tuch über dem Kopf unbedeckt. Um die Hüfte gebunden trug sie eine Schärpe mit mehreren Anhängern, die klimperten, wenn sie sich bewegte. Summerfield fand, dass sie wie eine europäische Zigeunerin aussah.

»Harry, vergessen Sie nicht, dass die Berber keine Araber sind«, bemerkte Abrach rasch. »Wir leben zwar nach dem Islam, doch unsere Frauen folgen auch unseren alten Traditionen. Sie werden für ihre Schönheit und Andersartigkeit verehrt und dürfen sich freier kleiden, als es einer Frau in der Stadt erlaubt ist.«

Die Frau, die sich als Fatima vorstellte, bat die beiden, ihr zu folgen, und führte sie auf einem kleinen, schattigen Pfad bis zu ihrem Haus, aus dem sie Sekunden später wieder auftauchte und sie zum Tee hineinbat. Abrach zog seine Schuhe aus, und Summerfield, der beinahe über ein verirrtes Huhn gestolpert war, das ihm plötzlich panisch vor die Füße lief, beugte sich hinunter, um dasselbe zu tun. Sie betraten das Haus durch eine kleine schiefe Tür und wurden im Inneren von nahezu vollständiger Dunkelheit empfangen.

Ein Geräusch aus einer Ecke – eine Art Stöhnen – ließ Summerfield herumfahren. Abrach antwortete darauf wiederum im Dialekt der Berber, den Summerfield bis auf ein paar Worte nicht verstand. Eine Kerze wurde entzündet. Ihr Schein enthüllte einen Tisch, eine Teekanne, Gläser und zuletzt auch den Urheber des

Geräuschs – eine zahnlose alte Großmutter mit dem breitesten Lächeln, das Summerfield je gesehen hatte, die in jedem Arm ein Kleinkind hielt. Die beiden starrten ihn aus unglaublich runden Augen an. Abrach beugte sich zu einer komplizierten Begrüßungsgeste hinab und küsste die alte Frau, die daraufhin gackernd lachte. Summerfield trat einen Schritt vor, verbeugte sich respektvoll und schüttelte ihr die Hand.

»Bitte«, sagte Abrach und wies auf ein Kissen am Boden. »Setzen Sie sich. Fatima, die Hausherrin, wird uns einen Tee servieren.«

Sie tranken schweigend, nur Abrach unterstrich die Äußerungen der alten Dame hin und wieder mit zustimmenden Lauten. Summerfield wusste nicht, worum es ging, doch es schien sich um ein alltägliches Thema zu handeln. Dann erhob Abrach sich plötzlich, vollführte eine Geste des Danks und bat Summerfield, ihm zu folgen. Als sie zurück ins Tageslicht traten, musste Summerfield die Augen vor der Sonne zusammenkneifen und sah sich mit einemmal der gesamten Dorfbevölkerung gegenüberstehen, mitsamt einer Schar rotznasiger Kinder mit wilden Frisuren und verschrammten Gesichtern. Er grinste, und sie grinsten zurück, noch immer schweigend, als würden sie ihn nachäffen. Ein Mann mit Stock, den Summerfield auf Mitte sechzig schätzte, erschien, und die Gruppe der stummen Beobachter teilte sich, um ihn durchzulassen. Es war das Oberhaupt des Dorfes, ein trotz seines Alters starker und drahtiger kleiner Mann mit gewitztem Blick, der einen sauber gestutzten, strahlend weißen Kinnbart trug.

»Kommen Sie«, forderte Abrach Summerfield auf. »Ich zeige Ihnen, wo meine Eltern lebten.«

Sie folgten dem Hauptweg durchs Dorf, vorbei an kleinen umzäunten Arealen, auf denen Ziegen und Hühner herumliefen, die ängstlich meckerten und gackerten, wenn sie sich ihnen näherten. Nur wenige Männer waren zu sehen, und Abrach erklärte während ihrer Erkundungstour durch das Dorf, dass die meisten von ihnen eingezogen worden waren oder weit entfernt in den Städten arbeiteten. Vor ein paar recht neu wirkenden Häusern und einem Kornlager blieben sie kurz stehen.

»Gut«, freute sich Abrach und wechselte ein paar Worte mit dem Oberhaupt in ihrer Sprache. Er wandte sich erneut an Summerfield: »Ich habe meine Wurzeln nicht vergessen, Harry. Ich stelle ihnen Geld zur Verfügung, damit sie das Dorf neu aufbauen und erhalten. Es wird nicht verschwinden.«

»Sagten Sie *neu aufbauen*?«, fragte Summerfield.

»Das waren meine Worte«, bestätigte Abrach ohne nähere Erklärungen.

»Und dies«, fuhr er fort und hielt an einem großen freien Grundstück inne, »ist der Ort, an dem meine Eltern gelebt haben.«

Summerfield zögerte, sah zu Abrach hinüber und folgte dann dessen Blick auf die Stelle. Die Erde war glatt und an manchen Stellen hügelig – deutliche Überreste von Wänden und Fundamenten. Er wollte fragen, was passiert war, doch die plötzliche Stille, die sich über die kleine Gruppe gelegt hatte, ließ ihn den Mund wieder schließen. Es war ein Zeichen von Respekt. Etwas blieb ungesagt, womit zum Ausdruck kam, dass nun keine Zeit für Worte war. Nach einer Weile wandte Abrach sich mit einem Schulterzucken ab und setzte seinen Rundgang fort.

Als die Besichtigungstour vorüber war, führte Abrach Summerfield fort von den anderen, den Hügel wieder hinab zu den kleinen, terrassenförmigen Feldern. Hier blühte das Leben, überall wuchsen leuchtend grüne Triebe aus der roten Erde – Weizen, Mais, Karotten, Kartoffeln. Immer entlang den Bewässerungsgräben gingen sie bis hinunter zum Fluss, wobei sie die farbenfroh gekleideten Frauen auf den Feldern begrüßten und auch deren Grüße erwiderten. Schließlich blieb Abrach auf einem Felsen über dem seichten Gewässer stehen und setzte sich. Er blickte sich um, seufzte tief und lächelte.

»Wir wollen hier warten, Harry. Sie werden uns rufen, wenn das Essen fertig ist. Wir sind eingeladen.« Abrach ließ seinen Blick schweifen, und Summerfield bemerkte, wie seine Augen leuchteten, während er seine Umgebung in sich aufnahm. Zuletzt wandte der Kaufmann sich ihm wieder zu und seufzte wehmütig. »Hier habe ich viel Zeit mit meinen Freunden verbracht, Jungen aus dem Dorf. Wie wir gespielt haben! Und als Heranwachsender habe ich stundenlang hier gesessen und gelesen, bis die Sonne unterging. Dreimal in der Woche kam ein fahrender Lehrer vorbei, um mich zu unterrichten. Er war streng mit mir, Harry. Ich musste lesen, bis mir der Kopf dröhnte und meine Augen vor Müdigkeit tränten – doch ich bin ihm dafür dankbar. Durch ihn habe ich es geschafft, eine höhere Bildung zu erlangen.«

»Ihr Land ist wunderschön«, erwiderte Summerfield mit einem anerkennenden Kopfnicken. »Ich bin ebenfalls in einem Tal geboren und aufgewachsen – doch dort sah es ganz anders aus als hier.«

»Ohne Zweifel findet man dort eure berühmten grünen Wiesen sowie den Regen und den Nebel!«, lachte Abrach.

»Aber auch Sonne, und zwar gar nicht so wenig – zumindest in meiner Erinnerung«, fügte Summerfield hinzu, den sein defensiver Tonfall selbst überraschte. »Wenigstens von Juni bis August.« Er schwieg ein paar Sekunden lang und dachte an Kent Downs wie an einen Ort aus einem Märchenbuch. Es kam ihm alles so irreal vor – die ordentlichen Zäune, grünen Wiesen, vor Leben summenden Hecken, die Straßen und die Shire Horses, das Dorfpostamt und der Pub am Ententeich –, wie eins der Modelldörfer, die man in den südlichen Badeorten wie Brighton oder Margate besichtigen konnte. Er wandte sich Abrach zu: »Es ist gut, dass Sie Ihre Wurzeln nicht vergessen. Ich kann mir vorstellen, dass Ihnen die Menschen hier für Ihre Hilfe dankbar sind.«

Das Lächeln, das Abrach darauf zur Antwort gab, kam Summerfield traurig vor. Dann blickte er durch das Tal auf die Umrisse eines zweiten Dorfes. »Es ist doch ganz normal, dass ein Mann Geld an sein Dorf senden möchte, wenn er es vermag. Und mehr noch an seine Familie.«

»Die alte Dame?«

»Meine Tante«, erwiderte Abrach. »Mittlerweile erkennt sie mich kaum noch«, fügte er mit leiser werdender Stimme hinzu.

»Und Ihre Eltern? Geschwister?«, fragte Summerfield und zündete sich eine Zigarette an. Er sah ein kurzes Lächeln auf Abrachs Lippen auftauchen, dann wandte dieser den Kopf ab.

»Ich kannte einen Jungen in diesem Dorf, Harry. Möchten Sie seine Geschichte hören?« Summerfield nickte. »Nun«, fuhr Abrach fort, »der Name des Jungen war Abslem, Abslem El Rifni, um genau zu sein. Ich kannte ihn von Kindheit an. Wir kletterten auf dieselben Bäume, badeten im selben Fluss und rauften uns hinter denselben Häusern. Einmal schlug er mich mit einem Schafknochen, der für die Hunde bestimmt war, auf den Hinterkopf. Ich blutete stark und hatte wochenlang eine schmerzhafte Beule auf dem Schädel. Ich muss wohl nicht erwähnen, dass Abslem von seinem Vater gebührend bestraft wurde, und Sie können mir glauben, dass auch er sich ein paar Wochen lang nicht auf den Rücken legen konnte.

Dann verloren wir uns für einige Jahre aus den Augen. Ich zog zu meinem Onkel nach Fès, um dort Medizin zu studieren. Abslem, der ebenfalls Mediziner werden wollte, zog zum Studium nach Rabat, in den Norden.

Abslems Familie war in den Dörfern im Tal hoch angesehen. Er war sogar adliger Abstammung, denn sein Vater war Nachkomme eines Stammes, der in früheren Zeiten den größten Teil dieser Gegend regiert hatte. Abslem war stolz auf seine Herkunft, und er ließ keinen Tag in der Stadt verstreichen, ohne ein Gebet für seine Familie und das Dorf, das er verlassen hatte, zu sprechen. Eines Tages würde er zurückkehren. Sehen Sie, er wollte eine Klinik für die Bewohner der Gebirgsausläufer errichten. Die Menschen hatten immer auf religiöse Lehrer, Hexenmeister und die Ältesten vertraut, wenn es um das Heilen von Krankheiten ging, doch manche Verletzungen, zum Beispiel Knochenbrüche, konnten damit nicht ausreichend behandelt werden. Aus diesem Grund sieht man heute noch oft Dorfbewohner, manchmal sogar Kinder, mit sonderbar deformierten Armen und Beinen, wo die Knochen nicht richtig zusammenwachsen konnten.« Und Abrach fügte hinzu: »Das ist vielleicht auch ein Grund dafür, weshalb die Menschen in den Hügeln und Bergen alles etwas ruhiger angehen lassen. Die Städter mögen sie als langsam oder begriffsstutzig bezeichnen, doch eigentlich vermindern sie so nur ihr Unfallrisiko.«

»Und Abslem?«, hakte Summerfield neugierig nach. Er beugte sich vor.

»Abslem, ja … Nun, er schloss sein Medizinstudium mit sechsundzwanzig ab und machte erste praktische Erfahrungen als Assistent der medizinischen Fakultät von Rabat, die zu dieser Zeit in französisch-spanischer Hand war. Es machte ihm nichts aus, dass er aufgrund seiner Hautfarbe nicht als vollwertiger Arzt arbeiten durfte. Für ihn zählte nur, dass er sein Studium erfolgreich abgeschlossen hatte und nun von seinem Umfeld lernen konnte. Dies tat er vier Jahre lang und schickte währenddessen regelmäßig Briefe in sein Heimatdorf, denen er wöchentlich einen Teil seines Gehalts beifügte.

Doch Städte sind merkwürdige Orte, Harry. Große Städte beheimaten die kultiviertesten Menschen, doch sie ziehen ebenso alles an, was verkommen, bösartig oder rebellisch ist. Revolutionen werden häufig in der Stadt geboren und auf dem Land großgezogen. Abslem begann also, sich für Politik zu interessieren, und zwar besonders für die arabische Bewegung. Und aus irgendeinem Grund wurde zu genau diesem Zeitpunkt einigen Personen bewusst, dass sie eine eigene Identität besaßen. Dass sie ebenso fähig waren wie ihre europäischen Herrscher – Sie müssen bedenken, dass Frankreich damals direkte Herrschaft ausübte, was bedeutet, dass jeder Posten, der Macht oder Verantwortung verhieß, im Land von einem hellhäutigen Funktionär aus dem französischen Mutterland besetzt wurde – und dass sie das Recht haben müssten, in ihrem eigenen Land mitzubestimmen. Ich möchte bei dieser Gelegenheit an unsere früheren Gespräche erinnern. Jedenfalls war es im Jahre neunzehnhunderteinundzwanzig, Abslem arbeitete gerade als medizinischer Assistent in Fès, als die Berberstämme im nördlichen Rif – und auch in dieser Region – sich zum Aufstand entschlossen.

Als Abslem von der Revolte hörte, entschied er, so schnell wie möglich in sein Dorf zurückzukehren, um nach seiner Familie zu sehen und, da er das Gefühl hatte, dass er seinem Schicksal auf der Spur war, auch um herauszufinden, was seine Rolle bei der ganzen Sache sein würde. Seine medizinischen Kenntnisse stellten sich als äußerst wertvoll heraus. Zurück in seiner Heimat, wurde er sowohl von den Berbern als auch von der französischen Armee umworben. Sein ärztliches Berufsethos bestimmte seine Entscheidungen, und so reiste er viele Wochen durch Berge und Täler, mal im Gefolge der bewaffneten Stämme, mal in der Kolonne der französischen Truppen. Beide Seiten respektierten ihn, da seine Hilfsbereitschaft und seine Fähigkeit zu heilen keine Rassen- oder Nationalitätsunterschiede kannten.

Eines Tages wollte er ins Dorf zurückgehen, um seine Familie zu besuchen. Er wollte sehen, ob sie wohlauf waren, und plante, etwa einen Monat bei ihnen zu verbringen und nach dem Winter zu den Kämpfern zurückzukehren. Er war vier Tage lang unterwegs, umrundete die Ausläufer des Toubkal und stieg in der letzten Nacht in die Täler hinab, in denen sich sein Dorf befand.

Er erreichte es kurz vor der Morgendämmerung. In den Häusern derer, die früh aufstanden, um sich um die Schafe und Ziegen zu kümmern, brannte kein Licht. Kein Rauch stieg aus den Schornsteinen empor. Kein Hund bellte, um den Dorfbewohnern sein Erscheinen zu melden. Alles war still. Dennoch ritt Abslem auf seinem Maultier weiter den Weg hinab, und jeder Schritt des Tieres brachte ihn seinem Zuhause und seiner Familie näher. Am Horizont wurde aus dem Schwarz des Himmels zuerst Lila, dann Fliederfarben, und die ersten Sonnenstrahlen legten sich auf die Bergspitzen.

In Abslems Dorf war der Tag jedoch noch nicht angebrochen. Seine Augen erkannten die Schatten, wo das Dorf liegen musste, doch er sah immer noch kein Licht. Vielleicht war es eine Sicherheitsmaßnahme, dachte er – vielleicht wollten die Dorfbewohner keine unnötige Aufmerksamkeit auf sich ziehen. Ein leichter Windhauch trug den kräftigen Geruch des Holzes in den Feuerstellen zu ihm. Und dann brach der Tag an. Kaum vierhundert Meter vom Dorf entfernt erhellte graues Dämmerlicht das Tal und zeigte ihm, was übriggeblieben war.

Einen Moment lang verharrte er reglos auf seinem Maultier und fragte sich, ob das Licht ihm nicht vielleicht einen Streich spielte. Er fragte sich sogar, ob er nach den Wochen an der Front und der strapaziösen Reise womöglich übermüdet war. Doch nein. Es war sein Dorf – eine Ansammlung verkohlter Wände und eingestürzter Dächer. Verstreute Gegenstände lagen um die Häuser herum, als hätten diese sich übergeben müssen. Hier und da flatterten Kleidungsstücke im Wind, die sich in den Ästen der Bäume verfangen hatten. Sie erinnerten ihn an Leichen, und Abslems Schock wurde augenblicklich von Furcht verdrängt. Er stieg von seinem Maulesel und führte das erschöpfte Tier zunächst ab- und dann wieder aufwärts den Weg entlang ins Dorf. Vor sieben Wochen hatte er hier seinen alten Onkel Youssef gesehen, der auf seiner Veranda saß und Hölzchen fürs Feuer zurechtschnitzte. Vor einigen Monaten hatten ihn hier sein Vater und seine Mutter mit offenen Armen empfangen und so oft geküsst, bis seine Wangen brannten. Er rief, doch niemand antwortete, Harry. Das Dorf war verlassen, geplündert, das Haus seines Vaters eine ausgebrannte Ruine. Im ganzen Dorf standen noch drei einzelne Hauswände, und vom einstigen Stolz des Dorfes, ihren bunten Glasfenstern, zeugten nur gähnend leere Löcher. Abslem lief vorsichtig über die Trümmer – es hatte geregnet, und seine Unterschenkel waren bald schwarz von Asche und Schlamm – und glaubte, Kleidungsstücke seiner Eltern wiederzuerkennen.

Er fand sie, zusammen mit etwa zehn anderen Leichen, in einer Bodensenke hinter dem Dorf. Unter ihnen lagen auch einige Kadaver von Ziegen und Hunden. Eine dünne Schicht Erde war hastig über das Grab geschaufelt worden, doch der Regen hatte das meiste davon wieder fortgespült. Trotz seiner Ausbildung und obwohl er in den letzten Wochen des Kampfes unzählige, auch schreckliche Verletzungen gesehen hatte, wurde ihm bei diesem Anblick schlecht, Harry. Sie würden dazu *makaber* sagen, nicht wahr? In den Himmel ragende Arme, schmerzverzerrte Gesichter, die an der freien Luft im Laufe der Tage schwarz angelaufen und aufgedunsen waren und nun grässlichen Masken glichen. Er konnte seinen Vater, seine Mutter, seine beiden Brüder und seine Schwester kaum noch erkennen. Doch sie waren es. Mein armer Freund Abslem blieb drei Tage und drei Nächte dort, bis er die Leichen richtig begraben hatte und sich einige Überlebende zurückgewagt hatten, die das Grauen in die Flucht getrieben hatte. Mein Freund Abslem hatte alles verloren. Und das, Harry, ist die Geschichte …«

Summerfield sprach nicht sofort. Er erwiderte Abrachs Blick und verspürte ein dumpfes Gefühl. Hatte Abrach ihm gerade seine *eigene* Geschichte erzählt? Es schien sehr wahrscheinlich.

»Und Abslem – kannten Sie ihn gut?«, fragte er.

»Sehr gut«, antwortete Abrach emotionslos. »Er war ein lieber Freund.«

»Und danach? Was hat er getan?«

Abrach veränderte seine Sitzposition, streckte die Beine vor sich aus, bevor er sich erneut hinhockte. »Danach beschloss mein lieber Freund Abslem herauszufinden, wer dafür verantwortlich war.«

»Und?«

»Der Befehl ging von einem jungen und recht ehrgeizigen Hauptmann aus, der eine Kompanie Legionäre befehligte. Als Reaktion auf einen Hinterhalt, in den eine französische Versorgungskolonne geraten war, und um der Rebellion augenblicklich Einhalt zu gebieten, sollten alle Dörfer, die mit Moha ou Hammou Zayanis Sache sympathisierten, ›befriedet‹ werden. Ein ziemlich übler Euphemismus, finden Sie nicht auch, Harry? Niedergebrannt und ermordet sind wohl keine Ausdrücke, die man zu Hause in Frankreich in den Zeitungen lesen möchte. Natürlich wehrten sich die, deren Häuser verbrannt wurden. Ich erinnere mich, dass Abslems Vater eine alte Muskete besaß – ein hundert Jahre altes Ding, das er einst einem wandernden Mohr abgekauft hatte. Ich nehme an, Abslems Vater versuchte, sein Haus mit ebendieser Muskete zu verteidigen. Sie nützt bloß nicht viel, wenn die Gegenseite Mörser und Hotchkiss-Maschinengewehre besitzt.«

»Ich glaube, ich hätte versucht, diejenigen zu finden, die die Morde begangen haben«, sagte Summerfield. »Und dann hätte ich es ihnen mit gleicher Münze heimgezahlt.«

Abrach lächelte traurig. »Kann man hundertfünfzig Männer

umbringen, Harry? Soll man sich an dem Unteroffizier rächen, der abgedrückt hat, an dem Feldwebel, der die Fackel an das Haus gehalten hat, oder an dem Politiker, der die ›Befriedung‹ angeordnet hat? Das ist die Frage, Harry. Abslem hat sich wohl für den Mann entschieden, der die Bodentruppen befehligte. Er war der Ansicht, dass ein Offizier, der ja ein gebildeter Mann war, über die Moral und das intellektuelle Pflichtgefühl verfügen sollte, vor solchen Akten der Barbarei zurückzuschrecken.«

»Und hat er ihn gefunden?«

»Der Verantwortliche ist noch am Leben.« Abrach wandte sich ihm mit einem Blick voll Schmerz und Bitterkeit zu. »Er arbeitet heute als Verwaltungsbeamter der französischen Regierung in Südmarokko. Er lebt kaum fünf Kilometer von uns entfernt mit seiner Familie und seinen Dienern in seinem bequemen Haus im französischen Viertel von Marrakesch. Jeden Tag wird er in sein Büro gefahren, in dem er zweifellos einen langen Arbeitstag damit verbringt, schwierige Verwaltungsaufgaben für sein Gebiet zu lösen. Und was Abslem El Rifni betrifft – soweit ich weiß, ist er bereits vor Jahren gestorben.«

20

Es war unerträglich. Summerfield verbrachte den Rest des Tages tief in Gedanken versunken, als hätte er sich eine Decke über den Kopf gezogen und sich darunter in der hintersten Ecke verkrochen. In seinem Hirn hatte sich ein Schalter umgelegt, und mit der Klarheit eines Stromschlags hatte er mit einemmal begriffen: Der Mann, der letztlich für den Brand und die Morde in Abrachs Dorf verantwortlich war, konnte kein anderer sein als Philippe-Charles Lefèvre, der gepflegte, arrogante und gewitzte kleine Regionalverwalter mit den hängenden Schultern – Jeannes Vater.

Früh am nächsten Morgen führte Abrach ihn auf einer kurzen Wanderung durch das Tal, bevor die Sonne zu heiß brannte. Erneut betonte Abrach, wie wichtig nun rasches Handeln war, und bat Summerfield, sich zurück in der Stadt unverzüglich an den nächsten Brief zu setzen. Seine offensichtliche Verwirrtheit und verzögerte Reaktion darauf erklärte Summerfield mit der lahmen Ausrede, er habe in der letzten Nacht auf der Strohmatratze nicht besonders gut geschlafen.

»Ha!«, lachte Abrach und klopfte ihm auf die Schulter. »Unser englischer Abenteurer!« Summerfield lächelte matt und folgte mit gesenktem Kopf weiter dem Pfad ins nächste Dorf. »Wenn Sie eines Tages die Gelegenheit nutzen und durch die Berge hindurch in die Wüste reisen möchten – was ich Ihnen gern einmal als Geschenk anbieten würde –, dann müssen Sie sich mit diesen Gegebenheiten anfreunden.« Erneut blickte Summerfield auf, lächelte kurz als Antwort und kam sich dabei wie ein Heuchler vor.

Es überraschte ihn, wie flink und sicher sich Abrach trotz seines stattlichen Umfangs über den steilen, felsigen Pfad bewegte. Am Anfang hatte Summerfield noch große, schnelle Schritte gemacht und in jeden einzelnen davon Energie gesteckt, so dass er, am Gipfel der ersten Erhebung angelangt, bereits völlig außer Atem war. Als nun Abrach voranging, fiel Summerfields Blick ganz automatisch auf die Füße des Kaufmanns, und er begann, dessen Schritte zu studieren. Merkwürdigerweise schien sich Abrach beim Gehen überhaupt nicht anzustrengen. Gerade das Fehlen von Kraft schien die ununterbrochene Bewegung anzutreiben – wie beim Pendel einer Uhr. Die Schritte des Kaufmanns waren kurz, leichtfüßig und gleichmäßig. Er dehnte sie nicht aus, um über Löcher zu steigen, wo der Felsen weggebrochen war, sondern folgte stattdessen strikt den Konturen des Untergrunds, schmiegte sich daran und vereinnahmte sie, als stellten er und der Hügel eine einzige Triebkraft dar. Derselbe Rhythmus, Schritt für Schritt.

Summerfield machte es ihm nach, und obgleich seine Beine zuerst nicht recht mitspielen wollten – er erkannte in dieser Abwehrhaltung ein typisches, mit seinen europäischen Werten verknüpftes Verhalten –, merkte er bald, dass er auf diese Weise nicht außer Atem kam und seine Lunge sich im Einklang mit seinen Anstrengungen hob und senkte. Während des Aufstiegs wirkte dieser gleichmäßige Gang beinahe hypnotisch auf ihn, und er war froh, dass er seinen Geist von anderen Gedanken abhielt.

Als sie sich dem nächsten Dorf näherten, tauchten wieder die kleinen Köpfe hinter den Felsen und Hügelkuppen auf, die in den Bäumen versteckten Schatten – die Kinder beobachteten sie. Abrach winkte ein einziges Mal, und seine freie Hand klimperte in seiner *Gandoura* mit etwas Metallischem.

»Süßigkeiten, Harry. Ich habe zwei Dosen in Marrakesch gekauft. Französische Bonbons aus Vichy. Steht so auf dem Deckel.«

»Denken Sie, sie werden sich darüber freuen?«, fragte Summerfield, der nun neben den Kaufmann trat.

»Ich kenne kein Kind, das sich nicht über Naschzeug freut«, erwiderte Abrach zuversichtlich.

Doch diesmal irrte er sich. Als die erste Gruppe wild aussehender Kinder sie am Eingang des Dorfes bestürmte, zückte Abrach eine Bonbondose, öffnete den Deckel und legte jedem einen Zuckerstein auf die erwartungsvoll ausgestreckte Hand. Eines nach dem anderen steckte sich die Süßigkeit in den Mund. Und bei einem nach dem anderen verwandelte sich der Gesichtsausdruck von Freude zu Entsetzen, manche rangen nach Atem und spuckten den widerlichen Bonbon sofort wieder aus. Summerfield sah Abrachs Bestürzung und musste laut lachen. Er nahm dem Kaufmann die Dose aus der Hand und las die Worte auf dem hellblauen Deckel: *goût extra fort menthe verte,* extrastarker Pfefferminzgeschmack. Kein Wunder, dass sie das Zeug ausgespuckt hatten – für die Kinder musste es sein, als hätten sie sich Feuer in den Mund gesteckt.

Sie wurden im Haus des Dorfvorstehers empfangen und bekamen *Msemen,* traditionelle in Honig getränkte Pfannkuchen, zusammen mit dem unvermeidlichen süßen Minztee zur Begrüßung serviert, für den Abrach das Wasser aus seiner eigenen Kalebasse zur Verfügung stellte.

»Für den englischen Gast«, erklärte er. »Wasser aus der Stadt. Ich möchte nicht, dass Ihr unvorbereitetes Verdauungssystem Ihnen eine Woche im Bett beschert, Harry.«

Um zehn Uhr morgens machten sie sich wieder auf den Heimweg. Zur Verabschiedung versammelten sich einige Mädchen und begannen zu singen. Sie lauschten ihnen ein paar Minuten lang höflich, und Summerfield bezauberten die Versuche der Mädchen, trotz der schwierigen Hygienebedingungen im Dorf kokett zu wirken.

Wieder fühlte sich Summerfield an Zigeuner erinnert. Die jüngeren Mädchen trugen überhaupt keine Kopfbedeckungen, die älteren lediglich ein leichtes Tuch, das im Piratenstil am Hinterkopf gebunden war. Ihre Kleider waren leuchtend grün, blau oder rot und geschmückt mit Dutzenden Perlen und Troddeln. Von mehreren Generationen nacheinander getragen, waren sie zum Teil verblichen und den Mädchen oft zu eng oder zu weit. Dazu trugen sie meist schwarze wollene Strumpfhosen. Mehrere hatten Hände und Gesicht mit kunstvollen Mustern aus orangefarbenem oder rotem Henna bemalt, was sie laut Abrach noch attraktiver für mögliche Verehrer machte. Sie sangen eine Reihe von Liedern mit eigenartigen Melodien, die fast wie Sprechchöre klangen und zu denen sie den Rhythmus mit schleifenden Fußbewegungen und Händeklatschen vorgaben. Selbst das Klatschen war so anders als die europäische Form, denn ihre kleinen Hände berührten sich dabei ganz flach, ohne sich zu umklammern, und machten eine leichte Drehbewegung nach außen, die einen sonderbar gedämpften Schnalzlaut produzierte.

»Worüber singen sie?«, fragte Summerfield zu Abrach hinübergebeugt.

»Ach«, machte Abrach wehmütig. »Das sind Frauenlieder für die Feldarbeit – sie fragen, wann ihr Liebster kommen, wann der Regen fallen und wann das Getreide sprießen wird.«

Als sie schließlich aufbrechen wollten, ließen die Mädchen plötzlich ein hohes, lautes Kreischen vernehmen, das Summerfield schon manchmal in den ärmeren Vierteln der Stadt gehört hatte. Eine Hand nach der anderen wurde ausgestreckt und deutete auf ihn. Summerfield warf dem Kaufmann einen Blick zu, dessen aufmerksamer Gesichtsausdruck sich in einen der Schadenfreude verwandelte.

»Sie möchten gern, dass Sie für sie singen, bevor Sie gehen, Harry.«

»Singen?«

»Die meisten von ihnen haben noch nie einen Weißen gesehen – und schon gar keinen Engländer. Sie wissen, dass Sie anders sind, und sie sind neugierig. Ich ebenfalls, möchte ich hinzufügen. Worüber singen denn nun eigentlich die Engländer?«

»Ach, du meine Güte.« Summerfield zögerte. »Ich würde sagen, wir singen hauptsächlich vom Meer – immerhin leben wir ja auf einer Insel.«

»Dann singen Sie ihnen ein Seemannslied«, drängte Abrach.

»Ich kenne eigentlich nur dieses eine«, erklärte Summerfield. »Und zwar ...« Damit setzte er vor der plötzlich verlegenen und ungläubig schauenden Gruppe Mädchen zu einer recht schwungvollen Interpretation von »Bobby Shaftoe« samt Seemannstanz an. Abrach heulte vor Lachen, und als Summerfield fertig war und mit einemmal Schweigen über dem Tal lag, applaudierte er lautstark, woraufhin die Mädchen kicherten und schüchtern mit den Füßen scharrten.

»Ich glaube, ein paar von ihnen sind nun in Sie verliebt, Harry«, sagte Abrach und klopfte ihm auf die Schulter. »Gehen wir.« Sie machten sich also auf den Weg zurück in Abrachs Dorf und drehten sich dabei noch mehrmals um und winkten.

Bei ihrer Rückreise am frühen Nachmittag verfinsterte sich Summerfields Laune erneut, als seine Gedanken zu seiner komplizierten Beziehung zu Abrach zurückkehrten. Die Situation war wirklich heikel.

Während der Wagen über die Schotterpiste zurück nach Marrakesch rüttelte, hüpfte und schlitterte – Abrach hatte dem Fahrer diesmal die Erlaubnis gegeben, die Geschwindigkeit selbst zu bestimmen –, verlor sich Summerfield immer mehr in seinen Betrachtungen. Zunächst schloss er die Augen und stellte sich schlafend, doch irgendwann war er nicht mehr bereit, sich länger zu verstellen, und sah Abrach mit festem Blick an.

»Sie sind bedrückt, Harry«, stellte Abrach fest. Summerfield schwieg, wandte die Augen jedoch nicht ab. »Das ist mir in den letzten beiden Tagen schon mehrmals aufgefallen.« Abrachs Gesicht verdüsterte sich, als wüsste er längst Bescheid. »Sie möchten mir etwas mitteilen.«

»Ja«, erwiderte Summerfield, und seine Kiefermuskeln verspannten sich. Er nickte. »Sie waren gut zu mir, Abrach. Sie sind für mich nicht nur ein Auftraggeber, sondern fast schon ein Freund geworden.«

»Auf dieses Thema kamen wir bereits einmal zu sprechen, Harry. Damals fragte ich mich schon, ob Sie mir vielleicht noch etwas anderes sagen wollten.«

»Sie haben womöglich zu viel Vertrauen in mich gesetzt.«

»Vertrauen sollte niemals angezweifelt werden, bevor es eine Chance hatte, zu wachsen. Es hält bis zu dem Moment, in dem es bricht.«

Summerfield nickte erneut schweigend, senkte den Blick und sah dann wieder hoch. »Abrach, ich habe ein Problem mit dem Auftrag, den Sie mir erteilt haben.«

»Sie haben gut geschrieben, Harry. Ich bin sicher, dass ich es Ihnen zu verdanken habe, dass ich dem Ziel meines Herzens schon so nah gekommen bin.«

Summerfield schüttelte rasch den Kopf. »Ich weiß – ich weiß. Das sagten Sie bereits.«

Abrach sah ihn an, und plötzlich machte sich auf seinem Gesicht ein Lächeln breit, das Summerfield nur als väterlich beschreiben konnte. »Ich möchte Sie nicht davon abbringen, zu sagen, was Sie sagen möchten, Harry. Das liegt ganz in Ihrem Ermessen.«

»Ich … ich danke Ihnen für Ihre Toleranz«, erklärte Summerfield unbehaglich.

Abrach winkte ab. »Das ist eine unserer Tugenden. Für manche sind wir in dieser Hinsicht sogar zu tugendhaft«, fügte er hinzu. »Bitte, fahren Sie fort, Harry.« Der kleine Ford rumpelte in ein Schlagloch, krachte auf seine Federung und buckelte, als er wieder herauskam.

»Es hat etwas mit Werten zu tun«, redete Summerfield weiter und hielt sich an der Armlehne fest. »Mit *meinen* Werten.«

»Ach, Werte!« Abrach lachte kurz auf. »Während wir leben und unsere Erfahrungen sammeln, gehen einige verloren und andere kommen hinzu.«

»Und manche bleiben uns bis zum Ende erhalten«, ergänzte Summerfield. Abrach legte den Kopf zur Seite und nickte zustimmend. »Es ist so weit gekommen, dass ich … dass ich beim Lesen der Briefe des Mädchens das Gefühl habe, sie zu verstehen.«

»Es ist, als würden Sie sie kennen«, fügte Abrach hinzu.

»Ja.«

»Mir geht es ebenso«, erklärte Abrach. »Und wahrscheinlich kennen wir sie auch wirklich. Sie ist sehr wahrhaftig, nicht wahr? Sehr naiv – in einem positiven Sinn. Wir alle sollten naiv sein, Harry. Wie die Kinder im Dorf. Wir sollten als Erwachsene nicht zynisch und bitter werden. Doch wir werden es. Leider. So ist das Leben.«

»Ganz genau. Und ich möchte einfach in mancher Hinsicht naiv bleiben«, sagte Summerfield, die Gelegenheit ergreifend. »Wie diese Kinder. Während ich Ihr Ziel anerkenne –«

»Mein Ziel?«, unterbrach ihn Abrach mit plötzlichem Zynismus in der Stimme.

»Liebe ist eine selbstlose Angelegenheit.«

»Aber manchmal erlaubt uns die *Liebe* vielerlei Dinge, Harry. Verbrechen werden im Namen der Liebe begangen. Sie entschuldigt einiges.«

»Ich sage doch nicht, dass Ihre Suche nach Liebe ein Verbrechen ist, Abrach«, erwiderte Summerfield leicht verwirrt. »Und es geht mir auch nicht nur um das Schreiben. Sie kennen ja die Situation in Europa.«

»Sie denken also auch, dass Krieg die einzige Lösung ist.«

»Nein. Das denke ich nicht. Ich wünschte, es gäbe einen anderen Weg. Aber alles weist in diese Richtung, Abrach. Ich werde zurückgehen müssen.«

Abrach lachte. »Oh, wie haben Sie sich verändert, Harry. Ist es der Einfluss Ihres amerikanischen Freundes, von dem Sie gesprochen haben?«

»Es ist meine Entscheidung, Abrach«, erwiderte Summerfield. »Vielleicht habe ich mich verändert. Eins der Dinge, die ich herausgefunden – oder *wieder*gefunden – habe, ist mein wahres Selbst.«

»Sie tragen arabische Kleider!«, rief Abrach.

»Unter denen eine englische Haut steckt. Abrach, dank Ihnen habe ich dieses Land lieben gelernt. Und Ihr Volk. Aber«, er schüttelte den Kopf, »ich bin von Grund auf Brite, geboren auf einer Insel voller Nebel, Regen und grünen Hügeln, wie Sie selbst es ausdrückten. Ich habe gründlich nachgedacht, Abrach. Ich kann nicht zulassen, dass jemand meiner Heimat Schaden zufügt. Und wenn ich auch achttausend Kilometer von meinem Zuhause entfernt wäre, würde ich doch zurückkehren, um es zu verteidigen.«

»Sie werden für Politiker kämpfen, an die Sie nicht glauben«, gab Abrach zu bedenken. Er hielt inne. »Aber ich verstehe Sie. In der Vergangenheit habe ich exakt dasselbe getan – und ich tue es vielleicht sogar noch heute.« Summerfield runzelte die Stirn, und

Abrach hob abwehrend die Hand. »Oh, das tut jetzt nichts zur Sache, Harry. Ich werde es Ihnen vielleicht zu einem anderen Zeitpunkt einmal erklären.« Er schwieg noch einen Moment und blickte Summerfield dann erneut an. »Es sieht also so aus: Erstens planen Sie, das Land zu verlassen, wenn die Lage in Europa sich verschlechtert. Und zweitens verbieten Ihnen Ihre Wertvorstellungen, die junge Dame weiter zu umgarnen. Richtig?« Er sah Summerfield fragend an, worauf dieser nickte. Abrach seufzte, fuhr sich mit dem Handrücken über eine Braue und wischte sich den Schweiß ab. »Ich kann Sie nicht zwingen, Harry, denn ich verstehe Ihre Argumente – alle beide. Bitte glauben Sie mir, dass auch ich sehr viel über mein Vorgehen bei der jungen Französin nachgedacht habe. Ich bin mir der moralischen Einwände dagegen durchaus bewusst. Ich hoffe, ich werde einmal die Gelegenheit bekommen, Ihnen mein Verlangen nach dieser Dame noch ausführlicher darzulegen.«

»Danke«, sagte Summerfield nachdrücklich, obgleich Abrach erneut die Hand erhob; diesmal wirkte es beinahe wie eine Warnung.

»Aber! Und es *gibt* ein *Aber,* Harry. Meine Bedingung, Sie aus dem Vertrag zu entlassen, ist, dass Sie noch diesen einen, letzten Brief für mich schreiben.«

Summerfield schüttelte den Kopf. »Ich kann nicht.«

»Ein Gedicht«, fuhr Abrach unnachgiebig fort. »Ein Gedicht, Harry Summerfield. Und danach – soll uns eine lang währende Freundschaft verbinden, die auf meiner Dankbarkeit und meinem Respekt für Sie beruht. Ich werde nichts weiter von Ihnen verlangen oder erwarten. Dann sind Sie frei.« Abrach beugte sich vor und sah Summerfield mit glänzenden Augen aus nächster Nähe an. Summerfield erwiderte den Blick, biss sich auf die Lippe und nickte schließlich einmal kurz mit dem Kopf.

»In Ordnung.«

21

Sie saßen in einer Mulde im Orangenhain, kaum zwei Kilometer von der Schule entfernt, an einem Kanal, der die Felder bewässerte. Er war Teil des unterirdischen Bewässerungssystems und verlief nur in diesem bestimmten Bereich an der freien Luft, da die Steinplatten schon vor Jahren abgetragen worden waren, um für Fußboden oder Hauswände eines der Landbesitzer herzuhalten.

Sie waren dort vor fremden Blicken geschützt. Wenn man den Kopf gerade bis zum Rand der Vertiefung ausstreckte, konnte man dahinter einen Flickenteppich aus Weizen- und Maisfeldern mit vereinzelten Brunnen und Dattelpalmen darin entdecken, der sich über die Ebene hinter der Stadt ausbreitete, bis in scharfem Kontrast dazu die Wüste begann. Hier und dort stapfte ein von Kindern geführter Esel träge übers Feld. Die Frauen beugten sich über die Erde, gruben, richteten sich auf, um sich zu strecken, und bückten sich erneut zu ihrer Arbeit nieder.

Sie hatten sich in einer Gasse hinter der *Académie* getroffen und waren in verlegenes Schweigen gehüllt hinaus aus der Stadt gelaufen. Und nun saßen sie befangen und schüchtern schweigend beisammen, wollten sich so viele Dinge sagen und wussten doch nicht, wie. Es war wie ein Augenblick, in dem alle Träume wahr werden, alle Momente der Überzeugung und Entschlossenheit sich plötzlich auszahlen, das Verlangen sich erfüllt – begleitet von dem Gefühl, dass es noch viel zu früh dafür war.

Summerfield lächelte. Jeanne Lefèvre, die sich in ihrer Schuluniform unwohl fühlte, erwiderte das Lächeln, dann wandten beide gleichzeitig den Blick ab.

»Die Mittagspause ist eineinhalb Stunden lang. Ich muss um zwei Uhr zurück sein«, erklärte sie mit einem Blick auf ihre Armbanduhr.

»Wir werden rechtzeitig zurück sein«, sagte Summerfield sanft. »Sag mir – wann wusstest du, dass ich es bin?« Ihre Blicke trafen sich. Sie bemerkte Summerfields leicht ironischen Ausdruck, die Lach- und die Kummerfältchen um seine blauen Augen herum. Sie musste lachen, und es war, als wäre alle Steifheit plötzlich von ihr abgefallen.

»Vom ersten Satz an«, sagte sie mit einem Nicken. »Die Anspielung auf das Wasser, den Fluss – die Steine.«

»Das hatte ich gehofft. Ich habe es schon ein paar Wochen lang mit mir herumgetragen – um es eines Tages der Frau zu übergeben, an die ich es geschrieben hatte.« Summerfield beugte sich vor. »Ich hätte es beinahe deiner Freundin gegeben, Jean Bassouins Tochter.«

»Sarah?«, Jeannes Stimme erhöhte sich vor Empörung.

»Ich hielt sie für dich.«

Jeanne runzelte die Stirn. »Aber *du* wusstest doch, wer ich war.«

Schweigen. Summerfield lehnte sich wieder zurück und kramte in seiner Hosentasche nach einer Zigarette, die er sich bereits zuvor gedreht hatte. »Jeanne – ich möchte dir etwas sagen.«

»Ich habe im Hotel nach dir gefragt, doch du warst nicht da. Ich habe aber deinen Freund Jim Wilding getroffen.«

»Ich muss dir etwas sagen«, beharrte Summerfield und versuchte, sie zum eigentlichen Thema zurückzulenken.

»Ich habe ihm erzählt, dass ich dir ein Buch ausleihen wollte. Ich glaube, er fand es merkwürdig, dass ich dich dafür gleich persönlich aufgesucht habe.«

»Jeanne –«

»So habe ich herausgefunden, wo du wohnst. Nur, falls er dir irgendwelche Fragen stellt –«

»Ich war nicht derjenige.« Summerfield atmete aus. Seine Stimme klang ruhig, gemessen. Jeanne sah ihn fragend an, und ihre dunkelbraunen Augen wurden noch größer. »Das war es, was ich dir sagen wollte. Bevor das hier weitergehen kann.«

»Was meinst du damit?«

»Also …«, Summerfield schüttelte den Kopf, »nein, ich habe mich wohl nicht klar genug ausgedrückt. Ich war es … Ich habe die Briefe geschrieben.«

»Gerade hast du das Gegenteil behauptet.«

»Lass mich erklären.«

»Ich bitte darum.«

»Sieh mal … die Briefe … Ich wusste eigentlich gar nicht, wer du bist.« Ihr Gesicht überlief eine Welle der Panik, die in Unbehagen abebbte, und man sah, dass sie mühsam die Ruhe bewahrte. »Keine Sorge«, fügte Summerfield hinzu. »Das heißt nicht, dass ich gelogen habe. Es ist nur so, dass ich … dass ich zu Beginn für eine andere Person geschrieben habe, doch es *waren* und es *sind* meine Worte.«

Schweigen. Summerfield konnte ihr regelrecht beim Denken zusehen. Sie kämpfte einen Moment lang mit sich, unsicher, ob sie etwas sagen wollte, ob es die richtigen Worte sein würden. Und dann fand sie sie und zuckte dabei fast zusammen.

»Du hast dir das alles ausgedacht.«

»Nein – *ja*. Am Anfang. Er gab mir eine Beschreibung, erzählte mir von seinen Gefühlen dir gegenüber. Ich habe dich mir vorgestellt. Deshalb habe ich dich auch mit Sarah verwechselt – ihr seht euch in mancher Hinsicht sehr ähnlich.«

»Mein Gott.«

»Und dann, nach und nach, habe ich begriffen, wer du bist. Und du hast begonnen, mir immer mehr zu bedeuten – deine

Gedanken und Worte. Es tut mir leid.« Wieder zögerte sie, suchte zu verstehen. Sie blickte ihm direkt ins Gesicht.

»Und dieser Mann? Was, wenn ich mich in diesen Mann ...«, sie zögerte, hielt die Worte zurück, »... und du es gar nicht bist?«

»Natürlich bin ich es«, erwiderte Summerfield, nun selbst mit Empörung in der Stimme.

»Das ist scheußlich!«

»Es ist verwirrend.«

»Nein, es ist scheußlich!«

»Es tut mir leid«, sagte Summerfield und senkte den Blick. »Verzeih mir, aber ich dachte, es sei richtig, es dir zu sagen.«

»Natürlich ist es das.«

»Ich wollte dich nicht hinters Licht führen, Jeanne.«

»Und doch hast du es getan.«

»O Gott, ja – am Anfang. Doch dann geschah etwas. Es war diese eine Zeile, mit der du geantwortet hast. Kaum zehn Worte, so schlicht. Sie haben etwas in mir ausgelöst. Du warst – du bist – die schönste Frau, der ich je begegnet bin, innerlich wie äußerlich.«

Jeanne lief rot an. Sie wirkte völlig durcheinander.

»Wirklich«, sagte sie schließlich, weder als Frage noch als Bestätigung.

»Was?«

»Danke«, platzte sie hervor. »Ich ...« Sie senkte den Blick, dann heftete sie ihn auf die breiten, staubigen Wurzeln eines Orangenbaums. »Ich schätze, was ich sagen wollte, war ... ähm – *danke*«, wiederholte sie.

»Aha.« Summerfield schnitt eine Grimasse. »Ich glaube, ich habe verstanden.«

»Ja«, sagte Jeanne und schaute ihn an.

Summerfield erwiderte ihren Blick und nickte.

»Gut.«

Er wollte seine Hand nach ihr ausstrecken. War es der richtige Moment? Es kam ihm fast schon vor, als würde es von ihm erwartet. In ihm regte sich Widerstand. *Verdammt, ich bin achtundzwanzig! Hör auf zu zaudern, Mann.* »Also – Jeanne. Es … es wird Zeit zurückzukehren«, brachte er schließlich hervor.

Sie wirkte genauso überrascht wie er selbst. »Ja«, beeilte sie sich zu antworten und sah sich nach ihren Sachen um, obwohl sie gar nichts mitgenommen hatte. »Das stimmt wohl.«

Summerfield erhob sich und half ihr auf. Er sah die Form ihrer Beine unter dem Baumwollkleid ihrer Uniform, sah die weißen Söckchen, die sich über ihren Knöcheln ringelten, und sein Herz zog sich vor Verlangen und Mitleid zusammen. Das arme Mädchen – da hatte er wirklich einen schönen Schlamassel angerichtet.

Sie standen nun nebeneinander, ihre Köpfe ragten über die Vertiefung empor, und sie hatten einen freien Blick über die Felder. Jeanne strich sich den Rock glatt.

»Harry, ich möchte, dass du mir weiter schreibst. Wir verstecken die Nachrichten hier, unter einem Stein zum Beispiel. Oder schau, dort drüben in der Wand«, sagte sie und deutete auf die Überreste eines Bewässerungskanals. »Wir werden geheime Namen verwenden, wie heimlich Liebende.«

Summerfield nickte. »Ich verstehe. Ja, das würde mir gefallen. Das alles muss ein ziemlicher Schock für dich sein. Noch einmal, es tut mir sehr leid.«

Jeanne schüttelte sanft den Kopf und lächelte.

»Für dich kann es auch nicht leicht sein. Und ich weiß deine Ehrlichkeit zu schätzen.«

»Doch schreiben allein reicht nicht«, kam Summerfield zum Thema zurück. Er wurde plötzlich ernst. »Wir müssen uns auch *wiedersehen.*« Mit diesen Worten beugte er sich ein wenig steif vor und küsste sie auf die Wange.

Sie schwiegen für einen Moment. »Danke«, sagte Jeanne leise und neigte mit einem Lächeln den Kopf.

Sie setzten sich in Bewegung, kletterten aus der Vertiefung und nahmen den Weg durch den Orangenhain zurück.

»Ich muss dir noch etwas von dem Mann erzählen, den ich erwähnt habe«, sagte Summerfield. »Nur, damit alles klar ist. Ich soll noch einen allerletzten Brief für ihn verfassen – wenn du ihn erhältst, weißt du, dass ich ihn geschrieben habe. Wenn du danach möchtest, dass sich unsere Wege trennen, werde ich diese Entscheidung verstehen und akzeptieren.«

Jeanne grinste, beinahe ein wenig frech.

»Schick mir zuerst den Brief. Dann werde ich weitersehen.«

Summerfield blieb abrupt stehen und sah sie von der Seite an. Sie war wirklich einzigartig. Und wundervoll.

Der restliche Tag verging ereignislos, ebenso wie der nächste. Die Erinnerung an ihr erstes Treffen verflog mit dem Verstreichen der Tage – flatterte im Wind wie ein Stück Baumwolle an einem Ast und wurde schließlich davongeweht. Von einem Moment auf den anderen verlor er einzelne Bruchstücke der Erinnerung daran, sosehr er sich auch darum bemühte, sie festzuhalten. Die Lücken vergrößerten sich, und er fand die Einzelteile nicht wieder. Es war wie ein Hohlraum. Doch in anderen Augenblicken kamen ihr Lächeln, eine bestimmte Geste, das Puzzlestück ihrer Augen oder eines Arms in aller Klarheit zu ihm zurück. Zwei Tage waren viel zu lang. Und ein anderer Gedanke schlich sich bei ihm ein, verfolgte ihn noch im Schlaf: Er würde niemals gut genug für sie sein.

Gegen Ende der Woche begleitete Summerfield Wilding zum Bahnhof, von wo aus dieser zu seiner, wie er hoffte, letzten Reise nach Mauretanien aufbrach.

»Wenn alles gutgeht«, erklärte Wilding bei einem letzten gemeinsamen Bier im Hotel, »bin ich in sechs bis acht Monaten zurück. Für die Zeit danach habe ich zu Hause Urlaub beantragt, und ich kann mir nicht vorstellen, dass sie es ablehnen. Denk dran, Harry: Libyen, Algerien. Hey«, fügte er noch hinzu, »ich könnte dich auch mit nach Hause nehmen – warum dir nicht einmal die Staaten zeigen?«

Mitgerissen von Wildings Begeisterung stimmte Summerfield zu. Er fühlte sich leicht, optimistisch – in diesem Augenblick schien alles möglich, und die Fragen, wo er das nötige Geld für die Reise herbekommen sollte oder ob er dann überhaupt noch in Afrika sein würde, konnten seine Zufriedenheit nicht trüben. Er sah Wilding an und musste schmunzeln, als ihm wieder einmal bewusst wurde, dass sich Jeanne Lefèvre etwa alle zwei Minuten in seine Gedanken schlich und ihn zum Lächeln brachte.

»Gut«, sagte Wilding und bedachte ihn mit einem aufmerksamen Blick. »Ich halte dich auf dem Laufenden.« Der Amerikaner lehnte sich in den tiefen Ledersessel der Hotellobby zurück und nippte an seinem Glas. »Ach ja, Harry, wie kommst du eigentlich mit dem Lesen voran?«

»Lesen?«

»Na, dieses Buch, äh … Wie hieß es noch? ›Fleurs irgendwas‹ von Baudelaire. Das Buch, das mir Lefèvres Tochter für dich gegeben hat.«

»Ach, das.« Summerfield richtete sich auf. »›Les Fleurs du Mal‹. Ja, seltsame Geschichte.«

»Ziemlich seltsam«, erwiderte Wilding lächelnd in dem Versuch, einen Hinweis zu bekommen. »Als man mir sagte, Madame Lefèvre warte auf mich, hatte ich schon Angst, es wäre die Mutter. Zum Glück war dem ja nicht so.« Summerfield brummte zustimmend. Wilding nahm noch einen Schluck. »Also?«

Summerfield sah auf. »Also, was?«

»Also, worum geht es eigentlich?«

»In dem Buch?«

Wilding sah ihn vorwurfsvoll an. »Sie war ganz reizend.«

»Anders«, meinte Summerfield unverbindlich.

»Nicht so hübsch wie Bassouins Tochter.«

»Anders«, wiederholte Summerfield, worauf Wilding das Verhör seufzend aufgab. »Und was ist nun mit Jean Bassouin?«

»Ach ja«, sagte Wilding, dankbar für den Themenwechsel. »Nun, er ist ein interessanter Kerl. Ich werde mich noch einmal mit ihm treffen, um übers Geschäft zu reden. Ich denke, ihn konnte ich überzeugen, im Gegensatz zu den anderen. Er wirkt sehr fortschrittlich.«

»Und wie ein Freigeist. Seine Ansichten über dieses Land haben mir gefallen.«

Wilding neigte den Kopf zustimmend und verlor sich für einen Moment in nostalgischen Gedanken. Die Zeiger der großen Uhr in der Lobby rückten vor. Er musste bald aufbrechen.

»Es waren zwei angenehme Wochen, Harry. Schön, dich wiedergesehen zu haben.«

Summerfield nickte lächelnd. »Gleichfalls.«

»Und du hast dich schon wieder verändert, Harry.«

»Verändert? Meine Güte, dir entgeht wohl nichts.«

»Das sollte es auch nicht, Harry. Den Boden nach Hinweisen abzusuchen ist mein Job. Ja, verändert – seit du die paar Tage mit deinem Boss unterwegs warst.«

Summerfield stellte sein leeres Glas zurück auf den Tisch. »Abrach. Ich denke, es ist die Erleichterung«, erklärte er und griff nach seinem Tabak. »Ich habe ihm endlich gesagt, dass ich seine Aufträge nicht mehr ausführen möchte. Und das habe ich zum Teil dir zu verdanken, Jim.«

Wilding hob abwehrend die Hände. »Jede Entscheidung liegt am Ende bei dem, der sie trifft. Oder sollte es zumindest.«

»Es ist dennoch schade«, fuhr Summerfield fort, in Gedanken noch bei dem Kaufmann. »Er hat sich mir gegenüber sehr anständig verhalten. Ein guter Mann und, alles in allem, ein ehrlicher Kerl. Er scheint einiges durchgemacht zu haben, auch wenn er es nicht direkt ausspricht. Hoffentlich kann ich ihn dir eines Tages vorstellen.«

Wilding nickte. »Soll mir recht sein. Wenn ich wiederkomme. Ich habe ihn auch Bassouin gegenüber erwähnt. Wenn er so ein reicher Kerl ist, sollte Bassouin ihn doch kennen. Vielleicht können wir uns einmal alle gemeinsam treffen.«

»Du hast *Bassouin* von ihm erzählt?« Summerfield ließ sich schockiert in den Sessel zurückfallen. »Aber du wusstest doch, dass es eine verdammt heikle Angelegenheit ist«, fuhr er fort.

Wilding zögerte, ihm fehlten ausnahmsweise die Worte. »Himmel, reg dich nicht auf, Harry. Ich habe bloß mal seinen Namen erwähnt.«

Am Bahnhof angekommen, schüttelten sie sich die Hände, bevor Wilding in den Zug stieg. Der Pfeifton erklang, und die alte Lokomotive spuckte Rauch aus, wütend darüber, in Bewegung gesetzt zu werden.

»Tut mir leid wegen eben, Jim«, entschuldigte sich Summerfield vom Bahnsteig aus.

Wilding legte den Kopf schräg. Der Zug fuhr ächzend an. »Schon in Ordnung, Harry. Ich hätte mein großes Mundwerk halten sollen. Aber es wird bestimmt alles gut ausgehen. Wenn ich wieder da bin, treffen wir uns alle.«

»Gut«, rief Summerfield. »Pass auf dich auf. Hoffentlich stößt du nicht doch noch auf Öl!«

»Wollen wir's hoffen!«, rief Wilding zurück und hielt grinsend zwei gekreuzte Finger hoch. »Ach, übrigens – ich schicke dir dann einen Umschlag!«

»Was?« Der Zug pfiff noch einmal, nahm Fahrt auf, und Summerfield schnitt eine Grimasse, da er Mühe hatte, Wilding zu verstehen.

»Einen Umschlag!«, rief Wilding, erneut grinsend. Summerfields Miene zeigte Unverständnis. »Du wirst schon wissen, was du damit tun sollst!«, fügte Wilding lachend hinzu, dann war er verschwunden.

Auf dem Rückweg schritt Summerfield die Länge des Kolonialbahnhofs ab und wandte sich danach nicht gleich in Richtung Medina, sondern folgte einer spontanen Eingebung und lief auf das Viertel zu, in dem sich die *Académie* befand.

Es war halb zwei Uhr nachmittags, und die Straßen waren wie ausgestorben. Die Luft war heiß, doch eine trockene Brise aus der Ebene traf von Zeit zu Zeit auf seine Haut und machte das Laufen erträglicher. Er war von einem plötzlichen Drang erfüllt, ihr nahe zu sein – oder zumindest einem Ort, der ihre Gegenwart gekannt hatte.

Kurz vor der *Académie* bog er in eine Seitenstraße ein, in der die Familien der Militärangehörigen ihre Bungalows hatten. Außerdem befand sich dort ein leerstehendes Lager, vor dem lediglich ein paar Lastwagen standen und ein Hund herumstreunte. Die Straße verengte sich bald zu einem schmalen Pfad, der durch ein Dickicht aus dornigen, durstig wirkenden Büschen führte, bis er von seinem Scheitelpunkt aus den Blick über die breite Ebene mit ihren Feldern freigab.

Summerfield hoffte insgeheim, Jeanne dort anzutreffen, in dem Hain, den sie zu ihrem Treffpunkt auserkoren hatten, obwohl – und er überprüfte es mit einem Blick auf seine Armbanduhr – ihre Mittagspause schon seit fünfzehn Minuten beendet war.

Er schlängelte sich durch die dicht stehenden Orangenbäume,

erreichte die kleine Mulde – und verharrte. Das Gras war eingedrückt, und im Staub vor dem Bewässerungskanal erkannte er Fußabdrücke. Vielleicht stammten sie noch von ihrem Treffen vor drei Tagen. Andererseits … Er lächelte, und ihn durchfuhr das warme Gefühl, dass sie vielleicht erst vor wenigen Minuten dort gewesen war. Instinktiv sah er sich nach einem Zeichen um, und seine Brust hob sich enttäuscht, als er keins finden konnte. Das Wort *Versagen* fuhr ihm durch den Sinn. Was, wenn er ihr gleichgültig war? Was, wenn sie nicht mit derselben Dringlichkeit an ihn dachte wie er an sie? Er atmete aus, fluchte innerlich und vertrieb die quälenden Gedanken aus seinem Kopf. Er stieg in den abgesunkenen Bewässerungsgraben und fuhr mit der Hand über die alten Ziegelsteine, versuchte dabei hier und dort, einen herauszuziehen. Etwa an der Stelle, auf die sie beim letzten Mal gezeigt hatte, ließ sich endlich einer bewegen, wobei hellrosa Steinchen auf seine Hand rieselten. Mit großer Sorgfalt legte er den Stein am Grund des Grabens ab, damit er nicht zerbröselte und seine Form einbüßte und später wieder genau in die Lücke passte. Er ging in die Hocke und lugte in den kleinen Hohlraum. Dann erkannte er darin ein Blatt Papier, das zu einem kleinen, dicken, unregelmäßigen Quadrat gefaltet war. Darauf stand *Für Magpie von Jay* – die Pseudonyme, die sie sich gegeben hatten. Freude durchströmte ihn, und er musste lächeln.

Ich wollte dir so viele Dinge sagen, dir auf Augenhöhe begegnen. Magpie, diesmal war der Stein, der du bist, leichter und klarer als das Wasser. Ich vergaß, wer ich bin, und der starke Fluss, der ich zu sein glaubte, verwandelte sich in einen Fisch, der unter den Felsen hindurchhuscht, sich schüchtern im Schatten der Wasserpflanzen versteckt und allem ausweicht, das ihm zu nahe kommt. Ich will mich bessern. Doch ich bin glücklich – denn selbst in meinem Versteck reflektierten meine silbernen Flanken dein Spiegelbild, den Stein.

Summerfield saß in der Mulde und las die Nachricht bereits

zum dritten Mal. Aus seiner Hemdtasche zog er schließlich einen Bleistift und ein Notizbuch, das Abrach ihm vor einigen Wochen geschenkt hatte. Eine Art Trunkenheit überkam ihn, eine Freude über alles, was auf dieser Welt einfach und wahrhaftig war; und die einfachste und wahrhaftigste Tatsache war, dass Jeanne Lefèvre in sein Leben getreten war und für immer ihren Platz in seinem Geist eingenommen hatte.

Ich habe dich erkannt, liebste Jay, und wir trafen uns kurz am Fluss, der du bist, und unsere Zungen waren zu schüchtern, um mehr als starre Worte hervorzubringen. Wir haben nur so wenige Minuten miteinander gesprochen, und als du fort warst, brach der Abend herein, und ich dachte an dein Gesicht im Schatten der Orangenbäume und an die Mondsichel deines Lächelns. Stundenlang erinnerte ich mich und zündete Kerzen in der Nacht an. Und beim Blick hoch zu den Sternen, der allen einsamen Reisenden gemein ist, wehte von Süden der Wind, und ich öffnete meinen Mund, ließ die Luft herein, ließ dich herein.

Wann können wir uns wiedersehen? Nenne mir einen Tag, und ich werde da sein.

Er ließ sich erneut in den Graben gleiten, faltete das Blatt sorgfältig zusammen und steckte es tief hinein in den Hohlraum. Dann schob er den Ziegelstein davor, füllte die Ränder mit ein wenig Erde auf und kletterte wieder hinaus. Für eine Weile blieb er dort stehen, rauchte eine Zigarette und sah über die Felder der Ebene, ohne seinen Blick an etwas Bestimmtes zu heften. Dann drehte er sich um, noch immer von Wärme durchströmt, und las ein paar kleine, flache Steine vom Boden auf, die er am Fuß des nächsten Baumes zu einem Zeichen aufschichtete.

An diesem Abend verbrachte er lange, inhaltslose Minuten über das leere Blatt auf seinem Schreibtisch gebeugt und musste feststellen, dass es schwieriger war, als er gedacht hatte. Ein letztes

Gedicht hatte Abrach verlangt. Es war, als hätte sein Hirn einen scharfen Schnitt vorgenommen zwischen den Worten, die er für den Kaufmann schrieb, und jenen, die seinen eigenen, wahrhaftigen Gefühlen entsprangen. Ihm wollte einfach nichts mehr einfallen für eine Sache, die er als unecht und nutzlos empfand.

Er stand mehrmals auf und streifte durchs Zimmer, hielt sich mit unwichtigen Beschäftigungen auf oder stand minutenlang einfach nur rauchend am Fenster. Er versuchte, sich auf seine Professionalität als Schreiber zu besinnen, die sich zurückhaltend in ihm regte, nur um sogleich wieder von einer inneren Abwehrhaltung ausgebremst zu werden, als würde er ihr eine Tür vor der Nase zuschlagen. Er wurde zornig auf sich selbst, zerriss und zerknüllte schließlich die leeren Bogen Papier und warf sie in den Mülleimer. Er knallte den Schreibtisch zu und trat heftig gegen seine im Zimmer liegenden Schuhe. Einer davon schoss dabei durch die Luft und traf eine Bratpfanne, die mit lautem Scheppern von ihrem Haken fiel.

»Ich will es nicht tun! Bei Gott, ich *kann* es nicht!«, rief er, und wie als Antwort ertönte sogleich die Stimme seines Nachbarn Abdlakabir von unten.

»Ist alles in Ordnung, Sidi Summerfield?«

»Ja! Ich habe nur etwas verloren, das ist alles.« Und als Nachsatz, etwas ruhiger und plötzlich grinsend: »Danke, Abdlakabir. Ich werde es schon finden.«

»Hoffentlich bald«, ertönte erneut die Stimme seines Nachbarn. »Meine Frau würde gern schlafen, und wir hören jeden ihrer Schritte.«

»Oje – ist es schon so spät? Tut mir leid.«

Stille kehrte im Haus ein. Summerfield gab sich größte Mühe, leise aufzutreten, und nach einer Weile drang das gedämpfte, tiefe Schnarchen von Abdlakabirs erster Frau zu ihm herauf.

Er rettete aus dem Mülleimer, was er konnte, und setzte sich damit wieder an den Schreibtisch. Es war bald Mitternacht. Nun kamen die Worte schnell, mechanisch und gefühllos, und schon bald hatte er einen Zehnzeiler verfasst, der stark an einen Liedtext von Noel Coward erinnerte, der sich zusammen mit einer dudelnden Klaviermelodie tief in sein Gedächtnis gebrannt hatte. Irgendetwas mit ›meine Liebe und die Vögel‹. Er las es nicht noch einmal durch. Stattdessen schrieb er den Text ordentlich ab und steckte ihn umstandslos in einen Umschlag, den er am nächsten Tag Badr überreichen würde.

Am nächsten Morgen wachte er leicht benommen auf, nahm ein hastiges Frühstück aus Sauerteigbrot, Honig und Oliven zu sich, das er mit Tee herunterspülte, und brachte dann den Umschlag zu einer Gruppe Jungen, die an der Straßenecke hockten.

Noch heute, nach so vielen Monaten, fragte sich Summerfield, was um alles in der Welt bloß in ihren Köpfen vorgehen mochte, während sie den ganzen Tag dort saßen und warteten. Sie schienen ebenso unabänderlich zum Straßenbild zu gehören wie die Laternenpfähle oder der Pinkelbaum. Zumindest hatte Summerfield ab und zu einen Auftrag für sie – mal schickte er sie Tee oder Wasser kaufen, mal ließ er sie die Nachrichten an Badr überbringen, wenn Summerfield zu träge oder beschäftigt war, um ihn selbst aufzusuchen. Heute war so ein Tag. Er stieg die schmalen Treppen hinab, lief über den Hof und an der Kochtopfsammlung von Ehefrau Nummer zwei vorbei und trat in den Schatten der Seitenstraße. Summerfield ging auf die Jungen zu, deren gelangweilte Gesichter zuerst einen mürrischen, misstrauischen Ausdruck annahmen, bis sie ihn erkannten und breit grinsten.

»Laurens!«

»Summerfield«, berichtigte er sie wie jedes Mal, doch stets ohne Erfolg. Da sie über keinerlei Schulbildung verfügten, konnte er sich beim besten Willen nicht vorstellen, wo sie von

T. E. Lawrence gehört haben mochten. Vielleicht war die Legende mündlich durch ganz Nordafrika weitergegeben worden, um auf diese erwartungsvollen Ohren zu treffen. »Eine Nachricht – für Badr. Wichtig.«

»Wie viel?«

»Ein Tritt in den Hintern!«, rief Summerfield kopfschüttelnd. »Na gut, ein Glas Orangensaft für jeden von euch.«

»Un crayon!«, rief der Anführer, ein finster dreinblickender junger Mann, auf Französisch.

»Imad, du kannst nicht schreiben – wofür brauchst du einen Bleistift?«

Doch Imad ließ sich nicht beirren. *»Un crayon!«*, wiederholte der Junge stirnrunzelnd.

»Schon gut, schon gut – ich gebe dir einen Bleistift. Jetzt beeilt euch, die Nachricht ist sehr wichtig. Seid vor dem Mittagsgebet zurück, und ich gebe euch zwei.«

Summerfield kehrte in seine Räumlichkeiten zurück, entledigte sich seiner *Djellaba* und schlüpfte in Hose, Hemd und Stiefel. Er wollte erneut in den Orangenhain gehen, wo er mit etwas Glück vielleicht sogar Jeanne antreffen würde, die er mit seinen marokkanischen Gewändern nicht verunsichern wollte.

Er nahm den Weg dorthin kaum wahr. In seinen Gedanken ganz bei dem Ziel, dem er entgegeneilte, entging ihm der Trupp Soldaten, der auf dem Platz exerzierte, er bemerkte die beiden kleinen Jungen nicht, die sie frech nachäfften, sowie die Versuche des Ausbilders, sie mit theatralischen Gesten fortzujagen. Summerfields Geist flatterte umher wie eine Schwalbe an einem Sommerabend – von ihr zu ihm selbst und seinen Zweifeln, seiner Gewissheit und Hoffnung – und Ungeduld. Er sah nicht, wie Jean Bassouin an ihm vorbeifuhr und winkte. Er übersah auch den Schlangenbeschwörer, der eine Maus an seine Kobra verfütterte.

Wieder befand er sich im Orangenhain, diesmal kurz vor Mittag. Sollte sie kommen, würde er sie sehen. Er duckte sich, schlüpfte unter die tief hängenden Äste auf das kühle, dichte Gras und bemerkte, dass sein kleiner Steinhaufen verschwunden war. Einen Moment lang dachte er, andere, etwa herumstreunende Kinder, könnten ihr Versteck entdeckt und die Steine sowie den Ziegelstein entfernt haben. Dann entdeckte er etwas – ein kleines pyramidenförmiges Gebilde aus Zweigen, die mit Grashalmen zusammengebunden waren. Ein Zeichen. Wärme durchströmte ihn. Ihre Wärme. Er bückte sich, hob die kleine Pyramide auf und betrachtete sie eine Weile auf seiner Handfläche. Behutsam stellte er sie beiseite und begab sich sofort zu der baufälligen alten Mauer, wo seine Hand wie aus dem Gedächtnis einen sanften Bogen beschrieb, bevor sie den losen Ziegelstein ergriff. Er ließ sich noch leichter herausziehen als zuvor. Und dahinter steckte eine Botschaft.

Deine Worte erfüllen mich mit Glück, aber auch mit Furcht – denn wie könnte ich ihnen gerecht werden? Und wie erst den Gefühlen, von denen sie zeugen? Versuche ich zu reimen, ergeben meine Worte nur Misstöne, und wenn ich nachdenken will, verliere ich mich in Träumen. Es vergehen sonderbare Tage, mein Magpie. Ich soll Fragen beantworten, Aufsätze schreiben, mich auf Mathematikaufgaben konzentrieren und ganz die brave Tochter sein. Aber ich kann nicht nachdenken. Es ist, als läge seit unserem Treffen ein Zauber auf mir, und ich treibe und lasse mich treiben wie ein Blatt im Herbst. Ich lasse mich in jede Brise oder Bö fallen, die mich ergreift, leichtsinnig und ohne wissen zu wollen, wohin sie mich trägt. Manchmal wird das Blatt in Augenschein genommen – von meinen Lehrerinnen, Freundinnen oder Eltern. Und sie sprechen zu mir, doch wie das Blatt, leblos und doch schon auf dem Sprung zu einem anderen Ort, gebe ich ihnen keine Antwort. Sie wollen wissen, ob ich krank bin. Sie bitten mich aufzuwachen. Doch genau wie das Herbstlaub kann ich nicht erwachen. Ich habe Angst, Magpie. Angst vor dem sonderbaren, wilden Wirbel, in dem das Blatt fortgetragen wird – Angst davor, dass diese Welt, diese Welt außerhalb der Welt, realer ist als das Leben um sie herum.

Darunter fand er noch eine zweite, hastig geschriebene Nachricht, auf einem zweiten Blatt, mit schrägeren Buchstaben und mehreren Streichungen. Wahrscheinlich war sie spät dran für den Unterricht und musste sich beeilen.

Ich möchte dich wiedersehen. Doch erneut kann ich nicht denken, mein Kopf ist leer! Was ist das nur für ein Gefühl? Was ist dieses Hinabgleiten, dieses Fallen? Als hätten Sonne und Mond ihre Plätze getauscht und die Nacht zum Tag gemacht. Wann, fragst du? Ich weiß es nicht. Ich weiß nur, dass ich dich sehen will – um mit dir zu reden und herauszufinden, ob all das hier wahr ist. Diese Woche kann ich nicht, Verpflichtungen, wie du gesagt hast. Es macht mich wütend. Auf mich und auf die anderen, die über mein Leben und meine Zeit bestimmen. Aber nächste Woche, Dienstag. Ich kann meinen Klavierunterricht ausfallen lassen. Schreib mir, mein Magpie. Denn auch wenn ich nun einige Tage nicht zu unserem geheimen Ort kommen kann, werde ich mir deine Worte hinter dem Stein vorstellen, wo sie auf mich warten.

Summerfield blieb eine ganze Weile sitzen. Der Mittag ging in den Nachmittag über, und er wurde so trübsinnig, dass es ihn überraschte. Seine Hoffnung, sie wiederzusehen, segelte nicht wie ein Blatt von einem Baum, sondern krachte donnernd zu Boden wie der Baum selbst, an der Wurzel gefällt. Es war natürlich lächerlich. Ihm war sogar bewusst, dass er sich willentlich fallen ließ, der sehnsuchtsvollen Melancholie nachgab, die sich so angenehm über seinen Geist und seinen Körper legte.

Um halb fünf löste er sich aus seiner Lethargie, steckte die kleine Holzskulptur, die sie für ihn geschaffen hatte, behutsam in seine Jackentasche und ging durch den Orangenhain in Richtung

Académie. Er würde einen Blick auf sie erhaschen, wenn sie das Gebäude um fünf verließ. Es war so einfach. Doch als er sich vor der Schule einen Platz im Schatten der Bäume suchte, sah er eine bekannte Gestalt, die ihm kaum fünfzehn Meter entfernt den Rücken zuwandte. Es war Abrach.

Summerfield folgte seinem ersten Impuls, sich tiefer in den Schatten der Orangenbäume zurückzuziehen, und beobachtete von dort aus das Geschehen. Der Kaufmann trug einen beigefarbenen Leinenanzug, und es war das erste Mal, dass Summerfield ihn in westlicher Kleidung sah. Er sah darin ziemlich merkwürdig aus, doch Abrachs Statur und Haltung ließen ihn zweifelsfrei identifizieren. Er hatte sich an nahezu derselben Stelle postiert, an der Summerfield selbst vor einigen Wochen gewartet hatte – gegenüber dem Haupteingang, weit genug entfernt, um im Gegenlicht nur als dunkler Schemen wahrnehmbar zu sein, nah genug dran, um die Studentinnen zu sehen, die die *Académie* verließen. Bestürzt stellte Summerfield fest, dass so auch er selbst nicht näher herankommen konnte, ohne gesehen zu werden. Und von seinem Platz unter den Bäumen aus würde Summerfield Jeanne nicht klar erkennen können. Er verharrte eine Weile mit flachen, schnellen Atemzügen, verfluchte den Kaufmann im Stillen und wägte das Risiko ab. Schließlich gestand er sich ein, dass es sinnlos war, zog sich zurück und verschwand.

Als er seine Straße schließlich wieder erreicht hatte, seine Laune so düster und ungemütlich wie ein Wintertag in Northumberland, fand er dort Imad vor, der auf ihn wartete.

»Ach, herrje – *die Stifte*! Verzeih mir, ich habe es ganz vergessen.« Summerfield machte eine entschuldigende Geste und verfluchte seine Vergesslichkeit, als ihm plötzlich bewusst wurde, dass er den kompletten Tag damit verbracht hatte, nach ihr zu suchen. Der säuerlich dreinblickende Junge steckte eine Hand in seine *Djellaba* und zog einen Umschlag hervor. »Was ist das? Eine Antwort? Du liebe

Güte, das ging schnell. Komm«, forderte Summerfield den Jungen auf. In der Wohnung öffnete er seinen Schreibtisch und schnappte sich die beiden erstbesten Bleistifte – zwei feine, tannengrüne Exemplare aus Deutschland. Imad reichte ihm den Brief und riss Summerfield die Bleistifte aus der Hand.

»Orangensaft!«, rief der Junge mürrisch.

»Verschwinde!«, war Summerfields knappe Reaktion.

Gespannt – denn wie konnte Jeanne so schnell geantwortet haben? – setzte sich Summerfield hin, ohne vorher die Schuhe auszuziehen, und öffnete den Umschlag. Die Nachricht war von Abrach. Sein Mut sank.

Lieber Harry,

ich danke Ihnen für Ihre Mühe. Doch dies ist kein Liebesgedicht, sondern ein Liedchen für ein Tanzlokal. Es ist nicht das, was wir zu diesem Zeitpunkt benötigen. Schreiben Sie es neu, Harry. Schreiben Sie es neu – und beeilen Sie sich!

In seiner derzeitigen Gemütsverfassung war Harrys erster Gedanke: *Schreib es doch selbst!* Doch nachdem ihm mehrere Szenarios durch den Kopf gezogen waren, von denen einige physische Gewalt und andere ein plötzliches Verschwinden beinhalteten, verwarf er diese Idee. Stattdessen erhob sich mit einem schelmischen Grinsen der alte Rebell in ihm und ließ die Flagge wehen.

»Schreiben Sie ein Gedicht, Harry – und dringen Sie in das Herz des Mädchens ein wie ein Schlüssel ins Schloss. Drehen Sie diesen Schlüssel herum, Harry Summerfield, diesen perfekt passenden, gut geölten Schlüssel, der Metall schmelzen lässt.« Das hatte Abrach von ihm verlangt. Nun gut, du sollst deinen Schlüssel haben – und sie soll wissen, dass er von mir ist.

Vor ihm auf dem Schreibtisch lag die winzige, zerbrechliche Pyramide. Die Grashalme, die die Zweige zusammenhielten, waren in der trockenen Hitze ausgebleicht. Statt zu Abend zu essen, verharrte er vor seinen niedergekritzelten Zeilen, den verworfenen Ideen, und immer wieder löste er seinen Blick davon und betrachtete die Pyramide, bis er sie in- und auswendig kannte. Er stellte sich ihre Finger vor, die Bewegung ihrer Hände und Handgelenke, als sie die kleinen Stöckchen zusammenband. Dann schrieb er ein Gedicht nieder, war jedoch nicht zufrieden mit seinen Versen, weshalb er, was er zu sagen hatte, in loser Form zu Papier brachte. Darüber schlief er ein, wurde dann von dem dringlichen Gefühl geweckt, alles von neuem lesen und überarbeiten zu müssen.

Er ließ seinen Geist zum Kritiker werden und betrachtete seine letzten Zeilen wie auch die Verse aus verschiedenen Blickwinkeln, stilistisch und inhaltlich, bis er zu einer Entscheidung kam. Das Problem mit der Poesie war, dass sie ein Eigenleben führte. Sie wuchs und veränderte ihre Gestalt. Ließ man sie einen Tag ruhen, so würde sie nach etwas anderem verlangen, beklagen, dass ein bestimmtes Wort nicht die Wahrheit sagte, dass ein anderes ein Eindringling sei. Ließ man sie eine Woche allein, mochte sie schon eine Amputation verlangen oder gar eine Metamorphose. Nach einem Monat würde sie unbeholfen wirken. Erst wenn man ein halbes Jahr später zu ihr zurückfand, konnte sie womöglich doch noch im Glanze jener Perfektion erstrahlen, die sie einem schon zuvor versprochen hatte. Und so entschied er sich für die Prosaform.

Erschöpft bezwang er seine Müdigkeit und nahm ein frisches Blatt Papier, auf das er mit äußerster Sorgfalt die letzte Fassung des Textes kopierte und das er in einen neuen Umschlag steckte. Dann erst blies Summerfield die Kerze aus, schleppte sich zu seinem Bett hinüber und schlief augenblicklich ein, ohne vorher seine Kleidung abzulegen.

Bei Mondaufgang dachte ich an dich, an meine Angst, dich zu verlieren, und vor der Leere des Tages. Zu später Stunde träumte ich im verborgensten Winkel des Schlafes vom ewig währenden, geheimen Teil unseres Selbst, der wahre Liebe ist. Denn es geht bis zum Äußersten und ist dabei so unabänderlich und so gewiss wie das Heranrollen der nächsten Welle. Wir laufen ins Meer, lassen uns in der Dünung treiben, und wenn sich die Welle aufbaut und an ihrem Kamm bricht, nehmen wir einen letzten Atemzug und tauchen in sie ein, brausen mit ihr in Richtung Strand und überschlagen uns lachend im Rauschen. Dann liegen wir benommen auf dem Sand, mit einem Lächeln im Gesicht, und die Ebbe zieht die Erde unter uns zurück in die Tiefe, und es fühlt sich an, als würde der Boden mit uns darauf ins Meer gleiten. Wir Liebenden öffnen die Augen und sehen die Welt durch die schäumende Brandung der Wellen: den Wasserfilm, das Glitzern eines Sonnenstrahls auf einem Sandkorn, ein winziges Mosaik aus Muscheln, in denen Perlen heranwachsen, ein fröhliches Blubbern aus den Luftlöchern. Und der Himmel zieht königsblau über uns hinweg, von irgendwo blendet die Sonne. Wir lassen uns von ihr wärmen, strecken uns, seufzen. Eine Welle der Liebe hat uns mit sich fortgetragen, und die nächste wird folgen.

22

Eine weitere Mittagspause, die für sie verloren war. Ein weiterer Tag ohne Harry Summerfield. Ihre Stimmung war auf dem Tiefpunkt.

Sie biss die Zähne zusammen und hielt mühsam an sich, um *Sœur* Marthe auf ihr Zimmer zu folgen. Sarah Bassouin warf ihr einen letzten mitleidigen Blick zu, woraufhin Jeanne nur hastig in die grobe Richtung des Orangenhains deutete. Zur Antwort nickte Sarah kaum wahrnehmbar und verschwand. Ihre verdammten Eltern, die verdammte Schwester Marthe, die verdammte Vorbereitung auf die Universität, der in der Auffassung aller außer ihr selbst jede einzelne Minute ihrer Zeit geopfert werden sollte.

Liebe. Das sonderbarste aller Gefühle. Nicht einmal die Definition, die Sarah ihr davon gegeben hatte, schien ihr passend. Vielleicht, hatte Jeanne überlegt, erlebte jeder sie anders. Das Schlimmste war die Unsicherheit. Sie musste sich eingestehen, dass sie sich nicht sicher war, ob das tatsächlich die *Liebe* war, von der alle immer sprachen, von ihren Schulfreundinnen über ihre Eltern bis hin zu ihren Filmhelden. Denn sie empfand das Gefühl als äußerst schmerzhaft.

Jeanne schien beinahe ununterbrochen in einem Zustand jenseits von allem zu schweben. Sie wirkte ständig abwesend. Ihr Körper erschien ihr wie ein leeres, geisterhaftes Vehikel für eine Wolke aus Gefühlen, kaum von Gedanken gelenkt, eher von Wogen der Euphorie hinfortgetragen, so hoch und gewaltig wie brutal und zerstörerisch. Wenn die Welle abebbte, sank sie für unerträglich lange Minuten in eine schreckliche Leere hinab. Es war ein Zustand reinster Panik – als müsste sie sterben und dürfte ihn nie wiedersehen.

Ihre Mutter und Soumia waren mittlerweile überzeugt davon, dass sie sich im Biologielabor der *Académie* eine mysteriöse Krankheit zugezogen haben musste. Und natürlich sorgte Soumias Klatschsucht (und ihr naiver Glaube an alles, was sie für »wissenschaftlich« hielt) dafür, dass ihre Mutter bald von den *chronischen Blasen* hörte – eine weitere Verdrehung der *tiktonischen Blattern*. Gott allein wusste, wie Soumias Hirn arbeitete, dachte Jeanne, als sie es ihrer Mutter erneut erklären musste. Vielleicht, hatte sie in Gedanken hinzugefügt, war ja auch Soumia verliebt. Andauernd.

Schwester Marthes privater Mathematikunterricht zog sich in die Länge, eine Stunde dehnte sich unendlich aus, so dass jede Minute ihr vorkam, als wären bereits zehn verstrichen. Die alte Nonne erklärte die algebraischen Formeln mit solcher Inbrunst und war selbst so vertieft in ihre Erläuterungen, dass sie von Jeanne kaum Notiz nahm, deren Geist sich gegen den Einfluss der Logik wehrte. *Was ist denn mit der Liebe?,* fragte er stur. *Was ist mit Poesie?* Nichts anderes zählte. Alles, von geologischen Felsformationen bis zur Theorie der Atome, erschien ihr gering im Vergleich, so lächerlich und unwirklich, dass es in ihrer gegenwärtigen Prioritätenliste kaum eine Fußnote wert war.

Sie blickte aus dem Fenster von Schwester Marthes Zimmer hinaus auf die ferne Ebene, sah den sich ausdehnenden Orangenhain und stellte sich vor, dass Sarah ihre Mission, dort für sie nach einer Nachricht zu suchen, bereits erfüllt hatte. Sie bemerkte eine Wolke, die über den sonst klaren Himmel zog, und glaubte, in ihrer Form einen Mann zu erkennen. Ein Vogel flog durchs Bild. Das waren Zeichen, glaubte sie. Ihre Tage waren von ihnen erfüllt. Es war, als würde ihr die Natur, die sie umgab, zum ersten Mal wirklich bewusst werden.

»Aufgabe drei«, drang Schwester Marthes Stimme zu ihr durch, in einem Tonfall, der andeutete, dass sie sich bereits wiederholte.

»Wie bitte, Schwester Marthe?«

»Die Aufgabe, Jeanne«, schnaufte die Nonne und griff nach ihrem Wasserspray.

»Was ist mit der *Liebe,* Schwester?« Jeanne fuhr zusammen, als hätte ihr jemand einen elektrischen Schlag verpasst. Sie war verblüfft, diese Worte aus ihrem eigenen Mund zu vernehmen, und führte die Hand an ihre Lippen, wie um sie wieder zurückzunehmen. Schwester Marthe wirkte ebenso schockiert. Sie hatte die Augenbrauen so hoch gezogen, dass ihre Stirn sich in tiefe Falten legte. So sah sie aus wie eine Bulldogge. Endlich pfiff und sprühte der Pumpzerstäuber und benetzte das Gesicht der Schwester mit einem feinen Wassernebel.

»Haben Sie gerade etwas über *Liebe* gesagt, junge Dame?«

Jeanne schwieg, nickte beschämt und wandte sich ab. Zum ersten Mal nahm sie das Zimmer der Nonne wahr – die dunkelgrüne Farbe an den Wänden, die gerahmten Abschlusszeugnisse der Universität von Nantes, die kleine Kommode aus poliertem Eichenholz mit den Spitzendeckchen darauf, die Sammlung verblasster Photographien sowie mehrere Kreuze, eins davon mit einer handbemalten Jesusfigur aus Porzellan. Sein Lächeln erregte Jeannes Aufmerksamkeit. Es war ein geheimnisvolles Lächeln – ein Lächeln, das von innerer Ruhe zeugte. Als hätte Jesus in seinen letzten Minuten am Kreuz sein Leben an sich vorbeiziehen lassen und wäre zu dem Schluss gekommen, dass es das alles wert gewesen war. Jeanne kniff die Augen zusammen und wusste nicht recht, ob sie ihr einen Streich spielten, ob ihre Gefühle sie nicht schon wieder auf den Kamm einer Welle zusteuerten.

»Sie sehen das Lächeln, mein Mädchen, nicht wahr?« Schwester Marthes Stimme klang plötzlich sonderbar vertraut. Jeanne drehte sich um und stellte überrascht fest, dass die alte Nonne geradezu verzückt lächelte. »Sie können es also auch sehen!«

»Ja«, erwiderte Jeanne, unschlüssig, wie sie reagieren sollte.

»Die Figur habe ich in Lourdes gekauft, auf meiner ersten Pilgerreise, noch bevor ich dem Orden beitrat«, erzählte Schwester Marthe und ließ das Mathematikbuch zu Jeannes Erleichterung in den Schoß sinken. »In dem Geschäft gab es Dutzende von ihnen – lauter Porzellanfiguren von Christus am Kreuz. Doch diese – diese *ganz* bestimmte – hatte einen völlig anderen Gesichtsausdruck als all die anderen.«

»Vielleicht hat der Künstler einen Fehler gemacht.«

»Sie denken *logisch*!«, tadelte die Nonne, die plötzlich über sich selbst lachen musste. »Was ich seit einer Stunde versuche, Ihnen beizubringen!« Jeanne lachte ebenfalls. Sie fühlte sich der alten Dame in diesem Moment sehr nah, als hätten sie etwas Einzigartiges geteilt. »Aber was, wenn wir die Logik einmal beiseitelassen? Wir könnten sagen, dass der Künstler den Fehler mit Absicht gemacht hat. Etwa wie da Vinci bei der Mona Lisa. Vielleicht hat er sich einen kleinen Spaß gegönnt. Doch vielleicht malte er auch etwas, von dem er wusste, dass es niemand beachten würde – diesen schlichten, beinahe törichten Gesichtsausdruck, der so deutlich einen Menschen zeigt, der Hals über Kopf verliebt ist, und den keiner der Kunstkritiker mit all ihren Titeln und ominösen Büchern zu deuten wusste.« Und leise fügte Schwester Marthe hinzu: »Ein bisschen so wie der Ausdruck auf Ihrem Gesicht, Jeanne.«

Jeanne ließ sich in den Stuhl zurücksinken. »Oje, sehe ich wirklich so dumm aus?«

»Leider ja. Doch sorgen Sie sich nicht – wer selbst nicht verliebt ist, wird es nicht bemerken. Sie werden Sie für krank oder schwachsinnig halten.«

»Meine Eltern zum Beispiel.«

»Vielleicht.« Schwester Marthe fuhr aufgeregt fort: »Doch wir können noch einen Schritt weitergehen.« Jeanne schürzte die Lippen. »Ja. Wir *könnten* sagen, dass dieses Gesicht für uns bestimmt war. Ein Zeichen, eine Botschaft an zwei Menschen, die sich zufällig am selben Ort befinden und es zugleich unter Millionen anderen erkennen. Was wir in Jesus' Gesicht sehen, ist Liebe.«

»Schwester Marthe, das hat nun gar nichts mehr mit logischem Denken zu tun. Geht es Ihnen gut? Ist es vielleicht die Hitze?«

»Reden Sie keinen Unsinn! Ich erlaube meinen Gedanken nur zu wandern, das ist alles – und werden Sie bloß nicht frech, junge Dame. Wir alle, sogar wir Lehrerinnen, dürfen unsere Phantasie benutzen, und manchmal ist das, was wir uns vorstellen, näher an der Wahrheit dran, als jede logische Schlussfolgerung es sein könnte.«

»Aber Sie haben noch nie zuvor so gesprochen.«

»Natürlich nicht«, erwiderte Schwester Marthe scharf. »Können Sie sich eine Klasse postpubertierender Mädchen vorstellen, den Kopf voll mit Clark Gable, Mode, Pferden, Balzac und Jazzmusik, die das verstehen? Mir fällt es jedenfalls schwer.«

»Aber Sarah Bassouin verstünde es bestimmt.«

»Ach, Sarah Bassouin! Lieber Himmel – *ja,* sie ist ein gutes Mädchen. Und *ja,* sie ist verliebt. Doch Jeanne, es gibt viele verschiedene Arten von Liebe – viele brennende Schatten, denen das Herz nachjagt. Sarahs Liebe ist eine, die der Freundschaft am nächsten kommt, eine Liebe, die nach und nach friedlich und ohne Hindernisse wachsen konnte. Man könnte sagen, Sarahs Liebe ist gesund und offiziell. Eine Liebe, die nur Glück verheißt. Wohingegen andere ...«

»Ja«, entfuhr es Jeanne, die sich vorbeugte und nur mühsam der Verlockung widerstand zuzugeben, dass sie an dieser anderen Form der Liebe litt.

»Andere erleben die wahre Liebe. Obwohl ...« Schwester Marthe geriet ins Stocken und dachte eine Weile nach. »Obwohl ich nach einiger Überlegung vielleicht sagen muss, dass die erste Form der Liebe wohl doch die wahre Liebe darstellt. Ach herrje, das ist alles so verwirrend.«

»Ja«, stimmte ihr Jeanne zu.

»Es tut mir leid«, beeilte sich Schwester Marthe zu sagen, als sie Jeannes Misere wahrnahm. »Wo war ich?«

»Wahre Liebe.«

»Ach, ja. Oder: nein. Eine Liebe jedenfalls, die aus den höchsten Höhen und den tiefsten Schluchten besteht. Eine Liebe, die, da sie fast unmöglich zu erreichen ist, sowohl die größtmögliche Freude als auch die tiefste Traurigkeit in sich birgt. Eine Liebe, die auf räumlicher Trennung beruht. Eine Liebe, die große Worte hervorbringt. Die einen Zugang zur Spiritualität und zu Gott ermöglicht, dem niemand ohne sie je nahekommen wird.«

»Aber kann sich denn auch sie erfüllen?« Mittlerweile war Jeanne der Verzweiflung nah. Schwester Marthes Worte klangen wie ein Todesurteil.

»Was? Oh, natürlich! Doch es kommt darauf an.«

»Worauf?«

»Nicht auf etwas Bestimmtes kommt es an, mein Mädchen. Manchmal passiert es eben einfach. Herrje, Sie wirken ja völlig verstört.« So war es auch. Jeanne war kurz davor, in Tränen auszubrechen. »Was ich sagen wollte«, fuhr Schwester Marthe nun wieder mit der kühlen Gewissheit der Logik fort, »ist, dass eine solche Liebe sich immer erfüllt, ob nun für drei Tage oder dreißig Jahre. Nichts ist sicher. Es steht nur fest, dass es sich lohnt, solch eine einzigartige Erfahrung zu machen – um nichts in der Welt würde ich das Gegenteil behaupten.« Schweigen. Die Glocke der *Académie* erklang schwerfällig und zeigte an, dass die Mittagspause vorüber war. »Oje, wir haben noch gar nichts gegessen«, stellte Schwester Marthe fest.

»Aber Sie – woher wissen Sie von diesen Dingen?« Die Frage hatte Jeanne von Anfang an auf den Lippen gebrannt, und nun hatte sie keine Angst mehr, sie zu stellen.

Schwester Marthe blickte ihr in die Augen und dann auf das Kruzifix. »Mein liebes Mädchen. Sie müssen wissen, dass auch ich einmal jung war.«

»Aber Sie … Sie können es immer noch erkennen.«

»Ich bin ja auch immer noch verliebt, mein Kind.« Die alte Dame wandte den Blick ab und faltete die Hände. »Die Liebe hat mich niemals verlassen. Ein paar Jahre lang habe ich ihren Kummer mit mir herumgetragen, dann beschloss ich, mir nur noch ihre Freude zu bewahren. Und nun liebe ich auf eine andere Art«, fügte sie mit einem weiteren Blick auf das Kreuz hinzu, wobei sie, wie Jeanne fand, auf fast ebenso gelassene Weise lächelte wie die Jesusfigur. »Jeder Tag erfüllt mich mit Glück. Und nun«, schloss die alte Dame mit einem Räuspern, »wollen wir in den Klassenraum zurückkehren, nicht wahr?«

Jeanne erhob sich, packte ihre Bücher ein und folgte Schwester Marthe zur Tür hinaus. Auf der Schwelle blieb sie stehen, biss sich auf die Lippe und sah ihre alte Lehrerin fragend an.

»Keine Sorge, junge Dame. Ich verstehe – und werde dementsprechend nachsichtig mit Ihnen sein. Ich glaube fest daran, dass Sie die Aufnahmeprüfungen bestehen werden. Nun gehen Sie.«

Der Tag war anstrengend gewesen, und Jeanne verzog sich nach dem Abendessen unter mehrmaligem Gähnen und den fragenden Blicken ihrer Eltern nach oben in ihr Schlafzimmer. Als sie die Tür hinter sich geschlossen hatte, wusste sie nicht, ob sie zuerst ihre Hausaufgaben machen, die Nachricht lesen, die Sarah für sie geholt hatte, oder sich vor Müdigkeit einfach ins Bett fallen lassen sollte. Sie entschied sich für Letzteres, da alle Kraft aus ihrem Körper gewichen zu sein schien, legte sich auf den Rücken und starrte zur Decke.

Sie ließ ihren Gedanken freien Lauf, an Schwester Marthe, ihr Gespräch und die erfreuliche Erkenntnis. Auf einmal verspürte sie große Zuneigung für die alte Dame und konnte sich kaum vorstellen, wie es dieser so lange gelungen war, ihre Maske aus Autorität und Engstirnigkeit zu tragen. Dann musste sie an Sarah denken, die ihr heimlich unter dem Tisch den Brief zugesteckt und mit der sie sich später hastig auf der Toilette unterhalten hatte. Denn, wie Sarah ihr berichtete, war sie bei ihrer Rückkehr aus dem Orangenhain zu ihrem Entsetzen fast mit einem mächtigen, schweren Einheimischen zusammengestoßen, der sie ganz merkwürdig angesehen hatte. Es war, als hätte er auf jemanden gewartet. Sein fragender Blick war in den wenigen Sekunden, in denen Sarah erschrocken stehengeblieben war, immer wieder zu ihrer Hand mit dem gefalteten Zettel gewandert, bis er schließlich eine entschuldigende Geste machte. Jeanne dachte zuerst, der geheimnisvolle Mann wäre der Bote, an den sie sich mittlerweile gewöhnt hatte, doch die äußerliche Beschreibung passte nicht. Ein locker sitzender Anzug, hatte Sarah gesagt. Ein breites Gesicht, unter anderen Umständen sicher friedfertig, mit einem schmalen Schnurrbart. Beim nächsten Mal würden sie sicherheitshalber zusammen in den Orangenhain gehen. Und zwischendurch drang immer wieder Harry Summerfield in ihre Gedanken. Sie fragte sich, was er wohl gerade tat, stellte sich sein Gesicht vor und sah ihn aus irgendeinem Grund in einem Café sitzen, wo er einen Tee trank und rauchte und durch die Menschenmenge hindurch direkt in ihre Augen blickte.

Schließlich rappelte sie sich auf, setzte sich auf die Bettkante und holte den Brief aus ihrer Tasche. Ihr Herz schlug sofort schneller. Diesmal roch Harrys Brief nicht nach Orangenessenz, sondern einfach nach Papier mit einem leichten Hauch von

Schweiß. An manchen Stellen war das Blatt zerknittert, wo er in der Hitze und Feuchtigkeit seiner Altstadtwohnung mit der Hand darauf geruht hatte, und es umwehte etwas Dunkles, Wildes und Verbotenes – das so gar nicht zu ihrer vornehmen Umgebung passen wollte. Sie hoffte, dass er sie eines Tages heimlich zu sich mitnehmen würde, dass sie dort Arm in Arm beisammenliegen und die Gerüche und Geräusche der Altstadt zu ihnen hereindringen würden. Sie faltete den Zettel auseinander, überprüfte mit einem Blick, ob ihre Schlafzimmertür verschlossen war, und begann zu lesen.

Liebste Jay,

ich schreibe dir, um anzukündigen, dass du bald eine Nachricht auf dem herkömmlichen Weg empfangen wirst. Es ist der letzte Brief, den ich für meinen Gönner geschrieben habe, doch ich möchte dich wissen lassen, dass jedes Wort darin wahr ist und meinen eigenen Gedanken und Gefühlen für dich entspringt. Ich habe ihm klargemacht, dass es die letzte Botschaft sein wird. Bitte versuche, ihm gegenüber keine schlechten Gefühle zu hegen, denn er ist ein guter Mann. Hoffentlich werde ich bald mit dir über all dies sprechen können.

Die Tage verstreichen, und sie sind so leer, wie ich es niemals für möglich gehalten hätte. Jedes Mal, wenn ich den Orangenhain betrete, keimt die Hoffnung in mir auf, ich könnte dich dort antreffen. Damit wir ein paar kostbare gemeinsame Momente verbringen können. Ich sehne mich danach, nur einmal deine Stimme zu hören, dich nur anzusehen. Meine viel zu langen Abende fülle ich mit dem Lesen und Wiederlesen deiner Briefe. Deine kleine, hoch geschätzte Pyramide hat einen Ehrenplatz auf meinem Schreibtisch bekommen und ist zu einem Symbol für meine Hoffnung geworden, dich bald wiederzusehen.

Tatsächlich scheint es, dass wir in unserem W einen geheimen Hel-

fer gefunden haben. Heute erreichte mich ein Briefumschlag von ihm, der für deinen Vater bestimmt ist, dazu eine Notiz, in der er sich für den Verlust seiner Adresse entschuldigt. Siehst du? W hat mich damit beauftragt, ihn zu eurem Haus zu bringen – sacré W! Ich werde deinen Vater über meinen Besuch in Kenntnis setzen, der wahrscheinlich am Donnerstag stattfinden wird. Ich hoffe inständig, dass er mich einladen wird, zum Essen zu bleiben, so dass wir wenigstens für ein paar gestohlene Augenblicke beisammen sein können.

Jay, zuletzt möchte ich dir noch danken, einfach dafür, dass es dich gibt und du meine Gedanken und Tage mit Leben füllst. Möge bald Donnerstag sein.

Liebste, wärmste Grüße,
Magpie

Jeanne ließ sich mit dem Brief an die Brust gedrückt ins Bett zurücksinken. Ein warmer Schauer überlief ihren Körper und zauberte ihr ein übermütiges Lächeln auf die Lippen. Sie lachte laut auf, da sie plötzlich an Schwester Marthes Bemerkung über die Mona Lisa denken musste, und es schüttelte sie geradezu vor Freude. Wie töricht sie aussehen musste, doch das war ihr egal.

Wie bereits erwartet streifte sie am nächsten Tag vor den Toren der *Académie* der gut gekleidete junge Araber, den sie mittlerweile insgeheim *Merkur* nannte, und steckte ihr einen Umschlag in die Hand, bevor er wieder verschwand.

Den Vormittag über trug sie ihn, wie sie es auch mit den vorherigen getan hatte, versteckt unter dem Rockbund. Statt hastig zu Mittag zu essen, bevor Schwester Marthes Testklausur begann, verzog sie sich zum Lesen auf die Toilette. Wieder roch sie Orangenessenz, als sie den Brief aus dem Umschlag zog, doch diesmal assoziierte sie den Duft mit Harry. Es war ein wunderschöner Text, und die Anspielungen auf die Wellen passten so perfekt zu ihren eigenen Gedanken und Gefühlen, dass sie es als sicheres Zeichen betrachtete. Alle Unsicherheit, die sie in den letzten Wochen verspürt hatte, fiel von ihr ab. Sie war nun von Gewissheit erfüllt. Es war ihr Schicksal. Er war es – Harry Summerfield. Und das machte ihr Angst.

Noch ein Zufall: Schwester Marthes Geographieklausur drehte sich ausgerechnet um Wellenformationen. Während Jeanne sich mit den wissenschaftlichen Aspekten des Themas herumschlug, wunderte sie sich gleichzeitig über die Wendung der Ereignisse. Es war seltsam, wie alles zu ihrem Herzen zurückzuführen schien – als ob die ganze Welt ihr dabei helfen wollte, ihren Traum wahr zu machen.

23

»Wie geht es Mr. Wilding?«, fragte Madame Lefèvre und gab ihrem Diener Mohammed ein Zeichen, sie allein zu lassen.

Summerfield schüttelte ihr die Hand und bemerkte sowohl ihren eifrigen Tonfall bei der Frage nach dem Amerikaner als auch ihr völliges Desinteresse an ihm selbst. »Es geht ihm gut, Madame Lefèvre. Er lässt Ihnen Grüße ausrichten. Und eine Entschuldigung dafür, dass er vor seiner Abreise nicht noch einmal bei Ihnen vorbeigeschaut hat.«

»Ein wahrer Gentleman«, hauchte Madame Lefèvre. »Kommen Sie. Sie haben also einen Brief für meinen Mann.«

Summerfield folgte ihr über das Schachbrettmuster auf dem Fußboden der Eingangshalle und musste an seinen ersten Besuch in diesem Haus denken, den Abend des Diners und den glücklichen Zufall seiner Begegnung mit Jeanne. Als sie am Esszimmer vorbeikamen, erhaschte Summerfield einen Blick auf das Dienstmädchen Soumia, die wieder einmal misstrauisch die Stirn runzelte.

Er nickte ihr lächelnd zu, doch sie schien ihn nicht wiederzuerkennen. Was für ein Irrenhaus, dachte er still bei sich, und ihn überkam plötzlich Mitleid für Jeanne, die in dieser stickigen Atmosphäre leben musste. Kein Wunder, dass sie nach Europa gehen wollte.

Monsieur Lefèvre befand sich in seinem Arbeitszimmer, wo er über ein paar Dokumente auf seinem Schreibtisch gebeugt saß, als Summerfield eintrat. Er fragte sich, wie dieser kraftlos und zerbrechlich wirkende kleine Mann bloß Mord und Verwüstung veranlasst haben konnte, und musste darüber beinahe den Kopf schütteln. Lefèvre erhob sich, straffte mit einer Grimasse die Schultern und trat auf seinen Gast zu. Reflexartig blickte er ihm dabei zuerst auf die Schuhe, wie Summerfield bemerkte.

»Ach ja, der Engländer – Mr. Bonnyfield.«

»Summerfield«, korrigierte dieser ihn und folgte Lefèvres Blick. Seine Stiefel waren ein wenig zerknittert, doch sie glänzten – er hatte sich extra die Mühe gemacht, sie mit ein wenig Schaffett von Abdlakabir zu polieren.

»Entschuldigung, bitte setzen Sie sich doch. Sie haben also ein Dokument für mich?«

Summerfield nickte. Die Schroffheit des Mannes machte ihn stutzig. Er nahm gerade auf einem der Lehnstühle Platz, als das Telefon klingelte. Lefèvre blieb reglos stehen, im Raum herrschte angespanntes Schweigen, dann hob er schließlich den Hörer ab. Summerfield hatte plötzlich das Bild des Bergdorfes vor Augen und Abrachs Stimme im Ohr.

»Was? Ein Wachposten vor dem Haus? Zwei?«, rief Monsieur Lefèvre, senkte jedoch sogleich die Stimme und kehrte Summerfield den Rücken zu. »Das ist natürlich angemessen … Wer, sagen Sie? … Ja. … Nein, nein, das nicht. … Hmm. … Gut, dann halten Sie mich auf dem Laufenden. Auf Wiederhören.« Lefèvre legte den Hörer wieder auf, und erneut füllte verlegenes Schweigen den Raum.

»Gut.« Er räusperte sich. »Vielleicht einen Tee, Mr. Summerfield?«

»Sehr gern. Mit Milch, bitte. Ich habe schon seit Ewigkeiten keinen richtigen Tee mehr getrunken.«

»Das muss hart für Sie sein«, bemerkte Lefèvre, der sich nun endlich selbst hinsetzte, und Summerfield fragte sich, ob in der Stimme des Mannes Ironie mitschwang. »Tee, Soumia – mit *Milch* für unseren englischen Gast.«

Erneutes Schweigen. Summerfield bemerkte, dass Lefèvre ihn anstarrte. War es seine Jacke? War darauf vielleicht ein Fleck? Dann wurde ihm bewusst, dass Lefèvres Blick auf den großen braunen Umschlag gerichtet war, den er immer noch in der Hand hielt. Sein erster Impuls war, ihn zu überreichen, doch er ließ es vorerst bleiben – die Forelle sollte ruhig noch ein wenig am Haken baumeln, sagte er still zu sich und lächelte den Franzosen an.

»Wie geht es Jeanne?«

»Meiner Tochter?« Lefèvre runzelte die Stirn, als würde er die Frage nicht verstehen.

»Und ihrer Freundin?«, fügte Summerfield hinzu. »Sie waren auch bei dem Diner, zu dem Sie Mr. Wilding und mich eingeladen hatten.«

»Ach, ja, richtig. Bei bester Gesundheit, möchte ich meinen.«

»Gut«, erwiderte Summerfield. »Und was ist mit der aktuellen Lage?«

»Nichts zu berichten«, antwortete Lefèvre in offiziellem Tonfall, dann zögerte er. »Sie meinen doch Europa?«

»Genau.«

»Hmm.« Lefèvre dachte nach, und Summerfield merkte, dass er wohl insgeheim abwägte, ob er sich wirklich auf ein Gespräch einlassen sollte. »Verschlechtert sich«, war schließlich alles, was Jeannes Vater dazu sagte. »Kommt der Tee bald, Soumia?«, rief er, worauf Soumia unvermittelt mit einem Tablett im Raum stand. Sie servierte den Tee auf marokkanische Art, wobei sie ihn aus großem Abstand in die Porzellantassen goss, so dass die Flüssigkeit mit einem lauten Plätschern darin auftraf. Lefèvre lehnte die Tasse, die sie ihm anbot, ab.

»Der Brief«, sagte er, als Summerfield seine Tasse an den Mund führte und einen Schluck daraus nahm. Der Tee schmeckte säuerlich, er war offensichtlich mit Ziegenmilch zubereitet worden.

»Ja«, erwiderte Summerfield, stellte die Tasse wieder ab und griff nach dem braunen Umschlag. Lefèvre beugte sich vor. »Jim hat ihn mir vor ein paar Tagen geschickt«, erklärte Summerfield. »Er hatte anscheinend Ihre Adresse verlegt.«

»Ja, genau«, sagte Lefèvre. »Darüber haben Sie mich bereits informiert. Darf ich –«

»Wahrscheinlich geht es um seine Funde und mögliche Geschäfte.«

»Nun, eigentlich müsste er sich damit an Jean Bassouin wenden. Dennoch –«

»Soll ich den Brief lieber zu Monsieur Bassouin bringen?«

»Nein, nein!« Lefèvre konnte die Verärgerung in seiner Stimme kaum unterdrücken. »Bitte – Mr. Summerfield –, ich danke Ihnen *sehr* fürs Vorbeikommen, doch ich habe wirklich viel zu tun.«

»Selbstverständlich«, nickte Summerfield.

»Besonders bei den derzeitigen schwerwiegenden Ereignissen in Europa – Sie verstehen wohl.«

»Selbstverständlich«, wiederholte Summerfield und händigte Lefèvre, der kurz vorm Explodieren schien, endlich den Umschlag aus. Der Franzose riss ihn sofort auf, zog die Dokumente heraus und überflog sie schweigend. Nach ein paar Sekunden schaute er auf.

»Es ist *alles* auf Englisch!«

»Ach herrje.«

»Nein – warten Sie. Hier sind ein paar Zeilen auf Französisch.« Lefèvre entzifferte mit zusammengekniffenen Augen die kleine handgeschriebene Notiz, die jedoch nicht Jims Handschrift trug. »*Bitte um Verzeihung …*«, las Lefèvre, überflog die Formalitäten und fuhr fort: *»Ich weiß, dass Harry Summerfield ein erfahrener Übersetzer ist. Vielleicht kann er Ihnen helfen.«* Lefèvre lehnte sich mit einem fatalistischen Seufzen zurück. »Nun, Mr. Summerfield – bis wann können Sie mir das hier übersetzen? Und ich schätze, Sie werden ein Honorar dafür verlangen.«

Ein Abgabetermin sowie eine Summe wurden vereinbart, und Summerfield dachte gerade, was für ein ausgefuchster Kerl dieser Jim Wilding doch war, da betrat Madame Lefèvre den Raum in Begleitung von – Jeanne.

»Jeanne!«, stammelte Summerfield und erhob sich.

»Meine Tochter«, sagte Madame Lefèvre etwas verwirrt. »Jeanne, das stimmt. Sie erinnern sich also an sie.«

»Äh – natürlich«, erwiderte Summerfield, der seine Fassung wiederfand. »Wir haben an jenem Abend ein sehr interessantes Gespräch geführt.«

»Über den Garten«, fügte Jeanne hinzu und kam näher. Ihr Lächeln war hinreißend. »Harry – ich darf Sie doch Harry nennen? – Harry war ganz entzückt von unseren Magnolien.«

»Ja, sie sind wunderschön«, bestätigte Summerfield, der noch halb wahrnahm, wie Jeannes Mutter eine Bemerkung über die Engländer und ihre Gärten machte. »Nun, wie geht es Ihnen, Jeanne?«

»Mir geht es gut«, erwiderte die junge Frau mit zärtlichem Blick.

»Ja«, sagte er und verstummte.

»Ja, was?« Es war Lefèvre, der ihn auf den Boden der Tatsachen zurückholte.

»Was? Oh, bitte verzeihen Sie. Ich fühlte mich plötzlich ein wenig erschöpft. Entschuldigen Sie vielmals.«

»Meine Tochter beklagt sich in letzter Zeit auch ständig über Müdigkeit«, erklärte Madame Lefèvre mit Besorgnis in der Stimme. »Ihr jungen Leute. Wahrscheinlich habt Ihr einfach zu viel freie Zeit.«

»Es mangelt ihnen an Aufgaben. Arbeit ermüdet einen niemals«, fügte ihr Ehemann barsch hinzu. »Mich zumindest nicht.«

»Papa, wäre es nicht nett, wenn Mr. Summerfield zum Abendessen bliebe?«

Lefèvre sah aus, als hätte ihm jemand ein Glas Wasser ins Gesicht geschüttet. »Geht diesen Abend leider nicht«, erwiderte er hastig. »Zu viel zu tun.«

»Oh, *Philippe-Charles* – es wäre doch reizend, ein wenig Gesellschaft zu haben.«

»Nein, tut mir leid. Es geht nicht«, beharrte Lefèvre und warf seiner Frau einen bedeutungsvollen Blick zu. »Ich bin wirklich zu beschäftigt, und Jeanne muss lernen. Vergesst nicht – die Prüfungen sind in drei Wochen.«

»Bitte, Papa. Wenn ich mich mit Mr. Summerfield unterhalte, kann ich mein Englisch verbessern.«

»Mr. Summerfield hat ebenfalls zu tun«, wich Lefèvre der Bitte seiner Tochter aus. Er beugte sich über den Tisch und hob den Umschlag hoch. »Mr. Wildings Übersetzung.« Er trat einen Schritt vor und reichte Summerfield den Umschlag zurück, ohne ihm dabei ins Gesicht zu schauen. Ein unbehagliches Schweigen breitete sich im Raum aus. Lefèvre stand nervös auf und sagte dann in zuerst verärgertem, nach einem Blick auf Frau und Tochter jedoch etwas sanfterem Tonfall: »Nun, wie wäre es denn mit Sonntag? Was meinen Sie? Dann können Sie die Übersetzung gleich mitbringen.«

Erneutes Schweigen, das Madame Lefèvre durchbrach: »Sonntag ist eine gute Idee. So können wir auch etwas Besonderes zum Essen vorbereiten. Heute Abend wäre es dafür schon zu spät.«

»Gut!«, knurrte Lefèvre. »Das hätten wir also geklärt. Wenn Sie mich nun entschuldigen – ich habe zu tun.«

Summerfield beugte sich vor, schüttelte Lefèvre die Hand und ließ sich hinausgeleiten. Es erschien ihm alles so ungerecht. Er hatte kaum mehr als zehn Worte mit Jeanne wechseln können. Verzweifelt suchte er nach einer Möglichkeit, seinen Abschied noch hinauszuzögern, und kam schließlich auf die Magnolien.

»Wie sieht es bei den Blumenbeeten aus? Geht es ihnen gut?«

»Geht es *wem* gut?«, fragten Jeanne und ihre Mutter einstimmig.

»Den Magnolien natürlich.«

»Oh!« Jeanne verstand plötzlich und wollte gerade fortfahren, als ihre Mutter dazwischenplatzte: »Sie sind tot!«

»O nein.«

»Nun, vielleicht erholen sie sich doch noch«, fügte Madame Lefèvre hinzu. »Jetzt verabschiede dich aber von Mr. Summerfield, Jeanne. Sie muss zurück an die Hausaufgaben«, erläuterte sie an ihn gerichtet. »Du siehst ihn am Sonntag wieder. Sagen wir, halb acht.«

»Halb acht«, wiederholte Summerfield zögerlich. »Danke, Madame …« Er wandte sich Jeanne zu, die ihm die Hand hinstreckte. Auf ihrem Gesicht erkannte er Traurigkeit. Und Wut.

»Es war mir ein Vergnügen, Jeanne …«, bekam er noch heraus, bevor Mohammed erschien, um ihn zum Eingangstor zu führen. »Auf Wiedersehen.«

»Auf Wiedersehen, Harry … Summerfield.«

Jenseits des Tores tauchte er in die Nacht ein. Er fühlte sich wie der einsamste unter allen Sterblichen, und ihn schauderte trotz der warmen Juniluft. Er warf einen letzten Blick auf Lefèvres Haus und machte sich dann auf den Weg. Wie ein sinkendes Schiff kam er sich vor, dessen Kiel abgerissen war und das nun im kalten, schwarzen Ozean versank. Doch dann merkte er auf einmal, wie seine Schritte immer langsamer wurden, bis er bei der zweiten Laterne der Allee schließlich ganz stehenblieb. Er schlug mit der Faust gegen den Pfahl. Es war eigenartig, denn sein Körper handelte, noch bevor sich in seinem Kopf eine Idee formen konnte. Sich mit einer Hand festhaltend, drehte er sich langsam um die Laterne, eineinhalb Runden, bis er erneut die Straße hinaufblickte. Mit langsamen, sicheren Schritten ging er wieder auf das Haus der Lefèvres zu.

Zum Glück haben sie keinen Hund, dachte er, als er sich um die Ecke in den Garten und hinters Haus stahl, vorbei am Geräteschuppen mit seinem Gewirr einsatzbereiter Rechen und Spaten. Er hatte gewartet, bis der letzte Rest Helligkeit vom Abendhimmel verschwunden war, bevor er über den Zaun kletterte. Mittlerweile war es stockfinster.

Versteckt hinter den Magnolien – die gar nicht so »tot« waren, wie Madame Lefèvre behauptet hatte –, sah er zum ersten Stock hinauf. Aus mehreren Zimmern schien sanftes Licht, und eins von ihnen musste Jeannes sein. Nur welches? *Herrje, du musst verrückt geworden sein,* meldete sich eine Stimme in ihm. *Wenn Mohammed dich entdeckt!* Er würde ihn sicher mit einer Mistgabel oder gleich mit einem Krummsäbel verfolgen. *Sei nicht albern,* sagte eine andere, gelassenere Stimme. Er hatte während seines gesamten Aufenthalts in Marokko schließlich noch keinen einzigen Krummsäbel zu Gesicht bekommen, vielleicht waren die hier gar nicht üblich. Abrupt beendete er die Diskussion mit sich selbst und überlegte stattdessen, wie er in den ersten Stock klettern könnte, ohne sich dabei das Genick zu brechen.

Mehrere Wege schienen möglich, zudem war das Haus nicht übermäßig hoch – er litt nämlich unter Höhenangst –, und vor allen Dingen lag dort neben dem Gewächshaus Mohammeds Leiter im Gras. Eine Leiter hochzuklettern war nicht gerade romantisch, dachte er. Hatte nicht eben viel von Shakespeare. Doch es war sicherer. Nachdem er sich selbst eine Weile gut zugeredet hatte, trat er nach vorn, überquerte ein kleines Stück offenen Rasen und kniete sich dann neben die Leiter. Vorsichtig und leise lehnte er sie neben dem ersten Fenster an die Wand und begann zu klettern. Auf halbem Weg nach oben erstarrte er – der nahe Schrei eines Nachtfalken hatte ihn aus dem Tritt kommen lassen. Mit klopfendem Herzen stieg er behutsam die letzten acht Sprossen hinauf, reckte den Oberkörper und lugte in den schwach beleuchteten Raum hinein. *Gottverdammter Mist!* Dort saß Madame Lefèvre in einem zitronengelben Nachthemd und schmierte sich gerade eine widerlich aussehende Creme ins Gesicht. Summerfield ging sofort in Deckung und kletterte eilig zurück. Unten angelangt, ließ er sich erst einmal zu Atem kommen. Bei welchem Fenster sollte er es als Nächstes probieren? Er hoffte verzweifelt, dass Jeannes Eltern sich ein Schlafzimmer teilten – er wollte sich nicht ausmalen, wie es wäre, sich plötzlich Auge in Auge mit dem alten Napoleon wiederzufinden! Dann würde Wildings Dokument wohl für immer unübersetzt bleiben. Denk logisch, befahl er sich selbst. Was für eine Tapete und was für Vorhänge würde eine junge Frau, was für welche würde ein elender alter Bürohengst haben? Seine Zweifel waren jedoch stärker als sein Mut. Er wägte das Risiko ab und entschied sich gegen einen erneuten Versuch – wenn er sich irrte, hätte er keine Chance mehr zu fliehen. Stattdessen blieb er im Schatten geduckt, hob eine Handvoll Erde auf und siebte ein paar kleinere Klumpen heraus. Er kam auf die Tapetentheorie zurück, entschied sich für das dritte Fenster und warf. Das Klümpchen prallte gegen die Fensterscheibe. Innerlich angespannt und bereit, in Windeseile in die Büsche zu verschwinden, warf er ein zweites, verfehlte sein Ziel, und dann ein drittes.

Als wären seine Gebete erhört worden, erschien Jeannes Gesicht kurz am Fenster. Ein letzter Wurf. Eine Pause. Jeanne tauchte wieder auf, ihre feinen Züge wirkten verängstigt, ihr Blick suchte die Dunkelheit unter ihrem Fenster ab. Dann sah sie nach unten, erkannte ihn, runzelte die Stirn, führte eine Hand zum Mund und lächelte endlich. Das Fenster öffnete sich mit einem leisen Ächzen, und Summerfield trat rasch hinaus auf den Rasen und bedeutete ihr, zu ihm herunterzukommen. Sie nickte, hielt zwei Finger hoch und verschwand wieder. Aus zwei Minuten wurden Summerfields Empfinden nach fünf – vielleicht die längsten seines Lebens. Doch da schlüpfte Jeanne schon vorsichtig durch die Hintertür auf die Veranda und kam leise auf ihn zu.

»Also«, sagte Summerfield sanft.

»Also«, flüsterte Jeanne und legte sich einen Finger auf die Lippen. »Du bist wahnsinnig!« Sie blieben ein paar Sekunden lang mitten im Mondschein stehen, betrachteten einander – er in seinem zerknitterten Anzug und dem Hemd, dessen Kragen sich bei seinen Kletterversuchen gelöst hatte, sie in einem leichten Sommerkleid, das im Mondlicht bläulich wirkte, wahrscheinlich aber einen Grünton hatte. Verlegen gingen sie ein paar Schritte in den Schatten, wobei sie den anderen nicht aus dem Blick ließen. Sie war wie gebannt von der Form seines Kiefers und dem Schatten unter seinen Lippen; er von ihrem linken Ohr, hinter dem sich eine Haarlocke bis zu ihrem Hals hinunterkringelte. Ihre Augen wanderten über Haut, Nase, Lippen, Augenbrauen – dann trafen sie sich im Blick des anderen und versanken darin wie in einer enormen Welle im Ozean, einer herrlichen Achterbahnfahrt, die beiden im selben Augenblick ein Lächeln aufs Gesicht zauberte. Der nächste Moment schien verlorengegangen zu sein, sie hatten keine Ahnung, wie er verstrichen war, denn plötzlich lagen sie einander in den Armen, und ihre Lippen fanden sich, stupsten sich sanft an wie zwei Katzen bei einem nächtlichen Rendezvous.

Langsam und immer noch eng umschlungen umrundeten sie den Garten, bis sie an seiner hintersten Ecke unter dem großen Magnolienbaum angelangt waren, wo sie stehenblieben und den Duft des anderen einatmeten, sich zart berührten, aneinanderschmiegten. Sie bewegten sich nicht von der Stelle, flüsterten einander die zartesten Worte zu, die ihnen je über die Lippen gekommen waren.

»Von diesem Augenblick habe ich so lange geträumt.«

»In meinem Kopf habe ich darüber ganze Romane geschrieben.«

»Deine Lippen sind so sanft, so köstlich.«

»Zu einer, die es ebenso ist.«

Leises Lachen.

»Hast du die Nachricht erhalten, meine Liebste?«

»Ja.«

»Ein guter Mann, doch nun ist es vorbei.«

»Weiß er von uns beiden?«

»Niemand weiß es. Ich werde es ihm eines Tages erzählen.«

»Wenn die Zeit reif ist. Wird er leiden?«

»Sehr, meine Liebste.«

»Und wirst du darunter zu leiden haben?«

»Nicht so sehr wie er, fürchte ich.«

»So muss es wohl sein. Leiden ist der Preis der Wahrheit.«

24

Sein Herz war das Zentrum der Welt. Es taumelte, tanzte und redete in einer Sprache, die der Sprache seines Geistes so unlogisch erschien und doch so viel ehrlicher und reicher war. Es war seine Verbindung zum Schicksal, so klar und bedeutend wie die Sterne, die Nachtluft, Jeanne und das Leben selbst.

Als er das Haus der Lefèvres hinter sich ließ, lief er durch den sanften gelben Schein einer einzelnen elektrischen Straßenlampe, die die Allee beleuchtete, drehte sich noch ein letztes Mal um und sandte ein Lächeln dorthin, wo er Jeanne vermutete. Hinter den Fensterläden im ersten Stock drang Licht hervor, und er hoffte, dass sie ungesehen in ihr Zimmer zurückgelangt war. Durch die silberblaue Dunkelheit unter dem Halbmond machte er sich auf den Heimweg und fragte sich dabei, wie es ihr wohl gerade erging. Fühlte sie sich auch so erfüllt, dass ihr Herz vor Freude überquoll? Las sie seinen Brief von neuem, oder dachte sie einfach nur an jenen Augenblick zurück, in dem sich ihre Lippen berührt hatten? Nahm sie ebenso erstaunt wie er diese Schwerelosigkeit wahr, die ihn am Kragen zu packen und fortzutragen schien? Er lachte, spürte eine Welle der Wärme durch seinen Körper wogen und hauchte ein »Ich liebe dich« in die Nachtluft.

Das Lächeln verließ ihn nicht, während er an den vornehmen Häusern der Franzosen vorbeilief. Es blieb ihm erhalten, als die Luft sich abkühlte und die fernen Gebirgsketten des Atlas sich schwarz färbten und eins mit dem Himmel wurden. Es war immer noch da, als er etwa vierhundert Meter weiter ein kleines unbebautes Grundstück überquerte, von dem aus ein Pfad in die Ebene hinausführte, die sich bis zu den Bergen erstreckte. Dann sah er einen dunklen Schatten zwischen Unkraut und Dornbüschen lauern. Er ging näher und erkannte die Umrisse eines Autos, in dem Menschen saßen. Im Dunkeln wirkte der Wagen zu klein für seine Insassen. Unbewusst wandte er den Blick ab und lenkte seine Schritte leicht nach rechts, um wieder zurück zur Straße zu kommen. Doch er hatte sich kaum ein paar Meter entfernt, da ertönte schon das blecherne Quietschen einer aufgestoßenen Autotür. Er wandte sich um. Vor dem Wagen stand nun jemand. Summerfield blieb stehen. Die Gestalt winkte ihn herbei.

»Harry«, erklang eine sanfte, leise Stimme. »Ich bin's, Abrach. Kommen Sie.«

Summerfield runzelte die Stirn. Die Seligkeit war nun völlig aus seinem Herzen verschwunden, verdrängt von wachsendem Unbehagen.

»Abrach?«, rief er zögerlich zurück, von der nächtlichen Stille zum Murmeln gezwungen. »Sind Sie das?«

»Kommen Sie, Harry«, wiederholte die Gestalt und trat noch einen Schritt vor ins Mondlicht. »Ich möchte mit Ihnen sprechen.«

Summerfield zuckte mit den Schultern, blickte sich noch einmal um und ging dann auf Abrach zu. Sie begrüßten sich mit einem Händedruck, und Summerfield erkannte ein Lächeln auf dem Gesicht des Kaufmanns. Während sie sich langsam auf das Auto zubewegten, entstiegen ihm zwei andere Gestalten und verschwanden im Unterholz, Abrachs Männer. Vielleicht war Badr einer von ihnen, doch Summerfield konnte es nicht sicher sagen.

»Bitte«, sagte Abrach und bedeutete Summerfield einzusteigen. Sie nahmen auf dem Rücksitz Platz, und Abrach schloss die Tür. Es roch ein wenig muffig, nach Männern, die zu lange in einen beengten Raum gesperrt gewesen waren. Abrach bemerkte es ebenfalls und beugte seine mächtige Gestalt vor, um die Fensterscheibe herunterzukurbeln.

»Nun?«, begann Summerfield. »Abrach, bitte erklären Sie mir – sind Sie mir gefolgt?«

Der Kaufmann seufzte und rieb sich das Gesicht mit einer müden Geste, bevor er aufblickte.

»Nicht ganz, Harry.«

»Ich nehme an –«, setzte Summerfield an, dem langsam bewusst wurde, dass er in der Falle saß, »dass Sie …«

Abrach ließ ein leises Lachen ertönen und blickte ihn mitfühlend an.

»Armer Harry. Ich will Sie von Ihrer Qual erlösen. Ja – ja, ich weiß genau, dass Sie heute Abend im Haus der Lefèvres waren. Ich kann nicht mit Sicherheit sagen, aus welchem Grund Sie dorthin zurückgekehrt sind, doch ich habe den starken Verdacht, dass es Ihnen dabei nicht unbedingt um die Gesellschaft unseres Verwaltungsleiters *Monsieur* Lefèvre ging.«

Summerfield nickte. Abrach sprach weiter, der Ausdruck auf seinem großmütigen Gesicht war dabei ernst und etwas befremdend. »Ich will Sie nicht lange aufhalten, Harry. Und verzeihen Sie mir, wenn ich Ihnen gerade Angst eingejagt habe. Sie müssen sehr überrascht gewesen sein, mich zu sehen.«

Summerfield grummelte zustimmend.

»Ich muss Ihnen etwas Wichtiges mitteilen. Ich bitte Sie, mir genau zuzuhören«, fuhr Abrach fort.

Summerfield wägte die Situation ab. Das Verlangen in ihm, einfach aus dem Auto zu steigen und zu fliehen, gab der Resignation nach. Irgendwann würde er sein Urteil entgegennehmen müssen.

»Reden Sie«, sagte er und fragte sich, ob der Kaufmann sich weigern würde, ihn für die letzte Arbeit zu bezahlen, die er abgeliefert hatte.

Abrach nickte geschäftsmäßig und faltete die Hände, der Ernst in seinem Blick war nun ruhiger Gelassenheit gewichen.

»Die Geschichte von Abslem El Rifni war eine wahre Geschichte, Harry. Und ich nehme an, Sie haben bereits erkannt, dass ich selbst Abslem bin. Sehen Sie«, fügte er entschuldigend hinzu, »ich bin einfach kein guter Geschichtenerzähler. Deshalb benötigte ich auch Ihre Dienste, um das Herz der jungen Frau zu erobern.«

»Sie behaupteten, es wäre eine Frage der Herkunft«, bemerkte Summerfield.

»Unter anderem, ja«, erwiderte Abrach. »Gleichwohl war Liebe die von mir gewählte Waffe. Verstehen Sie?«

»Sie meinen wohl, das wäre besser, als zu Gewehren und Bomben zu greifen«, nickte Summerfield.

»Die Wirkung hätte jedoch ebenso verheerend sein können«, fuhr Abrach fort. »Wenn die Sache nicht ... kompliziert geworden wäre.«

»Das wahre Ziel war also ihr Vater? Von Anfang an?«, fragte Summerfield, ohne auf die Andeutung einzugehen.

Abrachs Lächeln war nur flüchtig und wurde von einem distanzierten, kalten Gesichtsausdruck verdrängt.

»Ja. Jener Mann – jener junge Hauptmann, dem Ehrgeiz und Arroganz seine Menschlichkeit geraubt haben – war Lefèvre. Lefèvre hat das Feuer angeordnet, hat das Töten begonnen. Lefèvre, der bis heute, wahrscheinlich täglich, seinen Namen unter Haft- und sogar Exekutionsanordnungen setzt.«

Summerfield schüttelte den Kopf.

»Er ist – wie sagt man noch gleich? – emotionslos. Zumindest wirkt er, als wäre ihm alles, was über seine Pflichterfüllung der Republik gegenüber hinausgeht, völlig gleichgültig. Dass er tatsächlich aus Hass handelt, kann ich mir bei ihm jedoch kaum vorstellen.«

»Nicht Hass, Harry. Es braucht dafür keinen Hass. Lefèvre ist ein treuer Diener des französischen Staates. Er gehört zu dessen

Elite. Von Geburt an bewegt er sich in Kreisen, die einen gewissen Gehorsam verlangen, eine gewisse Blindheit. Sie lernen es auf den Schulen, die die Techniker, die Soldaten, die Funktionäre und die Politiker Frankreichs produzieren. Nichts darf der *République* im Weg stehen – weder die Boches noch die Engländer und ganz bestimmt nicht die mittellosen und unzivilisierten Eingeborenen ihrer Kolonien. Ihre Revolution gründet auf Blut und Massakern, auf der Eliminierung ganzer Klassen ihrer Gesellschaft und auf der Vernichtung jeglichen Widerstands. Harry, vergessen Sie nicht – es ist eine junge Republik. Kaum hundertfünfzig Jahre trennen Frankreich von seiner blutigen Wandlung.«

Summerfield schwieg, dann seufzte er.

»Sie wissen über Jeanne und mich Bescheid.«

Abrach nickte.

»Ja.«

»Haben Sie uns von Ihren Männern bespitzeln lassen?«

»Nein. Zumindest kam Ihnen niemand so nah, dass Ihre Intimsphäre gestört worden wäre. Nein, Harry, ich habe es einfach gewusst. Ihr Blick und Ihr Tonfall gaben mir die nötigen Hinweise. Die Art, wie das Licht in Ihren Augen tanzte, wenn Sie während unserer Unterhaltungen an sie dachten. Wie Ihre Stimme zart wurde und wie die Worte, die Sie schrieben, sich mit so vielen neuen, geheimen Hoffnungen aufluden.«

Summerfield senkte den Blick.

»Es tut mir leid.«

Abrach schüttelte den Kopf.

»Ich denke, Sie wissen noch von unserem letzten Gespräch, dass ich Ihnen keine Schuld geben würde. Es ist nun einmal, wie es ist.«

»Und Ihr Plan? Warum legen Sie Lefèvre keine Bombe unters Auto? Warum lauern Sie ihm nicht mit Ihren Männern auf, um ihn zu erledigen? Warum bekommt er von Ihnen nicht einfach eine Kugel verpasst?«

Abrach fuhr zurück und sah ihn ehrlich erschrocken an.

»Von mir? Halten Sie mich wirklich für einen Mann, der kaltblütig morden könnte, Harry? Sie scheinen mich nicht verstanden zu haben – ganz und gar nicht. Den Gedanken hatte ich zwar tatsächlich einmal – vor langer Zeit –, und ich habe sogar versucht, ihm mit der Waffe in der Hand gegenüberzutreten. Doch ich konnte es nicht. Ich bin ein guter Mann, ich kann so etwas nicht. Abgesehen davon ist er sehr vorsichtig und besonnen. Misstrauisch. Er hätte gerochen, dass etwas passieren würde.«

»Aber was ist mit Jeanne? Wie wollten Sie über sie an ihn herankommen? Sie entführen?«

»Ich wollte – *will* – sie treffen. Um es ihr zu erklären. Wie sonst hätte ich ihr so nah kommen sollen? Jeder Brief, der mit der Post kommt, wird von Lefèvre persönlich überprüft. Sie muss die Wahrheit erfahren, Harry.«

»Nein – nein, ich glaube Ihnen nicht. Es hätte andere Möglichkeiten gegeben.«

»Ich wollte diese lebendige, liebreizende junge Frau vor mir haben und ihr berichten, welche Verbrechen ihr Vater begangen hat. Dass sie die Tochter eines solchen Mannes ist. Für mich gibt es nichts Schrecklicheres, als zu wissen, dass man in den Augen der eigenen Kinder versagt hat. Dass die Liebe in ihrem Blick von Vorwurf und Abscheu verdrängt wird.«

»Sie haben recht, Abrach – ich verstehe Sie wirklich nicht«, sagte Summerfield stirnrunzelnd.

»Ich gebe mir Mühe«, erwiderte Abrach sanft. »Aber was zählt es noch? Sie sind die Komplikation, die nun aufgetreten ist, was bedeutet, dass ich rasch handeln muss, bevor Ihr Herz Ihre Zunge dazu bringt, Dinge auszusprechen, über die Sie schweigen sollten. Bevor sie etwas zu jemandem sagt. Bevor Lefèvre Wind davon bekommt. Und bevor er sich mit Wachen umgibt und mit Hunden nach mir jagt.«

»Sind Sie deshalb hier? Nicht meinetwegen, sondern ihretwegen?« Abrach schwieg. »Sie wollen noch heute Nacht zur Tat schreiten?«, presste Summerfield mit dringlicher Stimme hervor. »Ich bitte Sie, Abrach – tun Sie es nicht.«

»Ich muss. Ich werde mit ihr reden. Und wenn es vorbei ist, werden Sie für sie da sein, um sie zu beruhigen und ihr alles zu erklären.«

»Das können Sie nicht tun«, drängte Summerfield. »Es wird sie verletzen.«

»Vertrauen Sie mir. Ich weiß, dass es nicht klug ist, ein solches Wort zu verwenden, doch es ist alles, was mir bleibt. Vertrauen Sie mir. Ich will ihr nichts zuleide tun.«

»Nichts zuleide tun? Sie werden sie zu Tode erschrecken!«

»Sie sind so emotional, Harry. Ich schlage vor, Sie kehren heim und trinken etwas von Ihrem Whisky, um Ihren Zorn zu bändigen. Ich muss es tun – und ich hatte gedacht, Sie würden es verstehen. Bitte denken Sie daran, was Lefèvre meiner Familie angetan hat.«

»Ich weiß, ich weiß«, murmelte Summerfield hin- und hergerissen. »Aber … Jeanne.«

»Ich verspreche, dass ich ihr keinen Schaden zufügen werde. Nun gehen Sie. Und kein Wort zu niemandem. Es tut mir leid, Harry, doch denken Sie daran, dass es mir ein Leichtes sein wird, Sie zu finden, wenn es nötig sein sollte.«

Summerfield starrte den Kaufmann an, öffnete den Mund zu einer Erwiderung, schloss ihn jedoch wieder. Die Drohung war leise, aber unmissverständlich. Es blieb ihm keine Wahl.

»Zu schade, dass ich unsere Geschäftsbeziehung auf diese Weise beenden muss, Abrach«, murmelte er, sich seines schwachen, beinahe trotzigen Versuchs zurückzuschlagen bewusst.

Abrach schenkte ihm ein müdes und ziemlich trauriges Lächeln.

»Wie Sie sagen, Harry, äußerst schade. Es hat mich sehr gefreut, Sie kennenzulernen. Damals waren Sie anders. Ich werde dafür sorgen, dass man Sie bezahlt. Doch jetzt gehen Sie bitte.«

25

Harry war nun schon seit fast einer Stunde fort. Bis Mitternacht hatten sie sich im Arm gehalten, und erst als Soumia im Haus mit vorwurfsvoller Stimme rief, es sei nun Zeit, das Licht zu löschen, hatten sie sich widerstrebend voneinander getrennt. Sie hatten es zwar zuvor schon mehrmals versucht, doch jedes Mal hatte sie eine geheimnisvolle, unüberwindbare Kraft wieder zueinandergeführt. Er konnte sie nicht verlassen. Ihre Körper ließen es nicht zu.

Ihre Hände brauchten seine Haut, und seine Lippen brauchten die ihren. Und als ihnen beiden bewusst wurde, dass jede Umarmung sie der letzten näher brachte, wurden ihre Küsse noch verzweifelter, und sie umklammerten einander noch fester, bis ihre Finger sich tief in Arme, Schultern und Rücken des anderen gruben. Diese schmerzhaften Berührungen sandten eine solch brennende Begierde durch ihren Körper, dass Jeanne befürchtete, ohnmächtig zu werden. Sie hatte leise gestöhnt, und er hatte ihr die Hand auf den Mund gelegt, damit sie sie nicht verriet. Dann hatte er ihr noch einen letzten Blick zugeworfen, in dem sich Verlangen, Furcht und Schmerz so eigenartig vermischten, dass es ihr Angst einjagte, und war verschwunden.

Als Jeanne wieder allein war, fühlte sie sich wie betäubt. Sie stand wie angewurzelt an derselben Stelle, an der sie sich zuvor in den Armen gelegen hatten, und ihr Körper war zu schwer, um sich zu rühren, ihr Geist teilnahmslos. Sie konnte nicht mehr denken. Kein einziges Wort kam ihr in den Sinn. Da war nur noch diese pochende Hitze, die sie durchdrang und irgendwie aufrecht hielt.

Dann begann sie schließlich den schrecklichen Verlust zu spüren, der alle Energie aus ihr herauszusaugen schien und sie in einen Abgrund stürzen ließ. Ihr Leben kam ihr plötzlich so unendlich leer vor.

Zurück in ihrem Zimmer, unterbrach Soumia ihren Gedankenfluss.

»Ins Bett, Mademoiselle!«, zischte das Hausmädchen hinter der Tür. »Machen Sie das Licht aus!«

»Ja«, erwiderte sie, und der Klang ihrer eigenen Stimme jagte ihr einen Schrecken ein. »Tut mir leid, Soumia – ich lese meine Notizen nur noch ein allerletztes Mal durch.«

»Diese Lernerei!«, hörte sie Soumia noch gereizt murmeln, bevor der Rest ihrer Worte verschluckt wurde, während sie in ihr eigenes Schlafzimmer verschwand.

Jeanne trat ans offene Fenster und sog die Nachtluft tief ein. Irgendwo da draußen befand sich Harry gerade auf dem Heimweg, war vielleicht sogar schon in seiner Wohnung angelangt. Mit geschlossenen Augen und mit einemmal ganz ruhig lächelte sie in die Dunkelheit hinaus, bevor sie die Lampe in ihrem Zimmer ausknipste und im Bad verschwand.

Dort stand sie für eine Weile einfach nur vor dem Spiegel, betrachtete sich und schüttelte dabei unbewusst den Kopf. Sah so jemand aus, der verliebt war? War das wirklich sie selbst? Ihre Haut war an den Stellen gerötet, an denen er sie geküsst hatte, und ihre Lippen brannten noch immer. Ihr hellgrünes Kleid klebte von der Hitze der Juninacht, aber auch der ihrer beiden Körper an ihrer Haut. Es bildete ein Muster aus sich überkreuzenden Linien auf ihrem Bauch und warf überall da Falten, wo sie sich berührt hatten. Langsam knöpfte sie es auf und streifte es hinunter, bis sie in ihrer Unterwäsche dastand. Sie spürte die Feuchtigkeit zwischen ihren Beinen, und ihr wurde schamhaft bewusst, dass diese nicht von Schweiß herrührte, sondern aus ihrem Inneren kam.

Und wie um diese plötzliche Entdeckung zu unterstreichen, merkte sie außerdem, dass ihre Haut dort angeschwollen war, wie eine Blume in voller Blüte, die so kräftig ausschlug, dass es weh tat. Aus purer Neugier befühlte sie diese Blüte mit ihren Fingern, und als sie sie wieder fortzog, waren sie feucht. Sie hielt sich die Fingerspitzen vors Gesicht und atmete zaghaft ihren Geruch ein, schaute genau hin, während sie die Feuchtigkeit zwischen Daumen und Zeigefinger verrieb. Wieder schüttelte sie den Kopf, blickte erneut auf ihr Spiegelbild und sah die geröteten Druckstellen an ihren Armen und an ihrer Hüfte, wo Harrys Finger sich in ihre Haut gebohrt hatten. Bei der Erinnerung daran wurde ihr ganz schwindelig, und ihr Atem beschleunigte sich, ein Wirbel des Verlangens fuhr ihr durch Herz und Magen und noch weiter hinunter. Tastend folgte sie ihrem Begehren. Sie geriet ins Schwanken und streckte eine Hand aus, um sich abzustützen. Sie war tatsächlich anders – ihre Augen sahen orientalisch aus, als sie sie lustvoll zusammenkniff, ihre Haut hatte eine andere Farbe als die ihrer Eltern, ihr dichtes schwarzes Haar wirkte mediterran. Sie war anders – so wild und feurig wie eine Zigeunerin. Sie war anders – und stolz auf diese Verschiedenheit. Sie war von Liebe erfüllt, sprudelte über vor Verlangen. Sie war eine Frau, kein Mädchen mehr, und für wenige Momente fühlte sie sich unendlich frei. Dieses Gefühl überraschte sie – eine sich ausdehnende, stetig ansteigende und zugleich tief hinabreichende Welle, machtvoller als alles, was sie jemals gefühlt hatte. Ihre Schenkel begannen unkontrolliert zu zittern, wie in einem Krampf wurde sie von einer Energie erschüttert, die einem explodierenden Stern glich. Sie führte die freie Hand an den Mund und biss hinein. Ihr ganzer Körper pochte, sie beugte sich vor, stützte sich am Waschbecken ab und atmete dabei, so gut es ging. Beim Aufblicken füllten sich ihre Augen vor Freude und Erschöpfung mit Tränen, und sie fühlte sich plötzlich angenehm leer.

Erst gegen zwei Uhr tapste sie durch ihr Schlafzimmer auf ihr Bett zu und kroch unter die Baumwolllaken. Die Nacht war kühl und still. Ein Insekt summte träge in der Dunkelheit und verschwand dann wieder durch das halb geöffnete Fenster. Sie war zu müde, um aufzustehen und es zu schließen.

Jeannes letzte Gedanken galten einem merkwürdigen Gespräch mit Sarah, das ihr echt genug vorkam, um zu glauben, dass es tatsächlich stattgefunden hatte, und gleichzeitig schon wie ein Teil eines beginnenden Traumes erschien. Darin erzählte Sarah ihr, wie ihr Vater erwähnt habe, Jeanne sähe so gar nicht wie die anderen Europäerinnen aus. Sie sei ein bisschen zu schön, mit etwas zu feinen Gesichtszügen. Wie eine Algerienfranzösin. Beinahe jüdisch – wie Sarah selbst. In ihrem Traum waren sie und Sarah plötzlich Schwestern. Sie lebten gemeinsam in einem Haus, das sich in der Nähe von Harrys Wohnung befand, und eigenartigerweise gab es dort keine Mutter. Sie sprachen eine sonderbare Mischung aus verschiedenen Sprachen, manchmal Französisch, manchmal Englisch und zeitweilig ein merkwürdiges Gemurmel, das wie Spanisch klang, aber kein Spanisch war, und trotzdem von allen verstanden wurde. In ihrem Traum sortierte Jeanne ihre Briefe in jene, die Harry geschrieben hatte, bevor er sich zu erkennen gab, und jene, die aus der Zeit danach stammten, und versteckte sie an verschiedenen Stellen. Damit wiederholte ihr Unterbewusstes genau das, was sie am Abend zuvor getan hatte – wodurch der Traum nur noch surrealer wirkte. Dann mischte sich ein herrliches Gefühl des Wohlbefindens in ihre Müdigkeit, und ihr Geist ließ sich endgültig in den Schlaf gleiten.

Es war merkwürdig, doch Jeanne spürte seine Anwesenheit, lange bevor sie die Augen öffnete und ihn sah. Eine Stimme in ihrem Inneren sagte ihr, dass es etwa vier Uhr morgens sein musste, und hätte sie die Augen sofort aufgeschlagen, hätte sie überrascht festgestellt, wie richtig sie mit ihrer Einschätzung lag. Sie flüsterte sanft im Schlaf: »Bist du das?« Ein Geräusch, eine Bewegung der Vorhänge und etwas Warmes, das leise durch ihr Zimmer strich. »Bist du zurückgekehrt?« Sie konnte ihr eigenes Lächeln spüren. Sie bekam jedoch keine Antwort. Dann öffnete sie mühsam die Augen, seufzte und erhob sich auf ihre Ellbogen, halb in der Erwartung, Harrys Lippen gleich auf den ihren zu spüren. Doch am Fuß ihres Bettes, kaum zwei Meter von ihr entfernt, stand ein Fremder.

Endlose Sekunden verstrichen. Sie bewegte sich nicht. Er ebenso wenig. Sie erkannte seine weit aufgerissenen Augen, die im Dämmerlicht noch größer und im ersten Augenblick genauso erschrocken wirkten wie sie selbst. Er hatte dunkle Haut, war groß und kräftig gebaut, und sie war sich im Dunkeln nicht ganz sicher, ob er einen Schnurrbart hatte oder nicht. Angst stieg in ihr auf, als ihr ihre Lage nach und nach bewusst wurde. Es musste ihm aufgefallen sein, denn auch sein Gesichtsausdruck veränderte sich von Neugierde in Angst – Angst, sie könnte in Panik geraten. Dieser verzweifelte Ausdruck mit seiner stummen Bitte, ruhig zu bleiben, vergrößerte Jeannes Unbehagen jedoch nur. Er streckte erst eine, dann beide Hände mit den Handflächen nach vorn aus, und als sie das nicht beruhigte, trat er näher an sie heran. Es war, als hätte in diesem Moment ein Zweig unter seinen Füßen geknackt. Ohne den Blick von ihm abzuwenden, flüchtete sie sich im Bruchteil einer Sekunde in den hintersten Teil ihres Bettes, bis dessen Eisengestell sich schmerzhaft in ihren Rücken bohrte.

»Mein Kind, ich weiß, dass Sie die Tochter von Philippe-Charles Lefèvre sind, und ich möchte mit Ihnen sprechen«, sagte der Fremde mit sanfter, doch angespannter Stimme. »Immerhin bin ich im Besitz eines Briefes, in dem Sie schreiben, mich sehen zu wollen. Erinnern Sie sich?«

Jeanne starrte ihn an, unfähig, den Mund zu öffnen.

»Ich möchte Ihnen die Wahrheit erzählen. Ich möchte Ihnen berichten, was Ihr Vater getan hat und was er meinem Volk jeden Tag aufs Neue antut.«

Ihre Angst übermannte sie, und in ihrem Kopf ertönte ein Schrei nach Hilfe, der jedoch nur als Wimmern aus ihrem Mund drang. Der Fremde riss die Augen weit auf und legte einen Finger an den Mund, um sie zur Stille zu mahnen.

Da vernahm sie zuerst Soumias, dann Mohammeds gedämpfte Rufe vom Flur aus. Die Gesichtszüge des Mannes verzogen sich wie unter Schmerzen und wurden dann hart.

26

Zwei Tage waren vergangen, und das fremdartige, komplizierte Heulen des Rufes zum Morgengebet erreichte Summerfield wie ein Windhauch, der durch einen Ritz in der Tür in sein Zimmer drang. Er öffnete zuerst ein, dann das zweite Auge und streckte sich genüsslich im Bett aus. Als erster Gedanke kam ihm das Wort *Jeanne* in den Sinn, und ihr Name bedeutete für ihn mehr als nur eine Person, er war Zustand, Philosophie und Ursache, das Absolute. Er lächelte, reckte sich noch einmal in alle Richtungen, stöhnte laut vor Behagen und stand auf.

Er hatte ganze vier Stunden geschlafen, nachdem ihn in der Nacht das Geräusch einer Explosion und nachfolgende Schüsse im Osten der Stadt geweckt hatten. Zuerst hatte er dieses Ereignis automatisch mit Jeanne in Verbindung gebracht und in äußerster Anspannung dagelegen. Ihm war ganz schlecht geworden vor Sorge, und er hatte die Tatsache verflucht, dass er sie auf keinem Wege kontaktieren konnte, bis ihn Abdlakabir von unten freudig darüber informierte, dass Unabhängigkeitskämpfer ein Militärlager in der Nähe des alten Palastes angegriffen hatten.

Trotz des wenigen Schlafes fühlte er sich sonderbar energiegeladen. Er setzte Wasser auf, prüfte mit einem Fingerdruck, ob das Brot vom Vortag noch genießbar war, und tauchte seinen Finger dann in ein Glas mit Honig und Olivenöl, das ihm Frau Abdlakabir Nummer zwei eine Woche zuvor geschenkt hatte. Die sämige Masse war von zarter Konsistenz und sehr bekömmlich, fühlte sich auf Summerfields Zunge jedoch immer noch etwas fremdartig an. Er tauchte den Finger ein zweites Mal hinein und leckte ihn ab, während er zum Fenster trat und das Tuch aus Leinen beiseitezog, das als Vorhang diente.

Noch regierte die Nacht den Himmel. Grau wie das Metall einer Pistole zog sie sich langsam zurück und machte vor Summerfields Augen Platz für ein immer heller werdendes Violett. Das Gebet schien länger zu dauern als gewöhnlich. Einmal hatte er vom Dach aus den Imam des Viertels beobachtet, wie er vor dem Gebet zur Spitze des Minaretts hinaufstieg. Klein, mit gebeugtem Rücken, heller Haut und einer gütigen Ausstrahlung, hatte er ein großes, kupfernes Mikrophon auf den Schultern getragen. Summerfield hatte dem alten Mann dabei zugesehen, wie er routiniert rückwärts durch die kleine, alte Tür in das Minarett kletterte und mit einem kratzenden Geräusch darin verschwand.

Summerfield ließ sich von einer Woge der guten Laune tragen, den Kopf noch voller Erinnerungen an Jeanne und ihre lange, berauschende Umarmung vor kaum achtundvierzig Stunden. Sie war ihm in Gedanken so nah, dass er ihren Duft riechen und den warmen Druck ihres Körpers gegen seine Leisten spüren konnte. Bei dieser Vorstellung wurde sein Glied hart, und er trat mit einem Grinsen vom Fenster zurück, damit weder Frau Abdlakabir Nummer eins noch sonst irgendjemand seine stattliche Erektion zu Gesicht bekam.

Just in diesem Moment, in dem auch das Wasser zu kochen begann, vernahm er gedämpfte Schritte auf der Straße unter ihm. Sie kamen näher, und schließlich traten zwei eng aneinandergedrängte Gestalten ins Bild. Es ging zu schnell für Summerfield, um alles aufzunehmen. Das kochende Wasser lenkte ihn ab, und er trat an den Herd und nahm gerade den Topf vom Kochfeld, als er ein Klopfen an der Tür seines Nachbarn im Erdgeschoss vernahm, gefolgt von Stille und weiteren Schritten.

Summerfield fluchte leise, da sein Glied infolge der Störung wieder schlaff geworden war. Er verharrte mit dem Topf in der Hand und lauschte. Dann hörte er, wie jemand die Treppe zu seiner Tür heraufstieg. Er war alarmiert, musste blitzartig an die Gendarmen denken und wie sie mit ihren Stöcken auf ihn eingedroschen hatten. Rasch stellte er den Topf zurück und sah sich verzweifelt nach einer Waffe um. Es klopfte, diesmal an seiner Tür. Summerfield ergriff den Topf erneut, wobei siedendes Wasser auf den Boden vor seinen Füße schwappte.

Eine Stimme, fast nur ein Raunen, erklang: »Harry Summerfield. Ich bin's, Badr.«

»Badr?« Summerfield entspannte sich. »Gott sei Dank. Du kommst gerade recht zum Tee.«

»Lassen Sie uns rein – *schnell*«, sagte Badr lauter und so dringlich, dass Summerfield sofort zur Tür trat und den Riegel zurückschob.

»Was? Abrach, Sie auch?« Summerfields Blick fiel auf das aschfahle Gesicht des Kaufmanns, dessen Augen blutunterlaufen und schmerzhaft angeschwollen waren. »Um Himmels willen! Was ist passiert? Lieber Gott – Ihr Kopf. Kommen Sie herein, schnell.«

»Abdlakabir bringt uns Medikamente«, sagte Badr, während er Abrach durch die Tür und auf Summerfields Bett zuführte.

Summerfield schloss die Tür und eilte dann zu ihnen hinüber. Er warf einen Blick auf den Kaufmann. Viele kleine Rinnsale einer rötlichen, zähflüssigen Masse rannen Abrach vom Haaransatz aus über die Stirn. Er war offensichtlich mit einem Gegenstand geschlagen worden. Weitere Verletzungen waren jedoch nicht sichtbar, weshalb litt er dann so offensichtlich unter großen Schmerzen? »Wo ist er verletzt? Zeig es mir. Ich habe noch etwas von seinen Arzneien übrig.«

»Seine Hände«, erwiderte Badr grimmig und sah zur Tür. »Ich hoffe nur, dass sie uns nicht gefolgt sind.«

»Wer?«

»Die Polizei, Mr. Summerfield.«

»Scheiße.« Summerfield öffnete den Mund, da klopfte es erneut. Badr trat vor und zog mit einer schnellen Bewegung eine Pistole aus einer Falte seines Umhangs, dann öffnete er vorsichtig die Tür. Es war Abdlakabir, der unter der Anstrengung, eine dampfende Schüssel Wasser die Treppe hochzuschleppen, zitterte. Badr dankte ihm leise, murmelte eilig ein paar Worte, die Summerfield nicht verstehen konnte, schloss dann die Tür wieder und trat mit der Schüssel und einer Tasche zurück ans Bett.

»Meister«, flüsterte Badr und zog sanft an dem Umhang, der Abrach bedeckte.

Mit abwesendem Ausdruck in den Augen blickte Abrach auf, Tränen rannen ihm lautlos übers Gesicht.

»Ich danke dir, Badr. Der Umhang ist wohl ziemlich beschmutzt«, brachte er hinter zusammengebissenen Zähnen hervor.

Badr schüttelte den Kopf und warf Summerfield einen Blick zu.

»Es tut mir leid, Mr. Summerfield. Wir mussten schnell handeln, und Ihre Wohnung lag am nächsten. Ich werde nur rasch die Wunden versorgen, dann verschwinden wir wieder.«

Summerfield zögerte. Er kam sich reichlich nutzlos vor.

»Bitte – kann ich denn nicht irgendetwas tun?«

Badr grinste schief und sagte: »Sie hatten doch gerade einen Tee angeboten – das wäre gar keine schlechte Idee.«

Summerfield nickte, drehte sich um und sah dann noch einmal zurück, als Badr gerade den Umhang von Abrachs Körper löste. Abrach trug darunter die schweißdurchtränkten Überreste eines gelben Anzugs, der an mehreren Stellen angesengt aussah und etwas zu klein für seine Statur war, so dass seine kräftigen Arme die Ärmel winzig wirken ließen. Summerfield erschauderte – diese Ärmel waren beinahe schwarz und bis zu den Ellbogen in Blut getränkt. Und dann seine Hände. Der Anblick ließ Summerfield erstarren, und ihm entwich ein Fluch. Von den Knöcheln bis zu den Fingerspitzen sahen sie aus wie ein in sich verhedderter Schlüsselbund. Das Gewirr hatte keinerlei Ähnlichkeit mehr mit Fingern, und Summerfield konnte nicht aufhören, es anzustarren, wobei er etwas erkannte, was er für Fingernägel hielt, außerdem einen verformten Goldring, bis Badrs feste und zugleich sanfte Stimme ihn davon löste.

»Meister – bitte schauen Sie nicht hin«, sagte er zu Abrach, beugte sich über die Hände des Kaufmanns und versuchte, das Chaos zu entwirren. »Abdlakabir hat Salben und Verbandsmull gebracht, aber nichts anderes.«

»Warte –« Summerfield atmete tief durch und blickte Badr ins Gesicht. »Ich habe noch etwas Morphium – Abrach hat es damals hiergelassen, als er mich versorgt hat.«

»Gott ist groß«, atmete Badr erleichtert auf und bedeutete Summerfield mit einem Nicken, es zu holen. »Das Schicksal hat bestimmt, dass er es hierlässt.«

»Eigentlich waren es mehr Hilfsbereitschaft und meine Sorge um einen Freund«, wandte Abrach ein, der sich plötzlich zu Summerfield umdrehte und ihn schmerzverzerrt anlächelte. Dann sah er wieder Badr an, wobei er stets versuchte, nicht auf seine Hände zu blicken: »Obwohl Allah vielleicht doch auch daran beteiligt war«, fügte er respektvoll, aber nicht ganz ohne Ironie hinzu.

Summerfield kam zurück, nickte Abrach aufmunternd zu und schraubte mit unsicheren Fingern die kleine Nadel an den Glaszylinder.

»Tut mir leid – ich zittere. Da haben wir's.« Er führte die Nadel vorsichtig in die Öffnung der kleinen Ampulle mit dem flüssigen Morphium und zog dann am Kolben. »Badr, übernimm du das lieber.« Doch Badr hob nur abwehrend die Hände. Summerfield wandte sich dem stöhnenden Kaufmann zu und musste kurz gegen die Übelkeit ankämpfen. »Abrach, wie macht man das?«

»Zwei Dosen in die Hände. Halten Sie nach einer Vene Ausschau – nein, nicht diese.« Summerfield führte die Nadel über Abrachs Hand und blickte kurz auf, fasziniert von der Ruhe des Mannes – wie Abrach auf seine eigenen zerschmetterten Finger schauen und ihm dabei noch Anweisungen geben konnte, war ihm unbegreiflich. »Diese hier. Bitte, machen Sie schnell, Harry. Ich glaube, ich werde gleich ohnmächtig.«

Summerfield drückte zu und spürte, wie die Nadel durch Abrachs Haut stach. Abrach rührte sich nicht. Der Schmerz musste im Vergleich zu dem in seinen Fingern minimal sein. Sofort begann Summerfield den Kolben hinunterzupressen, und die Spritze leerte sich mit leichtem Widerstand in Abrachs geschwollene Vene. Er reichte Badr eilig ein Stück Stoff, ergriff den Daumen des jungen Mannes und drückte ihn auf Abrachs Haut, wo das Blut bereits eine Blase gebildet hatte. Dann kam die andere Hand dran. Ein ungewöhnliches, beinahe weibliches Lachen entwich Abrachs Lippen.

»Sie sind ein ebenso guter Arzt wie ich, Harry. Ich danke Ihnen.«

Summerfield blickte in Abrachs erschöpfte Augen und lächelte. In diesem Augenblick verlor Abrach das Bewusstsein.

Badr versuchte, die zerschlagenen Finger so gut wie möglich zu waschen, und setzte einen nach dem anderen in seine richtige Position. Der kleine Finger der rechten Hand war fast vollständig abgetrennt und hing nur noch an einem Hautfetzen. Geschickt riss Badr ihn ab und legte den blutigen Stummel vorsichtig auf ein Stück Stoff auf Summerfields Bett. Mithilfe einer Zange entfernte er Abrachs verdrehten und plattgedrückten Goldring, und das knackende Geräusch, als das Metall durchtrennt wurde, ging Summerfield durch Mark und Bein. Badr verband die Hände des

Kaufmanns und erhob sich dann. Er sah Summerfield bitter an, musste plötzlich würgen und eilte ins Nebenzimmer, aus dem zu hören war, wie er tief Luft holte. Kurz darauf kehrte Badr ruhig und entschlossen dreinblickend zurück.

»Ein Freund wird uns bald abholen. Wir mussten das Auto stehenlassen – es wäre zu offensichtlich gewesen.«

»Was ist passiert? Es hat etwas mit Lefèvre zu tun, nicht wahr?«, fragte Summerfield, trat an seinen Schreibtisch und holte seine Whiskyflasche hervor. Er bot sie Badr an, der jedoch stirnrunzelnd ablehnte. Summerfield nahm einen Schluck und schraubte den Verschluss wieder zu. »Ich wusste, dass diese Idee zu nichts Gutem führen würde!«

»Unsere Freunde werden Abslem zu einem Arzt bringen. Ich hoffe, sie kommen an den Kontrollen vorbei. Die Polizei –«

»Was für ein Schlamassel«, unterbrach ihn Summerfield. Er setzte sich. »Das war kein Unfall.«

»Sie haben ihn entdeckt. Er wurde gefangen genommen.«

»Wer sind *sie*?«

»Leute, die Polizei – was macht das für einen Unterschied. Wir waren auf einer Mission«, fügte Badr knapp hinzu.

»Eine Mission? Die Explosion, das wart ihr? Was seid ihr – Revolutionäre oder so was?«

»Eine Beobachtermission«, lenkte Abrach ein, der das Bewusstsein wiedererlangt und ihnen zugehört hatte. »Ein kleiner touristischer Ausflug.«

»Und die Polizei hat Ihnen beinahe die Hände abgehackt?« Summerfield schüttelte den Kopf und schnaubte. »Bitte, Abrach – *Abslem,* falls das Ihr richtiger Name ist –, sagen Sie mir die Wahrheit.«

Badr blickte beklommen von Summerfield zu Abrach, und der Kaufmann neigte mit schmerzverzerrtem Gesicht den Kopf, als würde er nachgeben.

»Erinnern Sie sich an unser letztes Gespräch, Harry … Ich hätte ahnen müssen, dass es sie in Angst und Schrecken versetzen würde.«

»Ich wusste es«, wiederholte Harry, atmete tief ein und widerstand dem Drang, den Mann zu beschimpfen. »Jeanne – geht es ihr gut?«, fragte er. Und dann: »Hat *sie* Ihnen das etwa angetan?« Summerfield war perplex.

Abrach schüttelte den Kopf. Ein Wimmern entfuhr ihm, und er schüttelte den Kopf erneut, wie um sich selbst dafür zu tadeln.

»Ich hätte auf Sie hören sollen, Harry. Es ist alles furchtbar schiefgegangen.« Traurig und voll bitterer Ironie schüttelte der Kaufmann den Kopf noch einmal. »Nach all den Jahren, Harry. Nach all dem Warten. Durch einen Moment der Ungeduld habe ich mich selbst ins Verhängnis gestürzt. Ich dachte, eure Herzen würden meinen Plan vereiteln.« Abrachs Stimme klang hart und verbittert. »Was für ein schrecklicher Dummkopf ich …«

»Und Jeanne – sind Sie sicher, dass es ihr gutgeht?«, hakte Summerfield nach.

»Ich nehme es an. Ich kann kaum glauben, dass ich diesen Fehler gemacht habe«, fuhr Abrach schwermütig fort.

»So ein verdammter Schlamassel«, rief Summerfield noch einmal verärgert und wandte sich ab. Er stellte sich Jeanne vor, wie sie sich gerade fühlen musste, und er verfluchte Abrach dabei im Stillen.

Abrach, dem das Morphium die Sinne vernebelte, sah mit glasigem, abwesendem Blick zu ihm auf.

»Es entsprach nicht meiner Natur, Harry. Es sollte nicht geschehen. Nun werde ich alles verlieren. Als wäre meine Familie noch nicht genug gewesen.«

Summerfield starrte ihn sprachlos an. Abweisend schüttelte er den Kopf und stand hektisch auf, als sich auf der Straße erneut Schritte näherten.

Badr schlich ans Fenster und warf vorsichtig einen Blick hinaus.

»Es ist Radoin«, sagte er und machte sich dem Mann mit einem Zischen bemerkbar. Er trat zurück ans Bett und kniete sich neben Abrach. »Meister, Radoin kommt Ihnen zu Hilfe. Er wird Sie zu einem Arzt bringen – zu einem unserer Freunde. Gehen Sie mit ihm. Ich werde mich hier um alles kümmern, denn ich fürchte, Sie haben viel Blut auf Mr. Summerfields Bett hinterlassen.«

»Das macht doch nichts«, sagte Summerfield mechanisch. »Kümmere dich um Abrach – das ist jetzt das Wichtigste.«

»Das kann Radoin auch allein«, erwiderte Badr und warf ihm einen bedeutungsvollen Blick zu. »Sorgen Sie sich nicht um Abrach. Ich werde ihn später aufsuchen und sicherstellen, dass man sich gut um ihn kümmert. Nun schnell – die Polizei darf Sie nicht finden«, fügte der junge Mann hinzu und half dem Kaufmann auf die Beine.

»Ich danke Ihnen, Harry. Vergeben Sie mir. Ich habe ihr keinen Schaden zugefügt«, brachte Abrach unter Schmerzen hervor.

Summerfield winkte ab.

»Seien Sie nicht albern, Abrach. Es ist meine Schuld. Ich – ich entschuldige mich.«

»Entschuldigen?«, fragte Abrach mit Mühe und blieb im Türrahmen stehen. Summerfield meinte, in den Augen des Kaufmanns kurz ein Lachen aufflackern zu sehen, vermischt mit einem Funken Bitterkeit. »Aber wofür denn?«

Summerfield beobachtete vom Fenster aus, wie Badr und der dritte Mann namens Radoin Abrach um die Straßenecke führten. Nach kaum einer Minute kehrte Badr zurück in sein Blickfeld. Er sah kurz zum Fenster auf und nickte Summerfield zu, bevor er das Haus betrat.

Sie gingen schweigend ans Werk, falteten die beschmutzten Laken zusammen und sammelten die Überbleibsel ihrer eiligen Arbeit auf, darunter den abgetrennten Finger, den Badr flink in einen Stoffstreifen wickelte und in eine Tasche seines Umhangs steckte. Obwohl ihn Summerfield aufforderte, es sein zu lassen, begann Badr daraufhin, die Blutspuren auf Fußboden und Teppich zu beseitigen. Als er fertig war, wusch der junge Mann sich die Hände und setzte sich zu Summerfield an den Tisch.

»Wenn ich gehe, werde ich Ihren Nachbarn bitten, all das hier zu verbrennen.«

»Danke, Badr«, nickte Summerfield und schob ihm einen Teller hin. »Iss – es ist zwar nur Brot von gestern, aber der Honig macht es genießbar.«

Sie kauten in der morgendlichen Stille, und Summerfield bemerkte, dass trotz all seiner Bildung Badrs Essgewohnheiten seine einfache Herkunft verrieten. Als sie das Brot verspeist hatten, schenkte Summerfield Tee nach.

»Erzähl mir, was geschehen ist, Badr.«

»Ich sah, wie Sie sich mit Abrach unterhielten – ich war einer der Männer, die im Auto gesessen hatten. Als Sie weg waren, bestand er darauf, die junge Frau noch in dieser Nacht zu sprechen. Und genau wie Sie versuchte ich, ihn davon abzubringen.«

»Ich wusste nicht, dass er so blind handeln würde.«

»Wer Leid erfahren hat, wird darüber häufig blind«, sagte Badr mehr zu sich selbst. »Unser Besuch fiel mit der Ankunft einer Polizeiwache zusammen.«

»O Gott«, entfuhr es Summerfield. »Ich habe Lefèvre so etwas am Telefon sagen hören – darum ging es also.«

»Abrach versuchte zu fliehen.«

»Und wurde gefangen.«

»Ja«, murmelte Badr. »Er hat den ganzen gestrigen Tag in Untersuchungshaft verbracht. Bis wir wussten, wo er war, und uns organisieren konnten, war es schon zu spät.«

»Die Explosion, die Schüsse – das wart ihr?«

Badr nickte. »Wir mussten ihn herausbekommen. Abrach – *Abslem* – ist sehr einflussreich. Er hält den Kontakt zu Zaynis Nachfolgern in den Bergen, die den Franzosen immer noch Widerstand leisten.«

»Was ... was haben sie dort mit ihm gemacht?«, fragte Summerfield zaghaft. »Seine Hände ...«

»Haben Sie noch nie von den Methoden gehört, die sie anwenden, um an Informationen zu gelangen?«, wollte Badr grimmig wissen. »Es hieß, Lefèvre habe ihm einen Besuch abgestattet. Wir können es nicht sicher wissen, doch wahrscheinlich war er es, der schließlich die Bewilligung erteilt hat ...«

»Für die Folter?«

Badr nickte. »Wir wissen nicht genau, was hinter diesen Mauern vor sich geht«, fügte er bitter hinzu. »Sie nennen es ›Unfälle‹. Bei Abrachs ›Unfall‹ war ein Windeisen beteiligt. Wie ich gehört habe, haben sie seine Hände hineingesteckt«, sagte er, seine Stimme fast nur noch ein Flüstern. »Sie haben immer weiter gedreht und ihm die Finger dabei ganz langsam und gezielt gebrochen.«

Summerfield schüttelte sich. »Das ist ... abscheulich.«

»Wie ich gehört habe, soll es üblicherweise sehr effektiv sein.«

»Gott sei Dank habt ihr ihn befreien können.«

»Wir haben dabei zwei Männer verloren, Summerfield. Es war ein ziemliches Desaster.«

Die beiden schwiegen einen Moment lang und lauschten den lauter werdenden Geräuschen in der Stadt, der entfernten Sirene eines Polizeiwagens.

»Ich fürchte, das alles ist zum großen Teil meine Schuld.« Summerfield konnte die Worte nicht länger zurückhalten. »Badr, ich bin verantwortlich dafür, dass Abrach so unüberlegt gehandelt hat.«

Badr straffte die Schultern und nahm seine übliche wachsame Haltung ein. »Ich denke, wir müssen den Meister nicht länger Abrach nennen«, bemerkte er kühl.

Summerfield hob den Kopf und sah den jungen Berber an.

»Er hat mir von dem Dorf und von einer Familie erzählt – offensichtlich ging es um *seine* Familie.«

»Wissen Sie, was Abrach bedeutet?«, fragte Badr ihn. »Er hat viele Jahre lang unter diesem Namen gelebt, und er hat ihm Schutz gegeben – wie die Decke, unter der sich die Menschen in den Bergen vor der Kälte schützen und die den gleichen Namen trägt. Außerdem hat Abrach sich hinter dem Bild des Kaufmanns versteckt. Dabei war er stets sehr erfolgreich, er ist ein reicher Mann.«

»Und ein Unterstützer der gerechten Sache.«

»Geben Sie sich nicht die Schuld für das, was geschehen ist, Harry Summerfield.«

Summerfield lachte bitter und schüttelte den Kopf.

»Wie sollte ich das nicht tun? Ihr beide wisst um meine Gefühle für Jeanne Lefèvre.« Summerfield senkte den Blick, schaute jedoch gleich wieder hoch. »Ich habe ihn verraten, Badr.«

»Sie haben getan, was von Ihnen verlangt wurde.«

»Nein – ich habe ihn verraten.« Summerfield zündete sich eine Zigarette an und blies den Rauch geräuschvoll aus. »Der arme Teufel. Es sind ja nicht nur seine Hände, die sie ihm genommen haben.« Plötzlich begriff Summerfield das Offensichtliche: »Und was wird er mit mir anstellen, wenn er sich wieder erholt hat? Ich verdiene eine Kugel.«

»Sie sind sehr empfänglich für Schuldgefühle, Harry«, bemerkte Badr gedankenverloren.

Summerfield sah auf und warf ihm einen Blick zu.

»Ich glaube nicht, dass es dazu kommen wird«, fügte der junge Mann hinzu. »Ich wiederhole: Sie haben getan, was von Ihnen verlangt wurde.«

Summerfield runzelte die Stirn. »Ich verstehe nicht ganz.«

»Vielleicht war Abrachs Herz tatsächlich von der jungen Frau besessen. Fest steht, dass der Verlust seiner Familie es krank gemacht hat. Was zwischen Ihnen und Jeanne Lefèvre geschah, hat ihn lediglich unter Zugzwang gesetzt, das ist alles. Früher oder später hätte er sie mit dem, was ihr Vater getan hat, konfrontiert. So stand es geschrieben.« Badr hielt inne, zupfte an seinem unausgereiften Bart und seufzte. »Abslem El Rifni entstammt einer adligen Familie – einer Familie von Kriegern. Doch er war auch ein kultivierter Mann. Er hat an der französischen Universität studiert, als einer der ersten Marokkaner. Und wie Sie sicher wissen, ist er außerdem ein sehr warmherziger Mensch. Zu seinem eigenen Unglück.« Badr erhob sich, wischte sich die Hände an seinem Umhang ab und unterstrich seine nächsten Worte mit einer Geste: »Ich hätte nicht gezögert, Lefèvre eine Kugel in den Hals zu schießen. Und nach diesem Vorfall nehme ich an, dass auch Abslem El Rifni nicht länger zögern wird.«

27

Jeanne saß auf der Veranda und starrte ausdruckslos auf die khakifarbenen Umrisse des Polizisten am Tor, die in der Hitze flimmerten. Er stand dort seit dem Mittagessen, als er einen anderen ersetzt hatte, und hatte sich bislang kaum bewegt. Ihre Mutter berührte sie sanft am Unterarm und bot ihr einen Tee an.

»Armes Mädchen. Du kannst dich ja seitdem kaum mehr aufs Lernen konzentrieren.«

Jeanne seufzte und wandte sich zu ihr um. Ihr kam alles noch so unwirklich vor.

»Was glaubst du?«, fuhr ihre Mutter fort. Jeanne runzelte die Stirn, da sie nicht genau verstand, was gemeint war. »Wirst du bereit sein?«

Erst nach ein paar Sekunden fiel der Groschen. Sie hätte am liebsten laut geschrien – wie konnte ihre Mutter von der Schule reden, wo sie doch gerade erst beinahe umgebracht worden wäre?

»Ja, Mutter. Ich werde bereit sein.«

»Gut. Das wird deinen Vater freuen.«

Die beiden schwiegen wieder. Jeanne störte die Anwesenheit ihrer Mutter und ihre erdrückende Aufmerksamkeit. Unter diesen Umständen fiel es ihr noch schwerer, sich wieder ihren Büchern zuzuwenden. Ihre Gedanken wanderten zu Harry. Wie sehr sie sich wünschte, er wäre jetzt bei ihr und würde sie im Arm halten. Er wüsste, wie er sie trösten könnte. Mit seinen Worten und seinen Umarmungen würde er sie vergessen lassen.

Die Uhr im Flur läutete. Sie war für eine *ganze* Woche ans Haus gefesselt. Es war so grausam. Zum ersten Mal in ihrem Leben wurde ihr überdeutlich bewusst, wie schrecklich langweilig ihre Eltern und deren Leben eigentlich waren. Sie verbrachten ihre Tage vom Frühstück bis zur Schlafenszeit in einer Routine aus Schweigen und biederen Förmlichkeiten, nach einem festen Programm aus Worten und Handlungen, das sie seit mittlerweile zweiundzwanzig Ehejahren Tag für Tag befolgten. *Schönes Wetter heute. Le fond de l'air est frais, zieh dir etwas über. Bisous. Wie geht es Madame Lefèvre heute Morgen? Pass auf dich auf, Chérie. Ich rufe vom Büro aus an. Wir sehen uns um fünf. Allez – au travail. Allez – Zeit, nach der Hausarbeit zu sehen.* Und das Schlimmste, das *Allerschlimmste* daran war, dass es ihnen noch nicht einmal aufzufallen schien. Vater wurde täglich zur Arbeit chauffiert, und Mater hatte sich seit neuestem in den Kopf gesetzt, Jeanne zu bemuttern, was jedoch auf lästige Weise mit ihrem Terminplan zu kollidieren schien. Nachmittags hatte sie dann anscheinend stets das Gefühl, ihr Soll erfüllt zu haben, woraufhin sie sich erneut ihrer alltäglichen Routine zuwandte, was bedeutete, dass sie durch den Garten schlenderte und Mohammeds Arbeit kritisierte.

Jeanne war noch nie zuvor dermaßen langweilig gewesen. Nach zwei Tagen war sie des Ganzen so überdrüssig, dass es die Ereignisse der Nacht zum Freitag, das Eindringen des Fremden völlig überdeckte. Nur die Erinnerung an Harry hielt sie aufrecht. Gleich einem kostbaren Schatz trug sie ihn in sich, in ihrem Herzen. Nur noch ein Tag, dann war Sonntag, und sie würde ihn endlich wiedersehen.

Diese Vorstellung ließ sie schwindeln. Sie hoffte so sehr, dass sie ein paar Momente allein sein würden und sich im Arm halten könnten. Sie würde ihm erzählen, was passiert war, die ganze schreckliche Geschichte, und er würde sie sanft küssen und ihren Kopf an seiner Schulter streicheln. Sie stellte sich seine Finger in ihrem Haar vor, wie sie sanft darüberstrichen, seine starken Arme, mit denen er sie festhielt.

Lefèvre kam pünktlich um viertel nach sechs nach Hause, grüßte den Wachpolizisten und schritt mit seinem altbekannten »Ich habe mich ein wenig verspätet, tut mir leid – viel zu erledigen im Büro« auf das Haus zu, worauf ihre Mutter mit »Nur fünfzehn Minuten, Chéri, willkommen zurück« antwortete. Jeanne erschauderte. Es machte sie wütend, wie ihre Mutter diese Heuchelei durchhielt. Als käme ihr Vater gerade von einem Kreuzzug zurück und nicht bloß aus dem Büro.

Lefèvre setzte sich, nahm seinen Hut ab, legte ihn sorgsam auf seinem Aktenkoffer ab und beugte sich vor, um seiner Frau einen Kuss auf die Wange zu geben. Er schien Jeanne bei diesem Ritual völlig zu vergessen. Allerdings war sie sonst auch meistens oben in ihre Bücher vertieft, wenn er nach Hause kam.

Nachdem sie ihn kurz zu seinem Tag im Büro befragt hatte, rief Jeannes Mutter nach Soumia, die ihnen ihre Getränke bringen sollte. Noch so eine Gewohnheit – der *Apéritif* bei der Heimkehr.

»Alles in Ordnung? Nichts zu vermelden?«, fragte Lefèvre und blickte mit einem schnell schwindenden Lächeln von einer Frau zur anderen. »Bürosprache, tut mir leid. Wird man nicht so leicht los. Also?«

»Bien«, erwiderte Jeannes Mutter. »Jeanne hat versucht zu lernen und versichert mir, sie sei bereit für ihre Prüfungen. Wir müssen uns also keine Sorgen machen.«

»Gut. Und bei dir selbst, Chérie? Harter Tag?«

»Ach, das Übliche. Mohammed stellt sich beim Zurückschneiden furchtbar ungeschickt an. Man würde doch glauben, dass ihm etwas glattere Schnitte gelingen müssten.«

»Zumindest sagt man den Arabern nach, dass sie mit Messern umgehen können«, kommentierte Lefèvre. »Nur nicht unser

Mohammed, Chérie!« Sie schienen es beide zum Lachen zu finden, und Jeanne zuckte zusammen.

»Vater, er ist kein Araber.«

»Was?«

»Er ist berberischer Abstammung.«

»Richtig«, brummte Lefèvre und schnitt ein Gesicht in Richtung seiner Gattin. »Ah, die Getränke. Danke, Soumia.«

Das Klirren der Eiswürfel in ihren Gläsern war für Jeanne eine ebenso feste Institution wie das Läuten der Standuhr im Flur. Und das zufriedene Seufzen ihres Vaters nach dem ersten Schluck. Ihr wurde ganz schlecht davon. Ihr Vater widerte sie noch mehr an als dieser Mann, der versucht hatte, sie zu entführen.

»Mutter, was wollen wir morgen Abend essen? Vielleicht könnte Soumia versuchen, für Mr. Summerfield etwas Englisches zuzubereiten –«

»Großer Gott!«

»Das würde ihm doch sicher gefallen.«

»Großer Gott!«, wiederholte Lefèvre. »Den habe ich ja vollkommen vergessen.«

»Morgen ist Sonntag, Vater.«

Lefèvre schnaubte. »Nun, unter den derzeitigen Umständen können wir ihn nicht einladen. Wir müssen es abblasen.«

»Papa!« Jeanne sprang vor Schreck beinahe aus dem Stuhl.

»Nein, tut mir leid, aber es geht nicht. Unmöglich. Nicht nach allem, was vorgefallen ist.«

»Vater, ich bin kein Krüppel.«

»Das sehe ich. Wie auch immer, jetzt ist nicht die rechte Zeit für Fröhlichkeit und Geplauder. Was geschehen ist, ist eine sehr ernste Angelegenheit. Du brauchst vor allen Dingen Ruhe, mein Liebes.«

»Du Tyrann!«, rief Jeanne aufbrausend und schlug ihre Bücher zu.

»Jeanne, was in aller Welt …?« Ihre Mutter rang nach Luft.

»Nicht tragisch, Chérie. Sie ist angespannt. Der Schock und das alles.« Lefèvre legte seiner Frau beruhigend eine Hand auf den Arm. »Ich fürchte jedoch, wir müssen diesmal hart bleiben.« Er wandte sich Jeanne zu und sah ihr fest ins Gesicht. »Ich habe Verständnis für deine Verfassung, mein Kind. Aber Mr. Summerfield wird eben ein anderes Mal kommen müssen.«

»Wann?«

»Schwer zu sagen.«

»Wann?«, beharrte Jeanne, die sah, wie der Blick ihres Vaters versteinerte.

»Wenn es dir gelingt, dich zu beruhigen«, antwortete er langsam.

Jeanne wandte sich ab, dann fiel ihr etwas ein.

»Aber was ist mit diesem Dokument? Ist das nicht wichtig?«

»Ich werde Mohammed schicken, es abzuholen«, erwiderte Lefèvre und winkte ab. »Wo wohnt dieser Engländer denn überhaupt?«

»Mr. Wilding erwähnte, seine Unterkunft liege in der Altstadt«, sagte Madame Lefèvre in beherrschtem Tonfall.

»In der Altstadt? Meine Güte, was macht er denn da?« Lefèvres Gesicht verzog sich zu einem Ausdruck der Abscheu. »Er wird sich noch etwas einfangen.«

»Sarahs Vater lebt auch dort«, bemerkte Jeanne, die der Verlauf des Gesprächs ärgerte. Ihr Vater ließ daraufhin nur ein Brummen hören, das andeutete, dass er ohnehin nicht ganz mit all dem einverstanden war, wofür die Familie Bassouin stand.

»Mr. Wilding erwähnte auch, Mr. Summerfield sei wohl eine Art Künstler«, fuhr Madame Lefèvre fort, diesmal mit leichter Erregung in der Stimme.

»Und ein Sozialist!«, fügte Lefèvre hinzu. »Sieh dir nur an, was die zuletzt sechsunddreißig in Frankreich angestellt haben!

Er wollte uns doch etwas von seinen Plänen erzählen, nach Spanien zu gehen. Na, das ist jedenfalls eine aussichtslose Geschichte.«

»Er kann nicht sehr wohlhabend sein«, bemerkte Madame Lefèvre mit einem Seitenblick auf ihre Tochter.

»Mama!«

Ihre Mutter lachte kurz auf und grinste.

»Ich wusste es!«

»Was?« Lefèvre schien plötzlich verwirrt zu sein.

»Jeanne«, rief ihre Mutter mit erhobenem Zeigefinger. »Ich hab doch geahnt, dass du eine heimliche Vorliebe für unseren Engländer hegst!«

»Großer Gott!«, rief Lefèvre schon wieder.

»Wie kannst du es wagen!«, schrie Jeanne und spürte, wie sie weiß und rot zugleich wurde – vor Scham und Angst.

Ihr Vater kicherte und wurde dann ernst.

»Mein liebes Mädchen, wie süß. Das muss das Alter sein. Ich hatte es ganz vergessen.«

»Oder nicht bemerkt.«

»Verstehst du denn nicht, Jeanne?«, redete ihre Mutter zuckersüß auf sie ein. »In deinem Alter ist es ganz normal, solche Gefühle zu haben. Es ist so, als würde man das Gefühl des Verliebtseins einmal ausprobieren.«

»Ich bin jedenfalls *nicht* verliebt«, protestierte Jeanne.

»Na, das will ich auch hoffen«, höhnte Lefèvre. »Vor allem nicht in diesen Kerl. Der Mann ist mittellos – man braucht sich doch nur einmal seine Schuhe anzusehen. Und er ist Anglikaner. Und er ist viel älter als du.«

»Sieben Jahre«, sagte Jeanne, die sich elend vorkam. Es war, als würde sie ihn verraten. Warum gab sie nicht endlich zu, was ihr Herz am liebsten laut herausschreien wollte?

»Sieben Jahre also?«, fragte Lefèvre kopfschüttelnd. »Das ist ja, als würde sich ein achtzehnjähriger Mann in eine Elfjährige verlieben. Ziemlich widerwärtig, wenn man es sich recht überlegt.«

»Aber ich bin nicht elf!«

»Also *bist* du in ihn verliebt?«, fragte ihre Mutter mit wissendem Lächeln.

»Nein – *nein.*« Jeanne schwieg, hin- und hergerissen, ob sie ihren Eltern die Wahrheit sagen und sich ihrem Spott ausliefern sollte. Es war sinnlos. Wenn sie sagte, wie es wirklich war, würde es sie nur noch mehr gegen Harry aufbringen. »Nein«, erklärte sie noch einmal mit Nachdruck.

Der Abend schritt voran, und Jeanne verzog sich schwermütig ins Gästezimmer, um sich vor dem Essen noch ein wenig auszuruhen. Die ganze Welt hatte sich gegen sie verschworen; ihre Eltern waren nur die Lakaien des Pechs und Unglücks, das sich über ihr auftürmte. Sie fühlte sich, als stünde sie allein inmitten eines Sandsturms, der sie langsam unter sich begrub. Sie wünschte, sie hätte ihren Teddy Baudelaire bei sich. Doch sie hatte ihr Schlafzimmer nicht betreten dürfen, solange die Polizei ihre Untersuchungen dort nicht abgeschlossen hatte. Mittlerweile hatte zumindest Soumia begonnen, das hinterlassene Durcheinander aufzuräumen, und Jeanne stellte sich vor, wie sie versuchte, die Abdrücke dieser grässlichen Finger auf ihrem Bett wegzuschrubben. Sie erschauderte bei dem Gedanken. Vielleicht hatten ihre Eltern doch recht. Womöglich hatte der Schock sie tatsächlich krank gemacht.

Ihre Augenlider wurden schwer. Sie spürte die Hitze auf ihrer Haut. Hatte sie etwa Fieber? Sie dachte wieder an Harry, wünschte sich, sie könnte ihn erreichen und ihm alles erzählen. Sie fühlte sich so schrecklich einsam. Vom Flur drangen wie aus weiter Ferne leise, hastige Worte von Soumia zu ihr hervor. Sie sprach mit ihrer Mutter. Jeanne strengte ihre Ohren an, um sie zu verstehen: »In ihrem Zimmer«, hörte sie Soumia sagen, »entsetzlich«. Die Stimme ihrer Mutter bat sie daraufhin, Ruhe zu bewahren. Dann fielen Jeanne die Augen zu. Scheinbar im nächsten Moment klopfte ihre Mutter an die Tür, ohne dass Jeanne ausmachen konnte, wie lange sie tatsächlich geschlafen hatte.

»Komm runter zum Abendessen, Jeanne. Und beeil dich, dein Vater hat Hunger.«

Ihr Vater schlang das Essen eilig hinunter. Mutter hatte nicht übertrieben. Jeanne hatte kaum den zweiten Bissen genommen, als ihr Vater schon, völlig vertieft in seine Operation, seinen Teller sauberwischte und dabei überhaupt nicht zu bemerken schien, wie Jeanne ihn beobachtete. Ihre Mutter fing ihren Blick jedoch auf, und kurz huschte ein entschuldigender Ausdruck über ihr Gesicht. Das hatten Jeanne und sie gemeinsam – sie legten beide großen Wert auf Tischmanieren. Lefèvre wischte sich mit gebeugtem Kopf über den Mund und nahm einen Schluck Wein, bevor er – die Verwandlung war bemerkenswert – wieder in eine aufrechte und würdevolle Haltung zurückfand.

»Ich habe Mohammed zu dem Engländer geschickt. Wird ja wohl nicht so schwer zu finden sein, wie viele Weiße werden schon im Armenviertel leben?«

Niemand erwiderte etwas, und Jeanne bemühte sich, keinerlei Emotionen zu zeigen. Sie befahl sich, ruhig zu bleiben. Nur dann würden sie sie wieder zur *Académie* gehen lassen, nur dann würde sie ihre Freunde und hoffentlich auch Harry bald wiedersehen.

»Wir laden den Kerl ein, wenn Wilding von seiner Feldforschung zurückkehrt. Kann nicht mehr lange dauern.«

»Das wäre doch wirklich schön«, tönte Madame Lefèvre und wandte sich Jeanne zu. »Nicht wahr, Liebes?«

»Ja«, sagte Jeanne missmutig, ohne aufzusehen.

Ihr Vater räusperte sich.

»Soumia und Mohammed haben dein Schlafzimmer aufgeräumt, Jeanne. Und Mutter hat alles kontrolliert. Du kannst also wieder dort schlafen – wenn du möchtest.« Jeanne sah ihn an. »Das heißt, wenn es dir nicht zu viel ausmacht. Auf alle Fälle sollten wir das Fenster erst einmal verriegeln.«

»Danke, Vater.«

»Und … da ist noch etwas, Jeanne.« Die Stimme ihres Vaters klang sonderbar. Jeanne legte ihre Gabel nieder. »Soumia hat beim Aufräumen in deinem Zimmer ein paar Briefe gefunden.«

Jeannes Herz setzte einen Schlag aus.

»Briefe?«

»Ja. Etwa ein Dutzend. *Diese* Briefe.«

Lefèvres Hand wanderte in seinen Schoß und holte von dort ein verschnürtes Bündel hervor. Er legte es auf seinen blank gewischten Teller und blickte Jeanne aufmerksam an. Ihr schwand das Blut aus dem Gesicht. Sie begann zu zittern.

»Unter normalen Umständen«, ertönte die Stimme ihrer Mutter, »hätten wir sie unberührt gelassen.«

»Ihr – ihr habt sie gelesen?«

»Der letzte trägt eine Unterschrift: Abrach«, fuhr Lefèvre ungerührt fort. »Sag mir, Jeanne, besteht da eine Verbindung zu der Person, die in dein Zimmer eingedrungen ist?«

»Ich –« Jeannes Stimme versagte. Sie wollte am liebsten sterben. Zum Glück hatten sie wenigstens nur den ersten Stapel Briefe entdeckt.

»Bei der Befragung hat er behauptet, sein Name sei El Rifni«, sprach Lefèvre weiter. »Es ist wichtig, dass du uns die Wahrheit sagst.«

Schweigen.

»Vielleicht«, flüsterte Jeanne. »Ich – ich weiß es nicht genau.«

»Hattest du ein Verhältnis mit diesem Araber, Abrach?« Die Stimme ihres Vaters war so kalt, dass Jeanne vor ihr zurückschreckte.

»Nein, Vater!«

»Ist das auch die Wahrheit?«

Jeanne hob den Kopf, und die Scham trieb ihr Tränen in die Augen.

»Ja, Vater. Ich habe den Mann noch nie zuvor gesehen. Die Briefe bekam ich vor der *Académie* zugesteckt – ich weiß nicht, von wem.«

Lefèvre sah sie prüfend an, warf dann seiner Frau einen Blick zu und seufzte.

»Das sind doch wenigstens einmal gute Nachrichten. Dennoch«, fuhr er fort, und sein Tonfall war wieder von eisiger Ruhe. »Dieser Abrach hat dir also diese … diese höchst *perversen* Briefe geschrieben. Weshalb um alles in der Welt hast du uns nichts davon gesagt?«

»Es sind Liebesbriefe.« Das Wort entwich Jeannes Mund, als handelte es sich dabei um die natürlichste Begebenheit der Welt.

»Schäbig sind sie. Und schmutzig«, erwiderte ihr Vater ungerührt. »Kaum die Art von Briefen, wie deine Mutter und ich sie damals ausgetauscht haben. Es würde mich zwar wundern, wenn sie tatsächlich von dem Araber geschrieben worden sind, der in dein Zimmer eingebrochen ist. Aber Abrach ist nun einmal ein Name der Einheimischen. Es ist eigentlich kaum vorstellbar, dass einer von denen so gut schreiben kann, aber andererseits … Immerhin finden sich ein paar Fehler in den Briefen, die keinem französischen Muttersprachler mit guter Bildung unterlaufen würden.« Lefèvre ließ seine Hände langsam auf den Tisch sinken und seine Worte einen Moment lang im Raum stehen. »Ich werde Ruhe bewahren, Jeanne. Doch ich verlange von dir, dass du uns nun alles über diese Geschichte erzählst. Bevor noch einmal etwas passiert.«

An jenem Abend hatten sich Sarah Bassouin und ihr Vater zu Besuch angekündigt. Während Jean Bassouin sich mit Lefèvre und Oberst Le Guédec zusammensetzte, verschwand Sarah mit Jeanne unter dem Vorwand, für ihre Prüfungen zu lernen, auf ihr Zimmer.

Als sie die Tür hinter sich geschlossen hatten und Soumias Schritte wieder nach unten wandern hörten, warf sich Jeanne in Sarahs Arme und begann hemmungslos zu weinen. Sie hatte sich in ihrem ganzen Leben noch nie so elend gefühlt. Alles war schiefgegangen. Die ganze Welt hatte sich gegen sie verschworen.

Ein paar Minuten lang saßen sie einfach Hand in Hand auf Jeannes Bettkante. Sarah ließ ihren tröstenden Worten unerbittlich den Klatsch aus der *Académie* folgen. Schwester Marthe zeigte auf einmal ihre poetische Ader und gab ihnen ausgerechnet Liebesgedichte zu lesen; mehrere Polizisten hatten den alten Quasimodo vor der Tür befragt; Audes Bruder war der Armee beigetreten und besuchte nun die Offiziersschule Saint Cyr. Henri hatte ihre Hochzeitsreise nach Biarritz im August geplant. Doch das Beste und Wichtigste von allem: Cécile hatte ihre Jungfräulichkeit verloren! An dieser Stelle kreischte Jeanne unwillkürlich auf.

»Mit wem? Wie?«

»Mit Edouard.«

»Edouard!«

»Auf dem Dachboden seiner Eltern.«

»Edouard?«, wiederholte Jeanne ungläubig. »Der schüchterne Briefmarkensammler? Aber er hat doch *mich* geküsst!«

»Cécile behauptet, er sei ein Löwe im Bett. Aber vielleicht spielt sich das auch nur in ihrer Phantasie ab.«

Jeanne schwieg mit geöffnetem Mund und wurde schließlich von Selbstmitleid überkommen. »Aber was ist mit mir?« Sie spürte, wie ihr erneut Tränen in die Augen traten. »Alle leben, nur *ich* – ich werde in diesem Gefängnis festgehalten. Sarah, es ist unerträglich. Ich möchte am liebsten sterben.«

»Unsinn!« Sarah rollte mit den Augen und ergriff erneut Jeannes Hände. »Du erlebst doch das reinste Abenteuer! Alle Mädchen beneiden dich. Oh, keine Sorge«, fügte sie hastig hinzu, »ich habe ihnen keine Einzelheiten erzählt. Aber alle wissen von dem Vorfall. Und alle wissen, dass du verliebt bist. Sogar Schwester Marthe!«

»O Gott«, rief Jeanne verzweifelt.

»Jeanne? Alles in Ordnung?«, erklang die Stimme ihrer Mutter gedämpft von unten.

»Ja!«, rief Sarah zurück. »Wir nehmen nur gerade Algebra in Angriff, Madame Lefèvre.«

Sarah führte Jeanne zurück an ihr Bett und ließ sie sich setzen. »Sieh mal, ich habe etwas für dich. Einen Brief. Es ist nicht vorbei, Jeanne. Dein Liebster kommt noch immer zum Orangenhain, und schon bald wirst du ihn wiedersehen können.« Sarah zog einen Umschlag unter ihrem Kleid hervor und händigte ihn Jeanne aus. »Ist leider ein bisschen verschwitzt«, entschuldigte sie sich. »Musste ihn unter meinen Strumpfhalter klemmen.«

»Hast du ihn gelesen? In letzter Zeit scheinen alle meine Sachen zu lesen.«

»Natürlich nicht«, sagte Sarah mit einem schrägen Blick. »Ich würde ja auch nicht wollen, dass du meine Briefe liest.«

»Aber du hast sie mir sogar gezeigt«, erwiderte Jeanne naserümpfend. »Selbst die intimen Stellen. An denen Henri –«

»Das ist etwas anderes«, unterbrach Sarah sie. »Wir sind schließlich verlobt. Uns kann nichts mehr zurückhalten. Jetzt mach ihn schon auf.«

Jeanne begann das Siegel zu lösen, stand auf und nahm den Brief mit zum Fenster. Sarah blätterte in ihren Mathematikbüchern, doch Jeanne wusste genau, dass sie sie beobachtete.

Da waren Harrys Worte, und ihr Herz sprudelte über vor Freude, so dass sie sich festhalten musste. Es war, als würde sie in einem Flugzeug sitzen, das gerade abhob.

Liebste Jay,

ich bin voller Sorge und verzweifelt, weil ich dich nicht in den Arm nehmen und trösten kann. Ich weiß, was passiert ist, und bin furchtbar wütend. Nicht zuletzt, weil es zum Teil meine Schuld ist. Du musst wissen, dass ich den Mann kenne, der dir einen solchen Schrecken eingejagt hat. Es tut mir unendlich leid, meine Liebste. Auch wenn ich nur indirekt dafür verantwortlich bin, kommt es mir vor, als hätte ich selbst deinen Schmerz verursacht. Immer wieder muss ich mir vorstellen, wie schrecklich es für dich gewesen sein muss. Bitte vergib mir.

Die Stunden verstreichen so leer, und ich muss dabei eine düstere Erfahrung machen. Ich lerne, dass Zeit ein Gift ist, das meine Gedanken verdirbt, wenn du nicht da bist, um meine Tage zu erhellen. Du bist das einzig Wahre in diesem Leben. Und ohne dich wird meine Welt zur Lüge.

Doch lausche auf den morgendlichen Windhauch. Sieh, wie die Sonne die Blumen sich öffnen lässt. Spüre das Seufzen der Sterne in ihrer weit entfernten Einsamkeit auf deiner Haut. Dann wirst du wissen, dass ich an deiner Seite bin. Wenn du den Kopf nur ein bisschen zur Seite drehst, kannst du mich lächeln sehen. Wenn du die Augen schließt und vorsichtig in die Schatten tastest, wirst du meine Lippen fühlen und ihre sanften Liebkosungen auf deiner Haut spüren.

Ich werde jeden Tag in den Orangenhain gehen, meine Liebste. Ich werde warten. Und eines Tages wirst du kommen.

Mit den zärtlichsten Küssen

Magpie

»Du fängst jetzt nicht wieder an zu heulen, oder?«, fragte Sarah misstrauisch und holte Jeanne damit in die Realität zurück. Diese schüttelte verwirrt den Kopf. »Na, Gott sei Dank«, fügte Sarah hinzu. »Sieh es doch mal von der positiven Seite. Diese ganze Warterei macht euch bestimmt zu wilden Tieren, wenn ihr dann endlich mal dazu kommt, miteinander zu schlafen.«

»Sarah – du Luder!«, schrie Jeanne, nahm ein Kissen in die Hand und schlug es ihr gegen den Kopf.

Die Kissenschlacht dauerte volle fünf Minuten, dann fielen sie atemlos und verschwitzt aufs Bett. Dort lagen sie Seite an Seite und brachen immer wieder in Gekicher aus.

»Meine Eltern haben ein paar der Briefe gefunden«, sagte Jeanne schließlich.

»Oje.«

»Ja, aber zum Glück nicht die, die Harry mir direkt geschrieben hat. Ich weiß gar nicht, weshalb ich sie voneinander getrennt hatte. Aber ich bin wirklich froh darüber.«

»Das kannst du laut sagen. Dieser andere Mann …« Sarahs Stimme war sanft, neugierig. »Glaubst du, dass er in dich verliebt war? Aber ist es nicht merkwürdig, wie er vorgegangen ist?« Jeanne murmelte zustimmend. »Wie sah er denn aus?«

Jeanne stützte sich auf einen Ellbogen und blickte ihre Freundin an. »Wer?«

»Komm schon – der Mann, der sich in dein Zimmer geschlichen hat«, drängte Sarah.

Jeanne ließ sich zurückfallen und schnitt eine Grimasse. »Ziemlich groß, kräftig, dunkelhäutig, ein Einheimischer – Hände, die … die einem problemlos das Genick brechen könnten«, fügte sie hinzu und dachte kurz an ihren Vater. »Ich glaube, es war der Mann, der dir in den Orangenhain gefolgt ist.«

»Urgh.« Sarah schüttelte sich und griff nach Jeannes Hand. »Das muss ja abscheulich gewesen sein. Und ziemlich furchterregend. Fast schon auf eine angenehme Weise«, kam es ihr anschließend in den Sinn.

»Wie meinst du das?« Jeanne sah sie erstaunt an.

»Eine dunkle Gestalt betritt nachts dein Zimmer. Ein Mann.

Ein Einheimischer. Er tritt an dein Bett und beobachtet dich im Schlaf.«

»Sarah …«

»Seine Hand vielleicht. Vielleicht hat er sie ausgestreckt und dich im Schlaf berührt.«

»Sarah! Du bist wirklich komisch.«

»Es ist wie in einem Roman«, verteidigte sich Sarah. »Ich stelle es mir doch nur vor, mehr nicht.«

»Dann stell dir die größte Angst vor, die du jemals hattest, und nimm sie mal hundert. *So* hat es sich nämlich angefühlt.«

Sarah seufzte und schwieg einen Augenblick. »Ja. Tut mir leid, Jeanne. Du – mir ist schrecklich heiß. Lass uns in die Küche gehen und ein Glas Limonade trinken.«

»Gute Idee«, erwiderte Jeanne und stand auf, immer noch etwas durcheinander. Vielleicht hatte Sarah nicht ganz unrecht. Es war auch etwas Aufregendes an der ganzen Sache gewesen, als würde man vom Baum fallen und sich gerade noch am letzten Ast festhalten können. Ihr Herz hämmerte in ihrer Brust, vor Angst und freudiger Erregung.

Mutter war nirgends zu sehen. Sie und Soumia waren wahrscheinlich auf den Markt gegangen, um frisches Obst und Gemüse zu kaufen. Jeanne und Sarah gingen in die Küche und holten sich Limonade aus dem Vorratsschrank.

»Ludovic – Henris Freund –, erinnerst du dich an ihn?«

»Ja, schon«, erwiderte Jeanne und trank hastig von ihrem sprudelnden Getränk.

»Er ist aus den Vereinigten Staaten zurückgekehrt. Er hat behauptet, sie hätten dort Maschinen, die Eis herstellen.«

»Lieber Himmel, so was könnten wir hier auch gut gebrauchen.«

»Allerdings. Aber anscheinend besitzen nur die ganz reichen Familien und von ihnen auch nur sehr wenige diese Maschinen.

Sie nennen sie ›Kühlschränke‹. Sie stellen Essen und Getränke hinein, und alles bleibt wochenlang frisch.«

»Es muss schön sein, in Amerika zu leben«, meinte Jeanne abwesend. »Sie scheinen dort die ganze Zeit über zu tanzen. Zumindest sieht es in den Filmen immer so aus.«

Die Küche war angenehm kühl. Die Mädchen setzten sich und zogen ihre Schuhe aus, stellten die Zehen auf die kalten Fußbodenkacheln, bis diese warm wurden, und berührten sie erst dann mit der gesamten Fußsohle. Sie zogen ihre Kleider bis über die Knie hoch und nippten sorglos an ihrer Limonade.

In der Stille konnten sie das leise Murmeln der Männer im angrenzenden Arbeitszimmer vernehmen. Sarah stand auf, öffnete das Fenster und streckte den Kopf hinaus.

»Reden wahrscheinlich über den Krieg«, flüsterte sie und schnitt eine Grimasse, die den spießigen Le Guédec imitieren sollte. Jeanne erhob sich und trat neben sie. Sie konnten dem Gespräch der Männer folgen, trotz des gedämpften Tons die einzelnen Wörter verstehen. Gerade sprach ihr Vater:

»Abslem El Rifni, Oberst.« Dann Le Guédec: »Ja, ich habe Straßensperren errichten lassen. Informanten, Einheimische, die für uns arbeiten, sind benachrichtigt. Leutnant Feldsman kümmert sich darum. Ein Elsässer, guter Mann, sehr gründlich.« Erneut ihr Vater: »Erstaunlich, wie einen die Vergangenheit einholt. Ich hatte ja keine Ahnung –« Jean Bassouin: »Soweit ich weiß, hat der Aufstand damals ein ziemlich blutiges Ende genommen?« Lefèvre: »Ich musste ein Exempel statuieren. Sonst hätte noch das ganze Land zu den Waffen gegriffen.« – »Richtig«, bestätigte der Oberst: »Und meine Männer werden dafür sorgen, dass El Rifni aufgespürt und festgenommen wird, seien Sie unbesorgt. In der Zwischenzeit rate ich Ihnen, die Sicherheitsmaßnahmen aufrechtzuerhalten.« – »Es soll immer jemand meine Tochter und die Hausangestellten begleiten«, ertönte Lefèvres Stimme. »Und es wird ein permanenter Wachposten vor dem Haus und in Ihrem Büro aufgestellt, meinen Sie nicht, Philippe-Charles?« Zustimmendes Murmeln. »Man würde denken, sie hätten ihre Lektion gelernt.« – »Ach, das sind doch nur die üblichen Unmutsbekundungen.« – »Nennen Sie die Ermordung von Polizeibeamten etwa eine Unmutsbekundung? Ich will, dass dieser Mann beseitigt und sein Besitz konfisziert wird. Die Situation ist völlig inakzeptabel. Ich hätte das Dorf schon vor Jahren dem Erdboden gleichmachen sollen, das gesamte Dorf. Das soll das Militär jetzt nachholen, sorgen Sie dafür?« – »Pardon?«, fragte Le Guédec zögernd. »Zerstören Sie es. Komplett. Vielleicht wird dabei auch dieser Verrückte ans Tageslicht gespült …«

Jeanne trat vom Fenster zurück und schenkte sich ein weiteres Glas ein. Ihr Vater hatte sich im Gespräch erbarmungslos gezeigt, doch sie ging davon aus, dass er recht hatte. Als sie zu Sarah ans Fenster zurückkehrte, hatten die Männer bereits das Thema gewechselt. Sarah hatte richtiggelegen, nun ging es um den Krieg in Europa. Die Stimme ihres Vaters klang jedoch entschlossener als die vorigen Male, die sie darüber diskutiert hatten. »Es ist eine Frage von Wochen, meine Herren. Es muss nur noch abgesegnet werden.« Bassouin: »Zum Teufel mit Hitler und seinem Wahnsinn. Er wird noch ganz Europa in Brand setzen.« Le Guédec: »Sehen Sie nicht so schwarz, Jean. Wenn die Briten und wir schnell genug das richtige und ausreichend Material an die richtigen Stellen bekommen, können wir sie innerhalb eines Monats erledigen.« Lefèvre: »Es heißt, das Wesen des Krieges habe sich verändert.« Wieder Le Guédec: »Panzer und Lokomotiven und Flugzeuge – unaufhaltsam. Von Paris aus fliegt man in zwei Stunden nach Berlin, die Fahrtzeit beträgt zwei Tage. Wir haben die bestausgerüstete Armee der Welt, meine Herren. Die meisten Soldaten, die größten Panzer, die meisten motorisierten Einheiten.« Bassouin: »Der junge Charrier ist auch eingerückt, soll Offizier werden. Wird vielleicht gerade rechtzeitig mit der Ausbildung fertig.« – »Ich habe nur Angst, dass der Krieg sich weiter ausbreitet«, bekundete Lefèvre. Und Le Guédec: »Die Mobilmachung ist nur noch die Frage einer Unterschrift.«

Es klopfte an die Tür des Arbeitszimmers. Mutter musste zurückgekehrt sein. Jeanne spähte in den Flur hinaus. Es war jedoch Mohammed, der einen großen braunen Umschlag in der Hand hielt. Die Tür des Arbeitszimmers wurde geöffnet, und Jeanne hörte die gedankenverlorene Stimme ihres Vaters:

»Ah ja – danke, Mohammed. Legen Sie es doch bitte in den Ablagekorb. Ich werde es mir dann nachher ansehen.« Mohammed verschwand kurz im Raum, das Gespräch verstummte, dann tauchte er wieder auf und schloss die Tür hinter sich. Sofort ertönten hinter der Wand wieder die leisen, ernsten Stimmen der drei Männer. Die Mädchen lauschten ihnen noch einen Moment lang von der Küche aus. Bald dominierte Lefèvres Stimme. Jeanne hörte ihren Vater ganz deutlich sagen: »Wir müssen anfangen, unsere einheimischen Truppen in Stellung zu bringen. Intensiveres Training. Paris verlangt eine marokkanische Brigade.« Sie zog den Kopf zurück und schloss das Küchenfenster, wobei sie Sarah einen verstohlenen Blick zuwarf.

»Ich weiß, woran du denkst, Jeanne«, sagte Sarah nickend. »Ich hoffe nur, sie beginnen ihren blöden Krieg nicht vor meinen Flitterwochen. Na, komm, wir gehen wohl besser wieder hoch und fangen wirklich mit dem Lernen an«, fügte sie verdrießlich hinzu.

»Du kannst ja damit anfangen. Ich muss erst einen Brief schreiben«, erklärte Jeanne mit glühendem Gesicht. »An Harry.«

28

Summerfield saß in einem staubigen Café, das eigentlich mehr eine Art Getränkestand war, und schlug seine Ausgabe der *Times* auf, ohne die argwöhnischen Blicke und das missbilligende Knurren der Einheimischen um ihn herum zu beachten. Vor kaum einem Jahr hätte er sich noch gefürchtet und ihr Verhalten als Bedrohung angesehen, und es überraschte ihn selbst, dass es ihm nun gar nichts mehr auszumachen schien. Er räusperte sich und spuckte einmal zielsicher auf die staubige Straße, wie um seine völlige Unbekümmertheit zu unterstreichen. Sein Kaffee wurde serviert, und er dankte dem Besitzer auf Arabisch.

Die *Times* war von letzter Woche, sah aber wesentlich älter aus. Irgendwie war sie an einem Zeitungsstand am Bahnhof gelandet, und ihre Seiten hatten sich von der sengenden Hitze bereits gekräuselt. Sie machten beim Umblättern gehörigen Lärm und nahmen in dem vollgestopften kleinen Laden übermäßig viel Platz in Anspruch. Dieser Umstand irritierte Summerfield, und ihm kam kurz der Gedanke, dem Herausgeber das Problem des Formats in einem Brief darzulegen.

Die Schlagzeile auf der Titelseite lautete: *Roosevelt appelliert an gesunden Menschenverstand, Churchill greift Chamberlain an.* Nach Jahren in der Wildnis kehrt der alte Kriegshund also wieder zurück, dachte Summerfield. Weiter unten hieß es: *Britische Armee bald einsatzbereit,* und daneben, im seltsam übereifrigen Stil der *Times: Mr. Hitler erhält begeisterten Beifall für Danzig-Rede.* Zuletzt versteckte sich neben einer Anzeige für Burberry-Regenmäntel noch eine Zeile, die auf einen Artikel auf Seite zwei hinwies: *Spanien: Kapitulationsverhandlungen in die Wege geleitet.*

Es war also vorbei. Zumindest fast. Summerfield kramte in den Taschen seiner *Djellaba* nach einer Zigarette und zündete sie sich an. Vorbei, wiederholte er in Gedanken und verspürte dabei weder Wut noch Bedauern. Das überraschte ihn, immerhin hatte er noch vor nicht allzu langer Zeit sein ganzes Leben in England aufgegeben, um in Spanien zu kämpfen. Er hob den Blick für ein paar Sekunden und dachte an diese Vergangenheit, die die seine war und doch so weit entfernt schien. *Ich frage mich, was Wilding wohl gerade treibt.*

Summerfield nahm sich noch eine halbe Stunde Zeit für seine Lektüre, bis er sich schließlich von seinem Platz erhob. Er hinterließ die *Times* sorgfältig gefaltet auf dem klapprigen Tischchen des Straßencafés und fragte sich, wer sie wohl als Nächstes lesen würde. Hinterher kam ihm der Gedanke, dass sie sich auch auf der Toilette nützlich gemacht hätte.

Es war ein wichtiger Tag. Summerfield war bewusst, dass er gerade deshalb absichtlich versucht hatte, unbekümmert zu wirken – damit die Aufregung ihn nicht überwältigte. Heute würde Jeanne sich endlich wieder mit ihm im Orangenhain treffen können.

Zurück in seiner Wohnung, verloren der drohende Weltkrieg, Abrach, sein fehlendes Einkommen und seine unsichere Zukunft in Marokko sogleich an Bedeutung. Viel dringender waren die Sorge um das Loch in seinem linken Stiefel, die Suche nach einem Paar trockener Socken sowie die Notwendigkeit einer Rasur.

Er wusch sich gründlich und rieb sich mit Jasminseife ab, um den sommerlichen Schweißgeruch zu entfernen. Das Rasieren nahm mehr Zeit in Anspruch als geplant – er wollte mit seiner stumpfen Klinge keine Schnitte riskieren. Und noch waren seine Socken nicht getrocknet, die er direkt nach dem Aufwachen gewaschen hatte, da die Sonne an diesem Tag beschlossen hatte, hinter den Wolken herumzutrödeln. Er tapste also barfuß nach unten, klopfte an die Tür seines Nachbarn und fragte, ob er sie über dessen Feuer, das im Herd ständig brannte, trocknen dürfe.

Abdlakabirs Augen leuchteten, und allzu hilfsbereit bestand er auch noch darauf, dass seine erste Frau Summerfields Haar ein wenig zurechtstutzte, woraufhin diese mit einer Schere zu Werke ging, die, von ihrer Form und ihrem Rostbefall her zu schließen, noch aus dem alten Ägypten zu stammen schien.

»Ist sie jung?«, fragte Abdlakabir, der dabei zusah, wie seine erste Ehefrau sich Summerfields Kopf unnachgiebig zurechtrückte.

»Ich habe es Ihnen doch gesagt, Abdlakabir – es geht um einen Job«, erwiderte Summerfield kopfschüttelnd, was Abdlakabirs Frau zu einem noch ruppigeren Griff und einem unzufriedenen Trillern veranlasste.

»Ist sie eine von unseren Frauen? Wenn ja, würde ich Sie gern einmal beiseitenehmen und Ihnen ein paar hilfreiche Ratschläge mit auf den Weg geben«, fuhr sein Nachbar hartnäckig fort.

»Es geht um einen Posten bei einer Lokalzeitung – als *Übersetzer*«, beharrte Summerfield, dachte dabei jedoch nur an Jeanne und ihr bezauberndes Gesicht. Wenn er es sich recht überlegte, hatte sie tatsächlich etwas von der einzigartigen Eleganz der Berberfrauen.

»Und werden Sie ihr ein Geschenk machen?«, fragte Abdlakabir weiter.

»Ein Geschenk? O Gott, das habe ich ja ganz vergessen!«

»Ah-ha!«, triumphierte Abdlakabir und klatschte in die Hände. Selbst auf der eiskalten Miene seiner Frau zeigte sich die Spur eines Lächelns. »Ein schöner Job, Mr. Summerfield! Kein Geschenk, sagen Sie. Dann müssen Sie noch etwas für sie finden.«

»Was könnte man der schönsten Frau der Welt überreichen?«,

fragte Summerfield. »Ihre Schönheit lässt alles Gold der Welt so rostig und glanzlos wirken wie die Schere, die Ihre werte Frau gerade für mein Haar verwendet.«

»Ein Gedicht«, schlug Abdlakabir vor. »Schreiben Sie ihr ein Gedicht.«

»Davon habe ich ihr schon viele geschenkt«, entgegnete Summerfield. »Sie besitzt bereits Armreife und Halsketten aus meinen Worten.«

»Dann Blumen.«

»Lappalien, mein Freund, denn sie ist die schönste Blume von allen.«

»Einen Ring – nein, keinen Schmuck, das sagten Sie ja bereits«, überlegte Abdlakabir, dem langsam die Ideen auszugehen schienen.

»Ein Ring würde ihre reizenden Finger nur verschandeln, mein Freund. Der einzige Ring, der ihr gerecht würde, wäre ein Ehering – und dafür ist die Zeit noch nicht reif.«

»Dafür ist die Zeit noch nicht reif«, wiederholte sein Nachbar und kratzte sich am Kopf. »Ich weiß nicht weiter, Mr. Summerfield. Ich kann mir kein passendes Geschenk für solch eine Dame vorstellen. Aber wie gewinnen Sie denn in Ihrem Land das Herz einer Frau für sich? Versuchen Sie es doch einmal damit.«

»Mit Pralinen? Nicht bei dieser Hitze.«

Ein letzter Ruck, ein letztes Zuschnappen der Schere, und Abdlakabirs erste Frau ließ Summerfields Kopf los.

»Mir fällt wirklich nichts mehr ein«, stöhnte Abdlakabir, der sich Summerfields Notlage zu Herzen nahm. »Ich kann mich auch gar nicht mehr daran erinnern, was ich selbst getan habe, als ich noch jung war.«

Hier ließ seine Frau plötzlich ein Schnauben ertönen und begann zum Erstaunen der beiden Männer zu sprechen. »Mein Ehemann hat anscheinend vorübergehend das Gedächtnis verloren. Er erinnert sich nicht mehr daran, wie man einer Frau den Hof macht, außer ihr eine Ziege, ein Dach über dem Kopf und einen Herd, an dem sie stehen kann, zu versprechen. Wenn Allah es erlaubt, würde ich sagen, dass man einer Schönheit, wie Mr. Summerfield sie beschreibt, nur mit Einfachheit gerecht wird. Denn Schönheit ist oft so einfach und dabei so unerklärlich, dass sie etwas verdient, das ihr darin ähnelt.«

»Erkläre, meine Frau!«, verlangte Abdlakabir. »So hast du seit unseren ersten gemeinsamen Tagen nicht mehr gesprochen.«

»Du hast mich nie dazu aufgefordert«, erwiderte sie knapp. Ihr Gesicht verhärtete sich erneut, sie schlang ihren Umhang enger um sich und begab sich in eine Ecke des Zimmers, in der eine Kiste stand. Die beiden Männer beobachteten schweigend, wie sie sich darüberbeugte, darin herumwühlte und schließlich ein kleines, dunkel glänzendes und mit Perlmutt besetztes Mahagonikästchen hervorholte. Sie wischte den Staub darauf mit ihrem Ärmel ab und öffnete es, wobei ein Lächeln ihren Mund umspielte. Dann tauchte sie mit ihrem Zeigefinger hinein und hielt ihn Summerfield ausgestreckt hin.

»Sehen Sie«, sagte sie, als er einen Schritt näher herantrat. »Es ist so klein, so zart, so einfach, nicht wahr?«

»Ja«, nickte Summerfield und sah sie lächelnd an.

»Doch zugleich ist es überaus kompliziert. Und es bedeutet so viel mehr als alles Gold, alle Juwelen und alle Blumen dieser Welt. Denn es ist all das und noch mehr.«

»Die Hand der Fatima.« Abdlakabir beugte sich lächelnd darüber. »Ja, wieso habe ich daran nicht gedacht?«

Der Anhänger war kaum größer als ein Orangenkern und klebte durch reine Hautfeuchtigkeit an der Fingerspitze fest. Summerfield bewunderte das grazile Muster des Silbers, das eine sich endlos windende Spirale darzustellen schien.

»Sie ist wunderschön«, murmelte er.

»So wie die Frau, die Sie heute treffen werden.«

»Sagen Sie mir, wo finde ich so etwas? Ich kann allerdings nicht viel dafür bezahlen.«

»Geben Sie ihr diese«, sagte Abdlakabirs Frau, deren Blick für einen Moment ganz weich wurde. Mit ihrer gewohnten Kälte fügte sie dann hinzu: »Und als Gegenleistung werde ich die Haare behalten, die ich Ihnen abgeschnitten habe. Ich werde sie als Verzierung auf meine Kissen nähen, wo sie zumindest für eine Weile ihre gelbe Farbe behalten werden.«

Es war kurz vor Mittag, und Summerfield wandte den Blick von der fernen Ebene ab, um den Pfad durch die Orangenbäume zu beobachten. Bald ist es so weit, sagte er sich und hoffte, sie würde keine Schwierigkeiten haben zu kommen.

Die Blätter, die im Frühling so grün geleuchtet hatten, waren mittlerweile dunkel gefärbt, fast schwarz. Überall sprossen übermütige kleine Orangen an den Ästen, die noch hart waren und eher wie Limonen aussahen.

In ihrem Versteck im Graben hatte sich diesmal keine Nachricht befunden, doch Summerfield wusste, dass ihre Freundin Sarah dagewesen sein musste, denn er hatte ein weiteres kleines Gebilde aus Zweigen gefunden, das Jeanne wahrscheinlich angefertigt hatte, während sie zu Hause eingesperrt war. Die kleinen Holzstücke waren zu einem Herz geformt. Es war so süß, dass es ihm beinahe Tränen des Glücks in die Augen getrieben hätte.

Dann stürmte Jeanne in ihre Mulde. Er hörte sie schon von weitem näher kommen, hörte Blätter rascheln und Zweige knacken, schließlich schlingerte sie zwischen den Bäumen hindurch und verlor dabei fast das Gleichgewicht. Sie war völlig außer Atem, schnappte nach Luft und lächelte dabei übers ganze Gesicht. Summerfield streckte seine Hand nach ihrer aus. Sie umarmten sich und pressten ihre Körper dabei eng aneinander. Ihre

Taille war so schmal und kindlich, dass in Summerfield nahezu väterliche Gefühle geweckt wurden. Er würde sie beschützen, sie durch die Zeit hindurchtragen, während sie langsam erwachsen wurde. Sie lösten sich voneinander, um sich betrachten zu können, als hätten sie ihren Anblick vergessen und müssten sich nun vergewissern, dass auch alles echt war.

»Du bist gekommen«, sagte Summerfield.

»Und du, mein Liebster«, erwiderte Jeanne. Von zu vielen Worten erfüllt, standen sie stumm und schüchtern voreinander.

Sie umarmten sich erneut. Summerfield spürte, wie seine Brust sich gegen ihre hob und senkte und wie synchron ihre beiden Körper sich bewegten. So ähnlich stellte er es sich vor, wenn sie miteinander schlafen würden. Er küsste sie sanft auf die Wange, dann mehrmals auf den Mund. Sie schien zu zögern, zu schwanken, doch dann wandte sie ihr Gesicht seinem zu, und ihre Zungen trafen sich. Sie seufzte leicht, wie jemand, der zum ersten Mal in seinem Leben Champagner trinkt.

»So schön«, flüsterte sie.

Summerfield zog sie noch fester an sich, und sie gab unter seinen Händen nach. Sie stöhnte leise. Er spürte, dass er hart wurde, und zog sich ein wenig zurück, um sie nicht zu verschrecken, doch sie selbst drückte ihn erneut an sich. Sie küssten sich für eine lange, lange Zeit.

»Ich liebe dich.«

»Je t'aime.«

Irgendwann ließen sie langsam voneinander ab, wie zwei Magneten, die auseinandergezogen werden. Seinen Blick konnte Summerfield allerdings nicht von ihr abwenden, und sie errötete.

»Was ist denn?« Er lachte entzückt, doch Jeanne missverstand ihn und lief noch dunkler an. »Bin ich nicht hübsch genug? Ich weiß, dass ich nicht die schönste –«

»Nein, nein!« Summerfield schüttelte den Kopf und umschloss

ihre Hände mit seinen. »Du dummes Mädchen. Du bist ... du bist einfach *viel* zu schön. Ich wollte dich nur anschauen, das ist alles. Sichergehen, dass du da bist.«

»Nun, das bin ich. Und ich habe dasselbe gedacht, Harry. Es ist, als ... als wäre das alles ein Traum.«

»Dann träume weiter, meine Liebste.«

»Ja –« Jeanne wandte plötzlich schüchtern den Blick ab und musste lächeln. »Ich wünschte, es würde ewig so bleiben.«

»Komm«, sagte Summerfield und zog sanft an ihren Händen. »Leg dich neben mich. Schließ die Augen und ruh dich ein wenig aus.« Wieder zögerte sie, und Summerfield lächelte. »Nur für ein paar Minuten. Na, komm.«

»Ich – ich habe noch nie bei irgendjemandem gelegen.«

Er führte sie mit sanftem Druck zum Rand des Hains, wo der Boden leicht abfiel. Er setzte sich, doch Jeanne blieb stehen und zuckte ratlos mit der Schulter.

»Komm, meine Liebe. Setz dich. Bitte«, forderte er sie auf und zog erneut an ihrem Arm. Es war, als müsste er einem Fohlen gut zureden. Endlich gab sie nach und nahm neben ihm Platz.

»Ich habe dir etwas mitgebracht. Hier –« Er tastete behutsam seine Tasche ab und zog ein gefaltetes Stück Wachspapier heraus. Jeanne sah ihn unsicher und fragend an. »Das ist für dich«, bekräftigte er. »Es ist nichts Großartiges. Öffne es, Jeanne.«

Jeanne nahm das kleine Päckchen entgegen und wickelte es langsam aus. Wie schlank ihre Finger waren, dachte Summerfield, der jede ihrer Bewegungen beobachtete.

»Es ist wie ein kleiner Brief«, sagte sie grinsend. »Wie eins von deinen Gedichten.« Sie faltete das Papier auf wie Blütenblätter, bis es seinen Inhalt preisgab. Ihr stockte der Atem. »Das ist ... wunderschön. Was für ein bezauberndes Muster, so fein gearbeitet ... Mir fehlen die Worte.«

»Die Frauen hier verwenden es als Talisman.«

Jeanne nickte. »Ja, Soumia hat eins. Sie sagt, es beschützt sie. Aber das hier … ist tausendmal schöner als ihres. Es ist entzückend. Harry, wo hast du das her?«

Summerfield sah sie mit einem Lächeln an. »Von jemandem, von dem ich es niemals erwartet hätte.«

Summerfield legte sich auf den Rücken, und sie tat es ihm nach. Sie konnten den strahlend blauen Himmel über dem Dach der Baumkronen erkennen, das Muster aus Sonne und Schatten. Irgendwo in der Ferne schrie ein Esel ein paarmal und schwieg dann wieder. Ein Vogel flatterte geräuschvoll zwischen die Bäume und fing an, vor sich hin zu zwitschern.

Summerfield seufzte zufrieden und nahm Jeannes Hand in seine. Sie hielten sich mit sanftem, aber festem Griff. Er beobachtete das Steigen und Fallen ihres Brustkorbs beim Atmen, das leichte Zittern, das sie gelegentlich durchfuhr, sowie den Druck, mit dem ihre Finger seine umschlossen. Er konnte der Versuchung nicht länger widerstehen, beugte sich über sie und küsste sie sanft auf Stirn, Augenbrauen, Nasenspitze, Lippen, Kinn und Hals. Sie atmete schneller und änderte ihre Position, streckte ihm den Hals hin, um mehr zu bekommen. Ihre Haut schmeckte salzig. Er rutschte weiter hinunter bis zur kleinen Vertiefung an ihrem Halsansatz und fuhr mit der Zunge über das V ihres Ausschnitts. Nur ein Knopf, ein einziger kleiner Elfenbeinknopf trennte ihn von der Entdeckung ihrer Brüste, eine kleine, aber hartnäckige Barriere. Jeanne versteifte sich für einen Moment, ließ dann aber wieder locker, und Summerfield zögerte, weil er nicht genau wusste, ob sie damit Widerstand ausdrückte. Dann beugte er sich erneut über sie und schnippte geschickt mit Daumen und Zeigefinger den Knopf auf, worauf sich die feste, weiße Baumwolle sogleich teilte und die verborgene Haut ihres Dekolletés sowie die cremefarbene Seide ihres Büstenhalters freigab. Ihre Haut war hier blass, viel heller als am Rest des Körpers. Der

Unterschied war so deutlich, dass Summerfield ihn staunend betrachtete. Sie atmete nun so tief ein und aus, dass ihr Büstenhalter jedes Mal ein kleines Stückchen verrutschte und nach und nach den dunklen Hof ihrer Brustwarze freilegte. Summerfield schob begierig, aber sanft ihre Hand weg, mit der sie plötzlich ihre Brust bedeckt hatte, öffnete rasch noch einen weiteren Knopf, bevor sie es verhindern konnte, und zog den Stoff auseinander. Ihm war, als würde er seine Finger durch die Augen eines anderen teilnahmslos und fasziniert dabei beobachten, wie sie der leichten Erhebung ihrer linken Brust folgten, sich unter den Träger ihres BHs schoben und sich über die immer kühlere Haut bis zur Brustwarze vortasteten. Er berührte sie. Sie war hart und aufgerichtet und schien fast zu bersten. Jeanne stöhnte auf. Er brauchte mehr Platz – er zog das BH-Körbchen zur Seite und umschloss ihre Brust mit der Hand. Als er zudrückte, erschauderte Jeanne, vielleicht vor Schmerz, er wusste es nicht, doch es erregte ihn.

»Küss mich«, flüsterte sie. »Küss mich.« Summerfield kehrte zu ihren Lippen zurück und teilte sie mit seiner Zunge. »Küss meine Brüste«, verdeutlichte sie ihre Aufforderung, und Summerfield kam ihrer Bitte nach, entfernte den störenden Büstenhalter vollständig und ließ seine Zunge nacheinander über beide Brustwarzen schnellen, saugte an ihnen, biss sanft zu, rieb sich an ihr, bis Jeannes Körper sich aufbäumte und sie einen leisen, spitzen Schrei ausstieß. Es war das erste Mal, dass ein Mann, überhaupt irgendjemand sie auf diesen einzigartigen, berauschenden Gipfel geführt hatte.

Sie lagen eine Zeit lang stillschweigend nebeneinander. Summerfield war minutenlang so erregt, dass es fast weh tat, dann verzog sich seine Erektion langsam und verwandelte sich in ein köstliches Gefühl. Er hielt ihre Hand, die nun heiß und verschwitzt war, immer noch fest umschlossen. Zarte Liebesbekundungen kamen ihnen über die Lippen, und es schien für diesen Moment, als könnte nichts auf der Welt sie mehr trennen. Doch da war die Zeit. Jeanne schreckte in plötzlicher Panik auf und sah auf ihre Armbanduhr. Ein erleichtertes Seufzen. Noch nicht. Noch fünfzehn Minuten, bis sie sich auf den Rückweg machen musste.

»Ich will dich nicht verlassen, Harry«, sagte sie.

»Dann bleib bei mir. Du bist –« Summerfield schüttelte vor Erstaunen den Kopf. »Du bist ein Juwel, Jeanne. Und ich komme mir in deiner Gegenwart so kümmerlich vor.«

Sie lächelte beschämt und schüttelte den Kopf. »Nein, du bist der Schöne von uns beiden, Harry. Wirklich.«

»Ich dachte, das sagt man über einen Mann nicht«, neckte Summerfield sie.

»Ich meinte dein Wesen, alles an dir«, erwiderte sie ernst. Sie schüttelte traurig den Kopf. »Ich kann nicht bleiben. Ich muss zurück. Ach, zum Teufel mit der Schule, mit den blöden Prüfungen.«

»Was ist mit dem nächsten Mal? Wann können wir uns wiedersehen?«

»Und zum Teufel mit meinem Vater!«, fügte sie verzweifelt hinzu. »Ich lebe wie eine Gefangene. Und der Krieg – er redet über nichts anderes mehr. Sie bereiten sich darauf vor, Harry. Es ist eine ausgemachte Sache. Ganz offiziell.«

Summerfield runzelte die Stirn, wurde ernst. »Wenn es so ist, werde ich nach England zurückkehren müssen.«

»Nein«, flüsterte sie.

»Ich habe darüber nachgedacht, Jeanne.« Summerfield schüttelte den Kopf und seufzte. »Ich muss zurückgehen. Ich kann nicht hierbleiben und nur zusehen.«

»Das ist nicht unser Krieg, Harry. Es ist ein Krieg der muffigen alten Politiker und Verrückten. Nicht unserer.«

»Aber ich bin nun einmal Brite und mein Land … Ich kann es nicht einfach im Stich lassen.«

»Ist für dein Land zu sterben denn eine Lösung?«

Summerfield schwieg verwirrt – wie sollte eine Frau das auch verstehen können? Ja, irgendwie war es lächerlich, aber dennoch notwendig. »Jeanne, begleite mich. Nach England.«

»Ich kann nicht nach England – mein Studium. Vater will mich nach Frankreich schicken.«

»Frankreich? Ist dir denn nicht klar, dass der Krieg dort stattfinden wird? Nein, komm mit mir, dann sind wir frei und können allein entscheiden, was wir tun wollen. Du kannst auch in England studieren.«

»Und dabei zusehen, wie du in den Krieg ziehst? Und dann endlos auf deine Rückkehr warten? Falls du überhaupt zurückkehren würdest. Oh, Harry!«

Summerfield schnaubte. »Ich kann nicht *nicht* gehen«, schloss er. »Kannst du das denn nicht verstehen?«

»Nein, das kann ich nicht.« Sie verfielen in Schweigen, und es herrschte Stille, bis ein Vogel zusammenhanglos zu zwitschern begann, sie zu verspotten schien.

»Ich muss gehen, Jeanne«, seufzte Summerfield endlich. »Es ist wie ein Zwang, als ob mich eine innere Stimme dazu aufforderte. Ich kann es nicht erklären.«

»Vielleicht wird das Ganze ja doch noch abgeblasen. Vielleicht finden sie noch eine Lösung.«

Jeannes Tonfall klang beschwichtigend und verzweifelt zugleich, und sie lehnte sich an ihn und ergriff seine Hand.

»Du wartest auf mich. Hier. Und ich komme zurück, wenn es vorbei ist, und dann werden wir zusammen sein. Es ist ganz einfach!«

Sie sah ihn an, in ihrem Blick vermischten sich Furcht und Liebe und Verlangen, und sie fielen sich erneut in die Arme.

29

Um den Hals trug sie eine silberne Halskette, an dem ein winziges silbernes Kruzifix hing, daneben baumelte nun an einem ebenfalls silbernen Faden die Hand der Fatima. Summerfield betrachtete sie beinahe ehrfürchtig, gefesselt von der bloßen Existenz solcher Schönheit. Sie griff sich in den Nacken und öffnete den Verschluss der Kette. Die Bewegung ließ ihre Brüste unter der Bluse hervortreten und betonte die kurvenförmige Linie ihrer Taille und ihrer Hüfte. Summerfield lächelte sie breit an. Sie schüttelte verwundert den Kopf. Auf ihren Lippen zeigte sich nur die Andeutung eines traurigen Schmunzelns, während sie mit geschlossenen Händen auf ihn zutrat und ihm die Kette darbot.

»Das kann ich nicht annehmen«, lehnte Summerfield ab. »Sie war doch für *dich*.«

»Bitte«, flüsterte Jeanne. »Ich liebe dich so sehr, ich würde dir alles geben, das ich habe.«

»Ich ebenfalls.«

»Ich möchte, dass du sie trägst, Harry. Ich möchte, dass du geschützt bist und mit Gottes Hilfe gesund aus diesem dummen Krieg zurückkehrst, der uns bevorsteht.«

»Und du, meine Liebe? Denkst du, ich bin nicht ganz krank vor Sorge bei dem Gedanken daran, dass du nach Frankreich gehen willst? Ich fühle mich so machtlos, so lächerlich. Wenn ich Geld hätte, könnte ich uns beide weit fortbringen.«

»Geld«, murmelte Jeanne. »Meine Eltern haben Geld, und sie leben als Gefangene eines vorgetäuschten Glücks. Weißt du, weshalb mein Vater nicht um einen Posten in Frankreich bittet? Weil er dort nicht all diese Bediensteten und Soldaten hätte und seine Macht nicht so unbegrenzt wäre wie hier. Deshalb.«

Summerfield verzog das Gesicht. »Gut, aber ein bisschen davon könnte nicht schaden. Ich werde mich nach einer festen Stelle umsehen, Jeanne, vielleicht als Lehrer. Ich will alles für uns vorbereiten. Ich will dir ein gutes Leben bieten.«

»Mit dir ist mein Leben gut, mein Liebster. Ich fühle mich so stark, dass alle Probleme mir nichts anhaben können. Harry, ich bin dein, denn du kannst mich retten.«

»Komm«, sagte Summerfield, der sich fühlte, als würden seine Füße vom Boden abheben. Er ergriff ihre Hände, und sie ließ die Silberkette in seine gleiten. Er küsste sanft ihre Lippen, dann ihre Finger. Als er den Kopf wieder hob, trafen sich ihre Blicke mit einer solchen Intensität, dass er ein Feuer tief aus seinem Bauch in sich aufsteigen spürte, bis die Flammen vor seinen Augen züngelten und sie vor Freudentränen schimmern ließen. Er hob die Hand und fuhr mit der Kette die Umrisse ihrer Schultern unter ihrer Bluse nach, was sie erschaudern ließ. Dann streifte er ihren entblößten Hals und ließ die Kette in ihr Dekolleté sinken, bis das Silber sich zwischen ihren Brüsten schlängelte. Jeanne kicherte, wand sich ein wenig und schloss die Augen. Sie flüsterte etwas, das er nicht verstand, und er antwortete murmelnd und ebenso unzusammenhängend, in der Sprache der Liebe, die bedeutungsvoller war als jedes Wort.

Er wollte sie, hier und jetzt. Er zog sie abrupt auf den mit Gras und getrockneten Blättern bedeckten Boden hinunter, und sie küssten sich ungestüm. Er zerrte an ihrer Bluse, ihrem Büstenhalter und entfernte den störenden Stoff, um ihre Brüste, ihren Bauch, ihre Ellbogen, ihren Mund zu küssen, dann wieder ihren Bauch. Ihre Hände klammerten sich an seinen Schultern fest, als fürchtete sie, ohne ihn in einen Abgrund zu sinken. Als er zu ihrem Rock vordrang, versuchte sie noch ihn zurückzuhalten, doch er zog ihre Knie auseinander und ließ seine Hand ihre Beine hinauffahren. Zwischen den Schenkeln war sie ganz heiß, ihr Slip war feucht, und er ließ seine Finger daran vorbeigleiten, bis hinein in ihre Blume, ihr Heiligtum. Jeanne gurrte wie eine Taube und schob ihr Becken instinktiv nach vorn. Sie rief laut seinen Namen. Die Silberkette fiel auf ihren Bauch. Er fummelte unbeholfen an seiner Hose herum, bis er sein Glied befreit hatte, das Jeanne einen Moment lang mit einer Mischung aus Angst und erwartungsvollem Erstaunen anblickte. Dann beugte er sich über sie und spreizte ihre Schenkel, plötzlich ganz sanft, noch ein Stückchen weiter auseinander. Wieder trafen sich ihre Blicke für den Bruchteil einer Sekunde, und er küsste sie sanft auf beide Augenlider, bevor er in sie eindrang. Ein Keuchen und ein leiser Schrei entfuhren ihren Lippen, und sie zuckte zusammen. Vorsichtig, ganz vorsichtig stieß Summerfield zu, zog sich wieder zurück, stieß erneut zu und zog sich zurück. Der Schmerz verschwand aus ihrem Gesicht, doch sie war noch immer angespannt und unsicher, was als Nächstes passieren würde. Er wisperte ihr liebevolle Worte zu, die sie beruhigen und ermutigen sollten. Schon bald verspürte er den Drang, sich zu ergießen. Die Woge des Orgasmus zog unaufhaltsam herauf, summte durch sein Glied und ließ es unter seiner Ladung mehr und mehr anschwellen. Er keuchte einmal, zweimal und zog sich dann aus ihr zurück, um sich mit gekrümmtem Rücken über ihren Schenkeln zu ergießen. Jeanne entfuhr beim Zusehen ein leiser, erschrockener Schrei. Summerfield starrte sie an, war sich darüber im Klaren, dass sein Gesichtsausdruck ihr Angst einjagen musste, und beugte sich über sie, um sie zu küssen. An seinen Händen klebte Blut – ihr Blut.

»Ich habe dich beschmutzt, meine Liebste«, flüsterte er.

Sie schüttelte weinend den Kopf. »Du hast mich zum Leben erweckt. Ich bin glücklich.«

»Ich liebe dich so sehr, Jeanne«, murmelte Summerfield, zog ein Taschentuch aus seiner Hosentasche und wischte sie sanft damit ab. »Sieh«, sagte er zärtlich. Sie lächelte ihn unsicher an und blickte dann auf den rosaroten Fleck auf der Baumwolle. »Das ist deine Schönheit – deine Verwandlung zur Frau. Ich fühle mich geehrt, meine Liebste.«

Sich ihrer Nacktheit bewusst, zogen sie sich rasch an. Summerfield reichte ihr das Taschentuch und drehte sich um, während sie es sich in die Unterhose steckte. Als sie fertig waren, nahm er sie bei der Hand, und sie saßen mit angezogenen Knien eng beieinander.

»Was ist, wenn ich nun schwanger bin?«, fragte sie schließlich mit ebenso erstaunter wie verängstigter Stimme.

»Nein.« Summerfield schüttelte den Kopf, obwohl er sich nicht ganz sicher war, ob er nicht doch eine Spur von sich in ihr zurückgelassen hatte. »Und falls doch – ich hätte liebend gern ein Kind mit dir.«

Sie lächelte schüchtern, lehnte sich an ihn und umschlang seine Hand noch fester. »Wenn wir ein Baby bekämen, ob es dann wohl *métisse* wäre?«

»Von gemischter Hautfarbe?« Summerfield runzelte die Stirn.

»Manche Leute sagen, ich würde wie ein marokkanisches Mädchen aussehen. Und denken tun es wahrscheinlich sogar alle.« Summerfield blickte sie einen Moment lang neugierig an. »Na komm, Harry«, sagte sie mit matter Stimme und stupste ihn an. »Dir wird doch aufgefallen sein, wie wenig ich meinen Eltern ähnele. Mit meinen Schulfreundinnen ist es dasselbe, außer mit Sarah, aber sie ist ja auch jüdisch-algerischer Abstammung. Es ist ganz eindeutig.« Sie schüttelte traurig den Kopf. »Wie dumm von mir, dass ich es nicht früher bemerkt habe – und all die blöden Kommentare meines Vaters, ich hätte das Lefèvre-Kinn, die Lefèvre-Nase. Wie grausam das war.«

»Das will noch nichts heißen, Jeanne«, gab Summerfield zu bedenken, dem auf einmal keine angemessenen Worte mehr einfallen wollten, um sie zu trösten. »Manchmal kommt so etwas ganz natürlich vor, als eine Art ererbter Erinnerung daran, woher alle Menschen abstammen.«

»Wirst du mich noch lieben, wenn es wahr ist?«, schluchzte Jeanne, plötzlich voller Selbstmitleid.

»Oh, Jeanne. Ich werde dich sogar noch mehr lieben! Verstehst du denn nicht? Du bist wunderschön – und anders. Das ist doch gerade ein Grund dafür, warum ich so verrückt nach dir bin.« Er schüttelte den Kopf. »Ich hätte niemals eine Engländerin heiraten können. Nicht einmal eine Französin. Deine Haut ist wie eine zarte Olive – ich könnte sie ein Leben lang ansehen und hätte noch nicht genug von ihr.«

Jeanne lachte. Sie küsste ihn, schwieg und wand sich dann unruhig. »Hast du gerade von ›heiraten‹ gesprochen?«

Summerfield war völlig überrumpelt. Er drehte sich zu ihr, und ihm blickte alle Sanftheit und Schönheit und Hoffnung der Welt entgegen. Er konnte eine Zukunft vor sich erkennen, in der sie ihren Platz hatte. »Ja – das habe ich. Ich will dich, Jeanne. Heirate mich.«

»Wann?«

»Jetzt.«

Jeanne sah ihn zunächst erschrocken an, dann wurde ihr Blick sanft. Ihre Stimme klang heiser, als sie kaum hörbar flüsterte: »Ja.«

»Dann soll es so sein.«

»Was ist mit den Ringen?«

»Mist!«

Jeanne lachte, und Summerfield sah sich suchend um. »Wir brauchen einen Ring!«, rief er und stand auf, um den Orangenhain abzugehen. »Hier ist natürlich keiner.« Jeanne erhob sich, um sich an der Suche zu beteiligen. »So ein Mist. Dann müssen wir wohl ohne auskommen, aber – warte.« Er sprang in den Bewässerungsgraben. Ein paar Sekunden später tauchte er mit einem breiten Grinsen auf den Lippen wieder auf. Er lief mit geballten Fäusten auf Jeanne zu. »Auch manche Tierarten machen ihren Gefährten Geschenke, als Zeichen ihrer Liebe und ewigen Verbundenheit. Dies ist ein solches Geschenk, Jeanne. Such dir eine Hand aus.«

»Welche?«, fragte Jeanne verständnislos.

Summerfield zuckte mit den Schultern. »Egal. Beide bedeuten dasselbe, sind jedoch verschieden. Du musst dich für eine entscheiden.« Jeanne tippte seine linke Hand an, er drehte die Faust nach oben und öffnete sie. »Ein Kieselstein, Jeanne. Dies ist mein Geschenk, mit dem ich dich nun heirate.« Jeanne lachte erfreut auf, nahm den kleinen runden Stein und führte ihn an ihre Lippen. »Und dieser Kieselstein ist für mich«, fuhr Summerfield fort und öffnete die andere Hand. »Küss ihn ebenfalls, Jeanne. Schenke ihm immerwährendes Glück und Liebe.«

Jeanne trat vor, senkte den Kopf und küsste das Objekt auf seiner Handfläche. »Und jetzt küss mich, du dummer Kerl!«, rief sie und rüttelte ihn dabei an den Schultern.

31

Lefèvre saß im Büro an seinem Schreibtisch und arbeitete an zwei Dingen gleichzeitig: an dem Entwurf für den Mobilisierungsaufruf in Französisch-Marokko, der im Grunde nur eine Abwandlung des Appells aus Saint Louis war, dem Hauptverwaltungssitz von Französisch-Westafrika im Senegal, sowie an einem Brief an den Dekan der Sorbonne, einen alten Schulfreund, mit der Bitte, seine Tochter Jeanne für das im Oktober beginnende erste Semester aufzunehmen.

Er lehnte sich zurück und reckte seinen schmerzenden Rücken. Der Deckenventilator hatte aufgehört, sich zu drehen, und er hatte es bisher gar nicht bemerkt. Verdammt, kein Wunder, dass er schwitzte.

»Korporal, was ist mit dem Ventilator los?«, rief er, und hinter der geschlossenen Tür antwortete sogleich eine gedämpfte Stimme mit einem in diesen Breiten eigenartig deplatziert wirkenden korsischen Akzent.

»Stromausfall, Monsieur. Dem Generator ist der Saft ausgegangen.«

»Für die Logistik ist doch Dubrot verantwortlich!«, schimpfte Lefèvre. »Ein Stromausfall mitten am Tag! *Quel âne!* Korporal«, rief er noch einmal.

»Monsieur?«

»Bringen Sie mir einen Kaffee. Und wenn Sie schon dabei sind, bringen Sie mir gleich noch einen Einheimischen mit einem Fächer oder etwas in der Art. Monsieur Bassouin kommt um vier Uhr, und hier drin ist es so heiß wie in einem Ofen.«

»Ja, Monsieur.«

Die Schritte der genagelten Schuhe des Korporals entfernten sich auf dem gefliesten Korridor, und Lefèvre wischte sich den verschwitzten Nasenrücken unter der Brille ab. Der Umschlag mit der Übersetzung fiel ihm ins Auge, und er dachte wieder daran, dass er ihn Bassouin übergeben musste, was er bei ihrer Zusammenkunft in seinem Haus vergessen hatte. Er langte hinüber und platzierte ihn auf einer Ecke seines Schreibtischs, überlegte es sich noch einmal anders und schob ihn doch lieber zwischen die beiden Papiere direkt an die Kante, so dass er in einem exakten rechten Winkel zur Wand lag. Seufzend beugte er sich wieder über seine Schriftstücke. »Welches zuerst?«, hörte er sich laut sagen und wählte dann den Brief an die Sorbonne. Bassouin musste nachher nicht unbedingt mitbekommen, dass er sich im Büro um private Angelegenheiten kümmerte.

Ein paar Minuten später klopfte es an der Tür. Es war der Korporal. Er trat ein, salutierte, drehte sich um und zog am Kittel eines Einheimischen, der etwas unbeholfen ein Tablett mit Kaffee in der einen und einen großen, unhandlichen Dattelpalmwedel in der anderen Hand balancierte. Langsam schlurfte er voran, um nichts fallen zu lassen.

»Korporal, nun helfen Sie dem Mann doch«, rief Lefèvre ärgerlich. Der Korporal wandte sich ebenso ärgerlich an den Einheimischen, nahm ihm den Palmwedel ab und ließ ihn verächtlich neben dem Fenster auf den Boden fallen.

»Danke, Korporal.«

»Jawohl, Monsieur.«

Der Marokkaner stellte das Tablett ab und servierte den Kaffee, wonach er sich zur Bestürzung sowohl Lefèvres als auch des Korporals daranmachte, mit dem Palmwedel den Boden zu fegen.

»Du Idiot!«, fluchte der Korporal und warf Lefèvre einen entschuldigenden Blick zu. »Ich sagte fächern, nicht fegen.«

»Womöglich spricht der Mann kein Französisch, Korporal. Wo haben Sie ihn überhaupt aufgelesen? Das ist keiner von unseren Jungs.«

»Die anderen halten ihren Mittagsschlaf, Monsieur.«

»Mittagsschlaf!«, explodierte Lefèvre. »Wann in Gottes Namen werden sie endlich begreifen, dass wir hier anders arbeiten?«

»Es ist nun einmal sehr heiß, Monsieur.«

»Na ja, *wir* arbeiten aber doch auch, oder etwa nicht?«

»Das zeigt wieder einmal, woran man bei diesen Leuten ist, Monsieur«, murmelte der Korporal vielsagend. *»Indigènes!«*

Der Einheimische stand mit ausdruckslosem Gesicht und dem Palmwedel in der Hand stocksteif da.

Lefèvre wirkte für einen Moment verwirrt. »Nun, dann zeigen Sie ihm eben, was er zu tun hat, Korporal!«

»Monsieur«, platzte der Korporal heraus, entriss dem Mann erneut den Palmwedel und begann zu fächern. Dann deutete er mit dem Finger auf ihn und drückte ihm den provisorischen Fächer wieder in die Hand. »Jetzt du. *Yallah!*« Das Gesicht des Mannes blieb erst zur Maske versteinert, dann verzog er es zu einem breiten Grinsen, das sein schmutziges und löchriges Gebiss entblößte. »*Yallah!«,* wiederholte der Korporal, und der Mann legte los, woraufhin Lefèvre sogleich hastig Briefbeschwerer auf seine Dokumente legte, damit sie ihm nicht durcheinandergerieten. Der Korporal verließ den Raum, und Lefèvre wandte sich erneut seinem Schreiben zu, etwas verunsichert, weil er sich das Zimmer nun mit einem arabischen – wie nannten die Briten sie noch? – *Punkawallah* teilen musste. El Rifnis Männer konnten schließlich überall sein.

Lefèvre beendete den Brief und dachte einen Moment lang über die Grußformel am Schluss nach. Er wollte nicht zu vertraulich klingen. Immerhin hatte er de Frazenard nun schon seit fast zehn Jahren nicht mehr gesehen. Schließlich versiegelte er den Brief mit dem offiziellen Stempel der *République,* was ihm ein befriedigtes Seufzen entlockte, und legte ihn in den Postausgangskorb. Als Nächstes wandte er sich der Mobilisierungsankündigung zu. Dabei sah er aus dem Augenwinkel, dass sein einheimischer Fächerträger ihn unverwandt anstarrte, was ihm einen Schauer über den Rücken jagte. Die Begebenheit mit El Rifni ließ sich einfach nicht aus seinen Gedanken vertreiben. Er hatte seit jener Nacht nicht mehr gut geschlafen, und seine Frau hatte sich schon beschwert, dass er stundenlang die beunruhigendsten Grunzlaute von sich gab. Lefèvre erhob sich, sagte sich, dass seine Frau von ihm aus auch gern im Gästezimmer schlafen konnte, öffnete die Tür und fand den Korporal dahinter im Stehen eingeschlafen vor.

»Korporal.«

»Monsieur«, schreckte der Korporal auf.

»Ich lasse die Tür offen. Wegen der Luft.«

»Ja, Monsieur. Verdammt heiß, Monsieur.«

»Richtig.«

Bassouin kam drei Minuten vor vier an und trat ein, ohne zu klopfen.

»Sie haben ihre Truppen vor der polnischen Grenze zusammengezogen!«

»Was? Wer?«

»Die Deutschen«, erwiderte Bassouin. »Ich habe soeben ein Communiqué aus Saint Louis erhalten.«

»Ach was!« Lefèvre richtete sich auf, ohne zu wissen, was dies nun genau bedeutete. Selbst er hatte noch an eine friedliche Lösung geglaubt.

»Sie behaupten natürlich, es wären nur Manöver.«

»Nun, das klingt doch schon besser«, sagte Lefèvre schon etwas entspannter. »Wir sind noch nicht bereit für diesen Krieg.«

»Das ist die offizielle Version, aber ich würde Herrn Hitler keinen Millimeter weit trauen. Wie auch immer. Wie stehen die Dinge?«

»Heiß«, meinte Lefèvre und warf dem Einheimischen einen Blick zu, der mit dem Wedeln aufgehört hatte. »Dubrot hat die Versorgung nicht im Griff.«

»Oder das Militär hat Ihnen die Stromreserven gekappt.«

»Zur Hölle, ich werde wohl über gar nichts mehr informiert!«, empörte sich Lefèvre. »Großer Gott, dabei bin ich hier doch der Zuständige. Wer hat den Befehl erteilt?«

»Die Hauptverwaltung in Saint Louis.«

»Und woher wissen Sie das?«

»Das ist wohl der Vorteil, wenn man direkt neben dem Kommunikationszentrum arbeitet. Ich bekomme auch die neusten Sportergebnisse vor allen anderen. Verdammt nett von Ihnen, mir dort ein Büro zu überlassen, Philippe-Charles. Bin Ihnen zu Dank verpflichtet.«

Lefèvre grunzte und griff nach dem Umschlag. »Hier, Bassouin, bevor ich es vergesse. Ich hätte ihn Ihnen letztens schon geben wollen. Das ist die Übersetzung des Berichts von Wilding.«

»Danke«, erwiderte Bassouin und nahm den Umschlag entgegen. »Wollen wir hoffen, dass es zu einer Zusammenarbeit mit unseren amerikanischen Freunden kommt. Könnte die Briten allerdings verärgern.«

»Das hätten sie verdient«, meinte Lefèvre, während Bassouin das Dokument herauszog. »Die haben uns schon den gesamten mittleren Osten weggeschnappt.«

»Hmm, handschriftlich«, murmelte Bassouin, der sich die Seiten ansah.

»Es war auf Englisch.«

»Ist recht ordentlich geschrieben.« Bassouin stutzte. »Ach herrje. Hier sind ein paar Fehler, maskulin und feminin verwechselt. Hat Wilding das geschrieben? Wusste gar nicht, dass er Französisch schreiben kann.«

»Ich habe diesen Engländer Summerfield beauftragt, es für uns zu übersetzen. Hatte die Frechheit, sich dafür bezahlen zu lassen.«

»Nun, für ihn ist es wahrscheinlich Arbeit. Nein, das ist gar nicht mal schlecht. Er war Werbetexter, nicht wahr?« Bassouin legte die Seiten zurück auf den Tisch, doch Lefèvre gab keine Antwort. »Was ist los, Philippe-Charles – stimmt etwas nicht?«

»Ich schaue nur«, murmelte Lefèvre und beugte sich vor. »Hatte noch gar keinen Blick darauf geworfen. Dachte, es könnte vertraulich sein. Diese – diese Handschrift …«

»Wie gesagt, recht ordentlich, alles in allem«, sagte Bassouin stirnrunzelnd. »Es ist wirklich ein bisschen heiß hier drin. Würden Sie –«

»Seltsam«, unterbrach ihn Lefèvre und schüttelte den Kopf. »Sie erinnert mich … erinnert mich an etwas. An –« Lefèvre wurde plötzlich aschfahl im Gesicht und ließ sich auf seinen Stuhl fallen.

»Alles in Ordnung?«, fragte Bassouin und beugte sich vor. »Soll ich den Korporal rufen?«

»Die Handschrift. Sie gehörte nicht Abrach. Oder El Rifni – es war *seine*!«

»Summerfields?«

»Die Briefe … und dieses Dokument: Sie tragen dieselbe Handschrift!«, keuchte Lefèvre.

31

Der Morgen hatte gerade zu grauen begonnen, als sie Summerfield holten und ihn aus seiner süßen Erinnerung an Jeanne rissen. Ihm blieb gerade noch genug Zeit, auf seinen Wecker zu schauen – 5:15 Uhr –, bevor die Wohnungstür krachend ins Zimmer fiel.

»Was zum …?«

»*Debout!* Steh auf!« Er wurde von groben Händen gepackt und unter den Laken hervorgezerrt. »Der dreckige Mistkerl ist splitternackt, Sergeant!«

»Gib ihm seine Hose.« Verwirrt spürte Summerfield, wie ihn ein Bündel Stoff traf und auf den Boden fiel – seine Kleidung. Erst in diesem Moment wurde er sich seiner peinlichen Lage bewusst und lief rot an. »Zieh dich an, du dreckiges Arschloch. Schnell.« Summerfield beugte sich mit so viel Anstand wie möglich hinunter und begann, vor den Augen der Gendarmen seine Hose anzuziehen. »Diese verdammten Engländer mit ihren sonderbaren Sitten. Schnell, hab ich gesagt!«, wiederholte der Sergeant. »Und Sie.« Er wandte sich an den Korporal. »Durchsuchen Sie die Räume. Nehmen Sie alle Papiere mit, die Sie finden können.«

Als er angezogen war, sah Summerfield hilflos dabei zu, wie der Korporal und ein zweiter Gendarm systematisch seine Sachen durchwühlten – die Kommode, den Schreibtisch, sogar den Herd. Sie drehten Matratze und Stühle um und zerbrachen seinen Rasierspiegel.

»Ich bin britischer Staatsbürger«, sagte er schließlich. »Ich verlange eine Erklärung. Ich möchte zu den britischen Behörden geführt werden.«

»Wir wissen, wer Sie sind. Und die nächste britische Präsenz ist in Casablanca, fünf Zugstunden weiter nördlich.« Summerfield senkte den Blick. »Pech gehabt, Mr. Summerfield.«

Die beiden Soldaten kamen mit dicken Papierstapeln aus der Schreibstube zurück. »Haben das hier gefunden.«

»Gut«, erwiderte der Sergeant. »Bringen Sie es nach unten. Und legen Sie unserem englischen Freund hier besser Handschellen an. Man kann nie wissen.«

»Wir sind Verbündete, Sergeant. Es wird Krieg geben, und dann stehen wir auf derselben Seite.«

»Ach ja?«, fragte der Sergeant schnoddrig. »Ihr Pass?«

»Dort drüben«, sagte Summerfield mit einem Nicken in Richtung seiner Jacke.

»Hiermit sind Sie festgenommen, Mr. Summerfield. Wir werden Ihnen ein paar Fragen stellen müssen. Machen Sie uns keinen Ärger.«

»Ich bin mit Monsieur Lefèvre, dem Regionalverwalter, persönlich bekannt«, machte Summerfield einen lahmen Versuch.

»Und Edith Piaf ist meine Tante«, erwiderte der Sergeant kopfschüttelnd. »Kommen Sie – Bewegung.«

Die Straße war gespenstisch ruhig, alle Fenster waren geschlossen. Summerfield ging davon aus, dass die Bewohner das Geschehen aus Angst vor den Gendarmen durch kleine Schlitze hindurch beobachteten. Der Sergeant nahm als Erster auf dem Rücksitz Platz, und der Korporal schob Summerfield hinter ihm her. Der Wagen war ein kleiner khakifarbener Hotchkiss, der nun mit einem Aufjaulen anfuhr und um die Straßenecke verschwand.

Summerfield kannte das Polizeigebäude nur von außen, es war im Art-déco-Stil gebaut, weiß getüncht und ähnelte einem flachen Flughafenkomplex mit bullaugenförmigen Fenstern. Der kleine Hotchkiss passierte den Kontrollpunkt und die Schranke und fuhr in einem großen Bogen an dem Gebäude und seinen zahllosen Trakten mit dicken Mauern vorbei, die von Stacheldraht umzäunt waren. Es hätten die Häuser eines örtlichen Bergdorfs sein können, wenn vor den kleinen quadratischen Fenstern keine Gitterstäbe gewesen wären, durch die sich selbst ein Kind kaum hindurchquetschen konnte. In der Nähe befand sich ein Brunnen, dessen Inhalt eine von einem Kran gehaltene, gut geölte Seilwinde aufwühlte.

»Das Gefängnis«, erklärte der Sergeant feixend, als er Summerfields ängstlichen Gesichtsausdruck bemerkte. »Doch zunächst werden wir ein paar Formulare ausfüllen.«

In einem vollgestopften Büro, das an den ersten Trakt angeschlossen war, war ein Leutnant gerade auf der Jagd nach Fliegen. Seine khakifarbene Uniform war schweißdurchtränkt und seine helle Haut von roten Flecken übersät. Offensichtlich tat er noch nicht lange in Marokko Dienst. Als der Sergeant sich bellend im Büro ankündigte, drehte er sich rasch um, eine Hand um die Fliegenklatsche geschlossen, die andere fuhr automatisch an seinen Schnurrbart, über den zu streichen ihm ein Gefühl von Sicherheit zu vermitteln schien.

»Summerfield, Herr Leutnant.«

»Wie bitte?«

»Festnahme Nummer zweihundertvierunddreißig.«

»Richtig, richtig«, murmelte der junge Leutnant wie benebelt. »Verzeihen Sie, Sergeant. Die Hitze – kann mich damit nicht so recht arrangieren …«

»Geht jedem am Anfang so. Braucht seine Zeit.«

»Und dann werden Sie genauso wahnsinnig wie alle anderen an diesem Ort«, wandte sich Summerfield an den Leutnant, in dem er einen gebildeten Gleichgesinnten zu erkennen glaubte.

»Ruhe!«, brüllte der Sergeant.

»Herr Leutnant, ich wollte nur –«

»Ruhe, habe ich gesagt!« Summerfield erntete einen Tritt in den Bauch. Stöhnend sackte er zusammen und fiel auf die Knie.

»Neupont!«, kam die Stimme des Leutnants. »Musste das sein?«

»Pardon, Herr Leutnant – die Hitze. Und der Mistkerl hat es verdient.«

»Genug! Helfen Sie ihm hoch. Er ist immerhin britischer Staatsbürger.«

Sie schleppten ihn zu einem Stuhl und setzten ihn darauf. Summerfield krümmte sich vor Schmerz und keuchte wie ein alter Mann, verzweifelt um Atem ringend.

Der Leutnant hielt die Fliegenklatsche immer noch fest umklammert – Summerfield zuckte zusammen, da sie durch seinen tränenverschleierten Blick fast wie ein Stock aussah – und trat mit einem Glas Wasser auf Summerfield zu. »Vielleicht hilft es etwas«, bot er mitleidig an. »Sergeant, bringen Sie die Formulare. Sie werden sich wohl eine Zelle mit den Einheimischen teilen müssen, Mr. Summerfield. Uns fehlt es einfach an Platz …«

Kaum zehn Minuten später fand Summerfield sich auf einem übelriechenden Lehmfußboden wieder, der nach Jahren der Beanspruchung so hart wie Beton geworden war. Er nahm zwei weitere Personen in der Zelle wahr, obgleich er es nicht über sich brachte, den Kopf zu heben und sie anzublicken. Eine lange Zeit verstrich, unterbrochen nur durch leise, knurrende Stimmen und Spuckgeräusche. Ein paarmal traf ihn ein Klumpen Spucke an Schulter und Rücken, ob gewollt oder nicht, doch Summerfield fühlte sich nicht imstande, sich zu rühren, da er sich noch immer von dem Tritt erholen musste.

Endlich gelang es ihm besser, Luft zu holen, und er hievte sich mit zusammengebissenen Zähnen auf seine Ellbogen. Der Schmerz ebbte langsam ab, und seine Sinne kehrten zurück, insbesondere sein Geruchssinn, und er verzog das Gesicht über den beißenden Gestank in der Zelle. Sein Blick suchte und fand den verbeulten, rostigen Eimer in der Ecke. Ihm gegenüber saßen die beiden anderen Insassen, die ihn aus leeren Gesichtern feindselig anblickten. Summerfield starrte zurück, nickte ihnen zu und brachte sich zuerst in eine hockende, dann eine aufrechte Position, wobei er sogleich mit dem Kopf an die Decke stieß. Dies schien seine Beobachter zu amüsieren, und sie brachen in ein langes, hohes Gelächter aus, das erst nachließ, als der Aufseher mit seinem Stock gegen die Zellentür schlug. Summerfield stand vorgebeugt in der Mitte des engen Raumes. Die Zelle war leer bis auf den Eimer, eine Waschschüssel voll gräulichen Wassers, einen Haufen Stroh und seine beiden Zellengenossen. Er seufzte, drehte sich einmal um sich selbst – was einen Anflug von Neugierde auf die beiden anderen Gesichter zauberte – und grinste schief.

»Was macht man bloß an so einem Ort?«, fragte er auf Englisch. »Hm?« Er blickte sie direkt an. »Was macht man hier?« Die beiden Männer warfen sich einen Blick zu, und Summerfield konnte spüren, wie sie sich entspannten. Er war kein Franzose – oder Spanier. Und er hatte keinen Streit mit ihnen. *»Salam alaikum«,* sagte er schließlich, legte sich eine Hand aufs Herz und verneigte sich leicht.

»Alaikum salam«, antworteten sie unisono, da ihnen ihre Religion befahl, den Gruß zu erwidern.

Summerfield lächelte bitter, sah sich noch einmal um und suchte sich den am weitesten vom Eimer und von dessen widerlichem Inhalt entfernten Platz aus. Er stampfte mit den Füßen auf den Boden, tastete die Wand ab und setzte sich. Dort verbrachte er die nächsten zwei Stunden in völliger Stille.

Gegen Mittag beteten die Männer, wodurch die Monotonie des Tages ein wenig aufgebrochen wurde. Summerfield beobachtete das Ritual, das ihm mit dem Rascheln der Umhänge, den Verbeugungen, dem Hinknien, Aufstehen, wieder Hinknien und Singen immer noch unendlich kompliziert erschien. Darin lag beinahe etwas Artistisches, dank der klar definierten Ausführung auch etwas Militärisches. Er nickte respektvoll, als einer der Männer seinen Blick bemerkte, dachte dabei allerdings, wie wunderbar einfach und pragmatisch die christliche Art des Betens doch war. Und vielleicht auch, wie frei von jeglicher Hingabe.

Als das Gebet beendet war, klapperten Schlüssel im eisernen Schloss der Zellentür. Mittagessen. Die Tür öffnete sich, und ein alter Araber trat ein, flankiert von einem hoch aufgeschossenen Gendarmen, der einen Schlagstock schwingen ließ. Der Araber schlurfte in den Raum und stellte eine Schale Reis und einen großen Blechkrug mit frischem Wasser auf den Fußboden. Dann wurde die Tür wieder geschlossen.

Zu Summerfields Überraschung und in krassem Gegensatz zum Anstand, den sie noch vor ein paar Minuten an den Tag gelegt hatten, stürzten die beiden Häftlinge sich auf das Essen und schaufelten sich Reis in den Mund, als hinge ihr Leben davon ab. Alle hygienischen Bedenken fielen nun von Summerfield ab, er gesellte sich zu ihnen und stopfte sich die klebrige Substanz klumpenweise in den Mund. Bevor die Schüssel ganz leer war, schnappte sich Summerfield flink den Wasserkrug und war somit der Erste, der von dem kalten, frischen Wasser trank, wobei er den Blick auf die verblüfften Gesichter seiner Mitinsassen geheftet hielt. Summerfield setzte sich in die Hocke, fühlte sich wie ein Sieger im Kurzstreckenlauf und bot den anderen den halb geleerten Krug mit einer majestätischen Geste an.

Schlaf. Er hatte zwar nicht viel gegessen, doch die Konsistenz des Reises, der von einer fettigen Paste zusammengehalten wurde, ließ in Verbindung mit der Hitze seine Augenlider so schwer werden wie ein Stein im Wasser. Es ist nur eine Frage der Zeit, sagte er zu sich selbst. Geduld. Bis zum Abend wäre diese furchtbare Verwechslung sicher längst geklärt und er wieder frei. Nach einer Weile wurde er von einem lauten Furz geweckt – sein eigener, ungewollt und anscheinend als Folge des hastig hinuntergeschlungenen Reises. Die beiden anderen Zelleninsassen schliefen jedoch tief und fest und rührten sich nicht. Summerfield fielen erneut die Augen zu.

Stunden später, Summerfield vermutete, dass es später Nachmittag sein musste, war wieder das Geklapper der Schlüssel, gefolgt vom Quietschen der Tür, zu hören, und für ein paar herrliche Sekunden wehte ein Hauch frischer Luft in den Raum. Brot – zum Glück in drei Scheiben geschnitten. Zumindest würden sie darum nicht auch noch kämpfen müssen. Dazu mehr Wasser. Dies wirkte wie ein Zeichen auf die Häftlinge, sich in den Eimer zu entleeren. Sie taten es auf äußerst diskrete Weise, gingen mit dem Rücken zu Summerfield in die Hocke, zogen ihre *Djellaba* hoch und ihr Glied flink unter der Kleidung hervor. Als Summerfield an der Reihe war (er hatte nun schon seit fast einer Stunde eingehalten), machte die Tatsache, dass er Hosen trug, das Urinieren zu einer schamlos exhibitionistischen Angelegenheit. Er musste sich dafür hinstellen, natürlich mit gesenktem Kopf, den Hosenstall aufknöpfen, um einen lauten, schludrigen Strahl in den schon nahezu randvollen Eimer strömen zu lassen. Die Blicke der anderen schienen die weit verbreitete Ansicht zu bestätigen, dass es sich bei den Westlern um eine primitive, ja geradezu barbarische Rasse handelte. Summerfield war nicht stolz auf seine Vorführung und versuchte, es wiedergutzumachen, indem er an die Tür pochte, um den Eimer leeren zu lassen. Jedoch ohne Erfolg.

»Das Fenster«, sagte schließlich einer der Insassen – die ersten

Worte, die sie seit Tagesanbruch wechselten. Summerfield runzelte die Stirn, der Mann wiederholte seine Aussage, gefolgt von einer ausschüttenden Geste.

Summerfield hob den Eimer mit ausgestreckten Armen hoch, was ihn noch schwerer und mühsamer zu tragen machte. Es mussten sich etwa drei Liter Urin darin befinden, im Augenblick glücklicherweise nichts anderes.

Das Fenster befand sich direkt unter der Decke, ein paar Zentimeter über seinen Schultern. Er würde den Eimer kräftig und vor allem zielsicher schwingen müssen, um den Inhalt hinauszubefördern. Er nahm ein paarmal Anlauf, sorgsam darauf bedacht, nichts zu verschütten. Die beiden Männer verzogen sich umsichtig in die hinterste Ecke des Raumes. *Eins, zwei, drei* – Summerfield schleuderte den Eimer hoch, der ihm sogleich aus der Hand glitt und mit einem lauten Knall gegen die Stäbe prallte, während sein Inhalt nach vorn schoss, es sich dann jedoch anders zu überlegen schien, eine Kehrtwende machte und sich sowohl über den Zellenboden als auch ihn selbst ergoss. »Scheiße, Mist, verdammte Scheiße!«, fluchte Summerfield und machte einen Satz zurück. Zu spät. Ein Schwall der übelriechenden Brühe klatschte mit voller Wucht gegen seine Brust. Die Insassen heulten erneut auf vor Lachen, schwiegen jedoch sogleich, als sie den Zorn in Summerfields Blick bemerkten. Er verpasste der Zellentür einen gewaltigen Tritt. »Lasst mich raus aus diesem gottverdammten Loch!« Keine Antwort. Er trat noch einmal schreiend zu und ließ eine Schimpftirade auf die Franzosen ab, bis irgendwann tatsächlich Schritte im Korridor zu vernehmen waren. Die Klappe des Türschlitzes wurde geöffnet. Summerfield starrte in die zornigen Augen des Sergeanten, was ihn sofort verstummen ließ. Daraufhin verzog sich Neuponts Gesicht zu einem hässlichen Grinsen. Im nächsten Moment traf ihn ein fauler, gallertartiger Schleimklumpen direkt ins Gesicht. Summerfield blieb benommen stehen, während der Sergeant ihn mit hasserfülltem Blick anstarrte.

»Sergeant?« Die Stimme des Leutnants ertönte im Korridor.

»Herr Leutnant!«

»Ist es unser Brite?«

»Jawohl, Herr Leutnant. Einer der Kanaken hat ihn angegriffen.«

»Ach herrje.« Das schwitzende, nervöse Gesicht des Leutnants erschien hinter dem Schlitz. »Aaah, diese Tiere! Sie haben ihn angespuckt. Und was ist das für ein scheußlicher Gestank?«

»Den Pisstopf haben sie auch noch über ihm ausgeschüttet.«

»Sie sind ein Lügner, Sergeant«, flüsterte Summerfield heiser, immer noch verblüfft über den Hass des Mannes. »Leutnant, ich muss mich umziehen. Waschen. Und ich verlange ein Telefongespräch. Ich muss einen Mann namens Jim Wilding kontaktieren.«

»Durchaus«, erwiderte der Leutnant und warf einen Blick auf den Sergeant. »Ähm, der Sergeant glaubt, es sei zu gefährlich, die Tür zu öffnen. Könnte die Sache noch schlimmer machen. Warten Sie eine Weile, bis sich alles beruhigt hat.«

»Ich will hier raus«, presste Summerfield mit unterdrückter Wut hervor. »Sofort, Leutnant. Sie werden mich nicht foltern – so wie all die anderen. Ich bin britischer Staatsbürger. Ich muss Wilding kontaktieren. Dass Sie es wissen: Ich habe gesehen, was Sie mit der Winde tun.«

»Mit der Winde?« Der Leutnant blickte zur Seite, wahrscheinlich auf Neupont, und verzog das Gesicht. »Ein leichter Hitzschlag«, murmelte dieser. »Hören Sie, Summerfield, wenn es noch irgendwelchen Ärger gibt, rufen Sie, und ich schicke ein Kommando hier rein. Es tut mir leid –«

»Lassen Sie mich raus!«

»Monsieur Summerfield –«

»Sofort, Sie flaumbärtiger, nutzloser Idiot. Verstehen Sie mich nicht?«, brüllte Summerfield. Der Leutnant schien wie erstarrt vor Panik und unfähig, eine Entscheidung zu treffen. Erst die Stimme des Sergeanten, der eine Zurechtweisung bellte, ließ den jungen Polizisten aufschrecken. Er schüttelte leicht den Kopf und verschloss den Sehschlitz. »Sofort!«, rief Summerfield noch einmal, doch er erhielt keine Antwort.

Er war in seinem ganzen Leben noch nicht so wütend, so gedemütigt gewesen. Eine Stunde lang schritt er rasend vor Zorn an einer der Zellenwände auf und ab, schimpfte obszön vor sich hin und bekam zwischendurch immer wieder Schreianfälle. Er übersah dabei die symbolische Sympathiebekundung seiner beiden Mitinsassen, die sich nervös in die gegenüberliegende Ecke des Raumes zurückgezogen hatten, Summerfield aber irgendwann vorsichtig den Wasserkrug entgegenschoben.

Es wurde kein Essen mehr gebracht. Nach und nach öffneten und schlossen sich alle Zellentüren bis auf ihre eigene. Die beiden Araber protestierten lautstark.

»Und was ist mit uns?«, rief Summerfield.

»Zu gefährlich«, kam es zurück. »Wenn du dich beruhigt hast.«

»Ich *habe* mich beruhigt.«

»Noch nicht genug! Soll dir eine Lehre sein.«

Die Nacht brach herein. Der Gestank in ihrer Zelle war unerträglich. Hin und wieder blies ein wenig heißer Wind aus dem Süden heran, der die üblen Gerüche noch anschwellen und Summerfield so tief in die Nase steigen ließ, dass er würgen musste. Seine Mithäftlinge starrten ihn verärgert an – er war schuld daran, dass sie nichts zu essen bekommen hatten –, bis sie ihm schließlich den Rücken zukehrten und sich zum Schlafen auf dem Stroh zusammendrängten. Summerfield lag lange wach in der Dunkelheit. Seine letzten Gedanken galten der einen Frage, die ihn nicht loslassen wollte: Würde Badr ihn aus diesem Alptraum erretten, so wie er es für Abrach getan hatte? Er bekam jedoch keine Antwort.

Das Fünfuhrgebet weckte ihn, ein entsetzliches Gebrumm aus allen Zellen, das nichts mit dem hypnotisierenden, mäandernden Gesang aus den Minaretten der Stadt gemein hatte. Dann öffnete sich die Tür. Im Rahmen stand ein Korporal mit einem Eimer Wasser in der Hand. Diesen schüttete er ohne Vorwarnung über dem liegenden Summerfield aus.

»Du stinkst«, sagte der Korporal und legte sich den Arm vor die Nase.

»Und du, verpiss dich«, erwiderte Summerfield schwach.

»Ts-ts-ts.« Der Korporal schüttelte den Kopf. »Leider gibt's für dich auch kein Frühstück. Gute Manieren sind wichtig.«

Der Vormittag verging in Gestank, Monotonie, Brechreiz wegen des Gestanks und dem protestierenden Gemurre der beiden Mitinsassen. Gegen Nachmittag erklangen dann Schritte auf dem Lehmfußboden. Die Zellentür öffnete sich, und diesmal erschien der Korporal mit zwei Eimern voll frischem Wasser. Neben ihm trat ein Einheimischer in den Raum, der ein Handtuch, eine *Djellaba* und ein Stück Seife auf dem Boden ablegte, daneben stellte er zwei Näpfe mit Essen, Brot und einen Wasserkrug.

»Wasch dich schnell. Du hast Besuch. Und ihr beiden –« Er funkelte Summerfields Mitinsassen bedrohlich an. »Wehe, ihr rührt den Fraß an!«

Die Tür wurde zugeknallt, und Summerfield griff auf der Stelle nach der Seife und steckte seinen Arm ins Wasser. Doch dann hielt er inne. Nein, er würde sich nicht waschen. Wer auch immer es war, sollte ruhig genauso viel Dreck einatmen wie er selbst. Er würde seinen Zustand nicht verbergen. Also aß er und blickte dabei seinen beiden unterdrückten Mitinsassen fest in die Augen.

Zehn Minuten später wurde die Zellentür erneut geöffnet, und dahinter stand wie angewurzelt der Korporal, dessen Augäpfel aus ihren Höhlen zu springen drohten. Zu Summerfields Überraschung betrat Jean Bassouin den Raum, dem sogleich ein Aufschrei entfuhr: *»Bon sang! C'est quoi cette puanteur?«*

»C'est moi«, erwiderte Summerfield, der sich mit einem zynischen Grinsen erhob. »Ich bin die Ursache dieses Gestanks. Oder vielleicht sind sie es eher«, fügte er mit einem Blick auf den Korporal hinzu. Bassouin streckte ihm automatisch die Hand zur Begrüßung hin. »Nein, ich gebe sie Ihnen lieber nicht. Sie sollen sich ja nichts einfangen. Es erfüllt mich selbst mit Abscheu«, erklärte Summerfield. »Und diese armen Hunde«, fügte er mit Blick auf seine beiden Zellengenossen hinzu, »die müssen das nun schon seit bald zwei Tagen ertragen.«

Bassouin schien für einen Moment nicht weiterzuwissen, runzelte die Stirn und erwachte dann schließlich aus seiner Starre. »Das ist eine Schande! Eine Beleidigung für Frankreich und die Republik – wer zum Teufel hat das zu verantworten?« Die Oberlippe des Korporals begann zu beben, doch er schwieg. »Machen Sie hier sauber – sofort!«, brüllte Bassouin trotz seiner geringen Größe. »Und überprüfen Sie gleich auch alle anderen Zellen, wo Sie schon dabei sind. Bringen Sie den verantwortlichen Beamten her.«

»Er hatte Nachtdienst, Monsieur. Er schläft gerade.«

»Dann wecken Sie den Idioten auf!«

Der Korporal rannte davon und ließ die Zellentür unbewacht offen stehen. Bassouin schien davon jedoch unbeeindruckt und trat lediglich einen Schritt zurück in den Flur, um etwas frische Luft einzuatmen. »Kommen Sie da raus, Summerfield«, forderte er ihn auf. »Ich entschuldige mich aufrichtig.« Dann wandte er sich auf Arabisch an die beiden verbliebenen Insassen. »Ihr werdet wohl leider hierbleiben müssen. Aber eure Zelle wird sofort sauber gemacht.«

Sie schritten den Korridor entlang, als der Korporal mit dem jungen Leutnant erschien, der verschlafen wirkte und dem das Hemd noch aus der Hose hing. Er zupfte wie wild an seinem Minischnurrbart herum.

»Unverzeihlich!«, warf Bassouin dem Leutnant entgegen, woraufhin dieser erbleichte. »Machen Sie hier sauber. Ich werde die anderen Zellen inspizieren, wenn ich mit Mr. Summerfield gesprochen habe.«

Bassouin führte Summerfield aus dem Gefängniskomplex zu den Verwaltungsgebäuden und dort in ein Büro. Er schickte jemanden frische Kleider besorgen und erteilte die Anweisung, Summerfield zu den Duschräumen zu führen und eine Wache vor der Tür zu postieren. Man sollte ihn auf keinen Fall stören.

Summerfield genoss die Dusche, stöhnte über die einfachen, doch wunderbaren Freuden von Wasser und Seife. Als er fertig war, bekam er ein Handtuch sowie eine Uniform ohne Rangabzeichen gereicht. Seine verschmutzten Kleider waren in die Wäsche gegeben worden.

Bassouin wartete im Büro mit Minztee und Gebäck auf ihn. Summerfield bemerkte, dass er nicht hinter dem Schreibtisch, sondern auf einem der beiden Stühle davor saß. Er nahm auf dem anderen Platz und wurde von respektvollen und freundschaftlichen Gefühlen für den Mann durchströmt, die sich mit seiner großen Erleichterung vermischten, endlich aus der Zelle entlassen worden zu sein.

»Ich bin Ihnen sehr dankbar, Monsieur Bassouin – Jean. Danke«, sagte Summerfield schließlich. »Diese Beamten haben mich nicht einmal Kontakt zu Wilding aufnehmen lassen.«

»Und ich möchte mich noch einmal entschuldigen, Harry. Das hat niemand gewollt, und ich bedaure diese Behandlung wirklich sehr.« Summerfield nickte zurück, und Bassouin machte eine zustimmende Bewegung mit dem Kopf. »Und ich werde dafür sorgen, dass die Verantwortlichen zur Rechenschaft gezogen werden.«

»Wer hat den Befehl gegeben, mich zu verhaften?«, fragte Summerfield und nippte an seinem Tee. »Lefèvre?«

Bassouin nickte. »Ich war bei ihm, als … als er Ihre Handschrift erkannte. Die Übersetzung, wissen Sie … Er hat dann eins und eins zusammengezählt.«

»Sie glauben doch wohl nicht ernsthaft, dass ich die Schuld an den Ereignissen trage.«

Bassouin zog eine Augenbraue hoch. »Direkt, nein. Natürlich nicht. Aber Sie waren daran beteiligt. Ein gerissener Anwalt könnte aus der indirekten leicht eine direkte Verbindung machen.«

Summerfield öffnete den Mund, um zu protestieren, doch Bassouin fuhr fort. »Das Ergebnis dieser Korrespondenz war jedenfalls der Einbruch in das Haus eines führenden Beamten, mit dem Vorhaben von Entführung und Mord. Alle Beweise deuten darauf hin, dass das Ganze Teil eines Plans war.«

»Das mag sein. Aber ich schwöre, dass mir Abrachs – El Rifnis – Absichten nicht bekannt waren. Ich nahm an, er wollte nur mit der Familie Lefèvre sprechen. Ich bin in dieser Sache genauso sehr Opfer wie alle anderen.«

»In welcher Verbindung stehen Sie zu El Rifni – oder Abrach, wie Sie ihn nennen?« Bassouins Tonfall war kühl und bürokratisch geworden, was Summerfield beunruhigte. Er spürte sein Misstrauen.

»Am Anfang war er mein Auftraggeber. Ich habe für ihn gearbeitet. Nun ja, auch habe ich ihn bald schätzengelernt. In mancherlei Hinsicht ist er ein interessanter Gesprächspartner, ein Philosoph fast, wenn auch ein sehr melancholischer.«

»Wie jemand, der viel Leid erfahren hat und nun einen Schritt zurücktritt, um Bilanz zu ziehen.«

»Ganz genau. Das hat eine anziehende Wirkung auf mich ausgeübt. Doch dann, als meine Gefühle für – für ...«

»Jeanne.«

»Ja. Als meine Gefühle für sie wuchsen ... sah ich ihn plötzlich als Rivalen, als Bedrohung an.«

»Haben Sie denn die Komplexität des Ganzen nicht begriffen? Wie gering die Aussichten auf Erfolg, für Sie beide, dabei waren?«

Summerfield murmelte zynisch: »Ein reicher Araber und ein armer Brite – wir hatten wohl beide denkbar schlechte Chancen auf das Herz von Lefèvres Tochter.«

»Das ist nicht ganz das, was ich meinte«, erklärte Bassouin mit einem tadelnden Blick.

»Ja, ich weiß. Es tut mir leid, Jean. Jedenfalls kann ich mich für meine eigenen Gefühle für Jeanne verbürgen. Ich liebe das Mädchen. Und ich glaube, dass sie mich liebt.«

»Die ganze Angelegenheit ist ziemlich heikel«, erwiderte Bassouin und senkte den Blick. »Sehen Sie – ich weiß, dass Sie unschuldig sind. Und selbst Lefèvre gibt zu, dass Sie an El Rifnis Plan wohl nur entfernt beteiligt waren. Er ist bereit, sie freizulassen, Harry.«

»Sie meinen, ich bin noch *nicht* frei?« Summerfield runzelte die Stirn und stellte den Tee beiseite.

»Er ist dazu bereit«, wiederholte Bassouin seufzend. »Wenn Sie sich einverstanden erklären, die Beziehung zu seiner Tochter zu beenden und nach England zurückzukehren.«

Summerfield entfuhr ein Aufschrei. »Ich glaube es nicht! Wir befinden uns in der Mitte des zwanzigsten Jahrhunderts – und dieser Ignorant will mich erpressen. Auf diese Weise!«

»Ziemlich alte Schule, das gebe ich zu«, brummte Bassouin.

»Geradezu mittelalterlich!«, brauste Summerfield auf. »Das ist doch lächerlich, absurd.«

»Doch so lautet nun einmal seine Bedingung.«

»Und wenn ich ablehne?«

»Dann werden Sie hierbleiben müssen und den unglaublich schwerfälligen, systematischen Ablauf der Administration über sich ergehen lassen. Ermittlungen. Verhöre. Leider sind einige der Methoden, die sie hier anwenden, wohl recht überzeugend – sie bekommen einen Mann dazu, so ziemlich alles zuzugeben.« Bassouin beugte sich vor und holte tief Luft. »Sehen Sie, Harry, ganz objektiv betrachtet: Wenn ich Sie wäre, würde ich annehmen.«

»Gerade von Ihnen hätte ich etwas anderes erwartet.«

»Nehmen Sie an, und Sie sind frei. Verstehen Sie das denn nicht?« Summerfield schüttelte den Kopf. »Frei«, wiederholte Bassouin, als wäre es allzu offensichtlich. »Wenn Ihre Liebe so groß ist, wird sie doch nichts aufhalten können, oder?« Plötzlich erschien auf Bassouins Lippen ein schelmisches Lächeln. »Begreifen Sie?«

»Sie meinen? Aber die Vereinbarung besagt doch –«

»Ich schlage vor, Sie lesen einmal Voltaires ›Candide‹, Harry«, sagte Bassouin schmunzelnd. »Bitte, seien Sie doch nicht so naiv. Es gibt Dinge, die kein Gesetz der Welt kontrollieren kann.«

»Aber … Was ist mit Prinzipien, Jean?«

»Ich sage ja nicht, dass Sie es tun sollen. Ich sage, *wenn*. Darin liegt ein feiner Unterschied.«

Summerfield lehnte sich zurück und blickte aus dem Fenster. Ein Trupp Einheimischer marschierte in einiger Entfernung daran vorbei. »Ich möchte Jeanne nach England mitnehmen. Fort vom Krieg«, äußerte Summerfield abwesend.

Bassouin brummte. »Ich schätze, vor diesem Krieg wird man sich nirgendwo verstecken können.«

»Geben Sie mir fünf Minuten Bedenkzeit«, sagte Summerfield nach einer Weile.

32

Das Tor öffnete sich mit einem rostigen Quietschen, und Summerfield trat hinaus ins Freie. Als es sich wieder hinter ihm schloss, drehte er sich noch einmal um und warf dem Wachmann einen eisigen Blick zu.

Bassouin hatte seine Freilassung vor etwa zwei Stunden veranlasst, und nun war bereits der Abend hereingebrochen. Summerfield hatte Bassouins Angebot ausgeschlagen, ihn nach Hause zu bringen, da er lieber zu Fuß gehen und seine wiedergewonnene Freiheit auskosten wollte. Außerdem brauchte er frische Luft.

Die Sonne stand schon tief am Horizont, und von den Bergen im Osten wehte eine kühle Brise heran. Summerfield öffnete den Mund und sog begierig die wunderbare Frische in sich hinein. Fröhlich ließ er die Polizeigebäude hinter sich, lief vorbei an den Kasernen und an den Wohnhäusern der niederen französischen Beamten, bis er die Vororte der Stadt erreicht hatte.

In der Ferne erkannte er einen Teil der alten Stadtmauer, deren blasses Rosa im beginnenden Dämmer nun ockerfarben aussah. Er fragte sich, was aus seiner Wohnung und seinen Sachen geworden war, und hoffte, dass sein Nachbar Abdlakabir das Schloss repariert hatte. Er stand in der Schuld des Mannes, dachte er und wurde plötzlich melancholisch – er würde ihn vermissen, wenn er wieder in England war.

Als er das französische Viertel mit seinen Schulen und Sportvereinen erreichte, dachte er an Jeanne und fragte sich, wie er die Sache mit ihr angehen sollte. Würde sie doch noch zustimmen und ihn nach England begleiten? Es schien auf lange Sicht ihre einzige Chance, zusammen zu sein. Doch es würde ein großes Opfer von ihr verlangen: Sie müsste ihre Eltern, ihr Studium, ihre Verbindung nach Marokko und ihre Freunde aufgeben. Und all das für einen arbeitslosen Engländer, der in die Armee eintreten und für Ideen, die nicht die seinen waren, in den Krieg ziehen will.

Das Grübeln über Jeanne ließ ihn unbewusst seinen Heimweg abwandeln. Es zog ihn zur *Académie* und in den Orangenhain. Seit seinem letzten Besuch schien bereits eine Ewigkeit vergangen zu sein, obwohl es in Wahrheit nur zwei Tage waren. Er fragte sich, ob ihn dort eine Nachricht erwarten würde, und auch, ob die Spuren ihrer Leidenschaft noch sichtbar sein würden. Er konnte an nichts anderes mehr denken, und sein Herz begann wild zu klopfen. Er war verliebt – und es tat weh, nicht bei ihr zu sein.

Er überquerte den Platz und hielt einen Moment inne, um einen Blick auf das schlafende Gebäude der *Académie* mit seinen verzierten Toren zu werfen, die nun fest verriegelt waren. Er bemerkte, dass ein Bettler ihn misstrauisch beäugte – es war nicht üblich, sich zu dieser Tageszeit hier aufzuhalten. Aus etwas größerer Entfernung sah auch ein Straßenfeger mit einem *Chech,* der lediglich Augen und Nase freiließ, zu ihm herüber. Summerfield ging weiter über den Grünstreifen um den Platz herum und folgte dem sandigen Pfad, der sich in drei Richtungen gabelte, von denen eine durch die Bäume des Orangenhains führte. Irgendwo in der Nähe sprang ein Motor an. Ein Lastwagen. Er beachtete ihn nicht und betrat den Hain. Dann vernahm er Schritte. Er blieb verärgert stehen. Wenn das schon wieder die verdammte Polizei war, würde er wirklich durchdrehen.

»Hören Sie, ich war gerade –«, rief er, drehte sich dabei um und sah den Bettler vor sich. Dieser zögerte einen Moment, sein Gesichtsausdruck war eine Mischung aus Zähnefletschen und Lächeln, dann streckte er eine Hand aus. Automatisch griff Summerfield in die Taschen seiner Uniform, ohne daran zu denken, dass er gar kein Geld bei sich hatte. Da kam der Lastwagen um die Ecke.

»Es tut mir wirklich leid, aber ich habe nichts bei mir«, erklärte Summerfield entschuldigend. Das Gesicht des Bettlers verzog sich bedrohlich. »Ich sage die Wahrheit«, bekräftigte er noch einmal.

Der Lastwagen hielt neben ihnen an. Er runzelte die Stirn, warf einen Blick auf den Fahrer, dann auf den Bettler und erstarrte.

»Grundgütiger!«

Plötzlich war er von drei Männern umzingelt, die ihn zur Ladefläche zerrten. Er schrie, doch sein Mund wurde sofort von einer schmutzigen Hand verschlossen. Er wehrte sich, stemmte sich mit den Füßen auf den Boden, bis der dritte Mann seine Beine ergriff und sie ihn zur Heckklappe trugen und in den Wagen warfen. Der Laster setzte sich sofort in Bewegung, wobei er eine dicke Staubwolke aufwirbelte. Für den Bruchteil einer Sekunde konnte er sich aus den Griffen befreien, zerrte an der Heckklappe und streckte seinen Kopf hinaus. In dieser Sekunde fiel sein Blick auf die *Académie* und eine schmale Gestalt vor deren Toren, die ihn weiß vor Schreck anstarrte. War das etwa Jeanne? Sie war es! Er wollte sie rufen, wurde jedoch zurückgerissen, so dass ihm nur noch ein Schmerzenslaut entfuhr. Dann legte sich Dunkelheit um ihn.

33

Der alte Knotenwächter Monsieur Quasimodo entdeckte die junge Frau, als er aus seinem wackligen Unterschlupf im Orangenhain heraustrat. Er hielt inne und schob seinen Umhang vom Kopf zurück, als könnte er so mehr erkennen. Die Gestalt am Straßenrand war schluchzend zusammengesunken. An der Kleidung erkannte er sie als Europäerin. Stirnrunzelnd schlurfte er zu ihr hinüber.

Jeanne weinte leise. Der alte Mann betrachtete sie aus der Nähe. Das junge, blasse Gesicht, das ihm gar nicht so fremd schien, war tränenüberströmt. Es war das traurigste Gesicht, das er je gesehen hatte. Sie zitterte. Wieder zögerte er. Er sah sich um, als röche er Ärger, und machte ein Schnalzgeräusch. Dann streckte er seine alten, arthritischen Finger aus und strich ihr übers Haar. Das Mädchen schreckte zurück, sah zum ersten Mal auf und ihm direkt ins Gesicht.

»Ich weiß, wer du bist«, murmelte er auf Französisch. »Hab keine Angst, mein Kind. Komm. Steh auf.«

Jeanne rührte sich nicht und blickte eine Weile in die milchigen Augen des alten Mannes, ohne wirklich etwas wahrzunehmen. In ihrem Kopf herrschte Leere. Sie zitterte. Sie hatten ihn entführt.

»Komm«, wiederholte der alte Mann. *»Viens. Lève-toi.«*

Sie versuchte, sich aufzurappeln, doch die Anstrengung trieb ihr erneut Tränen in die Augen. Sie kam sich so dumm vor. »Sie – sie haben ihn entführt«, sagte sie, obwohl sie davon ausging, dass der alte Mann sie gar nicht verstand. »Da war ein Lastwagen. Männer.«

»Ich habe einen Streit gehört«, erklärte der alte Mann mit seiner eigenartigen Stimme.

»Haben Sie sie gesehen? Haben Sie sie gesehen?«

Der alte Mann schüttelte den Kopf.

»Wir müssen die Polizei verständigen«, schluchzte Jeanne. »Er ist in Gefahr.«

»War es dein Geliebter?«, fragte der alte Mann. »Der Ausländer?«

Jeannes Augen weiteten sich. »Ja. Woher wissen Sie das?«

»Er ist freundlich. Er bringt mir immer Essen mit, ein bisschen Geld oder etwas zu lesen, wenn er dich besuchen kommt.« Der alte Mann lächelte sanft, wobei er sein schwarzes Gebiss entblößte. »Und er nennt mich Sidi – Monsieur – und nicht Quasimodo, so wie ihr Mädchen.« Er merkte, dass sie beschämt rot wurde, und kicherte. »Und dann ist da noch ein anderer Mann, ein großer Mann, einer von uns. Er hat nach dir und dem Ausländer gefragt. Seine Hände«, fügte er flüsternd hinzu und streckte seine eigenen gelähmten Finger aus, »waren völlig verunstaltet. Verbogen wie die Äste eines kranken Baumes. Er wollte sie in seinen Ärmeln verstecken, doch ich habe sie gesehen.«

»O Gott.« Jeanne wurde auf einmal schlecht.

»Du kennst ihn«, stellte der alte Mann fest. »Er ist gefährlich, *n'est-ce pas?* Komm. Ich helfe dir, M'moiselle. Dir geht es nicht gut.«

Als Jeanne zu Hause ankam, wartete ihre Mutter bereits am Tor auf sie. Jeanne warf sich in ihre Arme.

»Sie haben ihn entführt. Es ist so schrecklich«, weinte Jeanne, während ihre Mutter sie ins Haus brachte. Plötzlich fiel ihr etwas ein, und sie wandte sich noch einmal zu dem Polizeiwagen um, mit dem sie hergekommen war. Ihr Vater sprach noch mit den Beamten, im Wagen selbst saß der alte Knotenwächter. Er betrachtete das vornehme Haus, den gepflegten Vorgarten und wirkte dabei ziemlich verlegen. *»Merci«*, rief Jeanne ihm zu. *»Merci infiniment, Monsieur.«* Sowohl ihr Vater als auch die beiden Polizisten drehten sich erstaunt zu ihr um. Ihr Vater zog eine Augenbraue hoch und blickte sie streng an.

»Komm, Jeanne. Komm rein und erzähl mir alles«, forderte ihre Mutter sie auf und fasste sie am Arm.

»Du musst die Polizisten anweisen, ihn zu suchen und die Ermittlungen aufzunehmen«, wandte Jeannes Mutter sich an Lefèvre, als dieser zu ihnen gestoßen war.

Lefèvre setzte sich ihnen gegenüber und faltete die Hände. »Der Mann ist ein Schurke. Begreift ihr das denn nicht? Summerfield hat unsere Tochter dazu gebracht, sich sowohl in ihn zu verlieben als auch in Kontakt mit einem Kriminellen zu geraten, einem landesweit gesuchten Terroristen. Seine Torheit hätte unsere Tochter beinahe das Leben gekostet – und mich obendrein.«

»Er ist Europäer, ein Weißer, genau wie wir. Es ist unsere Pflicht, Philippe-Charles.« Die Stimme ihrer Mutter war beinahe ein Wehklagen. Lefèvres scharfe Gesichtszüge schienen noch kantiger zu werden. Er rieb sich den Kopf und brachte dann die vor Brillantine glänzenden wenigen Haarsträhnen auf seinem Schädel wieder in Ordnung.

»Ach, verdammt«, gab er schließlich nach. »Selbstverständlich werde ich die Anweisung erteilen. Es ist meine Pflicht, sogar Summerfield gegenüber. Aber macht euch bloß keine Hoffnungen. Wahrscheinlich war es El Rifni. Und in diesem Fall wird unser junger romantischer Dummkopf wohl längst mit durchgeschnittener Kehle in irgendeinem Graben liegen.« Jeanne heulte auf und begann unbeherrscht zu schluchzen. Lefèvre wurde unbehaglich zumute, und er blickte sie beschämt an. »Um Himmels willen, Jeanne, nun reiß dich zusammen!«

»Dir ist wohl kaum bewusst, wie tief Jeannes Empfindungen

für den jungen Engländer waren«, erklärte Madame Lefèvre kurz angebunden.

»Nun, ich hoffe bloß, sie gingen nicht zu tief«, fuhr Lefèvre seiner Frau über den Mund. »Verstehst du?« Er zog die Augenbrauen hoch und sah seine Frau eiskalt an. »Ich hoffe, du verstehst, was ich meine?«, wiederholte er.

Seiner Frau blieb der Mund offen stehen. »O Gott. Bitte nur nicht das!«

Ich hätte es nicht für möglich gehalten, sagte Jeanne zu sich selbst und starrte weiter an die Decke ihres Schlafzimmers. Das Beruhigungsmittel, das der Arzt ihr verschrieben hatte, machte sie benommen und schwerfällig. Ich hätte es nicht für möglich gehalten. Dass Frauen tatsächlich an gebrochenem Herzen sterben können. Werde auch ich daran zugrunde gehen? Wie stark muss die Trauer sein, um einen Menschen umzubringen? Wird die Verzweiflung so groß, so erdrückend, dass sie einem die Lungen, den Hals abschnürt? Oder weigert sich das Herz irgendwann einfach, weiterzuschlagen?

Ihre Schlafzimmertür war verschlossen, eine Idee ihres Vaters. Das Fenster war seit jener schrecklichen Nacht ohnehin verriegelt. Als Schutz für Jeanne, allerdings auch als Schutz vor ihr selbst. Sie hatten wohl Angst, sie könne auf dumme Gedanken kommen. Und … sie hatte es tatsächlich erwogen. Selbstmord oder Flucht.

Sie sollte versuchen, ihn zu finden. Eigentlich. Doch die Wahrheit war, dass sie sich fürchtete. Sie wusste nicht, wie sie dort draußen überleben konnte. Im Grunde kannte sie das Land kaum, in dem sie ihr ganzes Leben verbracht hatte. Dank all ihrer Bücher und Unterrichtsstunden konnte sie die *Départements* Frankreichs herunterbeten, die Postleitzahlen aller größeren Städte, die historischen Ereignisse von Pippin dem Kleinen bis zu Napoleon III.

sowie alle Pariser Straßen, in denen sich die schicken Läden befanden. Dabei war sie erst zweimal in ihrem Leben in Paris gewesen. In Wirklichkeit war sie in Frankreich ebenso eine Fremde wie in Französisch-Nordafrika. Sie fühlte sich so allein, schwach, verloren und nutzlos. Die Übelkeit überkam sie erneut, die Angst hielt ihren Magen umklammert und ließ sie nach Luft schnappen. Es kam ganz plötzlich, und sie wälzte sich auf die Seite und erbrach sich in den Eimer, den Soumia ihr neben das Bett gestellt hatte. Sie wollte nach jemandem rufen, hielt sich aber zurück. Sie fühlte sich elend. »Ich möchte sterben«, schluchzte sie leise und weinte sich in den Schlaf.

34

Seit einer gefühlten Ewigkeit lag Summerfield nun schon mit verbundenen Augen auf dem Boden des Lastwagens, auf den sie ihn geworfen hatten, das Dröhnen und Quietschen des Getriebes im Ohr. Er hatte keine Ahnung, wohin die Reise ging, und hatte den Versuch, die Fahrt des Lasters im Geiste nachzuverfolgen, bald aufgegeben. Er konnte an nichts anderes denken als an Jeanne und an die völlige Verwirrung in ihrem Gesicht, als sie ihn erkannt hatte. Ihn überkam eine unerträgliche Panik, dass er sie nie wiedersehen würde.

In der Dunkelheit gewann Zeit eine ganz neue Dimension. Sie dehnte sich so qualvoll aus, als würde er gegen eine starke Strömung anlaufen. Steckte Lefèvre hinter all dem, war es eine skrupellose Verschwörung? Oder wollte Abrach sich an ihm rächen? Er konnte sich nicht bewegen, seine Hände waren verbunden, und er war zwischen etwas, das er als Holzkiste definierte, und die Beine eines Mannes gequetscht, der sich mit seinem ganzen Gewicht gegen ihn lehnte. Er wollte schreien, wegrennen, doch er konnte nicht. Er dachte an Bassouin, an Jeanne und an Wilding. Aus irgendeinem Grund empfand er plötzlich Eifersucht, und er stellte sich vor, wie die beiden aufeinandertrafen, Jeanne außer sich vor Angst, Wilding nur zu gern bereit, ihr eine starke Schulter zum Anlehnen zu bieten, und dann … Der Gedanke, sie zu verlieren, quälte ihn, und Summerfield kämpfte ohne großen Erfolg dagegen an. Irgendwann gab er auf, überließ sich dem Unvermeidlichen, und sein Geist bäumte sich nur noch ein letztes Mal auf, bevor er in einen tiefen Schlaf sank.

Als er erwachte, herrschte um ihn herum Stille. Er vernahm nur das Geräusch des Windes, der frisch gegen die Wagenplane schlug und durch die Risse im Fußboden drang. Er rührte sich, versuchte, sich ein wenig zu strecken, und zitterte in der kühlen Luft. Außerhalb seiner düsteren, verschlossenen kleinen Welt waren Stimmen zu vernehmen.

Auf einmal wurde er auf die Seite gerollt und auf die Knie hochgezogen. Ihm fuhr der Gedanke durch den Kopf, dass man ihn nun exekutieren und meilenweit entfernt von allem und jedem unter der Sonne verrotten lassen würde. Sein Herz pochte lautstark und so schnell, dass es ihm den Atem raubte. Ein leiser Klagelaut entfuhr seinen Lippen, und dicke Tränen begannen seine metallisch riechende Augenbinde zu durchtränken. Er spürte, wie sie aufgebunden wurde; plötzlich klarte die Dunkelheit auf, und er erblickte das atemberaubende Nadelkissen eines mondlosen, von Sternen übersäten Nachthimmels. Sie wollten also, dass er alles mit ansehen konnte, fuhr es ihm durch den Kopf, sein eigenes Ende: die Mistkerle. Und auf einmal:

»Harry, wie geht es Ihnen?«

»Badr, bist du das?« Summerfield blinzelte in die Dunkelheit, in der nun eine große, schmale Gestalt sichtbar wurde.

»Ich bin es, Harry. Kann ich Ihnen vielleicht einen Tee anbieten? Wir sind lange gefahren.«

Ein paar Minuten später saß Summerfield dem jungen Mann im Schneidersitz gegenüber und sah zu, wie dieser ihm mit einem leicht ironischen Lächeln ein Glas kräftigen schwarzen Tee einschenkte. Badr führte das gefüllte Glas an Summerfields Lippen. »Trink, Harry. Das wird Ihnen guttun.«

»Es würde mir leichter fallen, wenn meine Hände frei wären«, bemerkte Summerfield in beherrschtem Tonfall. Die absolute Stille des unermesslichen Himmels ließ ihn die Stimme senken. Außerdem konnte er Badr und die Situation nicht recht einschätzen. Ihm erschien es am klügsten, sich so neutral wie möglich zu verhalten.

»So leid es mir tut, Harry, ich muss Ihre Hände verbunden lassen, bis wir unser Ziel erreicht haben.«

»Darf ich fragen, weshalb?«

»Damit Ihr Geist Ihren Körper nicht dazu bringt, etwas zu tun, was er nur bereuen würde. Sie werden von Ihren Fesseln befreit, sobald wir in Sicherheit sind. Das verspreche ich.« Badr lehnte sich erneut vor und ließ Summerfield einen Schluck nehmen. »Vielleicht hätten Sie auch gern eine Zigarette. Sie rauchen doch?«

Summerfield nickte schmollend, während Badr ein Päckchen hervorzog, eine Zigarette daraus anzündete und sie Summerfield in den Mund steckte. Es war eine einheimische Marke – schwarzer Tabak –, und sie schmeckte nach Erde. Er inhalierte und entnahm sie seinen Lippen unbeholfen mit beiden Daumen. »Du weißt, dass du ein Verbrechen begangen hast, Badr – du und deine Freunde hier. Die Amerikaner nennen es Kidnapping. Ich dachte schon, es wären Lefèvres Männer.«

»Aus einer anderen Perspektive betrachtet könnte man sagen, dass wir Sie gerettet haben, Harry Summerfield.«

»Sie hatten mich längst freigelassen. Bassouin ist eingeschritten.«

»Bassouin ist ein geringeres der großen Übel, die unser Land regieren«, meinte Badr. »Wobei ich davon ausgehe, dass an Ihre Freilassung Bedingungen geknüpft waren.«

»Bedingungen, die er selbst mir zu überschreiten empfahl«, sagte Summerfield. »Ihr seid schlimmer als eine Räuberbande, Badr. Hast du eine Ahnung, was ich vorhatte, was ich hätte tun müssen? Und ihr habt mich von ihr fortgerissen.«

»Von der Tochter des Verwaltungsleiters?«, brummte Badr unverbindlich.

»Jeanne«, verbesserte Summerfield ihn. Er schüttelte den Kopf. »Du hast keine Ahnung, oder?«

»Ich weiß, dass Abrach sie umwarb, als Sie sie ihm wegnahmen.«

In Summerfields Stimme lag Ungläubigkeit. »Du weißt genau, dass das nicht stimmt. Du hast es mir doch selbst gesagt, Badr!«

»Vielleicht habe ich damals falsche Vermutungen angestellt. Das kann schon einmal passieren, Harry.«

»Badr, was geht hier vor? Was soll das Ganze? Du verhältst dich verdammt merkwürdig. Und binde mir um Himmels willen endlich die Hände frei! Wir sind doch Freunde, oder etwa nicht?«

»Freunde wohl noch nicht, Harry Summerfield. Und vielleicht werden wir das auch niemals sein. Wir haben zusammengearbeitet und empfinden Respekt voreinander. Doch die Bezeichnung ›Freunde‹ ist dafür falsch.« Summerfield presste die Lippen aufeinander und wandte sich unterdrückt fluchend ab. Badr bot ihm noch einmal Tee an, den er zuerst ablehnte, dann aber missmutig trank.

Sie saßen eine Weile schweigend nebeneinander und beobachteten die anderen Männer – insgesamt waren es drei –, die im Schatten des Lastwagens um eine kleine Flamme herumsaßen, rauchten und sich leise und einsilbig unterhielten. Dann ergriff Badr erneut das Wort, und seine Stimme hatte sich verändert, wirkte nun sanfter und weniger reserviert. Im Wesen des jungen Berbers lag etwas, das Summerfield wirklich aufregte: Er war ein intellektueller Großtuer aus ärmlichen Verhältnissen – das waren die Schlimmsten von allen. Und er selbst, musste er sich eingestehen, war gar nicht so viel anders.

»Harry, die Welt hat sich auf einen Schlag verändert, und Abrach – El Rifni – hat das verstanden. Ich frage mich, ob Sie es auch gemerkt haben?«

»Du meinst den Krieg?«

»Seine Auswirkungen, Harry.«

»England und Frankreich werden gegen Deutschland in den Krieg ziehen.«

»Ich meine die Auswirkungen für *dieses* Land. Unser Land. Haben Sie die auch bedacht?« Summerfield runzelte die Stirn, und über die Lippen des jungen Mannes huschte ein flüchtiges Lächeln. »Ich mache Ihnen keinen Vorwurf, Harry. Für den Moment denkt der Großteil der französischen Regierung Marokkos genauso. Niemand hat wirklich bedacht, was diese Entwicklungen für dieses Land bedeuten. Oder auch für all die anderen Kolonien. Dieser Krieg wird die ganze Welt verändern.«

Summerfield nickte. Es stimmte. Er und all die anderen Europäer konzentrierten sich allein auf Europa, das Zentrum ihrer Welt. Im Zentrum von Badrs und El Rifnis Welt stand allerdings Marokko. Summerfield verzog das Gesicht. »Du glaubst doch wohl nicht, dass wir verlieren werden?«

Badr zuckte die Achseln. »Nur Allah weiß, wie es ausgehen wird. Doch wie auch immer, die Dinge werden sich in jedem Fall ändern. Sowohl für das französische als auch für das britische Weltreich. Sehen Sie, auf einmal brauchen uns alle. Die Franzosen haben begonnen, ihre nordafrikanischen Truppen zu mobilisieren, die Amerikaner versprechen zukünftige Finanzhilfen, Deutsche in weißen Baumwollanzügen wollen sich mit Vertretern der nationalistischen Bewegung treffen.«

»Du bist Sozialist, Badr, so wie die meisten Freiheitskämpfer auch. Du kannst doch nicht tatsächlich für einen faschistischen Einfluss in Marokko sein.«

»Natürlich nicht«, wehrte Badr ab. »Aber ihr Geld und ihre Waffen könnten wir für die gute Sache einsetzen.«

Summerfield schnitt eine Grimasse und wandte den Blick ab. »Sogar du bist zum Zyniker geworden!«, fauchte er. »Und was zur Hölle hat das alles überhaupt mit meiner Entführung zu tun? Ich will meine Freiheit. Ich will, dass ihr mich auf der Stelle zurückbringt.«

Badr zog eine Augenbraue hoch und schenkte so bedächtig Tee nach, dass es Summerfield wie eine äußerst ironische Geste vorkam.

»Das ist leider nicht möglich, Harry. Wir müssen Sie für eine Weile von Marrakesch fernhalten.«

»Und wie lange ist eine ›Weile‹?«

»Das weiß nur Allah«, erklärte Badr erneut.

»Bitte, bei allem Respekt«, erwiderte Summerfield wütend, »halte Allah aus der Sache raus und sag es mir. Wie lange?«

»Zwei Tage oder auch zwei Jahre«, antwortete Badr und bot Summerfield das Glas dar.

»Wie meinst du das?«

»Wenn Lefèvre in zwei Tagen eliminiert ist, können Sie nach Hause. Wenn es zwei Jahre dauert, werden Sie in zwei Jahren zurückkehren.«

»Aber was habe ich denn damit zu tun?«, rief Summerfield, versuchte unbewusst aufzustehen und fiel rückwärts wieder hin. »Und was ist mit dem Krieg? Ich muss zurück nach England!«

»Ein paar eurer Politiker sagen genau dasselbe wie beim letzten Mal: dass bis Weihnachten alles vorbei sein wird. Womöglich werden Sie Ihren Krieg also verpassen, Harry.«

»Das ist nicht lustig, Badr.« Summerfield wurde bleich vor Wut. »Ihr habt kein Recht, mich festzuhalten!«

»Sie wissen zu viel über uns, Harry. Sie dürfen nicht zurückkehren.«

»Ich *muss* zurück, Badr. Kannst du das denn nicht verstehen? Bei Gott, ich muss Jeanne sehen. Ich muss sie überreden, mit mir nach England zu gehen.«

»Ich schlage vor, Sie beten zu Gott, dass er die Dinge schnell geschehen lässt, Harry. Mehr kann ich Ihnen nicht anbieten. Ich werde dasselbe bei Allah tun. Und hoffentlich können Sie dann zu Ihrer Liebsten und zu Ihrem Krieg zurückkehren, ganz so, wie Sie es sich wünschen.« Der junge Mann erhob sich und schritt auf den Laster zu. Summerfield brüllte vor Frust und Ärger. Badr schüttelte den Kopf, murmelte den Männern etwas zu, worauf diese Summerfield einen Knebel in den Mund steckten.

Am späten Nachmittag, als die Sonne sich in einen Kupferball verwandelt hatte, der bereits zu zwei Dritteln gesunken war, hielt der Lastwagen erneut an. Badr half Summerfield auf die Beine, und dieser wankte leicht, bevor er hinunter auf den sandigen Boden sprang.

»Wir bleiben nicht lang, Harry«, erklärte Badr und schubste ihn sanft am Ellbogen. »Gehen Sie zum Pinkeln hinter den Laster und kommen Sie dann hier entlang.«

Summerfield spähte in die Richtung, in die Badr gewiesen hatte. In etwa fünfzig Metern Entfernung befanden sich drei windschiefe, halb verfallene Schäferhütten. Er nickte grimmig, trat hinter den Laster und erleichterte seine schmerzende Blase.

Als sie auf die Hütten zugingen, fragte Summerfield sich, weshalb Badr diesen Ort für einen Halt ausgesucht hatte. Vielleicht fanden sie hier etwas zu essen, dachte er. Die erste Hütte war leer, in einer ihrer Wände klaffte ein großes Loch, wo die Lehmziegel herausgebrochen waren. Er erhaschte einen Blick auf ein flatterndes Stück Stoff und die Umrisse eines alten Geschirrschranks, bevor Badr ihn am Arm weiterzog. Die zweite Hütte, die an einer Seite erbsengrün angestrichen war, sah schon stabiler aus. Badr blieb vor der verwitterten Tür stehen und schubste Summerfield leicht voran.

»Bitte, gehen Sie hinein«, sagte er, lockerte den Knebel des Engländers und verlieh seiner Aufforderung mit einer Kopfbewegung Nachdruck. »Und schließen Sie die Tür hinter sich. Wir fahren in fünf Minuten weiter.«

Summerfield wandte sich misstrauisch zu dem jungen Berber um. Dieser wies noch einmal mit dem Kopf nach vorn. Summerfield trat also auf die Tür zu, hob seine verbundenen Hände und drückte sie auf. Er schlüpfte in den dunklen, kühlen Innenraum und schloss die Tür unter Schwierigkeiten wieder hinter sich, wobei er den letzten Streifen Licht sowie Badrs Gesicht abrupt aussperrte.

»Harry«, ertönte eine Stimme.

»Abrach?« Sein Herz setzte einen Schlag aus. »Sind Sie das?« Summerfield blinzelte in den finsteren Raum und bemerkte, dass ein paar kleine Kerzen einen schwachen Lichtschein verströmten.

»Ich bin hier. Setzen Sie sich.«

Endlich hatten sich seine Augen an die Dunkelheit gewöhnt, und Summerfield erblickte Abrachs große Gestalt in einer Ecke – ausgerechnet auf einem roten Ledersessel, den man eher in einer Hotellobby als in einer solchen Bruchbude vermutet hätte. Allerdings war eine der Armlehnen zerfetzt und seine Füllung herausgequollen. Summerfield fielen als Erstes die Hände des Kaufmanns auf, deren unnatürliche Formen in zwei dicken Stoffbündeln steckten, die wie Boxhandschuhe aussahen. Er blickte ihm ins Gesicht, in die traurigen, müden Augen, und ließ sich auf eine Holzkiste sinken.

»Abrach – *Abslem* – Sie müssen mich freilassen.«

»Kein Wort des Grußes, Harry? Dabei waren wir doch einst kurz davor, Freunde zu werden. Auf diese Weise begrüßen Sie also Ihren Wohltäter nach so vielen Wochen der Abwesenheit?«

»Meines Wissens besteht auch unser Arbeitsverhältnis längst nicht mehr«, erwiderte Summerfield mit versteinerter Miene. »Werden Sie mich nun umbringen?«

»Warum?«

»Weil ich zu viel weiß.«

»Nicht so viel, wie Sie denken«, bemerkte Abrach, und ein Funken seines früheren Wesens schien durch seine Müdigkeit hindurch. »Nein«, setzte er hinzu und senkte den Blick. »Nein, ich werde Sie nicht töten lassen – wie sollte ich das tun, wo Sie mir doch einst geholfen haben? Nein, ich werde Sie lediglich für eine Weile fortbringen lassen. An einen sicheren Ort.«

»Sicher für Sie«, meinte Summerfield. »Wissen Sie denn nicht mehr? Ich wollte dieses gottverdammte Land doch ohnehin verlassen. Es gibt einen Krieg, in dem ich kämpfen muss.«

»Das ist euer Krieg. Harry, vielleicht haben Sie es noch nicht mitbekommen, aber unser Krieg dauert nun schon fast vierzig Jahre an.«

Summerfield schwieg, er war es plötzlich müde, sich immer wieder in einen Streit verwickeln zu lassen. »Ich nehme an, ich sollte Sie fragen, wie es Ihnen geht, Abrach.«

»Abrach oder Abslem, wie Sie wünschen, Harry. Doch bevor ich etwas sage, erzählen Sie es mir doch selbst. Wie geht es mir?«

»Sie werden zynisch, Abrach«, erwiderte Summerfield, den der Tonfall des Kaufmanns überraschte. »Das kenne ich von Ihnen nicht.«

»Menschen ändern sich.«

»Ja.« Schweigen. »Menschen ändern sich.«

»Also sagen Sie mir, Harry Summerfield. Was sehen Sie hier vor sich? Sehen Sie einen Mann, der stolz auf das Geschäft ist, das er aufgebaut hat? Einen mehr oder weniger toleranten und zufriedenen Mann?«

»Wie soll ich diese Ironie verstehen, Abrach?« Summerfield zuckte mit den Schultern. »Sie spricht für sich selbst. Ich sehe Ihre schmutzige und zerrissene Kleidung, deren Umrisse mir verraten, dass Sie abgenommen haben. Ich sehe Ihr Gesicht, das sein Leuchten verloren hat – einen dichten Bart, wo Ihnen zuvor ein ordentlich gestutzter Schnurrbart das Aussehen eines Hollywoodstars verliehen hat. Ist es das, was Sie hören wollten?«

»Ist es denn nicht die Wahrheit?«, fragte Abrach. »Urteilen wir nicht stets nach dem, was wir sehen?«

»Sie waren einmal ein guter und intelligenter Mann. Ein Kaufmann und ein äußerst großzügiger Wohltäter.«

Abrach lachte leise, und seine Augen leuchteten bei den Gedanken an die Vergangenheit auf. »Ich erinnere mich an unsere Spaziergänge und Unterhaltungen, Harry. Das waren gute Zeiten, und es bereitete mir Freude, Sie auf Ihrem Weg zu begleiten.«

Abrach legte den Kopf zur Seite. »Doch das ist vorbei. Und ich bin nicht länger ein Kaufmann. Sie haben meine Geschäfte geplündert und meine Waren gestohlen oder verbrannt. Sie haben sogar das Geld konfisziert, das ich auf der Bank liegen hatte – sie können mit dir tun, was sie wollen, wenn du ein Araber oder Berber bist.«

Summerfield schnaubte. »Das glaube ich gern. Sie haben auch mich tagelang im Gefängnis in meiner eigenen Scheiße sitzen lassen, obwohl ich Europäer bin – also fällt es mir nicht schwer, Ihnen zu glauben.«

»Wenn Sie mich nun also fragen, wie es mir geht, Harry … würde ich Ihnen sagen, dass ich viele Dinge verloren habe: meine Familie, meinen Reichtum, meine Identität, mein Haus, meine Geschäfte, sogar meine Hände. Und ich fürchte, Harry, dass ich außerdem meinen Glauben an die Menschheit verloren habe. Ich blicke nicht länger staunend und mit Bewunderung auf diese Welt. Den Menschen begegne ich nicht länger großzügig. Und während ich diese Dinge verliere, gewinne ich etwas anderes dazu – nennen Sie es Zynismus, nennen Sie es Ekel. Sosehr ich auch gegen diese neuen Gefühle ankämpfe, weiß ich doch, dass ich den alten Abrach, den alten Abslem, nicht zurückholen kann.

Es ist schrecklich, Harry – doch ich spüre, dass Rachsucht meine Seele in Besitz nimmt. Ich kann nichts dagegen tun.«

»Es wird zu Toten führen«, sagte Summerfield erschöpft.

»Und wahrscheinlich auch zu meinem eigenen Tod«, fügte Abrach hinzu. Er lehnte sich zurück und hob den Kopf gen Himmel, als hätte er diesen Moment bereits vor Augen. »Bevor also alles Gute restlos aus mir entwichen ist, möchte ich Ihnen für die Vergangenheit danken, für all die guten Stunden und für Ihre Worte, die Sie für mich geschrieben haben – und natürlich für Ihre Hilfe. Ich denke, die Tatsache, dass wir beide Fremde in diesem Land sind, hat uns zusammengeschweißt. Und nun bitte ich Sie, Ihre Gefangenschaft zu akzeptieren. Badr wird dafür sorgen, dass Sie sich in Ihrer Haft so frei bewegen können wie möglich.«

»Für Wochen? Jahre?«, fragte Summerfield. »Und was ist hiermit?«, fügte er hinzu und erhob seine verbundenen Handgelenke.

»Das liegt ganz bei Ihnen«, erklärte Abrach trocken. »Wenn Sie nicht länger entkommen möchten, werden Sie feststellen, dass Sie frei sind.«

»Ein Rätsel«, sagte Summerfield, schüttelte den Kopf und schnitt eine Grimasse.

»Das Leben stellt uns häufig vor Rätsel«, erwiderte Abrach. »Haben Sie das noch nicht bemerkt? Nun gehen Sie. Sie werden zweifellos meinen Namen hören, aber Sie werden mich nicht mehr zu Gesicht bekommen.«

35

Erneut fand sich Summerfield auf der Ladefläche des Lastwagens wieder, der durch die mittlerweile vollkommene Dunkelheit scheinbar endlos über unbefestigte Straßen holperte. Und erneut überkam ihn Wut bei dem Gedanken daran, dass Abrach keine Bereitschaft gezeigt hatte, ihn freizulassen. Sein Zorn dauerte an, und er biss so fest in den Stoff, der seinen Mund knebelte, dass dieser irgendwann ganz durchtränkt von seinem Speichel war, seine Zunge dagegen so ausgetrocknet wie der Sand um ihn herum.

Im Laufe der Stunden wurde aus seiner Wut jedoch ein bitteres Gefühl der Resignation. Er fing an zu rechnen. Er schätzte, dass sie seit dem Zwischenstopp bei Abrach etwa fünf Stunden gefahren waren. Sie waren nicht langsamer geworden. Es hatte keine Polizeikontrollen gegeben. Offensichtlich kannte Badr das Gelände und hatte abgelegene Wege gewählt, die von Karawanen und Nomaden über die Jahrhunderte im felsigen, sandigen Geröll der Ebene hinterlassen worden waren. Und während der Lärm im Inneren des Lastwagens unerträglich war, wusste Summerfield doch, dass er von der immensen Weite, die sie umgab, verschluckt würde. Niemand würde sie hören. Wohin sie ihn wohl bringen würden? In die Hügel? Vielleicht in Abrachs Dorf? Nein, dafür waren sie nun schon zu lange unterwegs. Sie fuhren außerdem in eine andere Richtung; so viel hatte ihm die Position des Polarsterns verraten. Sie bewegten sich unaufhaltsam nach Südosten, und vorübergehende Richtungswechsel waren ohne Zweifel Hindernissen auf dem Weg geschuldet. Früher oder später würden sie zum Tanken anhalten müssen, dachte Summerfield. Und dann gäbe es vielleicht eine Chance zur Flucht. Es war eine Hoffnung. Die nächste Stunde über versuchte er, sein Vorgehen zu planen, während er den Blick auf Badr geheftet hielt, der über ihm auf einer Plane saß und in die Dunkelheit starrte. Doch es sollte nicht sein. Die furchtbare Monotonie der Reise ließ Summerfield irgendwann sogar den Lärm vergessen, und nach und nach, sosehr er auch dagegen ankämpfte, fielen ihm die Augen zu, und er sank in einen tiefen Schlaf, noch bevor der Lastwagen den steilen Anstieg in die Berge begann.

Kurz vor Morgengrauen erwachte er zitternd. Vorsichtig brachte er seinen Kopf in eine Lage, von der aus er ein paar Zentimeter über die Heckklappe gucken konnte. In seinem Blickfeld befand sich ein dunkler Bergabhang, darauf hier und da die Schatten von Bäumen, und weiter entfernt eine Reihe von Hausdächern, die sich schwarz und gezackt vom petrolblauen Himmel abhoben. Die Stille des Halbdunkels erschien sowohl machtvoll als auch zerbrechlich. Durch die Luft wehte ein feiner Dunstschleier, der Morgennebel des Atlasgebirges. Er sah sich nach Badr um, und sofort öffnete einer der jungen Männer die Augen. Er nickte ihm mit einem unbestimmten Lächeln zu, doch Summerfield erwiderte es nicht. Er ärgerte sich von neuem – darüber, dass er geschlafen hatte, während die Möglichkeit zur Flucht bestanden hätte.

Badr erschien, was für die anderen das Zeichen zu sein schien, sich zu erheben und das Frühstück vorzubereiten. Der junge Mann beugte sich über ihn, wich zurück und schien ihn mitleidig zu betrachten. Summerfield runzelte die Stirn.

»Kommen Sie, Harry. Frühstücken Sie mit uns. Sie werden wohl ein paar Kleider von uns tragen müssen. Aber daran sind Sie ja eigentlich schon gewöhnt. Es gefällt Ihnen doch sogar ganz gut.«

»Warum?«, würgte Summerfield hinter seinem Knebel hervor. Er blickte Badr immer noch skeptisch an.

»Ihre Kleider sind beschmutzt. Sie haben sich vollgepinkelt, Harry. Aber das ist nicht Ihre Schuld. Kommen Sie.«

Als er nach dem Umziehen wieder auftauchte, fühlte Summerfield sich erbärmlich, doch wenigstens steckte er nun in sauberen Kleidern.

»Sie brauchen auch noch einen *Chech*«, erwähnte Badr, der neben dem Fahrer hockte. Dieser buk gerade Pfannkuchen und beäugte Summerfield neugierig über die kleine Flamme seines Feuers hinweg. Badr kletterte in den Wagen und kam nach wenigen Sekunden wieder heraus. »Hier«, sagte er und hielt Summerfield beide Hände entgegen. »Blau oder schwarz?« Summerfield streckte die Hand aus und zog einen Schal an sich, ohne hinzusehen. »Ein wahrer *homme bleu*«, lachte Badr.

Sie aßen *Msemen* – mit Honig übergossene Pfannkuchen –, die sie mit bittersüßem Kaffee herunterspülten. Summerfield fühlte sich gestärkt. Nach einer Weile hatte er seinen Ärger und seine Scham so weit überwunden, dass er aufsah. Die Gesichter der Männer zeigten weder Spott noch Interesse, sie waren einfach nur mit Essen beschäftigt und erwiderten Summerfields Blick mit aufmunterndem Nicken in Richtung des rapide schrumpfenden Pfannkuchenhaufens.

Als sie gesättigt waren, bellte Badr ein Kommando, und sogleich sammelte die kleine Gruppe ihre Sachen zusammen und beseitigte die Spuren ihres Aufenthalts. Der Laster wurde beladen, und Badr half Summerfield, dessen Hände erneut verbunden worden waren, auf die Ladeklappe und ins Innere des Wagens zu klettern. Ein letzter prüfender Blick, ob sie auch nichts vergessen hatten, dann gab Badr den Befehl weiterzufahren. Der Motor des Lasters wurde angekurbelt und erwachte in der dünnen Bergluft nur stotternd zum Leben. Die schwachen gelben

Scheinwerfer schienen gegen den Nebel anzukämpfen, wurden aber bereits nach zehn Metern von ihm verschluckt. Nach drei Minuten bewegte sich der Motor endlich regelmäßig, und sie nahmen Fahrt auf und holperten gefährlich schwankend über einen Pfad, der geradewegs den Berg hinaufführte.

Summerfield fand sich erneut in der Position des Gefangenen wieder, der kurze Augenblick der Kameradschaft, während sie gemeinsam ihren Hunger gestillt hatten, schien vergessen. Er wurde zurück auf den Boden des Lasters gedrängt, wo er ein paar Minuten schmerzhaft durchgeschüttelt wurde, bevor er sich trotz Badrs Aufforderung liegenzubleiben aufrappelte und einen Platz zwischen dem Gepäck suchte. Badrs Blick zeugte von seinem Ärger über Summerfields Akt der Rebellion, doch dieser starrte ihn seinerseits voller Groll an. Schließlich war es Badr, der sich zuerst abwandte, und dabei spielte ein zynischer Zug um seinen Mund.

Der Weg führte die Flanke des Berges hinauf und trotzte der steilen Neigung und den Felsvorsprüngen. Der Wagen beugte sich beängstigend über den Abgrund und drohte nach Harrys Empfinden, sich jeden Augenblick zu überschlagen und ins Tal hinunterzustürzen.

Summerfield schloss die Augen und betete leise vor sich hin. Als er sie wieder öffnete, grinste Badr ihn an.

»Jeder nach seiner eigenen Religion«, rief ihm Badr über den Motorenlärm hinweg zu.

»Es gibt nur einen Gott«, erwiderte Summerfield. »Sogar für einen Atheisten wie mich.«

»Er zeigt sich auch den Ungläubigsten, wenn sie Ihn brauchen und herbeisehnen.«

Sie waren kurz davor, den Gipfel zu erreichen, als der kleine

Laster versuchte, sich über einen letzten Felsen zu quälen, es jedoch nicht schaffte, zur Seite abrutschte und zum Stehen kam. Aus der Fahrerkabine ertönte eine Flut von Verwünschungen, gefolgt von einem Strom von Entschuldigungen für diese schändliche Blasphemie. Dann war es still.

»Werft den Motor an«, rief Badr ärgerlich, der bemerkte, dass das Verstummen jeglichen Geräuschs seine Männer zurückscheuen ließ.

Wieder erwachte der Laster stotternd zum Leben und rutschte ein Stück rückwärts, als der Fahrer den Gang verfehlte. Summerfield schrie erschrocken auf. Mit einem scheußlich knirschenden Geräusch legte der Fahrer endlich den ersten Gang ein und trat mit voller Kraft aufs Gaspedal. Der Laster hüpfte vorwärts, schwenkte aus, geriet in eine tiefe Spurrille und stoppte erneut. Wieder ein Strom von Verwünschungen, diesmal erhob sich Badrs Stimme dabei über die der anderen und beschimpfte den Fahrer. Er sprang vom Wagen, zog einen Revolver unter einem Sack hervor und reichte ihn einem der Männer mit einem Nicken in Summerfields Richtung. Dann verschwand er nach vorn, wo sogleich ein Streit entbrannte. Summerfield hörte das dumpfe Geräusch von Badrs Hand, die gegen den Kopf des Fahrers klatschte, dann herrschte Stille.

»*Yallah!*«, befahl Badr, und der Motor tuckerte los. Der Fahrer wartete kurz, ließ den Motor aufheulen und trat schließlich – wahrscheinlich auf Badrs Zeichen, der vor den Wagen gelaufen war – aufs Gaspedal. Der Laster tat einen Ruck nach vorn, wobei Summerfield schmerzhaft gegen die Heckklappe geschleudert wurde. Er stieß einmal, zweimal gegen den Felsbrocken und holperte beim dritten Mal darüber hinweg, wobei die Federung mit einem lauten »Tssongg« gegen das Fahrgestell schlug und wieder zurückfederte. Aus der Kabine ertönte ein Freudenschrei, gefolgt von ausgelassenem Gelächter; endlich entlud sich die Anspannung. Die Stimme des Fahrers übertönte die der anderen und pries den Allmächtigen für seine Unterstützung. Badr tauchte wieder hinten auf, nachdem er als Zeichen zum Aufbruch einmal gegen die Fahrertür geschlagen hatte. Er zog sich auf die Ladefläche hoch, warf Summerfield rasch einen Blick zu und zündete sich dann eine Zigarette an. Nach einer Weile sah er ihn erneut an und ließ ihn einmal ziehen. Beide grinsten.

Der Morgen brach unbemerkt an und legte einen violetten Schleier über den Bergabhang, der die Bäume und Pflanzen deutlich hervortreten ließ. Irgendwo unten im Tal bellte ein Hund, und aus einem vor ihren Blicken verborgenen Dorf drangen entfernte Gebetsrufe gespenstisch bis zu ihnen vor. Summerfield lugte hinter der Plane hervor und erkannte in der Ferne flackernde Lichtquellen. Die ersten Feuer wurden entzündet.

Kurz darauf ging die Sonne auf, und plötzlich schienen die schwarzen Umrisse der Berge näher zu rücken, bis sie direkt vor ihnen zu liegen schienen. Summerfield staunte mit offenem Mund und rutschte unwillkürlich näher an die Heckklappe heran. Sein Aufpasser folgte ihm augenblicklich, doch ein Blick von Badr, der verstand, was in Summerfield vor sich ging, ließ ihn zurückweichen. Stattdessen kniete sich Badr selbst neben den Engländer und stützte ihn mit einem Arm ab.

»Grandios, nicht wahr?«, fragte er feierlich, doch Summerfield gab keine Antwort.

Er hatte noch nie zuvor etwas Vergleichbares gesehen. Und als plötzlich die Sonne über die Gipfel lugte, ein paar Sekunden lang zögernd dort verharrte und sich schließlich über das Tal ergoss, spürte Summerfield auf einmal, wie er von Kopf bis Fuß von Glücksgefühlen durchströmt wurde, und seine Augen füllten sich mit Tränen.

»Das ist in Ordnung«, verkündete Badr mit ungewöhnlich sanfter Stimme. »Sie haben in den letzten achtundvierzig Stunden viel durchgemacht.«

Summerfield schüttelte den Kopf und wischte sich die Augen. »Es – es ist einfach so verdammt schön. Fast so schön wie die englischen Hügel«, fügte er schon wieder härter hinzu. Badr betrachtete ihn einen Moment lang stumm und nickte dann schief.

Sie fuhren weiter über die Schotterpiste, zunächst parallel zum Abhang, dann hinunter in ein auf einer Anhöhe gelegenes Tal. Vor Summerfields Blick breitete sich ein prächtiges Potpourri aus Farben aus: sattes Pink, Smaragdgrün und das klarste Saphirblau, das er je gesehen hatte. Irgendetwas an der Luft und dem Licht war merkwürdig, er konnte es nicht genau benennen, doch es verwirrte ihn. Ohne dass er es bemerkte, verflüchtigte sich das Trauma der vergangenen Tage aus seinem Geist. Jeanne tauchte auf, ihr Gesicht so klar gegenwärtig wie die Berge, und er war sich beinahe sicher, dass sie in genau diesem Augenblick auch an ihn dachte. Sie liebten einander, und alles würde gut werden.

Als die Sonne etwa die Hälfte ihrer morgendlichen Reise hinter sich hatte – Summerfield schätzte, dass es etwa halb zehn am Morgen sein musste –, hielt der Lastwagen auf einer kleinen Hochebene an, und Badr öffnete die Heckklappe. Er wies Summerfield an, ihm zu folgen. Dieser stellte sich neben den jungen Mann und folgte mit dem Blick Badrs ausgestrecktem Arm bis zu der Stelle vor ihnen, an der sich die Schotterpiste in einen steilen, felsigen Pfad verwandelte.

»Das ist unser Weg, Harry Summerfield. Wir haben noch zwei Tage Fußmarsch vor uns.«

Sie begannen den Laster zu entladen, und noch bevor sie fertig waren, erschienen ein paar von Männern geführte Maulesel auf einem der Pfade hoch über ihnen, wo eine tiefe Schlucht eine klaffende Wunde in den Fels geschlagen hatte. Badr lief ihnen entgegen, erklomm den schmalen, steilen Pfad mit kleinen, raschen Schritten, bis er sie erreicht hatte. Insgesamt waren es vier Maultiere und zwei Stammesangehörige, die hellblaue Umhänge trugen und mit Gewehren bewaffnet waren. Badr wechselte ein paar Worte mit den Maultiertreibern, und Summerfield meinte, ihn in seine Richtung nicken zu sehen. Als Badr gerade in eine andere Richtung sah, grinste einer der Maultiertreiber Summerfield feindselig an und mimte mit dem auf ihn gerichteten Gewehr einen Schuss.

Ihr Weg führte sie steil bergauf, und bereits nach zwei Stunden war Summerfield völlig verschwitzt und außer Atem, und abgesehen davon auch ziemlich wütend. Während er sich kurz erholte, nutzten seine Entführer die Gelegenheit, Tee zu kochen und zu rauchen, wirkten jedoch selbst nicht im mindesten erschöpft. Er fühlte sich so nutzlos und schwach, ein typischer Westler unter all diesen Männern, die nur aus Muskeln und Sehnen zu bestehen schienen.

Sie setzten ihre Reise fort, auf einem Pass über den felsigen Bergrücken und dann auf einem schwindelerregenden Ziegenpfad aus losen Steinen wieder abwärts. Er rutschte ein paarmal aus, konnte mit den gefesselten Armen sein Gleichgewicht nicht halten und fiel schmerzhaft auf den Rücken – was die Maultiertreiber jedes Mal in heulendes Gelächter ausbrechen ließ.

Als sie die Talebene erreicht hatten, schritten sie weitere zwei Stunden voran, bis sie einem Pfad hinauf auf den nächsten Berghang folgten. So ging es den ganzen Tag – ein steiler Anstieg wurde gefolgt von einem gefährlichen Abstieg, einem Tal und dann dem nächsten steilen Weg nach oben. Einmal überquerten sie eine kleine Brücke aus Holz, unter der sich in einigen Metern Tiefe ein Wildbach befand. Eins der Maultiere blieb aus Angst vor der Höhe und dem rauschenden Wasser in der Mitte der Brücke stehen und weigerte sich weiterzugehen. Vier Männer, zwei zum Ziehen und zwei zum Schieben, sowie eine volle Viertelstunde waren nötig, um das Tier endlich in Bewegung zu versetzen.

Zu Mittag legten sie eine längere Pause ein, um der schlimmsten Hitze zu entkommen, und gegen Ende des Nachmittags folgten sie für etwa zwei Kilometer dem gewundenen Pfad des Stroms, bis sich vor ihnen ein weites, hügeliges Tal ausbreitete. In diesem Augenblick entdeckte Summerfield die kleinen Gestalten, die sie aus der Ferne beobachteten – Kinder. Köpfe tauchten hinter Steinen auf oder blickten aus Baumwipfeln herab, doch sie kamen nicht näher heran, und wenn Summerfield ihre Blicke auffing, zogen sie sich sofort scheu und ängstlich zurück, wie kleine Krabben, die schnell unter Steine flitzten. Vielleicht haben sie noch nie zuvor einen weißen Mann gesehen, überlegte Summerfield, nicht allzu unwahrscheinlich, wenn man bedachte, wie abgelegen das Tal war.

Es war ein Zeichen dafür, dass sie sich einem Dorf näherten, vielleicht dem Heimatdorf der Männer, jedenfalls wirkten diese nun erleichtert, fast fröhlich. Sie beschleunigten ihre Schritte und strafften die Schultern. Summerfield brummte verstimmt vor sich hin. Er hatte in den letzten vier Tagen Gewicht verloren und sah vor Müdigkeit und Sorge ganz grau aus. Als sie nun auf das Dorf zuschritten, das plötzlich aus den Hügeln auftauchte, schämte er sich beinahe für seine Erscheinung. Er fühlte, dass er aussah wie ein Verbrecher, mit verbundenen Händen und verhärmter Miene.

Das Dorf war eine größere Ansammlung von Häusern aus Lehm und Flechtwerk, entlang einem Felsen gebaut, der an einer Seite des Tales aufragte. Auf dem höchsten Punkt erkannte er die Festungsmauern der Kasbah mit ihrem großen, imposanten Getreidespeicher. Die Farbe der Berge, hier ein rötliches Beige, war auch die Farbe des Dorfes, das unbemerkt in ihnen verschwinden würde, wären da nicht die Fenster mit ihren weißen Rahmen.

Es war ein üppiges Tal. Summerfield stellte sich vor, wie vor Tausenden von Jahren ein Gletscher sich seinen Weg durch die Berge gebahnt hatte, wie sich dabei eine tiefe Schicht von Sedimenten abgelagert hatte, die im Laufe der Zeit das Flickwerk aus flachem Weideland und daraus hervorspringenden Hügeln, mit saftigem Gras und Bäumen bewachsene Felsbrocken, geschaffen hatten. Ein System von Bewässerungsgräben zweigte von dem derzeit seichten Gebirgsstrom ab und begrenzte mit Deichen die einzelnen Parzellen des bebauten Landes, die mit Mandelbäumen, Mais, Karotten, Steckrüben, Olivenbäumen und Weizen bewachsen waren. Hier und da waren Brunnen gebohrt worden, und man sah Frauen und Mädchen, zum Teil unterstützt von Mauleseln, die Wasser oder Bündel mit ihrer Ernte von den Feldern ins Dorf trugen. Als die Gruppe Männer an ihnen vorbeischritt, weigerten sie sich, Summerfield anzusehen, oder taten es mit deutlichem Misstrauen, fast schon Angst. Sonderbarerweise erkannte er weder Männer noch Jungen. Summerfield fragte Badr danach, der an der Spitze der Gruppe lief.

»Die Männer führen Gespräche«, rief dieser über die Schulter zurück. »Oder gehen Geschäften nach. Die Jungen? Das sind die Köpfe, die Sie hinter den Felsen sehen. Sie hüten die Schafe.«

»Aber warum müssen die Frauen die ganzen schweren Sachen tragen?«

Badr blieb stehen und blickte Summerfield erstaunt an; ganz offensichtlich fragte er sich, ob dieser gerade Kritik übte. »Weil es ihre Aufgabe ist«, erwiderte der junge Mann stirnrunzelnd. »Und weil die Männer zum Geldverdienen in die Stadt ziehen. So ist es schon seit langer Zeit. Und so wird es auch bleiben.«

»Und was ist mit Schulen?«

»Es gibt keine Schulen, Mr. Summerfield. Nicht hier. Es gibt einen Mullah. Doch die Berber haben eine Tradition der mündlichen Überlieferung und erinnern geschichtliche Ereignisse so, wie sie an sie weitergegeben werden. Ein paar der Jungen lernen jedoch, den Koran zu lesen.«

»Du zum Beispiel.«

Auf den Lippen des jungen Mannes zeigte sich die Spur eines Lächelns. »Ja, ich zum Beispiel«, bestätigte er. »Der Mullah hat mich zu seinem Schüler gemacht. Und er ist ziemlich enttäuscht darüber, dass ich nicht zurückgekehrt bin, um seine Stelle zu übernehmen.«

»Lebt er immer noch im Dorf?«

»Er ist sehr alt. Und noch intoleranter geworden, als er früher schon war«, grinste Badr. »Sie werden es sehen. Er redet mit mir, als wäre ich immer noch acht Jahre alt. Sie wird er sicher auch auf die Probe stellen.«

»Kann es kaum erwarten«, meinte Summerfield ironisch. »Und was ist hiermit?«, fügte er hinzu und wies mit einem Nicken auf seine verbundenen Hände. »Ich fühle mich wie ein Schwerverbrecher.«

Badr senkte den Blick und ging erst weiter, ohne sich umzudrehen. Dann blieb er erneut stehen. Er zog ein Messer unter seinem Umhang hervor, durchtrennte geschickt das Seil und warf Summerfield einen warnenden Blick zu. »Wenn Sie versuchen, uns zu verlassen, müssen wir Sie leider töten, Harry. So ist es nun einmal.«

Als sie das Dorf betraten, begannen mehrere Hunde zu bellen, und ein Maultier schrie entrüstet auf. Badr begrüßte einige der Männer, an denen sie vorbeikamen, in einem Dialekt, von dem Summerfield kaum mehr als ein paar Wortfetzen verstand. Man schickte sie in Richtung der Kasbah auf der Spitze des Hügels.

»Gut«, sagte Badr an Summerfield gewandt. »Der *Kaïd,* der Stammesführer, ist da und erwartet uns.«

Der Weg wand sich an etwa vierzig am Hang kauernden Häusern vorbei, bis er auf einen kleinen Platz mündete, der offensichtlich für Zeremonien aller Art und als Handelsplatz für vorüberziehende Karawanen diente. Mehrere Olivenbäume spendeten Schatten, und unter einem von ihnen hockte Summerfield eine gefühlte Ewigkeit, bis ein Bote ihm eine Einladung in die Kasbah überbrachte. Summerfield erhob sich und wurde von zwei bewaffneten Maultiertreibern eskortiert, während Badr vorausging, um mit dem Kaïd zu sprechen.

Die Kasbah war beinahe ein Dorf für sich. Sie betraten sie durch einen Torbogen und eine riesige gemeißelte Tür. Summerfield warf einen Blick auf die beeindruckenden Wände der Festung und erkannte sofort, dass der Kaïd und seine Familie nicht nur von hoher politischer Bedeutung, sondern auch extrem wohlhabend waren. Es war das einzige Gebäude des Dorfes mit Glasfenstern, meist mit dicken grünen Milchglasscheiben, während sich in den Fenstern des zentralen Turms kompliziertere Muster aus verschiedenen Blau-, Grün-, Rot- und Gelbtönen befanden. Die Wände bestanden aus der gleichen rötlich beigefarbenen Mischung aus Lehm und Flechtwerk wie die der Häuser im unteren Teil des Dorfes, doch sie waren mit symmetrischen Mustern aus Quadraten und Rauten verziert.

Summerfield wurde durch mehrere enge Gänge geführt, manche unter freiem Himmel, manche bedeckt von einem Dach aus Brettern und Dattelpalmblättern. Sie gelangten auf einen kleinen Innenhof, den sie überquerten, worauf sie in einer schmalen, etwas schiefen Öffnung in der gegenüberliegenden Wand verschwanden. Dahinter begann sofort eine steile Treppe. Der erste Stock war leer, im zweiten erblickten sie eine Gruppe alter

Frauen, die sich nicht die Mühe machten, ihre Köpfe zu bedecken. Zwei Treppenabsätze weiter erreichten sie schließlich einen großen, möblierten Raum, der durch grüne, rote, blaue und gelbe von den Fenstern hereinströmende Lichtstrahlen erhellt wurde. In den Strahlen wirbelten Staubpartikel durch die Luft. Summerfields erste Reaktion war es, sich den unteren Teil seiner Kopfbedeckung vor Mund und Nase zu ziehen, als ginge er einem Sandsturm entgegen, und so stand er neben seinen Bewachern in der Mitte des Raumes und wartete.

Kurz darauf erschien Badr und forderte ihn auf, ihm durch eine weitere Tür zu folgen. Summerfield sah, dass der Fußboden des angrenzenden Raumes mit Teppichen bedeckt war, die an manchen Stellen mehrere Schichten bildeten, meist blau oder gelb und mit den fremdartigen, fast runenhaften Mustern der Berberkultur bedeckt waren. Auf den Teppichen lagen Kissen verstreut, und im Raum befanden sich ein Kamin, mehrere Truhen sowie ein mit aufwendigen Schnitzereien und Perlmutt verzierter Mahagonitisch, um den vier gedrungene Stühle in französischem Design gruppiert waren, die hier merkwürdig fehl am Platz wirkten. Noch auffälliger, noch pompöser aber war ein sehr großes, reich verziertes Radio aus Eichenholz, das in der Mitte des Raumes stand. Es sah aus wie eine Kreuzung aus einem gotischen Kirchturm und dem Kühlergrill eines Bentley Speed 6. Und es war nicht angeschlossen – aus dem einfachen Grund, dass es hier keine Elektrizität gab. Summerfield unterdrückte ein Grinsen, blickte auf den Kaïd, der sich auf seinem Sessel ausgebreitet hatte, und folgte dessen ruhelosem Blick zurück auf das Radio. Ihn überkam das ausgeprägte Gefühl, dass, wenn er jetzt lachte, es das letzte Mal in seinem Leben sein würde.

»Dies ist Kaïd Ahmed Youadi, der Anführer des gesamten Tales, so weit das Auge reicht«, verkündete Badr mit leiser, respektvoller Stimme. Er drehte sich zu Summerfield um. »Er ist ein äußerst mächtiger Mann, Mr. Summerfield, von Natur aus sehr weise und ebenso unduldsam. Glauben Sie mir – es ist besser, Sie respektieren die Gesetze des Tales.« Summerfields Blick wanderte noch einmal auf den Stammesführer, und er nickte leicht. Ahmed Youadi, ein kleiner, bärtiger, muskulöser Mann von Mitte fünfzig, vollführte eine Willkommensgeste, der er eine im lokalen Dialekt knapp vorgetragene Erklärung folgen ließ. »Er sagt, er hoffe, Sie werden lernen, uns zu verstehen«, übersetzte Badr. »Und sich an die Regeln unserer Religion und unseres Stammes zu halten. Doch zunächst sollen Sie nur zwei Dinge tun: das Essen zu sich nehmen, das er Ihnen anbietet, und den Worten gehorchen, die er an Sie richtet.« Badr blickte Summerfield unverwandt an. »Sie dürfen ihm nun danken.«

Die Spur eines Stirnrunzelns erschien auf Summerfields Gesicht, dann wandte er sich dem Stammesführer zu. »Ich danke Ihnen. Und möge Gott in Seiner Weisheit mich leiten.«

Kaïd Ahmed Youadi antwortete rasch mit unbewegter Miene. Summerfield blickte Badr fragend an. »Und möge Allah Ahmed Youadi mit Toleranz ausstatten«, übersetzte Badr mit einem angedeuteten Lächeln auf den Lippen.

36

Jeanne fühlte sich gefangen in einem nicht enden wollenden Alptraum. Sie schwankte zwischen tiefster Depression und emotionsloser Resignation im Angesicht ihres wertlosen Lebens. Sie hatte nicht gewusst, dass sie solch eine Leere empfinden konnte. Eine Leere, die nur Harry hätte füllen können und die sich aus den Tiefen ihres Körpers in Weinkrämpfen entlud.

Ihr war häufig schlecht, manchmal konnte sie zwei Tage lang gar nichts essen, und so verlor sie an Gewicht. Eines Abends ließ ihr Vater sie drei Stunden lang nicht vom Tisch aufstehen und wandte die ganze Zeit über den Blick nicht von ihr ab, bis sie schließlich das Essen auf ihrem Teller zu sich nahm. Sie würgte dabei, und Lefèvre bekam einen so heftigen Wutanfall, wie sie es noch nie zuvor erlebt hatte. Er war sich sicher, dass sie es mit Absicht tat, und verbannte sie für drei Tage in ihr Schlafzimmer. Nachts hörte Jeanne ihre Eltern erbittert streiten.

Die ganze Zeit über dachte Jeanne nur an Harry. Tausendmal ging sie in Gedanken ihre Briefe durch, ihre Treffen, ihre Berührungen. Jedes Mal stellte sie sich alles bis ins kleinste Detail vor, und ihr Geist blieb so lange an den Einzelheiten haften, dass ihr die Erinnerung irgendwann beinahe real vorkam, bis sie sich am Ende doch wieder nur in der schrecklichen Leere der Gegenwart wiederfand.

Sie bekam Besuch. Sarah kam vorbei und teilte ihr mit, dass sie bald für ihre Hochzeit nach Frankreich reisen würde. Cécile, so verrückt wie eh und je, tauchte zusammen mit Edouard auf, um ihre Verlobung zu verkünden. Dann erschien Schwester Marthe mit Jeannes Prüfungsergebnissen: *obtenu avec mérite*. Jeanne bemerkte die verschwörerischen Blicke, die ihre Eltern sich zuwarfen, und fragte sich, wann sie sie schließlich zum Studium nach Frankreich schicken würden.

Jeden Tag erkundigte sich Jeanne, ob es Neuigkeiten von Harry gab. Bereits mehrere Male war offenbar ein Mann gesichtet worden, der Ähnlichkeit mit Summerfield hatte: einmal in einem Wagen in einem Dorf im Südosten des Landes oder einmal am Hauptbahnhof von Marrakesch. Letzterer Herr stellte sich bei der Befragung als deutscher Archäologe heraus, was laut Lefèvre ein glücklicher Zufall war, da er diesen Mann bei der gegenwärtigen Lage in Europa nun unter Beobachtung stellen würde. Aber es gab keinen konkreten Hinweis auf Harry. Das einzig Gute daran war, dass auch keine Leiche gefunden wurde, so dass ein Mord zunächst ausgeschlossen werden konnte. Sie mussten Summerfield also irgendwo weit entfernt versteckt halten, schloss ihr Vater daraus, wo er nur schwer zu finden sein würde. Die Hälfte des Landes war noch auf keiner Karte verzeichnet. Um sie zu beruhigen, hatte ihre Mutter ihr erzählt, dass es sogar Orte gab, an denen die Berberstämme völlig autark noch immer so lebten, wie sie es schon seit Jahrhunderten getan hatten. Die Behörden konnten unmöglich all diese entlegenen Orte überprüfen. Sie konnten nur abwarten und hoffen, dass ein Gerücht seinen Weg in die richtigen Ohren finden würde. Doch das beruhigte Jeanne ganz und gar nicht.

Die Sommerferien waren eine einzige Tortur aus Hitze und Langeweile. Jeder schien die Stadt verlassen zu haben. Doch Jeannes Vater konnte sich in dieser Krisenzeit keinen Urlaub nehmen, und ihre Mutter verreiste niemals ohne ihn, also würden sie im August nicht wie gewöhnlich eine Woche am Meer verbringen.

Jeannes unregelmäßige Ernährung und ihre schlechte Verfassung führten dazu, dass sie zweimal einen Kreislaufkollaps erlitt.

Beide Male versorgte sie daraufhin eine von ihren Eltern ins Haus geholte Krankenschwester mit Nahrung und Vitaminen, bis sie wieder bei Kräften war. Diese Tage im Bett verbrachte sie damit, sich hinter einem Buch zu verschanzen, das sie doch nie fertig lesen würde, während sie ihren Blick in die weit entfernten Berge schweifen ließ und zu spüren glaubte, dass Harry irgendwo dort war. Unten im Garten stand Mohammed mit einem Stock bewaffnet Wache, und vor dem Tor hatte ein Polizist vom Schatten einer Dattelpalme aus stets ein Auge auf das Haus.

Nachts war es am schlimmsten. Lefèvre ging davon aus, dass El Rifni erneut versuchen würde, sie zu entführen. Immerhin hatte er dasselbe auch mit Summerfield getan, höchstwahrscheinlich, damit dieser den Behörden keine Informationen liefern konnte. Jeanne spürte, dass ihr Vater unter seiner Maske ruhiger Abgebrühtheit Angst hatte. Um sie, aber vor allem auch um sich selbst. Was für abscheuliche Dinge mochte er getan haben, dass er von einem anderen Mann so sehr gehasst wurde? Das Leben war schrecklich, eine einzige Aneinanderreihung von Verrat und Enthüllungen, die ihr den Glauben an das Gute in der Welt rauben wollten. Wie lange konnte sie noch dagegen ankämpfen? Wann würde sie so werden wie ihre Eltern?

Mitte August rief ihre Mutter sie ins Wohnzimmer. Dort warteten eine Tasse frisch aufgebrühter Zitronentee und eine *Corne de Gazelle* auf sie, ihr Lieblingsgebäck, das förmlich in Zucker und Honig schwamm und so süß war, dass einem davon die Zähne weh taten. Ihre Mutter musste Soumia gebeten haben, sie extra für sie zuzubereiten.

»Setz dich, mein Liebes«, forderte ihre Mutter sie auf. Jeanne tat, wie ihr geheißen, und nahm den Tee entgegen. »Gut.« Ihre Mutter wischte sich ein einzelnes Haar aus der Stirn, zupfte eine imaginäre Fluse vom Oberteil ihres hellgrünen Sommerkleides und atmete tief durch. »Nun, dein Vater und ich haben Vorbereitungen getroffen, Jeanne. Du musst dir darüber keine Sorgen machen.«

»Worüber, Mutter?«, fragte Jeanne, in der Hoffnung aufkeimte. Gab es womöglich Neuigkeiten von Harry?

»Dein Studium natürlich«, erwiderte ihre Mutter ernst. »Deine Zukunft.«

»Meine Zukunft. Oh.«

»Du klingst, als hättest du keine«, bemerkte ihre Mutter streng. »Um Himmels willen, du musst endlich deine Einstellung ändern, Jeanne. Dein Verhalten gehört sich einfach nicht für eine junge Dame deines gesellschaftlichen Ranges. Das Leben ist voller Unerfreulichkeiten. Man muss eben die Seite umblättern und weiterlesen.«

»Das ist nicht sehr tröstlich, Mutter«, sagte Jeanne. »Ist dir jemals etwas so Schreckliches widerfahren wie –«

Ihre Mutter schürzte die Lippen zu ihrem typisch vorwurfsvollen Gesichtsausdruck und erhob eine Hand. Jeanne verstummte und fühlte sich wie ein kleines Mädchen, eingeschüchtert von der Autorität ihrer Eltern.

»Dein Vater hat entschieden, dass du ein Jurastudium aufnehmen wirst.«

»Ich interessiere mich aber nicht für Jura.«

»Er möchte, dass du für die Verwaltungsbehörde arbeitest.«

»So wie er.«

»Wegen des Ansehens und der Sicherheit.«

»Sicherheit?« Jeanne schnitt eine Grimasse. »Was denn für eine Sicherheit?«

»Die Sicherheit, dass dir, falls du keinen Ehemann mehr finden solltest …« Jeannes Augen weiteten sich. Hörte sie recht? »… immer noch die Gelegenheit bleibt, Karriere zu machen.«

»Habt ihr es denn wirklich noch nicht begriffen?« Jeanne

konnte ihren Ärger nicht länger zurückhalten. »Harry Summerfield ist – wird mein Ehemann sein.«

»Mr. Summerfield ist verschwunden, Jeanne«, erwiderte ihre Mutter ganz ruhig. »Und eines Tages – du wirst überrascht sein, wie schnell es geht – wird er auch aus deinen Gedanken verschwinden. Es ist traurig, aber so ist es nun einmal.«

»Er wird mich niemals verlassen«, verkündete Jeanne pathetisch.

»Wenn dir in den kommenden Wochen, Monaten oder Jahren ein Mann begegnen sollte – Ludovic zum Beispiel –, und er würde beginnen, dich zu umwerben. Wie willst du ihm dann erklären, dass du … dass du … Wie soll ich es sagen …?«

»Dass ich was, Mutter?«, fragte Jeanne herausfordernd.

Der Tonfall ihrer Mutter wurde eisig. »Dass du keine Jungfrau mehr bist. Dass du deine Unschuld an einen Ausländer verloren hast, der daraufhin verschwunden ist. Wie willst du das erklären, Jeanne? Wie?«

Jeanne war fassungslos. Sie hätte nie damit gerechnet, dass ihre Mutter so etwas sagen könnte. Ihr war zum Heulen zumute.

»Und wenn ich meine Unschuld noch immer besitze?«, verteidigte Jeanne sich verzweifelt.

Ihre Mutter schüttelte den Kopf und schürzte erneut die Lippen.

»So dumm sind wir nicht, Mädchen. Dein ganzes Auftreten hat sich verändert. Dein Gang, der Schwung deiner Hüften. Ihr habt doch – oder etwa nicht?«

Der Blick ihrer Mutter war so bohrend, dass sie ihm nicht standhalten konnte.

»Ich würde es niemandem erzählen«, sagte Jeanne kläglich.

»Unsinn! Du brauchst es niemandem zu erzählen, schon gar keinem Mann. Die wissen es sowieso. Sie können es riechen, so wie ein Raubtier Blut riecht.«

»Das ist abscheulich, Mutter.«

»So ist es nun einmal. Das Leben ist … es kann so …«, ihre Mutter zögerte, als müsste sie selbst gegen Tränen ankämpfen, »so enttäuschend sein«, brachte sie hervor, während sie zugleich Luft holte. Sie schwieg einen Moment, um sich zu sammeln, und als sie ihren kühlen Ausdruck wiedergewonnen hatte, fuhr sie fort: »Das erwartet dich nun also – ein Jurastudium. Es ist schon alles in die Wege geleitet.«

»Ich nehme an, dass ich dann weiter von alten Jungfern unterrichtet werde«, erwiderte Jeanne barsch. »Und dass ich für den Rest meines Lebens hier eingesperrt bleibe.«

»Mein Liebes«, sagte Jeannes Mutter kopfschüttelnd. »Verstehst du nicht? Weißt du denn nicht mehr? Du wirst nicht hierbleiben. Marokko hat dir mehr geschadet als gutgetan. Wir werden dich wie ursprünglich geplant in die Heimat schicken.«

»Aber meine Heimat ist hier.«

»Nein, Jeanne. Frankreich ist deine Heimat. Es ist dein Land, dort liegen deine Wurzeln, und ihnen bist du verpflichtet.«

»Mutter, ich sehe dir und Vater überhaupt nicht ähnlich. Wie kommt das?«, ging Jeanne nun zum Angriff über.

»Fang nicht schon wieder mit diesem Unsinn an! Du machst mich nur wütend, Jeanne, ich warne dich.«

»Meine Haut ist anders, meine Augen, meine Gesichtszüge. Ich könnte fast – fast schon als Einheimische durchgehen, wenn ich mehr Zeit in der Sonne verbringen würde. Deshalb war Soumia all die Jahre in dieser Hinsicht so streng mit mir! Und hast du ihr das etwa aufgetragen? Schämst du dich für mich, Mutter?«

»Ich weiß wirklich nicht, wovon du redest. Du bist hysterisch, Jeanne, ein ahnungsloses Kind. Nun schweig!«

»Nein! Nein, das werde ich nicht. Ich habe lange genug geschwiegen, den Mund gehalten.« Jeanne konnte sich nicht länger zurückhalten. Sie spürte eine Woge der Wut und des Hasses auf alles um sie herum in sich aufsteigen. »Mutter, was hast *du* getan? Vor all den Jahren?«

»Was meinst du bloß, Jeanne? Du – du bist wohl plötzlich wahnsinnig geworden.«

»Hast du etwa auch eine Dummheit begangen, Mutter? Vielleicht sogar eine noch schlimmere als ich? Etwas Verbotenes? Womöglich mit einem Einheimischen?«

Jeannes Mutter schrie empört auf und holte mit der Hand aus. Jeanne spürte den scharfen Schlag auf ihrer Wange und zuckte zurück. Das hatte ihre Mutter noch nie getan, in mehr als zwanzig Jahren nicht.

»Du – du hast mich geschlagen, Mutter.«

»Ich habe dich geschlagen«, wiederholte ihre Mutter mechanisch. »Und zwar völlig zu Recht. Ich bin in meinem ganzen Leben noch nicht so beleidigt worden. Ausgerechnet mir zu unterstellen, ich hätte mit einem Einheimischen geschlafen. Das ist empörend!«

»Sie sind Menschen, genau wie wir. Wir sind nicht besser, Mutter, nur anders.«

»Du junges Dummchen«, erwiderte Madame Lefèvre kopfschüttelnd. »Du hast keine Ahnung von der Welt, nicht wahr? Du weißt absolut nichts ...« Sie verstummte, ihre Lippen zuckten, als wüsste sie nicht genau, ob sie fortfahren sollte. »Dein Vater und ich ... wir ...« Sie hielt erneut inne und holte tief Luft. »Du wirst die Universität in Bordeaux besuchen. Du wirst Jura studieren und bei der Schwester deines Vaters wohnen, Tante Géraldine. Dort wird deine angeblich andere Hautfarbe wohl kaum auffallen. Schließlich fließt, historisch gesehen, viel spanisches und maurisches Blut durch ihre Adern.«

Jeanne blickte ihre Mutter hasserfüllt an. Sie war genauso schlimm wie die Faschisten in Europa.

»Und eins noch, Jeanne. Denk immer daran, dass wir all das zu deinem Besten entschieden haben. Du wirst dich kaum erholen, wenn du hierbleibst. Erinnerungen – schlimme Erinnerungen – lässt man im Leben besser hinter sich.«

»Und wann wollt ihr mich fortschicken?«, fragte Jeanne, missmutig, aber geschlagen.

»In der ersten Septemberwoche. Das Semester beginnt Anfang Oktober. So hast du genügend Zeit, dich zu akklimatisieren und an das europäische Leben zu gewöhnen. Ich habe auch ein Treffen mit Sarah und ihrem Mann für dich arrangiert, die ihre Flitterwochen in Biarritz verbringen werden. Es wird dir sicher guttun. Nun geh. Unser Gespräch ist beendet.«

Die verbleibenden Wochen vergingen wie im Flug, und Jeanne war erfüllt von sonderbaren, widersprüchlichen Empfindungen. Tiefe Traurigkeit, wenn sie an Harry und ihre Liebe füreinander dachte. Wut auf ihre tyrannischen Eltern. Angst und Aufgeregtheit bei dem Gedanken daran, Frankreich und Europa zu entdecken und an der Universität auf viele neue Menschen zu treffen. Am liebsten wollte sie sich in die Berge flüchten, doch zugleich wollte sie ihrem Martyrium in Marokko für alle Zeit entfliehen. In dieser Hinsicht hatte Mutter recht. Eine böse Erinnerung war wie ein schwerer Anker, der sie immer wieder zu den Gedanken hinunterzog, was hätte passieren können, was hätte passieren sollen und welche Fehler begangen worden waren. Sie ertrug den Schmerz nicht mehr, und etwas in ihr drängte sie zu einem Neuanfang. Und vielleicht würde ihre »Heimat« Frankreich, wie Mutter es genannt hatte, ihr diesen Neuanfang tatsächlich ermöglichen.

Dann kam der zweite September. Nachts hatte Jeanne ihren Vater am Telefon gehört: Deutsche Panzer waren in Polen eingedrungen. Jeannes Habseligkeiten – zwei Reisetruhen, eine Hutschachtel und zwei Koffer – standen schon am Fuß der Treppe bereit, um in die Kalesche geladen zu werden, die sie zum Bahnhof bringen sollte. Mutter und Mohammed würden sie bis nach Tanger begleiten, wo sie voneinander Abschied nehmen wollten. Von dort aus würden Jeanne noch eine Tagesreise auf dem Schiff bis nach Marseille und eine Zugfahrt durch ganz Frankreich nach Bordeaux bevorstehen, wo ihre Tante sie bereits erwartete. Um sie zu verabschieden, hatte Jeannes Vater sich ein paar Stunden im Büro freigenommen und würde sie vor der Abreise am Bahnhof treffen.

Am Morgen fuhr die Kalesche vor, und der Fahrer belud mit Mohammeds Unterstützung den Wagen. Jeanne ging noch einmal nach oben, um einen letzten Blick in ihr Schlafzimmer zu werfen. Beim Anblick ihres Teddybären Baudelaire auf dem Bett überkamen sie die Tränen, und sie eilte hinüber, um ihn an sich zu drücken. Sogar ihn, ihren Trost aus Kindertagen, würde sie nun zurücklassen. Unten ging es mit dem Weinen weiter. Soumia, ihr Kinder- und Hausmädchen, begann zuerst zu schluchzen, dann zu weinen und schließlich in echter Berbertradition heulende Klagelaute von sich zu geben. Sie hielten sich minutenlang fest umschlungen, und Soumia flüsterte Jeanne Worte in ihrem Dialekt ins Ohr, wahrscheinlich ein Schutzgebet für die Reise. Als sie sich trennten, schweifte Soumias Blick kurz über Jeannes Körper. Ein flüchtiger Ausdruck von Komplizenschaft huschte über ihr Gesicht, und sie nickte.

Auf ihrer Fahrt zum Bahnhof kamen sie durch das ruhige, vornehme französische Viertel in die Ausläufer der Stadt vor der alten Stadtmauer, die im blendenden Sonnenlicht blassrosa leuchtete. Die Menschen in den Straßen und auf den Plätzen gingen ihren alltäglichen Beschäftigungen nach, ohne von der großen Veränderung zu ahnen, die in Jeannes Leben stattfinden würde. Sie nahm die Farben in sich auf, speicherte sie tief in ihrem Inneren ab, da sie davon ausging, dass Europa ständig bewölkt und grau sein würde. Als sie den Bahnhof schließlich erreichten, wurden sie von einem Pulk aus Gepäckträgern und Bettlern belagert, die Mohammed ihnen vom Leib halten musste. Vater wartete gemeinsam mit einem Polizisten zu seinem Schutz am Fahrkartenschalter auf sie. Sie schritten zu ihrem Bahnsteig, gefolgt von den Gepäckträgern, zu denen sich mittlerweile auch ein paar hoffnungsvolle Schuhputzer, Zeitungsjungen sowie ein Schlangenbeschwörer gesellt hatten, die sie wohl für Touristen hielten. Lefèvre, der sich offensichtlich unbehaglich fühlte, bewahrte seine steife Haltung und geizte mit Worten. »Gutes Wetter. Nicht zu heiß. Hast du einen Mantel für die Schiffsreise griffbereit?«, waren seine einzigen Bemerkungen. Jeannes Mutter dagegen war gesprächiger, betonte ständig, wie aufregend es doch war, nach Frankreich zurückzukehren, mit all seinen Monumenten, seiner Kultur, Kinos, Theater und so fort. Schließlich fuhr der Zug keuchend und zischend ein. Ihre Gepäckträger gerieten in Bewegung, ebenso wie die etwa fünfzig anderen, die sich um ihre jeweiligen Reisenden kümmerten, und kurzfristig herrschte ein hektisches Schubsen und Drängeln um den ersten Zugang zu den Abteilen.

»Komm, mein Schatz«, sagte Jeannes Mutter.

Ihr Vater trat steif auf sie zu und seufzte. Dieses Seufzen sollte wahrscheinlich hundert Dinge auf einmal ausdrücken – Liebe, Vergebung, Entschuldigung, vielleicht sogar Bedauern. Er streckte seine Arme aus. Da ertönte hinter ihnen eine Stimme.

»Monsieur Lefèvre!«

Lefèvre wandte sich um. *»Oui. C'est moi. Qu'est-ce qu'il y a?«*

Ein Offizier, ein Leutnant, schritt auf ihn zu und entschuldigte sich mit galanter Geste bei Jeanne und ihrer Mutter. Sein zurückgekämmtes Haar war in der Eile durcheinandergeraten, und eine Locke fiel ihm ins Gesicht. Er schnippte sie fort.

»Monsieur. Entschuldigen Sie, Monsieur, aber es gibt wichtige Nachrichten. Ich dachte, es wäre dringend, da Sie gerade …« Er nickte in Richtung von Lefèvres Frau und Tochter.

»Ja, ja. Was ist los? Gibt es ein Problem auf der Strecke? Wurden die Gleise sabotiert?«

»Nein, Monsieur. Es ist viel gravierender.«

»Nun, was ist es denn, in Gottes Namen?«

»Monsieur, der Krieg – in Europa. Frankreich hat Deutschland soeben den Krieg erklärt. England wird folgen. Es hat begonnen, Monsieur. Wir befinden uns im Krieg!«

Lefèvre zögerte, seine Augen weiteten sich vor Schreck, bis er sie kurz fest zukniff. Dann sah er seine Frau und Jeanne an und räusperte sich.

»Gepäckträger!«, rief er über den Lärm hinweg. »Bringt diese Taschen sofort wieder zurück. Die Damen haben sich entschieden hierzubleiben.«

37

Das Licht wurde sanfter, der September brach an, und das Tal stellte sich auf den Wechsel der Jahreszeiten ein. Summerfield war für die erste Woche in einem kleinen Raum in der Kasbah untergebracht worden, und seine Bewegungen wurden von einem zehn Meter langen Seil eingeschränkt, das so fest um seine Handgelenke geknotet war, dass er sich unmöglich davon befreien konnte. Doch immerhin konnte er die Beine bewegen, und so lief er zwischen einem kleinen, sonnenbeschienenen Hof, dem Dach des Gebäudes unter ihm und seinem Zimmer hin und her.

Er teilte sich die Unterkunft mit Badr und Rashid, dem Bruder des Mannes, der den Lastwagen in die Berge gefahren hatte. Badr blieb in jener ersten Woche die meiste Zeit über an seiner Seite, und sie wechselten ein paar Worte, lasen oder verbrachten lange Augenblicke in fast meditativer Stille. Sie redeten nur wenig, als hätten sie auf der Reise bereits all ihre Worte verbraucht. Dennoch herrschte niemals Stille: Vor Morgengrauen erfüllte der Gebetsruf das Tal mit seinen nasalen, hypnotischen Windungen. Dann ertönte das Bellen der Hunde, das die anderen Tiere aufweckte: die Hühner, die Maulesel und die Ziegen, eine unentwirrbare Kakophonie aus Blöken, Iahen und Zurückblöken brach aus. Auch Stimmen waren zu vernehmen: das gedämpfte Murmeln von Männerstimmen im Inneren der Kasbah und das gelegentliche Zirpen der Frauen, die schwer beladen von den Feldern unter der Festung zurückkehrten. Das Knistern der entzündeten Feuer und das Klappern von Teekesseln.

Badr ging ab und zu fort und kam wieder, und manchmal

brachte er Summerfield Tabak mit, den er in einer einfachen Pfeife aus einem ausgehöhlten Hühnerschenkel rauchen konnte, seltener auch einmal eine richtige Zigarette, die Summerfield stets in der Mitte durchbrach und Badr eine Hälfte anbot. Die Männer fühlten sich sichtlich wohl in der Gesellschaft des anderen, bis schließlich Badr eines Tages mit der Neuigkeit zurückkam, dass er nun für einige Wochen in die Stadt fahren würde. Summerfield spürte sogleich Bedauern und fragte sich, ob tatsächlich gerade eine wirkliche Freundschaft zwischen ihnen zu wachsen begonnen hatte. Dann dachte er bitter, dass ihm nun schon wieder ein Mensch fortgenommen wurde und er bald wieder ganz allein sein würde.

Als er am nächsten Morgen erwachte, war Badr bereits verschwunden. Wer war dieser junge Mann – ein Entführer, ein Retter, ein Verräter, ein Seelenverwandter? Schwer zu sagen.

Als er sich aus seinem mit Stroh gefüllten Bett erhob, bemerkte er, dass seine Hände frei waren. Jemand hatte das Seil in der Nacht durchtrennt. Er stellte sich das schiefe Lächeln auf Badrs Gesicht vor. Einerseits zeigte er ihm damit sein Vertrauen, andererseits war ihm bestimmt klar, dass Summerfield versuchen würde zu fliehen.

Wieder frei zu sein war ein merkwürdiges Gefühl. Sein eingeschränkter Radius hatte bislang die Grenzen seines Universums abgesteckt und eine angenehm bekannte Welt aus nur drei Räumen und ebenso vielen Personen erschaffen. Eine Weile blieb Summerfield in seinem Zimmer, lauschte, fragte sich, ob jemand nach ihm schauen würde. Was war mit dem Frühstück? Würde Rashid, der Bruder des Fahrers, ihm wie üblich Tee mit Brot und Honig bringen? Es wurde immer heller, doch niemand kam, und Summerfield begriff langsam, dass er sich nun bewegen musste.

Mit behutsamen Schritten lief er den engen Flur entlang, der von seinem Schlafzimmer abging. Er folgte hauptsächlich seiner

Nase, in die ein entfernter Hauch Minze und Safran stieg, verlor jedoch die Orientierung. Die Kasbah war das reinste Labyrinth aus Korridoren und Zwischengeschossen. Unvermittelt stand er vor einer Öffnung in der Wand, unter der es etwa fünf Meter in die Tiefe ging. Er schnappte erschrocken nach Luft, schwankte leicht nach vorn und hielt sich im letzten Augenblick an den Lehmwänden fest, um nicht hinunterzufallen. Eine dicke Ziege, womöglich ein trächtiges Weibchen, sah ihm von dem felsigen Abhang unter ihm entgegen. Sie blökte und entleerte gleichzeitig ihren Darm, wie um die Beleidigung noch zu unterstreichen. Summerfield hatte sein Gleichgewicht wiedergewonnen und blickte nun aus der Maueröffnung über den Berghang unter ihm, dessen westliche Flanke bis auf ein paar verstreute niedrige Schäferhütten unbebaut war. Auf einmal überkam ihn ein berauschendes Gefühl der Freiheit. Wenn er wollte, könnte er davonlaufen – jetzt sofort. Bis zu Jeanne nach Marrakesch. Doch das Gefühl verschwand ebenso plötzlich wieder, als hätte jemand eine Kerze ausgeblasen und nur der beißende Rauch des glimmenden Dochts bliebe zurück. In ihm machte sich eine verzweifelte Leere breit, wie sie einen erfüllt, wenn man mit einemmal bemerkt, dass man vollkommen allein ist. Ihm war zum Weinen zumute, er fluchte über sich selbst und lief den Weg zurück, den er gekommen war.

Schließlich traf Summerfield in einem großen Raum mit niedriger Balkendecke eine Gruppe Männer an und setzte sich mit dem Rücken zu ihnen in ihre Nähe. Sie schienen ihn erwartet zu haben und machten eine Reihe Witze auf seine Kosten, bis einer von ihnen einen Löffel nach ihm warf, um seine Aufmerksamkeit auf sich zu ziehen. Sie gaben ihm ein Zeichen, zu essen und trinken, so viel er möchte, dann erhoben sie sich und verließen den Raum.

So vergingen Summerfields Tage. Er war kein Gefangener in seiner Zelle mehr, doch auch wenn er frei herumlaufen und alles beobachten konnte, wurde ihm so viel Misstrauen und Feindseligkeit entgegengebracht, dass er es kaum wagte, sich auch nur ein paar Meter von den Mauern der Kasbah zu entfernen. Ein paarmal wurde er angespuckt. Mehrmals beleidigte man ihn, oder zumindest sah es so aus und hörte es sich so an. Es waren die einfachsten Bauern, denen er je begegnet war, grob, unhöflich, schmutzig und anscheinend geistig nicht in der Lage, ihr Urteil über ihn, den Ausländer, in Frage zu stellen. Schließlich hatte er im Gegensatz zu ihnen bereits in einem französischen Kolonialgefängnis gesessen. Er war von den Gendarmen verprügelt worden. Man hatte ihn gewaltsam verschleppt. Er war wütend – wütend auf den ganzen üblen Haufen, die Franzosen und die Leute hier inbegriffen.

Ihn überkam Sehnsucht nach England und nach der Gesellschaft von Engländern, die ihm auf einmal vertrauensvoller, geradliniger und ehrlicher als alle anderen Menschen vorkamen. Vielleicht waren sie manchmal etwas heuchlerisch in ihrer Abneigung allem Intellektuellen gegenüber, versnobt in ihrer angeborenen Überzeugung, dem Rest der Welt selbstverständlich überlegen zu sein, höflich bis zur Unterwürfigkeit, spöttisch klassenbewusst und ärgerlich rechthaberisch. Aber welch eine Klarheit, Aufrichtigkeit und Einfühlsamkeit sie besaßen. Gott, wie sehr er seine Landsleute vermisste. Sie und das Grün der Hügel und Felder, das unbeständige Wetter und den Nieselregen, die morgendliche Zeitung zum Frühstück und die Höflichkeit im alltäglichen Leben. Über zweitausend Kilometer entfernt, ein völlig anderer Planet. Summerfield blickte unglücklich auf, und seine Gedanken bündelten sich langsam und mit grimmiger Entschlossenheit zu einem einzigen Ziel: Er wollte entkommen, frei sein. Während der Winter eisig in das Tal kroch, die Erde gefrieren und die Stämme sich in ihre Häuser zurückziehen ließ, wartete Summerfield ab und plante dabei seine Flucht.

38

Er war schon den ganzen Tag gelaufen und wusste, dass er sich im Kreis bewegt hatte. Die Mistkerle wussten es ebenfalls. Er saß in der Falle. Und sie gaben sich nicht einmal die Mühe, ihn zu verfolgen.

Auf der einen Seite wartete ein unmöglicher Aufstieg über eine rutschige Geröllpiste auf ihn. Auf der anderen mehrere bewachte Schäferhütten, die in regelmäßigen Abständen direkt unter dem Bergkamm des ersten Tales standen. In Richtung Süden, am Flussbett entlang, waren immer Dorfbewohner unterwegs, meist Frauen oder Kinder. Wenn sie ihn erblickten, zeigten sie mit dem Finger auf ihn, stießen Freudenschreie aus und lachten ausgelassen, als würden sie miteinander Verstecken spielen. Summerfield wusste zwar, dass sie sich nicht näher an ihn heranwagen würden, doch er wusste ebenso, dass nicht weit hinter ihnen auf den Abhängen Männer mit Gewehren bereitstanden, die seine Silhouette spielerisch ins Fadenkreuz nahmen. Im Norden schließlich befand sich die Mulde, aus der das Tal einst entstanden war: ein hufeisenförmiger, von Schluchten durchzogener Felsen, wo vor Tausenden von Jahren die Gletscher einen Keil geformt hatten, der das Tal aushöhlte. Nur der Schutz der Dunkelheit könnte ihm behilflich sein. Und in dieser Nacht würde er es versuchen.

Zur Vorbereitung hatte er zwei Tage lang nichts gegessen. Er hatte die Nahrungsmittel als Proviant für seine Flucht durch die Berge unter seinen Kleidern versteckt. Er hatte eine Kalebasse, die jemand auf einer Steinmauer stehengelassen hatte, sowie ein

Messer aus einer der Küchen gestohlen. Er hatte seine Kleidungsstücke zusammengesammelt und aus seiner Decke ein Bündel geformt, das er leicht über der Schulter tragen konnte. Er hatte etwas Bindfaden und ein paar Streichhölzer zusammengesucht. Dann hatte er einen ganzen Tag lang in seinem Zimmer gewartet und war im Geiste immer wieder durchgegangen, wie er zwischen den Wachposten hindurch entwischen und gen Westen fliehen würde.

Er wollte so lange laufen, bis ihm die Beine versagten, um so viel Vorsprung wie möglich vor den Berbern zu haben, bevor er sich ein paar Stunden ausruhen und wieder zu Kräften kommen konnte. Mit etwas Glück würde er den Schotterweg finden, den der Lastwagen genommen hatte, und sich von ihm bis in die Ebene, zum nächsten Ort und zu einem Telefon führen lassen. Von dort aus würde er die britische Botschaft in Casablanca anrufen. Sie würden ohne Zweifel die Behörden informieren und hoffentlich jemanden schicken, um ihn abzuholen.

Er war so fest entschlossen, und die Reiseroute hatte sich so tief in sein Bewusstsein gegraben, dass der Gedanke an ein Scheitern ihm ebenso abwegig schien wie seine Hoffnung, Jeanne jemals wiederzusehen. Sie bereitete sich sicher längst auf Frankreich und ihr Studium vor. Vielleicht war sie bereits mit dem Sohn eines wohlhabenden Staatsdieners verlobt? Und was war mit dem Krieg? Es kam ihm vor, als wäre er schon seit Jahren in diesem Tal, und kein einziges Mal hatte hier jemand Europa auch nur erwähnt. Leise Hoffnung keimte in ihm auf, dass der Krieg vielleicht doch noch verhindert worden war, und er betrachtete aus dem kleinen Fenster seines Zimmers lächelnd den Sonnenuntergang hinter den Berggipfeln. Wäre das nicht wunderbar?

Die Nacht brach herein. Gegen neun trat er in den Innenhof, verkündete, er sei müde, und nahm sein Essen mit auf sein Zimmer. Diesmal verspeiste er es – eine heiße Mahlzeit aus gekochtem Weizen, Oliven, Kartoffeln und ein paar Stückchen zähem Hühnerfleisch. Zum Nachtisch gab es einen Apfel, den er in seiner Tasche verschwinden ließ.

Stille legte sich über die Berge, und die Stimmen wurden leiser. Ab und zu bellte in der Ferne ein Hund, um noch ein letztes Mal sein Revier zu markieren, dann verstummte auch er. Irgendwo im Dorf schrie ein Kind vor Hunger oder Angst, danach war alles ruhig. Die Stimmen verschwanden. Über den Flur drang leises Schnarchen zu ihm. Summerfield, der die letzten Stunden so gespannt wie ein Bogen gewesen war, erhob sich lautlos und sammelte seine Sachen zusammen.

Er fand das gähnende Loch in der Mauer der Kasbah wieder – schließlich hatte er sich den Weg in der letzten Woche gut eingeprägt, war ihn sogar probeweise mit geschlossenen Augen gegangen. Die kalte Nachtluft überraschte ihn, sie war scharf und herausfordernd. Er fluchte leise und kletterte vorsichtig hinunter in die Dunkelheit, wobei ihn ein plötzliches Schwindelgefühl zittern ließ. Als er den Boden erreicht hatte, duckte er sich ein paar Minuten lang hinter einen Felsen und gab seinen Augen Zeit, sich an die Dunkelheit zu gewöhnen. Rechts von ihm stand hoch oben der Mond als dünne Sichel am Himmel, umringt von Millionen von Sternen. Summerfield lief los.

Ein paar hundert Meter folgte er einer flachen Schlucht hinunter ins Tal, wo er sich nach links wandte und einen leichten Abhang voller kleiner Büsche und etwas größerer Felsbrocken hinaufstieg. Zu seiner Rechten erkannte er eine Hütte, aus der ein flimmernder Schein einer kleinen Flamme drang. Er kroch auf allen vieren daran vorbei und kam plötzlich auf den Gedanken, man könnte ihn für ein marodierendes Raubtier halten. Gab es in dieser Gegend Bären? Summerfield – als Trophäe auf dem Kaminsims des Kaïds; der Engländer, den sie in einer Septembernacht erlegt hatten! Er musste vor Nervosität beinahe lachen, riss sich jedoch zusammen. Er bewegte sich von Felsen zu Felsen vorwärts, während der Hang immer steiler anstieg. Mittlerweile schwitzte er trotz der Kälte und nahm seinen eigenen Geruch in der klaren Nachtluft wahr. Dann blieb er wie angewurzelt stehen. Direkt vor ihm, kaum zehn Meter vom Schatten des Felsbrockens entfernt, befand sich eine zweite Hütte, ein gedrungener Steinbau. Aus dem Fenster ragte ein Gewehr – offensichtlich hatte der Wachmann es dort auf die Kante gelegt. Summerfield hörte das leise Murmeln von zwei verschiedenen Stimmen. Die eine war hoch und ähnelte fast der einer Frau, die andere wiederholte mehrmals tief und spöttisch dasselbe Wort – das Summerfield nicht verstand –, während die andere weitersprach. Der Weg nach vorn war also blockiert, alle Mühe umsonst. Er sank zurück hinter den Felsen. Es dauerte eine Weile, bis sein Herz aufhörte, wild gegen seine Brust zu hämmern. Ruhig bleiben. Er holte noch einmal tief Luft und eilte parallel zur Bergflanke fort von den Wachen. Er schätzte, dass er ein paar hundert Meter gehen musste, bevor er den weiteren Aufstieg wagen durfte.

Diesmal war er sich sicher, dass er einen Weg durch die Wachposten hindurch finden würde. Er hatte die Flanke des Berges mit den Augen lange und sorgfältig abgesucht und nichts weiter entdeckt. Der Weg nach oben schien frei, und die aufflackernde Hoffnung, er könnte die Lücke in ihrer Verteidigung gefunden haben, wurde zu einer leuchtenden Flamme und erfüllte seine Glieder mit neuer Energie.

Der Aufstieg war beschwerlich und führte über offenes Gelände, das übersät war mit kleinen Felsen, Geröll und einzelnen geisterhaften Büschen. Vielleicht hatten sie deshalb niemanden hier postiert – sie hielten den Weg für zu schwierig und zu gut zu überblicken. Er robbte nun beinahe bergauf. Dabei führte er jede Bewegung langsam, bewusst und vorsichtig aus, um nicht versehentlich einen Schauer aus Steinen ins Tal hinunterregnen zu lassen.

Er atmete tief und gleichmäßig und konnte bald schon den Gipfel vor sich ausmachen, eine dunkle, gezackte Rampe in die Freiheit. Und danach? Er dachte nicht an danach. Er wollte es nur bis dorthin schaffen. Es würde einen Sieg bedeuten. Es würde bedeuten, dass er seine Leute wiedersehen, seine Sprache wieder sprechen und vielleicht sogar Jeanne wiederfinden würde. Es war fast, als befände sich England direkt auf der anderen Seite des Gipfels; als wäre es bis dahin nur ein einziger Schritt von einem Tal ins nächste: Das erste war feindselig und erfüllt von der brennenden Heftigkeit Marokkos, das zweite dagegen grün, fruchtbar und mild.

Er setzte seinen Weg den Berghang hinauf fort und rollte sich nur einmal kurz zur Seite, um seine ausgedörrte Kehle mit einem Schluck Wasser zu besänftigen. Danach gleich weiter, wie eine Katze auf Beutejagd. Er spürte, wie sich ein Grinsen auf seinen Lippen breitmachte – der Gipfel war zum Greifen nah. Etwa zehn Meter vor seinem Ziel hielt er inne und wollte ein paar Augenblicke lang Kraft für die letzte Anstrengung schöpfen, die ihm bevorstand. Er fühlte sich glücklich, beschwingt und musste nur dagegen ankämpfen, dass dieses Gefühl sein Herz noch schneller schlagen ließ. Mehr Wasser. Einige Minuten vergingen, und die konzentrierte Anspannung, die ihn den Berghang hinaufgebracht hatte, verschwand langsam aus seinem Geist und seinem Körper. Erst in diesem Moment kam der Schmerz auf, als drängelte er sich nun endlich auf seiner Prioritätenliste nach oben. Er kam von seinen Händen, seinen Beinen und Füßen. Sie brannten, als wäre er in ein Wespennest getreten. Bei näherem Hinsehen erkannte Summerfield, dass sie mit einer dunklen, metallisch riechenden Flüssigkeit verschmiert waren – Blut. Und er hatte es nicht einmal wahrgenommen. Doch er dachte sofort wieder an den Gipfel und sagte sich, dass er sich seine Schnitte und Verletzungen später anschauen würde, im Tageslicht des nächsten Morgens. Er warf einen letzten Blick hinter sich, spannte seine Muskeln an und bewegte sich halb kriechend vorwärts, wobei er sich davon zurückhalten musste, einfach loszurennen. Noch zehn Meter, sieben Meter, fünf Meter – er musste lächeln, fühlte Erleichterung in sich aufsteigen, und der sichere Triumph ließ ihn leise auflachen. Da stand plötzlich ein gesichtsloser Schatten vor ihm: ein Wachposten. Summerfield erstarrte, kniff die Augen zusammen. Der Wachmann grunzte, und in seiner tiefen Stimme lag kein Funken Überraschung. Der Gipfel, dachte Summerfield, erfüllt von Panik. Er schlug sich sofort nach rechts, wollte den dunklen Umriss umrunden, als handelte es sich dabei um einen gegnerischen Spieler bei einem Rugbymatch. Der Wachmann blockte ihn. Lachen. Summerfield schlug atemlos einen Haken, sein Körper war auf Kollisionskurs, doch da es immer noch bergauf ging, kam er nur im Schritttempo voran. Es war weniger ein Zusammenprall als ein In-die-Arme-Laufen. Ein weiteres Lachen, tief und höhnisch. Summerfield heulte vor Frust auf und drückte mit aller Kraft zu. Sein Widersacher bewegte sich nicht. Er stemmte sich noch einmal gegen ihn, wurde jedoch immer schwächer, bis er förmlich reglos an ihm lehnte. Summerfield konnte kein Gesicht sehen, nur das schwarze Loch im Turban des Mannes, wo sich seine Augen befinden mussten. Und sein erdiger Geruch stieg ihm in die Nase. Ein Arm bewegte sich mit einem Gegenstand in der Hand nach oben – es war eine Klinge, und Summerfield setzte der Atem aus bei dem Gedanken, dass diese gleich auf ihn herunterfahren und seinen Kopf in zwei Teile spalten würde. Stattdessen ertönte noch einmal das Lachen, und Summerfield wurde unsanft zurückgestoßen. Er rutschte auf den Steinen aus, fiel etwa fünf Meter tief und rappelte sich wieder auf. Er näherte sich erneut und wurde wieder zurückgestoßen, und plötzlich wurde ihm bewusst, dass sie ihn nicht umbringen würden. Sie durften es nicht – sie hatten den Befehl bekommen, ihn am Leben zu halten. Ein letztes

Mal hievte Summerfield sich nach vorn, riss sich sein Bündel von den Schultern, um beweglicher zu sein. Diesmal schob die Gestalt ihn mit einem Grunzen so heftig von sich fort, dass er den Abhang ganze hundert Meter hinunterkullerte. Summerfield wusste nun, dass er besiegt war. Er erhob sich wankend und vor Wut schluchzend. Er starrte durch die Dunkelheit in Richtung des stummen Wachmanns, drehte sich dann um und begann wieder ins Tal hinabzusteigen, bis er von der Nacht verschluckt wurde, wobei er jedes englische Schimpfwort vor sich hin fluchte, das ihm einfiel.

Er hatte sein Gesicht in seinen Mantel aus grob gewebter Wolle vergraben. Die Luft war klirrend kalt, und er zitterte. Er hatte elende drei Stunden damit verbracht, durch das Tal zu stolpern, und ihm wurde immer klarer, dass er in der Falle saß. Es war aussichtslos. Der Höhenrücken um das Tal herum waren übersät mit Wachposten, und sie wussten bereits, als sie ihm die Hände losbanden, dass er keine Chance hatte, ihr Verteidigungssystem zu durchbrechen. Denn genau das war es – weniger ein Netz, das sie ausgespannt hatten, um ihn einzufangen, als eine Alarmanlage, die normalerweise dazu diente, die Talbewohner vor etwaigen Eindringlingen zu warnen.

Er wusste nicht, ob er geschlafen hatte. Er erinnerte sich nur noch daran, dass er ein letztes Mal in die Sterne über sich geblickt hatte, Millionen silberner Punkte im Schwarz des Himmels. Er sah eine Sternschnuppe und wünschte sich verzweifelt etwas, so wie er es als Kind stets getan hatte. Als die Dämmerung hereinbrach und er immer stärker zitterte, wusste er jedoch mit Sicherheit, dass solche hoffnungsvollen Wünsche nicht in Erfüllung gingen. Er vergrub den Kopf noch tiefer in seinen Wollmantel, um die Realität des anbrechenden Tages auszublenden.

Er konnte nicht sagen, wie viel Zeit verstrichen war, doch die einsame Stille um ihn herum schien ewig zu währen. Da drang wie aus weiter Ferne plötzlich eine unwirklich klingende Stimme zu ihm hindurch, eine Mädchenstimme. Etwas berührte seinen Kopf, eine Hand, erst behutsam, dann immer drängender.

»Sidi?«, fragte die kindliche Stimme sanft. »Sidi?«

Langsam, schüchtern enthüllte Summerfield sein Gesicht und blinzelte in das Tageslicht. Er wurde von einem frischen, geradezu unverschämt jungen Lächeln begrüßt. Es gehörte einem etwa fünfzehnjährigen Mädchen, was hier bedeutete, dass sie im heiratsfähigen Alter war. Ihre großen braunen Augen waren mit schwarzem Kajal umrandet.

»Wachen Sie auf, Sidi«, sagte das Mädchen. Er musste schrecklich aussehen, und für einen Moment setzte sie das schelmische Lächeln betreten ab.

»Ich habe nicht geschlafen«, erwiderte Summerfield hilflos. »Wer bist du? Was willst du von mir? Du weißt doch, wer ich bin.«

»Raja«, erklärte die junge Frau. »Mein Name ist Raja.«

»Raja«, wiederholte Summerfield und rollte mit den Augen. »*Hoffnung,* in Gottes Namen – sie heißt Hoffnung.«

»Du bist der Weiße.«

»Der Engländer«, verbesserte Summerfield sie, »der Gefangene.«

Sie schien die Betonung dieses Wortes nicht zu verstehen. Stattdessen streckte sie ihm ihre kleine schmutzige Hand hin, die die Farbe einer braunen Olive hatte. Sie wollte ihn zum Aufstehen bewegen. »Kommen Sie«, sagte sie mit Nachdruck. »Kommen Sie, Sidi.«

»Ich möchte lieber hierbleiben und sterben«, erwiderte Summerfield auf Englisch, doch sein Tonfall musste sie berührt haben, denn nach einem Augenblick des Zögerns versuchte sie erneut, ihn hochzuziehen. Endlich erhob sich Summerfield, zwar noch etwas wacklig, doch seine Muskeln hielten der Belastung stand. »In Ordnung, Raja. Ich stehe nun, gerettet von einem Mädchen. Wahrscheinlich haben sie dich hergeschickt, aber was soll's? Ich bin am Verhungern.« Er führte seine Hand an den Mund und tat, als würde er zubeißen. Sie lächelte.

»Kommen Sie, Sidi. Essen.«

Sie führte Summerfield an der Hand im Zickzack durch Felsen und Gestrüpp und blieb zwischendurch immer wieder stehen, damit er zu Atem kommen konnte. Er merkte, dass mit ihm irgendetwas nicht stimmte. Sein Herz pochte, und er hatte zu schwitzen begonnen. Bei jedem Atemzug hatte er das Gefühl, Feuer zu schlucken. Er wollte sie fragen, wie sie ihn gefunden hatte; waren es die Wachmänner gewesen, oder hatte tatsächlich Gott sie geschickt? Doch er tat es nicht. Denn an einem kleinen Gebirgsbach, der sich zum Talfluss hinunterschlängelte – ihm fiel noch die blendende Klarheit des Wassers auf –, brach er zusammen, und alles um ihn herum wurde schwarz.

Für eine Weile, ein paar Tage, eine Woche, oder sogar noch länger, kam er nur momentweise zu Bewusstsein, geweckt von seinem eigenen Geruch und dem Brennen in seinem Körper. In diesen kurzen Minuten und Sekunden fühlte es sich an, als wären in jeden einzelnen seiner Muskeln Knoten gebunden worden, die bei jeder Bewegung schmerzhafte Blitze durch seinen Körper sandten. Er hatte noch nie etwas Vergleichbares gespürt, und es schüttelte ihn so heftig, dass er vor Angst aufschrie. Er glaubte, er müsse nun sterben. Dann verlor er erneut das Bewusstsein, verfolgt von einem furchtbaren Gestank, und durchlitt Krämpfe, die von der Ruhr kamen, die er sich, wie er später herausfand, eingefangen hatte. In den folgenden Wochen sollte er ebenfalls erfahren, dass er dem Tod mehrmals nahe gewesen war und längst im Tal unter der Erde liegen würde, wenn Raja ihn nicht unerschütterlich umsorgt und einen Boten zu Badr geschickt hätte, damit dieser ihm rasch zu Hilfe käme.

Als er eines Tages die Augen öffnete und Badrs besorgten Blick auf sich ruhen sah, hörte er den jungen Mann auf Englisch sagen: »Der Krieg, Harry. Frankreich steht in Flammen.« Er wusste noch, dass er etwas Dummes gemurmelt hatte im Sinne von: »Dann bin ich ja wenigstens nicht der Einzige.« Dann wurde er wieder von Dunkelheit umfangen, und nur ein einziger Begriff kreiste noch durch sein Bewusstsein: in Flammen, in Flammen …

Wie durch ein Wunder öffnete Summerfield eines Tages wieder die Augen, und die Welt schien völlig verändert. Sein Kopf war klar, frei von allen quälenden Gedanken. Das Erste, was er vernahm, war Vogelgezwitscher, und er sah von seinem Strohlager aus einen kleinen Finken mit weißem Köpfchen, der ihn vom offenen Fenster aus fragend anschaute. Er hob mit einem einzigen Flügelschlag ab und hinterließ einen Dufthauch nach Sandelholz und Zimt in der Luft. Summerfield fühlte sich besser und so merkwürdig lebendig. Er lächelte. Noch bevor er den Kopf umdrehte, spürte er die Präsenz, die Wärme eines anderen Menschen. Es war Raja, die junge Frau, und das Grinsen auf ihrem Gesicht war so strahlend und breit wie die Morgensonne. Sie streckte die Hand nach ihm aus, berührte seine Schulter, und er legte seine Hand auf ihre.

»Ich erinnere mich an dich«, sagte Summerfield, als kehrte er in eine weit zurückliegende, unwirklich erscheinende Vergangenheit zurück. »Hoffnung. Ich danke dir.«

»Sie haben noch einen anderen Freund hier«, erwiderte Raja lächelnd.

»Badr – ja!«

»Das macht also zwei Freunde, Summerfield«, fügte das Mädchen hinzu, wobei ihr die Aussprache seines Namens noch Schwierigkeiten bereitete. »Badr und Raja.«

Die Worte des Mädchens waren schlicht, doch ihre Bedeutung war ihm unendlich wichtig. Er war nicht ganz allein in diesem gottverlassenen Tal. Er wurde nicht gehasst. Und zwei Menschen, zwei Fremde, waren bei ihm geblieben, als er krank war, und hatten ihn durch die Dunkelheit geführt. Es war ein unerwartetes Geschenk.

Die Tage verstrichen, und Summerfield kam wieder zu Kräften. Raja erzählte ihm, dass er viel Gewicht verloren hatte und nun wieder zunehmen müsse. Badr schaute mehrmals am Tag bei ihm vorbei, trank eine Tasse Tee mit ihm und leitete alle Neuigkeiten an ihn weiter, die irgendwie ihren Weg ins Tal fanden.

Es sah düster aus. Dänemark und Norwegen hatten kapituliert. Frankreich wurde überrollt. Britische, französische und belgische Truppen waren in eine Enklave nahe der belgischen Küste zurückgedrängt worden. Den letzten Berichten zufolge hatten sie schwere Verluste erlitten, und die Franzosen führten in der Nähe von Arras einen verzweifelten Gegenangriff durch. Die Nachrichten erreichten ihn nur tröpfchenweise, und so machte sich Summerfield nach und nach ein immer umfassenderes Bild von der Katastrophe, während er vor Sorge um Jeanne fast verrückt wurde. Mit einemmal war sie ihm wieder so präsent wie in ihren letzten gemeinsamen Stunden – ihr Gesicht, ihre Stimme, ihr Geruch und die zärtlichen Berührungen, die sie ausgetauscht hatten. Sie wurde wirklicher als die Wirklichkeit, und er rief in seiner Verzweiflung sogar ihren Namen, über tausend Kilometer entfernt von ihr und der Hölle in Europa.

Tagelang rang er deshalb mit sich. Sein Schlaf wurde ständig unterbrochen, und seine Gesundheit verschlechterte sich noch einmal abrupt. Raja wusch ihn und hob seinen Kopf an, damit er trinken konnte, wie sie es auch zuvor getan hatte. Dann verschwand sein Fieber so plötzlich wieder, wie es aufgetaucht war. Und mit ihm die ständigen Gedanken an Jeanne. Summerfield ließ los. Er ließ sie von sich forttreiben. Ihr Gesicht und ihre Gegenwart, die ihm so erschreckend nah gewesen waren, verschwanden einfach, und zurück blieben nur vage, entfernte Umrisse der Erinnerung an sie. Sie trieb davon wie ein Schiff am Horizont. Als er sich dessen bewusst wurde, kam Summerfield diese plötzliche Beseitigung kaltherzig vor, doch Badr, der weiser war, als seine jungen Jahre es vermuten ließen, erklärte ihm, dass es reiner Überlebensinstinkt war. Er konnte nichts tun, und sein Geist hatte entschieden, seinen Körper zu retten, indem er sich endlich von Jeanne verabschiedete.

39

Es war unvorstellbar. Die französische Gemeinde Marrakeschs hörte sich Tag für Tag hilflos die Nachrichten über die Lage in Frankreich an, die sich stetig verschlimmerte. Fassungslos wurde ihnen bewusst, dass eine Niederlage immer wahrscheinlicher wurde.

Jeannes Vater kam in diesen Tagen kaum noch nach Hause. Ein Notfallkomitee traf sich zu Beratungen, doch es gab eigentlich kaum etwas zu tun, außer auf weitere Nachrichten zu warten. Und zu beten, dass noch ein Wunder geschehen möge.

Jeanne bestürzte die schnelle Abfolge der Ereignisse. Sie erinnerte sich noch so gut daran, wie sie auf dem Bahnsteig bereitstand, um nach Europa aufzubrechen, als wäre es erst gestern gewesen. In den Tagen nach Kriegsausbruch war Marrakesch voller Soldaten gewesen. Sie hatte keine Ahnung, wo die plötzlich alle herkamen, doch sie wusste, dass ihr Vater etwas damit zu tun hatte. Kurz darauf kam es zur vollständigen Mobilisierung. Französisch-Marokko sollte zwei Divisionen aufbringen, und alles deutete darauf hin, dass sie nach Europa geschickt würden. Neuigkeiten über Grenzgefechte im Elsass erreichten sie über Radio und Zeitungen. Italienische Truppen sammelten sich in Libyen, was das koloniale Algerien in Aufruhr versetzte. Es war wie eine große Seifenblase kurz vor dem Zerplatzen. Und in der Zwischenzeit war Polen innerhalb von siebzehn Tagen von den Deutschen besetzt und von den Alliierten im Stich gelassen worden, die immer noch zögerten, Vorbereitungen trafen, hofften.

Edouard war nach Europa gegangen, so dass es nun Cécile war, die Jeanne die meiste Zeit über Gesellschaft leistete. Ihre Tage waren dadurch nicht mehr ganz so endlos leer und langweilig. Die französischen Frauen in Marrakesch hatten ohnehin genug zu tun. Sie sammelten Spenden für die Kriegsanstrengungen, hielten die Augen nach deutschen und italienischen Spionen offen, nähten Kleidung für die französischen Soldaten in Europa und organisierten Sammelstellen für Edelmetalle. Anfang April kapitulierte Dänemark ohne Widerstand, und Norwegen wurde zum Ziel britischer und französischer Angriffe, die der Invasion der Nazis Einhalt gebieten sollten. Während dieser Zeit weinten Jeanne und Cécile oft gemeinsam, wenn auch aus unterschiedlichen Gründen. Jeannes Liebster war vermutlich bereits tot, und die hohe Wahrscheinlichkeit, dass Céciles in den kommenden Wochen ebenfalls sterben würde, war es, die dieser auch die Tränen in die Augen trieb. Und immer mehr zogen in den Krieg. Auf einmal waren die einzigen Männer, die keine Uniform trugen, entweder Bedienstete oder noch Kinder. Und dann war da noch jemand. Ein großer Mann aus einem fernen Land, das moderner und verheißungsvoller als alles andere schien, der ein natürliches Selbstbewusstsein sowie eine tiefe und sehr angenehme Stimme besaß. Jim Wilding.

Als der Mai die schreckliche Nachricht brachte, die alle gefürchtet hatten – die Invasion Frankreichs –, war Wilding in Marrakesch aufgetaucht. Er hatte sich Urlaub genommen, bevor er nach Casablanca und Rabat weiterreisen wollte. Außerdem hatte ihm seine Regierung aufgetragen, in den Norden zu fahren, um den französischen Kolonialbehörden auf den Zahn zu fühlen. Mit dieser Mission kam Wilding in der Stadt an und traf sich mit Lefèvre, Bassouin und den anderen führenden Verwaltern des Protektorats. So geschah es, dass er ins Haus der Lefèvres geladen wurde und dort auch Jeanne wiedersah.

»Die ganze Welt wird sich bald wieder im Krieg befinden.« Jeanne vernahm die ernst vorgetragenen Worte des Amerikaners aus dem Arbeitszimmer ihres Vaters, als ihre Mutter, sorgfältig gekleidet und zurechtgemacht, an die Tür klopfte und ein Teetablett hineintrug, was normalerweise Soumias Aufgabe gewesen wäre. Das Gespräch verstummte sofort. Jeanne warf aus dem Flur einen Blick in den Raum und sah den irritierten Blick ihres Vaters, als ihre Mutter das Tablett auf den Tisch stellte. Die üblichen Kollegen ihres Vaters waren im Raum versammelt – Jean Bassouin, der für Post und Kommunikation zuständige Fresquin, Oberst Le Guédec –, daneben auch ein paar neue Gesichter, französische Armeeoffiziere. Sie sah Wilding, der entspannt mit übergeschlagenen Beinen auf seinem Stuhl saß. Er wandte sich um, möglicherweise hatte er gespürt, dass er beobachtet wurde, bemerkte sie und nickte ihr mit einem angedeuteten Lächeln zu.

»Fühlen Sie sich auch wohl, Mr. Wilding?«, ertönte die Stimme ihrer Mutter voller Sorge um ihren amerikanischen Gast.

»Ja, vielen Dank«, fuhr ihr Lefèvre brüsk ins Wort. »Wenn du uns nun freundlicherweise –«

»Und Sie müssen unbedingt noch ein Weilchen zum Plaudern bleiben, wenn Sie mit den ernsthaften Gesprächen hier fertig sind«, fügte ihre Mutter unbeirrt hinzu und warf dem gutaussehenden Amerikaner einen aufmunternden Blick zu.

Wilding nickte. »Mit Vergnügen. Und Jeanne –« Er neigte sich leicht zur Seite und warf erneut ein Lächeln in Richtung Flur. »Wird sie –?«

»Ja, ja«, äußerte sich Lefèvre mit rauer Stimme. »Vielleicht später, Monsieur Wilding. *D'abord, nous devons* – Jean, bitte übersetzen Sie.« Er scheuchte seine Frau davon. »Danke, Chérie – für die Erfrischung.«

Madame Lefèvre schritt ruhig aus dem Raum, schloss die Tür sanft hinter sich und erblickte Jeanne am Fuß der Treppe.

»Jeanne, du hast mich erschreckt! Hast du gehört? Mr. Wilding würde nach dem Tee gern noch ein wenig mit mir – mit uns – plaudern. Er ist ja so charmant, so *amerikanisch*!«

»Es herrscht gerade Krieg, Mutter«, erwiderte Jeanne.

»Tatsächlich? O ja, das hatte ich ganz vergessen – aber nur für *einen* Augenblick. Es ist doch nett, wenn in diesem Haus ein bisschen frischer Wind weht, findest du nicht?« Mit diesen Worten schwebte ihre Mutter davon, wobei ihr zitronengelbes Kleid und ein Hauch Rosenblütenduft hinter ihr herwehten. Jeanne sah ihr beim Verschwinden zu und schnitt dabei eine unverhohlene Grimasse.

Erst zwei Stunden später beschlossen die Herren, alle weiteren Gespräche zu vertagen, und danach verging noch einmal eine halbe Stunde, bevor Soumia Wilding auf die Veranda hinter dem Haus führte. Unter dem Schatten der gewaltigen Magnolie, die Mohammeds ganzer Stolz war, saß Jeanne mit ihrer Mutter, die bereits eingeschlafen war. Madame Lefèvre veränderte bei Wildings Erscheinen leicht ihre Position, und die neuste Ausgabe der *Vogue* rutschte langsam von ihrem Schoß auf den Fußboden. Sie gab ein leises Stöhnen von sich, doch im Gegensatz zu ihrem Mund blieben ihre Augen geschlossen, und Jeanne legte sich einen Finger vor die Lippen.

»Wirklich traurig, dass Mutter sich mit Kriegsangelegenheiten befassen musste«, sagte Jeanne.

»In der Tat«, erwiderte Wilding in gedämpftem Ton, und Jeanne glaubte, in seinen Augen den Anflug eines Lächelns zu erkennen. »Vielleicht sollten wir uns woanders unterhalten. Sie sieht so –«

»… dämlich aus?«, flüsterte Jeanne.

»Friedlich«, korrigierte Wilding sie, erschrocken über Jeannes Frechheit.

Jeanne erhob sich langsam, darum bemüht, keinen Lärm zu

machen, und die beiden schlenderten in den Garten hinunter. Jeanne sah aus dem Augenwinkel, dass ihr Vater sie aus seinem Fenster im ersten Stock beobachtete.

»Wahrscheinlich zieht er sich fürs Büro um.«

»Ja. Er erwähnte, dass er zurzeit nahezu dort lebt«, sagte Wilding. »Übrigens – schön, Sie wiederzusehen.« Er lächelte und streckte ihr die Hand hin.

Jeanne ergriff sie. Sie war groß, und ihr Druck war beruhigend, wenn sie sich auch ein wenig rau anfühlte. Sie nahm an, dass er die körperliche Arbeit genoss. Dann fragte sie sich, was Ingenieure eigentlich genau taten, wenn sie nach Öl suchten, war sich jedoch nicht sicher, ob sie ihn darauf ansprechen sollte.

»Wie geht es Harry?«, fragte Wilding und traf sie damit völlig unvorbereitet. Sie blieb stehen und spürte, wie sie ein eiskalter Schauder durchfuhr.

Sie drehte sich zu Wilding um und flüsterte fast: »Sie haben es also noch nicht gehört?«

»Ihr Vater erwähnte, er sei nicht erreichbar. Aber ich glaubte, Sie stünden noch in Verbindung mit ihm.«

Ein heftiger Schmerz durchfuhr sie, und ihr war plötzlich zum Weinen zumute. Sie hätte gern Trost in den starken Armen des Amerikaners gefunden, doch dieser trat stattdessen einen Schritt zurück.

»In dieser Sache hat Vater tatsächlich einmal recht. Nicht *erreichbar*. Harry ist entführt worden.«

»Was?«

»Es war ein schreckliches Jahr, Jim. Wie soll ich das alles erklären? Ich wäre beinahe ermordet worden – mein Vater auch. Es war offensichtlich ein Terrorist hier aus der Gegend. Dann haben meine Eltern – sie haben das mit Harry und mir herausgefunden. Es folgte wirklich eine Katastrophe auf die andere. Furchtbar. Ich schäme mich so sehr.«

Wilding knetete hilflos seine Hände. »Verdammt. Ich bin auch ganz beschämt. Ich hätte den Kontakt halten sollen. Ich hatte ihm bloß einmal ein Telegramm geschickt – muss nun schon mindestens fünf Monate her sein. Gott, wie dumm und gedankenlos von mir.«

»Nein«, sagte Jeanne kopfschüttelnd. »Es ist nicht Ihre Schuld. Ich hätte versuchen sollen, Sie in Kenntnis zu setzen; ich habe einfach nicht daran gedacht. Sie sind schließlich Harrys Freund, Sie hätten uns vielleicht helfen können. Oh, wie dumm von mir!«

»Dann waren wir wohl beide ziemlich dumm!«, stellte Wilding fest und schüttelte verdrießlich den Kopf. »Aber wer hat ihn denn entführt? Und *weshalb*?«

Jeanne fühlte sich plötzlich ganz schwach, als wäre alle Energie aus ihrem Körper gewichen. Ihr Geist hatte Harry in letzter Zeit so gut wie möglich verdrängt, und nun war mit Wilding die quälende Erinnerung an die schrecklichen Ereignisse wieder zurückgekehrt.

»Es tut mir leid – ich – mir geht es nicht so gut«, erklärte Jeanne. »Ich muss mich einen Moment hinsetzen«, sagte sie und wechselte abrupt die Richtung, um auf eine Bank zuzusteuern. Sie schaffte es gerade noch im letzten Augenblick, sich an ihr festzuhalten. Wilding war ihr auf dem Fuß gefolgt, stützte rasch ihren Ellbogen und half ihr auf die Bank. Sie warf noch einen Blick auf das Fenster ihres Vaters, doch er war nicht mehr da. Gott sei Dank – sie wollte bloß keine weiteren Anschuldigungen provozieren.

Wilding blieb ein wenig verloren vor ihr stehen. »Kann ich irgendetwas tun? Soll ich Ihre Mutter aufwecken?«

»O Gott, nur *das* nicht!«, entfuhr es Jeanne zu ihrer eigenen Überraschung. Sie blickte zu Wilding auf und musste lachen. »Tut mit leid, Jim. *Bitte* entschuldigen Sie – ich schätze, ich bin ein wenig angespannt, das ist alles.«

»Nun, ich fand es ja auch komisch«, erwiderte Wilding lächelnd. »Ich habe das Gefühl, dass sie mich ein wenig mag – oder auch ein wenig *mehr*.«

»Weil Sie anders sind. Ich denke, Sie hellen ihr langweiliges Leben ein bisschen auf.« Jeanne senkte schüchtern den Blick. »Und meins ebenfalls.«

»Das ist ein nettes Kompliment«, bemerkte Wilding und neigte den Kopf. Sein Gesicht legte sich in Falten bei dem erfolglosen Versuch, aus ihr schlau zu werden. »Sie müssen wegen Harry wahnsinnig traurig sein«, fügte er hinzu. »Hören Sie. Wie wäre es mit einem Drink in der Stadt? Ich habe ein Auto. Es würde Ihnen sicher guttun, Ihren Eltern einmal für eine Weile zu entkommen.«

»Ich kann nicht. Sie halten mich hier eingesperrt – zu meiner eigenen Sicherheit, wie sie behaupten.«

»Es würde ja nicht lange dauern. Nur eine Stunde oder so, und Sie wären dabei in meiner Begleitung. Einen besseren Schutz kann es doch gar nicht geben«, fügte er leicht ironisch hinzu. »Kommen Sie, wir sagen Soumia Bescheid, und ich hinterlasse eine Botschaft im Büro Ihres Vaters, damit er auch informiert ist.«

»Nein, tut mir leid, aber ich kann nicht.« Jeanne blieb unnachgiebig. Sie schüttelte traurig den Kopf und schwieg eine Weile. Nachdenklich fragte sie: »Glauben Sie, Sie könnten Harry finden? Jemanden auf die Suche nach ihm schicken?«

Wilding setzte sich und schnalzte mit der Zunge. »Ich kann es versuchen. Hat denn irgendjemand eine Idee, wo er sein könnte? Sehen Sie, Jeanne, ich will nicht schwarzmalerisch wirken, aber die Wahrscheinlichkeit ist recht hoch, dass sie ihn umgebracht haben. Gott, ich hoffe es nicht. Aber es gibt hier immer noch abgelegene Orte, an denen noch nie ein Weißer gesichtet worden ist.«

»Keiner weiß etwas«, murmelte Jeanne. »Er könnte oben in den Bergen sein. Er könnte auch irgendwo in der Wüste verdursten.« Sie musste plötzlich tief durchatmen und ein Schluchzen unterdrücken. »Herrje, ich bin so schwach, so dumm. Es tut mir leid.«

Wilding schüttelte den Kopf. »Ich werde ein paar Einheimische beauftragen, sich umzuhören. Machen Sie sich keine Sorgen. Ich werde auch die britische Botschaft verständigen, wenn ich in Casablanca bin. Vielleicht können sie uns dort weiterhelfen.« Er verstummte kurz. »Jeanne?« Wildings Stimme war auf einmal ganz ernst. Sie blickte auf und wischte sich eine einzelne Träne aus dem Augenwinkel. »Ich habe das Gefühl, dass Sie sich selbst großen Schaden zufügen. Als könnten Sie sich von der Sache nicht befreien. Sie müssen nach vorn blicken, Jeanne. Nichts gegen das, was Harry und Sie hatten – aber die Dinge werden sich wieder zum Besseren wenden.«

»Ja«, seufzte Jeanne. Ihre Mutter hatte das Gleiche gesagt, doch aus Wildings Mund klang es irgendwie anders. Sie glaubte ihm. »Ja, Sie haben recht.« Erneut sah sie zu ihm auf, und diesmal hielt sie seinem Blick stand. Zum ersten Mal bemerkte sie die kleinen Fältchen um seine blauen Augen herum, die dunkler waren als Harrys, aber so viel Güte, Stärke und Ehrlichkeit ausstrahlten. Sie fühlte sich vor diesem großen, erfahrenen Amerikaner wie ein kleines Kind. Sie merkte, dass sie rot wurde. Langsam, wie ein eingefangenes Fohlen, das endlich nachgab und sich beruhigte, ließ sie ihren Kopf auf Wildings Brust sinken. Eine Weile sagte keiner ein Wort. Er blieb ganz steif und unbeweglich sitzen. Irgendwann spürte sie, dass er eine Hand bewegte. Er ließ sie auf ihrem Kopf ruhen. Dann strich er ihr damit sanft und wunderbar tröstlich übers Haar.

40

Als er den kühnen, hoffnungslosen Traum aufgab, Jeanne je wiederzusehen, verschwand zugleich jeder Gedanke an eine Flucht aus dem Tal. Gleichgültigkeit und eine niedergeschlagene Lethargie machten sich in Summerfield breit. Eines Tages weckte ihn die Hitze des nahenden Sommers aus seinem Mittagsschlaf, und er erkannte mit einemmal, dass er sein Schicksal akzeptiert hatte.

Er fühlte sich daraufhin leichter, nicht gerade fröhlich, aber doch befreit von seinen nagenden Selbstvorwürfen. Er befand sich in einem Tal im Atlasgebirge, Gott allein wusste, wo genau, und er konnte dieses Tal nicht verlassen. Er hatte es versucht und war gescheitert, doch zumindest hatte er es gewagt. Auf jeden Fall hatte er keine Möglichkeit, etwas an dem zu ändern, was gerade Tausende Kilometer entfernt in Europa geschah. Er war nicht frei, doch er hatte in Badr einen Freund gefunden. Und jemand hatte ihn gerettet, sich um ihn gekümmert und ihm dabei geholfen, sein Leben wieder aufzunehmen – Raja, die Hoffnung. Sie hatte ein großes Herz, fast so gewaltig wie die brennende Sonne über dem Tal. Das war ein Zeichen.

Im Laufe der Zeit gewann Summerfield seine körperliche wie auch seine mentale Kraft zurück. Er konnte wieder lachen. Um die Sonne auf seiner Haut zu genießen, setzte er sich irgendwann auf einen Stapel Kissen und Felle nach draußen und wurde bald, wie er so dasaß und an seinem Tee nippte, zu einer Attraktion im Dorf.

Zuerst kamen die Kinder. Zunächst tauchten nur ihre kleinen Köpfe neugierig und zögerlich hinter den Felsen und dem hohen Gras auf, bis sie bemerkten, dass Summerfield sie beobachtete, und sofort davonrannten. Es wurde zu einem Spiel. Nach und nach kamen sie näher und kreischten jedes Mal vor Schreck und vor Entzücken, wenn er ihnen zuwinkte oder sie rief. Als sie irgendwann nah genug waren, dass er ihre Gesichter erkennen konnte, entdeckte er bei den Jungen nahezu feindselige und bei den kleinen Mädchen scheue, kokette Blicke. Anders als die Araberinnen in der Stadt verhüllten auch die Mädchen und Frauen dieses Dorfes ihre Gesichter nicht und trugen Kleider in leuchtenden Farben. Die Mädchen drängten sich in kleinen Grüppchen zusammen und wussten nicht recht, wie sie näher an ihn herantreten sollten. Also begannen sie, gegeneinander anzusingen, und kamen nach jeder Strophe einen weiteren Schritt auf ihn zu. Es war bezaubernd. Noch lange nachdem sie wieder nach Hause zu ihren Familien zurückgekehrt waren, blieben die sonderbaren, bittersüßen Melodien Summerfield im Gedächtnis haften.

Am Ende des zweiten Tages war er schon von einer ganzen Schar Kinder umgeben, und diesmal waren es hauptsächlich Jungen, die von ihren Schwestern am Tag zuvor beschämt worden waren. Sie umkreisten ihn, lächelten zögerlich und gewannen an Selbstvertrauen, als Summerfield sie bat, ihre Namen in den Sand zu schreiben.

Ihnen hatte Summerfield eine neue Idee zu verdanken. Am Fluss gab es eine zerklüftete Lichtung, auf der weder Getreide wuchs noch Tiere weideten. Der Boden war staubig, und auf ihm standen lediglich ein paar verstreute Dornbüsche und der verrottende Stumpf eines großen Olivenbaums. Zur Linken neigte sich die Lichtung etwa zwanzig Meter hangabwärts, bis sie in eine kleine Schlucht abfiel, die zum Fluss führte. Bei genauerem Hinsehen war der Boden so durchlöchert wie ein Schweizer Käse – von den Höhlen der Schlangen, Mäuse, Kaninchen und Füchse. Hier und da wies außerdem ein ausgebleichtes Gerippe oder ein weggeworfener Tierschädel darauf hin, dass der Ort gelegentlich als Müllhalde benutzt wurde. Und genau dorthin brachte Summerfield eines Tages eine etwa zwanzigköpfige Gruppe kichernder, plappernder Kinder, um sie in das Spiel aller Spiele einzuführen – Fußball.

Den Ball hatte er aus alten Zeitungen geformt, die Badr ihm mitgebracht und die er Schicht für Schicht um einen Holzkern gewickelt hatte, zusammengehalten wurden sie von einem Netz aus Bindfaden. Bald hatten sie mit ein paar Latten ein improvisiertes Tor aufgebaut, und dass es galt, den Ball hineinzuschießen, wurde blitzschnell von allen verstanden. Dass es verboten war, ihn mit den Händen zu greifen, wurde dagegen einfach ignoriert. So erinnerte ihr erster Versuch an eine mittelalterliche Rugby-Variante, bei der die kleinen Spieler schubsend, zerrend, tretend und schreiend herumrannten. Die hin und her flitzenden Kinder wirbelten große Staubwolken auf, die Summerfield zumindest eine ungefähre Vorstellung davon gaben, wo sich der Ball gerade befand. Und als der Staub sich plötzlich legte und die Kinder ruhiger wurden, konnte er erkennen, dass sich die provisorische Kugel mittlerweile auf ein paar Papierfetzen unter verknoteten Fadenresten um den hölzernen Kern herum reduziert hatte, der wie eine weggeworfene Kokosnuss aussah.

Am nächsten Morgen brachte Raja Summerfield zu ihrem Großvater, der zufälligerweise die besten Kürbisflaschen im ganzen Tal herstellte. Summerfield beschrieb, wonach er suchte. Rajas Tante steuerte ihre Fähigkeiten mit Nadel und Faden bei. Als die Mittagshitze sich gelegt hatte und das Licht golden schimmerte, kehrte Raja mit einem nagelneuen Fußball zu Summerfield zurück – er war zwar nicht ganz rund und nicht mit Luft gefüllt, doch man konnte dagegentreten, und er prallte vom Boden ab, wenn auch manchmal in einem unberechenbaren Winkel. Summerfield war überglücklich. Er umarmte Raja überschwänglich, woraufhin sie vor Verlegenheit dunkelviolett anlief.

In der folgenden Woche organisierte Summerfield eine Reihe von Spielen zwischen den Kindern, die er mit Hilfe von verschiedenfarbigen Halstüchern in Mannschaften einteilte. Die Eltern kamen bald zum Zuschauen, ebenso die Würdenträger des Dorfes. Der Kaïd Ahmed Youadi beobachtete die Kämpfe um den Ball von der Brüstung der Kasbah aus mit kaum verhohlener Freude. Der Mullah des Dorfes dagegen runzelte die Stirn über das Geschehen mit kaum verhohlenem Grimm. Wenige Tage darauf wurde ein lang vergessenes Gesetz ersonnen, das alle organisierten Ballspiele verbot und Summerfields Unternehmungen mit einemmal ächtete.

In den folgenden vier Tagen wirkte die Stille über dem Tal nahezu ohrenbetäubend und ziemlich traurig. Am fünften Tag vernahm Summerfield, der draußen auf seinem Lager saß, plötzlich Geräusche. Aus der Ferne drangen kindliche Freudenschreie in seine Ohren. Er erhob sich und reckte den Kopf, um herauszufinden, woher der Lärm stammte. Da sah er auf der anderen Seite des Tales ein paar kleine Punkte, die wie wild auf einem verlassenen Feld einem Ball hinterherjagten. Die Kinder rebellierten. Summerfield musste grinsen. Und aus dem Grinsen wurde ein Lachen. Für Summerfield war das der Anfang; es war der Beginn seiner Anerkennung für das Tal und seiner Liebe für die Bewohner der Berge.

41

Am vierzehnten Juni, dem Tag, an dem die deutschen Truppen Paris belagerten, erfuhren sie von Henris Tod. Jean Bassouin besuchte Familie Lefèvre gegen Mittag, um sie darüber in Kenntnis zu setzen. Offensichtlich war die Panzerkolonne von Sarahs Ehemann bei Abbeville aus der Luft angegriffen worden. Sie wussten nicht, wo sein Leichnam begraben lag. Sarah hatte das Telegramm aus Rouen abgeschickt, von wo aus sie versuchen wollte, mit einem Schiff nach Southampton überzusetzen.

Jeanne war nervös. Trotz der traurigen Nachricht wanderten ihre Gedanken sofort zu Sarah. War sie selbst in Sicherheit? Gab es dort Bombenangriffe? Sarahs Vater, Jean Bassouin, wirkte ebenfalls zutiefst beunruhigt. Und zum ersten Mal wurde Jeanne Zeugin, wie ihr eigener Vater Mitgefühl zeigte und sogar einen schützenden Arm um seinen Freund und Kollegen legte. Bassouin plagten verzweifelte Schuldgefühle, und er nannte sich einen Dummkopf – er hätte seine Tochter sofort nach Hause holen sollen, als die ganze Sache losging. Doch niemand hatte damit gerechnet, dass es auf diese Weise enden würde, und noch dazu so bald. Lefèvre erklärte, dass sie sich im Büro wohl besser konzentrieren könnten, und führte Bassouin zu seinem Wagen mit der bereitstehenden Polizeieskorte.

Jeanne blieb mit ihrer Mutter allein zurück und wartete, bis Soumia den Tisch abgeräumt und ihnen den Tee auf der Veranda serviert hatte. Als sie schließlich sprach, hoffte sie, ihre Stimme würde die Freude nicht verraten, die sie gerade trotz der schrecklichen Neuigkeiten verspürte.

»Mutter, Mr. Wilding hat mich gefragt, ob ich ihn heute zur Bank begleiten könne.«

»Was? Oh …« Ihre Mutter schien in Gedanken ganz woanders gewesen zu sein. »Furchtbare, furchtbare Zeiten sind das«, murmelte sie. »Was geschieht nur mit unserer geliebten Heimat?«

»Mutter? Mr. Wilding«, wiederholte Jeanne. »Er möchte gern, dass ich auf der Bank für ihn übersetze. Er muss sich um finanzielle Angelegenheiten kümmern.«

»Monsieur Wilding, sagst du?« Ihre Mutter war plötzlich wieder ganz bei der Sache. »Er hat *dich* gefragt?«

»Du sprichst ja kaum Englisch, Mutter.«

»So meinte ich das doch gar nicht«, log ihre Mutter. »Ich denke nur, dass es in diesen unruhigen Zeiten klüger wäre, eine Anstandsdame mitzunehmen. Die arme Sarah. Also, vielleicht Soumia. Oder sogar«, fügte sie ganz sachlich hinzu, »mich.«

Jeanne lächelte flüchtig. »Mutter, es wird langsam ziemlich deutlich, dass Mr. Wilding dir gefällt.«

»Ich –« Jeannes Mutter biss sich auf die Zunge, als würde jedes weitere Wort die Unterstellung ihrer Tochter nur bestätigen.

»Aber denk doch einmal an Papa«, fuhr Jeanne fort. »Wie hart er arbeitet und wie geistesabwesend er oft ist. Ich denke, er braucht dich jetzt.« Ihre Mutter sah sie scharf an. »Und was würde er nur sagen, wenn –«

»Jeanne, du scheinst mittlerweile im Umgang mit Menschen keinerlei Skrupel mehr zu haben.«

»Das stimmt nicht, Mutter. Ich stelle nur das Offensichtliche fest, das ist alles. Übrigens meinte Mr. Wilding, er käme so gegen eins hier vorbei. Was bedeutet …«

»… dass du kaum noch fünf Minuten Zeit hast, um dich fertigzumachen«, ergänzte ihre Mutter und presste die Lippen zusammen. »Aber kein Make-up, Jeanne. Männer kommen auf die abwegigsten Gedanken, wenn sie etwas Rouge auf den Wangen einer Frau entdecken.«

»In Ordnung, Mutter«, rief Jeanne noch, bevor sie im Haus verschwand.

Wilding kam pünktlich in dem schwarzen Citroën vorgefahren, den ihm die französischen Behörden geliehen hatten. Jeanne fragte sich, weshalb er wohl so hochoffiziell behandelt wurde, als sie unter den aufmerksamen Blicken ihrer Mutter die Treppe hinunterlief. Wilding stieg aus und schenkte Jeanne ein Lächeln zur Begrüßung. Sie wurde plötzlich verlegen. Nun ja, sie hatte ein neues Sommerkleid angezogen – ein ärmelloses, cremefarbenes Baumwollkleid mit einem kleinen Ausschnitt. Vielleicht war es ein bisschen zu viel des Guten. Doch nun war es zu spät. Wilding hielt ihr die Wagentür auf, und sie stieg ein, wobei der Saum ihres Kleides nach oben rutschte und ihr Knie entblößte, so dass Wilding wegschauen musste.

Als sie auf das Bankenviertel zusteuerten, erklärte Wilding ihr, dass sie nichts von dem, was sie zu hören bekäme, weitererzählen durfte. Sie musste es schwören. »Feierlich«, betonte er lachend und ließ sie ein imaginäres Kreuz über ihrer Brust zeichnen.

»Wie du siehst, entwickeln sich die Dinge ziemlich problematisch und äußerst kompliziert.«

»Du meinst, in Frankreich.«

Wilding nickte. »Es tut mir leid, Jeanne, aber es scheint sicher, dass Frankreich diesen Krieg verlieren wird. Und wenn das passiert, wird die Lage extrem schwierig – sowohl in Frankreich als auch hier und in den anderen französischen Kolonien. Hast du schon einmal von einem Mann namens de Gaulle gehört?« Jeanne schüttelte den Kopf. »Das haben die wenigsten. Aber das wird sich noch ändern. Sehr bald schon. Er ist beim Militär, ein hochrangiger Offizier.«

»Und weshalb werden wir bald von ihm hören?«

»Weil er sich als zukünftiger Retter Frankreichs ausgibt.« Jeanne runzelte die Stirn; das alles verwirrte sie. Wilding nickte. »So ist es. Einige behaupten, ein Bürgerkrieg stehe unmittelbar bevor – Pétain, der alte Löwe von Verdun, der versuchen will, vor der deutschen Invasion zu retten, was er kann, gegen de Gaulle, der den Kampf fortsetzen will, bis er die Nazis aus dem Land geworfen hat.«

»Wir sollten also alle auf seiner Seite sein.«

Wilding lächelte. »Es ist nicht ganz so klar und einfach. Was geschieht, wenn auch die Briten gegen die Deutschen verlieren? Es ist ein bisschen so, als würde man in einem Rennen ohne klaren Favoriten auf ein bestimmtes Pferd setzen.«

»Aber wer wettet denn?«, wollte Jeanne wissen.

»Wer?« Die Antwort schien so offensichtlich. »Na, die Vereinigten Staaten natürlich. Die Welt verändert sich direkt unter unseren Füßen, Jeanne. Wir müssen äußerst wachsam sein. Stell dir eine Welt unter Hitler vor. Das wäre ein Rückschritt ins finsterste Mittelalter. Wir sollten alles tun, was in unserer Macht steht, um das zu verhindern.«

Die Banken waren zwar in der Mittagspause geschlossen, doch Wilding hatte mit den Direktoren von drei verschiedenen Geldinstituten Sondertermine vereinbart. Er stellte Jeanne als seine Assistentin vor, obwohl sie zwei der Herren kannte und ihn höflich an diese Tatsache erinnerte. Na gut, sie war trotzdem seine Assistentin, wenn auch nur für einen Tag, scherzte Wilding leicht verlegen.

Im Grunde benötigte er sie nur für die anfänglichen Formalitäten. Danach bat er sie jedes Mal, im Büro des jeweiligen Direktors zu warten, während er mehrere Konten und Dokumente einsah. Jeanne war fasziniert von den geheimen Vorgängen, traute sich aber nicht, irgendwelche Fragen dazu zu stellen. Zwei Stunden später hatte Wilding seine Runde beendet, und sie stiegen in seinen sengend heißen Wagen ein.

»Wow!« Wilding entfuhr ein Schrei. »Das Lenkrad brennt ja beinahe!«

»Die Sitze auch«, bestätigte Jeanne und rutschte unbehaglich auf ihrem hin und her.

»Hätte diesmal daran denken sollen, ihn im Schatten zu parken. Tut mir leid, Jeanne. Fahren wir lieber schnell los, bevor wir hier verbrutzeln wie zwei Spiegeleier.«

Als er anfuhr und ein wohltuender Luftstrom in den Wagen drang, fragte Jeanne: »Jim, könnte ich denn irgendwann einmal wieder deine Assistentin sein?«

Er sah zu ihr hinüber und grinste sie an. »Natürlich, mit dem größten Vergnügen. Du hast das perfekt gemacht.«

»Was ist mit dem kühlen Drink, den du mir angeboten hast?«, wollte sie wissen.

»Das war gestern«, antwortete Wilding scherzhaft.

»Ich glaube, heute hätten wir ihn uns verdient.«

Er sah sie an. Jeanne hielt seinem Blick eine Sekunde lang stand, dann wandte sie sich ab.

»Klar. Da hast du wohl recht«, erwiderte Wilding.

Sie kauften sich ihre kalten Getränke – Bier und Orangensaft – bei einer der wenigen Tankstellen, die noch geöffnet hatten. Auf der Suche nach Schatten fuhr Wilding an den Stadtrand und parkte den Citroën unter einer Ansammlung von Dattelpalmen, die sie vor der Sonne abschirmten. Ihnen gegenüber erhob sich in der Ferne das Atlasgebirge majestätisch in die flirrende Luft.

»Wir müssen verrückt geworden sein«, sagte Jeanne mit einem

Kichern. »Wir sind die Einzigen, die zu dieser Tageszeit draußen sind. Ich hoffe, ich bekomme keinen Hitzschlag.«

»Dann trink«, sagte Wilding. »Hier. Und würdest du mir bitte ein Bier geben?«

Jeanne beugte sich zur Papiertüte mit den Flaschen vor, die auf dem Boden des Wagens stand. Ihr war bewusst, dass sich auf ihrem Rücken ein großer Schweißfleck gebildet hatte, und sie zupfte sich den Stoff des Kleides von der Haut.

»Hier. Ich bin wohl ein wenig verschwitzt. Tut mir leid.«

»Braucht es nicht. Geht mir ja genauso. Ich fühle mich wie ein dahinschmelzendes Sahneeis.« Sein Blick ruhte auf ihren Schultern und wanderte von dort auf ihren bloßen Hals, auf dem sich Schweißperlen gebildet hatten. Er nahm die Flasche mit einem Nicken entgegen, wandte den Blick jedoch nicht ab. Zwischen ihnen herrschte verlegenes Schweigen.

»Willst du denn nichts trinken?«, fragte er sie sanft.

»Mmm. Doch«, meinte Jeanne leicht verwirrt.

»Weißt du, Harry war ein großartiger Kerl. Ein Freund. Er war – er *ist* – schwer in dich verliebt, Jeanne. Ich hoffe … ich hoffe, ihr beide werdet euch wiederfinden.«

Jeanne senkte schüchtern den Blick. Sie fühlte sich komisch, als hätte er nicht ganz das gesagt, was sie hören wollte. Auf gewisse Weise hatte Wilding sie verraten, hatte die Regeln ihres unbekümmerten Nachmittags gebrochen. Zu schade. Ihre Sorgen waren ihr gerade so weit weg erschienen. »Ja, das hoffe ich auch«, murmelte sie.

Dann spürte sie plötzlich die leichte Berührung eines Fingers auf ihrem Hals. Sie blickte erschrocken auf und lehnte sich langsam zurück. Sie hatte erwartet, dass Wilding seinen Zeigefinger zurückziehen würde, doch er tat es nicht. Sie rührte sich nicht. Stattdessen fuhr Wilding mit dem Finger langsam und sanft über ihren nackten Hals und verband so die einzelnen Schweißtropfen miteinander, bis er unten beim Stoff ihres Kleides angelangt war. Er tastete sich behutsam unter den cremefarben Stoff vor und befühlte zärtlich den Ansatz ihres Dekolletés, bevor er seine Hand schließlich zurückzog. Jeanne hielt den Atem an.

»Mmm. Ja, du fühlst dich ziemlich heiß an, Jeanne«, sagte Wilding ganz ruhig. »Und verdammt gut obendrein. Harry ist wirklich zu beneiden. Wie alt bist du mittlerweile?«

»Zweiundzwanzig«, erwiderte Jeanne, die nun wieder frei atmen konnte.

Sie konnte den Amerikaner nicht richtig einschätzen. Warum hatte er seine Hand zurückgezogen? Sie hatte keine Schuldgefühle. Wenn Jim nicht andauernd von ihm anfangen würde, hätte sie wahrscheinlich noch nicht einmal an Harry gedacht. Es war bestimmt kaltherzig von ihr, doch im Augenblick sehnte sie sich nur nach der Berührung eines anderen Menschen, eines Mannes, dann würde alles gut werden.

»Du könntest das vielleicht noch mal machen«, sagte sie, mied dabei jedoch seinen Blick. »Das hat mir gefallen.«

Er zögerte einen Moment, während Jeanne die Augenlider gesenkt hielt, dann spürte sie seinen Finger erneut. Er wanderte nun etwas verspielter über den kühlen Film auf ihrer Haut. Sie schaute hoch und sah direkt in Jims lächelnde, verständnisvolle Augen. Sie beugte sich vor und legte erneut ihren Kopf an seine Brust, wodurch seine Hand sanft in ihr Dekolleté geschoben wurde.

»Ich bin so traurig, Jim. Ich möchte leben. Einfach nur leben und in Sicherheit sein, glücklich sein. Liebe mich – bitte liebe mich.«

Es würde das zweite Mal sein, dass sie mit einem Mann schlief, und wieder geschah es ohne den Luxus eines Bettes. Sie spürte Jims Hand auf ihrem verschwitzten Büstenhalter, sie hörte, wie sein Atem schwerer und schneller wurde. Im nächsten Augenblick küssten sie sich, und es schien, als würden sich all die Wochen voller Verzweiflung und Schmerz in einer Wildheit entladen, die sie nicht in sich vermutet hätte. Sie griff nach Wildings Körper, zerrte an seinem Hemd, um über sein dichtes Brusthaar zu streicheln. Ihre Zungen bewegten sich fieberhaft. Ohne vom Mund des anderen abzulassen, kämpften sie mit der Enge des Wagens, seine Hand schob sich zwischen ihre Beine, sie mühte sich mit den Knöpfen seiner Hose ab, bis sie seinen Penis befreit hatte. Seine Finger kreisten so begierig wie gekonnt über ihre Klitoris und ihre Schamlippen. Sie stöhnte erst ganz leise, dann immer lauter. Sie erkannte sich selbst kaum wieder. Ihre Hand griff nach Wildings Glied. Es fühlte sich schwer, kräftig und männlich an. Obwohl sie es noch nie zuvor getan hatte, wusste sie instinktiv, wie sie ihre Hand bewegen musste, als würde es sich dabei um ein verborgenes weibliches Wissen handeln. Eine rhythmische Bewegung, bei der sie einen sanften Druck ausübte. Sie beobachtete ihre Hand dabei, während sie selbst zum Orgasmus kam – ein Hitzerausch, ein schier unerträgliches Vergnügen, das sie unkontrolliert auflachen ließ – und danach seinen erlebte. Sie schrie erschrocken auf, als er kam. Drei Spritzer Flüssigkeit hintereinander, die – sie konnte es beschwören – einen halben Meter in die Luft flogen, bevor sie auf seiner Hose und ihrem Kleid landeten. Danach schäumte noch ein wenig auf ihre Hand, an der es heiß und klebrig herunterrann. Es roch wie ein Wald nach dem Regen, nach Gummiharz und dunkler Erde. Zuerst ekelte es sie ein wenig. Dann wurde sie neugierig und war schließlich wie gebannt davon, während Wilding sie für eine gefühlte Ewigkeit im Arm hielt.

Sie hatten sich im Wasser eines der Bewässerungsgräben gesäubert, die durch die Dattelpalmen führten. Dann hatte er sie zu einer verlassenen Oase in der Ebene gebracht. Hier schliefen sie im Schatten des Wagens miteinander. Sie lag auf seiner Jacke, er hielt ihren Kopf, so dass sie die Bewegungen ihrer Körper sehen konnte. Er hatte nichts zum Verhüten dabei, daher wollte sie zunächst aus Angst nicht, dass sie weitermachten.

»Jim. Harry und ich … wir haben …«, flüsterte sie und befürchtete, er würde sie von sich stoßen.

»Das macht nichts«, sagte Wilding und sah sie dabei ganz sonderbar an. »Mach dir keine Sorgen«, hauchte er mit rauer, brüchiger Stimme. »Vertrau mir. Ich will dich.« Sie verstand zunächst nicht, was er damit meinte, doch er blickte sie so fest und ehrlich an, dass sie spürte, wie sie sich weit für ihn öffnete, seinen Hüften eine Wiege bot. Jeanne genoss die Nähe und den körperlichen Kontakt, ohne noch einmal einen Höhepunkt zu erreichen. Sie spürte Wilding in sich, wie ihre Muskeln sich um ihn spannten, wie sein Körper sich über ihr bewegte und seine Hüften gegen ihre Oberschenkel schlugen. Sie spürte seinen heißen Atem auf Schultern und Hals, roch den Schweiß auf seinem Rücken, der sich unter ihren Händen ganz feucht anfühlte. Dann merkte sie, wie er kam, sein ganzer Körper wurde steif und zuckte wie unter Stromschlägen. Ihr entfuhr ein besorgter Schrei, doch dann wiederholte eine innere Stimme: Das macht nichts, das macht nichts. Sie gab sich seinem Orgasmus hin, dem einzigen Augenblick, der gerade etwas zu zählen schien. Als sie sich danach eine Weile still in den Armen gelegen hatten, fragte er sie: »Wolltest du überhaupt, dass ich in dir bleibe, Jeanne? Hast du das gewollt?«

Jeanne antwortete nicht sofort. Seine Frage und ihr eigenes Verhalten verwirrten sie zu sehr. Schließlich antwortete sie: »Ja. Ich schätze, das wollte ich. Jim, mein Leben ist so bedeutungslos. Erst mit dir wird es wichtig.«

Wilding lachte leise. Er wandte den Blick ab und suchte mit seinen blauen Augen das Gebirge. Dann sah er sie wieder an. Er küsste sie sanft auf die Lippen. »Jeanne. Ich habe mir gerade etwas überlegt. Es passt doch alles perfekt. Warum heiratest du mich nicht?«

Jeanne fühlte sich schon wieder ganz schwach. In ihrem Kopf herrschte ein Strudel aus Aufregung und Qual: Aufregung, weil Jim sich gerade mit ihren Eltern und Jean Bassouin im Salon befand. Qual, weil Jim schon am Nachmittag nach Casablanca abreisen würde. Wieder schien ihr Leben aus einer Folge von sich auftürmenden und in sich zusammenbrechenden Wellen zu bestehen. Hoffnung und Hochgefühl stürzten in Verlust und Verzweiflung ab.

Sie wartete vor verschlossener Tür, vernahm Jims leise, bedächtige Stimme, ohne die einzelnen Worte verstehen zu können. Ein Aufkreischen ihrer Mutter deutete an, dass Jim gerade um ihre Hand angehalten hatte. Dann ertönte die Stimme ihres Vaters, nach anfänglichem Erstaunen ganz klar und nasal.

»Nun, ich … Unsere Tochter scheint ja eine Schwäche für Angelsachsen zu haben. Wer hätte das gedacht?«

»Oh, Philippe-Charles!«, tadelte ihn ihre Mutter. »Aber ist das denn nicht herrlich?«

»Natürlich, Chérie. Mr. Wilding – James. Es wäre uns eine Ehre.«

»Nehmen Sie Jeanne mit nach Amerika, Mr. Wilding«, meldete sich erneut ihre Mutter zu Wort, die nun in Schluchzen ausbrach. »Bringen Sie sie fort von diesem Krieg.«

»Das wäre eine Möglichkeit, Madame Lefèvre.«

»Was sagen Sie zu all dem, Jean?«, fragte Lefèvre.

»Ich denke, wir sollten Jeanne hereinbitten und hören, was sie zu sagen hat. Aber ich denke, dies ist ein glücklicher Moment. Wenn nur meine arme Tochter bei uns sein könnte.«

Die Tür öffnete sich, und ihre Mutter erschien mit einem schiefen Lächeln und vom Weinen geröteten Augen. »Chérie, bitte komm herein. Mr. Wilding hat uns soeben eure wundervolle Neuigkeit mitgeteilt.«

Jeanne beugte sich vor und gab ihrer Mutter einen Kuss. Sie

fragte sich, ob ihre Mutter vielleicht mehr aus Erleichterung als vor Glück weinte. Erleichterung darüber, dass ihrer Tochter ein unverheiratetes Leben in Schande erspart und dass der Ruf ihrer Familie unangetastet blieb. Jeanne holte einmal tief Luft und betrat dann den Salon. Aus dem Augenwinkel sah sie, dass ihr Vater ihr zunickte und Jean Bassouin ihr ein trauriges Lächeln schenkte. Doch im Mittelpunkt ihrer Aufmerksamkeit stand allein Jim, der sie alle vor Wahrhaftigkeit und Liebenswürdigkeit überstrahlte und fast unwirklich erscheinen ließ. Sie musste lächeln und hatte das Gefühl, die Sonne sei in ihr aufgegangen. Sie trat auf ihn zu, und er streckte ihr die Hände entgegen. Sie küssten sich.

Wilding sollte an diesem Nachmittag in dem Citroën aufbrechen, den Lefèvre ihm geliehen hatte. Zum Glück ließen Jeannes Eltern sie noch für eine letzte gemeinsame Stunde allein. Da sie nicht hoch in ihr Zimmer gehen konnten, schlenderten sie Arm in Arm um das Haus, durch den Garten und wieder zurück, ohne dabei viele Worte zu wechseln. Hin und wieder blieben sie stehen, um sich zu küssen. Zweimal zog Wilding sie in einen versteckten Winkel, wo ihre Küsse leidenschaftlicher wurden, ihre Hände drängend über den Körper des anderen wanderten, auf der Suche nach den kleinsten Öffnungen in ihrer Kleidung, durch die sie ein Stück nackte Haut ertasten konnten. Es waren verzweifelte Versuche, die Zeit anzuhalten.

»Es ist immer stärker geworden«, erklärte Wilding. »Das Gefühl, dass du mich anziehst, dass ich dich begehre. Aber Harry – ich hätte ihm das nicht antun können. Ich fühle mich deshalb schuldig, Jeanne.«

»Ja, ich weiß«, erwiderte sie ernst. »Ich auch. In gewisser Weise habe ich ihn betrogen, doch ich bereue es nicht – ich muss leben, ich muss lieben dürfen. Und um zu überleben, muss ich dieser schrecklichen Langeweile hier entfliehen, diesem Gefängnis, das meine Eltern mir erbaut haben. Und ich liebe dich, Jim. Wahrscheinlich gilt auch für mich, dass ich es mir insgeheim gewünscht habe. Du bist ein außergewöhnlicher Mann.«

»Wir werden eines Tages nach Amerika gehen. Wenn meine Arbeit hier getan ist.«

»Wie lange muss ich noch warten?«

Wilding schüttelte den Kopf. »Nicht mehr lange, hoffe ich. Mein Auftrag wurde für eine Weile auf Eis gelegt, und ich arbeite nun für die Regierung, für den Yankee-Dollar, wie man bei uns sagt. Es gibt Dinge, die … mit dem Krieg zu tun haben und um die ich mich kümmern soll.«

»O Gott«, entfuhr es Jeanne. »Du begibst dich doch nicht etwa in Gefahr?«

Wilding lachte. »Ach, nein, weshalb denn? Nein, die USA halten sich aus den europäischen Angelegenheiten raus. Wir wollen nur dafür sorgen, dass unsere Interessen gewahrt werden, das ist alles. Niemand hat irgendeinen Grund – oder das Recht –, mir zu schaden. In zehn Tagen bin ich zurück. Wir werden so schnell wie möglich heiraten, dann bist auch du amerikanische Staatsbürgerin. Glaub mir, Jeanne, in den Zeiten, die nun auf uns zukommen, ist das der beste Schutz, den man sich nur wünschen kann. Nun küss mich zum Abschied, meine Liebste.«

Als Jeanne an diesem Abend nach dem Essen mit ihren Eltern im Salon saß, sprach sie ein stummes Gebet für Jim Wilding. Er hatte versprochen, sie anzurufen, sobald er Casablanca erreicht hatte. Beruhigende Gesten wie diese waren typisch für Jim. Er verfügte über ein Gespür für die Bedürfnisse anderer Menschen und traf im Voraus Vorkehrungen, um ihre Ängste zu vertreiben und ihre Zweifel in Vertrauen umzuwandeln. Ganz anders als Harry, dachte sie, plötzlich abschweifend. Harry, der arme Harry war immer so spontan gewesen, wie ein Blatt, das darauf vertraute, allein vom Wind zur nächsten Entscheidung und zum nächsten Ereignis getragen zu werden. Sie plagten nun doch Gewissensbisse. Ihre Liebe zu ihm war so gewaltig gewesen, aber vielleicht war tatsächlich jede erste Liebe so: intensiv, verzweifelt und unerreichbar, zum Scheitern verurteilt.

Sie nahm einen Schluck von ihrem lieblichen Wein. Vater hatte sie kürzlich in dieses Abendritual eingeführt – Cognac oder Whisky für die Herren, *Muscadet* oder *Rivesaltes* für die Damen – und ihr damit ohne Worte signalisiert, dass sie nun in den Kreis der Erwachsenen aufgenommen worden war. Sie war jetzt eine von ihnen.

Ihre Gedanken wanderten von Jim, der nach Norden reiste, zu Harry, der wahrscheinlich im Süden gefangen gehalten wurde, wenn seine Knochen nicht schon längst irgendwo von der Sonne ausgebleicht im Sand lagen. Vielleicht waren bestimmte Begegnungen nötig, bevor einem das eine Wahre und Absolute widerfuhr. Sie hatte geglaubt, ihre Liebe zu Harry sei unzerstörbar; sie hatten einander ihre Seelen geschenkt, sie hatten sich diese wunderschönen Zeilen geschrieben – und dennoch war ihre Geschichte nur Teil einer Entwicklung, nur ein Schritt auf dem Weg zu Jim Wilding, eine Prüfung, bei der sie den bittersüßen Geschmack der Liebe und die unglaubliche Torheit des Verlangens kennengelernt hatte. Es hatte ihr die Augen geöffnet, hatte sie erkennen lassen, wer sie war, und sie für ihr Schicksal gewappnet, für ihre Begegnung mit Jim, zu einem Zeitpunkt, an dem sie ganz unten war.

Von ihrem Sessel aus beobachtete sie ihren Vater, der das Radio einschaltete. Ein entferntes Rauschen von Musik und Wortfetzen erklang, dann die merkwürdigen, außerirdischen Töne, mit denen er die Frequenz sauber einstellte. Sie sah alles ganz deutlich vor sich: ihre Zukunft als Mrs. James Wilding, ein Leben in Amerika, vielleicht ein Studium, ansonsten die Rolle der hingebungsvollen Mutter, ein großes Haus, Sonnenschein, allerdings nicht die glühende, trockene Hitze Marokkos. Kein Staub, kein von den Wüstenstürmen aufgewirbelter Sand. Amerika. Neu und bequem und sicher. Wann ihre Eltern sie wohl besuchen kommen würden? In diesem Augenblick erhob ihr Vater eine Hand und bat um Ruhe. Die Nachrichten fingen an.

Die zitternde, blecherne Stimme des Radiosprechers knisterte aus dem Radioschrank. Lefèvre drehte die Lautstärke auf.

»Zu unserem großen Leidwesen, aber auch zur Erleichterung für Millionen französische Bürger in diesen schweren Zeiten wurde heute, am zweiundzwanzigsten Juni neunzehnhundertvierzig, ein Waffenstillstand geschlossen. Frankreich gibt sich den deutschen Truppen geschlagen. Doch es behält seine Ehre. Unsere *patrie* bleibt zum Teil erhalten. Von der spanischen Grenze über Franche-Comté bis zur Schweizer Grenze wurde eine Freizone eingerichtet. Mitglieder der neuen Regierung haben gemeinsam mit Marschall Pétain bekräftigt, dass das Herrschaftsgebiet intakt und komplett in französischer Hand bleiben wird, ebenso wie die Flotte, die zu seinem Schutz nötig ist …«

Die Ankündigung war kurz und bündig, ohne Hinweis auf die zerstreuten Überreste der französischen Armee, auf die Hunderttausenden Gefangenen oder den von den Nazis okkupierten Teil Frankreichs. Sie endete abrupt mit der Mitteilung, die deutsche Regierung habe den Briten ein Friedensabkommen vorgelegt. Dann setzten die schrillen, kriegerischen Töne der *Marseillaise* ein. Jeanne und ihre Eltern blieben ein paar Sekunden lang stumm und reglos sitzen. Mitten in der Nationalhymne sprang Lefèvre schließlich auf, gefolgt von seiner Frau und Jeanne. In den Augen ihrer Mutter glänzten Tränen, und sie brach in heftiges Schluchzen aus, als die Hymne ihren letzten machtvollen, tragischen Refrain erreichte.

»Man hat mich nicht informiert«, erklärte Lefèvre kopfschüttelnd. »Ich hatte keine Ahnung vom Ausmaß der Dinge. Warum?« Er erhob die Stimme voller Unverständnis und Mitleid für seine eigene Notlage, die seines Landes oder beides zugleich. »Warum, in Gottes Namen?«

»Aber was ist mit de Gaulle?«, fragte Jeanne und schlug sich sogleich die Hand über den Mund. Ihr Vater wandte sich abrupt zu ihr um.

»De Gaulle? Wer hat dir von ihm erzählt?«

»Jim«, erwiderte sie, ohne sich, wie sonst üblich, von ihrem Vater eingeschüchtert zu fühlen. Sie war nun erwachsen. »Er hat viel mit mir über unsere Situation gesprochen. Ich weiß tatsächlich ein paar Dinge.«

Lefèvre stöhnte verärgert: »Gütiger Gott, meine eigene Tochter weiß besser Bescheid als ich – der Verwaltungsleiter, der offiziell für dieses verdammte Gebiet hier zuständig ist. Ich fasse es nicht!« Erneut schüttelte er den Kopf und erinnerte Jeanne dabei an einen Hund, der aus einem Fluss springt und sich das Wasser aus dem Fell schüttelt. »Und, ja – was ist eigentlich mit de Gaulle? Ich frage mich, ob Bassouin Bescheid weiß. Und Le Guédec.«

»Wollen wir nicht BBC einschalten?«, schlug Jeanne vor.

»Nun sei nicht vorlaut, Jeanne«, wies ihre Mutter sie scharf zurecht.

»Nein. Nein, sie hat recht«, meinte Lefèvre.

»Was?« Ihre Mutter sah aus, als hätte sie einen Schlag ins Gesicht bekommen.

»Natürlich hat sie recht«, bekräftigte Lefèvre und warf seiner Frau einen strengen Blick zu, als müsste er einem Dorftrottel die Lage erklären. »Aber zum Teufel, da wird nun einmal nur Englisch gesprochen!«

»Aber ich verstehe es«, wagte Jeanne erneut, ihn zu unterbrechen. »Ich kann für euch übersetzen.«

Ihrem Vater blieb kurz der Mund offen stehen. »Gütiger Gott. Schnell, wie lautet die Frequenz? Chérie«, rief er über die Schulter hinweg seiner Frau zu, »bring mir ein Glas Whisky, einen doppelten. Und noch einen Wein für unsere Tochter!«

Nach einer Stunde, in der sie oft die Frequenz neu einstellen mussten, wenn das Radio knisternd und rauschend den Sender zu verlieren drohte, hatte sich ihnen ein ganz anderes Bild der Lage eröffnet. Mittlerweile befanden sich noch mehrere weitere Personen im Salon. Lefèvre hatte alle hohen französischen Beamten und sonstigen namhaften Persönlichkeiten der Stadt zusammengetrommelt, so dass bald eine sonderbar feierliche, konzentrierte Atmosphäre herrschte. Diejenigen, die das Englische nicht gut beherrschten, bemühten sich, wenigstens einzelne Worte zu verstehen, und warteten ungeduldig auf Jeannes Übersetzung. Sie fühlte sich in ihrer neuen, bedeutsamen Rolle wohl und erkannte aus dem ermunternden Nicken und Lächeln ihres Vaters, dass auch er endlich einmal stolz auf sie war.

Alle zwanzig Minuten wiederholte die BBC die Übertragung von de Gaulles Rede vom 18. Juni – seinen Aufruf zum fortgesetzten Kampf gegen Nazideutschland. Zuvor kaum beachtet, hatte die Rede nun an Gewicht gewonnen. Jeanne verspürte Gänsehaut, wann immer de Gaulles ernste und dennoch emotionale Stimme die Franzosen dazu aufrief, in den Reihen der Freien Französischen Streitkräfte weiterzukämpfen, als Mächte des Guten gegen das Böse, für eine freie Welt. Jeanne fand die ganze Angelegenheit äußerst verwirrend und suchte in den Gesichtern um sie herum nach Zeichen ähnlichen Unverständnisses. Schließlich stellte ihr Vater den Ton leise und bat um ihre Aufmerksamkeit.

»Die Frage ist nun: Wie reagieren wir auf diese Entwicklungen?«, verkündete er. »Was sollen wir tun?«

»Bei allem Respekt, aber die letzte Frage müssen wir uns überhaupt nicht stellen«, ertönte es aus der versammelten Gruppe. Es war die Stimme des ansonsten so fröhlichen Junggesellen Fresquin. Nun wirkte er ganz und gar nicht gut gelaunt, und dieser Umschwung löste bei Jeanne Unbehagen aus. »Der Befehl ist eindeutig. Unsere Regierung, mit dem Marschall an der Spitze, hat angeordnet, dass wir genauso weitermachen wie bisher.«

»Aber wer *ist* denn unsere Regierung?«, wandte Bassouin ein. »Und bis zu welchem Grad steht der Marschall unter deutschem Einfluss?«

»Haben Sie denn nicht gehört? Die offiziellen französischen Quellen sagen eindeutig, dass unsere Loyalität bei Frankreich und unserem Herrschaftsgebiet zu liegen hat. Irgendein Emporkömmling in London, ein Oberst, der sich selbst zum General befördert und zum Erlöser Frankreichs ausgerufen hat, wird mir jedenfalls nicht sagen, was ich zu tun habe.«

»Er ist ein Verräter«, ertönte es aus den hinteren Reihen. »Er ist nicht bis zum Ende der Kämpfe in Frankreich geblieben. So viele Soldaten wurden getötet, weil sie noch daran glaubten, die Niederlage könne abgewendet werden. De Gaulle hat offensichtlich schon Mitte des Monats gewusst, dass der Krieg bereits verloren ist.«

»Man könnte ihm aus genau diesem Grund auch Intelligenz, Mut und Weitsicht zuschreiben«, wandte Bassouin dagegen ein.

»Schauen Sie, Jean. Wir alle wissen um Ihre jüdischen Wurzeln«, meldete sich erneut Fresquin zu Wort. »Wenn Sie befürchten, dass wir uns alle über Nacht in Nazis verwandeln und Sie ausliefern werden, nur weil wir die Vichy-Regierung unterstützen, dann liegen Sie falsch.«

»Meine Religion tut hier überhaupt nichts zur Sache!« Zum ersten Mal erlebte Jeanne Bassouin aufgebracht. »Denken Sie nur daran, dass mein Schwiegersohn für Frankreich gestorben ist. Ich bin sicher, es würde ihm nicht gefallen zu sehen, dass die Hälfte unseres Landes nun plötzlich von den Deutschen eingenommen wird.«

»Versuchen Sie doch einmal, das Ganze logisch zu betrachten«, gab ein junger Armeehauptmann zu bedenken. »Unsere persönlichen Überzeugungen sollten wir hintenanstellen.«

»Ich habe nicht –«, begann Bassouin.

»Meine Herren, bitte. Ruhe und Ordnung!«, erhob sich Lefèvres Stimme über das plötzlich ausgebrochene Chaos. Er warf seiner Frau einen dringlichen Blick zu. »Lass das Essen kommen, Chérie, lass um Himmels willen endlich das Essen kommen!«

Doch Gebäck und Süßwein konnten den Sturm nicht beruhigen. Zwischen einzelnen Grüppchen entbrannten immer wieder hitzige Wortgefechte. Womöglich war es Le Guédec, der als Erstes jemanden unsanft schubste, woraufhin dieser sich wehrte. Ein Glas zerbrach. Plötzlich erfüllte ein lautes elektrisches Heulen wie von einer Polizeisirene den Raum, gefolgt von dem ohrenbetäubenden Kreischen der Rückkopplung. Lefèvre war ans Radio getreten und hatte den Lautstärkeregler voll aufgedreht. Als er ihn wieder herunterdrehte, hallte noch ein hoher Piepton in der Luft nach. Die schmerzverzerrten Gesichtszüge lösten sich langsam. Lefèvre seufzte tief.

»Ich schlage vor, wir führen dieses Gespräch in meinem Büro fort. Meine Herren – ich bitte Sie. Wir dürfen in einer solchen Krise nicht den Kopf verlieren. Es schien ja gerade so, als würden Sie einander an den Kragen wollen!« Ein paar Gäste lachten, doch Lefèvre hob erneut die Hand. »Herr Oberst, Herr Hauptmann. Geben Sie Ihren Männern Bescheid, dass sie bis morgen früh neue Befehle erwarten können. Für den Augenblick ist es wichtig, dass alle Ruhe bewahren. Monsieur Fresquin, ich werde ein Aufgebot Fremdenlegionäre zum Schutz des Telegraphennetzes postieren. Fahren wir nun ins Büro und lassen wir meinen Damen ihren Frieden. Sind alle damit einverstanden?«

Einstimmiges Nicken, dann hob sich eine Hand. Es war die

des jungen Hauptmanns. »Aber was ist Ihre Meinung dazu, Monsieur? Als Verwaltungsleiter –«

»Das besprechen wir nachher«, winkte Lefèvre ab.

»Nein«, meldete sich ausgerechnet Bassouin zu Wort. »Als Verantwortlicher für diese Region würde Ihre Meinung uns allen eine Richtschnur bieten.«

Lefèvre zögerte und verlagerte unruhig das Gewicht. »Meine Herren, Sie bringen mich in eine schwierige Lage.«

»Wir bestehen darauf«, sagte der Hauptmann, gefolgt von bestätigendem Gemurmel.

»Nun, ich …« Lefèvre räusperte sich. »Ich wiederhole, dass wir dieses Thema im Büro besprechen werden, doch wenn Sie meine rasche persönliche Einschätzung der Lage wünschen, dann sagt mir mein Instinkt, dass de Gaulle recht hat. Mein Verstand sagt jedoch, dass wir abwarten und sehen sollten, wie sich die Dinge entwickeln. Die Frage ist nur: Wie lange wird es dauern, bis Deutschland sich nimmt, was Pétain vorerst retten konnte? Wie lange wird es dauern, bis die Italiener von Libyen aus in Algerien einmarschieren? Wie lange wird es dauern, bevor Beamte aus Vichy hier erscheinen und unter dem Druck der Deutschen all die abscheulichen Gesetze einführen, die wir bislang verhindern konnten?« Lefèvre machte eine Pause und holte tief Luft. »Ich kann hart vorgehen, meine Herren. Sie wissen alle, dass ich weder hier noch irgendwo anders Widerstand gegen französische Interessen dulde. Aber ich bin kein Fatalist. Ich kann nicht akzeptieren, dass Frankreich endgültig besiegt sein soll. Ich kann nicht akzeptieren, dass auch nur ein Quadratmeter unseres geliebten Landes von Ausländern besetzt und kontrolliert wird.«

»Sie sind also für de Gaulle.« Noch einmal Fresquin.

»Das habe ich nicht gesagt.«

»Sie sind bereit, gegen die Vichy-Regierung aufzubegehren – *unsere* Regierung, die Regierung Frankreichs.«

»Nein! Nein, das habe ich nicht gesagt! Meine Herren, bitte bewahren Sie Ruhe«, versuchte Lefèvre die Spekulationen aufzuhalten. Aber es war bereits zu spät. Einmal mehr wurde wild durcheinandergeschrien. Lefèvre bedeutete seiner Frau und Tochter, den Raum zu verlassen, und als sie die Tür hinter sich geschlossen hatten, bat er die Männer aufzubrechen. Im Flur trat ihnen Soumia mit besorgtem Gesichtsausdruck entgegen.

»Ein Anruf, Madame. Von Mr. Wilding. Ich hoffe nur, uns passiert nichts.«

»Sei nicht albern, Soumia«, sagte ihre Mutter unbewegt wie ein Stein. »Jeanne, nimm den Anruf oben entgegen, da ist es nicht so laut. Soumia, lassen Sie uns die Mäntel der Herren holen. Und bereiten Sie Monsieur Lefèvre ein paar belegte Brote zu. Es wird für ihn wohl eine lange Nacht werden.«

Jeanne rannte die Treppe hinauf. Die Aussicht auf das Gespräch mit Jim heiterte ihre Stimmung auf. Der gute, ehrliche Jim – er hatte sein Versprechen mit dem Anruf gehalten. Sie verschwand im Schlafzimmer ihrer Eltern, das in seiner fast zwanghaft ordentlichen Einrichtung deprimierend auf sie wirkte, und nahm den Hörer vom Telefon.

»Jim, mein Liebster. Ich bin's, Jeanne.«

Wildings Stimme drang durch die Entfernung gedämpft zu ihr vor, verlor aber nichts von ihrem tiefen, beruhigenden Klang. »Hallo, Jeanne, mein Liebes. Ich bin gerade angekommen – keine Probleme auf der Strecke. An den Kontrollpunkten haben sie immer nur einen kurzen Blick auf meine Papiere und meinen Pass geworfen und mich dann ohne Scherereien durchgewinkt.«

»Scherereien?«, fragte Jeanne. Das Wort klang übel.

»Probleme«, erklärte Wilding. »*Ärger*. Ich werde mich schon heute Abend mit den hiesigen Funktionären treffen. Davor muss ich mich noch ein wenig ausruhen. Und in der Hotellobby habe ich gerade die Nachrichten gehört. Frankreich ist besiegt.«

»Wir haben es vorhin schon gehört. Auch von der BBC. Vater hat seine Kollegen zusammengerufen.«

»Ist alles in Ordnung, Jeanne? Du klingst nervös.«

Jeanne seufzte. »Es hat hier großen Streit gegeben. Die BBC überträgt immer wieder de Gaulles Aufruf zum Widerstand. Er will, dass wir uns auf seine Seite stellen.« Jeanne hörte Wilding leise murmeln, als dächte er laut nach.

»Wie lautet der Standpunkt deines Vaters? Verzeih mir, aber das ist sehr wichtig.«

Jeanne zögerte, versuchte kurz, ihren Kopf klar zu bekommen. »Er ist relativ sachlich – wie üblich«, erwiderte sie. »Aber er scheint tatsächlich der Meinung zu sein, dass de Gaulle recht hat. Er hat damit gerade einen ziemlichen Aufruhr ausgelöst.«

»Jeanne, mein Liebling, hör mir zu. Ich will dich nicht beunruhigen, aber du musst mir zuhören. In Ordnung?«

»Ja, Jim, das tue ich«, sagte Jeanne, in der langsam Angst aufstieg. »Sprich weiter.«

»Es wird Ärger geben. Wenn so etwas geschieht und es so unterschiedliche Standpunkte in politischen oder nationalen Fragen gibt, dann kommt es unweigerlich zu Unruhen.«

»Meinst du Demonstrationen? Schießereien?«

»Hoffentlich nicht. Aber man kann es nicht ausschließen. Ich habe mit der amerikanischen Botschaft in Casablanca gesprochen. Sie raten allen amerikanischen Bürgern, in ihren Häusern zu bleiben und die Straßen zu meiden.«

»Oh, mach dir keine Sorgen, Jim. Das werde ich auch tun.«

»Die Haltung deines Vaters macht dich und deine Mutter zu möglichen Angriffszielen, Jeanne. Ich schätze, es geht um mehr, als nur zu Hause zu bleiben. Wenn dein Vater seinen Standpunkt öffentlich erklärt, wird die Obrigkeit früher oder später jemanden schicken, der ihn zu einer Meinungsänderung bewegen soll. Und wenn er das nicht tut …«

»O Gott.«

»Aber so weit ist es ja noch nicht. Keine Panik. Beobachte einfach, wie die Dinge sich entwickeln. Doch du solltest deine Taschen packen und bereit sein, beim geringsten Anzeichen von Gefahr abzureisen. Denn womöglich macht dein Vater sich gerade zu einem Feind der Vichy-Regierung. Jeanne?«

»Ja, mein Liebster.« Ihre Stimme war fast nur noch ein Flüstern.

»Sag mir, dass es dir gutgeht.«

»Ja, ja, es geht mit gut, Jim. Ich … ich vermisse dich. Ich wünschte, du wärst hier, bei mir.«

»Das wünschte ich auch. Ich will dich aus diesem Schlamassel herausholen, Jeanne. Ich beeile mich. Vielleicht kann ich schon ein paar Tage früher kommen als geplant. Aber jetzt muss ich aufbrechen, Jeanne. Ich liebe dich.«

»Ich liebe dich, Jim.«

»Ich rufe morgen wieder an.«

42

Der Juni hatte Berge und Tal fest im Griff. Um halb fünf Uhr morgens erhoben sich die Bewohner mit dem Sonnenaufgang, und das Morgengebet waberte wie der Rauch der ersten Feuer langsam und hypnotisierend durch die Luft. Es war Summerfields liebste Tageszeit – das zögerliche Öffnen der Augen, die noch kühle Luft in seiner Nase, der Geruch der Erde und das sanfte graublaue Licht der Dämmerung. Es war, als würde die Nacht noch ihren Arm ausstrecken und sich am Tag festhalten, bevor die beiden schließlich unaufhaltsam auseinanderdrifteten.

Zum ersten Mal in seinem Leben spürte Summerfield die machtvolle Präsenz der Zeit. Inmitten der Ruhe wurde sie so greifbar, wie er es nie für möglich gehalten hätte. Hier gab es keine läutenden Glocken, tickenden Uhren oder rasenden Sekundenzeiger. Keine pfeifenden Züge, knatternden Motoren oder plappernden Menschenmengen. Die Bewohner des Tals standen auf, wuschen sich, sprachen leise miteinander, aßen. Sie folgten der Sonne und dem Lauf der Zeit. Summerfield hatte das Gefühl, dass die Menschen in Europa versuchten, die Zeit zu überholen, in einem ständigen Wettrennen und dem Versuch, sie mit ihren eigenen Waffen zu schlagen. Die westliche Welt wurde von der Uhr beherrscht, gegen die Natur selbst. Im Grunde war es der reinste Wahnsinn. Irgendwann würde die Industriegesellschaft sich selbst vernichten. Denn in ihr stellten die Maschinen die Regeln für ihre Besitzer auf und nicht andersherum.

Was für eine Leichtigkeit brachte es dagegen mit sich, wenn man sich einfach nach dem Sonnenaufgang richtete. Natürlich waren auch hier bestimmte Dinge zu erledigen. Aber was machte es aus, wenn Summerfield zehn oder auch dreißig Minuten später mit irgendetwas begann? Es würde erledigt werden oder eben nicht; dann gab es immer noch den nächsten Tag, an dem fertiggebracht werden konnte, was heute liegenblieb. Wie absurd ihm plötzlich das alte Sprichwort erschien: *Was du heute kannst besorgen, das verschiebe nicht auf morgen.* Als wollte man das Leben in eine Sardinenbüchse zwängen. Hier in den Tälern bezifferte man sein Leben nicht auf diese Weise. Eine Stunde war eine Stunde, ein Teil eines Tages, nichts Heiliges. Und man starb, wenn man starb, und das Leben war alles davor und nichts anderes. Man sollte die Dinge gar nicht immer auseinandernehmen und zu genau ergründen. Ein Mann, der frei über seine Zeit verfügen, im Bett bleiben oder arbeiten konnte, wann und wie lange er wollte, war ein zufriedener Mann.

Obwohl es den hiesigen Bräuchen widersprach, half Summerfield Raja auf dem Feld. Normalerweise übernahmen junge Männer die Rolle von Ziegenhirten, während die älteren Männer sich um Männerangelegenheiten kümmerten: die Ernte zählen, handeln und verhandeln, beten, über Politik diskutieren und gelegentlich zu den Waffen greifen. Die Frauen waren für alles andere zuständig: Sie stillten und umsorgten die Kinder und brachten ihnen bei, alltägliche Aufgaben zu übernehmen. Sie bearbeiteten die Felder, trugen das Feuerholz auf dem Rücken nach Hause, bereiteten die Mahlzeiten zu, holten frisches Wasser, wuschen die Wäsche und noch vieles mehr. Die Männer beobachteten Summerfield zunächst voller Staunen und Spott. Mit der Zeit wurden ihre Blicke vorwurfsvoll und fast feindselig. Als Raja zu Ohren kam, dass ein paar der Männer, angestachelt vom religiösen Führer des Tales, Summerfield zur Rede stellen wollten, riet sie ihm, seine Hilfe zu unterlassen.

Worauf sollte er also nun seine Energie richten? War es auch nicht die Zeit, die ihn unter Druck setzte, so verspürte Summerfield dennoch den Drang nach einer Betätigung, allein um seiner Selbstachtung willen. Er musste allerdings nicht lange suchen. Die Idee kam ihm, als er eines Tages die sich durch den Irrgarten aus Gassen und Häusern schlängelnden Wege des Dorfes entlanglief. An einer bestimmten Stelle war der Gestank so heftig, dass er würgen musste und hastig zum Dorfplatz zurückeilte.

Raja kam gerade mit einem Bündel auf dem Rücken den Hang herauf und musste gesehen haben, wie er das Gesicht verzog, denn sie fragte ihn, ob alles in Ordnung sei.

»Nein«, sagte Summerfield und schnitt erneut eine Grimasse. »Ich glaube, ich habe gerade die öffentliche Dorflatrine entdeckt.«

»Oh, die Grube«, erwiderte Raja lächelnd. Ihre hellbraunen Augen funkelten vor Spott. »Keine Sorge, Sidi Harry, Sie werden sich schon noch daran gewöhnen.«

»Aber die Leute hocken sich da einfach hin und –«

»Pinkeln und kacken«, sagte Raja und kringelte sich vor Lachen.

»Und nicht nur die Männer. Ich habe eine Frau gesehen, die ihren Rock hochgezogen hat – am helllichten Tage!«

»Tun die Menschen in England das denn nicht?«

»Na ja, manchmal ... Wenn es unbedingt nötig ist. Vor dreihundert Jahren haben sie das vielleicht so gemacht.« Raja lachte noch lauter und schüttelte dabei für Summerfields Geschmack etwas zu theatralisch den Kopf. Sie war wirklich frech. Und dann kam ihm der Gedanke. »Warte mal, ich habe eine Idee.«

»Wie mit dem Fußballspiel?«, zwitscherte Raja.

»Sauberkeit und Ordnung«, erwiderte Summerfield. »*Öffentliche Toiletten.*«

»Was sind ›öffentliche Toiletten‹?«, wollte Raja wissen.

»Öffentliche Toiletten«, wiederholte Summerfield auf Englisch. »Das Wort existiert nicht in eurem Dialekt, oder zumindest kenne ich es nicht. Ich meine einen Ort, an dem … jeder sein Geschäft machen kann.«

»Aber diesen Ort gibt es doch schon.«

»Das ist bloß ein stinkendes Loch, völlig unhygienisch. Solche Plätze haben in England einst die Beulenpest verursacht. Nein, ich meine einen Ort, wo die Menschen vor den Blicken der anderen verborgen sind und sich hinsetzen können.«

»Hinsetzen? Wieso das denn?«

»Weil es bequemer ist natürlich – verstehst du nicht?«

»Verstehen Sie denn?«, feuerte Raja zurück. »Sie wollen uns ändern. Aber Sie begreifen nicht, dass wir die Dinge eben auf unsere Weise tun. Und hier stört sich keiner daran. Es ist etwas ganz Natürliches, und solange man nicht gerade seinen –«

»Danke, Raja«, unterbrach sie Summerfield nachdrücklich. Er runzelte die Stirn und biss sich auf die Zunge. Er wollte ihre Aufforderung zu einem Schlagabtausch nicht annehmen, da das Mädchen unweigerlich als Siegerin daraus hervorgehen würde. Sie hatte die Willensstärke einer Löwin. »Wir werden ja sehen«, sagte er bloß und ging dann seines Weges. »Wir werden sehen …«

Er hielt nach einem geeigneten Platz Ausschau und fand ein viereckiges, nahezu ebenes Stück Land am Rand des Dorfes, das von ein paar krummen alten Olivenbäumen abgeschirmt wurde. So war es einerseits vor neugierigen Blicken geschützt und wurde andererseits konstant von einer leichten Brise aus dem Süden durchströmt, die die Fliegenschwärme vertreiben würde. Dann begann er, wieder einmal unter neugieriger Beobachtung einer wachsenden Kinderschar, in einer geraden Linie von Süden nach

Norden zehn Löcher von etwa einem Meter Tiefe auszugraben. Beim fünften stieß er jedoch kaum zehn Zentimeter unter der Erde auf eine Gesteinsschicht, so dass er für die restlichen Löcher die Richtung wechselte, bis das Ganze eine L-Form annahm. Er brauchte insgesamt drei Tage. Die Löcher wurden durch Kanäle miteinander verbunden. Diese legte er mit einem dicken Mörtel aus, aus dem die Dorfbewohner die Ziegelsteine für ihre Häuser anfertigten. Badr, der wieder zurück im Tal war, hatte ihm gezeigt, wie man ihn anrührte. Von den Kanälen aus zog er eine Linie bis zur zukünftigen Senkgrube in etwa zwanzig Metern Entfernung. Dort ließ er die Kinder Steine zu einem etwa vier mal fünf Meter großen Viereck auslegen, das den Umriss der Grube bildete. Zu diesem Zeitpunkt erschien auch der Mullah des Dorfes, lehnte sich auf seinen Stock und beobachtete das Geschehen. Die Kinder verzogen sich nach und nach aus Angst vor dem Stock, und Summerfield musste die fehlenden Steine selbst platzieren. Der Mullah räusperte sich.

»Sagen Sie mir, werter Engländer, was soll das hier werden? Eine Festung vielleicht? Ein Westminster-Palast für unser Dorf?«

»Ihr seid heute äußerst humorvoll«, erwiderte Summerfield, der sich Mühe gab, dem merkwürdigen Protokoll an Formalitäten zu folgen, das nötig war, wenn man sich an den Mullah richtete. »Doch ein ganz so prächtiges Gebäude wird es wohl nicht werden. Nein – nur eine bescheidene Toilette.«

»Eine Toilette? Ist es nicht ein wenig groß für eine Toilette zu Ihrem alleinigen Gebrauch, oder spielt unser Essen Ihrem Magen so übel mit, dass Ihre Bedürfnisse so riesig sind?«

Summerfield ließ mit einem Lächeln auf den Lippen den letzten Stein auf seinen Platz fallen. »Nein, ehrwürdiger Mullah. Ich baue hier eine große Toilettenanlage zum Gebrauch für jedermann. Dadurch wird das Dorf sauberer, der Anstand bleibt gewahrt, und bequemer ist es obendrein.«

»Und wir werden dadurch ein wenig zivilisierter«, setzte der religiöse Lehrer ironisch hinzu. »Darf ich denn fragen, wer Ihnen die Erlaubnis für ein solches Unternehmen erteilt hat? Sie eignen sich unseren Boden für den Bau eines westlichen Gebäudes an, das hier niemand zu benutzen weiß. Wenn Sie fertig sind, werden Sie vielleicht so freundlich sein und es dem ganzen Dorf einmal vorführen?«

»Es tut mir leid, dass ich nicht gefragt habe, doch ich dachte, dieses Grundstück sei frei. Dafür möchte ich vielmals um Verzeihung bitten.« Summerfield blickte den scharfsinnigen kleinen Mann fest an. »Ehrwürdiger Mullah, seid Ihr gegen meine Idee?«

»Ich bin gegen Ketzerei, Engländer. Geben Sie acht, dass Ihr Bauwerk nicht gegen die alten Gesetze des Tals verstößt, das ist alles.« Der alte Mann richtete sich so gerade auf, wie es ihm möglich war, und wandte sich zum Gehen. »Ach, und übrigens«, warf er über die Schulter zurück. »Wie gedenken Sie, die Reste zu beseitigen? Ich sehe, dass Sie Kanäle angelegt haben und eine Senkgrube planen. Doch Sie haben anscheinend nicht an die Wasserzufuhr gedacht. Auf Wiedersehen, Mr. Summerfield. Und viel Glück!« Mit diesen Worten humpelte der alte Mann wie ein Darsteller aus einem Piratenfilm unter unheilvollem Gackern davon.

Summerfield seufzte und besah sich sein Bauwerk. Er drehte sich eine Zigarette aus dem dicken, schwarzen Tabak der Gegend und einem dünnen Stückchen Reispapier. Verdammt, der alte Ziegenbock hatte recht. Er hatte völlig vergessen, dass er Wasser bräuchte, um die Exkremente fortzuspülen. Der nächste Brunnen lag mindestens hundertfünfzig Meter entfernt im Dorf. Und der nächste Wasserlauf war ebenso weit entfernt; der Fluss sogar noch weiter, so dass er erst recht nicht infrage kam. Ein kleiner, schmuddliger Junge mit aufgeblasenen Wangen setzte sich neben Summerfield, um den Rauch seiner Zigarette einzuatmen und seine Verzweiflung mit ihm zu teilen. Summerfield warf ihm einen Blick zu und schüttelte den Kopf.

»Wie heißt du?«

»Mohammed.«

»Ja, das hätte ich mir denken können«, erwiderte Summerfield. »Der erste Sohn, nicht wahr? Nun, Mohammed, ich habe viel zu tun. Möchtest du mir helfen?« Der kleine Junge nickte ernst. »Gut. Ich sehe, du bist begeistert. Eigentlich habe ich sogar einen riesigen Berg an Arbeit vor mir, und ich kann noch nicht sagen, ob am Ende etwas dabei herauskommen wird.«

»Warum tun Sie etwas, wenn Sie wissen, dass es schiefgehen könnte?«, fragte der Junge und sprach damit den ersten vollständigen Satz aus, seit er sich hingesetzt hatte. Und gleich einen ziemlich erbarmungslosen.

»Aha, du sprichst also. Und weise Worte noch dazu«, fügte Summerfield mit einem Zwinkern hinzu. »Warum?«, überlegte er. »Weil ich Brite bin, das ist der Grund.«

»Hmm.« Der Junge brummte und sah Summerfield mit zusammengekniffenen Augen an. Seine Wangen schienen noch breiter zu werden – wie die einer Wüstenrennmaus, die lauter Sonnenblumensamen in ihren Backen aufbewahrt. »In Ordnung.«

»Du glaubst mir also?«

»Sie haben dasselbe gesagt, als Sie das Spiel mit dem Ball erfunden haben«, erwiderte Mohammed mürrisch. »Und Sie hatten recht. Diese Briten, von denen Sie sprechen, scheinen mehr Glück zu haben als wir. Ich möchte auch gern ein Brite sein.«

Summerfield lachte. »Mohammed, dann ernenne ich dich ab sofort zum britischen Ehrenglückspilz. Wenn ich je von hier fortkomme, werde ich der Botschaft einen Brief über dich schreiben!«

»Was ist eine Botschaft?«, fragte Mohammed, der den Faden verloren hatte. Manchmal sagte der Engländer so unsinnige

Dinge, dass man ihn einfach nicht verstehen konnte. »Und warum einen Brief?«

»Nicht so wichtig. Sieh dich von nun an einfach als Glückspilz, das genügt. Zuerst einmal brauchen wir große, flache Steine. In etwa so«, erklärte Summerfield und deutete mit den Händen die Umrisse an.

»Warum?«

»Ich merke schon, dass du ein scharfer Beobachter bist«, sagte Summerfield. »Viel zu scharf, scheint mir. Für die Throne natürlich.«

»Nur Könige haben Throne«, wunderte sich Mohammed.

»Und wie ein König wirst du dich sicher auch fühlen, wenn du erstmal auf einem gesessen hast. Komfortabel kacken, Mohammed, das ist es, was zählt. Wir werden alle zu Königen, wenn ich hier erst einmal fertig bin. Der Rest – das Wasser und die große Grube – nun, dafür habe ich noch keine Antworten. Aber ich werde sie schon noch finden. Schließlich bin ich Brite.«

»Ich auch!«, grinste Mohammed, der den rätselhaften Engländer nicht ganz verstand, sich seiner soeben erworbenen Macht aber umso sicherer war.

Er zeigte ihm einen Steinbruch hinter dem Dorf, den Summerfield bislang noch nicht entdeckt hatte. Es war eine Steinsorte, die von der Farbe her an Schiefer erinnerte, wenn sie auch eine andere Textur hatte. Ein Werkzeug, das einer stabilen Gartenhacke glich, lag dort offensichtlich zum gemeinschaftlichen Gebrauch bereit. Der Junge hob es mit seinen kräftigen Armen auf und haute damit schwungvoll auf einen Block. Sofort umhüllte ihn eine Staubwolke, als ob eine Kugel in den Fels eingeschlagen hätte, und im Gestein entstand ein kleiner vertikaler Riss.

»Großartig!«, rief Summerfield. »Ich habe verstanden, wie es geht, nun lass mich weitermachen, Mohammed.« Er hob die Hacke und schlug damit in die entstandene Spalte. Sogleich brach säuberlich ein Stück Stein heraus und fiel zwischen den Trümmern zu Boden. »Also gut, es funktioniert. Dann beginnt jetzt die Schufterei.«

Am nächsten Tag kehrten Summerfield und sein Helfer zum Steinbruch zurück und schlugen Steine zurecht. Mohammed brachte seinen jüngeren Bruder mit, der an der Olivenpresse half. Außerdem hatten sich die beiden Jungen von ihrem Vater, der Maultiertreiber war, einen Maulesel für den Nachmittag ausgeliehen.

Mit dem Lastentier genügten ihnen wenige Gänge vom Steinbruch zur Baustelle. Es war heiß, und das Tal lag verlassen da. Teils ernsthaft, teils grinsend hörten die Brüder Summerfield zu, als er ihnen erklärte, wie er die Steine anordnen wollte – jeweils einen größeren, vertikalen Stein zu beiden Seiten des Loches sowie zwei schmalere, flachere Steine horizontal über dem metertiefen Loch, mit einer Lücke von etwa fünfzehn Zentimetern dazwischen. Am Ende des zweiten Vormittags standen die Toiletten, an den Sitzen waren alle spitzen Kanten abgeschliffen, und die zehn Bauwerke waren auf ihre Stabilität getestet worden. Bei den letzten fünf, die für Kinder und ältere Leute bestimmt waren, mussten noch ein paar Anpassungen vorgenommen werden. Doch dem Stirnrunzeln der Jungen nach zu schließen, wussten sie immer noch nicht recht, wofür das Ganze eigentlich gut sein sollte. Als Summerfield für sie die Benutzung samt Grimassen und Schnaufen nachstellte, brachen sie in schallendes Gelächter aus. Am nächsten Morgen erschienen Mohammed und sein Bruder um Punkt halb sieben vor Summerfields Tür – hinter ihnen zehn weitere Kinder, die unbedingt an den »britischen Thronklos« mitarbeiten wollten, wie sie sie nun getauft hatten.

Summerfield machte sich mit seiner kleinen Armee aus Kindern ans Ausheben der großen Senkgrube. Raja erschien, brachte ihnen Wasser zum Trinken und blickte Summerfield, wie er besorgt feststellte, mit nicht weniger als heftiger Bewunderung an. Sobald Badr sich freimachen konnte, ging auch er ihnen zur Hand und scherzte, dass nicht einmal der Kaïd solch einen prächtigen Thron besaß. Dann stattete ihnen erneut der Mullah des Dorfes einen Besuch ab. Er näherte sich humpelnd, stürzte beinahe in die wachsende Grube, konnte sich noch mit seinem Stock ausbalancieren und verzog den Mund zu einem missbilligenden Grinsen.

»Wie ich sehe, haben Sie noch immer kein Wasser, Engländer«, tadelte er ihn. »Und selbst wenn Ihnen eine Lösung einfällt, was glauben Sie, wer diese Anlage verwalten soll? Die Kanäle und die Throne sauber halten, den Dreck herausholen, wenn etwas verstopft, oder die Löcher tiefer graben, wenn sie zu häufig benutzt wurden? Und wie sieht es mit der Beachtung unserer Heiligen Gesetze aus? Sie wissen gar nicht, was es noch alles zu bedenken gibt, Mr. Summerfield.«

Das Grüppchen Arbeiter stand stumm und reglos da. Summerfield blickte sie fest an, bevor er sich an den Mullah wandte.

»Ehrwürdiger Mullah, vor vielen hundert Jahren waren die Könige und Weisen Eurer großen Religion unter den Ersten, die der Menschheit Hygiene und öffentliche Ordnung nahebrachten. Ihr großes Werk hat Krankheiten ausgelöscht und der Welt Reinheit gebracht, als London noch ein dreckiges, stinkendes Pestloch war. Wenn ich diesem Dorf helfen kann, inspiriert von Euren weitsichtigen Vorfahren, dann ist das keine Ketzerei.« Der Mullah kaute schweigend und gedankenversunken auf einem Büschel seines Bartes herum. »Und tatsächlich muss ich Euch danken, ehrwürdiger Mullah«, fügte Summerfield hinzu.

»Mir danken?« Der alte Mann zog seine Augenbrauen hoch. Alle Blicke waren nun auf ihn gerichtet, und sein Gesichtsausdruck schwankte zwischen unbarmherziger Feindseligkeit und geschmeicheltem Stolz.

»Ja, Euch danken. Denn ich, Summerfield, bin ein Träumer. Von Anfang an habe ich beim Planen dieser Anlage geträumt. Eure scharfsinnigen Einsichten und Eure Kritik waren es, die mich zum Nachdenken gebracht haben. Und jeder Träumer benötigt einen Realisten, um seine Projekte zu verwirklichen. Kinder – Freunde – ich schlage vor, wir spenden unserem ehrwürdigen Mullah Applaus für seine indirekte Unterstützung!« Die kleinen Arbeiter verfielen nicht, wie Summerfield erwartet hatte, in spontanes Klatschen, sondern in einen mit Freudenschreien gespickten Lobgesang. Der alte Mullah war zunächst misstrauisch, dann beschämt, bis er zu beschließen schien, das Beste aus der verlorenen Situation zu machen, mehrmals sein zahnloses Lächeln zeigte und die Hände zum Dank erhob.

An jenem Abend nahm Summerfield seine Mahlzeit gemeinsam mit Badr ein. Es war offensichtlich, dass der junge Mann ihm dringend etwas berichten wollte, doch als er mit den Neuigkeiten der französischen Niederlage und des darauffolgenden Waffenstillstands herausplatzte, empfand Summerfield nur ein merkwürdiges Desinteresse.

»Das ist ja furchtbar«, sagte er mit erzwungener Besorgnis in der Stimme. »Diese Tajine ist übrigens wirklich gut. Wer hat sie gekocht?«

»Raja und ihre Mutter«, antwortete Badr und kratzte sich am Bart.

»Mmmh. Köstlich. Weißt du – Raja ist ein reizendes Mädchen. Obwohl sie einen merkwürdigen Charakter hat. Wie alt ist sie jetzt? Fünfzehn? Sechzehn? Heute morgen ist mir aufgefallen, dass sie mich ziemlich komisch angesehen hat. Ich hoffe, sie ist nicht …«

»Harry, ich verstehe dich nicht. Vor nicht allzu langer Zeit warst du noch voller Zorn, weil du nicht an eurem Krieg teilnehmen konntest«, unterbrach ihn Badr kopfschüttelnd, »und jetzt sprichst du lieber über Essen und junge Frauen? Und übrigens«, fügte er beiläufig hinzu, »ist Raja mir zur Frau bestimmt. Wir wurden einander versprochen, als sie neun und ich fünfzehn war.«

Summerfield erstarrte. »Verdammt – tut mir leid, Badr.«

»Schon in Ordnung. Wir könnten längst verheiratet sein, aber ich möchte damit warten, bis sie siebzehn ist.«

»Nein, so meinte ich das nicht. Ich hatte ja keine Ahnung. Ihr werdet sicher ein wunderbares Paar sein.«

»Sie ist recht temperamentvoll. Aber Harry, du lenkst immer noch vom Thema ab.«

»Du meinst den Krieg?«, fragte Summerfield. Badr nickte. Summerfield stellte seinen Teller ab und wischte sich die Finger sauber. »Ja, du hast recht. Ich fühle mich sonderbar, mein Freund. Es ist, als würde es mir gar nichts mehr bedeuten, als gehörte all das zu einer anderen Zeit, einer anderen Welt und hätte nichts mehr mit mir zu tun.«

»Das Schicksal Frankreichs vielleicht. Aber England – dein Heimatland?« Der junge Mann häufte eine weitere Portion Gemüse auf Summerfields Teller und reichte ihn zurück. »Und Jeanne Lefèvre.«

»Liebe Güte ...« Summerfield zog überrascht die Augenbrauen hoch. »Ja, ich ... ich hatte sie schon fast vergessen«, murmelte er abwesend.

»Vielleicht hast du all diese Dinge absichtlich in den hinteren Teil deines Gedächtnisses geschoben, Harry. Vielleicht ist es zu schmerzhaft für dich, darüber nachzudenken.«

»Da magst du recht haben. Weißt du denn irgendetwas Neues?«

»Sie ist nicht nach Frankreich gegangen.«

»Das ist doch etwas.« Summerfield schwieg eine Weile. »Und Abrach – Abslem?«

»Darüber kann ich dir leider nicht viel sagen. Nur dass er den Kampf gegen die Franzosen fortführt. Doch die Lage könnte sich bald ändern. Mit Lefèvre gab es seit jenem Ereignis keinen Kontakt mehr. Er wird vierundzwanzig Stunden am Tag bewacht.«

»Er hätte ihn töten sollen, als er die Gelegenheit dazu hatte«, meinte Summerfield kopfschüttelnd.

»Das war es aber nicht, was er wollte, und das weißt du auch«, erwiderte Badr, der seine Hände in einer leicht nach Orange duftenden Wasserschale wusch. Summerfield musste wieder an die Briefe denken. Es schien alles so lang her zu sein. »Abrach wollte nicht zum Mörder werden, dafür war er ein zu guter Mensch. Er wollte nur, dass Lefèvre seine Schuld eingesteht und Reue zeigt.«

»Du sagst, er *war* ein guter Mensch«, wiederholte Summerfield.

»Ja. Ich sagte, *war*. Was er erleben musste, hat … hat meinen Herrn in einen bitteren, rachsüchtigen Mann verwandelt. Ich fürchte, er wird am Ende genauso sein wie die Menschen, gegen die er aufbegehrt hat – gnadenlos.«

»Und trotzdem kämpfst du noch an seiner Seite?«

»Ich kämpfe für ein höheres Ziel, Harry. Und tief in mir hoffe ich, dass er irgendwann die Wahrheit erkennen und wieder zu jenem großherzigen Mann werden wird, der er einst war.«

Summerfield stellte seinen Teller mit einem Schnauben ab. »Badr, du bist so klug und mutig wie ehrlich. Aber deine hochtrabenden Überzeugungen versperren dir den Blick auf die Wirklichkeit. Deine Naivität ist ebenso gefährlich wie Abrachs Zynismus. Sei vorsichtig – bitte. Das rate ich dir als Freund.«

Der junge Mann lächelte verlegen und straffte die Schultern. »Genug von mir und meinen Schwächen, Harry. Außerdem bist du genau der Richtige, dich über Naivität zu beschweren! Aber was ist nun mit dem Krieg? Du hast mir immer noch keine Antwort gegeben.«

Summerfield dachte einen Augenblick nach und versuchte, seine Gefühle zu ergründen. Doch sie zeigten sich ihm nicht. Er schüttelte den Kopf. »Ich weiß es nicht«, seufzte er. »Wie du sagst, vielleicht wage ich es tatsächlich nicht, über all das nachzudenken, weil es einfach zu schmerzhaft wäre. Andererseits fühle ich mich mittlerweile wirklich frei davon. Ich … ich fühle mich hier im Tal fast schon wie zu Hause. Wenn ich morgen gehen dürfte, würde ich mich wahrscheinlich dennoch aufmachen, um mein Land zu verteidigen. Aber das ist eben nicht möglich. Und mit jedem Tag, der verstreicht, ändert meine Haut ein wenig mehr ihre Farbe, mein Geist beginnt, so zu denken wie ihr, und meine Zunge beherrscht eure sonderbare Sprache immer besser.« Summerfield hielt inne, da er plötzlich etwas begriff. »Du liebe Güte, Badr – ich glaube, ich bin beinahe glücklich hier.«

»Beinahe?«, fragte Badr, legte den Kopf schief und lächelte.

»Beinahe«, bestätigte Summerfield.

Sie verbrachten noch einen weiteren Tag damit, die Senkgrube der *britischen Thronklos* auszuheben. Schließlich wurden Summerfield und seine beiden kleinen Helfer an Seilen aus der Grube herausgezogen. Die Kinder, Raja, Badr sowie eine wachsende Anzahl an neugierigen Erwachsenen jubelten, als sein Kopf verschwitzt aus dem Loch auftauchte. Als er über den Rand der Grube kletterte, bemerkte Summerfield auch den alten Mullah am Rand der Menge, der ihn mit unbewegter Miene anstarrte.

In den beiden darauffolgenden Tagen wurden Zwischenwände aus Reisig und Weiden aufgestellt, so dass nur noch Kopf und Schultern der Benutzer zu sehen sein würden. Das Problem mit der Wasserversorgung bestand jedoch nach wie vor. Es verfolgte Summerfield schon bis in den Schlaf. Er überlegte, Sanitärpersonal anzustellen, das dafür bezahlt würde, Wasser in Eimern herbeizuschaffen und die Reste wegzuspülen. Doch das würde nicht funktionieren. Die Berber würden ihn kaum als ihren Arbeitgeber akzeptieren und die Vorstellung, bei ihm angestellt zu sein, sogar als unverschämt empfinden. Dann zog er in Erwägung, in der Nähe der Grube nach Wasser zu bohren, doch das Unterfangen würde gigantisch werden. Das Wasser regelmäßig von einem Maultier herbeitragen zu lassen, käme auch nicht in Frage, denn er besaß kein Geld, um sich eins zu leihen oder zu kaufen. Als Summerfields Träume irgendwann ausschließlich von Toiletten, Wasserspülungen und der Bedrohung durch verrottende Exkremente beherrscht wurden, beschloss er, dass es besser wäre, erst einmal etwas Abstand von dem Projekt zu gewinnen. Vielleicht war es ja wie beim Schreiben, wenn er mit einer Idee schwanger ging und ihm erst dann die perfekte Lösung einfiel, wenn sie ausgereift war.

Am nächsten Morgen erschien Badr bei ihm, und sein Auftreten war ungewöhnlich bestimmt und männlich. Unter dem Arm trug er einen breiten zusammengerollten Teppich, der verdächtig steif aussah. Summerfield blickte von den Kissen vor seiner Hütte auf und hätte schwören können, dass der junge Mann etwas im Schilde führte. Vielleicht hatte er ja eine Lösung für die Senkgrube gefunden?

»Guten Morgen, Harry.«

»Hallo, Badr. Ist irgendwas? Kann ich dir einen Tee anbieten?«

Badr setzte sich. »Nein, danke«, erwiderte der junge Mann brüsk. »Harry. Ich habe beschlossen, dir heute etwas beizubringen.«

»Oh – ich dachte, es ginge um die Senkgrube«, erwiderte Summerfield verhalten. »Und was, lieber Badr, möchtest du mir denn beibringen?«

»Ich erinnere mich noch, dass du einst bereit warst, in Spanien zu kämpfen.«

»Es entsprach meinen Überzeugungen in jener Zeit, Badr. Ja, ich war dazu bereit.«

»Und wie genau wolltest du kämpfen?«

Summerfield richtete sich mit skeptischem Blick auf. »Was meinst du mit *wie*?«

»Mit deinen Händen vielleicht? Mit den Fäusten? Oder womöglich mit einem Stift!« Badr lachte schallend.

»Jetzt hör mal«, begann Summerfield, der merkte, dass der junge Mann sich über ihn lustig machte. Doch dieser ließ ihn nicht ausreden.

»Heute werde ich dir beibringen, wie man mit einem Gewehr umgeht«, erklärte Badr.

»Ein Gewehr? Du meinst eine Waffe?«

Badr stand auf und schüttelte mitleidig den Kopf. »Harry, die Welt hat sich stark verändert. Sie befindet sich im Krieg. Wie sollst du dich verteidigen, wenn du nicht weißt, wie man ein Gewehr benutzt?«

»Kannst du mir denn vertrauen?«, fragte Summerfield erstaunt. »Immerhin bin ich euer Gefangener. Ich verstehe das nicht ganz.«

»Gefangener, sagst du!« Erneut lachte Badr auf, gefolgt von nachdenklichem Kratzen an seinem Kinn. Summerfield hatte offensichtlich einen wunden Punkt getroffen. Badr lächelte etwas angespannt. »Harry, du bist nicht länger unser Gefangener.«

»Was?« Überrascht erhob sich Summerfield. »Du meinst, ich darf gehen, wenn ich will?«

Badr nickte. »Unser Stammesführer und der Ältestenrat haben es so beschlossen. Sie empfinden es als unehrenhaft, dich von dem Krieg fernzuhalten, in dem dein Land sich befindet. Wenn du möchtest, darfst du gehen, Harry. Aber da ist noch etwas. Der Stammesführer und die Ältesten sehen dich mittlerweile auch als einen von uns an. Sie – ja, man kann es so sagen – sie schätzen dich.«

»Nun.« Summerfield ging ein paar Schritte und drehte sich um die eigene Achse. Er war verwirrt. »Das … das freut mich zu hören, aber … ich muss nun eine Entscheidung treffen.«

»Lass dir Zeit. Ihr Beschluss ist keine Aufforderung, das Tal zu verlassen.« Badr seufzte und blickte über das Tal hinweg auf die Berggipfel. »Wenn du dich aber zum Bleiben entschließt, wirst du womöglich eines Tages dieses Tal gemeinsam mit deinen Brüdern verteidigen müssen.« Summerfield sah ihn fragend an. »Die Franzosen, Harry. Sie sind zwar in Europa geschlagen worden, doch ihre Kolonialherrschaft gibt es nach wie vor. Und sie wollen den Krieg, den sie schon so lange gegen uns führen, immer noch gewinnen. Im Vorgebirge zeigen sie derzeit sehr viel Präsenz. Selbst in einigen höher gelegenen Tälern wurden schon Patrouillen gesichtet. Es heißt, sie bereiten sich auf einen Einsatz vor.«

»Ich habe noch nie in meinem Leben einen Schuss abgefeuert«, sagte Summerfield kühl. »Doch ich möchte, dass du es mir beibringst. Es wäre mir eine Ehre.«

Badr strahlte. »Mir ebenfalls. Und als Zeichen unseres Vertrauens und unserer Freundschaft habe ich dir ein ganz besonderes Geschenk mitgebracht.« Mit diesen Worten rollte der junge Mann den Teppich behutsam auf dem staubigen Untergrund aus. »Für dich, Harry: eine Lee Enfield Mark II dreihundertdrei. Ein britisches Gewehr, nahezu eine Legende. Und noch immer eins der besten der Welt.«

»Wie um Himmels willen?«, entfuhr es Summerfield. »Wie ist das denn hierhergelangt?«

»Es ist schon so lange im Dorf, wie ich denken kann. Manche behaupten, es sei Anfang des Jahrhunderts von einer Karawane mitgebracht worden. Andere meinen, britische Spione hätten es während des Aufstandes neunzehnhundertsiebenundzwanzig eingeschmuggelt, da sie froh waren, dass wir gegen die Franzosen kämpften.«

»Auf jeden Fall ist es ein großes Geschenk, Badr.« Summerfield wurde von seinen Gefühlen überwältigt. Mehr als »Ich danke dir« brachte er nicht mehr hervor.

»Nimm es. Heb es auf, es ist nicht geladen.«

Summerfield beugte sich hinunter und ergriff das Gewehr. »Es ist schwer. Viel schwerer, als ich gedacht hätte«, staunte er.

»Komm«, rief Badr fröhlich. »Du musst ausprobieren, wie es schießt.«

Als Summerfield an diesem Abend etwas gesalzenen Grieß mit Gemüse aß, den er selbst zubereitet hatte, hallten der laute Knall der Lee Enfield und das Echo, das wie ein Blitz durch das Tal gewirbelt war, noch in seinen Ohren nach. Badr hatte recht gehabt – das alte Gewehr hatte einen brutalen Charakter. Seine Schulter schmerzte noch immer vom heftigen Rückstoß. Nachdem Badr ihm viel Theorie nahegebracht und ihm die verschiedenen Schusspositionen gezeigt, ihn den Mechanismus mehrmals selbst zusammenbauen und das Magazin laden lassen hatte, hatte sein erster Schuss Summerfield beinahe rückwärts auf die Erde befördert, während die Kugel hoch in die Luft flog. Gott weiß, wo sie gelandet war. Weil es nicht viel Munition für das britische Gewehr gab, durfte er nur fünf Mal abfeuern. Nach dem letzten Schuss war Summerfield stolz auf sich, da es ihm gelungen war, einen etwa dreihundert Meter entfernten Felsbrocken zu treffen, den Badr als Ziel ausgemacht hatte. Gut, es war ein ziemlich großer Felsen gewesen. Aber Badr hatte ihm versichert, sich wacker geschlagen zu haben.

Während Summerfield sein einfaches Mahl zu sich nahm, blickte er immer wieder zu der Lee Enfield hinüber, die auf seinem Bett lag. Von ihr ging ein leichter Schießpulvergeruch aus, vermischt mit dem Bienenwachs, das Badr aufgetragen hatte, bevor er sie Summerfield übergab. Dann wanderten seine Gedanken zu ihrem morgendlichen Gespräch und seiner neu gewonnenen Freiheit. Er konnte einfach gehen. Doch bevor er sich ganz im Labyrinth seiner Gedanken verlieren konnte, klopfte es an der Tür. Summerfield erhob sich und öffnete.

Es war der alte Mullah. Summerfield trat vor Schreck einen Schritt zurück.

»Wollen Sie einen Gast denn nicht hereinbitten?«, fragte der alte Mann, und Summerfield entspannte sich. In der Stimme des Mullahs lag keinerlei Feindseligkeit.

»Natürlich, ehrwürdiger Lehrer. Tretet ein. Setzt Euch. Kann ich Euch einen Minztee anbieten?«

»Sehr gern, Mr. Summerfield. Aber machen Sie mir doch lieber einen chinesischen Tee. Und vielleicht geben Sie auch ein wenig von Ihrer englischen Gewohnheit hinzu.«

»Ihr meint Milch?« Summerfield runzelte die Stirn und spürte Misstrauen in sich aufflackern.

»Das würde ich gern einmal probieren«, nickte der alte Mann vornehm. »Und wie ich sehe«, fügte er mit einem Blick auf die Lee Enfield auf Summerfields Bett hinzu, »hat Sie unser junger Badr in die Kunst des Schießens eingeführt.«

»Ich bitte um Verzeihung«, sagte Summerfield und legte rasch ein Tuch darüber.

»Nicht nötig, nicht nötig. In diesem Tal ist es üblich, dass ein Mann eine Waffe besitzt. Allerdings ist es ein Verbrechen, wenn er sie zu anderen Zwecken als zur Verteidigung oder für die Jagd benutzt.«

»Natürlich«, nickte Summerfield, der frisches Wasser aufsetzte. »Sowohl eure als auch unsere Religion verbieten das Morden.« Die Männer schwiegen eine Weile, unsicher, worüber sie sprechen sollten. »Das Wetter …«, wollte Summerfield beginnen, änderte dann jedoch seine Meinung. »Seid Ihr gekommen, um mich von der Vollendung des Thronbaus abzuhalten?«

»Sie sind sehr direkt«, bemerkte der Mullah und seufzte. »Nein. Ich bin gekommen, weil ich noch immer nicht vollkommen davon überzeugt bin.«

»Dann seid Ihr also tatsächlich hier, um Euren Unmut kundzutun?«

Der alte Mann lehnte sich mit verschränkten Armen zurück, wobei ihm der Stock aus seinen arthritischen Fingern rutschte und sanft zu Boden glitt. »Bitte, Mr. Summerfield. Ich bin gekommen, damit Sie mich überzeugen.«

»Könnt Ihr das denn nicht selbst tun?«, fragte Summerfield, milderte seinen Tonfall jedoch sofort ab. »Ich denke, Ihr habt die Fortschritte des Baus beobachten können, ehrwürdiger Herr. Und Ihr wisst, weshalb ich das Projekt angegangen bin.«

»Wirklich?« Der alte Mann grinste wissend und enthüllte sein unvollständiges Gebiss. »Sie sagten, Sie wollten die Anlage für die Gesundheit und Hygiene der Dorfbewohner errichten. Ist das der einzige Grund?«

»Reicht er denn etwa nicht aus?«, fragte Summerfield, der langsam ärgerlich wurde. »Aber außerdem geht es noch um das, was die Franzosen *pudeur* nennen. Frauen sollten nicht am helllichten Tage ihre Hinterteile entblößen.«

»Meines Wissens ist das aber nun wirklich nicht der Fall«, erwiderte der Mullah streng. »Wenn irgendwelche Unanständigkeiten begangen wurden, möchte ich gern wissen, von wem.«

»Es gab keine Unanständigkeiten«, wehrte Summerfield ab, der langsam Interesse an ihrem Wortgefecht fand. »Das hatte ich nur so dahingesagt.«

»Da bin ich aber beruhigt«, meinte der alte Mann. »Es mag sein, dass ab und zu ein ungestümer Junge seine wachsende Schlange zur Schau stellt, aber generell sind unsere Leute gut und anständig. Also verraten Sie mir – was hat Sie noch dazu bewogen, die Anlage zu errichten?«

Summerfield schwieg, so lange es dauerte, das Wasser in einen zweiten Kessel mit Tee zu gießen. »Ich brauchte eine Beschäftigung, o Mullah. Das ist die Wahrheit. Ich durfte schließlich nicht auf den Feldern arbeiten. Mittlerweile weiß ich auch, weshalb, und ich respektiere eure Regeln. Doch mein Körper und Geist kamen nicht zur Ruhe. Ein Mann braucht nun einmal ein Ziel.«

»Ah, gut!«, rief der Mullah strahlend, und die dabei entstehenden Falten ließen sein Gesicht wie eine Dörrpflaume aussehen. »Endlich sind wir einmal einer Meinung.«

»Ich brauchte also eine Beschäftigung. Und als ich am öffentlichen Toilettenplatz vorbeikam, hatte ich den Einfall.«

»Hmmm«, grübelte der Mullah. »Ja, ich schätze, ich kann Sie verstehen. Ich selbst versuche, das Gebiet zu meiden, doch manchmal kommt es vor, dass auch ich diese Örtlichkeit aufsuchen muss. In meinem Alter! Ich kann meine Knie kaum beugen, und wenn einem ein kalter Ostwind zwischen den Pobacken hindurchfährt, während man sich von einem frechen kleinen Bengel festhalten lassen muss, dann ist das wirklich eine peinliche Angelegenheit.«

»Ganz besonders für einen Mann von Eurem Rang, o ehrwürdiger Mullah«, nickte Summerfield.

»Ganz besonders«, bestätigte der alte Mann.

»Gehe ich recht in der Annahme«, wagte Summerfield sich vor, »dass Ihr den Bau nun vielleicht doch als nützlich erachtet?«

Der alte Mann rutschte auf dem Sitz vor. »Zuerst hätte ich gern etwas von Ihrem englischen Tee, wenn es geht.« Summerfield schenkte ihm heißen Tee in eine Schale, fügte Milch hinzu, rührte um und überreichte sie ihm. »Ich danke Ihnen«, sagte der Mullah und trank mit einem erschreckend lauten Schlürfen von dem viel gescholtenen Getränk. Es folgte jedoch kein schmerzverzerrter

Gesichtsausdruck, und Summerfield hob anerkennend die Augenbrauen – der alte Kerl musste einen Rachen aus Stahl besitzen. »Sagen wir, ich finde langsam Gefallen an Ihrer Idee«, fuhr der religiöse Lehrer fort. »Doch, wie soll ich es ausdrücken …« Die Stimme des Mullahs wurde plötzlich zuckersüß und schmeichlerisch. Er schien Summerfield auf etwas stoßen zu wollen. »Ich bin noch immer nicht hundertprozentig überzeugt – obgleich es so viele *andere* bereits sind. Doch falls …«

Summerfield blickte den alten Mann an und imitierte dessen ermunterndes Nicken.

»Ich verstehe«, sagte Summerfield, der das Gefühl hatte, dass er langsam begriff, worum es ging. »Vielleicht …«

»Ja?«, nickte der alte Mann lebhaft.

»Wäre es möglich, dass Ihr mir einen Gefallen tut?«, fragte Summerfield.

»Wenn ich kann«, erwiderte der alte Mann, nun wieder distanziert.

»Würdet Ihr mir die Ehre erweisen, die Konstruktion als Erster zu testen?«, wollte Summerfield wissen.

Der alte Mann seufzte zustimmend. »Ich bin tatsächlich geneigt, diese Ehre anzunehmen, Mr. Summerfield. Wann?«, fügte er rasch hinzu. »Nicht, dass jemand sich an uns vorbeimogelt und den Thron vor uns benutzt! Das würde alles ruinieren.«

»Ganz recht. Wie wäre es in zwei Tagen? Ich hoffe, bis dahin eine Lösung für die Wasserzufuhr gefunden zu haben.«

»Ach, das Wasser!« Der Mullah blickte plötzlich ganz niedergeschlagen drein. Doch schon nach drei Sekunden zeigte sich ein flüchtiges Grinsen auf seinem Gesicht. Er machte Anstalten aufzustehen, und Summerfield stützte ihn dabei. »Sie werden schon eine Lösung finden, *inschallah*. Denn wo ein Wille ist … Ich wünsche Ihnen nun eine gute Nacht, Mr. Summerfield. Sie sind wahrlich ein überzeugender Mann.«

»Genau wie Ihr, o Mullah«, erwiderte Summerfield mit einer respektvollen Verbeugung. »Und außerdem ein Mann der Tat«, rief er ihm noch hinterher, als der alte Mann humpelnd in der Dunkelheit verschwand.

Ein heißer Wind wehte am Morgen durch das Tal und verzog sich dann wieder. Daraufhin lag die Hitze schwer über dem Dorf und ließ bei jeder Bewegung Schweißperlen auf der Stirn entstehen.

Summerfield wollte sich am darauffolgenden Abend mit dem Mullah treffen. Sie würden gemeinsam die Arbeit begutachten, und Summerfield würde demonstrieren, wie man die neumodischen Throne benutzte, bevor er den weisen Alten seinem Geschäft überlassen würde. Dafür würde ein Eimer Wasser genügen. Am nächsten Tag würde der Mullah bereits allen von seinem Erlebnis berichtet haben, und Summerfield würde verkünden, dass dieser Mann den Thron als Erster erfolgreich getestet habe. Hoffentlich konnte er im nächsten Atemzug auch verkünden, dass die Anlage nun mit dem Segen des Mullahs für die Allgemeinheit zugänglich sei. Womöglich würde noch ein weiterer Würdenträger das Projekt gutheißen wollen, bevor sich ohne Zweifel die Kinder und dann ihre Eltern darauf stürzen würden. Und das Wasser? Bestenfalls brachte jeder seinen eigenen Eimer mit und sorgte sich selbst um die Beseitigung seiner Abfälle. Das wäre die einfachste Lösung. Wenn die Toiletten gut angenommen würden, konnte er vielleicht den Ältestenrat überzeugen, einen oberirdischen Bewässerungskanal, eine Art Rohrleitung vom Dorfbrunnen bis zum Grundstück anzulegen, was allerdings ziemlich knifflig sein würde.

Im Verlauf des Vormittags wurde die Hitze erdrückend. Die Frauen auf den Feldern waren zum Schutz vor der Sonne von Kopf bis Fuß eingehüllt und suchten zwischendurch immer wieder Schutz im Schatten. Summerfield konnte ihre Kleidungsgewohnheiten noch immer nicht recht verstehen. Bei Europäern führte schon der schwächste Sonnenstrahl dazu, sich systematisch seiner Kleidungsstücke zu entledigen. Hier war es genau andersherum: Die Stammesmitglieder hüllten sich immer dichter ein.

Gegen Mittag war es in der Sonne nicht mehr zu ertragen, und es wurde gemeinschaftlich beschlossen, sich von den Feldern und Berghängen zurückzuziehen und in den Häusern zu bleiben, bis sich die schlimmste Hitze verzogen hatte. Von seinem schattigen Hauseingang aus blickte Summerfield nach draußen und konnte sich nicht entschließen, ob er noch einmal zu seiner Anlage gehen und alles überprüfen sollte. Das Tal war erfüllt von einer hypnotischen, sengenden Hitze, die sich etwa eine Stunde lang wie heißer Nebel über alles legte. Als er den Kopf schüttelte, um wieder zur Besinnung zu kommen, spritzte er dabei Schweißperlen in die Luft. Er trank etwas Wasser, fächerte sich Luft zu und beobachtete die träge durch das Tal wabernden Staubmassen. In dem Kaleidoskop aus Hitze glaubte er Badr zu erkennen, der vornübergebeugt durchs Dorf eilte, ihm kurz zuwinkte und dann verschwand. Summerfield trank einen Tee, da er sich nun schon damit abgefunden hatte, heftig zu schwitzen, und hoffte, der Schweißfilm auf seinem Körper möge ihn ein wenig abkühlen.

Raja erschien eingehüllt in mehrere Schichten königsblauen Stoff. Als sie die Hütte betreten hatte, nahm sie leise ein paar davon ab, während Summerfield ächzte und schnaufte, weil die drückende Hitze für ihn immer unerträglicher wurde. Ein Hauch Nelken und Zimt und ein schwererer, moschusartiger Duft wehten zu ihm herüber. Es war Rajas Körpergeruch.

»Sie sind wütend, Sidi Summerfield. Sie stöhnen und ärgern sich über das Wetter.«

»Kann man wohl sagen«, brummte Summerfield auf Englisch.

»Raja, das ist einfach unerträglich! So heiß habe ich es noch nie erlebt – weder auf dem flachen Land noch in Marrakesch.« Er fuhr in ihrem Dialekt fort: »Kann man denn nicht irgendetwas dagegen tun?«

Sie lachte und sah ihn spöttisch an. »Die Franzosen sind ja bekannt dafür, dass sie bei Hitze schlappmachen und jammern. Ich wusste gar nicht, dass die Engländer noch schlimmer sind.«

»Aber schau dich doch an!«, gab Summerfield zurück. »Du bist selbst ganz nass.« Die junge Frau trat einen Schritt zurück und sah an sich hinunter. Auf ihrem Kleid befanden sich tatsächlich große feuchte Flecken. »Macht es dir denn gar nichts aus?«

Raja berührte einen der Flecken unter ihrem Arm. »Nein. Mir war das bislang gar nicht aufgefallen. Damit muss man nun einmal leben.«

Summerfield schenkte ihnen zwei Gläser Wasser ein, atmete hörbar aus und schnalzte mit der Zunge. »Ich verstehe euch nicht. Ihr seid mir unbegreiflich. Alle miteinander.«

»Die Dorfbewohner?«

»Alle! Alle, die südlich von Plymouth leben.«

»Wo ist denn *Plimmut*?«

Summerfield beachtete sie gar nicht. »Ich weiß wirklich nicht, wie ihr es in dieser Gegend aushaltet. Warum um Himmels willen zieht ihr nicht weiter in den Norden? Warum kommen die vielen Stämme hier nicht auf die Idee, dass es woanders ein besseres, milderes Klima gibt?«

Raja streckte ihm die Zunge raus und sah ihn mürrisch an. »Woher soll ich das wissen? Ich bin eine Frau, und meine Aufgabe ist es, für Nahrung von den Feldern zu sorgen. Mit Feldern kenne ich mich aus, aber auf diese dummen, unsinnigen Fragen habe ich keine Antworten.«

»Sie sind nicht dumm. Ihr seid dumm! Wenn ihr nur ein

Mal über diese Fragen nachdächtet und dann tatsächlich etwas tun würdet, dann müsstet ihr sie euch kein zweites Mal stellen.«

»Jetzt reden Sie völligen Unsinn!«, rief Raja empört. »Fragen Sie doch den Mullah oder den Kaïd, aber nicht mich.«

»Und du meintest, ich sei wütend«, erwiderte Summerfield, dem bewusst wurde, wie kindisch er sich gerade benahm. Doch es fühlte sich gut an, endlich einmal Dampf ablassen zu können und seine Wut an jemandem auszulassen. Er kam sich plötzlich richtig böswillig vor. »Jetzt bist *du* wütend, Raja.«

»Bin ich nicht!«

»Bist du doch!«

Sie blickten einander an, überrascht von ihrem Gefühlsausbruch, und mussten beide lachen.

»Das ist albern«, kicherte Raja.

»Wir sind albern«, fügte Summerfield hinzu. »Und zwar Gott sei Dank. Stell dir nur vor, wir müssten immerzu ernst sein.«

»Stellen Sie sich nur vor, wir müssten ständig solche dummen Fragen beantworten«, stichelte Raja.

»Übertreib es nicht, Raja!«, erwiderte Summerfield ärgerlich. Und so begann eine neue Runde ihres Schlagabtauschs, bis Raja, mit schriller Stimme in einer wilden Mischung aus Arabisch und Berberdialekt streitend, verärgert aufstand, ihre Umhänge überwarf, die Tür hinter sich zuknallte und davonmarschierte.

»Mach die Tür wieder auf!«, rief Summerfield ihr vergeblich hinterher. »Komm zurück und mach die verdammte Tür wieder auf!«

Er beschloss, sich trotz der Hitze hinauszuwagen. Wütend in seiner kleinen Hütte umherzulaufen war schlimmer, als sich draußen hinzusetzen und einfach alles auszuschwitzen. Doch als er aus der Tür trat, hatte er geradezu das Gefühl, gegen eine heiße Wand zu laufen, und machte unwillkürlich einen Satz zurück.

»Heiliger Gott im Himmel!«, fluchte er und trat dann hinaus in den Hitzekessel.

Die Pflanzen rund um die Toilettenanlage waren gelb verfärbt und wie Fossilien versteinert. Ein einzelner räudiger Kater mit grauweißem Fell lag japsend unter einem Dornbusch. Er hatte den Mund dabei so weit aufgerissen, dass es aussah, als würde er grinsen. Summerfield zwinkerte ihm zu und bückte sich, um einen der Sitze anzufassen. »Au!« Der Kater schreckte auf und schoss an Summerfield vorbei. »Heiß!«, schimpfte Summerfield, den die plötzliche Bewegung des Katers selbst erschreckt hatte. Er stieß Luft aus, warf einen letzten Blick auf die Anlage und wandte sich dann zum Gehen. »Und bei dieser verfluchten Hitze würde das Wasser ja sowieso vertrocknen«, murmelte er noch, während er sich auf den Weg zurück zu seiner Hütte machte, wo seine Augenlider, müde vom Ankämpfen gegen die Hitze, der untergehenden Sonne folgten und langsam niedersanken, bis er sie schließlich ganz schloss. Während er schlief, bereitete die Natur sich vor.

Er wachte schreiend auf, geblendet vom elektrischen Weiß eines Blitzes. Beängstigend nahe dröhnte der Donner über seinem Kopf. Summerfield fluchte und huschte aus dem Bett, um die Tür wieder zu schließen. Er hielt inne und neigte den Kopf. Was war das für ein merkwürdiges Geräusch – wie Hufe, die in der Ferne über den Boden donnerten? Es wurde immer lauter und schien sich dem Dorf zu nähern. Und während ein einzelner, unerwartet kühler Windstoß aufkam, aber ebenso schnell und überraschend wieder verschwand, sah er draußen, wie sich eine regelrechte Regenwand unaufhaltsam auf das Dorf zubewegte. Ihm blieb gerade noch genug Zeit, seinen Sitz mit den Kissen in Sicherheit zu bringen, bevor die ersten fetten Tropfen auf seine Haut niederprasselten. Er knallte die Tür hinter sich zu und blickte aus dem Fenster hinaus. Durch die Öffnung schossen die Regentropfen wie Gewehrkugeln hinein und wirbelten den Staub auf. Noch nie hatte er solch eine apokalyptische Stimmung erlebt. Der Lärm war ohrenbetäubend, der Himmel schwarz, aufgebracht. Summerfield fluchte bei jedem Donnerschlag, und als das Wasser durch immer mehr Ritzen in der Decke drang, begann er sich ernsthaft zu fragen, ob er dieses Unwetter überleben würde. Er begann laut »Jerusalem« zu singen, unterbrach sich jedoch immer wieder selbst mit Flüchen und Gebeten. Inmitten eines Stoßgebets wurde die Tür mit einem Schlag geöffnet. Eine große maskierte Gestalt drängte sich in die Hütte. Summerfield brüllte instinktiv und ging in Angriffsposition.

»Ich bin's, Badr!«, drang ein gedämpfter Ruf zu ihm. »Ich klopfe schon seit Ewigkeiten an deine Tür. Pack dein Gewehr und alles Wichtige ein – du musst mit zu mir kommen. Da ist es sicherer.«

Am Morgen danach regte sich das Dorf später als üblich. Eine unwirkliche Stille erfüllte die Luft. Als Summerfield und Badr hinausblickten, sahen sie das Treibgut des Sturmes über das ganze Tal verteilt: Kleidungsstücke, Steine, Felsen, Stofffetzen, junge Bäume, Werkzeuge, Dachziegel, Holzbalken, entwurzelte Büsche, die verkohlten Überreste eines Hundes, der mit ausgestreckten Pfoten auf dem Rücken lag. Es glich einem Schlachtfeld. Nur der Fluss, den das Sommergewitter hatte anschwellen lassen, sprudelte und rauschte fröhlich durch das Tal.

»Was für ein Chaos«, kommentierte Summerfield. »Ich dachte wirklich, mein letztes Stündlein hätte geschlagen. Danke, Badr. Ich frage mich, wie meine Hütte es wohl überstanden hat.«

»Du solltest dir vielleicht mehr Sorgen um deine Toiletten machen, Harry«, meinte Badr. »Ich frage mich, wie die wohl jetzt aussehen.«

Und tatsächlich, als die beiden Männer sich ihren Weg durch die Trümmer gebahnt hatten, sahen sie gleich, dass die Trennwände verschwunden waren, vom Wind oder Wasser fortgetragen. Die Kanäle, die von den ehemaligen Kabinen wegführten, waren eingebrochen und die meisten der Throne umgestürzt. Die Senkgrube war angefüllt mit Brackwasser. Doch da war noch etwas anderes – eine große Ansammlung schwerer Urnen, etwa zweihundert insgesamt, die hinter den einzelnen Toilettenplätzen aufgereiht waren.

»Sind die von dir?«, fragte Badr überrascht.

Summerfield schüttelte den Kopf. »Die habe ich noch nie zuvor gesehen.« Die beiden traten näher heran. »Sie sind randvoll mit Wasser«, sagte Summerfield mechanisch. Er sah Badr fragend an, und dann erhellten sich ihre Gesichter im selben Augenblick. »Weißt du, was das ist?«

»Die Wasserversorgung!«, rief Badr und umarmte den Engländer spontan. »Deine Wasserversorgung ist gesichert – bestimmt für die nächsten zwei Wochen!«

»Aber von wem?«, wunderte sich Summerfield und pochte gegen eins der großen Gefäße. »Warte mal, es sieht aus, als trügen ein paar von ihnen eine Art Zeichen.«

Badr bückte sich mit in die Hüften gestemmten Händen und sah dann wieder auf. »Das ist das Zeichen des Mullahs. Sie gehören ihm.«

»Der alte Teufel!«, entfuhr es Summerfield.

»Bitte, Harry«, ermahnte ihn Badr. »Wie respektlos.«

»Oh, tut mir leid – ein Reflex, gegen den man als Christ schwer ankommt. Dann also der alte Heilige. Ja … der alte Heilige«, wiederholte er und blickte den Hügel hinauf zum Haus des Mullahs.

43

Beinahe ein ganzer Tag verstrich, bevor Jeanne erneut die Stimme ihres Vaters im Flur hörte. Sie eilte aus ihrem Zimmer auf den Treppenabsatz und blickte über das Geländer hinunter. Erschrocken bemerkte sie die graue Gesichtsfarbe ihres Vaters. Zum ersten Mal wurde ihr bewusst, wie alt er aussah.

»Es ist ein Skandal«, hörte sie ihn murmeln, bevor er aufsah, sie entdeckte und den Anflug eines Lächelns zeigte. »Ich möchte mit euch allen sprechen – mit Mutter, dir, Soumia und Mohammed. Bitte versammelt euch im Wohnzimmer. Ich muss mich erst mal ein wenig frisch machen. Oh, und mach mir doch bitte einen Drink, Chérie«, wandte er sich mit einem Kopfnicken an Jeannes Mutter. »Egal was, solange es nur hochprozentig ist.«

Wie von Lefèvre angeordnet, warteten sie gemeinsam im Wohnzimmer. Jeanne und ihre Mutter setzten sich, Soumia folgte ebenfalls schüchtern der Aufforderung, Platz zu nehmen, nur Mohammed lehnte das Angebot ab, da er die Regeln nicht brechen wollte.

»Madame«, begann Soumia, die das Schweigen im Raum nicht ertrug. »Ich dachte gerade, vielleicht wäre ein hübscher Tomatensalat …«

»Soumia«, unterbrach Madame Lefèvre sie mit geschürzten Lippen und strengem Blick. »Die Lage ist ernst, und Tomaten werden uns auch nicht weiterhelfen.«

»Pardon, Madame.« Sie senkte den Blick und faltete die Hände. »Es ist nur so, dass die Dinge nun schon seit einer Weile, wenn ich das sagen darf –«

»Danke, Soumia«, seufzte Madame Lefèvre und schien unschlüssig, ob sie sie zurechtweisen sollte. Sie entschied sich jedoch dagegen. »Vielleicht sollten wir Sie zu de Gaulle nach England schicken, als Geheimwaffe – Sie würden die Deutschen sicher zu Tode reden!«

Soumias Augen weiteten sich, da sie einen Moment lang glaubte, Madame Lefèvre meine es ernst.

»Mama hat nur einen Scherz gemacht, Soumia«, erklärte Jeanne.

»Aber sie macht niemals Scherze«, entfuhr es Soumia, und sie legte sich rasch eine Hand auf den Mund. »Es tut mir leid, Madame. Das ist mir einfach so rausgerutscht.«

Madame Lefèvre sah sie streng an und wollte gerade etwas erwidern, als ihr Mann den Raum betrat.

Er war frisch gewaschen und rasiert, und an seinem bläulichen Kinn war ein dunkler Einschnitt zu erkennen, aus dem ein Blutstropfen ausgetreten und geronnen war. Jeanne wünschte sich, er würde nicht so viel Wachs auf sein schütter werdendes Haar auftragen, es sah für sie unordentlich und beinahe clownesk aus. Vielleicht sollte sie ihre Mutter bitten, es ihm einmal zu sagen. Ihr Vater räusperte sich im Stehen mit dem Glas in der Hand.

»Die Situation ist leider ziemlich unübersichtlich«, begann er und fügte dann mit einem ironischen Lächeln hinzu: »Andererseits könnte man auch sagen, dass sie ganz klar und eindeutig ist. Das Hochkommissariat des Protektorats und die Verwaltungsbehörden haben der Regierung in Vichy die Treue geschworen. Sie ist damit die offizielle, rechtlich anerkannte Regierung Frankreichs und seiner Kolonien.«

»Ja, so viel ist klar«, warf Madame Lefèvre ein, der sogleich bewusst wurde, wie dürftig ihre Bemerkung war.

Lefèvre blickte sie vielsagend an und fuhr fort: »Nun ist es so, dass zwar alle Bürger Frankreichs dazu aufgefordert sind, der Regierung Gefolgschaft zu leisten, sich jedoch eine Minderheit noch immer auf de Gaulles Seite stellt. Marokko befindet sich derzeit in einem Schwebezustand – wenn auch wohl nur für ein, zwei Tage.«

»Die Stille ist sonderbar«, bemerkte Jeanne. »Es fahren überhaupt keine Autos.«

»Hat Mutter es dir nicht gesagt?«, fragte Lefèvre kopfschüttelnd. »Wir haben die Menschen aufgefordert, sich von den Straßen fernzuhalten, bis die Situation geklärt ist.«

»Weil es sonst Demonstrationen geben könnte«, ergänzte Jeanne. »Ich habe mit Jim gesprochen, und er meinte –«

»Ja«, schnitt Lefèvre ihr mit erhobener Hand das Wort ab. »Jim Wilding war so freundlich, auch mich anzurufen. Er schien sich Sorgen um dich zu machen. Nicht überraschend. Entweder die Menschen fügen sich, oder es wird zu Unruhen kommen – hoffentlich keinen größeren.«

»Er meint, dass auch du dich in Gefahr befindest, Vater.«

Lefèvre warf seiner Frau einen raschen Blick mit einem beruhigenden Lächeln zu. »Bislang hat noch niemand irgendetwas gesagt. Ich werde den Anordnungen von oben Folge leisten und einfach weitermachen wie bisher. Ich kann mir nicht vorstellen, dass es mich in größere Schwierigkeiten bringen soll, einmal eine kritische Bemerkung fallengelassen zu haben.«

Nachmittags saß Jeanne gerade auf der Veranda und strickte an einem Paar Fausthandschuhe für die Kriegsgefangenen in Europa, als sie in der Ferne einen lauten Knall hörte. Sie ließ die Nadeln sinken. Es hatte wie ein kleiner Knallkörper geklungen, trocken und harmlos.

»Mutter?«, rief sie, und Soumia trat aus der Tür. »Oh, hallo, Soumia. Hast du das gehört? Hol doch bitte Mutter. Weck aber nicht Vater auf.«

Soumia nickte, und als sie sich mit besorgter Miene abwandte, durchfuhr ein zweiter Knall die Luft, direkt gefolgt von einem *pock-pock.*

»Schüsse!«, rief Jeanne und erhob sich. Sie schienen aus dem Zentrum der Altstadt zu kommen, und Jeanne bemühte sich, in der Ferne etwas zu erkennen. Als ihre Mutter Sekunden später neben ihr auftauchte, sahen sie eine dünne blaue Rauchfahne links neben dem hohen Turm der Koutoubia-Moschee aufsteigen. Es war alles so unwirklich: lange, schwere Sekunden der Stille, auf die einzelne Explosionen und Geschützfeuer folgten.

Dann erschien Lefèvre müde und besorgt dreinblickend in seinem dunkelgrünen Morgenmantel. »Ich habe gerade mit Le Guédec telefoniert. Anscheinend hat jemand auf einen Polizeiwagen geschossen und dabei den Kühler erwischt.«

»Daher der Rauch«, meinte Jeanne.

»Eine ganze Menge Rauch für einen einzigen Kühler«, entgegnete ihr Vater. »Und die Farbe stimmt auch nicht.« Er schüttelte den Kopf. »Ich verstehe das alles nicht.«

»Aber die Schüsse reißen nicht ab, im Gegenteil, sie werden häufiger«, bemerkte Jeannes Mutter. »Und jetzt kommen sie auch von dort drüben«, fügte sie hinzu und zeigte auf den westlichen Teil der Stadt. »Das macht mir Angst, Philippe-Charles.«

Lefèvre rieb sich das Kinn und fuhr zusammen, als er an die Stelle kam, an der er sich beim Rasieren geschnitten hatte. »Chérie, lass Mohammed unsere Koffer in den Flur bringen.« Jeanne blickte ihren Vater fragend an. »Man kann nie wissen«, erklärte dieser. »Ach, und sieh zu, dass du all deine Wertsachen mitnimmst – Schmuck, Geld, alles in der Art. Ich sehe nach dem Wagen.«

»Vater?«, meldete sich Jeanne mit zitternder Stimme zu Wort.

»Ja?« Lefèvre drehte sich neugierig und zugleich verärgert über ihren Einwand zu ihr um.

»Jim meinte, er komme früher zurück als geplant, um uns zu helfen.«

»Wann?«

»Morgen. Im Laufe des Vormittags, wenn alles gutgeht.«

»Dann bete, dass die Situation bis dahin nicht völlig aus dem Ruder läuft.«

Jeanne blieb auf der Veranda stehen. Sie hatte ihre Sachen bereits vor zwei Tagen, nach dem Anruf von Jim gepackt. Plötzlich hörten die Schüsse in der Ferne auf, und sosehr sie auch damit rechnete, dass die Stille gleich wieder von Geschützfeuer durchbrochen wurde, war doch kein Ton mehr zu hören. Eine sonderbare, fragile Ruhe legte sich über die Stadt.

Sie sah ihrem Vater zu, der sich angezogen hatte und nun auf den Gendarmen zulief, der am Eingangstor neben dem schwarzen Panhard stand. Sie konnte nicht verstehen, worüber die beiden redeten, doch der Gendarm schüttelte mehrmals den Kopf. Die Gesten ihres Vaters waren erst bittend und wurden dann immer herrischer, doch der Gendarm blieb unnachgiebig und rief noch einen zweiten Polizisten hinzu, der neben dem kleinen Lastwagen im Schatten der Bäume auf der grasbewachsenen Zufahrt zur Allee stand. Er trug eine Maschinenpistole unter dem Arm, und Jeanne bemerkte seinen langsamen, schwungvollen Gang, der etwas vom Marschschritt der Legionäre hatte. Vielleicht war er einst einer gewesen. Ihr Vater hatte seine Stimme mittlerweile erhoben, und sie konnte die Worte *ordre* und *impensable, undenkbar,* verstehen. Die beiden Uniformierten, die sich über den kleinen Mann mit dem schütteren Haar beugten, blieben jedoch unbeeindruckt. Es wirkte fast so, als würden sie ihn verspotten. Dann erschien ein Wagen, der über die Allee auf sie zuraste und dabei eine dünne Staubwolke hinter sich herzog. Er kam mit quietschenden Bremsen zum Stehen, und heraus sprang Oberst Le Guédec. Die beiden Wachmänner salutierten augenblicklich. Es folgte ein kurzer, leiser Wortwechsel, dann führte Le Guédec Lefèvre am Arm davon. Die beiden Gendarmen wandten ihnen den Rücken zu und liefen zurück zu ihrem Wagen. Jeanne beobachtete das Geschehen weiter. Le Guédec zog einen Stoß Papiere hervor und schien ihrem Vater irgendetwas zu erklären. Dieser wurde immer blasser und schüttelte den Kopf. Le Guédec blieb hartnäckig, drückte ihrem Vater die Papiere in die Hand und zauberte einen Stift hervor. Was ging da nur vor sich? Schließlich überflog ihr Vater die Unterlagen flüchtig und blickte zwischendurch immer wieder dem Oberst, seinem Freund, in die Augen. Er unterschrieb und gab die Papiere mit angewidertem Gesichtsausdruck zurück, doch ihr darauffolgender Händedruck war lang und fest. Lefèvre lockerte seinen Griff erst, nachdem er dem Oberst noch etwas mitgeteilt und seine Hand ein weiteres Mal mit Bestimmtheit geschüttelt hatte. Der Oberst wandte sich um, schaute zum Haus hinauf und bemerkte dort Jeanne. Er lächelte, nickte und erhob die Hand zum Gruß.

»Der Oberst hat mir netterweise ein paar Unterlagen vorbeigebracht, die ich im Büro vergessen hatte«, erklärte ihr Vater, als sie und ihre Mutter ihn im Flur trafen. »Diese Tölpel, die uns bewachen sollen, ließen mich noch nicht einmal in die Nähe meines Autos. Zum Glück ist Le Guédec gekommen.«

»Und die Unterlagen?«, hakte Jeanne nach.

»Ja.« Lefèvre seufzte. »Nun, es gibt gute Neuigkeiten. Meine Vorgesetzten haben mir einen langen Urlaub genehmigt. Ich wollte erst nicht unterschreiben, da im Augenblick so viel zu tun ist, aber der Oberst hat mich überzeugt. So ist es für alle am besten.«

»Ein langer Urlaub? Was soll das heißen, Philippe-Charles?«, fragte Jeannes Mutter. »Stimmt irgendetwas nicht, Chéri?«

Lefèvre schwieg mit resignierter Miene und seufzte schließlich verbittert. »Ich war so unüberlegt, die Situation objektiv zu betrachten«, erklärte er. »Dieser sogenannte Urlaub bedeutet, dass ich von einem Vichy-Funktionär ersetzt werde. Ich würde sie zu sehr in Verlegenheit bringen – das waren Le Guédecs Worte.«

»Und auf wessen Seite steht *er*?«, fragte Jeanne wütend.

Ihr Vater lächelte sie ironisch an. »Für ihn ist es auch nicht einfach, mein Kind. Er hat sich sehr anständig und vornehm benommen. Und wahrscheinlich hat er uns eine Menge Ärger erspart. Er überlässt mir den Wagen und schickt uns in seine Berghütte. Er wird niemandem unseren Aufenthaltsort verraten, das hat er mir versprochen.«

»Berghütte? Was ist mit unserem Haus in Mogador?«

»Die Seehäfen werden streng kontrolliert«, erwiderte Lefèvre mit einer Spur Fatalismus in der Stimme. »Ich fürchte, dort würde man mich sofort gefangen nehmen.«

»Und wo ist diese Hütte – und wie komfortabel ist sie?«, fragte Madame Lefèvre leicht indigniert.

Lefèvre warf ihr einen vielsagenden Blick zu und weigerte sich, den zweiten Teil der Frage zu beantworten. »Sie liegt im Atlas. Anscheinend recht weit oben. Le Guédec hat sie zweiundzwanzig erbauen lassen, als dort der letzte Löwe geschossen wurde. Er war damals an der Jagd beteiligt.«

»Wie abscheulich«, meinte Jeanne wütend. »Der Letzte einer edlen Rasse, zunichtegemacht von einem Jagdgewehr … O Gott, ich hoffe, Jim weiß, was nun zu tun ist.«

Jeanne fand schon bald, dass Warten das Schlimmste war. Sie saß nun seit Stunden einfach nur da und war wie gelähmt vor lauter Sorgen, die sich nicht abschütteln ließen. Eine einzige, lästige Frage drängte sich dabei immer wieder in den Vordergrund: Wann wird Jim endlich da sein? Sie überprüfte noch einmal ihr Gepäck, bevor Mohammed es hinunter zum Wagen brachte.

Vielleicht würde Jim sie sogar begleiten? Vielleicht würde er sie auch bitten, ihm in den Süden zu folgen. Und was, wenn er sie direkt heiratete und mit nach Amerika nahm? In ihrem Kopf herrschte ein solches Gedankenchaos. So vieles war noch unsicher.

Soumia würde mit ihnen kommen. Mohammed nicht. So viel stand zumindest fest. Im Wagen war nicht genügend Platz für alle, außerdem sollte der treue Gärtner während ihrer Abwesenheit auf das Haus aufpassen. Ein langer Urlaub, wiederholte Jeanne in Gedanken. Wie lang würde er wohl tatsächlich sein? Zwei Wochen, drei? Ein Monat? Langsam dämmerte ihr, dass die Karriere ihres Vaters beendet war und dass sie Marrakesch wohl auf absehbare Zeit nicht wiedersehen würden.

Ihre Eltern diskutierten hinter der verschlossenen Wohnzimmertür. Wohin sollte ihr Vater seine Familie am Ende bringen? Sicher nicht zurück nach Frankreich. England? Die Reise wäre zu gefährlich. Vielleicht nach Französisch-Ostafrika, das sich anscheinend auf de Gaulles Seite gestellt hatte. Sie musste weinen. Dieser verdammte Krieg und die schreckliche Dummheit der Leute! Sie hatte ihr ganzes Leben hier verbracht. Was war mit ihren Freunden? All den Orten, die sie so gut kannte? Der Abschied wirkte so endgültig und so brutal. Sie würde das alles schrecklich vermissen. Schwester Marthe. Die *Académie*. Sie wollte sie noch einmal sehen, sich von ihr verabschieden.

Ihr Vater musste erst zwei Telefonate führen und mit den Gendarmen verhandeln, bevor er die Erlaubnis für sie erhielt. Vor dem Haus erschien ein Polizeiwagen, und Jeannes Vater begleitete sie bis dorthin.

»Ich bitte Sie, meine Herren«, sagte er ernst und blickte dem Polizisten dabei direkt ins Gesicht. »Passen Sie gut auf sie auf. Sie ist meine einzige Tochter. Sie soll in einer Stunde wieder hier sein.«

Als der Polizeiwagen sich entfernte, erhaschte Jeanne noch

einen Blick auf ihre Mutter, die aus einem Fenster im Obergeschoss abwesend in die Ferne sah.

»Was ist in der Tasche, 'moiselle?«, wollte einer der Polizisten mit einem Nicken in Richtung ihres Schoßes wissen.

»Ach, nur Briefe und ein paar Dinge für Schwester Marthe. Diese Sachen sind mir wichtig, und ich möchte, dass sie sie bekommt. Sie hat mir immer so geholfen.«

Die Straßen waren menschenleer. Es war unheimlich, und Jeanne durchfuhr ein Schauer. Die Stadt war nun schon seit drei Tagen wie gelähmt, und sie war überrascht, wie viel Müll sich nach so kurzer Zeit bereits in den Straßen angesammelt hatte – Zweige, Papier, Grasbüschel und dornige Sträucher, die vom Wind aus der Ebene in die Stadt getragen worden waren, Pappe, hier und da Exkremente, eine tote Katze. Ein paar Karren standen verlassen herum, deren Besitzer ihre Esel wahrscheinlich während der Ausgangssperre auf eine Weide gebracht hatten. Im Armeeviertel stand mitten auf der Straße ein Wagen mit einem Platten. Von einem Laternenmast baumelte etwas.

»Sehen Sie da lieber nicht hin, 'moiselle«, empfahl der Polizist, doch Jeanne tat es trotzdem.

Sie schnappte nach Luft. »O Gott, das ist ja entsetzlich!«

»Bitte schauen Sie weg«, forderte der Polizist sie erneut auf, doch sie konnte den Blick nicht abwenden. An einem Seil hing ein schlaffer menschlicher Körper. Sie fuhren um die Ecke, und Jeanne konnte sein Gesicht erkennen. Es gehörte einem Einheimischen und war zu einem riesigen, violetten Ball angeschwollen. Sie zitterte, und ihr wurde schlecht.

»Ich sehe besser einmal nach«, meinte der Polizist und brachte den Wagen nach etwa zwanzig Metern zum Stehen. Diesmal schaute Jeanne starr nach vorn und wagte es nicht, sich umzuwenden, während er den Leichnam inspizierte. Nach ein paar

Augenblicken stieg er wieder ins Auto. »Darum kümmern wir uns später«, sagte er, schnitt eine Grimasse und schlug die Tür zu.

»Warum?«, fragte Jeanne, immer noch zitternd. »Warum tut jemand so etwas?«

»Anscheinend hat irgendjemand die Ausgangssperre genutzt, um eine alte Fehde auszutragen«, antwortete der Polizist trocken. »So etwas passiert.«

Die Lehranstalt wirkte ohne den Lärm und die quirlige Buntheit der Schülerinnen alt und verbraucht. Der alte Knotenwächter Monsieur Quasimodo war nirgends zu sehen. Die Polizisten brachten sie zu dem großen windschiefen Tor, und einer von ihnen zog an der Klingelschnur. Mehrere dumpfe Klänge darauf erschien eine Schwester, die sich misstrauisch näherte und bereit schien, jederzeit davonzurennen.

»Mademoiselle ist hier, um Schwester Marthe zu besuchen«, erklärte der Polizist. »Sie hat eine Stunde Zeit – mehr nicht. Wir werden hier auf sie warten.«

»Und vielleicht könnten Sie ihr erst einmal etwas zu trinken anbieten«, fügte der zweite Polizist hinzu. »Die junge Dame hat gerade einen ziemlichen Schock erlitten.«

Jeanne folgte der Schwester, in der sie eine der jüngeren Lehrerinnen erkannte, zum Eingang des Hauptgebäudes. Die Nonne wirkte gealtert.

»Schwester Marthe hat soeben ihr Gebet beendet. Ich werde ihr Bescheid geben, dass Sie hier sind, Mademoiselle.«

Jeanne wartete kurz vor einer Tür, aus der schließlich eine strahlende Schwester Marthe trat, die sie schweigend in den Arm nahm. Jeanne brannten Tränen in den Augen. Sie hielten sich lange fest, bevor Schwester Marthe sich keuchend zurückzog und sie mit einem noch immer breiten Lächeln auf den Lippen anblickte.

»Sie sehen fabelhaft aus, Jeanne. Wirklich, Sie sind eine richtige junge Dame geworden.«

»Danke, Schwester Marthe. Und Sie sehen auch großartig aus. Ehrlich.«

»O nein.« Die Schwester lief rot an. »Ich befürchte, die jüngsten Ereignisse haben mir auch das letzte bisschen Glanz geraubt. Sie haben in mir traurige Erinnerungen an den vorigen Krieg geweckt. Sie müssen wissen, dass ich einmal zwei Brüder hatte.«

»Schwester Marthe, das tut mir so leid.«

Sie erhob eine Hand und schüttelte den Kopf. »Nein. Es ist meine Schuld. Ich lasse mich gehen, davon werde ich nur wieder traurig. Kommen Sie. Lassen Sie uns einen Tee trinken. Und erzählen Sie mir, was Ihnen widerfahren ist.«

Zum ersten Mal seit mehr als einem Jahr saß Jeanne wieder im dunkelgrünen Zimmer ihrer Lehrerin. Der Wasserflakon der alten Nonne – wie gut sie sich an das furchtbare, schnaufende Pumpgeräusch im Klassenzimmer erinnern konnte – stand auf der Frisierkommode. Ihre gerahmten Diplome aus Nantes sahen mittlerweile matt und vergilbt aus. Auch das Kruzifix hing noch an seinem Platz, darauf der trotz seiner Schmerzen friedfertig und gütig lächelnde Jesus. Er erinnerte Jeanne an Schwester Marthe selbst, die ihren eigenen Schmerz verbarg, um anderen Liebe und Verständnis entgegenbringen zu können. Und deren Leben erfüllt war, trotz all der Prüfungen, vor die es sie stellte.

Jeanne erzählte ihre Geschichte, wobei sie mehrere Details ausließ, um die alte Dame nicht zu schockieren oder ihre Gefühle zu verletzen. Als sie ihren Bericht beendet hatte, fragte Schwester Marthe: »Und was ist nun mit Ihrer großen Liebe, dem Engländer, geschehen?«

»Er … er wurde entführt.«

»Wie traurig. Und dann haben Sie einen Amerikaner gefunden?«

»Nein. Also … ja. Das heißt –« Verdutzt über die Direktheit der Schwester geriet Jeanne ins Stocken. »Ich hatte das nicht geplant.«

»Das habe ich auch gar nicht behauptet«, seufzte Schwester Marthe und trank den letzten Schluck von ihrem Tee. »Und ehrlich gesagt, die ganze Wahrheit würde mich nicht im Geringsten schockieren. Vergessen Sie nicht, ich war auch einmal jung.«

»Schwester Marthe.« Jeanne senkte den Blick und hob ihn dann wieder, um ihr in die Augen zu sehen. »Ich möchte nicht allzu sehr ins Detail gehen. Es war nicht leicht für mich, mir zu vergeben und weiterzumachen – Hoffnung in ein neues Leben mit Jim Wilding zu setzen.«

»Das verstehe ich, mein Liebes«, flüsterte Schwester Marthe. »Und ich finde Sie sehr tapfer. Nun denn!«, stieß sie plötzlich hervor und wechselte das Thema. »Was mich angeht, muss ich sagen, dass ich es ziemlich merkwürdig finde, nicht mehr zu unterrichten. Gott allein weiß, wie lange dieser Zustand noch andauern wird. Doch ich verrate Ihnen ein kleines Geheimnis«, fügte sie hinzu und beugte sich zu Jeanne. »Ich lese gerade eine ganze Menge. Gedichte!«

»Wirklich?«, fragte Jeanne stirnrunzelnd und wunderte sich, weshalb das ein Geheimnis sein sollte.

Schwester Marthe zog eine Augenbraue hoch und flüsterte: »Erzählen Sie es nicht weiter, aber ich habe ein Buch von einem Dichter namens Yeats hereingeschmuggelt. Himmlisch – und so romantisch, so leidenschaftlich!«

»Schwester Marthe!« Jeanne richtete sich überrascht auf.

»Ja«, sagte die Nonne mit verschwörerischem Blick. »Ziemlich unanständig. Sie sehen, auch ich muss mir selbst vergeben. Und natürlich berichte ich Ihm darüber.«

Jeanne drückte Schwester Marthes Unterarm und reichte ihr

mit der anderen Hand die Tasche. »Könnten Sie das hier für mich aufbewahren, Schwester Marthe?«

»Natürlich. Was ist darin?«, fragte Schwester Marthe neugierig.

»Briefe, kleine Geschenke. Der größte Teil dessen, was von meiner Liebe zu dem Engländer geblieben ist, steckt darin – und seiner Liebe zu mir. Ich kann es nicht mitnehmen, wenn ich mit meinen Eltern fortgehe, und ich weiß nicht genau, weshalb, doch ich glaube, dass diese Dinge bei Ihnen gut aufgehoben sind.«

»Ich werde alles verstecken«, versprach Schwester Marthe mit wohlwollendem Lächeln.

»Schwester Marthe?«

»Ja, mein Kind?«

»Ich muss gehen. Würden Sie mich nach draußen begleiten? Nur auf einen kurzen Spaziergang. Bitte?«

Die beiden Polizisten erteilten ihnen die Erlaubnis und sahen zu, wie die junge Dame und die alte Nonne langsam über den Platz vor der *Académie* auf den Orangenhain zuliefen. Jeanne hielt Schwester Marthe an der Hand und führte sie vorsichtig durch die Bäume. Sie kamen an der Hütte des alten Knotenwächters vorbei, die nun ganz verfallen war und vor der ein paar Habseligkeiten im Sand verstreut lagen.

»Ich wusste nicht, dass er hier lebt«, meinte Schwester Marthe traurig. »Hätte ich es gewusst, hätte ich ihm einen Raum in unseren Gebäuden angeboten und dafür gesorgt, dass er etwas zu essen bekommt.«

»Ich bin mir nicht sicher, ob er das angenommen hätte«, erwiderte Jeanne. »Er war ein bisschen seltsam. Doch er hat mir geholfen, als ich Hilfe brauchte. Ich habe Angst, dass ihm deshalb etwas Schlimmes zugestoßen sein könnte.«

Sie liefen weiter durch die immer dichter stehenden Bäume,

bis sie zu der anderen Seite des Hains kamen, auf der die Ebene begann, die sich bis zu den weit entfernten Bergen erstreckte.

»Lassen Sie uns hier einen Moment ausruhen, Schwester. Eine Zeit lang war ich sehr häufig hier.«

»Eine inspirierende Umgebung«, sagte die alte Dame, die heftig schnaufte, während sie sich auf einem großen flachen Stein niederließ. »Wie dumm von mir, ich habe meinen Zerstäuber vergessen. Trotzdem, die Berge sind wunderschön. Ich sehe sie auch von meinem Zimmer aus.«

Ein paar Minuten lang saßen sie schweigend beieinander. Als sie durch den Hain wanderten, hatte Jeanne geglaubt, gleich würde eine Flut von Erinnerungen auf sie einstürzen, doch nun fühlte sie sich plötzlich friedlich und von allen Sorgen befreit. Es war, als gehörten die mit diesem Ort verbundenen Erinnerungen zu einer anderen Person, einem anderen Leben. Irgendwann stand sie auf und schlenderte gedankenverloren hinunter zum alten Bewässerungskanal.

»Seien Sie vorsichtig, Jeanne«, rief Schwester Marthe ihr noch nach, doch Jeanne war bereits ohne Rücksicht auf ihr Kleid und ihre hohen Absätze in den Graben gesprungen.

Sie machte ein paar Schritte, sah zu, wie sich der Staub auf ihren Schuhen absetzte, und fuhr mit den Fingerspitzen an den alten Backsteinen entlang. Eins, zwei, drei – sie erreichte die Stelle, den losen Stein. Sie zog ihn mit Daumen und Zeigefinger hervor, wobei ihr eine kleine Wolke aus Staub und Sand entgegenkam. Sie blickte in den Hohlraum dahinter. Darin war kein Brief, keine Nachricht, nur ein paar größere Steinchen und Holzstücke. Ansonsten war alles glatt. Sie steckte die Hand hinein und spürte die Kühle des Steins. Plötzlich hatte sie das dringende Bedürfnis, etwas dort zurückzulassen. Einen Moment lang war sie ratlos, dann löste sie ihre Ohrringe und steckte sie mit einer raschen Bewegung in die Lücke. Ihr war bewusst, dass Schwester

Marthe ihr zusah, und sie schob den Stein behutsam wieder an seinen Platz.

»So«, flüsterte sie und wandte sich zum Umkehren. »Bitte, Schwester, helfen Sie mir hinauf.«

Schwester Marthe zog sie mit überraschender Kraft aus dem Graben und strahlte sie verständnisvoll an. »Er wird eines Tages zurückkehren.«

Jeanne lächelte flüchtig und wandte verlegen den Blick ab. »Aber dann werde ich längst fort sein.«

Gegen Abend fielen weitere Schüsse. Lefèvre setzte sich zu Jeanne und ihrer Mutter an den Abendbrottisch. Er hatte Neuigkeiten.

»Ich habe mit Jean Bassouin telefoniert. Er meint, es hätte ein paar Zwischenfälle in den Armenvierteln der Altstadt gegeben – anscheinend die einheimischen Rebellen. Ihnen kommt die gegenwärtige Lage mehr als gelegen, und sie setzen darauf, dass es zu einem Bruderkrieg kommen wird. Ich schätze mal, dieser El Rifni ist auch unter ihnen. Und es war sehr merkwürdig: Während unseres Telefonats klickte es plötzlich in der Leitung – anscheinend hörte jemand mit. Dann war die Verbindung tot.«

»Monsieur Bassouin ist ein guter Mann«, sagte Jeanne, die sich an ihren Besuch in seinem Haus in der Altstadt erinnerte. »Ich hoffe, dass er Sarah bald wiedersieht.« Sie bemerkte, wie ihr Vater ihrer Mutter einen Blick zuwarf. Anschließend schaute Lefèvre verlegen aus dem Fenster und räusperte sich dann.

»Jean Bassouin hat seine Meinung durchaus noch deutlicher zum Ausdruck gebracht als ich. Er ist dabei recht hitzig geworden – der idiotische Fresquin hat ihn natürlich provoziert. Der ist anscheinend auf einem persönlichen Rachefeldzug. Jedenfalls hat Bassouin öffentlich seine Unterstützung für de Gaulle erklärt und erwähnt, dass er über die spanischen Enklaven an der Küste nach

England gelangen will. Ich kann nur hoffen, dass ihm nichts zustößt.«

Ein bedrückendes Schweigen legte sich über den Raum und wurde nur von dem Klirren des Bestecks unterbrochen. Jeannes Mutter blickte ihre Tochter an.

»Gibt es Neuigkeiten von Jim Wilding, mein Liebes?«

Jeanne schüttelte langsam den Kopf und musste beinahe weinen bei dem Gedanken, dass er noch so weit von ihr entfernt war. »Nichts Neues, Mutter. Er hat gesagt, er sei morgen hier, und ich vertraue ihm.«

»Ich will es hoffen«, erwiderte Jeannes Mutter, deren Stimme plötzlich schwer vor Müdigkeit wurde. »Ich hoffe wirklich, dass er kommt und uns zur Seite steht.«

Jeanne fuhr im Dunkeln aus dem Schlaf – sie hatte geträumt, Jim hätte einen Unfall gehabt. Ihre Nachttischlampe wurde angeknipst, und sie wich dem hellen Schein aus. Es war ihre Mutter.

»Zeit zu gehen, Chérie. Wach auf.«

»Wohin? Wie viel Uhr –«, begann Jeanne und vermied es immer noch, ins Licht zu blicken. »Aber Jim kommt doch. Der Unfall?«

»Du schläfst noch, mein Schatz. Bitte, werde schnell wach. Wir müssen gehen – zieh dich rasch an.«

Jeanne stand fertig angezogen und in verdrießliches Schweigen gehüllt im Flur, während ihre Eltern hastig durchs Haus liefen, um letzte Vorkehrungen zu treffen. Soumia schob sich beladen mit Kochutensilien und Lebensmitteln an ihr vorbei.

»Ich komme nicht mit«, sagte Jeanne laut. »Mutter, Vater – ich komme nicht mit.«

»Nun sei nicht albern«, ertönte die Stimme ihrer Mutter aus dem Wohnzimmer. »Du verärgerst Vater bloß.«

»Ich werde nicht fortgehen. Jim hat versprochen zu kommen, und ich werde hier auf ihn warten.«

»Du kommst mit uns«, rief Lefèvre nachdrücklich. »Wir haben nicht mehr viel Zeit. Le Guédec ist vor einer Stunde vorbeigekommen. Er sagte, dass wir sofort aufbrechen müssen.«

»Nein. Ihr wollt es nicht verstehen. Ich bleibe hier. Ihr könnt mich bei Schwester Marthe lassen. Ich werde auf ihn warten.«

»Sie werden dich finden, Jeanne. Sie werden wissen, wo du bist.«

»Sie? Wer sind denn *sie*?« Jeanne konnte nicht glauben, was gerade vor sich ging.

»Die *milice,* die Gendarmen, die Polizei – *sie*«, rief Lefèvre, der plötzlich direkt vor ihr stand. Sein Haar war zerzaust, und sein Hemd hing zum Teil noch aus der Hose, da er sich in großer Eile angezogen hatte. Jeanne fand, dass er abstoßend aussah. »Sie haben Bassouin verhaftet. Und zwar nicht nur, weil er für de Gaulle ist. Unter diesen Fanatikern sind verdammte Antisemiten.« Jeanne rührte sich nicht vor lauter Schreck. »Verstehst du nicht, Mädchen?« Das Gesicht ihres Vaters befand sich nun direkt vor ihrem. Er schüttelte sie. »Sie sind voller Hass. Sie werden uns einsperren oder Schlimmeres. Du hast gesagt, du hast einen Mann an einer Straßenlaterne hängen sehen. Willst du etwa, dass dir dasselbe widerfährt?« Jeanne hatte das Gefühl, sich inmitten eines entsetzlichen Alptraums zu befinden. Sie schüttelte langsam den Kopf. »Dann komm mit uns. Sofort. Keine Widerrede.«

Zehn Minuten später stand Jeanne in der kühlen Nachtluft, und ihre Mutter drängte sie zu dem wartenden Panhard. Mohammed ließ den Motor an und sprang sogleich wieder aus dem Wagen, um Platz für Lefèvre zu machen.

»Herrje, die Karte! Habt ihr die Karte?«

»Was für eine Karte?«, fragte Madame Lefèvre mit Panik in der Stimme.

»Habt ihr die Karte?«, wiederholte Lefèvre mit kaum verhohlenem Ärger. »Die uns Le Guédec gegeben hat. Wie zum Teufel sollen wir denn sonst den Weg finden –«

»Sie ist hier, Monsieur, sie ist hier!«, schrie Soumia und zog sie aus einer Tasche heraus. »Kommen sie etwa schon?«

»Geben Sie her«, befahl Lefèvre. »Und seien Sie bloß still.« Er prüfte mit einem raschen Blick, dass auch alle im Auto saßen. »Mohammed?« Der Gärtner stand zitternd am Straßenrand. »Verriegeln Sie das Haus, so schnell Sie können, und bleiben Sie drinnen. Lassen Sie die Türen verschlossen. Ich rate Ihnen, dass Sie sich erst nach ein paar Tagen wieder hinauswagen.«

»Oui, Monsieur Lefèvre«, nickte Mohammed.

»Mohammed – ich danke Ihnen. Passen Sie auf sich auf. Ich werde versuchen, Ihnen eine Nachricht zukommen zu lassen. Und bitte nehmen Sie Kontakt zu Mr. Wilding auf. Sagen Sie ihm, wohin wir gehen. Es ist äußerst wichtig.« Lefèvre kurbelte das Fenster hoch, legte den Gang ein und fuhr ab. Durch das Rückfenster lächelte Jeanne Mohammed tapfer zu, dessen einsame Gestalt immer kleiner wurde.

44

Ein Trupp Soldaten stand in lockerer Formation müßig vor dem Haus herum. Sie hatten ihre Gewehre über die Schulter gehängt und trugen jene bizarren, leicht abgerundeten Stahlhelme, die an Filmaufnahmen aus dem Ersten Weltkrieg erinnerten. Was auch geschehen sein mochte, es war nun vorüber, dachte Wilding beim Heranfahren.

Mit steifen Gliedern kletterte er aus dem Wagen. Hinter ihm lag eine durchfahrene Nacht mit über einem Dutzend Kontrollpunkten. Als er Marrakesch erreicht hatte, waren ihm buchstäblich die Augen zugefallen, und er konnte schwören, dass er ein paar Sekunden lang blind gefahren war, bevor er aufschreckte.

Augenblicklich trat ein Gendarm auf ihn zu, ein Offizier. »Was wollen Sie? Wie sind Sie hierhergekommen?« Zwei Fragen, die Wildings träges Hirn nur mit Mühe verstehen, geschweige denn beantworten konnte. Er machte eine vage Geste des Unverständnisses und steckte die Hand in die Jackentasche.

»Mein Pass«, sagte er. »Und offizielle Papiere.«

»*Anglais?* Sergeant!«

»Américain«, korrigierte Wilding ihn rasch. Er überreichte den Männern seine Papiere und sah zu, wie sie sie studierten.

»Sie arbeiten für die amerikanische Regierung«, äußerte sich der Sergeant in wackligem Englisch. Wilding nickte. »Weshalb sind Sie hier?«

»Ich bin mit Familie Lefèvre befreundet. Ich bin mit ihrer Tochter – Jeanne Lefèvre – verlobt. Haben Sie sie festgenommen?«

Der Sergeant schüttelte knapp den Kopf. »Das wollten wir.

Doch sie haben Marrakesch noch vor unserer Ankunft heute Morgen verlassen.«

»Ich möchte mich gern umsehen«, erklärte Wilding und streckte die Hand nach seinen Papieren aus. Der Sergeant verzog keine Miene, gab sie ihm zurück und wies in Richtung einer Gruppe Polizeibeamter im Garten. »Das müssen Sie mit denen klären. Sprechen Sie den Mann in Zivil an. Der hat hier das Kommando.«

Wilding trat durch das Tor. Er war nun hellwach, und seine Gedanken rasten. Er hatte Jeanne gebeten, zu bleiben und auf ihn zu warten. Es musste etwas Ernstes geschehen sein, das sie veranlasst hatte, so schnell zu verschwinden. Er hatte nicht damit gerechnet, dass die Dinge so bald aus dem Ruder liefen. Er fluchte innerlich, wütend auf sich selbst und auf Lefèvre. Nur ein paar Stunden länger. Warum hatten sie nicht auf ihn gewartet? Im Garten lagen Papiere und Kleidungsstücke verstreut herum. Die Haustür stand offen, die Milchglasscheibe in ihrer oberen Hälfte war zerschlagen. Die Polizistenschar verschwand im Haus, bevor er sie ansprechen konnte, also lief er ihnen einfach hinterher.

»O Gott!«, entfuhr es ihm. Im Flur lag Mohammeds halbnackter, völlig zerschundener und blutüberströmter Körper.

»Und Sie sind?« Der Inspektor war ein Mann mittleren Alters mit sandfarbenem Haar. Wilding hatte den Eindruck, er sei ihm schon einmal irgendwo begegnet. Er händigte auch ihm seinen Pass und die Papiere mit dem offiziellen US-Siegel aus und stellte sich vor.

»James Wilding. Amerikanischer Gesandter in Südmarokko. Ich bin hier, um nach Familie Lefèvre zu sehen.«

»Ja. Danke, Mr. Wilding. Ich denke, ich kenne Sie bereits. Wir haben uns einmal bei einem Dinner in diesem Haus getroffen.«

»Freut mich, Sie wiederzusehen«, sagte Wilding, der dankbar war, wiedererkannt worden zu sein. »Wenn die heutigen Umstände auch weniger erfreulich sind.« Der Inspektor folgte Wildings Blick auf den merkwürdig verdreht daliegenden Körper Mohammeds und verzog das Gesicht. »Als ich das Durcheinander im Garten und den Zustand der Haustür sah, dachte ich, Sie hätten versucht, Lefèvre festzunehmen.«

»Sie sind mit seinen Überzeugungen vertraut?«, fragte der Inspektor.

Wilding zuckte vorsichtig die Achseln. »In dieser Region herrscht seit einer Woche große Ungewissheit.«

»So ungewiss ist die Lage gar nicht. Die Befehle aus Frankreich waren eindeutig.«

»Das stimmt«, ging Wilding auf Nummer sicher. »Das hier ist also nicht das Werk Ihrer Männer?«, fügte er mit einem Blick auf den entsetzlichen Schauplatz hinzu.

»Ich denke nicht, dass Folter dieser Art unsere Sache ist«, erklärte der Polizeibeamte angewidert. *Noch* nicht, dachte Wilding, behielt es aber für sich. »Nein, das hier haben die Einheimischen angerichtet. Höchstwahrscheinlich El Rifni. Würde mich zumindest nicht überraschen.«

»Der Mann, der sich Abrach nannte?«

Der Inspektor gab ein ironisches Grunzen von sich. »Sie kennen also seine Akte.« Sein Blick kehrte zu dem Leichnam zurück. »Wahrscheinlich kannten Sie auch diesen Bediensteten hier? Er war wohl eine Art Gärtner.«

»Mohammed«, erklärte Wilding, den das Gesicht des Toten auf morbide Weise fesselte. Die Nase war anscheinend zur Hälfte mit einer Klinge abgeschnitten worden.

»Der arme Teufel. Sie haben sich offensichtlich Zeit beim Töten gelassen. Sie wollten eine Information aus ihm herausbekommen. Höchstwahrscheinlich das Ziel, das Lefèvre ansteuert.« Der Inspektor hielt kurz inne und sah Wilding scharf an. »Sie selbst wissen wohl nichts darüber, nehme ich an.«

Wilding schüttelte den Kopf. »Nein. Und das ist schlecht. Sehr schlecht sogar. Ich wollte mich hier mit Lefèvres Tochter treffen.« Er hielt seine linke Hand hoch. »Wir sind verlobt.«

»Das tut mir leid«, erklärte der Inspektor und machte eine leichte, respektvolle Verbeugung. »Bei Ihnen wäre sie wohl sicherer aufgehoben.« Er schenkte Mohammeds blutigem Leichnam einen letzten, ziemlich gleichgültigen Blick und deutete mit dem Kinn in seine Richtung. »Ich frage mich, ob er ihnen noch irgendetwas erzählt hat, bevor er starb.«

Wilding schüttelte traurig den Kopf. »Das weiß nur Gott allein.«

45

Spätnachmittags saß Summerfield oft mit dem alten Mullah zusammen und blickte über das Tal. Von ihrem Sitzplatz aus konnten sie, von Ost nach West aufgereiht, die fünf Dörfer des Stammesgebiets sehen. Zwei davon, ihr eigenes namens Aït Itmolas und Tichkit, waren wohlhabendere, befestigte Dörfer, in denen man sich traf, um zu handeln, zu diskutieren und Entscheidungen zu treffen. Die beste Safranernte wurde dagegen in Medwala eingeholt. Die besten Krieger kamen aus Zemghort. Imi-n-Fala beanspruchte die schönsten Frauen des Tales für sich, und Tichkit war bereit, für seinen Ruf als Lieferant der saftigsten Oliven im ganzen Atlas zu kämpfen. Der Mullah hatte ihm beigebracht, die Ortsnamen im lokalen Dialekt auszusprechen, wenn er dem Engländer hin und wieder Unterricht erteilte, um dessen Arabisch zu verbessern. Für Summerfield waren die Dörfer ein Gleichnis für den Hang der Berber, sich zu unterscheiden – und darüber mitunter erbittert zu zanken –, aber auch für ihr Kriegertum und ihren Stolz gegenüber allem Fremden, die arabisierenden Einflüsse aus Stadt und Ebene eingeschlossen. Die Berberstämme aus Mittel- und Südmarokko waren fromme Muslime und zugleich treue Bewahrer ihrer eigenen Identität; sie hatten sich niemals restlos einer äußeren Macht unterworfen – weder den Römern noch den Vandalen, Arabern, Türken, Portugiesen, Spaniern oder den Franzosen.

Summerfield hatte Zuneigung und Respekt für den alten Mann entwickelt. Dessen Großzügigkeit nach dem Sturm hatte zu einer Verbundenheit geführt, die mehr als eine gewöhnliche

Männerfreundschaft war und fast einer Vater-Sohn-Beziehung ähnelte, was nicht hieß, dass sie immer komplikationslos war. So regelmäßig sie sich, manchmal auch mit Badr zusammen, zu Gesprächen trafen, so häufig gingen ihre Meinungen auseinander. Bei mehr als einer Gelegenheit endete, was als für die Berber typisches Rededuell begonnen hatte, in einem ausgewachsenen Streit über Gewohnheiten, Bräuche, den Nutzen von Fußball, die Klitorisbeschneidung bei den Mädchen in den Ebenen und im mauretanischen Süden, Freiheit und Unabhängigkeit und sogar über den Wert und die Wirkung von Salz. Bei solchen Gelegenheiten beruhigten sich jedoch die Gemüter schnell, wenn sie ihre Aufmerksamkeit zurück auf die Aussicht vor ihnen richteten. Denn beim Anblick des großen, gewundenen Tals empfanden sie unweigerlich Ehrfurcht und innere Ruhe. Badr hatte ihm einst verkündet, Summerfield würde in Marokko Gott finden. Und vielleicht hatte er damit recht gehabt. Im Angesicht solcher Schönheit war es jedenfalls schwer zu glauben, dass es keinen Gott geben sollte.

Im Juli kehrte Badr mit den neusten Nachrichten aus Mers-el-Kébir zurück: Britische Kriegsschiffe und Flugzeuge hatten die Vichy-Flotte im Hafen bombardiert und dabei mehrere Schiffe versenkt. Summerfield zog sich daraufhin zum Nachdenken in die Felsen zurück. Nach einer qualvollen schlaflosen Nacht, in der er sich erneut schlimmste Vorwürfe machte, weil er Jeanne verloren hatte, saß Summerfield bereits bei Sonnenaufgang auf einem Abhang und fand seinen Seelenfrieden in dem aufgehenden Gold und der beruhigenden Weisheit der Natur. Er hatte einst zu Badr gesagt, das Tal sei beinahe zu seiner Heimat geworden. Und aus diesem Beinahe war nun Gewissheit geworden. Das Tal *war* seine Heimat. Und er würde schon bald die Gelegenheit bekommen, es zu beweisen.

Er war mittlerweile überall als »der Brite« bekannt, was ihn von den Franzosen unterschied, den Feinden der Berber. Mit dem Angriff auf Mers-el-Kébir war er zum Feind der Franzosen geworden, zudem ein Gegner der Deutschen. Niemand in dieser Gegend wusste viel über die Deutschen, doch es hatte sich herumgesprochen, dass diese in weiten Teilen Nordafrikas einmarschieren und dort verheerenden Schaden anrichten wollten. Anscheinend hatten die Deutschen nichts gegen die Einheimischen und ermunterten sie sogar, sich gegen ihre alten Kolonialherren, namentlich die Briten und die Franzosen, aufzulehnen. Was und auf welche Art man Summerfield davon berichten konnte, war also eine heikle Angelegenheit.

Er wurde von einigen auch »der Baumeister« oder »der Ingenieur« genannt, ein Wort, das für die Berber nicht leicht auszusprechen war. Denn sein Ehrgeiz hatte sich nicht auf die Toiletten beschränkt. Summerfield hatte sich ebenfalls des Problems der Infrastruktur angenommen und nach den Verwüstungen des Sturms vorgeschlagen, die im Zickzack von Dorf zu Dorf führenden Pfade zu befestigen, damit sie sich bei Regen nicht in einen schlammigen Sumpf verwandelten. Die Idee wurde zwar grundsätzlich für gut, jedoch viel zu aufwendig befunden. Die Arbeitskräfte wurden für die alltäglichen Aufgaben im Dorf gebraucht, und man nahm nicht ganz unbegründet an, dass unter den Pfaden ja ohnehin früher oder später der Felsen zum Vorschein kommen würde, wenn sie nur lange genug ausgewaschen wurden. Die Menschen wollten lieber noch ein paar Jahre lang bis zu den Knien im Schlamm versinken, als ihre kostbare Zeit, Anstrengung und Ressourcen darauf zu verwenden, etwas an diesem Zustand zu ändern. Summerfield war darüber eher amüsiert als verärgert. Denn er erkannte in dieser schrägen Denkweise, dem Abwägen, was eben noch erträglich war und was Priorität hatte, eine Logik, die er in ihrer Konsequenz fasziniert fand und die damit zu tun hatte, wie die Berbervölker die Zeit wertschätzten. Der Schlamm würde für zwei oder drei Monate bleiben. Ihr Reich und ihre Kultur überdauerten nun schon seit zweitausend Jahren. Der Bau einer Straße würde sechs bis acht Monate in Anspruch nehmen. In dieser Zeit konnte viel passieren. Besser, man wagte sich nicht riskant in eine unbekannte Zukunft vor. Da konzentrierte man sich lieber auf andere, praktischere und kontrollierbare Dinge.

Also richtete Summerfield seine Aufmerksamkeit stattdessen auf den Bau einer Schule. Mit dem Segen und der Unterstützung des Mullahs renovierte und erweiterte er eine zerfallende Hütte am Dorfrand, die in der Vergangenheit als Ziegenstall gedient hatte. Er zimmerte mehrere einfache Holzbänke zusammen und überzog eine Wand mit Lasur, so dass man darauf schreiben und das Geschriebene danach wieder wegwischen konnte. Das größte Problem bestand darin, den Kindern und ihren Eltern klarzumachen, weshalb sie die Schule besuchen sollten. Summerfield entschied, dass dies am besten zu bewerkstelligen sei, indem er eine Tour durch das Dorf und die unmittelbare Umgebung machte und es jeder Familie einzeln erklärte. »Aber wann werden unsere Kinder dann Zeit haben, um auf den Feldern zu arbeiten?«, fragten die Eltern. »Warum sollen sie etwas über Europa und Amerika erfahren? Das macht sie doch bestimmt nur noch frecher!« Und Summerfield antwortete darauf, erklärte sein Vorhaben, argumentierte. Er drohte damit, die öffentlichen Toiletten wieder zu schließen. Und er wollte angesichts des Widerstands schon fast aufgeben, bis ihm das schlagende Argument kam, als er eines Morgens dem Mullah dabei zusah, wie er sich den Abhang zur Kasbah hochkämpfte und dabei im Schlamm ausrutschte: Die neue Schule würde den Mullah vor einem Unfall bewahren, der in seinem fortgeschrittenen Alter den sicheren Tod bedeuten könnte.

Anstatt weiter an Türen zu klopfen, begann Summerfield nun damit, vor den Kindern ganz nebenbei die schwachen Beine des alten Mannes und das Risiko von Knochenbrüchen zu erwähnen. Die Kinder wiederum waren der sicherste Weg, um den Berg zu versetzen. Seine Worte sprachen sich herum. Und sie wurden ausgeschmückt und mit verschiedenen Bedeutungen angereichert: Der Mullah könne nachts nicht schlafen, weil ihm die Muskeln so weh taten; er habe sich bereits einen Knöchel gebrochen und sage nur niemandem etwas, um mit seinem Unterricht fortfahren zu können; der arme alte Würdenträger habe bereits vorsorglich sein Testament verfasst; die glänzenden Steine und der Schlamm seien nicht etwa das Ergebnis des Sommerregens, sondern der Schweiß des alten Mullahs, den dieser beim Erklimmen der steilen Hügel und Schluchten vergoss.

Schließlich stieß das Projekt auf Akzeptanz. Summerfield musste sich das Gebäude nun zwar mit dem Mullah teilen, doch das Resultat war es ihm wert. So erhielten die Kinder ihren Religionsunterricht, wurden aber auch in Englisch, Geographie, Theater und Geschichte unterrichtet. Leider konnte keins der Kinder schreiben, doch sie verfügten über ein hervorragendes Gedächtnis und waren geschult im Zuhören, das seit Tausenden von Jahren Teil ihrer Kultur war und wodurch Gedichte, Sprechchöre und Lieder weitergegeben wurden. Zufrieden mit seinem halben Sieg verbrachte Summerfield nun also drei Nachmittage pro Woche in der Rolle des Lehrers.

Nachdem er eines Abends Rajas Vater beim Gerben des Leders geholfen hatte, kletterte er zu seinem liebsten Aussichtspunkt hinauf. Es war ein Felsen, der ihm einen ausgedehnten Blick vom östlichen bis zum westlichen Rand des Tales bot. Er setzte sich, zog seinen Tabakbeutel hervor und stopfte etwas Watte in einen kleinen ausgehöhlten Knochen, wie er von den Männern in der Region als Pfeife benutzt wurde. Er war froh, dass die kühle Brise aus den Bergen für eine Weile den schrecklichen Gestank der Gerbstoffe von seiner Haut fortwehte, und zündete die Pfeife an einem Streichholz an. Einen Augenblick lang studierte er die Schachtel, das Bild des Löwen und die französischen Worte darauf, und ihm wurde bewusst, wie weit er von Marrakesch und der Zivilisation mit ihren Autos und Telefonen, Zügen und Boutiquen entfernt war. Im Augenblick konnte er nicht einmal sagen, welcher Tag gerade war, und er musste darüber lachen.

Nachdem er noch eine Weile über die weite, erhabene Landschaft geblickt und die frische Luft eingeatmet hatte, bemerkte er Badr, der gerade zu ihm heraufstieg. Der junge Mann trug ein hellblaues Hemd und einen *Chech*. Über der Schulter baumelte sein Gewehr, eine deutsche Mauser, und in der Hand hielt er eine weitere Waffe – Summerfields Lee Enfield. Er sah zu, wie der junge Mann näher kam und seine Züge langsam erkennbar wurden, dann stand er auf, um ihm die letzten fünfzig Meter entgegenzulaufen.

Sie umarmten sich, und Summerfield bemerkte anerkennend, dass Badr kein bisschen außer Atem war. Badr war ein Athlet – wie alle Menschen, die in diesen Bergen lebten. Geschmeidige, sehnige Körper, die keinen Heißhunger kannten und so hart und mager wie das Leben waren, das sie führten. Die beiden setzten sich. Gleich Summerfield zog auch Badr seine Pfeife hervor und stopfte sie mit dem dicken schwarzen Tabak der Gegend.

»Wunderschön«, sagte Summerfield und machte eine weite Handbewegung über das Tal. »Ich habe keine Ahnung, was heute für ein Tag ist, aber den Monat erkenne ich doch!« Er lachte. »Der September ist hier die reinste Magie. Ich habe noch nie solch ein Licht, so viel Leben gesehen.«

»Es ist *Donstag*«, informierte ihn Badr in seinem kläglichen Englisch und grinste, als Summerfield über seine Aussprache das

Gesicht verzog. Manche Dinge änderten sich einfach nicht – trotz allen Unterrichts. »Bald ist Erntezeit«, fügte er hinzu. »Wir alle werden in den kommenden zwei Monaten äußerst hart arbeiten. Du wirst rasch erfahren, was Erschöpfung wirklich bedeuten kann.«

»Als ich noch ein junger Bursche war«, an dieser Stelle nickte Summerfield Badr zu, »habe ich bei der Hopfenernte geholfen.«

»Hopfen?«

»Houblon«, sagte Summerfield auf Französisch, doch Badr kannte das Wort nicht. »Damit brauen wir Bier.«

»Aha!«

»Das war auch verdammt harte Arbeit.«

»Dann hast du ja bald die Möglichkeit zu vergleichen«, erwiderte der junge Mann. »Hier, nimm deine Enfield«, fügte er hinzu und reichte ihm das schwere Gewehr, als wäre es ein federleichter Stock. »Nicht nur die Ernte wird dich erschöpfen.«

»Ach ja?« Summerfield blickte Badr scharf an und verspürte ein leichtes Zwicken im Magen.

»Letzte Woche war ich im westlichen Vorgebirge. Der Krieg in Europa hat nichts an den Absichten der Franzosen in Marokko geändert. Ich habe ganze Lastwagenkolonnen in der Ebene gesehen. Viele Soldaten. Sie hatten sogar Flugzeuge. Sie richten einen Stützpunkt ein, Harry.«

»Eine Offensive?«

Badr seufzte, blies Rauch aus und schüttelte den Kopf.

»Das geht nun schon seit beinahe vierzig Jahren so. Sie sind wie tollwütige Hunde, sie lassen niemals locker. Im Norden haben sie begonnen, dann kam der Süden. Die Berge – der Hohe Atlas – sind alles, was uns geblieben ist. Hier gibt es keine Mineralien. Keine Edelmetalle. Was haben sie hier also zu suchen, wenn es nicht ausschließlich um Herrschaft und Unterwerfung geht?«

»Möglicherweise Strom«, überlegte Summerfield. »Sie wollen

vielleicht Stauseen und Dämme anlegen, um Strom für ihre Industrie und ihre Infrastruktur zu erzeugen. Das ist der Fortschritt.«

»*Ihr* Fortschritt. Der ehemalige Generalresident Lyautey, ein alter Mann, der dieses Land wie sein eigenes liebte, hat andere Wege gefunden. Er war zwar ein alter Krieger und hat viele Kämpfe mit uns ausgetragen – aber er ließ uns unsere Traditionen und unser Land. Doch nun haben sich die Dinge geändert.«

Summerfield schwieg hilflos. Er zuckte mit den Achseln. Was sollte er dem jungen Mann sagen? Dass es auch in ihrem Interesse lag? Dass die beiden Welten lernen konnten, Seite an Seite miteinander zu leben? Dass Marokko in ein-, zweihundert Jahren vielleicht wieder frei sein würde? Er fühlte sich plötzlich schuldig, weil er ein Europäer war, ein Weißer. Sie beherrschten die Welt nun seit so vielen Jahrhunderten, rastlos und getrieben von ihrer Gier nach Reichtum und ihrer verdammten Neugierde. In gewisser Weise erschien alles ganz selbstverständlich, unaufhaltsam.

»Du hast mir also mein Gewehr gebracht«, äußerte sich Summerfield schließlich. »Wird es zum Kampf kommen?«

»Nein. Nicht so, wie du denkst. Keine große Schlacht wie in Filmen oder Büchern. Gegen ihre Übermacht können wir nichts ausrichten, wir könnten sie noch nicht einmal für eine Weile aufhalten. Doch es ist an der Zeit, dich mit auf Patrouille zu nehmen. Vielleicht wirst du die Gelegenheit haben, ein wenig schießen zu üben. Denn womit wir ihnen Widerstand leisten können und worin wir erfahren sind, ist die Kunst des Scharmützels.«

46

Zwei Tage später fand Summerfield sich in einer Kolonne aus fünfzig Männern wieder. Sie verließen das Dorf vor Tagesanbruch, bevor die Hitze sich bleischwer über die Hügel legte. Als sie den Weg gen Westen einschlugen, der sie zu den nächsten Tälern führen würde, erblickte Summerfield im Fenster eines Hauses die Umrisse einer Frau. Es war Raja, die aufgestanden war, um sich von Badr zu verabschieden – ein paar leise gemurmelte Worte, ein Nicken, eine Geste. Es war eine ergreifende Trennung, und ihr Anblick schnürte Summerfield für einen Moment den Hals zu. Er wünschte sich, er hätte ebenso wie sein junger Freund eine Frau, von der er sich verabschieden könnte; eine Geliebte, auf die er sich bei seiner Rückkehr freuen würde.

Das bläulich violette Licht ließ die ganze Umgebung unwirklich erscheinen, fast wie die Kulisse eines Hollywood-Westerns. Der Duft von Thymian lag in der Luft und vermischte sich hier und da mit dem Gestank, der aus den Tierställen heranwehte. Das trockene Bellen eines Hundes setzte ein, als sie an einer Schäferhütte vorbeizogen, und war noch im selben monotonen Rhythmus zu hören, als sie schon längst die westliche Flanke des Tals erklommen hatten und auf dem Bergrücken entlangmarschierten. Nach einer Weile erblickte Summerfield eine ähnliche Kolonne etwas unterhalb der ihren, einen dunklen menschlichen Tausendfüßler, der sich langsam im Zickzack der gewundenen Pfade fortbewegte. Die beiden Kolonnen marschierten eine Weile parallel zueinander, die eine oberhalb der anderen auf dem

Bergrücken, und als der Tag anbrach, gab Toubfil, ihr hoch aufgeschossener, ernst dreinblickender Anführer, den Befehl zu singen. Und so wechselten die beiden Kolonnen sich mit Strophe und Refrain ab, bis sich ihre Wege nach fast zwei Kilometern wieder trennten.

Summerfield spürte die Aufregung, die immer wieder durch seinen Kopf und seine Adern pulsierte, während er das Lied des Stammes murmelnd begleitete. Er hatte noch nie zuvor auf jemanden geschossen – und dann gleich auf einen Franzosen, einen Europäer, einen von seinen Leuten? Er fragte sich, ob er dazu überhaupt in der Lage sein würde. Eine Stimme in seinem Kopf quälte ihn mit der Einsicht, er habe ja auch gar keinen Grund dafür, es zu tun. Doch schließlich war er den inneren Kampf leid und beschloss, sich nur noch auf den Moment und auf den Weg vor ihm zu konzentrieren und die Entscheidung aufzuschieben.

Während der ersten beiden Tage ernährten sie sich von ihrem Proviant, der aus Pfannkuchen und gesalzenem Grieß bestand. Sie mussten schon über zwanzig Kilometer hinter sich gebracht haben, und Summerfields steife Beine und geschwollene Knie schmerzten von den permanenten Auf- und Abstiegen. Am dritten Abend brachte Toubfil eine Ziege von einem abgelegen lebenden Hirten mit, bei deren Auswahl aus der Herde er sorgfältig auf ihre Fellzeichnung geachtet hatte, damit diese nicht als schlechtes Omen gedeutet werden könnte. Sie grillten das Tier an einem Spieß und aßen es im Schutz einiger größerer Felsbrocken. Es schmeckte köstlich.

In jener Nacht betrat ein junger Bote vom *Gral-eb-naa*-Stamm ihr Lager und überbrachte ihnen Neuigkeiten über die letzten Truppenbewegungen der Franzosen. Toubfil hatte kaum Gelegenheit gehabt, ihm Fragen zu stellen, da flackerte in der Ferne ein Feuer auf – ein Warnsignal, das den Vormarsch der Franzosen anzeigte. Toubfil löste sich von seiner gedämpften Unterhaltung mit dem Boten und starrte in den schwarzen Horizont, als würde er dort nach einer Bestätigung für seine Entscheidung suchen. Schließlich wandte er sich um und deutete auf das Feuer. »*Yallah*«, sagte er knapp und war schon verschwunden, bevor der Großteil der Kolonne sich überhaupt erhoben hatte.

Der junge *Gral-eb-naa*-Mann, Summerfield schätzte ihn auf nicht älter als dreizehn Jahre, führte sie trotz seiner bloßen Füße geschwind durch die Dunkelheit. Nach nicht allzu langer Zeit musste Summerfield keuchend eine Pause einlegen. Doch sie währte nur ganze vier Sekunden, bevor Badrs Gestalt auf dem schmalen Pfad vor ihm kehrtmachte und ihn weiterzog. Sein Freund sagte kein Wort, doch sein stechender Blick erklärte deutlich genug, dass Stehenbleiben nicht angebracht war. Summerfield nickte, biss die Zähne zusammen und ging weiter.

Die Kolonne kletterte auf einem steilen, gewundenen Pfad den Hang hinauf. Summerfield wagte es nur ein einziges Mal, in den dunklen Abgrund unter ihnen zu blicken, und geriet sogleich ins Taumeln. Doch er riss sich zusammen, lenkte seine Konzentration auf seinen Vordermann und ahmte dessen Schritte so exakt wie möglich nach. Während ihres beschwerlichen Aufstiegs hing der Geruch von Schweiß, Angst und Leder über der Kolonne. Endlich erreichte die Kolonne die Spitze des Berges, wo sie jedoch nicht stehenblieb, sondern sich sogleich an den Abstieg auf der anderen Seite machte und dabei noch an Tempo zulegte. Summerfield rechnete aus, dass sie nun schon seit fast zwanzig Stunden auf den Beinen waren, und fragte sich, ob erst jemand zusammenbrechen musste, bevor Toubfil das Signal zum Haltmachen geben würde. Und er fragte sich außerdem, ob er wohl derjenige sein würde. Alles tat ihm weh – von seinen Lungen über die Stelle am Schlüsselbein, gegen die sein Gewehr beständig schlug, bis zu seinen Beinen, durch die bei jedem Schritt den steilen Pfad hinab schmerzhafte Stiche fuhren. Noch dazu brannte eine Blase an seiner rechten Ferse höllisch.

Nach zwei weiteren Stunden Gewaltmarsch ließ Toubfil die Kolonne in einer kleinen Bodensenke zwischen zwei Tälern zum Stehen kommen. Die Männer ließen sich stöhnend nieder und tranken. Badr drängte sich zu Summerfield durch, der gegen einen Baumstumpf gelehnt dalag, und fragte ihn, wie er sich fühlte. Summerfield deutete auf seine Beine und verzog das Gesicht. Der junge Mann nickte in der Dunkelheit und entblößte mit einem Grinsen seine auffallend weißen Zähne. Er kniete vor Summerfield nieder, ergriff eins seiner Beine und begann wie ein Sportarzt, die verhärteten Muskeln zu massieren. Summerfield kämpfte gegen den Drang an, laut aufzustöhnen – und zwar ebenso vor Genuss wie vor Schmerz.

Toubfil sandte rasch einen Mann namens Rahul als Boten aus, um die zweite Kolonne zu kontaktieren; an alle anderen wurde mit stummen Gesten der Befehl zu schlafen weitergegeben. Summerfield schloss die Augen und war bereits in tiefe Bewusstlosigkeit versunken, noch bevor Badr seine Massage beendet hatte.

Schon bald wurde er jedoch vom eigenen Zähneklappern geweckt. Ein kalter, schneidender Wind wehte von den höheren Gebirgszügen im Osten über sie hinweg, durchdrang alle Kleidungsschichten und sogar das Tierfell, das Badr ihm übergeworfen haben musste, während er schlief. Unter normalen Umständen hätten die Stammesmänner große Lagerfeuer aus Farnkraut und Holz entzündet, um sich daran zu erwärmen. Doch diesmal deutete nur ein kleiner Haufen Steine, unter dem ein paar Äste vor sich hin glühten, auf ein Feuer hin. Es wurde für den Tee am Glimmen gehalten, der den zuckersüßen Treibstoff der Männer darstellte. Daneben kniete Toubfil und blickte in die düstere

Ferne. Nach einiger Überlegung stand Summerfield auf und näherte sich ihm. Toubfil wandte ihm den Kopf zu und nickte unwirsch, als Summerfield sich schwerfällig niederließ. Summerfield zitterte am ganzen Körper und verfluchte sich dafür. Der Krieger hielt ihn sicher für schwach. Doch Toubfil sagte nichts. Stattdessen griff er nach einem Tuch, wählte einen großen Stein aus dem glühenden Haufen aus und wickelte ihn in den Stoff ein. Er übergab Summerfield das Bündel mit einer dringlichen Kopfbewegung. »*Choukran*«, sagte Summerfield, ergriff es und hielt sich die Wärmequelle dankbar an die Brust. »*Choukran.*«

Die Männer warteten nicht bis zum Tagesanbruch. Als hätte das Morgengebet sie über die Jahre hinweg programmiert, erhoben sie sich bereits fünfzehn Minuten bevor die ersten Sonnenstrahlen am östlichen Himmel auftauchten, und hatten innerhalb von zehn Minuten schon ihren Tee getrunken und ihr Brot gegessen, als Toubfil das Zeichen zum Aufbruch gab. Die einzigen Geräusche, die nun zu vernehmen waren, waren das dumpfe Klappern der Gewehre und ein ruppiges Gemurmel hier und da. Summerfield steckte sich den eingewickelten Stein unter die Kleider und hielt nach Badr Ausschau, dessen Rücken er folgte, während die Kolonne erneut in Richtung Süden stapfte. Als Summerfield aufblickte, sah er auf einem Hügel in der Ferne weitere Feuer brennen.

»Noch mehr Warnsignale?«, fragte er Badr leise, nachdem er zu ihm aufgeschlossen hatte.

Badr schüttelte den Kopf. »Harry, auf diesem Hügel gibt es keine Signalfeuer, dort brennt ein Dorf. Immerhin wissen wir nun, wo sich die französischen Soldaten befinden.«

Eine Stunde später hieß Toubfil sie mit erhobener Hand stehenbleiben. Die fünfzig Männer erstarrten geräuschlos. Toubfil vollführte mit seiner großen, knochigen Hand, die sich scharf vor dem graublauen Himmel abzeichnete, eine flach nach unten gerichtete Bewegung, und plötzlich war Summerfield der einzige Mann weit und breit, der noch stand. Er blickte verwirrt um sich. Dann zog Badr ihn hinunter und legte ihm einen Finger auf den Mund. Nach ein paar Sekunden erhob Toubfil sich wieder, und seine knurrende Stimme ertönte. »*Salam alaikum*«, rief jemand hinter einer Hecke aus Dornbüschen, und schon drängten sich die ersten Männer der zweiten Kolonne auf die Lichtung.

Badr verschwand mit Toubfil und dem Anführer der zweiten Kolonne, einem durchtrieben wirkenden, jedoch gutaussehenden Krieger namens Saïd. Die etwa neunzig zwischen Felsen und Büschen verstreuten Männer nutzten die Gelegenheit, sich auszuruhen, während ihre Anführer das weitere gemeinsame Vorgehen besprachen. Summerfield, der bei jeder Pause erneut zu zittern begann, zündete sich seine Pfeife an und rauchte wie ein Häufchen Elend, während er zwischen zwei umgefallenen Baumstämmen vor dem betäubenden Wind Schutz suchte. Seltsamerweise musste er gerade in diesem Moment daran denken, wie er vor Jahren am Gymnasium in Tonbridge seine Morgen verbracht hatte. Die Lehrer dort hatten es sich zum Ritual gemacht, ein gemeinsames Frühstück mit Tee, Muffins und Rühreiern zu sich zu nehmen, bevor sie sich in den Unterricht mit den »Wilden« stürzten, wie sie ihre flaumig behaarten, stimmbrüchigen Schüler nannten. Es war so seltsam, dachte er, während er sich an ihr schallendes Lachen erinnerte, so englisch – und so großartig. Habe ich mein Leben verpfuscht?, fragte er sich. Habe ich vielleicht einfach weggeworfen, was ich damals für bedeutungslos und langweilig hielt? Im Augenblick würde ich jedenfalls für einen gottverdammten Muffin morden.

Toubfil, Saïd und Badr, die drei Anführer, kehrten zu ihnen zurück, bückten sich und wählten die Männer für ihre jeweiligen Angriffstruppen aus. Saïd tippte Summerfield auf die Schulter, doch kaum hatte er es getan, erschien auch schon Badr und sprach rasch auf ihn ein. »*Waha*«, nickte Saïd und schenkte Summerfield ein kleines Lächeln, gefolgt von der Aufforderung, sich Badr anzuschließen.

Jede der drei Gruppen erhielt daraufhin eine gemurmelte Anweisung ihres jeweiligen Führers. Obwohl Badr in seiner Gruppe der Jüngste war, schien er den Respekt und die ungeteilte Aufmerksamkeit aller, auch der älteren Männer zu genießen. Summerfield wurde bewusst, dass er während seiner längeren Abwesenheiten vom Dorf reichlich Erfahrungen in welchen mysteriösen Aktionen auch immer gesammelt haben musste; wesentlich mehr Erfahrungen als die anderen, älteren Stammesmitglieder, die sich nun um ihn scharten.

Badr zeichnete mit einem Stöckchen die Umrisse der Täler vor die Männer in den Staub und stieß an der Stelle ein Loch in die Erde, an der das Dorf in Brand gesetzt worden war. Er erklärte, dass die französischen Truppen sich nun aller Wahrscheinlichkeit nach auf das nächste Dorf zubewegten, das etwa fünf Kilometer weiter östlich über den nächsten Berg lag, wie er ihnen mit einer nach hinten gerichteten Kopfbewegung anzeigte. »Dort werden wir sie angreifen.« Die Männer nickten schweigend. Badrs Tonfall wurde ernst, sein Blick war düster und hart wie Stein. »Saïds Gruppe wird als Köder fungieren. Sie werden wie eine Herde verschreckter Ziegen davonrennen – hier hinauf«, sagte er und zeichnete dabei eine Linie mit seinem Stock. »Wir und Toubfils Männer werden dagegen wie Schlangen sein, uns zu beiden Seiten des Wegs hinter den Felsen verstecken und darauf warten, im rechten Moment zuzuschlagen, wenn sie nah genug, aber noch nicht in nächster Nähe sind. Sie werden nicht weichen, sondern versuchen vorzurücken – sie sind zu allem bereit. Wenn ich den Befehl gebe, feuert ihr und zieht euch auf mein Kommando sofort dahin zurück, wohin ich euch schicke. Womöglich verfügen sie über schwere Geschütze, seid darauf vorbereitet. Ganz wichtig: Niemand wird zurückgelassen. Wenn jemand verletzt wird, nehmen wir ihn entweder mit oder, falls er nicht transportfähig ist, setzen seinem Leben barmherzig ein Ende. Es wäre eine Schande und würde eine Bedrohung für unsere Familien darstellen, wenn jemand gefangen genommen würde. Hat das jeder begriffen? Ja? Dann lasst uns gehen – einige von euch mit Gottes Segen, andere, wie ich, mit dem Segen des freien Mannes. Kommt!« Summerfield erhob sich gemeinsam mit den anderen und stellte sich hinter Badr. »Sidi Summerfield«, sprach Badr leise über seine Schulter gewandt. »Ich erinnere mich noch daran, wie leichtsinnig du damals in Marrakesch warst. Das Ergebnis war, dass du beinahe zu Tode geprügelt worden wärst. Bitte, Harry – mach diesmal keine Dummheiten. Halte dich an mich und befolge meine Anweisungen. Es wäre nicht das glorreiche Ende, nach dem du dich sehnst, wenn du auf diesen fremden Hügeln ums Leben kommst. Denk daran, dass du für einen grüneren, englischeren Himmel als den unseren bestimmt bist.«

Nach einer Stunde bergauf und zwanzig Minuten bergab erreichten sie ihre Stellung etwa zwei Kilometer flussabwärts des Dorfes Itdirzt. Ein Maultier zockelte an ihnen vorbei, als sie sich gerade hinter verschiedenen Felsen versteckten, und Summerfield erkannte in dessen Reiter den Boten Rahul wieder, den Toubfil zwei Tage zuvor ausgesandt hatte. Summerfield lächelte ihm zu, doch Rahuls Miene blieb kalt und unbewegt, während er dem Pfad ins Tal hinunterfolgte, wo die französischen Späher bald auf Saïds Männer stoßen würden.

Badr zog Summerfield zu sich in eine kleine Vertiefung, die von einem natürlichen Wall aus Geröll und Steinen geschützt wurde.

»Darauf kannst du dein Gewehr ablegen«, erklärte Badr. »Wie fühlst du dich, Harry?«

»Gut«, erwiderte Summerfield. »Habe bloß etwas Durst. Und ziemlich großen Hunger.«

Badr grinste flüchtig und steckte die Hand in seine Tasche. »Hier, den Pfannkuchen habe ich gegen eine Gewehrkugel eingetauscht. Iss.« Summerfield nickte dankbar und begann zu kauen. »Du wirst wahrscheinlich zittern, Harry. Das geht jedem so. Es ist eine Mischung aus Angst und Aufregung. Meistens allerdings hauptsächlich Angst. Mach dir keine Sorgen. Aber wenn du nicht zielen kannst, dann schieße auch nicht. Das wäre Verschwendung einer kostbaren Kugel.«

»Und was soll ich dann stattdessen tun? Mit Steinen werfen?«

»Nein, Harry«, grinste Badr. »Nur beten und fluchen – hoffen wir, dass dir das beim Zielen helfen wird.«

Quälend langsam verstrich eine Stunde, doch dann drang das Echo von Schüssen aus dem Tal zu ihnen vor. Es waren etwa zehn, gefolgt von zwei oder drei rasch aufeinanderfolgenden. Badr erhob die Hand – das Zeichen für alle, sich bereitzuhalten. Weitere Schüsse ertönten in unterschiedlichen Intervallen und durchschnitten die Stille, die sich kurz über das Tal gelegt hatte.

»Siehst du diesen Punkt dort?«, fragte Badr sanft. »Wo der Felsen sich neben dem alten Baum erhebt.« Summerfield nickte. »Richte deine Lee Enfield genau dorthin – dort werden sie sicher ihre Köpfe herausstrecken. Wir beide haben die einzigen Gewehre, mit denen man auf die Distanz präzise Schüsse abfeuern kann.«

»Und diese Präzision traust du ausgerechnet mir zu«, bemerkte Summerfield sarkastisch.

Erneut drangen Schüsse und nun auch Schreie zu ihnen vor – Saïds Männer waren auf dem Rückzug. Von seiner Stellung aus erkannte Summerfield plötzlich zwei Gestalten und starrte angespannt und mit zusammengekniffenen Augen durchs Visier. Badr griff nach seinem Unterarm, und Summerfield blickte erschrocken hoch. Der junge Mann schüttelte den Kopf. Es handelte sich um zwei von Saïds Männern, die wie geplant auf sie zueilten. Eine Minute später tauchte ein dritter auf, der stark humpelte, während er sich den steilen Pfad hinaufschleppte. Die Schreie stammten aus seinem Mund. Panisch sah er sich nach irgendetwas um, das ihm Schutz bieten würde, riss sich dann sein Gewehr von der Schulter und begann, den Hang hinaufzukrabbeln.

»Das ist Ali«, zischte Badr. »Sie werden ihn umbringen.«

In diesem Augenblick erschienen zwei Soldaten in Khakiuniform, die sich gebückt auf ihn zubewegten. Sie schossen jedoch nicht, und Badr begriff sofort.

»Sie wollen ihn lebendig. Eröffne das Feuer, Harry – das war es dann eben mit unserem Plan!« Badr erhob erneut die Hand – diesmal als Befehl zu schießen. Summerfield hatte das Gefühl, seine Ohren würden explodieren, als Badr den ersten Schuss abfeuerte. Seine Augen registrierten alles, ohne es wirklich zu begreifen – seine zitternden Hände, Badrs Finger am Abzug, das Klicken, die nächste Explosion. Weitere Schüsse aus den Gewehren von Badrs Männern. »Schieß!«, rief Badr und schüttelte Summerfield unsanft. »Sie haben Ali gleich erreicht.« Summerfield legte sich die Lee Enfield auf die Schulter, sah einen Umriss und feuerte blind darauf ab. Das Gewehr schlug ihm schmerzhaft gegen die Brust, und er fluchte. Badr lud nach und schoss erneut – einer der französischen Soldaten sank zu Boden. »Erwischt!«, spuckte Badr aus. »Konzentrier dich auf den zweiten.«

Das Nächste, was Summerfield mitbekam, war ein merkwürdiges Summen über seinem Kopf, wie von einem vorbeifliegenden Insekt. Er richtete sich auf und blickte neugierig nach oben. »Harry – bist du verrückt geworden?« Badrs Gesicht war rot vor Wut. »Runter mit dir! Merkst du nicht, dass sie auf uns schießen?«

»Herrje!«, keuchte Summerfield. Er ließ sich sinken und lugte vorsichtig durch eine Lücke im Steinwall vor ihnen hindurch. Er erkannte etwa ein Dutzend Gestalten, die sich dicht zusammengedrängt den Pfad hinaufbewegten und dabei immer wieder stehenblieben, sich duckten und wieder weiterliefen. Es musste ein ganzer Zug sein, die Vorhut des französischen Angriffs. Er sah links neben sich, wo Badr sich nach unten gleiten ließ, sein Gewehr lud, sich wieder hochschob und in einem regelmäßigen Rhythmus Schüsse abgab.

»Mach es so wie ich«, forderte er Summerfield auf, ohne ihn anzusehen.

»Sollten wir uns nicht lieber zurückziehen?«

»Nicht, bevor Ali in Sicherheit ist.«

Summerfield fühlte sich wie benommen. Sein Kopf war mehrere Sekunden lang leer, doch dann rappelte er sich auf, zielte und feuerte. Und wiederholte das Ganze.

»Er ist da drüben«, zeigte Badr. »Dreißig Meter vor den anderen, hinter dem Felsen. Er kann nicht mehr laufen.«

Summerfield spähte über den Steinwall, um den unglücklichen Ali ausfindig zu machen, und fuhr sogleich mit einem Aufschrei zurück. »Scheiße! Mein Rücken – sie haben mich getroffen!« Badr hielt ihn fest und drehte ihn grob auf den Bauch.

»Keine Kugel, Harry. Das ist bloß ein Felssplitter, den du abbekommen hast.«

»Das tut verdammt weh!«, schimpfte Summerfield. Er spürte, wie er vor Wut schier platzte. »Diese verdammten Froschfresser!«

»Harry!« Badr bedeutete ihm mit weit aufgerissenen Augen, Ruhe zu bewahren.

»Wie zum Teufel können sie es wagen!«, brüllte Summerfield, der nun jede Vernunft fahrenließ und sich vom Boden aufrichtete. »Wie zum Teufel können sie es wagen!« Er fummelte wie wild am Schloss seiner Waffe herum und feuerte dreimal in die

Runde, ohne sich um die um ihn herum pfeifenden Kugeln zu scheren. Doch dann brachen seine Beine unter ihm zusammen, und Badr drückte ihn nieder.

»Engländer, du bist wahnsinnig! Du wirst noch umgebracht werden!« Ein drittes Mal erhob er seine Hand und forderte seine Männer damit zum Rückzug auf.

»Was ist mit Ali? Wir können ihn nicht zurücklassen.« Summerfield versuchte sich freizukämpfen.

»Ali wird nicht reden.«

»Aber du hast gesagt –«

»Ali ist tot«, unterbrach ihn Badr kühl.

»Tot?« Summerfield starrte Badr an. »Was …?«

»Ich musste es tun, Harry. So lauten die Regeln. Armer Ali. Doch nun komm!«

Bevor Summerfield noch etwas erwidern konnte, hatte Badr ihn schon aus ihrer Stellung heraus und bis zur zweiten Feuerlinie gezerrt.

Der Kampf schien eine Ewigkeit zu dauern. Es war ein einziges Versteckspiel. Die französischen Truppen rückten vor, Badr und seine Männer schossen auf sie, sie zogen sich zurück, nur um weiter vorn wieder aufzutauchen. Dann zogen sie sich erneut zurück, ohne Verluste. Für eine Weile herrschte Stille, und Summerfield stellte sich vor, dass die Franzosen sich nach dem beschwerlichen Aufstieg wohl kurz erholen mussten. Doch schon bald wurde der wahre Grund für die Ruhepause deutlich: Das Dröhnen eines herannahenden Flugzeugs erfüllte das Tal. In etwa zwei Kilometern Entfernung erblickten sie einen silbernen Doppeldecker, der noch aus dem letzten Weltkrieg zu stammen schien.

»Lass dich nicht täuschen, Harry«, rief Badr, der Summerfields ironisches Lächeln bemerkt hatte. »Das Ding ist mit Maschinengewehren gespickt. Wahrscheinlich sogar mit Bomben.«

»Das ist ein Desaster, Badr. Ein ganz beschissenes Desaster.«

»Das ist es meist«, erwiderte Badr. Diesmal war er derjenige mit dem ironischen Lächeln. »Ich frage mich, wo Saïd und seine Männer sind. Sie sollten eigentlich auf dem östlichen Hang zu Toubfil stoßen.« Kaum hatte er die Worte ausgesprochen, ertönte ein gedämpfter Ruf. Einer von Badrs Männern meldete die Ankunft eines Boten. Eine Gestalt kroch in die Mulde, in der Badr und Summerfield lagen. Wieder handelte es sich um Rahul, dessen staubbedecktes Gesicht von Sorge und Schmerz gezeichnet war. Um seine linke Hand hatte er einen blutgetränkten Verband aus ursprünglich einmal blauem Stoff gewickelt. Summerfield meinte zu erkennen, dass ein Daumen fehlte, und prompt drehte sich ihm der Magen um.

»Befehl von Toubfil«, keuchte Rahul abgehackt. »Still zurückziehen und zerstreuen. Alle Truppen sollen heimkehren.«

»Und Saïd?«

Rahul wies mit seinem bandagierten Stummel ruckartig in Richtung des ihnen etwa einen Kilometer entfernt gegenüberliegenden Hügels. Der französische Doppeldecker glitzerte noch einen Moment in der Luft und verschwand dann in der Talspalte. Sekunden später vernahmen sie das gedämpfte metallische *rat-tat-tat* seiner Maschinengewehre. Rahul räusperte sich und spuckte grimmig aus: »Saïd wird noch eine Weile mit dem Flugzeug spielen, bis es dunkel wird.«

Im Laufe der nächsten Stunde zogen sich Badrs Männer in kleinen Grüppchen aus zwei bis drei Personen über den Gipfel ihres Hangs zurück und zerstreuten sich im dahinterliegenden Tal. Dabei wurde nur sporadisch geschossen, denn das Hauptaugenmerk lag mittlerweile auf den Ereignissen ein Tal weiter, wo die französische Artillerie das umherstreifende Flugzeug beim Aufspüren von Saïds Männern unterstützte.

Außerhalb der Reichweite der französischen Scharfschützen

kümmerte sich Badr als Erstes um Summerfields Rücken, auf dem ein kleiner, etwa einen Zentimeter breiter Riss klaffte – nichts Ernstes, aber doch schmerzhaft genug, als Badr den Splitter herauszog und eine Kräutersalbe auf die blutende Wunde auftrug. Dann half Badr Summerfield wieder auf die Beine, schulterte sein Gewehr für ihn und führte ihn in Richtung Westen.

Sie liefen in gedrückter Stimmung schweigend nebeneinanderher. Nach dem, was mit Ali passiert war, brauchte Summerfield eine Weile, bevor er seinem Freund wieder ins Gesicht blicken konnte. So schrecklich es auch war, schließlich überzeugte er sich selbst davon, dass Ali auf diese Weise einen schnelleren und sichereren Tod gefunden hatte, als wenn er gefangen genommen worden wäre.

Summerfield folgte Badr in die Nacht hinein und wurde dabei vom stechenden Schmerz in seinem Rücken auf Schritt und Tritt an die zurückliegenden Ereignisse erinnert. Insgesamt hatte sein erster Kampfeinsatz ein recht beschämendes Ende genommen. Immerhin hatte er gezeigt, wenn auch weniger aus Mut als aus Zorn, dass er Angreifern die Stirn bieten konnte und sogar in der Lage war, auf andere Männer – französische Soldaten – zu schießen. Er war von sich selbst überrascht: Damals in Spanien hatte er für eine große Sache kämpfen wollen, doch was er in den letzten Tagen erlebt hatte, war eine ganz und gar persönliche Angelegenheit.

Die Rückreise in ihr Dorf gestaltete sich lang und trostlos. Am zweiten Abend trafen sie auf Toubfil und etwa zehn seiner Männer. Sie waren froh über die Begegnung, aßen gemeinsam und tauschten Berichte vom Kampfgeschehen aus. Toubfil hatte seine Stellung gegenüber von Badr unter dem Druck des französischen

Vormarschs aufgeben müssen, und als überall um sie herum Mörsergranaten explodierten, hatte er den Befehl zum Rückzug gegeben. Seine Männer hatten sich ins Dickicht zerstreut und in den Schluchten Schutz gefunden, von denen es in dieser Gegend einige gab. Toubfil hatte sich mit seinen zehn Getreuen mitten durch eine französische Patrouille geschlagen, dabei einen Sergeanten getötet und war schließlich einem ausgetrockneten Flussbett bis zu einer abgelegenen Farm gefolgt. Sie hatten Abstand gewahrt und einen weiten Bogen darum gemacht, da sie aus der Ferne eine Gruppe Männer entdeckt hatten, unter ihnen einen französischen Offizier und drei Späher. Und sie hatten noch etwas Merkwürdiges beobachtet: An der Seite des französischen Offiziers hatte sich ein großer, schwer gebauter Araber mit sonderbar krummen Händen über eine Karte gebeugt. Ein Krüppel, sagte Toubfil, und einer seiner Männer ergänzte das Berberwort für »Teufel«.

Summerfield sah Badr nach diesem Bericht direkt ins Gesicht, doch der junge Mann weigerte sich, seinen Blick zu erwidern. Stattdessen atmete er tief durch und richtete sich an Toubfil: »Der Teufel arbeitet nun also mit den Vichy-Franzosen zusammen? Hast du sein Gesicht gesehen?«

Toubfil spuckte aus und schüttelte den Kopf.

»Das Monster hielt seinen Kopf von einer Kapuze bedeckt – doch seine Hände würde ich in jedem Fall wiedererkennen. Mein Dolch wird sie ihm gerne abnehmen.«

»Wenn sie dich nicht vorher zu packen kriegen«, erwiderte Badr grimmig.

Vier Tage später folgte Summerfield Badr, Toubfil und den anderen Männern endlich über den letzten Bergrücken in ihr Tal hinunter. Es lag verheißungsvoll und einladend vor ihnen im Sonnenlicht, und die Männer seufzten hörbar vor Erleichterung, als sie den kurvigen Pfad betraten, der bis zu der in der Ferne aufragenden Kasbah führte. Nach und nach versammelten sich die Dorfbewohner zu ihrer Begrüßung, und Summerfield entdeckte auch Raja unter ihnen, die Badr innig und leidenschaftlich entgegenblickte.

47

Le Guédec hatte nicht übertrieben. Das Jagdhaus lag fernab von allem in einer großen, baumbewachsenen Mulde an einem Berghang, wo weit und breit kein anderes Zeichen der Zivilisation zu sehen war. An einer Stelle, an der man mit dem Auto offensichtlich nicht weiterkam, waren sie von einem Mann erwartet worden – Le Guédec musste mit der für ihn typischen Gründlichkeit alles im Voraus arrangiert haben. Lefèvre hatte den Wagen also im Unterholz versteckt zurückgelassen, nachdem er ihn mit Hilfe von Le Guédecs Führer noch zusätzlich mit Gestrüpp bedeckt hatte. Eine strapaziöse fünfstündige Wanderung auf einem steilen, ausgewaschenen Ziegenpfad hatte sie schließlich zur Hütte geführt, die größer war, als Jeanne vermutet hatte.

Es gab ein zweistöckiges Hauptgebäude mit einer großen Veranda, die von einem hölzernen Vordach bedeckt war, um die Besucher in den heißen Monaten vor der Sonne abzuschirmen. Das Haus war offensichtlich seit einiger Zeit nicht mehr bewohnt worden, und der blassrosa Putz bröckelte und schälte sich von den Wänden wie sonnenverbrannte Haut. Die beiden Schlafzimmer waren von einer dicken Staubschicht bedeckt. Die Vorhänge waren kaum mehr als vergilbte Lumpen und schienen von Tieren angenagt worden zu sein. Als Soumia die Fensterläden öffnete, sahen sie im hereinfallenden Licht, dass der Fußboden mit den Überresten toter Insekten aller Art übersät war: Fliegen, Käfer, Spinnen, Libellen und einige fremdartige Kreaturen, die anscheinend in den Bergen heimisch waren. Das kleine Ess- und das Wohnzimmer im Erdgeschoss, das auf die Terrasse hinausführte, befanden sich in einem noch schlimmeren Zustand. Dicke Staubfäden hingen wie Spinnweben von der Decke über die Holzstühle und das Ledersofa – erstaunlich, wie Le Guédec das schwere Teil den Berg heraufgebracht haben mochte – bis auf den Fußboden und waren zur Falle für Hunderte toter Fliegen geworden. Überall lag Mäuse- und Rattenkot, und auch das ausgeweidete Sofakissen zeugte von der Anwesenheit der Nagetiere. Neben dem Kamin entdeckten sie schließlich das Skelett eines Vogels mit mumifiziertem Schädel, in dessen Kadaver noch ein paar vereinzelte Federn steckten.

Draußen lagen in etwa zwanzig Metern Entfernung die Unterkünfte der Bediensteten in zwei langgestreckten, tiefliegenden Hütten, in denen auch Geräteschuppen, Küche und die Stallungen für die Maultiere untergebracht waren, mit denen Le Guédec wohl Lebensmittel her- und seine Jagdtrophäen von der Hütte forttransportiert hatte. Die kleine Ansammlung von Gebäuden war von etwa zwanzig Kiefern umgeben, und am tiefsten Punkt der bewaldeten Mulde bildete eine kleine sprudelnde Quelle einen winzigen Teich, bevor ihr Wasser durch einen Spalt in den Felsen sickerte und in Richtung Tal verschwand. Die geglätteten Felsen, die auf einer Breite von etwa zwei Metern den Hang hinunterführten, deuteten darauf hin, dass die Quelle in den Wintermonaten wahrscheinlich wesentlich mehr Wasser führte und sich in einen Wasserfall verwandelte.

Als Jeanne sah, wie ihre Mutter beim Anblick ihrer neuen, äußerst primitiven Behausung in sich zusammenbrach, verwandelte sich ihre eigene Erschöpfung von ihrem Marsch, bei dem sie voller Angst und Sorgen über Höhen klettern mussten, von denen ihr ganz schwindelig geworden war, in Entschlossenheit. Für ihre Mutter war es der letzte Tropfen, der das Fass zum Überlaufen brachte und sie nach den Belastungen der vergangenen Tage in Tränen ausbrechen ließ. Jeanne wäre es wohl ähnlich ergangen, wenn das Leid ihrer Mutter sie nicht von ihrer eigenen Verzweiflung abgelenkt und ihr eine Aufgabe gegeben hätte.

Nachdem sie alles in Augenschein genommen hatten, half Jeanne Soumia dabei, Tee zuzubereiten, den ihre Mutter in einem der Holzstühle auf der Terrasse in Ruhe trinken sollte, während die beiden anderen Frauen mit zwei alten Besen, die sie in der Bedienstetenkammer gefunden hatten, tatkräftig im Haus zu Werke gingen. Jeannes Vater diskutierte derweil mit Le Guédecs Mann, wahrscheinlich, um ihre Versorgung zu organisieren. Geld wechselte den Besitzer. Als sie kurz von ihrer Arbeit aufblickte, sah Jeanne, wie ein verblasstes rötliches Bündel überreicht wurde und, als der Wind einen Teil des Stoffes verrutschen ließ, der polierte Schaft eines Jagdgewehrs im Sonnenlicht aufblitzte. Aus irgendeinem Grund ließ der Anblick Jeannes Gedanken zu Jim wandern, und sie spürte, wie ihr Panik die Luft abschnürte – Jim wurde sicher schon ganz wahnsinnig vor Sorge und Ungewissheit, während er nach ihnen suchte. Zum Glück riss ein spitzer Schrei von Soumia sie aus ihren schmerzlichen Gedanken. Diese hatte ein weiteres totes Tier entdeckt – den staubigen, versteinerten Kadaver einer Schlange.

»Oh, M'moiselle!«, jammerte Soumia, während Jeanne das Gerippe mit vorsichtigen und zugleich zornigen Kehrbewegungen aus dem Haus beförderte. »Ich will wieder zurück nach Marrakesch. Ich will nicht mit all dem unheimlichen Getier zusammen im Stall schlafen!«

»Sei nicht albern, Soumia!«, schimpfte Jeanne. »Selbstverständlich musst du nicht draußen schlafen. Wie kommst du auf die Idee, dass du nicht bei uns im Haus wohnen wirst?«

»Wirklich?« Auf Soumias Gesicht machten sich Überraschung und Dankbarkeit breit. »Oh, ich danke Ihnen, M'moiselle. Danke!«

»Nun lass uns hier fertig werden, Soumia«, sagte Jeanne, die bemerkte, dass ihre Stimme kräftiger und bestimmter geworden war.

»Und ich helfe euch dabei«, ertönte es von der Verandatür. Dort stand Jeannes Mutter mit gerötetem Gesicht und verweinten Augen.

»Mutter –«

»Lass. Mir geht es wieder gut, Jeanne. Danke. Ich komme mir so töricht vor. Ich war wohl ein wenig übermüdet.« Als sie bemerkte, dass ihre Tochter die Situation vollkommen im Griff hatte, fügte sie hinzu: »Sag mir, was ich tun kann.«

Nach zwei Stunden, in denen sie eimerweise Wasser von der Quelle zum Haus geschleppt und dort unermüdlich geschrubbt, gewischt und abgestaubt hatten, waren die Räume im Erdgeschoss so sauber, wie es unter den Umständen eben möglich war. Jeanne regte an, die Arbeit einen Moment ruhen zu lassen, und streckte ihren schmerzenden Rücken. Sie warf einen Blick in den großen Wandspiegel, den Soumia soeben poliert hatte, und musste kichern. Ob es das Licht oder der Staub oder die Müdigkeit war – ihr Haar hatte lauter silbergraue Strähnen bekommen.

»Mutter, Soumia – schaut nur, jetzt sehe ich genauso alt aus wie ihr!«

Soumia lachte, ihre Mutter nannte sie eine freche Göre, und gemeinsam traten sie auf die Terrasse, um Tee zu trinken.

Lefèvre gesellte sich zu ihnen. Zu der dicken, schwarzen Brühe gab es einen Laib Brot und eine Dose Kondensmilch. Jeanne aß, ohne dabei großen Wert auf Manieren zu legen, und hörte ihre Mutter missbilligend mit der Zunge schnalzen. Ihr Vater seufzte, als wollte er seine Frau damit zum Schweigen bringen, und Jeanne konnte die Worte »Wir haben nun wirklich größere Sorgen, Chérie« aus seinem Mund vernehmen.

Lefèvre versuchte, beruhigend zu klingen, und machte einen

Witz über den Drei-Sterne-Komfort ihrer Unterkunft. Etwas ernster fügte er hinzu: »Es wird uns hier gutgehen. Le Guédecs Mann – er heißt Hattim –«, bei diesen Worten blickte ihr Führer kurz in ihre Richtung auf, »lebt mit seiner Familie im nächsten Tal und wird uns von dort aus mit Nahrung versorgen. Ich bezahle ihn natürlich dafür.« Den letzten Satz betonte Lefèvre, wie um die Vereinbarung zu bekräftigen. »Und für den Fall der Fälle haben wir auch noch ein Gewehr. Zum Jagen«, fügte er rasch hinzu, als er den besorgten Blick der drei Frauen bemerkte.

»Monsieur? Werden wir lange hierbleiben?«, fragte Soumia. »Unter all den Insekten und Schlangen zu schlafen …«, setzte sie an, verstummte jedoch unter Lefèvres Stirnrunzeln.

»Wir bleiben hier, solange es nötig ist«, beantwortete er ihre Frage. »Mit den Insekten und Schlangen werden Sie sich abfinden müssen.«

»Soumia macht sich Sorgen, sie müsse draußen in der Hütte schlafen«, erklärte Jeanne.

»Natürlich nicht«, winkte Lefèvre ab. »Sie werden gemeinsam mit Jeanne in einem Zimmer schlafen. Es ist wichtig, dass wir zusammenbleiben.« Soumia seufzte eine Art Dankeschön, und Jeanne meinte, den Anflug eines Lächelns auf den Lippen ihres Vaters zu erkennen. Sie hatte ihn noch nie zuvor so gesehen wie heute, und plötzlich kam ihr die merkwürdige Erkenntnis, dass er schließlich nicht nur der hohe Regierungsbeamte, der Verwalter, war, sondern zugleich ein Mensch, ihr Vater, der tatsächlich auch Gefühle besaß. Lefèvre schien ihren Blick zu bemerken und schaute sie ein wenig verwirrt und beschämt an. »Und James – Jim – wird uns bestimmt bald finden«, setzte er hinzu.

»Glaubst du wirklich, Papa?« Jeanne richtete sich auf, und der Eifer in ihrer Stimme verriet ihre Verzweiflung.

»Er ist ein äußerst fähiger Mann«, stellte Lefèvre fachmännisch fest. »Er verfügt über Beziehungen und ist amerikanischer Staatsbürger, was in diesen Zeiten ein großer Vorteil ist. Und was noch mehr zählt: Er wird sicher so schnell wie möglich zu seiner liebsten Verlobten gelangen wollen. Wer würde das an seiner Stelle nicht?«

»Das … das wäre so wundervoll«, platzte es aus Jeanne heraus.

»Doch wir können nicht sagen, wann es so weit sein wird«, warnte ihr Vater sie. »Wir müssen Ruhe bewahren und uns auf unser Leben hier konzentrieren. Wahrscheinlich wird bald der Winter kommen, darauf müssen wir uns vorbereiten. Er kann in den Bergen sehr hart sein.«

»Wir müssen hier auf jeden Fall noch viel sauber machen und einiges reparieren«, fügte Madame Lefèvre lebhaft hinzu. »Damit sind wir mindestens einen Monat lang beschäftigt!«

Doch Lefèvre schenkte der unbeschwerten Bemerkung seiner Frau keine Beachtung: »Meine größte Hoffnung liegt darin, dass es Jim Wilding dank seiner Beziehungen und vor allem dank seines Passes gelingen wird, uns sicher von hier fortzubringen.«

»Aber wohin?«, fragte Madame Lefèvre.

Ihr Mann zuckte mit den Achseln. »Ich denke, ich sollte versuchen, nach England zu gelangen. Oder, was einfacher wäre, in den Tschad. Bassouin erwähnte, dass de Gaulle die Freien Französischen Streitkräfte dort versammelt hat. Was euch betrifft: Ich hoffe sehr, dass James euch auf ein amerikanisches Schiff setzen und in die Vereinigten Staaten bringen wird, weit weg von diesem furchtbaren Chaos.«

»Armer Monsieur Bassouin«, meinte Jeanne gedankenversunken. »Ich habe Angst, dass er nicht rechtzeitig fliehen konnte.«

»Armes Frankreich«, erwiderte Lefèvre. »Unsere Dame ist in zwei Teile gerissen worden … Unvorstellbare Verbrechen werden noch geschehen, bevor sie sich wieder vereinen wird. Unvorstellbare Verbrechen …«

48

Der Oktober brach an, doch auf den vielen kleinen Feldern und Obstgärten wollten die Früchte nicht reifen. Von seiner Hütte aus beobachtete Summerfield die Dorfbewohner, wie sie sich jeden Tag zum Morgengebet erhoben und danach den Blick über die Äcker schweifen ließen, immer in der Hoffnung, die Feldfrüchte seien über Nacht doch noch gewachsen.

Raja besuchte ihn eines Tages und schüttelte besorgt den Kopf. Sie klagte, wobei ihre Stimme schrill wurde wie bei den älteren Frauen, wenn diese vor Ärger in immer höhere Tonlagen gerieten: »Die Oliven sind saftlos wie Murmeln, die Karotten sehen aus wie Puppenspielzeug, der Weizen ist so dürr wie das Gras in Aïchas schändlich ungepflegtem Garten, und die Äpfel taugen höchstens dazu, die Klingen unserer Messer zum Rosten zu bringen!«

Summerfield zog die Augenbrauen hoch, während er das Theater der jungen Frau betrachtete, nickte jedoch mitfühlend, da er wusste, dass diese Sorgen derzeit alle Dorfbewohner umtrieben.

»Wenn es so weitergeht, werden wir in diesem Winter auf trockenem Fleisch herumkauen müssen«, sagte er. »Die Menschen brauchen schließlich etwas zu essen, doch das wird die Herden schwächen.«

»Was wissen Sie denn schon?«, wendete Raja sich plötzlich gegen ihn. Sie blickte ihn finster und wütend an und reckte ihr Kinn in die Luft. »Ha! Der Engländer mit seinem Regen und seinen Parks und seinem übersättigten Magen!«

»Was?« Summerfield traute seinen Ohren nicht. »Warum beschimpfst du mich so, Raja? Habe ich denn nicht gerade meine

Sorgen zum Ausdruck gebracht? Ich bin jetzt einer von euch – ein Mitglied des Stammes, das ebenfalls von den Früchten dieses Tals leben muss!«

Raja schien nach Worten zu ringen. Summerfield runzelte die Stirn. Er hatte das Gefühl, sie würde gleich in Tränen ausbrechen. Was denn auch prompt geschah. »Oh, dieses schreckliche, schreckliche Leben – ich hasse es!«, schniefte sie, ohne sich recht entscheiden zu können, ob sie ihren Tränen freien Lauf lassen oder ihr Gesicht schnell verbergen sollte. Die Tränen gewannen jedoch schließlich die Oberhand, und die junge Frau begann, beunruhigend laut zu heulen.

Summerfield stand hilflos auf, und Raja wankte auf ihn zu. Mit einem letzten Schritt fiel sie ihm in die Arme. »Ach herrje«, machte Summerfield bestürzt. Frauen – die merkwürdigsten, kompliziertesten Wesen überhaupt. »Arme Raja, armes Mädchen«, tröstete er sie. »Was ist denn los? Sag es mir doch«, bat er und drückte sie fest an sich. Er spürte das Gewicht ihres Kopfes auf seiner Schulter, und ihre Tränen durchnässten sein Hemd bis auf die Haut. Ihr Geruch – der feine Moschusduft ihres Schweißes vermischt mit Cumin, Zimt und einem blumigen Rosenhauch, der von dem Pflanzenparfüm stammte, das die Frauen des Tals verwendeten – stieg ihm in die Nase, und er sog die Luft tief ein. »Sag es mir, Raja«, drängte er sie sanft, doch sie schwieg, während sich ihr Weinen allmählich in ein Schluchzen verwandelte. So standen sie ein paar ausgedehnte, stille Sekunden lang beisammen, der Mann und das Mädchen. Langsam, doch unausweichlich nahm er ihren Körper wahr – den Druck ihrer festen, runden kleinen Brüste gegen seinen Bauch, die harte, knochige Kurve ihrer Hüften an seinen Schenkeln –, und plötzlich erwachte, ungewollt, sein eigener Körper. Er ließ eine Hand an ihre Rippen wandern und ertastete den Ansatz der weiche Rundung ihrer linken Brust mit den Fingern. Er spürte, wie es sich in seiner Leistengegend regte und die

Hitze in sein Glied stieg. »Oh!« Summerfield atmete schwer und entzog sich ihr. »Raja …« Er hüstelte und klang plötzlich verärgert: »Um Himmels willen, nun sag mir schon, was los ist! Ich kann es ja wohl schlecht erraten.«

»Badr«, flüsterte sie endlich.

»Badr? Ist er krank?«

»Man kann es fast schon eine Krankheit nennen. Ich bin so verliebt. Wir sind so verliebt … Doch ich kann ihn nicht haben. Ich will seine Frau sein, und es tut so weh, auf ihn warten zu müssen. Summerfield –«

»Nur noch ein Jahr, schätze ich«, erwiderte Summerfield, bevor er merkte, dass das wohl das Letzte war, was sie hören wollte.

»Ein Jahr!«, jammerte sie. »Noch zwölf Monate voll quälenden Verlangens. Und was ist, wenn wir vorher sterben? Die Franzosen werden kommen, wenn der Schnee sich verzogen hat. Ihr General weiß, wo wir sind. Oh, es ist so schrecklich! Warum tut er mir das nur an?«

»Wer?«, fragte Summerfield, plötzlich verwirrt. »Der General?«

»Badr natürlich!«, fauchte Raja ihn an. »Spielt er absichtlich mit mir? Benutzt er seine stolzen Werte als Vorwand, um mich völlig in den Wahnsinn zu treiben? Er ist wie ein Felsen – so kalt und unzerbrechlich wie ein Stein. Oh, diese Männer! Ihr seid derart durchtrieben und böse! Möge Gott die Wahrheit erkennen und euch allesamt verbrennen!«

Summerfield trat einen Schritt zurück. Immerhin schien Raja in ihrer Wut durchaus fähig, ihm einen linken Haken zu verpassen. »Und ich?«, hörte er sich erwidern. »Was ist mit mir? Mit der Einsamkeit meiner Nächte?«

Raja hielt inne und blickte ihn verständnislos und neugierig an. »Was für eine Einsamkeit? Meinen Sie –«

»Mir geht es doch genau wie dir, Raja – ich leide. Ich habe

nichts als die Erinnerungen an eine große Liebe, die Nacht für Nacht mehr vertrocknen. Sie lassen mich so leer und hungrig zurück. Raja, ich habe seit einer Ewigkeit keine Frau mehr geküsst …« Er trat einen Schritt auf sie zu, hielt sich jedoch davon zurück, sie zu berühren. Sie schien es zu bemerken und riss die Augen vor Überraschung weit auf.

»Deshalb sind Sie also immer so verärgert und gemein, o Summerfield!«

»Gemein? Ich?« Nun war ihm wirklich, als hätte Raja ihn geschlagen.

»So finster, wie Sie mich und die anderen Frauen beim Vorbeigehen immer anblicken. Ein paar nette Worte von Ihnen sind so selten wie Gold im Mist eines Esels.«

»Raja!«, widersprach Summerfield mit sich überschlagender Stimme.

Auf ihrem Gesicht erschien ein breites Grinsen, das Summerfield zutiefst beschämte.

»Das ist es also!«, rief sie triumphierend und entblößte all ihre Zähne inklusive der kleinen Lücke zwischen ihren unteren Backenzähnen. »Summerfield, Sie machen Sachen mit Ihren Händen! Und das ist so schrecklich unbefriedigend, so leer!«

»Nun sei nicht albern! Ich bin Engländer!«, rief Summerfield, dem durchaus bewusst war, dass seine Verteidigung ebenso hohl klang, wie es seine stumpfsinnige Masturbation war.

»Harry Summerfield, Sie sind traurig. Womöglich brauchen Sie eine Frau«, schlug Raja vor, die nun völlig von ihrem eigenen Kummer geheilt schien und deren Tonfall die Bestimmtheit der Klatschtanten im Dorf angenommen hatte. »Oder vielleicht können Ihnen die Ziegen eine Weile aushelfen?«

»Raja!« Summerfield trat einen Schritt nach vorn, und sie kreischte auf und stolperte rückwärts aus seiner Hütte. Sie hüpfte lachend in die Luft und drehte sich dann noch ein letztes Mal um. »Danke, Harry. Mit Ihnen zu reden hat mir wirklich geholfen.«

»Wir können das Gespräch gern fortführen, Raja – immerhin hast du dasselbe Problem wie ich. Das mit den Händen.«

»Reden Sie bloß keinen Unsinn!« Ihr Gesicht verdunkelte sich. »Ich bin ein Kind Gottes!«

»Richtig«, schickte Summerfield ihr hinterher. »Das sind wir, mit all unseren Eigentümlichkeiten und Fehlern. Ha! Was sagst du dazu?«

Doch Raja antwortete ihm nicht mehr. Stattdessen ließ sie ihre Zunge in einer kurzen, halb obszönen Bewegung vorschnellen und eilte dann zurück ins Dorf.

Die Tage vergingen unter sorgenvollem Warten. Zuerst hatten die Talbewohner nach Monaten der Feldarbeit noch voller Spannung dem Ertrag ihrer Bemühungen entgegengesehen. Doch als immer mehr Zeit verstrich und die Natur sich weiter unwillig zeigte, wurde ihre Erwartungshaltung gereizter. Die Feldfrüchte und Obstbäume antworteten darauf nur mit hartnäckigem Schweigen und zeigten eisernen Ungehorsam im Angesicht der Hoffnungen und Gebete der Dorfbewohner. Auf deren Gesichtern waren ihre Sorgen bald deutlich abzulesen, während sie über die Weite des Tals hinwegblickten. Sie untersuchten die Früchte, nahmen die Erde in Augenschein. Die Menschen versammelten sich an den Brunnen des Dorfes, prüften das Wasser und diskutierten, ob es der Grund für die Missernte sein könnte. Gerüchte machten die Runde, diese sei Gottes Antwort auf das Werk des Engländers Summerfield, doch der alte Mullah wusste sie mit seinem Stock des Zornes im Keim zu ersticken.

Jeder Tag brachte eine neue Enttäuschung mit sich – *Weshalb trifft es uns? Womit hat das Tal diese Strafe verdient?* Und er brachte Sorgen – *Was werden wir während der Schneestürme essen? Werden die anderen mehr haben als ich?* Der Kaïd rief ein Treffen der führenden Persönlichkeiten des Tals zusammen, um das Problem und mögliche Maßnahmen zu diskutieren, doch die quälende Wahrheit blieb dabei stets unausgesprochen: Letztendlich standen sie der Natur machtlos gegenüber. Sie konnten Methoden entwickeln, das Wissen der Älteren nutzen und Heu für die Tiere sammeln, die im Winter geschlachtet werden mussten, doch all ihre Bemühungen wirkten klein im Vergleich zu den Ausmaßen und der Endgültigkeit der Launen der Natur.

Summerfield war zum Zusehen gezwungen – er hatte keinerlei landwirtschaftliche Erfahrungen, die ihnen weiterhelfen konnten – und beobachtete, wie die Bewohner des Tals sich immer mehr dem Fatalismus hingaben, der für ihre Kultur so charakteristisch war und der sie vielleicht am deutlichsten von seiner eigenen unterschied. *Es wird schon noch regnen – so Gott will.* Oder: *Wenn es sein soll, werden wir eben verhungern,* waren Sätze, die er täglich hundertmal zu hören bekam.

In der westlichen Kultur würde man anders reagieren, kam er zu dem Schluss, als er auf einem Spaziergang durch die geizigen Felder über seine Beobachtungen nachsann. In Europa und Amerika versuchten sie schon seit langem, Gott und seiner Tochter, der Natur, die Macht über das Schicksal zu entreißen. Seit Hunderten von Jahren machten die Menschen Experimente, bastelten an Erfindungen aus Holz und Eisen und seit neustem Plastik, Gummi und allen nur erdenklichen Kunststoffen – die Alchemie des Menschen, mit der er die Welt unter seine Kontrolle bringen wollte. Stellte sich einem Europäer ein Problem, so begann er fieberhaft, an einer Lösung zu arbeiten. Er wusste nicht immer, wohin seine Bemühungen ihn führen würden, doch zumindest brachten sie ihn einen Schritt weiter. Und vielleicht verschafften sie ihm ja einen kleinen Vorteil in diesem Leben mit seinen letztlich immer unbegreiflichen und unkontrollierbaren Wendungen. Denn wie sollte man ein Wunder begreifen? Summerfield konnte nicht sagen, welche Herangehensweise besser oder ob überhaupt die eine der anderen überlegen war. Sie waren einfach verschieden. Und vielleicht, überlegte er, war am Ende eine Mischung aus beiden Welten am besten: das Vertrauen darauf, dass Gott und die Natur den Weg zu einem guten Ausgang weisen würden, verbunden mit dem Annehmen der Herausforderung, sein Schicksal in die eigene Hand zu nehmen. Irgendwann würde es zweifellos zu dieser Verbindung kommen, und daraus würde womöglich Großartiges entstehen.

Als der Oktober zur Hälfte vergangen war, wurde schließlich angeordnet, von der Ernte zu retten, was noch zu retten war, bevor es an den Ästen und auf den Feldern verrotten würde. Es war das Signal für Jung und Alt, sich ordentlich ins Zeug zu legen und zu ernten, was sie gesät hatten.

Doch dabei herrschte eine missmutige Stimmung. Der Gesang ertönte nur halbherzig. Die Menschen rackerten sich ab und gingen danach direkt ins Bett, statt sich noch am Lagerfeuer zu unterhalten. Die Lieder verstummten rasch. Das Lachen war so spärlich wie die kümmerliche Ernte. Der Herbst würde hart werden, der Winter noch viel schlimmer.

Als die letzten Karren und Körbe in den befestigten Kornspeicher gebracht worden waren, der in jedem Dorf auf dem höchsten Hügel thronte, wandte der Kaïd Ahmed Youadi sich an Badr mit der Bitte, Patrouillen aufzustellen, um die das Tal umgebenden Berge zu beobachten. Gruppen von zehn Männern wurden nun regelmäßig ausgewählt, um auf den Pfaden und Wegen nach Anzeichen für die Anwesenheit der Franzosen Ausschau zu halten sowie nach Nahrung zu stöbern, die in den Nachbartälern womöglich reichlicher vorhanden war. Irgendwann war auch Summerfield an der Reihe, und er schulterte seine Lee Enfield und trottete mit den anderen Männern davon, um erst drei Tage darauf wieder ins Dorf zurückzukehren.

Sie trafen jedoch nirgends auf Franzosen und beobachteten lediglich aus einem sicheren Versteck im Dickicht heraus, wie ein Aufklärungsflugzeug langsam seine Runden über die Täler drehte. Wahrscheinlich war es das letzte, das sie vor dem Frühjahr zu Gesicht bekommen würden, da spätestens der November stets Nebel und kräftige Regengüsse mit sich brachte, die das Fliegen zu gefährlich und unergiebig machen würden.

Während Summerfield mit der kleinen Gruppe seiner selbstgewählten Brüder über die Hügel marschierte, dachte er über die Tatsache nach, dass er noch immer alleinstehend war. Er wurde nun bald einunddreißig Jahre alt und war in seinem Leben bisher erst zwei Frauen wirklich nahe gekommen, wenn man von den gelegentlichen Bordellbesuchen während seiner Zeit als Texter in Stoke einmal absah. Das Ganze war äußerst deprimierend. Lediglich zwei Liebesaffären, von denen keine besonders freudvoll verlaufen war. Da war zum einen Elizabeth, die *Femme fatale* aus der oberen Mittelschicht, die ihre Depressionsschübe mithilfe von sexueller Begierde zu heilen versuchte; zum anderen Jeanne, die jugendliche Schönheit, die Unschuld, die sich auf den Pfad zur Leidenschaft begab, wo sie auf die Wahrheit über sich selbst und ihre verborgensten Sehnsüchte stoßen sollte. Arme Jeanne, dachte er, während er den hypnotisierenden Schritten seiner Begleiter folgte. Er hatte Hoffnungen in ihr geweckt und ihre Unschuld zerstört. Er schüttelte den Kopf, wie um sich von Schuldgefühlen zu befreien: Nein, es war schließlich eine reine Liebe gewesen und damit etwas geradezu Erhabenes. Er hatte ihr nichts bieten können – zumindest nichts Materielles –, und doch hatte sie seine Liebe und sein Verlangen mit gleicher Leidenschaft erwidert.

Doch er wollte nicht zu lange in Gedanken bei ihr verharren – es würde sein Gefühl der Leere nur verstärken. Lieber dachte er darüber nach, was Raja, dieser kleine Kobold, gesagt hatte. Er schien für seine Verdrießlichkeit bekannt zu sein, was merkwürdig war, da er nie geglaubt hätte, dass die Frauen des Tals sich überhaupt wünschten, dass er seine Aufmerksamkeit auf sie richtete. Tatsächlich hatte er sich sogar Mühe geben müssen, es nicht zu tun, um nicht versehentlich jemandem zu nahe zu treten. Schließlich verlangte man von den Frauen, dass sie vor ihrer Hochzeit keusch blieben. Aber vielleicht waren die Berberstämme in dieser Hinsicht auch anders. Vielleicht hatten sie, wie viele andere Menschen, die Religion als nützliches Regelwerk und spirituellen Leitfaden akzeptiert, ohne sich jedoch davon abhalten zu lassen, hier und da ein wenig vom Weg abzukommen, wenn es der natürliche Verlauf der Dinge so wollte.

Eigentlich, überlegte er weiter, traten die Frauen im Tal tatsächlich sogar ziemlich kokett auf. Oftmals verzierten sie ihre Haut mit kunstvollen Henna-Bemalungen und trugen häufig Tücher oder Bänder in leuchtenden Farben wie Rot, Orange oder Königsblau über ihren schwarzen Arbeitskleidern – und darin lag nichts von der trostlosen Strenge der Stadtfrauen. Der schwarze Strich aus Kajal, den sie um ihre Augen herum auftrugen, sollte sie zwar auch vor der Sonne schützen, verlieh ihnen aber zugleich einen sinnlichen Ausdruck und betonte das klare Grün oder Haselnussbraun ihrer Augen. Nach vorsichtigen, manchmal sogar ablehnenden ersten Blickkontakten hatte Summerfield schon häufig eine schelmische Sinnlichkeit in ihren Augen bemerkt – und Raja selbst war geradezu der Inbegriff weiblicher Sinnlichkeit. Unter den Kleidern der Frauen hatte er feste, voll ausgereifte Körper erahnt, die zäh von der Feldarbeit und gleichzeitig weich und zart von all den Salben und Ölen waren, mit denen sie sich abends einrieben. Und oft war es ihr Duft gewesen, der ihn hatte aufblicken lassen und der seinem einsamen nächtlichen Vergnügen Nahrung bot.

Aber was taten die anderen unverheirateten Männer gegen ihr Verlangen? Es war Summerfield ein Rätsel. Die Männer und Frauen hier umwarben sich und heirateten wie überall anders auch. Wie beim Fliegenfischen warfen sie abwechselnd die verschiedensten Arten von Ködern aus, bis die Anziehungskraft der magisch auf dem Wasser tanzenden Fliege bei einem Fisch den angeborenen Instinkt auslöste, an die Oberfläche zu stoßen und nach dem Haken zu schnappen. Und die Fische – von der kräftig gebauten Forelle bis zum muskulösen, todbringenden Hecht –, überlegte er weiter, wussten dabei im Grunde, dass sie in die Falle gelockt wurden, doch gefangen und vernichtet zu werden schien einen geradezu unwiderstehlichen Reiz auf sie auszuüben. Die jungen alleinstehenden Männer mochten sich tatsächlich, wie Raja andeutete, hin und wieder mit Ziegen vergnügen oder hinter Felsen versteckt mit beiderlei Geschlechtern ein wenig harmlos herumfummeln. Immerhin gehörte es zu den Aufgaben des alten Mullahs, ebendiese Aktivitäten zu bekämpfen und unterdrücken. Doch die meiste Zeit über schienen die jungen Bauern, aus denen bei Bedarf Krieger wurden, zufrieden damit zu sein, sich ausschließlich in der Gesellschaft anderer Männer aufzuhalten und ihr Vergnügen in langen Gesprächen, im Rauchen und in Schießübungen zu finden. Auch die Musik war ein stimmiger Ersatz für fehlende sexuelle Aktivitäten, und oft wurden ganze Nächte hindurch aus alten Zeiten überlieferte Gedichte rezitiert.

Die Patrouille machte auf einem Felsen Halt, die Männer setzten sich und zündeten sich sofort ihre Pfeifen aus ausgehöhlten Tierknochen an. Summerfield teilte seinen schwarzen Tabak mit einem anderen, der keinen besaß und ihm zum Dank stumm zunickte. Ja, dachte er, während er über den Ozean aus nebelbedeckten Bergrücken blickte, Raja hatte wohl recht. Alles in allem bin ich ein trauriger Fall. Und vielleicht war auch ihr Ratschlag vernünftig: Ich brauche wirklich eine Frau.

Plötzlich und unerwartet brach die Nacht über sie herein, und mit ihr wälzte sich eine lange Kette tiefliegender Wolken über die Berggipfel, um sich auf die Täler zu legen. Ihr Anführer, ein kleiner drahtiger Mann, den die anderen bei seinem französisch klingenden Spitznamen Hatif – der Eilige – riefen, ordnete an, zwischen den Felsen ein Lagerfeuer zu errichten. Als die Kälte immer feuchter und durchdringender wurde, zeigte er Summerfield, wie dieser sich gegen den heißen Stein lehnen musste, um sich zu wärmen. Summerfield war ihm dafür sehr dankbar, denn er sehnte sich nach der Wärme des Bettes in seiner Hütte und verfluchte die Tatsache, dass sie sich in dieser eisigen Wildnis befanden.

Er konnte nicht schlafen und stand auf, um sich erneut aufzuheizen, musste jedoch feststellen, dass das Feuer bereits erloschen war. Er kehrte an seinen Platz zurück, legte sich wieder hin und versuchte vergeblich, sich nach allen Seiten vor der eisigen Feuchtigkeit abzuschirmen. In seiner Ruhelosigkeit fragte er sich, ob es den anderen wohl genauso erging, doch ein kurzer Blick unter seinen Stoffschichten hervor bewies ihm das Gegenteil. Harte Burschen, dachte er beim Anblick der verstreuten Stoffhaufen, unter denen die Männer nur zu erahnen waren, und verspürte einen Anflug von Neid auf das vereinzelt auftretende Schnarchen. Er würde wohl noch Jahre brauchen, bis er sich an diese Bedingungen gewöhnt hatte.

Einstweilen war es ihm unmöglich, zur Ruhe zu kommen – er konnte einfach nicht einschlafen. Schließlich stand er zitternd auf und bewegte seine Glieder, um sich ein wenig aufzuwärmen. Etwa fünf Meter zu seiner Linken traf er auf einen der Wachposten, der lässig zu ihm aufblickte und ihm zunickte.

»Ich muss mal pissen«, brummte Summerfield im Vorbeigehen. »Ich erfriere gleich!«

»Wo ist deine Waffe?«, raunte die Gestalt ihm leicht vorwurfsvoll hinterher.

»Oh, da hinten«, erwiderte Summerfield leise. »In Sicherheit. Kann nicht mit dem Gewehr in der Hand pinkeln.«

»Besser, als beim Pissen zu sterben«, bemerkte der Mann und zuckte mit den Schultern.

»Blödsinn«, fauchte Summerfield ihn auf Englisch an. »Und schlaf bloß nicht ein«, fügte er noch hinzu, bevor er im Nebel verschwand.

Nach etwa zehn Metern fand Summerfield, weit genug gegangen zu sein. Gott sei Dank war ihm schon ein wenig wärmer, und er konnte tatsächlich einen Augenblick auf der Stelle stehenbleiben. Er lauschte auf die unheimliche Stille des Nebels, die im Grunde der reinste Lärm war. Wenn er sich konzentrierte, meinte er darin ein entferntes, hypnotisierendes Muster zu erkennen, das sich anhörte, als ob etwas leise gegen eine Fensterscheibe prasselte. Nach und nach enthüllte die graue Dunkelheit Umrisse in den Felsen. Summerfield spürte Nervosität in sich aufsteigen, und er versuchte angestrengt, den Weg zurück ausfindig zu machen. Er ging zwei, drei vorsichtige Schritte und kam dann etwa einen Meter vor einem gähnenden Abgrund zum Stehen. »Grundgütiger«, keuchte er, und ihn überkam ein Schwindelanfall, der ihn taumeln ließ. Er begann panisch mit den Armen zu rudern, ließ sich ruckartig zu Boden sinken, wobei sein Steißbein unsanft auf einem Felsen aufkam, und schob sich nach hinten, fort von der Tiefe. Nun musste er wirklich pinkeln, dachte er, drehte sich um und kroch auf Händen und Füßen zurück in Richtung des Lagers. Doch nach fünf Metern, die er offensichtlich in die falsche Richtung zurückgelegt hatte, hielt ihn eine Hand an der Schulter fest.

»Sehr witzig«, murmelte er und erwartete, in das grinsende Gesicht des Wachpostens aufzublicken. Als er sich gerade umdrehen wollte, wurde sein Mund plötzlich von einem Stück Stoff bedeckt, während er zugleich nach hinten gezerrt wurde. Entsetzt versuchte er, einen Blick auf seinen Angreifer zu erhaschen. Ein schneidender Schmerz fuhr durch seinen Rücken in seinen Hals. Wenn er sich wehrte, würden sie ihm das Genick brechen.

Ohne um Hilfe rufen zu können, wurde er etwa zehn Meter weit halb über den Abhang geschubst, halb gezogen und rechnete damit, jeden Augenblick in den Abgrund geworfen zu werden. Dann wurde er unsanft umgestoßen, wobei sein Gesicht in den eiskalten, nassen Kies des felsigen Abhangs gedrückt wurde. Er hörte Männer miteinander flüstern.

»Bringen wir ihn um.«

»Nein – er soll reden.«

»Ich sage, bringen wir ihn um.«

»Ich kenne diesen Mann.«

Ich kenne diesen Mann – diese Worte erklangen in Summerfields Ohren wie ein Wunder. In ihnen lag ein winziger Funken Hoffnung, eine kleine Überlebenschance.

»Ich erkenne seine Augen wieder. Das ist kein Araber und auch kein Berber.«

»Dann können wir ihn doch umbringen. Die Franzosen brauchen es ja nicht zu wissen.«

»Die Legionäre können den Tod riechen«, flüsterte die Stimme. »Ich sage dir, lass ihn gehen. Ansonsten wirst du gleich die Stelle einnehmen, an der du ihn gern sehen würdest.«

Summerfield zitterte auf dem eiskalten Boden und spürte plötzlich die dünne, scharfe Spitze eines Messers an seinem Adamsapfel. Er zuckte heftig zusammen. Der Griff um seinen Mund wurde gelockert, und der Stoff verschwand.

»Ihr Schutzengel passt selbst im Dunkeln auf Sie auf«, richtete die Stimme sich an ihn, und Summerfield, der nun wusste, wem sie gehörte, erhob seinen Kopf ein wenig, um die schwarzen Umrisse Abrachs über sich zu erkennen.

»Gott«, zitterte er. »Ich hatte schon gedacht, jetzt ist alles vorbei.«

»Das dachte ich auch«, erwiderte Abrach und warf dem Mann, der Summerfield das Messer an den Hals hielt, einen Blick zu. »Die meisten Schlächter, deren Dienste man erkaufen kann, verfügen über äußerst primitive Reflexe. Was zuweilen durchaus nützlich sein kann.«

»Was – was haben Sie –?«, begann Summerfield und versuchte, sich auf die Ellbogen aufzurichten, was sein Bewacher jedoch nicht zuließ. Er sah, wie Abrach seine verformten Finger – sie glichen knotigen kleinen Ästen – an die Lippen legte, um ihn zur Stille zu mahnen. Summerfield fühlte sich machtlos, schloss zur Bestätigung die Augen und kehrte in seine liegende Position zurück. »Man hat Sie gesehen«, flüsterte er. »Wie Sie mit den Vichy-Franzosen zusammenarbeiten.«

»Verabscheuungswürdige Männer. Noch schlimmer als diese Mörder hier, die ich zu meiner Unterstützung angeheuert habe.«

»Um Ihre eigenen Leute zu töten? Ich verstehe Sie nicht, Abrach.«

»Ich bringe sie nur um, wenn sie mir im Weg stehen. Sie wissen, wer mein eigentliches Ziel ist, Harry.«

»Lefèvre?« Summerfield runzelte die Stirn. »Aber der ist doch in Marrakesch.«

»War«, verbesserte ihn Abrach, dessen Gesicht von seinem *Chech* fast vollständig verdeckt wurde. »Bis er sich dummerweise dazu entschlossen hat, sich de Gaulle anzuschließen. Das war wahrscheinlich der größte Fehler seines Lebens – nach der Vernichtung meiner Familie und meines Dorfes.«

»Abrach, Sie sind verrückt geworden. Ich kann es nicht begreifen«, flüsterte Summerfield.

»Wenn ein Mann etwas Falsches tut«, knurrte Abrach und brachte sein Gesicht so nah vor Summerfields, dass dieser seinen Atem riechen konnte, »dann muss er mit einer Strafe rechnen. Das ist Gerechtigkeit. Aber wenn die Bestrafung kein Ende nimmt und in keinem Verhältnis mehr zu dem steht, was er getan hat, längst nicht mehr das Vergehen ahndet, sondern nur noch darauf aus ist, ihn zu demütigen, zu ruinieren und zu zerstören – dann weckt sie ein Rachebedürfnis, gegen das es kein Heilmittel gibt.«

»Kennen Sie denn gar keine Güte mehr, Abrach? Einst regierten Güte und Weisheit über Ihr Herz.«

»Sie reden schon wie ein Mullah aus den Bergen«, erwiderte Abrach mit einem Grinsen. »Mein Entschluss, Sie hier festzuhalten, hatte anscheinend Folgen.«

»Der Zynismus hat am Ende also über die Hoffnung gesiegt?«, fragte Summerfield, der endlich wieder Luft holen konnte, nachdem Abrach sich zurückgelehnt hatte.

»Ich prophezeite Ihnen einst, dass es so kommen würde. Und um Ihnen die Wahrheit zu sagen, Harry Summerfield, ich kann mich kaum noch an den Mann erinnern, der ich zuvor gewesen bin. Doch das zählt nun nicht mehr. Wie Sie damals sagten – der Tod wird mich einholen. Doch nicht, bevor ich Lefèvre und, wie ich hinzufügen möchte, seine Familie gefunden habe.«

Summerfield hatte das Gefühl, ihm wäre ein Stromschlag verpasst worden.

»Jeanne?«

»Vielleicht. Ich kann es nicht sicher sagen, aber würde ein Vater seine Tochter allein in einer feindlichen Stadt zurücklassen?«

»Sie ist hier? In den Bergen?«

»Vielleicht«, wiederholte Abrach. »Soweit ich weiß, haben sie mit einem gewissen Le Guédec eine Abmachung getroffen. Das hat uns zumindest ihr Diener erzählt.«

»Mohammed? Aber wo sind sie?«

»Genau das versuche ich gerade herauszufinden. Offensichtlich wissen Sie es aber auch nicht.«

»Lassen Sie Jeanne gehen, Abrach – bitte.« Summerfield sah dem Mann fest in die Augen. »Es war nicht ihre Schuld.«

»Also sind Sie der Verantwortliche, Harry. Sie wollten doch immer die Welt retten, sich opfern. So sei es denn.«

»Nein«, zischte Summerfield, dem der erneute Druck auf seine Kehle Angst einflößte. »So meinte ich das nicht. Verstehen Sie denn nicht – Sie sind kein Mörder. Das haben Sie selbst gesagt.«

Ein sonderbares, sanftes, fast schon weibliches Lachen entfuhr Abrach. »Mein lieber Harry Summerfield. Sie versuchen es, und das ist auch gut so. Nur leider ist es zu spät, alter Freund«, fuhr er fort, und seine Miene verfinsterte sich. »Ich habe nun erkannt, dass mein ganzes bisheriges Leben eine Vorbereitung auf das war, was ich als Nächstes zu tun gedenke. Ich erkenne keinen anderen Grund mehr für meine Existenz.«

»In Wahrheit«, sagte Summerfield plötzlich ganz ruhig und klarsichtig, »sind Sie darauf aus, sich selbst umzubringen.«

Abrach hielt seinem Blick stand, ohne mit der Wimper zu zucken. Er seufzte. »Es wird Zeit, dass Sie zu Ihren Brüdern zurückkehren«, erklärte er. »Sie waren schon zu lange fort. Es wäre doch schade, wenn sie in den Nebel schießen und Sie dabei versehentlich treffen. Gehen Sie, Harry. Und sagen Sie zu niemandem ein Wort. Meine Männer erkennen Sie aus sechshundert Metern Entfernung, und ihnen juckt es schon in den Fingern, endlich jemanden zu töten.«

»Und Jeanne? Versprechen Sie mir, ihr nichts zu tun, Abrach. Um der alten Zeiten willen.«

»Ich sollte nicht der sein, der ich war«, erwiderte Abrach und gab seinem Mann das Zeichen, die Klinge von Summerfields Hals zu entfernen. »Alles, was zählt, ist die Gegenwart. Das Einzige, das ich Ihnen versprechen kann, ist eine Bestrafung ohne jede Gnade.« Mit diesen Worten wurde Summerfield grob auf die Beine gestellt und nach vorn geschubst. »In diese Richtung. Und danken Sie Gott dafür, dass Sie noch einmal verschont geblieben sind.«

Abrach und seine Männer verschwanden lautlos im Nebel. Als die Anspannung von ihm abfiel, brach Summerfield mit einem Mal in ein unkontrollierbares Schluchzen aus. Dann vernahm er eine Stimme.

»Sidi Summerfield?« Es war der Wachposten, der von links nach ihm rief.

»Ich bin's«, rief Summerfield zurück und unterdrückte seine Tränen. Er taumelte schweren Schrittes ein paar Meter weiter, bis er einen Gewehrlauf erblickte, der im Grau des Nebels herumstocherte.

»Sind Sie das, Sidi Summerfield? Ich habe Stimmen gehört – alles in Ordnung?«

»Die traurige Vergangenheit«, erklärte Summerfield schniefend. »Ich habe mit mir selbst gesprochen.«

»Mit Ihnen selbst gesprochen, o sonderbarer Engländer?«

»Ja. Über die traurigste Vergangenheit, die Sie sich vorstellen können.«

49

Gegen Mitte November fiel der erste Schnee. Genau wie die Ernte kam er spät und spärlich. Dafür wehte der Wind umso stärker und war schneidender und eisiger, als Summerfield es je für möglich gehalten hätte. Er fegte mit einem gespenstischen Ächzen von den Gipfeln herab durchs Tal und drang durch Wände wie Kleidung. In den folgenden Wochen wurde aus der rosa Erde, die während der trockenen Monate in Staubwolken aufgestiegen war, abwechselnd ein sumpfiger Morast, wenn es regnete oder schneite, und eine zerfurchte Eiskruste, wenn die Temperatur unter den Gefrierpunkt sank. Die Menschen waren so tief in ihren Kleidern und Decken vergraben, dass man sie kaum noch auseinanderhalten konnte, und Summerfield achtete folglich mehr auf ihren Gang und ihre Haltung als auf ihre Gesichter. Da waren etwa der alte Mullah mit seinem gekrümmten Rücken, Raja mit ihrem kecken Schwung in der Hüfte, Badr mit seinen großen, bedächtigen Schritten.

In der letzten Novemberwoche fiel der Schnee schließlich dichter und verwandelte die Farbe des Tals in ein üppiges, blendendes Weiß. Der Wind legte sich, und eine Zeit lang waren die Freudenschreie der Kinder zu vernehmen, die im frischen Pulverschnee spielten.

Bald war Summerfield wieder an der Reihe, mit den anderen Männern auf Patrouille zu gehen. Diesmal wurde die Kolonne aus zwanzig Männern und drei schwer beladenen Maultieren von Badr angeführt. Bevor sie aufbrachen, gab Badr Summerfield ein aufwendig zugeschnittenes Schaffell zum Anziehen. Es wirkte so hochwertig, dass es den jungen Mann eine beträchtliche Summe gekostet haben musste, doch als Summerfield es ablehnen wollte, wies Badr ihn nur auf seine mangelnden Erfahrungen mit echter Kälte hin und beschrieb ihm in allen schmutzigen Details, was Erfrierungen an den Extremitäten eines Mannes anrichten konnten.

Der rituelle Abschied von den Dorfbewohnern fand bei Tagesanbruch statt, und das Husten der Männer wurde von ihren langen Schals und Kopfbedeckungen gedämpft. Während sie zum Aufwärmen auf der Stelle traten und auf das Signal zum Aufbruch warteten, sah Summerfield Raja im Türrahmen ihres Hauses stehen. Er winkte ihr zu, und sie lächelte traurig. Sie sagte etwas, das jedoch vom Wind fortgetragen wurde, und dann tauchte Badr auf und schritt auf sie zu. Das junge Paar stand dicht voreinander, ohne sich zu berühren, und tauschte stumme Mitteilungen aus. Kurz darauf wandte Badr sich ab und ging auf die Gruppe Männer zu. Summerfield sah noch Tränen über Rajas Gesicht laufen, bevor sie es wegdrehte. Sie tat ihm unendlich leid, und er verspürte so etwas wie Zorn auf Badr mit seinen Werten und seiner unerschütterlichen Selbstdisziplin in sich aufsteigen. Er nahm sich vor, bei Gelegenheit ein Gespräch von Mann zu Mann zu führen. Wer weiß, dachte er, vielleicht stand ihnen ja noch eine weihnachtliche Hochzeit bevor. Angeführt von Badr bildeten die Männer eine lockere Kolonne und stapften unter Winken und letzten Abschiedsrufen den verschneiten Berghang hinauf. Als sie sich nach einer Stunde Marsch schon ein gutes Stück vom Dorf entfernt hatten, ordnete ihr junger Anführer einen Halt an. Badr ließ seine Männer in einem Halbkreis um ihn herum Platz nehmen und berichtete ihnen aus der Hocke heraus die Neuigkeiten.

»Diesmal werden wir länger unterwegs sein, meine Brüder«, sagte Badr und zupfte mit der für ihn typischen Geste an seinem mittlerweile voll ausgewachsenen Bart herum. »Fünf, vielleicht auch sechs Tage.« Ein Aufstöhnen zog sich durch die Menge, gefolgt von Schweigen. »Es sind anscheinend Streitkräfte gesichtet worden«, fuhr er fort, und sogleich veränderte sich die Stimmung, und die Männer beugten sich angespannt vor. »Wie üblich widersprechen sich die Gerüchte. Der Bote der *A-Auri* spricht von etwa hundert Männern mit Granatwerfern. Ein anderer vom Stamm der *Toubkal* behauptet, es seien höchstens dreißig. Und wieder andere wollen nur eine Handvoll gesehen haben. Doch wie viele es letztendlich auch sind, in dem einen Punkt, dass sie überhaupt anwesend sind, werden wohl kaum gleich alle drei Berichte falschliegen.«

»Und was ist mit uns?«, fragte ein Mann namens Taffu mit einem eifrigen Leuchten in den Augen.

»Ich werde euch zu der Stelle führen, zu der die Franzosen angeblich unterwegs sind. Zuvor werden wir auf die *Toubkal*-Männer treffen, mit denen wir sie gemeinsam vertreiben wollen.«

»Es wird also zu einem Kampf kommen?«, vergewisserte sich Summerfield.

»Mit großer Wahrscheinlichkeit«, antwortete Badr und mied seinen Blick. »Der Winter ist unser Verbündeter. Er begleitet uns in diesen Bergen nun schon seit Tausenden von Jahren. Die Zeit ist reif, den Eindringlingen eine Lektion zu erteilen.«

»Bevor sie *uns* im Frühling eine Lektion erteilen!«, zischte einer der Männer.

»Bevor sie *versuchen,* uns im Frühling eine Lektion zu erteilen«, korrigierte Badr ihn. Er blickte dem Mann fest ins Gesicht. »Ihr werdet anders darüber denken, wenn ihr sie erst durch den Schnee um ihr Leben rennen seht.«

Beim Laufen gerieten sie trotz der Kälte ins Schwitzen. Summerfields Beinmuskeln wurden zehnmal mehr als sonst beansprucht, und am ersten Tag litt er unter entsetzlichen Krämpfen.

Dann rutschte er aus und meinte zu spüren, wie sein Knie aus dem Gelenk und mit einem furchtbaren, dumpfen Geräusch wieder zurücksprang. Einer seiner Kameraden verabreichte ihm etwas von einer Salbe aus einem kleinen Glasgefäß, die höllisch auf der Haut brannte, jedoch den stechenden Schmerz linderte, der wahrscheinlich von einem eingeklemmten Nerv herrührte.

Als sie an jenem Abend ihr Lager aufgeschlagen hatten, kam Badr zu ihm und schlug vor, er solle mit einem der Männer ins Tal zurückkehren. Summerfield lehnte ab, spielte seine Schmerzen herunter und hoffte, dass sie sich bis zum Morgen tatsächlich gebessert haben würden. Die Nacht brach herein, und das kalte, blaue Licht ließ die Männer in den Schatten verschwinden. Jeder von ihnen grub sich ein tiefes Loch in den Schnee, und sie zündeten ein paar trockene Hölzer an, um sich daran zu wärmen. Gegen zehn Uhr nahmen sie ein wenig Pökelfleisch mit Brot zu sich, das sie über der Flamme erwärmt hatten, bevor sie sich in mehrere Stofflagen, Gebetsteppiche, Decken und Sackleinen, das sie den Mulis abgenommen hatten, hüllten. Summerfield wälzte sich die ganze Nacht über hin und her, da es ihm stets zu kalt war und ihm sein Bein Schmerzen bereitete. Zwischendurch verlor er mehrmals für etwa zwanzig Minuten das Bewusstsein, nur um plötzlich, als wäre kaum eine Sekunde vergangen, zitternd wieder aufzuschrecken. Er war dankbar, als ihn schließlich zwei der Wachposten rüttelten, damit er aufstand. Die Reihe war an ihm – zwei Stunden Wachdienst bis zum Morgengrauen.

Der nächste Tag verlief ähnlich wie der vorhergehende. Anstrengende Aufstiege über Pfade, die durch Schnee und Eis voller Gefahren waren, Abstiege in die nächsten Täler, Stolpern und Stürze, die Erleichterung über Ruhepausen mit heißem Tee. Einmal hatten sie gedacht, sie würden ein Flugzeug hören, doch es war nur der Wind gewesen, der seltsam brummend durch die Felsen fuhr. Sie befanden sich nun so hoch oben in den Bergen, dass es keine Bäume mehr gab. Im Sommer, erklärte ihm Badr während des Marsches, erstreckte sich hier eine trockene Bergwüste aus goldenem Sand, in der einem nur die Eidechsen Gesellschaft leisteten.

Am dritten Morgen versammelten sie sich vor dem Aufbruch erneut um Badr. Der junge Mann strahlte Härte und Entschlossenheit aus, während er sich an die Männer wandte, die oft doppelt so alt waren wie er.

»In den nächsten drei Stunden werden wir das Gebiet erreichen, auf das die Franzosen zugesteuert sind«, informierte er sie. »Ich möchte, dass ihr eure Gewehre bereithaltet und Mut beweist. Dort oben gibt es eine kleine Ansammlung von Gebäuden, und genau da vermute ich sie.«

»Ich kenne diese Hütten«, erklärte ein Mann, der kaum noch Zähne besaß. »Vor Jahren waren sie immer im Frühjahr und im Herbst bewohnt von Franzosen, die nach Raubkatzen auf die Jagd gingen. Ihr Lachen hallte oft in den Tälern ringsum wider.«

»Das ist der Ort, von dem ich spreche«, nickte Badr. »So Gott will, werden wir die Gelegenheit bekommen, ihnen zu zeigen, dass die Stämme wahre Krieger hervorbringen und dass dieses Land uns gehört.« Zustimmendes Murmeln sowie mehrere leise Gebete ertönten. »Denkt daran, der Winter ist unser Verbündeter. Wir müssen den Schnee und die Wolken für uns nutzen; die Kälte zu unserem Schwert machen, mit dem wir sie vertreiben.«

Summerfield biss die Zähne gegen den Schmerz in seinem Knie zusammen – jedes Mal, wenn er es beugte, schien eine Klinge hineinzufahren – und lief hinter Badr her, der die Männer anwies, einander mit Abstand zu folgen und sich dabei möglichst versteckt zu halten. Er nahm dankbar einen stabilen Stock entgegen, den Badr ihm reichte, und fragte sich, wann er wohl mit ihm über Raja reden könnte. Nach zwei Stunden Plackerei erreichten sie schließlich eine kleine Hochebene, die den Blick auf eine Reihe natürlicher Terrassen freigab, die sich aus den Felsen des angrenzenden Abhangs gebildet hatten. Die Terrassen führten hinunter in ein Tal, dessen Grund sie zuerst nicht erkennen konnten, bis plötzlich die Baumkronen aus den Wolken hervorragten.

»Wir sind da«, erklärte Badr. Die Männer kniffen die Augen zusammen und suchten das eintönige Weiß ab. »Dort unten bei den Bäumen«, zeigte Badr. Er zog einen erbeuteten Feldstecher aus seiner Tasche und überprüfte die Lage. »Diese Kiefern haben die Franzosen damals angepflanzt, als sie die Häuser gebaut haben.« Er lachte trocken. »Die einzigen Bäume weit und breit.«

»Kannst du irgendetwas erkennen?«, fragte ein Mann.

Badr schüttelte den Kopf. »Die Häuser sind hinter den Bäumen versteckt. Und um etwas anderes zu erkennen, sind wir noch zu weit entfernt. Wir gehen hinunter. Ladet unseren Proviant ab, und lasst die Maulesel ausruhen. Harry – du bleibst hier, um auf sie aufzupassen.«

»Ich kann keine Maultiere hüten«, weigerte sich Summerfield. »Über diese Viecher weiß ich noch weniger als über winterliche Kriegsführung.«

»Harry, dein Bein.«

»Badr, ich bestehe darauf mitzukommen.« Mit einem Blick auf das jüngste Mitglied ihrer Patrouille fügte er leise hinzu: »Youssef ist noch ein halber Junge. Es würde seine Familie zugrunde richten, wenn ihm etwas zustieße.«

Badr blickte ihm ein paar Sekunden lang fest in die Augen, dachte nach und nickte dann. »So sei es also.«

Sie aßen vor Blicken und Wind geschützt auf der anderen Seite des Bergrückens. Als sie fertig waren, flaute der Wind seltsamerweise plötzlich ab und wurde von einem leichten Schneefall ersetzt, der Summerfield an Weihnachtsspaziergänge in England denken ließ. Doch seine glücklichen Erinnerungen wurden jäh unterbrochen, als Badr seinen Männern den Befehl erteilte, sich in zwei Gruppen aufzuteilen und aus verschiedenen Richtungen ins Tal hinabzusteigen. Summerfield war dankbar dafür, direkt hinter seinem jungen Freund gehen zu dürfen. Ihm fuhr der Gedanke durch den Kopf, dass es erst das zweite Mal für ihn sein würde, dass er an irgendwelchen Kampfhandlungen teilnahm, und da er nach wie vor an seinen Reflexen zweifelte, war er froh, wenn Badr ein Auge auf ihn haben konnte.

Alle fünfzig Meter gab Badr das Signal zum Stehenbleiben, während er die bewaldete Terrasse unter ihnen mit dem Feldstecher absuchte. Sie bewegten sich geduckt vorwärts, manchmal rutschten sie beinahe auf ihren Hintern über und zwischen den Felsen hindurch, manchmal versanken sie bis zu den Oberschenkeln im Schnee. Sie hatten kaum die halbe Strecke vom Gipfel bis zu den Bäumen zurückgelegt, da nahmen sie Signale von der anderen Gruppe wahr, die rechts von ihnen hinabstieg.

»Die *Toubkal*-Männer«, murmelte Badr und lächelte beinahe erleichtert. »Sie sind von Osten heraufgekommen und haben sich uns angeschlossen.« Er führte den Feldstecher an seine Augen und reichte ihn nach wenigen Augenblicken an Summerfield weiter. »Hier, Harry. Schau.« Badr rückte Summerfield in die richtige Richtung. »Mmm, sie sind klein wie Insekten. Aber sie sollten besser aufpassen. Wenn *wir* sie sehen können –«

»Sie wissen schon, was sie tun«, erwiderte Badr. »Darauf vertraue ich.« Er nahm den Feldstecher wieder an sich und gab erneut das Zeichen weiterzugehen.

Durch die Kiefern hindurch wurde plötzlich das graurosa Mauerwerk der Gebäude sichtbar. Es waren drei Hütten, von denen eine etwas abseits stand und offensichtlich als Stall und Lager diente. Sie waren noch etwa vierhundert Meter von ihrem Ziel entfernt.

»Siehst du den Rauch?«, flüsterte Badr und reichte Summerfield den Feldstecher.

Dieser sah mit zusammengekniffenen Augen hindurch und erkannte die dünne, fast durchsichtige Rauchfahne, die hinter den Bäumen aufstieg und aus dem Dach zu kommen schien. Er nickte, und sein Herz begann plötzlich wild zu pochen. »Ein Feuer – da ist jemand.«

Badr gab die Information an die Gruppen weiter, und eine Reihe gedämpfter Klickgeräusche sagte Summerfield, dass die Männer die Sicherungen an ihren Gewehren gelöst hatten. Sie teilten sich noch einmal auf, und Badr schickte je eine Gruppe auf die linke und die rechte Seite. Als alle sich in Stellung befanden, gab er den Befehl, näher zu rücken. Summerfield fand Badrs Blick beunruhigend, es lag etwas beinahe Wildes darin – vielleicht aus Angst oder wegen einer düsteren Vorahnung –, und fragte sich, wie er selbst wohl gerade aussehen mochte.

Schließlich erreichten sie die Bäume, von denen aus es noch ungefähr dreißig Meter bis zum ersten Gebäude waren. Sie hielten einen Moment lang inne, kamen wieder zu Atem und bemerkten, wie der Schnee immer dichter in großen, federleichten Flocken herabfiel, die es ihnen schwer machten, irgendetwas genau zu erkennen. Aus dieser Entfernung schien in den Hütten alles still zu sein. Summerfield sah, dass Badr sich nervös am Bart zupfte. »Vorwärts«, murmelte der junge Mann, und Summerfield folgte ihm, seine Lee Enfield im Anschlag, seine Sinne so stark auf den bevorstehenden Angriff konzentriert, dass er den stechenden Schmerz in seinem Knie gar nicht mehr bemerkte. Sie schlichen sich leise bis zu den Mauern des Nebengebäudes vor und verharrten ein letztes Mal, um sich bereitzumachen. War es die Kälte oder die Situation, die Summerfields Finger zittern ließ? Die anderen Gruppen mussten mittlerweile ihre Stellungen eingenommen haben, dachte er und fragte sich, weshalb Badr noch abwartete. Schließlich begann dieser sich eng an die Wand gedrückt auf das Hauptgebäude zuzubewegen, und Summerfield folgte ihm auf den Fuß. Plötzlich ertönte ein Geräusch, gefolgt von einer Bewegung und einem lauten Schrei. Ein Schuss fiel, und Summerfield feuerte ebenfalls ab, um gleich darauf nachzuladen. Auf einmal herrschte das reinste Chaos – es hagelte Schüsse von allen Seiten, während vor ihnen ein wie am Spieß schreiendes Wesen vorbeihuschte. Summerfield sah nur verschwommene Bewegungen, ein bockendes Bündel, und schoss erneut. Ein grässliches Jaulen erklang. Weitere Schüsse. »Stopp!«, schrie Badr. »Hört auf zu schießen, verdammt noch mal! Stopp!« Das Echo der abklingenden Gewehrschüsse hallte noch eine Weile von den Bergen wider, dann herrschte Stille. Badr streckte vorsichtig den Kopf aus und lugte um die Ecke des Gebäudes. »Eine Ziege«, stieß er hervor. »Verflucht – eine Ziege!« Summerfield war erleichtert und trat unbewusst einen Schritt vor, doch Badr hielt ihn zurück. »Vorsichtig, Harry. Wir wissen nicht, was uns hier sonst noch erwartet.«

Von links näherten sich drei Männer durch die Bäume hindurch und positionierten sich schussbereit. Die Rufe der Männer rechts von ihnen drangen von der Vorderseite der Nebengebäude zu ihnen, gefolgt von einem überraschten Stöhnen. Badr trat, gefolgt von Summerfield, langsam um die Mauer herum und auf die Lichtung, wobei er seine Mauser waagerecht vor sich hielt. Die Ziege, die etwa ein Dutzend Kugeln abbekommen haben musste, lag völlig verdreht auf dem Boden, ein Hinterbein fehlte. Dann richtete sich der Blick der Männer auf das Haus, und sie erstarrten. Summerfield rang nach Atem. Die Fenster waren eingeschlagen, die

Türen ausgehängt. Und davor, kaum drei Meter vom Eingang entfernt, ragten drei Holzpflöcke aus dem Schnee, auf denen drei abgetrennte Köpfe steckten.

»Das kann nicht sein«, keuchte Summerfield. »Das kann nicht –« Er konnte den Blick nicht von dem grauenhaften Bild abwenden. Die Köpfe waren gräulich lila angelaufen, die Augenhöhlen eingesunken wie in einer mittelalterlichen Büßerdarstellung, das Ganze kreuz und quer mit Blut und Haarsträhnen bedeckt. So entstellt sie auch waren, ließen sie sich doch eindeutig als die Köpfe von Lefèvre, dessen Frau und der Haushälterin Soumia identifizieren. Ein paar Meter weiter lagen ihre enthaupteten und zerschossenen Körper auf einem Haufen.

»Du liebe Güte«, entfuhr es Badr, »das waren nicht die Franzosen.« Er warf Summerfield einen Blick zu, der sich augenblicklich übergeben musste.

»Es ist ein Brauch«, erklärte Badr, nachdem er Summerfield ins Haus gebracht hatte. »Neunzehnhunderteinundzwanzig haben sie im nördlichen Rif die Spanier in eine Falle gelockt und anschließend zweitausend Köpfe auf abgeschnittenen Ästen aufgespießt.«

»Barbaren«, fluchte Summerfield.

»Ein Brauch, so beklagenswert er auch sei«, erwiderte Badr. »Doch ich denke gerade an etwas anderes – an *jemand* anderen, um genau zu sein.«

»Jeanne!« Summerfield sah überrascht auf. Es raubte ihm beinahe den Atem. »Glaubst du –?«

Badr nickte und rief den Befehl aus, das Haus zu durchsuchen. Sie lauschten in der Totenstille und richteten ihren Blick nach oben, als sie schwere Schritte durch die Räume im ersten Stock vernahmen.

»Nichts«, rief eine Stimme zurück. »Außer vier Betten. Ein paar Gegenstände. Kleider – Frauenkleider.«

»Sie war hier«, sagte Summerfield benommen. Er schüttelte den Kopf. »Großer Gott, sie war hier. Wie konnte ich nur –«

»Du darfst dir nicht die Schuld geben, Harry«, erklärte Badr streng und ergriff seinen Arm. Ihre Blicke trafen sich. Badr schüttelte den Kopf. »Du hast es nicht gewusst. Niemand hat es gewusst.«

»Ich wusste, dass Abrach in der Gegend ist. Ich hätte es dir sagen müssen«, beharrte Summerfield gereizt. »Sie wurden niedergemetzelt. Es ist … es ist abscheulich. Kein Erbarmen, keine Chance zu entkommen. Was für ein Wahnsinn, diese Rache.«

Er hörte, wie Badr sich erhob und davonging. Draußen waren die *Toubkal*-Männer angekommen, und er vernahm, wie Badr sich mit ihnen unterhielt. Augenblicke später kehrte der junge Mann zurück. »Sie waren es nicht. Sie wussten nicht, dass sich hier Europäer aufhalten. Ich denke –« Summerfield hob den Kopf, den er bis zu diesem Zeitpunkt in die Hände gestützt hatte, und blickte Badr an. »Ich denke, es könnte tatsächlich Abslem El Rifni gewesen sein«, beendete Badr schuldbewusst seinen Satz.

»Abrach«, flüsterte Summerfield. »Weshalb habe ich ihm nicht geglaubt? Gott, ich hätte wirklich nicht gedacht, dass er zu so etwas fähig ist. Erinnerst du dich noch daran, als er von unseren Männern gesehen worden ist, Badr? Toubfil hat uns davon berichtet. Warum?«, fragte er, fassungslos über ihre, über seine Unfähigkeit. »Warum hat er ihn nicht gleich damals umgebracht? Dann wäre nichts von alldem hier passiert.«

»Er muss Jeanne Lèfevre mitgenommen haben«, erwiderte Badr. »Außer …«

»Außer sie ist ihnen entkommen«, beendete Summerfield den Satz. Er schnaubte. »Entkommen! Ausgerechnet hier!«, fügte er mit einer zornigen Geste in Richtung der Berge hinzu. »Sie wäre nach höchstens vier Stunden erfroren.«

»Ich fürchte, vier Stunden sind seitdem längst vergangen,

Harry. Die Morde haben wahrscheinlich irgendwann gestern Abend stattgefunden. Die Köpfe – sie sind gefroren.«

Dennoch schickte Badr Suchtrupps in die umgebenden Berghänge. Er erwähnte nicht, dass sie nach einer Leiche Ausschau halten sollten, doch Summerfield wusste, dass es hauptsächlich darum ging. Er suchte nach einem passenden Werkzeug und machte sich daran, Löcher in der harten Erde hinter den Nebengebäuden auszuheben. Dankbar nickte er ihnen zu, als sich ihm drei weitere Männer anschlossen. Während sie die Leichen zu den Gräbern schleppten, musste er den Blick abwenden. Taffu, der sich zu Beginn ihrer Mission so zynisch gegeben hatte, brachte die Köpfe herbei und legte sie ehrerbietig zu den passenden Körpern. Als sie begannen, Erde und Steine auf die Toten zu schichten, bemerkte Summerfield, dass die Ringfinger der Lefèvres abgetrennt worden waren. Er wusste nicht, ob es die Mörder, Taffu oder einer der *Toubkal*-Männer gewesen waren, und es kümmerte ihn auch nicht. Er dachte nun an nichts anderes mehr als an Jeanne. Er konnte sich einfach nicht von der Vorstellung lösen, dass sie hier gewesen war, dass sie in exakt demselben Sessel gesessen hatte, von dem er selbst erst ein paar Minuten zuvor aufgestanden war. Als sie fertig waren, sprach Summerfield ein Gebet, und die drei Männer, die ihm beim Graben geholfen hatten, traten einen Schritt zurück und sprachen ein paar Worte auf Arabisch vor Soumias Grab, auf dem ein kleiner, aufrecht platzierter Stein nach Mekka ausgerichtet war. Sie hätte keiner Fliege je etwas zuleide getan, hörte Summerfield sich sagen. Es war so schrecklich ungerecht.

Als der Suchtrupp zwei Stunden später zurückkehrte, überbrachte Badr ihm die Neuigkeiten. Sie hatten nichts gefunden, außer Spuren in Richtung Süden und ein Paar Frauenschuhe, die im Abstand von etwa zwanzig Metern fallen gelassen worden waren. Badr zeigte Summerfield einen davon und fragte, ob er ihn wiedererkannte. Summerfield zuckte niedergeschlagen mit den Schultern.

»Kann sein. Wer weiß. Ich kannte ja nicht ihre ganze Garderobe.«

Badr sah ihn traurig an und seufzte hilflos. »Da sind noch ein paar Briefe, Harry. Und ihre restlichen Sachen. Vielleicht möchtest du etwas davon mitnehmen.«

»Was?« Summerfield blickte verwirrt auf. »Oh, ja. Danke, Badr.«

»Wir müssen los, Harry. Es wird Zeit.«

»Die Franzosen?«, fragte Summerfield. »Du hast recht. Hierbleiben möchte ich sowieso nicht.« Er schulterte seine Lee Enfield und wandte sich dann noch einmal zu seinem Freund um. »Was machen wir nun, Badr? Gib mir fünf Männer, dann können wir sie verfolgen.«

»Hast du gesehen, wie viel Schnee gefallen ist, Harry? Es würde äußerst schwierig werden.«

»Aber nicht unmöglich. Es muss noch genug Spuren geben, denen wir folgen können.«

Badr schwieg und kratzte sich am Bart. Dann blickte er Summerfield mit einem leichten Seufzen an. »Unsere Mission ist noch nicht erfüllt. Wir sollen den Feind angreifen und vertreiben. Abrach ist auf der Seite der Vichy-Franzosen und damit einer von ihnen – ein Feind. Zwei Tage noch. Wir folgen den Spuren, die wir finden. Aber nach zwei Tagen kehren wir nach Hause zurück, Harry.«

»Und wenn wir sie nicht finden?«, wollte Harry wissen, ohne den Blick abzuwenden.

»Das Tal ist deine Heimat, Harry. Dorthin muss man zurückkehren.«

50

Ihre Nase war gebrochen. Jedes Mal, wenn das Monster sich auf sie stürzte, schrie sie vor Schmerzen. Es schien ihn zu erregen, was zur Folge hatte, dass er meist schon bald mit einem Grunzen ejakulierte, seinen schweren Körper dann mit Hilfe seiner grotesk verformten Hände von ihr herunterhievte. Danach trampelte er wortlos davon.

Sie war seit dem Mord an ihren Eltern vier Mal vergewaltigt worden: einmal von einem der Helfer, kurz nachdem sie ihren Vater umgebracht hatten, und dreimal von dem Mann, den die anderen El Rifni nannten, in dem sie aber Abrach wiedererkannte, jenen unheimlichen Mann, der einst versucht hatte, sie zu entführen. Zuerst hatte sie sich noch gewehrt. Ihre gebrochene Nase, die blauen Flecken und Kratzer und die Schnittwunde an ihrem Hals bezeugten es. Beim vierten Mal hatte sie den Kampf instinktiv aufgegeben. Reiner Überlebenswille. Es war ihr gelungen, ihren Geist an einen anderen, weit entfernten Ort wandern zu lassen, als wäre sie gar nicht anwesend und als würde dieser Körper in den Händen ihres Peinigers nicht ihr gehören. Ihre Sinne waren wie betäubt, und nur der stechende Schmerz in ihrem Gesicht sowie das quälende Brennen zwischen ihren Beinen erinnerten sie noch daran, dass ihr in Wirklichkeit gerade etwas Grauenhaftes widerfuhr.

Sie setzten sie auf ein Maultier und hüllten sie in Tücher und Tierhäute – dieselben Stoffe, an denen Abrach sein Glied abwischte, nachdem er sie vergewaltigt hatte. Sie war darin von einem Gestank umgeben, von dem sie nicht recht wusste, ob er von seinem Geruch, dem Schweiß oder den gegerbten Tierhäuten stammte. Schon beim bloßen Gedanken daran wurde ihr schlecht, und sie konnte die Nahrung, die sie ihr gaben, nicht bei sich behalten.

Die Kolonne aus zwölf Männern bewegte sich langsam gen Westen. Sie wusste nicht genau, ob in Richtung der Vichy-Franzosen oder zu Abrachs Lager.

Sie hatte daran gedacht, sich umzubringen. Das Seil, mit dem ihre Handgelenke zusammengebunden waren, könnte sie nicht davon abhalten, sich vom Maultier fallen zu lassen und in den Abgrund zu stürzen. Aber irgendetwas hielt sie zurück – etwas, das sie dafür, dass es sie am Leben hielt, zeitweilig sogar noch mehr hasste als ihre Entführer.

Noch am Leben zu sein bedeutete auch, die schrecklichen Bilder mit sich zu tragen. Immer wieder tauchten sie plötzlich vor ihrem inneren Auge auf, und sie musste sie jedes Mal gewaltsam abschütteln. Bilder, die zuerst Soumia zeigten, in nackter Panik die sonderbaren Schreie der marokkanischen Frauen ausstoßend. Sie hatten ihren Rock hochgehoben – der Anblick der nackten Schenkel ihrer Kinderfrau hatte Jeanne erschreckt – und dabei gelacht. Ihre Mutter schluchzte unaufhörlich, klammerte sich an ihren Vater, dem sie jedoch sogleich entrissen wurde. Sie und Soumia wurden auf die linke Seite der Veranda gezerrt, wo man sie augenblicklich erschoss. Den hohen, beinahe weiblich klingenden Aufschrei ihres Vaters und die plötzliche Kraft, mit der er sich befreite und auf Abrach stürzte, würde sie niemals vergessen. Ebenso wenig den Blick in den Augen ihres Vaters, als Abrach ihn anzubrüllen begann und mit seinen entstellten Händen vor seinem Gesicht herumfuchtelte. Dieser seitliche, unverzagte Blick in ihre Richtung, als würde Abrachs Schimpftirade nicht den geringsten Eindruck auf ihn machen – in diesem Blick las sie völlige Resignation, aber auch eine Entschuldigung und zugleich ein verzweifeltes Bekenntnis, dass ihr Vater sie liebte. Dann wurden drei Schüsse aus nächster Nähe in die Brust ihres Vaters abgefeuert und schleuderten seinen Körper herum, in Richtung der anderen Männer, die ihrerseits mit ihren Gewehren auf ihn schossen. Fetzen seines Körpers flogen durch die Luft und landeten auf Jeannes Kleidern. Völlig hysterisch, wurde sie von Abrach und seinem Gehilfen ins Haus gezerrt und dort vergewaltigt. Als sie Jeanne mit blutender Nase und klaffender Schnittwunde am Hals wieder hinaus auf die Lichtung schleppten, nahm sie verschwommen drei kopflose Körper wahr. Sie erinnerte sich noch, dass sie sich wie in einem Traum fragte, wo denn die Köpfe geblieben waren.

Während sie durch den tiefen Schnee stapften, fiel sie in einen Trancezustand, ihr Blick war abwesend und unbeirrbar auf das Weiß unter ihnen gerichtet. Sie verlor jegliches Zeitgefühl, und dieser Dämmerzustand wurde ausschließlich durch die wiederkehrenden schrecklichen Erinnerungen unterbrochen. Was war es nur, das sie dazu zwang, am Leben zu bleiben? Konnte der Tod denn schlimmer sein als das, was sie gerade erlitt, was sie gesehen hatte? War es Hoffnung? Oder doch Angst – Angst vorm Sterben, die sie weitermachen ließ; eine Angst, die es ihr ermöglichte, das schrecklichste menschliche Leid zu überstehen, nur um der Leere des Todes noch ein wenig länger zu widerstehen?

Ihre Gedanken wanderten zurück in ihre Vergangenheit. Dieses lächelnde Mädchen in ihrer Schuluniform aus Baumwolle schien nicht sie selbst zu sein. Das Lachen, die Freundinnen, die ausgelassen die Köpfe zusammensteckten, schienen meilenweit entfernt, wie ein völlig anderes Leben. Ein anderer Mensch. Gesichter und Stimmen tauchten in ihrer Erinnerung auf: Schwester Marthe, ihre liebe Freundin Sarah Bassouin, die unbekümmerte, verrückte Cécile, Edouard, der in sie verknallt war und über den ihre Mutter sich lustig machte. Harry. Harry Summerfield, ihre erste wahre Liebe. So albern und unmöglich. All das war nun verschwunden. Sie schüttelte unwillkürlich den Kopf. Jene Tage gehörten nicht mehr zu ihr. Das war nicht länger sie. Nein – ihr Leben hatte erst begonnen, seit Jim darin einen Platz hatte, seit sie erwachsen geworden war. Sie fragte sich, wie sie ihm je erzählen sollte, was ihr widerfahren war. Sie erschauderte vor Scham, und das Schuldgefühl schnürte ihr die Luft ab. Würde Jim ihr je vergeben, was geschehen war? Vielleicht sollte sie nie wieder zu ihm zurückkehren. Womöglich sollte sie fortan ein zurückgezogenes Leben führen und ihr Geheimnis schließlich mit ins Grab nehmen. Aber was tat sie denn da eigentlich gerade, fragte sie sich überrascht – hoffte sie etwa noch? Hatte sie sich soeben eine Zukunft jenseits des Alptraums vorgestellt, den sie gerade durchlebte? Wieder schüttelte Jeanne den Kopf, doch diesmal geschah es im Bewusstsein, die Antwort auf die Frage gefunden zu haben, weshalb sie sich nicht umbringen konnte. Es war Jim: der Gedanke daran, ja fast schon die Gewissheit, dass sie ihn wiedersehen würde.

Als sie sich am zweiten Tag noch vor Morgengrauen mit dem erneut einsetzenden Schneefall auf den Weg machten, spürte sie, dass irgendetwas anders war. Eine winzige, kaum wahrnehmbare Veränderung, die ihr dennoch auffiel: das Gefühl, dass irgendetwas geschehen würde. Die Präsenz eines bevorstehenden Ereignisses. War es Jim? Würde er kommen? Jeannes Atem ging schneller. Vielleicht verlor sie nun den Verstand, dachte sie, während ihre Blicke rasch die Berge um sie herum absuchten. Er war hier, in der Luft und im Schnee. Seine Stärke und seine Fröhlichkeit, sein Selbstvertrauen, das die düstersten Gedanken und Probleme verjagen konnte, … umgab sie von überall her. Doch als sie aufblickte, merkte sie, dass die Realität eine andere war. Abrach warf sie zu Boden, und seine riesige Silhouette türmte sich vor dem Hintergrund der Berge über ihr auf. Ihre Hoffnung erlosch, und sie verwandelte sich wieder in Stein und Stahl.

Die Feuer, die in der bitteren Kälte wenigstens ein bisschen Wärme gespendet hatten, wurden gelöscht, und Jeanne wurde erneut auf das Maultier gehievt, während Abrach und seine Männer sich zum Aufbruch bereit machten. Sie zitterte. Abrach warf ihr unsanft einen weiteren Umhang über und spuckte dann in den Schnee, als wäre ihm diese Geste vor seinen Männern peinlich.

Diesmal bewegten sie sich bergab, und es hatte aufgehört zu schneien. Die Ruhe, die sich nun über die Berge legte, war so absolut, dass sie in den Ohren tönte. Nach etwa einer Stunde blieben sie stehen, und Abrach wechselte ein paar Worte mit seinen Männern. Für Jeanne, die nur halb zuhörte, nur halb anwesend war, klang das Gespräch wie hitziges Geschnatter. Vielleicht hatten sie sich nun doch noch dazu entschlossen, sie umzubringen, kam es ihr gedankenverloren in den Sinn. Die Männer deuteten auf entfernt liegende Punkte in verschiedenen Richtungen. Dann gingen sie ebenso plötzlich weiter, wie sie stehengeblieben waren, bogen rechts ab und stapften auf einem im Schnee versunkenen Pfad hinab ins Tal. Jeanne überkam erneut das merkwürdige, ungreifbare Gefühl, dass da noch jemand wäre. Versuchte Jim, Kontakt mit ihr aufzunehmen? In ihrem Geist nahm sie seine tiefe, volltönende Stimme wahr, und ihr war, als spürte sie plötzlich eine tröstende Hand auf ihrer Schulter.

Vor ihr lief ein Mann, der das Maultier an den lose um dessen Hals gelegten Zügeln führte. Einmal hatte das Tier gescheut und sich geweigert weiterzugehen, und er hatte es mit Unterstützung der anderen Männer so lange geschlagen und geschubst, bis es sich endlich in Bewegung setzte. Das empörte Geschrei des Maulesels klang ihr noch immer in den Ohren. Der Mann trug einen weinroten Turban, der in so vielen Schichten um seinen Kopf gewickelt war, dass er beinahe kegelförmig aussah. Nur seine graubraunen, mürrisch dreinblickenden Augen waren hinter dem Tuch zu erkennen, wenn er sich regelmäßig umdrehte, um zu überprüfen, dass sie noch da war. Sie nahm an, er tat dies hauptsächlich aus Furcht heraus, da Abrach ihn damit betraut hatte, auf sie aufzupassen. Oder vielleicht, überlegte sie, vermutete Abrach, dass sie in Erwägung ziehen würde, ihrem Leben ein Ende zu machen. Sie fragte sich, was der Maultiertreiber wohl tun würde, wenn sie plötzlich hinuntersprang und wegrannte. Während sie darüber nachdachte, schritt die zerlumpte Kolonne durch einen terrassenförmigen Olivenhain, dessen Bäume winterlich kahl und grau, aber dennoch ein Zeichen waren, dass sie die Höhen hinter sich gelassen hatten und sich mittlerweile wieder auf fruchtbarem Boden befanden.

Hinter dem verlassenen Hain hielten sie erneut an. Vor ihnen verschwand der Pfad hinter zwei etwa zehn Meter hohen Felsen. Jeanne vernahm Abrachs leises Murmeln, während er mit seinen Männern diskutierte. Er schien zu zögern, grübelte über das vor ihnen liegende Gelände nach und wandte sich dann zu ihr um. Ihre Blicke trafen sich flüchtig, und sie sah ihm unverwandt in die Augen, bis er sich wieder umdrehte und schroff den Befehl gab, dem Pfad weiter zu folgen.

Jeanne musste plötzlich wieder an Jim und an ihre Lage denken, und sie zitterte am ganzen Körper, während sie gegen die Tränen ankämpfte. Der Maultiertreiber drehte sich zu ihr um und beobachtete sie durch den Schlitz in seiner Kopfbedeckung voller Verachtung. Plötzlich stolperte er. Sie fragte sich für den Bruchteil einer Sekunde, wie Abrach ihn wohl bestrafen würde, wenn er über seine eigenen Füße fiele. Dann schlug der Mann hart am Boden auf, und eine rote Flüssigkeit sprudelte aus seinem Mund hervor. Sie hörte einen lauten Knall. Das Maultier buckelte panisch, und Jeanne wurde über seinen Kopf hinweg in die Luft geschleudert. Der Schnee schien auf sie zuzurasen, und als sie auf ihm aufschlug, wurde ihr mit einem dumpfen Geräusch schwarz vor Augen.

Als sie wieder zu sich kam, waren die Schüsse ohrenbetäubend und schienen von überall her zu kommen. Um sie herum rannten Abrachs Männer in Deckung. Mehrere von ihnen schrien auf und stürzten zu Boden. Ein Mann hielt seinen Arm hoch, aus dessen Handgelenk das Blut schoss, und trug mit klagender Stimme anscheinend ein Gebet vor, dessen Worte sie jedoch nicht verstand. Sie schrie und konnte nicht mehr damit aufhören, während sie völlig entsetzt das Massaker um sie herum mitansehen musste. Wo ihre Entführer auch Schutz suchten, sie entkamen den Kugeln nicht. Links des Felsens liefen Gestalten im Zickzack davon. Ich werde sterben, wiederholte sie immer wieder und umschloss ihren Kopf mit den Händen. Ich werde sterben.

Sie konnte unmöglich sagen, wie lange das Gefecht dauerte. Sie hörte Schreie, die hohen, mitleiderregenden Klagelaute der Verwundeten und das pfeifende Geräusch der Gewehrkugeln, die überall um sie herum durch die Luft zischten. Doch die Schüsse wurden irgendwann weniger. Zwei Männer krochen eilig davon, warfen ihre Waffen hinter sich und flüchteten. Es folgte Stille, der Geruch von Kordit, vereinzelte Schüsse. Jeanne hob den Kopf, sah, wie sich etwas in ihr Blickfeld schob, und rang entsetzt nach Atem. Es war Abrach, der mühsam durch den Schnee auf sie zueilte und vor Anstrengung mit seinen großen, verstümmelten Händen ruderte. Zu ihrer Linken tauchte eine zweite Gestalt auf, die sie mit strahlend blauen Augen ansah, vor sie trat und Abrach damit den Weg blockierte. Dieser blieb stehen und richtete den Blick auf seinen Gegner. Erstaunt starrte er den blauäugigen Krieger an.

»Bist du es also, der mich von meiner Last befreit?«, fragte Abrach atemlos.

Der Krieger zielte mit seinem schweren Gewehr langsam auf

das Gesicht des Mannes, und Jeanne überkam die schrecklichste Vorahnung. Ein Schuss. Plötzlich flog die Hälfte von Abrachs Gesicht davon, und rosa Spritzer landeten zischend im Schnee, während der schwere Körper zusammenzuckte und niedersank. Er plumpste zu Boden, zuckte noch ein paarmal und blieb dann reglos liegen. Jeanne hielt erstarrt die Luft an, in der sicheren Gewissheit, gleich sterben zu müssen.

51

Bewusst langsam, damit niemand auf sie aufmerksam wurde, kroch sie auf Händen und Füßen davon. Summerfield ließ die Lee Enfield fallen.

»Jeanne!«

Sie drehte den Kopf zu ihm um, und in ihrem Blick lag eine Neugierde, die jenseits aller Angst zu sein schien und Summerfield stutzig machte.

»Jeanne?«

Er konnte kaum glauben, dass sie es war, als er ihr zerschundenes, ausdrucksloses Gesicht und die vielen um sie gewickelten Stofflagen betrachtete – sie wirkte wie ein streunendes Tier, das noch reflexhaft auf seinen schon halb vergessenen Namen reagiert. War sie es wirklich?

Langsam, um sie nicht zu erschrecken, wickelte er sich das Tuch vom Kopf und bemühte sich zu lächeln.

»Jeanne …« Seine Stimme klang sanft, aber fremdartig, und plötzlich wurde er sich seiner Kleidung und seines wettergegerbten Gesichts bewusst. Sie richtete den Oberkörper auf und blieb unsicher auf den Knien sitzen. »Ich schätze, ich habe mich ziemlich verändert«, sagte er schwach.

»Harry.« Es war kaum mehr als ein Flüstern. Sie fing leise an zu schluchzen. »Harry.«

Sie umarmten sich schweigend, während Badrs Männer die Toten plünderten.

»Wo ist Badr?«, fragte Summerfield schließlich.

»Verletzt«, kam die Antwort.

»O Gott! Wo ist er?«

Ein Mann gestikulierte ungeduldig in eine Richtung. »Da drüben.«

Summerfield stand auf, verzog das Gesicht aufgrund des stechenden Schmerzes in seinem Knie und half auch Jeanne auf die Beine. Sie wirkte noch ganz benommen und taumelte leicht. Summerfield zog sie mit sich zu einer Gruppe aus drei Männern, von denen er Taffu erkannte, der neben einem reglosen Körper hockte. Summerfield fiel auf die Knie.

»Mein Gott, Badr!« Der junge Mann öffnete die Augen und zuckte gequält zusammen. Direkt unter dem rechten Lungenflügel sprudelte dickes, schwarzes Blut aus der Brust ihres Anführers. Summerfield wandte sich um und sah, dass Taffu eine Pistole auf Badr gerichtet hielt. »Nein!«, schrie er.

»So lautet die Regel«, murmelte Badr schicksalsergeben. »Die Tradition …«

»Zum Teufel mit eurer blutigen Tradition.« Summerfield riss Taffu die Pistole aus der Hand.

»Harry«, tadelte ihn Badr und versuchte, sich aufzurichten.

»Halt die Klappe!«, fauchte Summerfield. »Du bist mein Freund. Und unser Anführer. Wir müssen dich nach Hause bringen.« Summerfield blickte sich um. »Bindet ihn auf ein Maultier.«

Taffus Mund, der bislang offen gestanden hatte, klappte zu. »Wir brauchen sie für das Mädchen und unsere Beute.«

»Die Gewehre, das Gold und der Schmuck gehen mir am Arsch vorbei«, drohte Summerfield. »Wenn ihr nicht tut, was ich sage, werdet ihr den ausgewachsenen Zorn eines Engländers zu spüren bekommen.« Die Männer runzelten verständnislos die Stirn und warfen Badr einen fragenden Blick zu. »Macht schon!«, schrie Summerfield und wedelte mit der Pistole. In missmutiges Schweigen gehüllt gingen zwei von ihnen endlich ein Maultier holen.

Der Schnee trudelte gemächlich zu Boden, während die kleine Kolonne gen Osten stapfte. Die Männer waren zufrieden, sie hatten gekämpft, einen Sieg errungen und reiche Beute davongetragen. Ihr Geplapper löste bei Summerfield ein verachtendes Stirnrunzeln aus. Wie sie sich völlig sorglos gegenseitig ihre Heldengeschichten erzählen konnten, während Badr Qualen litt, konnte er einfach nicht verstehen. Er fühlte sich dieser launenhaften Menschen und ihrer kindlichen Freude plötzlich überdrüssig.

Auf Englisch stieß er leise Flüche über das Gerede der Stammesmänner aus, während er die beiden Maultiere führte, die mit Jeanne und Badr auf dem Rücken der Kolonne über die schneebedeckten Wege folgten. Badrs gequältes Stöhnen hatte Summerfields Nerven bis zum Zerreißen gespannt, und er verspürte ein beschämendes Gefühl der Erleichterung, als sein junger Freund schließlich das Bewusstsein verlor.

Jeanne schien die meiste Zeit über in Gedanken versunken. Irgendwann einmal sah sie jedoch auf und verkündete: »Du warst es, der El Rifni ermordet hat.«

»Er ist tot«, antwortete Summerfield und wich ihrem Blick aus. »Ich war besorgt, wütend …«

»Du hast ihn kaltblütig umgebracht, Harry.«

»Ich dachte, er würde dir etwas antun«, murmelte Summerfield. Und fügte nach längerem Schweigen hinzu: »Ja, ja, ich habe ihn umgebracht – kaltblütig, wenn du so willst. Und ich habe deswegen keine Gewissensbisse. Ich bin bloß … schockiert, das ist alles.« Er warf Jeanne einen Blick zu, doch ihr Gesicht zeigte weder Zustimmung noch Verurteilung. Sie hatte sich erneut in ihr Schweigen zurückgezogen.

Es war schon spät, als Jeanne erneut etwas sagte. Sie hatten einen Pass durchquert und stiegen nun in ein Tal hinab. Das winterliche Weiß hüllte die rosa Felsen in einen milchigen, fast durchscheinenden Jadeton, und die schwache untergehende Sonne verlieh dem Land einen schimmernden Glanz. Summerfield meinte, einen bestimmten Felsen wiederzuerkennen, und wollte sich gerade zur Bestätigung an einen der Stammesmänner richten, da ertönte schüchtern Jeannes zittrige Stimme.

»Harry, sie –«

Sie hielt den Atem an, und Summerfield, der merkte, dass etwas nicht stimmte, kam an ihre Seite. Er hätte sie gern berührt, doch er befürchtete, dass ihre Gefühle dann aus ihr herausbrechen könnten, so angespannt war sie. Sie sprach unvermittelt weiter, in einem monoton vorgetragenen Wortschwall.

»Sie haben mir grauenvolle, schreckliche Dinge angetan, Harry. Und mein Vater, meine Mutter … Soumias Schreie …«

»Das waren Verbrecher«, sagte Summerfield. »Fanatiker. Ich bin froh, dass sie tot sind.«

»Schreckliche Dinge«, wiederholte sie. »Es war so abscheulich.«

»Diese Unmenschen! Du bist schlimm zugerichtet, Jeanne. Aber mach dir keine Sorgen, die Frauen im Tal haben Mittel und Salben, die deine Wunden heilen lassen.«

»Harry, sie … sie haben mich geschändet.«

Ihre Stimme überschlug sich, als sie das etwas altertümliche Wort aussprach, und Summerfield lief es eiskalt den Rücken hinunter.

»Beim ersten Mal waren sie zu zweit. Dann nur noch Abrach.«

Summerfield hatte das Gefühl, dass ihm alle Luft aus den Lungen entwich. Seine Knie wurden weich.

»Nein, mein armer Liebling. O nein …«

»Nach den ersten beiden Malen habe ich mich einfach … einfach ausgeschaltet. Ja, genauso, wie man ein Licht ausschaltet.« Ihr verstörendes Kichern, ihre überspannten Nerven jagten ihm

Angst ein und machten ihn zornig. Sie neigte sich leicht in seine Richtung und wandte den Blick dann wieder ab. »Was ist, wenn … wenn ich schwanger bin, Harry?«

»Ich werde sie in Stücke schneiden, ihre Finger, ihre Hände, ihre Ohren, ihre Eier und ihre verdammte Zunge –«, rief Summerfield aufgebracht.

»Er ist tot. Erinnere dich, du hast ihm ins Gesicht geschossen. Dieses Geräusch!« Ihr Lachen war nunmehr ein überspanntes Kreischen. »Als das schleimige Zeug im Schnee gelandet ist. Wie Fett, das in der Pfanne brutzelt.«

»Jeanne, bitte, hör auf.«

Ihre Miene versteinerte sich augenblicklich, als hätte Summerfield sie geschlagen.

»Ich soll aufhören, sagst du? Nach allem, was sie getan haben?« Ihre Stimme wurde zu einem Flüstern, bis sie schließlich stumm in Tränen ausbrach. »Es tut mir leid. Das ist so dumm von mir. Ich bin nicht tapfer, überhaupt nicht!«

Summerfield stolperte verwirrt ein paar Schritte weiter und wandte sich dann erneut um. »Natürlich bist du tapfer. Du hast so wahnsinnig viel Mut bewiesen, mein Liebling. Wirklich.«

»Bitte, Harry. Bitte, sag dieses Wort nicht.«

»Ich wollte nicht –«

»Sag es einfach nicht. Bitte«, erwiderte sie kühl.

Als sie für die Nacht ihr Lager aufschlugen, erwachte Badr unter großen Schmerzen. Summerfield grub ein Loch in den Schnee, formte eine Wand als Windschutz und kümmerte sich anschließend um seinen Freund, während sich Jeanne missmutig in einer Ecke zusammenkauerte.

Entschlossen schälte Summerfield die vielen Kleidungsschichten von Badrs Haut, um die Wunde in Augenschein zu nehmen, die unter all dem getrockneten Blut kaum zu erkennen war. Er besorgte etwas abgekochtes Wasser und säuberte das zerfetzte Loch in der sonderbar weißen Brust seines Freundes, während er sich bewusst war, wie wenig er damit ausrichten könnte. Ihre einzige Chance lag darin, das Tal rechtzeitig zu erreichen. Er hoffte inständig, dass sie dort wussten, wie man solch eine Wunde behandelte. Zuletzt gab er Badr etwas Opium und wischte dem Freund die Stirn ab, die trotz der Kälte ganz heiß war. Der junge Anführer verlor immer wieder das Bewusstsein und murmelte zwischendurch Worte in einem Dialekt vor sich hin, den Summerfield nicht verstand. Einmal trafen sich ihre Blicke, und Summerfield fiel der sonderbar milchige Glanz in den Augen seines Freundes auf. Sie schienen so erschöpft und mutlos, dass er fürchtete, die Resignation vor dem Tod darin zu erkennen. Summerfield wurde mit einemmal furchtbar müde, er konnte die Tränen nicht mehr zurückhalten, die ihm nun die Wangen hinunterkullerten. Er schluchzte leise, kniete sich neben seinen Freund und fuhr zusammen, als er eine sanfte Berührung an seiner Wange spürte. Badr hatte seine Hand erhoben, und seine schmerzverzerrten Gesichtszüge nahmen plötzlich einen warmen, zärtlichen Ausdruck an.

»Lieber Harry … Danach … Kümmere dich um Raja, versprichst du mir das?«

»Nur noch einen Tag, Badr«, flüsterte Summerfield und ergriff seine Hand. »Halte nur noch einen Tag durch, dann hast du es geschafft.« Badr zeigte ein kaum wahrnehmbares Lächeln. Summerfield kämpfte gegen seine Tränen an. »Wir sind bald zu Hause, Badr. Versprochen.«

»Mein Bart …«, flüsterte Badr.

»Was?« Summerfield beugte sich vor, bis sein Ohr fast die Lippen seines Freundes berührte. »Was hast du gesagt?«

»Mein Bart«, wiederholte Badr.

»Bart?« Summerfield runzelte die Stirn.

»O Gott, wie er juckt! Und ich kann mich nicht kratzen.« Badr versuchte ein Lachen, das sich jedoch sogleich in einen Schmerzenslaut verwandelte.

Summerfield schüttelte traurig den Kopf. »Badr, du bist ein kleiner Dummkopf. Er hat dir übrigens nie besonders gut gestanden …« Doch der junge Mann schwieg, da er schon wieder das Bewusstsein verloren hatte.

Sie brachen um vier Uhr morgens auf, da es zu kalt war, um länger als zwanzig Minuten am Stück zu schlafen, und weil sie es eilig hatten, zurück ins Tal zu gelangen. Summerfield hatte sich mittlerweile vom zögerlichen, unsicheren Außenseiter, der sich weder in den Bergen auskannte noch geübt im Erteilen von Befehlen war, zum neuen Anführer der Gruppe gewandelt. Er war es, der entschied, wann es Zeit zum Rasten war, und der anordnete, das Lager abzubrechen. Und er war derjenige, der mit den zwei Maultieren vor allen anderen schritt und den Weg mit instinktiver Sicherheit fand. Die Männer folgten ihm. Sie stellten seine Rolle nicht in Frage, und sie schienen den Heimweg schneller zu bewältigen. Vielleicht lag es daran, dass sie in der Umgebung mittlerweile die ihnen vertraute erkannten und die Zuversicht an den Tag legten, die alle Männer erfüllt, wenn sie sich ihrer Heimat nähern.

Nach drei Stunden Marsch ging die Sonne auf, und der schwarze Himmel färbte sich zuerst indigo-, dann kobaltblau. Summerfield wies die Kolonne an, Halt zu machen, Tee zu kochen und die letzten Vorräte untereinander aufzuteilen. Während Feuer entfacht wurde und das Wasser kochte, suchte er die Landschaft hinter ihnen mit Badrs Feldstecher ab, dem eine Linse im Gefecht von einer Kugel zerschlagen worden war. Nichts. Niemand war ihnen gefolgt.

Als er sich darüber Sicherheit verschafft hatte, wandte er sich als Nächstes Jeanne zu. Er feuchtete seinen *Chech* mit heißem Wasser an und begann sanft, ihr das Gesicht zu säubern, wobei er die Schnitte und Prellungen vorsichtig abtupfte und sie jedes Mal streichelte, wenn sie das Gesicht vor Schmerz verzog. Sie sah ihn nicht an, wofür Summerfield dankbar war. Für das, was sie von der Zeit ihrer Gefangenschaft berichtet hatte, konnte er keine tröstenden Worte finden. Als Mann, als Angehöriger des männlichen Geschlechts schämte er sich und fühlte sich schmutzig und auf gewisse Weise ebenso schuldig wie ihre Peiniger. Kein Wunder, dachte er, dass sie so kühl und unnahbar war. Was blieb ihr anderes übrig? Daher war er überrascht, als sie, nachdem er fertig mit dem Reinigen ihrer Wunden war, aufblickte und ihm ein kurzes, aber – allem Anschein nach – aufrichtiges Lächeln schenkte.

Ohne lange zu verweilen, machten sie sich bald wieder auf den Weg. Vor ihnen lag nur noch ein letzter Bergrücken, dann würden sie ihr Tal sehen.

»Harry, es tut mir leid«, platzte es auf einmal aus Jeanne heraus, »dass ich so harsch zu dir war.«

Summerfield drehte sich zu ihr um und blickte sie verlegen an. »Es war idiotisch von mir, dieses Wort zu verwenden.«

»Es … es passt einfach nicht mehr, nicht wahr?«

»Ist das eine rhetorische Frage?«, scherzte Summerfield, doch sie schien die Ironie in seiner Stimme nicht zu bemerken, also schüttelte er den Kopf. Das Gesicht des armen Mädchens wirkte völlig ausdruckslos, als wären ihre Gefühle gemeinsam mit allem, woran sie geglaubt hatte, getötet worden. »Weißt du, Jeanne, dieses Wort … Es kam mir ganz spontan in den Sinn. Ich habe einfach kein anderes Wort gefunden für einen Menschen, der … der mir so lieb und teuer ist. Es hatte nichts mit dem zu tun, was … was wir einmal hatten. Ich weiß, dass das Leben dich in eine andere Richtung geführt hat, nachdem ich entführt worden bin.«

Jeanne hob den Kopf und sah ihn überrascht an.

»Ich habe hier ein Bündel Briefe, Jeanne. Und ich muss dir gestehen, dass ich sie gelesen habe.«

»Briefe?« Jeanne schien gerade von irgendwo weit her zurückzukehren.

»Jim und das alles«, erklärte Summerfield demütig. »Ich weiß, was ihr beide einander bedeutet.«

»Wie?« Jeanne sah ihn verwirrt an.

Summerfield bedeutete ihr mit einer stummen Geste, sich keine Sorgen zu machen. »Jeanne, ich akzeptiere es – du und Jim. Ein Teil von mir ist in den letzten Jahren so alt geworden. Manchmal habe ich das Gefühl, das Leben besteht lediglich daraus, seine Ideale abzustreifen. Bis man den inneren Kern der Desillusion erreicht, der die Realität des Ganzen darstellt.«

»Aber wo hast du sie gefunden? Und wo sind sie jetzt?«

Summerfield presste die Lippen aufeinander. »Hier.« Er griff in seinen Rucksack und zog das verschnürte Bündel hervor. »Bitte, nimm sie wieder an dich. Sie gehören dir.«

Sie nahm das Bündel zuerst zögerlich entgegen, als würde sie es nicht recht glauben können, drückte es dann jedoch fest an sich. Sie begann zu schluchzen.

»Weißt du, wir waren bei der Jagdhütte, und ich habe dort« – ihm stockte kurz der Atem – »alles gesehen. Als wir herausfanden, dass einer der Bewohner fehlte und es aller Wahrscheinlichkeit nach du warst, wollte ich ganz sichergehen. Ich habe die Briefe auf einem Regal neben deinem Bett gefunden.« Summerfield schwieg und beobachtete Jeanne, deren Körper vor Trauer und Schmerz zusammenzuckte. »Wir haben beide etwas zu beweinen«, fügte er resigniert hinzu.

Vier Stunden später hatte die Kolonne den Bergrücken erklommen, von dem aus der Weg sie auf der anderen Seite ins Tal hinunter nach Hause führte. Die Stammesmänner stießen Freudenschreie aus und umarmten einander. Summerfield entdeckte das Dorf im Nebel. Sein Herz wurde von Glück durchströmt, und in seinem Hals bildete sich ein Klumpen, der sich aus Erleichterung, Hoffnung und einer merkwürdig verzweifelten Traurigkeit zusammensetzte. Instinktiv wandte er sich auf der Suche nach Badr um und trat an den Körper des jungen Mannes heran, der schlaff über dem Maultier hing.

»Badr. Wach auf, mein Freund. Wach auf. Kannst du mich hören? Wir sind zu Hause. Es wird dir bald besser gehen. Du bist gerettet.« Der junge Mann rührte sich nicht. »Badr?« Summerfield beugte sich über ihn, bemerkte die glanzlosen Augen, das aschgraue Gesicht und wich zurück. Badr war kalt.

52

Jim Wilding stand am Kai von St. Louis in Französisch-Senegal und sah zu, wie die portugiesische Crew unter den wachsamen Blicken eines schnauzbärtigen jungen Schatzmeisters endlich die Gangway freigab, damit die Passagiere an Bord gehen konnten. Er holte tief Luft und spürte, wie ihn eine ziellose Traurigkeit überkam. Er bedeutete dem Gepäckträger, der neben seinen Koffern wartete, ihm aufs Schiff zu folgen.

Nachdem er den Träger bezahlt und seine Kabine von außen verschlossen hatte, um sich an Deck zu stellen, hatte Wilding das Gefühl, die gesamten vergangenen vier Monate fielen langsam von ihm ab. Ihn überkam ein Schwindelgefühl, und er musste sich an der Reling festhalten. Er hatte alles versucht: Botschaftskontakte, Freunde, Informanten, das Militär. Er hatte sogar nach Zeugen gesucht, die am Tag von Jeannes Verschwinden womöglich irgendetwas beobachtet hatten. Er hätte noch länger bleiben können, dachte er und verweilte in Gedanken für einen Moment bei seiner Rückkehr in die Staaten. Aber da er sie nicht gefunden hatte, war sie entweder tot – er zuckte bei diesem Wort zusammen – oder an einen fernen Ort gebracht worden, der außerhalb seiner Reichweite lag. Ihm war bewusst geworden, dass es kaum noch Hoffnung gab, und dank seiner bedächtigen, rationalen Art hatte er seine Gefühle rasch in den Griff bekommen. Er wusste, dass er sich nur unnötig quälen würde, wenn er länger bliebe. Er hatte seine Kontaktdaten für alle Fälle in Marrakesch hinterlassen und sogar einen Polizeiermittler dafür bezahlt, die Angelegenheit routinemäßig zu verfolgen. Nun war der Zeitpunkt gekommen, seine nächsten Schritte in Angriff zu nehmen – seine Einberufung, seine Ausbildung und hoffentlich auch seinen aktiven Kriegsdienst. Es war nur noch eine Frage der Zeit, bis die Vereinigten Staaten sich in den Konflikt einmischen würden. Danach … Er legte den Kopf zur Seite, schloss die Augen und atmete tief die frische Meeresluft ein. Danach würde der nächste Schritt folgen. Und eigenartigerweise, so unwahrscheinlich es auch war und so schlecht die Karten auch stehen mochten, hatte er das sichere Gefühl, dass Jeanne ein Teil davon sein würde.

53

Raja verließ ihr Elternhaus für lange Zeit nicht mehr. Wer daran vorbeiging, konnte die unaufhörlichen Trauergesänge und Klagelaute vernehmen, die Badrs Tod begleiteten. Wenn sie nicht von Raja selbst kamen, stammten sie von ihrer Mutter. Und wenn die beiden all ihre Tränen vergossen hatten, wurde eine Verwandte oder Nachbarin eingeladen, um die Laute der Trauer ertönen zu lassen. Für ihren Dienst bekamen sie kleine Geschenke in Form von Münzen, Schmuckstücken oder, was in diesen bitteren Zeiten noch viel wertvoller war, Nahrungsmitteln überreicht. So schrieb es die Tradition vor.

Summerfield beobachtete ihr Haus aus dem kleinen, niedrigen Fenster seiner Hütte, während der Januarwind stöhnend durchs Tal fegte. Er musste daran denken, wie sie sich zunächst geweigert hatte, ihm zu glauben – doch leugnen war unter solchen Umständen eine ganz normale Reaktion. Denn letzten Endes, überlegte er, glauben wir alle, unverwundbar, ständig und für alle Ewigkeit da zu sein, bis wir dann ganz plötzlich fort sind. Und dieser unvernünftigen Logik folgend, gehen wir auch von der Unsterblichkeit unserer Liebsten aus. Stets scheint der Tod in weiter Ferne und eher unmöglich als wahrscheinlich. Und so weigerte sich Raja trotz des in ihrer Kultur tief verankerten Sinns für die Unabwendbarkeit des Schicksals, Badrs Tod anzuerkennen. Am Ende hatte Summerfield einen der Stammesmänner hinzurufen müssen, der mit ihm gemeinsam darum rang, das Mädchen zu überzeugen. Und als sie die Erkenntnis der Wahrheit endlich zulassen konnte, hatte sie ihren Schmerz mit den Fäusten an Summerfield ausgelassen.

Es folgte das Begräbnis, bei dem die Worte des alten Mullahs vom Wind davongeweht wurden. Badrs Körper lag in ein weißes Leichentuch gehüllt in einem flachen Grab auf der Seite, mit dem Gesicht in Richtung Mekka. Von zwei Männern gestützt, lehnte sich der alte Mullah in den Wind und sang die Gebete, während die Frauen wehklagten und die Männer Steine und Erde auf den Leichnam legten, die sie wie Dachziegel aufeinanderschichteten, bis sich ein kleiner, kunstvoller Hügel gebildet hatte. Als das Grab schließlich ganz bedeckt war, wurde an der Kopfseite ein flacher Stein aufgestellt, dessen Profil ebenfalls der Heiligen Stadt zugewandt war. Summerfield blieb in einigem Abstand zum Grab stehen, und genau wie Raja direkt davor wartete er, bis die Trauernden sich nach und nach verzogen und sie schließlich allein vom Pfeifen und Stöhnen des Windes umgeben waren.

Summerfield trat nun an das Grab seines Freundes. Badr, der sein Bote gewesen war, der ihm so viel beigebracht hatte, der ihn beschützt und sich ganz einfach und aufrichtig mit ihm angefreundet hatte. Er sprach ein paar persönliche Worte auf Englisch, und Raja warf ihm aus verquollenen Augen einen feindseligen Blick zu, als schämte sie sich dafür, dass Summerfield sie so vom Schmerz gezeichnet erlebte. Aus irgendeinem Grund sprach er nun das Vaterunser. Dann ging er davon und berührte Raja zum Abschied leicht an der Schulter. Sie erzitterte, während ihre Tränen erneut zu fließen begannen.

So vergingen die Tage, und Summerfield sah aus dem Fenster, besorgt um die kleine Raja und voller Schuldgefühle, als sie sich ganz aus dem Leben im Tal zurückzog. Wenn er nur besser aufgepasst hätte, an Badrs Seite geblieben wäre und ihn im richtigen Moment in Sicherheit geschubst hätte. Die Gedanken und Hypothesen verfolgten ihn regelmäßig bis in seine Träume.

Sie nannten ihn nun einen Helden, den englischen Krieger,

der dem Unhold Abrach mit solcher Kühnheit und Ruhe entgegengetreten war und die weiße Frau gerettet hatte; den Mutigen, der sich aus Liebe zu seinem Freund über die Tradition hinweggesetzt hatte; Summerfield, der seinen Mitkämpfern und ihrer Verpflichtung, Badr auf dem Schlachtfeld den Gnadenschuss zu geben, die Stirn geboten hatte; der uneingeweihte Ausländer, der im Kampf das Kommando übernommen und die Männer sicher nach Hause geführt hatte; der in seiner vorbildlichen Bescheidenheit die ihm zustehende Kriegsbeute ablehnte und sie lieber seinen Männern überließ.

Es war ihm lästig – all die Grüße, die Geschichten, die Gäste, die ihn nun besuchten. Die Kinder, die im Schnee spielten, riefen seinen Namen, die Männer lächelten ihn breit an, wenn sie ihm begegneten, seine zum Teil niemals vollbrachten Heldentaten wurden immer weiter ausgeschmückt. Die Stammesmänner prahlten, sie wären nun unbesiegbar. Sie hatten einen Tagessieg errungen, dachte Summerfield, und waren nicht in der Lage, den unvermeidlich folgenden verheerenden Niederlagen entgegenzusehen. Denn die französischen Soldaten würden kommen. Das war so sicher wie der Frühling.

Auch Abrach spukte in seinen Gedanken herum. Sie nannten ihn das Monster der Berge, wobei nur Badr ihn so gekannt hatte, wie er vorher gewesen war. Summerfield hatte den Abzug mit geschlossenen Augen betätigt. Das scheußliche, quälende Geräusch, das darauf folgte, würde ihn für immer verfolgen. Am seltsamsten war bei all dem aber noch Abrach selbst. Manchmal hatte Summerfield in seiner Verwirrung das Gefühl, der Mann, den er getötet hatte, wäre gar nicht Abrach gewesen. Der freundliche, großzügige Mann, der ihn in seiner mittellosen Anfangszeit in Marrakesch unterstützt hatte, schien so gar nichts mit dem diabolischen Koloss gemein zu haben, der die Mörder zur Jagdhütte und zu Jeanne geführt hatte. Summerfield war einem Fremden entgegengetreten, dem bösen Geist eines Mannes, der einst Abrach gewesen war. Und nun waren sowohl dieser als auch Badr tot – die beiden Männer, die ihm einst ihre Freundschaft geschenkt und sein Überleben gesichert hatten. Es war ein sonderbares, schmerzhaftes Gefühl. Und ein sehr einsames.

Jeanne hatte sein Bett in Beschlag genommen, während er auf einem Haufen Stroh auf dem Fußboden schlief. Sie erholte sich schnell. Die Salben und Tränke, die die Frauen des Dorfes ihr verabreichten, ließen ihre Blessuren wie durch Zauberhand verschwinden, heilten den Schnitt in ihrer Wange und die Schmerzen in ihrem Unterleib. Doch Summerfield erkannte, dass sie zwar physisch gesund wurde, in ihrem Inneren aber noch lange Zeit leiden würde.

Tatsächlich hatte Jeanne sich völlig in sich zurückgezogen. An manchen Tagen sprach sie überhaupt nicht. Sie lag entweder auf Summerfields Bett oder saß mit herangezogenen Knien vor dem Feuer und mied seinen Blick. Summerfield war geduldig. Er sorgte dafür, dass ihr immer warm war, ließ die Frauen täglich nach ihr sehen und gab ihr von seinen mageren Essensrationen ab. Dennoch war ihre Stimmung düster, sie hatte immer noch Angst vor einer Schwangerschaft, fuhr ihn regelmäßig an und hüllte sich dann wieder beunruhigend lange in Schweigen. Das Einzige, was ihre Beachtung fand, war ihr wiedergewonnenes kleines Bündel Briefe. Sie ging Summerfield damit schon langsam auf die Nerven. Der Grund dafür war nicht einmal so sehr die Tatsache, dass sie sich in Jim Wilding verliebt hatte – das hatte er nämlich längst akzeptiert –, sondern vielmehr die Art und Weise, wie sie diese Briefe beinahe verehrte und sie überaus theatralisch bewachte, wann immer ihnen jemand zu nahe kam. Sie las sie mindestens dreimal täglich, und Summerfield erkannte darin bald eine Art Ritual. Sie las die Briefe, lächelte, legte sie beiseite, versteckte sie, weinte, wurde wütend, machte sich Vorwürfe, schlief ein – um nach dem Aufwachen den gesamten Ablauf zu wiederholen. Summerfield fühlte sich machtlos. Und wütend. Was hatte sie denn eigentlich mit den Briefen gemacht, die er ihr vor langer Zeit auf so zärtliche Weise geschrieben hatte?

Zum Ende der ersten Januarwoche wurde es noch einmal besonders kalt, dann endlich milder. Der alte Mullah erklärte ihm, dass der Schneefall nun vorüber war und erst im November wieder einsetzen würde. Die Sonne schaute ab und zu hinter den Wolken hervor, und an manchen Stellen begann die dicke weiße Schneekruste bereits zu schmelzen. Gegen Mitte des Monats nieselte es zunächst, dann regnete es zwei Tage lang, und die Pfade durch das Dorf verwandelten sich in einen Sumpf.

Eines Tages zeigte Raja endlich wieder ihr Gesicht. Unter dem Vorwand, irgendetwas erledigen zu müssen, schlüpfte sie mit gesenktem Haupt aus ihrer Haustür und kehrte eine Stunde später mit hoch erhobenem Kopf und einem Ausdruck stummer Entschlossenheit auf dem Gesicht wieder zurück.

Es wurde wärmer. Und die Menschen wurden immer hungriger. Hoch über dem Dorf, hinter den befestigten Mauern der Kasbah, waren die Kornspeicher nun fast leer. Der Kaïd ließ sie von bewaffneten Männern bewachen und immer kleinere Rationen an die Bewohner des Tals verteilen. Man hörte dieselben Worte etwa zwanzigmal am Tag: Noch nie zuvor hatte es einen so harten, bitteren Winter gegeben. Ein Kind starb, dann ein zweites. In vielen Gesichtern waren die Augen aufgrund der Mangelernährung ausgehöhlt. Hunde und Katzen verschwanden auf mysteriöse Weise. Im Dezember war bereits ein Großteil des Geflügels geschlachtet worden, nun waren die Ziegen und Maultiere an der Reihe. Ende Januar wurden nur noch die gesündesten und stärksten Tiere am Leben gelassen, damit sie im Frühjahr neue Herden bildeten, während alle anderen getötet, zerschnitten und gleichmäßig an die Familien verteilt wurden. Die Menschen beteten verzweifelt, Gott möge die Samen sicher durch den Frost bringen, bis es endlich anfangen würde zu tauen. Große Hoffnungen wurden in die frühe Hirseernte gesetzt, die das Tal vor dem Verhungern bewahren sollte. Gemeinsam mit den anderen Männern und Jungen ging Summerfield auf die Jagd nach allem, was ihnen vor die Flinte kam – Kaninchen und Wildziegen, aber auch Vögel und Mäuse, die gekocht und geschmort werden konnten. Mit Ausnahme der Innereien, die an die wenigen verbliebenen Hunde verfüttert wurden, wurde nichts weggeworfen und alles vom Kopf bis zum Schwanz verspeist. Ein Mann aus einem Nachbardorf wurde beim Versuch, eine Katze zu töten, niedergestochen, und sowohl der Besitzer des Tiers als auch der verletzte Dieb verbrachten eine Woche in voneinander abgetrennten Zellen in der Kasbah.

Summerfield, dem Jeannes bedrückendes Schweigen unerträglich wurde, stattete Raja und ihrer Familie einen Besuch ab und war froh, endlich wieder frei atmen zu können. Auf dem Weg von seiner Hütte zu Rajas Haus versank er bis zur Wade im Schlamm und sah, wie ihre Mutter ihm aus dem Fenster zuwinkte. Er musste seinen Fuß noch aus einer besonders tiefen Stelle befreien und arbeitete sich an der Mauer entlang bis zum Fenster vor, wo er sich direkt vor dem Gesicht von Rajas Mutter wiederfand.

»*Salaam, Lâlla* Tizni. Meine Hochachtung«, verkündete Summerfield, während er sich am Fensterbrett festklammerte, um nicht zurück in den Schlamm zu fallen. »Auch an Raja. Sagen Sie mir, wo ist sie? Ich würde gern mit ihr sprechen.«

»Sie ist zum Schneeräumen auf dem Feld«, erwiderte die Frau mit ihrer sonderbar trällernden Stimme, die Raja geerbt zu haben schien. »Und Ihre Hilfe wird ihr womöglich sehr willkommen sein.«

Summerfield runzelte die Stirn. »Ach. Gut, ich werde hingehen.«

»Ja, gehen Sie.«

»Ja«, sagte Summerfield zögerlich. Frau Tizni kam ihm reichlich merkwürdig vor. Vielleicht war es das viele Weinen. *»Salaam.«* Er verabschiedete sich und schob sich vorsichtig an der Mauer entlang zurück.

Er lief am äußersten Rand des Weges, wo die Felsen und Steine das Gehen erleichterten, und stieg auf die erste Terrasse der Talflanke hinab, auf der Rajas Familie im November ihre Getreidesamen ausgesät hatte. Beim Anblick der windschiefen grauen Olivenbäume konnte er kaum glauben, dass sie schon in etwa einem Monat wieder bunt erblühen würden. Er hatte die überwältigende, grün und rosa leuchtende Schönheit, die das Tal im Frühjahr erstrahlen ließ, fast schon vergessen. Er sah Raja, bevor sie ihn bemerkte, ein kleines, lebhaftes schwarzes Bündel, das in die Hocke ging, um den Schnee mit einem Holzbrett fortzuschieben. Das schmatzende Geräusch seiner Schritte machte sie auf ihn aufmerksam, und sie blickte hoch. Sie richtete sich auf. Ihre Beine waren bis zu den Knien mit Schlamm bedeckt, und die Anstrengung hatte sie ins Schwitzen gebracht. Summerfield roch ihren süßen, würzigen Duft.

»Raja«, rief er. »Hallo.«

»Der Held«, erwiderte sie kurz angebunden. Sie verzog ihr Gesicht in einer theatralischen Unmutsbekundung, so dass sich auf ihrer Stirn eine tiefe Falte bildete. »Möge Gott Sie schützen.«

»Und dich auch, arme Raja.« Ihre Gesichtszüge entspannten sich, und sie wirkte ein wenig verlegen. Summerfield betrachtete sie schweigend, und ihm fiel trotz ihrer mehrlagigen Kleidung auf, dass sie einiges an Gewicht verloren hatte. »Deine Mutter hat vorgeschlagen, dass ich dir helfe.«

»Wenn sie das einem Maultier vorschlagen würde, würde ich es vielleicht annehmen.«

Summerfield seufzte tief, wandte den Blick ab und schaute sie dann wieder an. »Du bist schmal geworden.«

»Wie überraschend«, kommentierte Raja und hob das Brett erneut auf.

»Auch für mich war es ein schwerer Verlust, Raja. Und ich bin gekommen, um dir meinen Respekt zu erweisen.«

Raja summte und senkte den Blick. »Dann danke ich Ihnen. Und nun«, fuhr sie fort und bückte sich erneut, »muss ich hier weitermachen.«

»Und ich werde dir dabei helfen.«

»Ich brauche keine Hilfe.«

»Doch«, beharrte Summerfield.

»Nein«, entgegnete Raja und setzte das Brett an.

»Das sieht schwer aus.«

»Ich bin eine Berberin. Ich weiß, wie man Männerarbeit verrichtet.«

Erneut seufzte Summerfield.

»Deine Mutter meinte, ich könne Raja helfen – von dem störrischen Esel, den ich hier stattdessen vorfinde, hat sie nichts gesagt.«

»Oh!« Die junge Frau keuchte wütend. »Sie haben sich nicht verändert, Sie Engländer. Ihr altes Ich macht sich auch noch in dem Helden von heute bemerkbar.«

»Ich bin kein Held«, erwiderte Summerfield kopfschüttelnd. »Das denken die Leute sich bloß aus, um sich von ihren leeren Mägen abzulenken.« Er blickte zur Seite und erspähte einen Rechen, der gegen einen Olivenbaum gelehnt war. Er trat zaghaft darauf zu und nahm ihn zur Hand.

»Harry, ich habe Ihre Hilfe nicht angenommen.«

»Deine Mutter hat es mir aufgetragen.«

»Vielleicht lügen Sie ja bloß. Ich werde sie nachher fragen und mich dann bei Ihnen entschuldigen, falls es nötig ist.« Summerfield kam näher, setzte den Rechen an und begann damit den Schnee fortzuschieben. »Nein, habe ich gesagt.« Summerfield machte weiter und keuchte, während er mit aller Kraft schob. »Ich sagte: nein!«, wiederholte Raja.

»Und ich sagte: doch!«, rief er schließlich. »Raja, du störrisches, ungezogenes Kind –«

»Ich bin kein Kind!«, schrie sie mit sich überschlagender Stimme zurück. »Ich bin eine Witwe – eine Frau!«

»Ach, wirklich«, gab Summerfield zurück.

Raja richtete sich auf, hielt das Brett mit beiden Händen vor sich und ging auf ihn zu.

»Raja, was hast du vor? Hör auf –«

Zu spät. Sie knallte das Brett schon mit aller Kraft gegen seine Brust. Summerfield kam sich lächerlich vor und fragte sich, ob ihnen wohl gerade jemand aus dem Dorf zusah. Mit einem kräftigen Ruck brachte Raja Summerfield schließlich ins Rutschen. Er schrie, ruderte verzweifelt mit den Armen und wollte sich an Raja festhalten. Er verfehlte sie jedoch und fiel mit einem lauten Klatschen in den Schlamm.

»Du blöde Kuh! Du Esel von einer Frau!«, fluchte er, seine Wut noch gesteigert von der Tatsache, dass er sich nicht allein aus dem Schlamm befreien konnte. »Nun hilf mir wenigstens, in Gottes Namen!«

»Keine Gotteslästerungen«, rief Raja und verfiel in ausgelassenes Gelächter. »Oh, nein! Summerfield, Sie bringen mich zum Lachen!« Ihre Stimme überschlug sich zu einem fröhlichen Kreischen, ihr ganzer Körper bebte vor Lachen, und aus ihren Augen strömten Freudentränen. »Oh, wie dumm Sie aussehen! Sie armer, stolzer Engländer!«

»Hilf mir einfach!«, wiederholte Summerfield, dessen Ärger unter ihrem ansteckenden Lachen verflog.

»Das ist das erste Mal seit zwei Monaten, dass ich lache!«, erklärte Raja, beugte sich hinunter und versuchte ihm die Hand zu reichen. »Ich kann nicht.« Sie lehnte sich weiter vor, hob den Rechen auf und hielt Summerfield, der es zumindest geschafft hatte, sich in eine sitzende Position zu winden, den Griff hin. »Ziehen Sie.« Summerfield zog, und Raja ließ sich fallen. Sie landete laut platschend neben ihm und rollte sich auf die Seite.

»Das hast du mit Absicht gemacht!«, beschwerte sich Summerfield, der nun selbst lachen musste.

»Natürlich«, kicherte Raja, deren Gesicht mit dickem, braunem Schlamm verschmiert war.

»Und wie, du störrisches Mädchen, sollen wir hier nun wieder rauskommen?«

Nachdem sie ein paar Minuten später endlich aus dem Matsch gekrochen waren, saßen sie atemlos neben dem kleinen Feld im Schnee beisammen. Ihr Gelächter war verzogen, doch Raja, die offensichtlich immer noch das Bild von ihm im Schlamm vor Augen hatte, kicherte unaufhörlich leise vor sich hin.

»Sieh uns nur an«, meinte Summerfield und schnitt eine Grimasse, während er zunächst sie betrachtete, dann an sich selbst hinuntersah. »Wir sind völlig verdreckt.«

»Das ist mir egal. Es war so lustig«, erklärte Raja, die plötzlich kleinlaut wurde. »Danke, Harry.«

Summerfield fing ihren Blick auf, und ihre pechschwarzen Augen funkelten einen Moment lang wie früher. Ein warmes, verwirrendes Gefühl durchströmte ihn, und er lehnte sich vorsichtig in ihre Richtung, bis ihre Schultern sich kurz berührten.

»Wir beide haben einen Verlust erlitten, Raja. Der Schmerz war so groß.«

»Badr war ein wunderbarer Mann.« Summerfield nickte. »Wenn ich daran denke, dass wir im Frühling heiraten wollten – nach all der Zeit des Wartens …«

»Es ist sehr traurig.«

»Es stand geschrieben. Es sollte so sein.«

»Raja, bitte.« Summerfield schüttelte den Kopf. »Plappere nicht einfach nach, was die Älteren sagen. Drücke aus, was du wirklich empfindest, und überdecke die Ungerechtigkeit des Lebens nicht mit Phrasen über das Schicksal.«

Raja blickte auf, und er erwartete eine scharfe Erwiderung, doch ihr Blick wurde plötzlich ganz sanft.

»Ich fühle mich«, begann sie vorsichtig, »als wäre der Himmel über mir eingestürzt. Als hätte man die Sterne ermordet. Als gäbe es in der Welt um mich herum kein Licht mehr.« Sie machte ein sonderbares, leises Geräusch, das wie ein Schluckauf klang. »Zumindest war es wochenlang so. Und dann habe ich eines Tages beschlossen, wieder hinauszugehen.«

Summerfield nickte. »Ich habe dich von meinem Fenster aus beobachtet.«

»Und ich sah, dass es noch Farben gibt«, fuhr Raja fort. »Dass all die kleinen Dinge – Vögel, Kinder, Kaninchenspuren im Schnee – real sind. Ich begriff, dass Badr ein Teil davon ist und dass er von uns gegangen ist, um zu all dem zu werden, das uns umgibt.«

Summerfield betrachtete sie mit größtem Erstaunen. »Raja – ich wusste gar nicht, dass du so sprechen kannst. Warum? Warum tust du die ganze Zeit über so, als wärst du eine gedankenlose Frau mit einer harten Schale?«

»Weil ich das bin!«, rief Raja, die sich mit einemmal wieder zurückverwandelte. »Ich bin beides, stark und schwach. Aber Frauen dürfen nun einmal keine tiefgründigen Gedanken oder Ideen äußern.«

»Bei mir sollst du es«, erwiderte Summerfield. »Genauso, wie du es gerade getan hast. Ich würde in jedem Fall eine Frau vorziehen, die mutig und lustig ist, mit der ich aber auch über Ernstes und Zartes sprechen kann.«

»Eine Frau? Für Sie?«

»Nun, ja«, meinte Summerfield. »Bin ich denn so wenig begehrenswert?«

»Sie haben doch die weiße Frau.« Auf Rajas Gesicht zeigte sich eine Spur Unverfrorenheit.

Er lachte schallend. »Nein – nein, so ist das nicht.«

»Die Leute sagen, Sie kennen sie von früher?«

»Du weißt genau, dass es so ist. Du brauchst mir diese Frage also nicht zu stellen«, erwiderte Summerfield.

Raja antwortete ihm mit harter Stimme: »Nun, wenn ein Mann mit einer Frau unter einem Dach lebt, bedeutet das in unserer Tradition nur eine einzige Sache.«

Summerfield winkte ab.

»Was noch dazu eine Sünde ist, wenn sie nicht verheiratet sind.«

»Ich sage dir, ich – wir – wir machen keine ...« Schweigen. Summerfield rang nach den richtigen Worten. »Du weißt schon, keine Sachen miteinander.«

Raja summte vor sich hin und schnalzte mit der Zunge. Sie kratzte sich mit ihren verschlammten Fingern an der Wange. Summerfield hatte plötzlich den Eindruck, dass sie etwas beschäftigte, konnte es aber nicht genau benennen.

»Ich glaube, Sie waren einmal in sie verliebt, stimmt das?«, fragte sie mit gespielter Beiläufigkeit.

Summerfield zuckte mit den Schultern. »Wir waren beide ganz furchtbar ineinander verliebt. Ich wäre für sie gestorben – und das wäre dann ja auch beinahe passiert.«

»Warum liebt ihr euch dann jetzt nicht einfach wieder?«

»Raja«, seufzte Summerfield und lehnte sich zurück, um sie besser ansehen zu können. »Du bist ziemlich neugierig.«

»Eine Frau, die nicht neugierig ist, könnte auch ein verkleideter Mann sein!«

»Wer hat sich denn diesen dämlichen Spruch ausgedacht?«

»Ich«, erwiderte Raja mit einem frechen Grinsen. »Sie sollten sich schämen, mich dämlich zu nennen.«

»Nun«, fuhr Summerfield fort und schüttelte erneut den Kopf – wirklich, er verstand dieses junge Kätzchen nicht –, »Zeit ist vergangen, Dinge sind vorgefallen, wir haben uns verändert, uns weiterentwickelt, das Schicksal –«

»Sie meinten doch, Schicksal wäre –«

»Ich weiß, ich weiß«, verbesserte Summerfield sich ärgerlich. »Was ich sagen wollte, war, dass sie eine andere Liebe gefunden hat. Eine bessere.«

»Eine bessere Liebe als Ihre?«, zirpte Raja, halb belustigt, halb schmeichelnd.

»Du brauchst dich nicht über mich lustig zu machen, Raja. Ich kann dir sagen, dass es verdammt weh getan hat, sie aus meinem Herzen zu tilgen. Ich nenne es eine bessere Liebe, weil ich den Mann kenne und weiß, dass er gut ist. Und sollte sie ihn je wiederfinden, so wird er intelligent und wohlhabend genug sein, um ihr ein gutes Leben zu bieten.«

»Ich brauche keinen Reichtum«, entfuhr es Raja, doch sie riss sich sofort zusammen. »Also – ja, vielleicht haben Sie recht. Wir haben beide gelitten.«

»Unsere Herzen sind gestorben«, fügte Summerfield hinzu. »Doch irgendwie gelingt es einem Herzen, wieder zu neuem Leben zu erwachen – wie dem Samen einer verwelkten Blume.«

Raja murmelte etwas vor sich hin und schnalzte erneut mit der Zunge. »Und da wären wir nun also.«

»Was meinst du damit?«

»Ach, nichts«, erwiderte Raja und verfiel in Schweigen. Dann: »Also, wenn ich es richtig verstehe, hat die weiße Frau – Jeanne – kein Verlangen nach Ihnen?«

»Raja, das habe ich dir doch gerade erklärt«, erwiderte Summerfield gereizt. Worauf wollte sie nur hinaus?

»Und dann haben Sie also auch kein Verlangen nach ihr – oder liege ich damit falsch?«

»Hör auf, mich zu fragen, ob du falschliegst, nur um dich zu versichern, dass du recht hast!«, rief Summerfield verärgert.

»Also?« Auch Rajas Tonfall zeigte nun deutliche Verärgerung an. »Haben Sie?«

»Wieso, um Himmels willen –?«, begann Summerfield und hielt plötzlich inne. Konnte es sein … Konnte es denn sein, dass Raja eifersüchtig war? Du liebe Güte! In diesem Augenblick bemerkte er, wie sie ihn ansah, und ihm wurde bewusst, dass sie nicht so sehr durch die Trauer so viel Gewicht verloren hatte als durch eine noch größere Veränderung. Eine Veränderung ihres gesamten Körpers. Sie war in den vergangenen Monaten erwachsen geworden. Die runden, kindlichen Formen ihres Körpers und Gesichts waren verschwunden, und nun – sie hatte recht gehabt – war sie eine Frau.

»Warte«, sagte er verwirrt. »Lass mich nachdenken.«

Sie schwieg, und allein schon die Tatsache, dass sie ihn nicht fragte, weshalb, bestätigte Summerfields Ahnung, dass sie eine klare und ehrliche Antwort verlangte, um … o Gott … *er und Raja*! Die Vorstellung schlug ihm plötzlich ins Gesicht wie ein Schlammklumpen.

»Also?«, fragte Raja, deren Stimme verklang, während sie sich von ihm abwendete. »Wie lautet Ihre Antwort auf meine Frage?«

Summerfield sah über das schmelzende Weiß des Tals hinweg auf das Meer aus Berggipfeln dahinter und ließ seinen Blick dann auf Raja ruhen. War sie besorgt? Sie ließ sich jedenfalls nichts anmerken. Er fühlte sich, als wäre ihm eine schwere Kette vom Hals genommen worden.

»Ganz ehrlich«, begann er und sah ihr dabei ins halb abgewandte Gesicht. »Weder mein Geist noch mein Körper verspürt Sehnsucht nach ihr. Jeanne hat mich bereits vor langer Zeit verlassen. Und auf sie wartet eine andere Zukunft, eine glückliche an der Seite eines anderen Mannes.«

»Die hätte ich auch gern«, sagte Raja und wandte sich ihm wieder zu. Sie blickte ihn fast entschuldigend an. »Meine Eltern haben mich Raja genannt, was auf Arabisch Hoffnung bedeutet – und ich hoffe.«

»Die Leute könnten behaupten, du würdest das Glück zu früh für dich beanspruchen«, erwiderte Summerfield, ohne etwas von seinen Gefühlen preiszugeben.

»Badr hat Sie geliebt, wie ein Mann einen Bruder lieben würde«, sagte Raja leise. »Manchmal glaube ich, er wusste, was passieren würde – dass er mich nicht früher heiraten wollte, weil er bereits ahnte, dass er jung sterben würde. Er würde seinen Segen geben, da bin ich mir sicher.«

Sie blickte ihn zuerst sanft, dann traurig und zuletzt mit vor Lachen zusammengekniffenen Augen an.

»Ganz besonders einem dermaßen schmutzigen, schlammbedeckten Mann wie Ihnen, Harry Summerfield!«

Sie mussten beide lachen, packten sich gegenseitig an die Schulter und stießen einander fort.

54

Anfang Februar waren nur noch die Bergspitzen mit Schnee bedeckt. Doch auch wenn es tagsüber wärmer wurde, sank die Temperatur nachts noch immer unter den Gefrierpunkt. Morgens fand Summerfield vor seiner Hütte eine gefährlich glatte, zerfurchte Fläche aus gefrorenem Schlamm und mehreren Eisschichten vor. Es gab außerdem kaum noch etwas zu essen. Er hatte seit fast zwei Wochen kein Fleisch mehr gegessen, und die Lage im Tal war mittlerweile so ernst, dass die Menschen angewiesen wurden, den Mist der Maultiere zu Fladen auszubacken, ein paar restliche Körner hineinzustreuen und das Ganze als Brotersatz zu sich zu nehmen. Zuerst hatte Summerfield das Gesicht verzogen und sich gesträubt, aber bald verspeiste er es doch, um die große Leere in seinem Magen zu füllen – und es schmeckte gar nicht mal so übel. Jeanne hatte jedoch kategorisch abgelehnt.

Sie verbrachten den größten Teil des Tages miteinander. Jeanne hatte nach und nach ihr Schweigen gebrochen, und auch wenn es meist bittere oder traurige Worte waren, so war Summerfield doch froh, dass sie überhaupt sprach. Zum Teil schrieb Summerfield diese Verwandlung ihrer großen Erleichterung zu – ihre Periode hatte eingesetzt, eine Schwangerschaft war ihr somit erspart geblieben. Um sie von ihren düsteren Gedanken abzulenken, nahm er sie mit, wenn er jemanden besuchte oder zum Arbeiten auf die Felder ging. Die Frauen fanden sie seltsam, irgendwie anziehend, aber auch beängstigend. Manche legten ihr gegenüber aufgrund der Dinge, die sie durchgemacht hatte, sogar offene Feindseligkeit an den Tag, da sie glaubten, sie bringe Schande und

Unglück über das Dorf. Dann hielten ihnen jedoch Raja oder eine andere mutige Frau lange, anklagende Predigten, bis sie sich schließlich für ihr Verhalten entschuldigten.

Die Abende waren am schlimmsten. Die Zeit schien sich endlos auszudehnen, während Summerfield am Feuer und Jeanne auf seinem Bett saß. Er hatte längst aufgegeben, es mit tröstenden Worten zu versuchen, da sie ihn daraufhin immer bloß angiftete. Er verstand ihren Schmerz. Schwerer zu akzeptieren war jedoch, dass sie offensichtlich ihren Hass an irgendjemandem auslassen musste und er eben gerade der Einzige war, der dafür zur Verfügung stand.

Eines Abends stritten sie sich so laut, dass in allen benachbarten Häusern Köpfe im Fenster erschienen. Nachdem er ihren Zorn fast eine Stunde lang ertragen hatte, war Summerfield schließlich wütend geworden, hatte in seinen Sachen nach dem kleinen Stein gesucht, den er gehütet hatte, seit sie sich damit vor beinahe eineinhalb Jahren einander versprochen hatten, und ihn aus dem offenen Fenster in die Nacht hinausgeschleudert. Daraufhin begann sie zu schreien, und Summerfield musste draußen unter dem Vordach zusammengekauert warten, bis sie sich wieder beruhigt hatte, und die Blicke der Nachbarn, deren er sich trotz der Dunkelheit bewusst war, beschämt ertragen. Sie wiederholte bei ihrem Wutausbruch immer wieder, sie sei eine »Gefangene«, und Summerfield überlegte, vor Kälte zitternd, dass sie sich wohl gerade genauso fühlte, wie es ihm in seinen ersten Monaten der Gefangenschaft im Tal ergangen war.

Nur dass sie streng genommen gar keine Gefangene war. Niemand, nicht einmal der Kaïd, hatte jemals bestimmt, dass sie bleiben müsse. Wenn überhaupt, war sie den Menschen eine Last – sie musste schließlich ernährt werden und erwies sich dann auch noch als undankbar.

Summerfield wusste mit wachsender Gewissheit, dass er sie eines Tages zurück zu ihren Leuten, in die sogenannte Zivilisation bringen musste. Sie würde es im Tal sowohl seelisch als auch körperlich nicht lange aushalten. Er wusste bloß nicht, wohin er sie bringen sollte. Der Winter hatte das Tal von der Außenwelt abgeschnitten. Als Letztes hatte er von der deutsch-italienischen Offensive in Libyen und dem Angriff auf Russland im Sommer gehört. Seit Badrs tragischem Tod waren keine weiteren Nachrichten aus der Welt zu ihm vorgedrungen.

Die Tage verstrichen, und Summerfield versuchte, sich darüber klar zu werden, welche Möglichkeiten sich ihnen in Nordafrika boten. Weder nach Westen in die marokkanischen Ebenen noch nach Norden zur algerischen Grenze konnten sie sich wenden; dort hielten die Vichy-Truppen Ausschau nach Rebellen und jeglichen Anzeichen Freien Französischen Widerstands. Über Ouarzazate und weiter an der Küste entlang nach Süden zu ziehen war ebenso gefährlich. Dort gab es zwar spanische Enklaven, doch wahrscheinlich würden die spanischen Behörden sie an die Franzosen ausliefern. Und selbst wenn sie es über die Grenze schafften und unbehelligt durch Mauretanien kamen, würden sie am Ende doch nur im Senegal landen, der nach Summerfields Wissensstand Pétain Treue geschworen hatte. Die einzige Möglichkeit schien also zu sein, dass sie zuerst in südliche Richtung bis zu den Ausläufern des Atlasgebirges reisten und dann die Wüste in der Nähe von Zagora oder vielleicht in der nördlichsten Ecke von Mauretanien und Mali gen Osten durchquerten. Danach ging es durch die Sahara weiter in den südlichsten Zipfel Algeriens und bis in den Tschad, wo Oberst Leclerc vor acht Monaten den Stützpunkt der Freien Französischen Streitkräfte in Afrika errichtet hatte. Es war eine verdammt lange Reise, dachte Summerfield. Er war noch nie zuvor in der Wüste gewesen und bezweifelte, dass es Jeanne anders ging. Er war sich außerdem nicht sicher, ob er in der Lage sein würde, sich verständlich zu machen, falls sie Hilfe brauchten. Würde man die merkwürdige Mischung aus Arabisch und dem Dialekt des Atlas, die er beherrschte, verstehen? Oder vielleicht sogar Französisch? Und woher sollten sie Proviant und Transportmittel erhalten? Das letzte Argument war Raja. Welch Ironie des Schicksals, dass er just in dem Augenblick, in dem das Glück zwischen ihnen am Keimen war, feststellen musste, dass es Zeit zum Aufbruch wurde. Seine Abwesenheit würde für sie einem weiteren Verlust gleichkommen, und er war sich sicher, dass es verheerende Auswirkungen auf sie hätte. Nach mehreren Tagen des Nachdenkens und der einsamen Spaziergänge, in denen er mal der Angst, mal der Logik nachgab, beschloss Summerfield, zuerst den alten Mullah und dann den Kaïd um ihren Rat zu bitten.

Der Mullah war erkältet und so dick in Schals und Tücher eingewickelt, dass er Ähnlichkeit mit einem Kleiderhaufen auf dem Trödelmarkt hatte. Er hielt das Unterfangen für riskant, riet Summerfield aber, die Antwort in seinem Herzen und bei Gott zu suchen. Nur Er konnte ihm den richtigen Weg weisen, dem er dann trotz aller möglichen Hindernisse folgen sollte. »Nur wenn man etwas wirklich will«, erinnerte der alte Mann ihn inmitten eines Hustenanfalls, »wird es auch möglich.«

Der Kaïd Ahmed Youadi war dagegen pragmatischer. An einem Punkt im Gespräch führte der Kriegsherr ihn in ein Separee, in dem sie sich unter vier Augen unterhalten konnten.

»Ich sehe drei Argumente, die für Ihre Reise sprechen, Summerfield«, vertraute der Kaïd ihm an. »Erstens: Wenn Sie die weiße Frau von hier fortbringen, haben die Franzosen einen Grund weniger, uns anzugreifen. Zweitens: Wenn die Franzosen uns angreifen, und das werden sie tun, bald sogar, dann werden sie uns besiegen.« Er schüttelte den Kopf. »Gegen Flugzeuge und Artillerie können wir nichts ausrichten.«

»Sie werden die Dörfer dem Erdboden gleichmachen«, sagte Summerfield, der sich plötzlich um Raja und ihre Familie sorgte.

»Das glaube ich nicht.« Der Kaïd verzog den Mund zu einem bitteren Lachen. »Ich werde ihnen mitteilen, dass unsere Krieger das Tal verlassen und ihnen an einem Ort ihrer Wahl gegenübertreten werden. Ich bin ein stolzer Mann, der bereit ist, den Heldentod zu sterben, doch ich bin auch barmherzig und klug genug, um mein Volk verschonen zu wollen. Unsere Geschichte wird noch lange nach den vergeblichen Stunden dieses Kampfes, den wir nicht gewinnen können, weitergehen. Und wem wäre gedient, wenn Sie dann hier festsäßen?« Summerfield schwieg, während der Kaïd zwei Pfeifen stopfte und ihm eine davon reichte. Er selbst paffte lautstark an seiner. »Und drittens«, fuhr er mit ernster Miene fort, »haben Sie sich bewiesen, Engländer. Sie haben uns mit Taten und Worten geholfen, Ihr Leben für uns riskiert, Ihre Liebe zu Ihrem armen Bruder Badr gezeigt und eine gewisse Zuneigung für eine unserer Frauen – ich spreche von Raja. Es würde ihr das Herz brechen, wenn Sie hier sterben oder zum Gefangenen werden würden, mehr noch, als wenn Sie versuchen zu entkommen und auf diese Weise hoffentlich überleben.« An dieser Stelle wollte Summerfield etwas einwenden, doch der Kaïd erhob seine Hand. »Die weiße Frau gehört nicht hierher, Summerfield. Ihr Kummer steht ihr ins Gesicht geschrieben wie eine schwarze Flagge, die im Wind weht. Ich will sie nicht bei uns haben. Sie wird noch Unheil über uns bringen.« Der Kriegsherr sah Summerfield fest in die Augen, und dieser wandte sich ab. »Damit kennen Sie mein letztes Wort in dieser Angelegenheit.« Summerfield nickte, obgleich das Gefühl an ihm nagte, der Kaïd verberge noch etwas vor ihm, und erwiderte nun den Blick des Mannes. »Darüber hinaus werde ich Ihnen einen Führer mitgeben: Moulay, einen Mann, der hier aufgewachsen ist und bereits Karawanen durch die Wüste geführt hat. Er war an den Aufständen von neunzehnhundertfünfundzwanzig beteiligt und hat nun beschlossen, zu uns zurückzukehren. Er kennt sich in diesem Meer aus Sand gut aus. Außerdem bekommen Sie zwei Maultiere, eins für Moulay und eins für Sie und die weiße Frau.« Er hielt inne und blies eine dicke Rauchwolke aus. »Summerfield – ich bin froh, Sie kennengelernt zu haben. Nun gehen Sie und teilen Sie Raja Tizni Ihre Entscheidung mit. Das ist alles.« Und mit einer Handbewegung bedeutete der Kaïd Summerfield, sich zu erheben und den Raum zu verlassen.

Als Summerfield die hohen Mauern der Kasbah hinter sich ließ, war der Abend bereits hereingebrochen. Der Tabak hatte das leere Gefühl in seinem Magen noch verstärkt, und nun hörte er ihn unter seinem Hemd rumoren wie ein fernes Donnergrollen. Er fühlte sich hilflos. Als müsste jeder Versuch, mit Raja zu sprechen, zwangsläufig in Streit und Tränen enden. Er fragte sich, ob er das Gespräch sofort suchen oder noch warten sollte, kam jedoch zu keinem Schluss. Wie gewöhnlich in Situationen, die er nicht vorausplanen konnte – darin hatte er eine seiner Schwächen erkannt –, beschloss er, spontan zu reagieren und sein Verhalten wenn nötig anzupassen.

Er fand Raja unten am Fluss, der seit Anfang der vorangegangenen Woche klar und rauschend floss. Wie jeden Tag hatten sie einen Treffpunkt und eine Uhrzeit verabredet, und dies war einer ihrer Lieblingsplätze. Der Fluss war drei Monate lang von einer dicken Schneeschicht bedeckt gewesen und hatte sich nur durch ein leises Plätschern darunter verraten. Doch nun hatte die wärmere Luft die dicke weiße Decke über ihm einsinken lassen. Am Rand hatten sich Gewölbe gebildet, von denen Eiszapfen hingen, die im Licht der Sonne schmolzen und ins Wasser hinuntertropften. Oft saßen Raja und er am Ufer beisammen und warfen mit

Steinen nach den Eiszapfen, bis sie abbrachen. Sie brachten sich gegenseitig zum Lachen, schnitten Grimassen und erzählten einander kleine Geschichten. Manchmal hielten sie sich an den Händen. Und sie schmiedeten Pläne.

Diesmal fühlte Summerfield sich bedrückt, als läge ein schwerer Ballast auf seinem Herzen. Als er zu ihr trat, wurde aus seiner Last große Traurigkeit.

Da sie noch drei Monate Trauer tragen musste, war sie in Schwarz gekleidet, hatte sich jedoch mit mehreren blauen und roten Schleifen und Bändern geschmückt, die in der leichten Brise flatterten. Ihre Haut war von Sonne und Schnee gebräunt, und Summerfield bemerkte – nicht ohne heftige Gewissensbisse –, dass sie sich die Mühe gemacht hatte, ihre Augen mit Khol und blauer Farbe zu betonen. Jung, gesund und glücklich trat sie ihm entgegen, und sie standen ein paar Sekunden lang schweigend voreinander und betrachteten sich. Er streckte seine Hand aus, berührte ihre damit flüchtig und musste innerlich darüber lachen, wie sie bei dieser Geste schuldbewusst um sich blickte, als ob einer der Erwachsenen diesen verbotenen Akt beobachtet haben könnte.

»Komm, Raja«, sagte er und deutete mit dem Kopf nach vorn. »Lass uns ein Stückchen gehen. Ich muss dir etwas sagen.«

»Es gibt keine Hoffnung mehr, dass wir je wieder Fleisch zu essen bekommen?«

Summerfield schüttelte den Kopf. »Sei nicht albern, Raja. Es ist ernst.«

»In deinem Kopf schwirrt ein gewisses Wort herum, das nun endlich bis zu deinem Mund gekommen ist, dem deine Zunge jedoch verbietet, es auszusprechen?«

»Raja!«, lachte Summerfield, der ihrer Verspieltheit nicht widerstehen konnte. »Und was sollte das für ein verbotenes Wort sein?«

»Ach, komm schon«, neckte ihn Raja und stellte sich gegen den Wind, so dass ihr Körper sich unter ihrem Umhang abzeichnete. »Vielleicht eins, das mit L beginnt?«

»Du meinst Licht?«

»Oh! Du Esel!«

»Lärm?«, reizte Summerfield sie. »Oder Luft?«

»Du Schlange!« Rajas Tonfall war theatralisch, wie der eines beleidigten Kindes.

Summerfield entschuldigte sich lachend und zog sie am Arm, wobei sie leicht ins Rutschen geriet. Sie kreischte auf, worauf ein weiterer Lachanfall folgte. Als er verebbte und ihre Schritte sie bis ans Ufer geführt hatten, verfluchte Summerfield sich innerlich und sprach endlich aus, was ihm auf dem Herzen lag: »Raja. Liebe Raja – ich muss das Tal verlassen.«

Sie starrte ihn verständnislos an, doch da er nichts mehr hinzufügte, erklärte sie: »Das ist aber nicht komisch.«

Summerfield schüttelte leicht den Kopf und senkte den Blick.

»Ich muss fortgehen, Raja. Ich muss Jeanne zu ihren Leuten zurückbringen.« Er sah sie mit zusammengepressten Lippen schuldbewusst an. Sie schüttelte mehrmals langsam den Kopf, ohne etwas sagen zu können, und er bemerkte eine Träne in ihrem linken Augenwinkel, die ihren Lidstrich verschmierte. »Es tut mir leid, meine liebste Raja.« Summerfield fühlte sich schrecklich. »Mehr kann ich dir nicht sagen.«

Einen Moment lang biss die junge Frau die Zähne zusammen und kämpfte gegen ihre Wut an. »Wenn ich ein Mann wäre, würde ich dich jetzt schlagen, Harry Summerfield.« Dann winkte sie ab, als sei es ohnehin vergebens, und faltete die Hände. »Doch ich bin eine Frau und kann nichts weiter tun, als zu weinen oder stumm zu leiden und mich nach deiner Berührung zu sehnen. Harry, um Himmels willen – halt mich fest.«

Summerfield trat einen Schritt vor und drückte sie entgegen aller Tradition an sich. Sie zitterten beide, und er spürte ihren schnellen Atem an seiner Brust, während sie gegen den Drang zu weinen ankämpfte.

»Ich liebe dich, Harry – verstehst du das denn nicht?« Aus ihrem Weinen wurde ein Fauchen.

»Doch, meine kleine Löwin, ich verstehe nur zu gut. Raja, ich –«

Sie entzog sich ihm und presste ihre Fingerspitzen auf seine Lippen. Er schwieg und sah sie an, die mit geschlossenen Augen in dieser Pose verharrte, als würde sie verzweifelt beten.

»Lass uns irgendwo hingehen, wo es warm ist, Harry. Irgendwohin, wo wir beisammensitzen und uns an den Händen halten können, ohne Angst zu haben.«

Summerfield schüttelte den Kopf. »Wir können weder zu mir noch zu dir nach Hause gehen. Man würde uns sehen.«

»Bitte, Harry. Ich kann dich so nicht fortgehen lassen.«

»Die Schäferhütte. Sie ist nicht weit von hier entfernt. Es gibt dort auch einen Ofen, wir werden es also warm haben.«

Gemeinsam liefen sie den verschlungenen, nach der Schneeschmelze glitschig gewordenen Pfad entlang, vorbei an dem heiligen Baum, dessen Verehrung ein Überbleibsel der alten Berberreligion war, bis in eine Senke, die im Frühling als Weideland diente. Nach weiteren zehn Minuten standen sie vor der Tür der kleinen Schäferhütte. Sie ließ sich widerwillig und mit einem lauten Knarren öffnen. Innen war es dunkel, bis Summerfield mit Hilfe des Lichtscheins mehrerer Streichhölzer zwei Kerzen fand, die er anzündete. Raja wühlte im Kleinholz herum, das neben dem bescheidenen Ofen lag, und platzierte die Äste unter dem Rauchfang. Summerfield beugte sich rasch mit einem weiteren Streichholz darüber. Die Flamme flackerte kurz und erlosch dann. Er zündete noch eins an. Diesmal entzündete sich ein trockenes

Blatt, und die kleine Flamme hüpfte von einem Stöckchen zum nächsten. Er trat zurück und stellte sich neben Raja, um dem Feuer beim Entflammen zuzusehen.

Es war jedoch mehr ihre eigene Unsicherheit, die sie hypnotisierte, als das flackernde Feuer vor ihnen. Summerfield verfluchte sich für seine Unbeholfenheit und streckte schließlich eine Hand aus, um Rajas Arm zu berühren. Sie wandten sich einander zu. Langsam, doch unaufhaltsam rückten sie näher, bis ihre Pupillen im orangefarbenen Schein riesig und schwarz schienen. Wieder stieg Summerfield Rajas Geruch in die Nase, der ihres Körpers, ihres Atems. Summerfield wanderte mit den Fingern ihre Arme hinunter, ergriff ihre Hände einen Augenblick lang und fuhr dann mit seinen wieder nach oben, wobei er seinen Körper an sie presste. Ihre großen Augen waren weit geöffnet, sahen aus wie schwarze Steine, und die ungestüme, jugendliche Stärke in ihnen jagte ihm fast Angst ein. Dann fiel sein Blick auf ihren Mund. Ihre Lippen waren von einem unwiderstehlichen Weinrot, einer vollen Reife, wie er sie noch nie zuvor gesehen hatte, und auf einmal wurde ihm bewusst, dass Raja wunderschön war und nur dafür geschaffen schien, von ihm geküsst zu werden. Ihre Gesichter kamen sich näher, doch als ihre Haut sich berührte, schien sie ein Stromschlag zu treffen, und sie zogen sich wieder zurück wie zwei Schlangen im Bann eines Beschwörers. Sie schmiegte ihren Körper gegen seine Hände, bis diese ihre Brüste erreichten, die von keinem BH eingezwängt wurden. Durch mehrere Lagen Baumwollstoff hindurch ertastete er ihre süßen, weichen Rundungen, zog die Hände zurück, berührte sie dann wieder und arbeitete sich so ganz langsam vor. Er hatte dabei das Gefühl zu fallen, seine Stirn, dann seine Nase berührten Rajas, ihre glühenden Lippen waren kaum noch einen Zentimeter voneinander entfernt und taten ihnen beinahe weh vor Verlangen. Sie umschlossen sich sanft, zögerlich, pressten sich dann aufeinander. Als ihre Zungen sich trafen, fuhr ein Schauer durch seinen ganzen Körper. Raja stöhnte und hielt seine Hände fest.

»Harry, das geht nicht«, flüsterte sie.

»Hast du Angst?«, erwiderte er sanft. »Meine Liebste, ich werde ganz zärtlich sein.«

Sie schüttelte den Kopf. »Nein, ich habe keine Angst. Ich will es. Aber ich bin tugendhaft, und es bedeutet viel für mich; das schönste Geschenk, das Mann und Frau einander geben können. Verstehst du das, Harry?«

»Ich verstehe«, versicherte Harry und küsste sie sanft. »Obwohl es mir schwerfällt, mich daran zu halten. Raja, du bist wunderschön, und ich habe begonnen, mich in dich zu verlieben. Ich will dich.«

Raja hielt seine Hände noch immer umschlossen und vergrub ihr Gesicht an seiner Brust, wo sie ein paar Sekunden lang reglos verharrte. Schließlich blickte sie auf und lächelte.

»Komm, setzen wir uns vors Feuer«, forderte sie ihn auf und führte ihn durch den kleinen Raum. »Zieh deine Jacke und dein Hemd aus, Harry. Setz dich.«

Er befolgte ihre Anweisung, während sie sich vor ihn stellte und begann, ihre Bluse aufzuknöpfen. In ihren Augen lag ein Lächeln, und sie ergriff ein wenig schüchtern ihre Oberbekleidung – es waren drei Lagen Stoff – und zog sie langsam und etwas beschwerlich über ihre vor Anstrengung bebenden Brüste und weiter über den Kopf. Zum ersten Mal erblickte Summerfield ihre mädchenhaften Kurven, die sich frech nach außen wölbten. Gegen ihre braune Haut wirkten ihre Brüste beinahe weiß, und sie verjüngten sich zu ihren rötlichbraunen Brustwarzen hin, die wie kleine Kupfermünzen aussahen.

»Ich kann dir dieses Geschenk machen, doch wir dürfen uns nicht anfassen. Auf die Liebe – das schönste Geschenk von allen –

müssen wir noch warten. Und wenn du mich liebst, dann wirst du warten können.«

Sie setzte sich ganz nah vor ihn hin, so dass sie sich mit verschlungenen Beinen direkt gegenübersaßen. Summerfield ergriff ihr Gesicht mit seinen Händen. Er war überwältigt von ihrer Anmut und Ehrlichkeit, und er liebte sie.

»Versprich mir, dass du dich an die Regeln hältst«, flüsterte sie.

Summerfield lächelte. »Normalerweise habe ich ja immer einen unersättlichen Drang, Regeln zu brechen.« Raja lachte leise. »Doch diesmal, meine Liebe«, beschwichtigte Summerfield, »werde ich mich daran halten, weil du so jung und tugendhaft bist.« Er beugte sich vor und atmete ihren Duft nach Cumin, Moschus und Zimt ein. Ihre Lippen suchten hungrig nach seinen, und sie küssten sich lang und zärtlich.

Später an diesem Abend berichtete Summerfield Jeanne von seinen Plänen. Er sah zum ersten Mal seit dem Angriff echte Lebendigkeit in ihr aufflackern, und in ihrem Gesicht zeigten sich Hoffnung und Dankbarkeit.

»Danke, Harry. Ich würde sterben, wenn ich noch länger hierbleiben müsste. Du rettest mir also schon wieder das Leben, und ich danke dir dafür.«

»Es ist die richtige Entscheidung«, erwiderte Summerfield bloß, der den quälenden Gedanken nicht vergessen konnte, dass er Raja dadurch verlieren würde.

Danach ging alles ganz schnell. Moulay, der vom Kaïd bestimmte Mann, suchte Summerfield zu Hause auf und erklärte den beiden, was sie erwarten würde. Ein paar Regeln wurden festgelegt und akzeptiert: Sie durften seine Entscheidungen nicht in Frage stellen; sie sollten sich die ganze Zeit über so still und ruhig wie nur möglich verhalten; was das Trinken von Wasser anging, mussten sie sich strikt an seine Anweisungen halten; in der extremen Hitze sollten sie ihre Haut komplett mit Kleidung bedeckt halten und einmal am Tag im Sand baden; falls sie von ihm getrennt wurden, sollten sie nicht nach ihm suchen – er würde sie finden. Summerfield bekam zwanzig Patronen für seine Lee Enfield sowie vier Goldmünzen, mit denen sie versuchen sollten, sich freizukaufen, falls sie in Gefahr gerieten. Wie durch ein Wunder tauchten ein paar in Tücher geschlagene Stücke Pökelfleisch aus den Lagerräumen der Kasbah auf, die in ihren Satteltaschen versteckt wurden. Sie nahmen zwei große Wasserschläuche aus Ziegenhaut mit, und Ahmed Youadi versicherte ihnen: Die Wüste war reich an Wasser, wenn man wusste, wo man danach suchen musste.

Der Schnee war verschwunden, und die ersten Februarknospen sprossen aus der Erde und den Zweigen. Am Tag ihrer Abreise versammelte sich eine große Menschenmenge, um sie zu verabschieden. Der Kaïd hatte bewusst dafür gesorgt, dass so viele Menschen wie möglich Zeuge des Ereignisses wurden, um die Wahrscheinlichkeit zu erhöhen, dass die Neuigkeit bis zu den Franzosen durchsickerte, für die Jeannes Anwesenheit dann kein Vorwand mehr sein konnte, das Tal anzugreifen. Manche Leute kamen, um Jeanne abreisen zu sehen, und hofften, dass mit ihr auch der Fluch fortzog, der auf dem Tal lastete. Doch die meisten von ihnen wollten sich von Summerfield verabschieden, dem Fremden, dem Engländer, der sich ihrer Lebensweise angepasst und Seite an Seite mit ihnen gekämpft hatte. Der Mann, der dem Tal merkwürdige Spiele und Bauten geschenkt hatte, von seinen Ideen ganz zu schweigen, und der dem Dorfklatsch in den letzten beiden Jahren so viel Futter geliefert hatte, dass es noch für die nächsten Jahrzehnte reichen würde.

Sowohl der alte Mullah mit seinen Unterstützern als auch der Kaïd mit seiner Leibgarde aus Kriegern waren erschienen. Tränen wurden vergossen, und über den allgemeinen Lärm hinweg ertönten aufmunternde Rufe. An diesem Morgen vergaßen fünfhundert Menschen zwei Stunden lang ihre leeren Mägen, während zwei Maultiere mit drei Personen darauf gen Süden aufbrachen.

Summerfield war ganz schlecht vor Sorge. Er hatte überall nachgesehen, im Haus ihrer Eltern und bei den Nachbarn nach ihr gefragt, war am Fluss und sogar bei der Schäferhütte gewesen. Doch Raja war nirgends aufzufinden.

Er wurde den Gedanken nicht los, dass sie sich womöglich etwas zugefügt oder irgendetwas anderes Unverantwortliches getan hatte, dass sie beschlossen hatte, ihnen zu folgen oder einfach nur vor dem Schmerz davonzulaufen. Am Tag davor hatten sie ein letztes Mal gemeinsam halb entblößt in der warmen Hütte gesessen, und ihre Liebkosungen waren immer zärtlicher und leidenschaftlicher geworden. Sie hatten über ihre Hoffnungen für die Zukunft gesprochen, und Raja hatte endlich ihren Tränen freien Lauf gelassen. Danach vom Berghang zurückzukehren und sich trennen zu müssen, war äußerst qualvoll gewesen. Und nun kam der schreckliche Gedanke hinzu, ihr könnte etwas zugestoßen sein.

Der Kaïd wurde ungeduldig. Es gab noch viel zu tun, um sich auf den verräterischen und hoffnungslosen Frühling vorzubereiten, der sich bereits ankündigte. Er schickte ein paar Männer auf die Suche nach ihr, damit alles nach Zeitplan verlaufen konnte. Summerfield warf dem Kaïd mit klopfendem Herzen einen flehenden Blick zu und bekam ein verärgertes Nicken zur Antwort: noch zehn Minuten. Eilig ließ Summerfield die völlig überraschte Jeanne allein und schickte sich an, das Dorf ein letztes Mal nach Raja abzusuchen.

Er fand sie schließlich am großen Felsen. Es war die Stelle, an der sie sich vor all den Monaten zum ersten Mal getroffen hatten, als er noch ein vor Fieber zitternder Gefangener ohne jede Hoffnung war. Er erinnerte sich daran, wie sie sich ihm so unschuldig und keck zugleich vorgestellt hatte: Raja, Hoffnung. Das Mädchen. Das Zeichen.

Zum Schutz vor der Kälte zusammengekauert, saß sie in der Hocke, und Summerfield meinte, sie leise vor sich hin murmeln zu hören. Sie erschrak, als sie ihn auf sich zukommen hörte. Für einige Augenblicke waren die beiden nicht imstande, sich zu bewegen. In Rajas Augen lag die tiefste Traurigkeit, die er je gesehen hatte, und für den Bruchteil einer Sekunde spürte er ihre Verletzlichkeit, die sie stets so nassforsch versteckt hielt, ihre zarte Weiblichkeit hinter ihrer alltäglichen Maske aus Humor und Härte. Dann erhob sie sich blitzschnell, und er stürzte gleichzeitig auf sie zu und nahm sie in den Arm. Sie weinte um ihn, den sie verlieren sollte, und auch Summerfields Augen brannten vor Tränen. Ihre Lippen suchten einander verzweifelt und ungestüm, und ihre Körper pressten sich fast schon im Kampf gegeneinander. Er griff nach ihren Brüsten und zog sie an der Hüfte zu sich. Sie küssten sich lang und intensiv. Dann sanken sie plötzlich ganz ruhig und erschöpft gegeneinander, als hätten sie sich tatsächlich geliebt. Sie hielten sich fest umklammert. Er spürte die Hitze in ihrem Schoß durch den Stoff. Sie seufzte. Er strich ihr übers Gesicht, fuhr die Konturen ihrer Stirn, ihrer Augenbrauen, ihrer Nase, ihrer Lippen und ihres Kinns entlang. Sie tat es ihm nach.

»Erinnerst du dich noch, Harry? Wie ich dich damals gefunden habe?«

Summerfield lächelte traurig und bejahte flüsternd. »Du warst die Antwort auf mein stummes Gebet«, sagte er leise und küsste sie auf die Lippen.

»Ich war noch ein Mädchen. Ich hatte keine Ahnung vom Leben. Ich wusste nichts darüber, was Männer meinen oder tun oder was Liebe ist. Doch ich habe ein Geheimnis. Möchtest du mein Geheimnis erfahren, Harry?«

»Sag es mir«, forderte Harry und rieb seine Schläfe sanft an der ihren.

»Mein Geheimnis ist, dass ich dich vom ersten Augenblick an, als ich dich da liegen sah – völlig erschöpft und krank und so merkwürdig fremd – schon geliebt habe. Ich habe es geheim gehalten, Harry. Oder vielleicht wusste ich damals auch noch nicht genau, was diese Stimme in meinem Kopf mir sagen wollte. Aber ich habe mich in der Sekunde in dich verliebt, in der du zu mir aufblicktest.«

Summerfield löste sich sanft aus der Umarmung, sah ihr tief in die Augen und hatte das Gefühl, etwas Wunderschönes in ihr berührt zu haben. Er lächelte. »Das macht mich glücklich, Raja. Und es gibt mir Kraft. Warte auf mich, und ich werde zu dir zurückkehren.«

»Ich werde warten, mein liebster Engländer. Möge Gott dich beschützen …«

55

Moulay war ein strenger kleiner, sehniger Mann, der Reden für eine unnötige Verschwendung von Atemluft hielt. Am Zeigefinger seiner linken Hand trug er den größten Ring, den Summerfield jemals gesehen hatte – einen glatten, runden Elfenbeinklumpen, der an manchen Stellen schon vergilbt war. Wenn Moulay sprach, dann nur aus zwei Gründen: um Befehle zu erteilen oder Ansichten kundzutun, in denen sich entweder unergründliche Weisheit oder seichtester Unsinn ausdrückte – Summerfield konnte es nie genau sagen. Moulay beharrte darauf, dass Menschen beim Sprechen ihren Atem aufbrauchten und damit ihr Leben verkürzten. Und das sollte für die nächsten drei Tage auch schon die größte zusammenhängende Anzahl an Worten aus seinem Mund gewesen sein.

»Wenn man also in seinem ganzen Leben nur zwanzig Worte spricht, dann wird man fünfhundertdrei Jahre alt, oder was?«, hatte Summerfield, den Moulays Einsilbigkeit zunehmend verärgerte, diesen aufgezogen.

»Der Kameltreiber ahnt, was das Kamel sich vorstellt«, erwiderte Moulay geheimnisvoll. Summerfield verdrehte die Augen und wendete sich in der vergeblichen Hoffnung auf Unterstützung an Jeanne. Doch diese blickte unverwandt hinter sich, wo irgendwo in der Ferne das Dorf liegen musste. Summerfield seufzte trübsinnig. Sie würden womöglich noch drei Monate unterwegs sein, und ihre Reise hatte schrecklich ermüdend begonnen. Er konnte nur raten, was in den Köpfen seiner Begleiter vorging, bei Moulay noch erschwert durch den *Chech,* mit dem er sein Gesicht permanent bedeckt hielt. Summerfield hatte ihn das Tuch nicht einmal zum Essen abnehmen sehen, und ihn schauderte bei der Vorstellung, welche verkrusteten Überreste sich dahinter wohl verbergen mochten. Und dann war da die fortwährende und verbissene Isolation, die Jeanne sich selbst auferlegt hatte. Er hatte gehofft, ihre Verfassung würde sich bessern, sobald sie das Tal einmal verlassen hatten, doch die einzigen Gefühle, die sie zeigte, waren Missmut und Verdruss über all das, was sie hatte erleiden müssen.

Sie reisten stets während der ersten hellen Stunden des Tages oder in der Abenddämmerung, um nicht gesehen zu werden, und überquerten dabei Hohlwege und Bergflanken und zogen durch das große Labyrinth der Schluchten des Todra-Flusses, die einem das Gefühl vermittelten, mickrig und furchtbar unbedeutend zu sein. Um Moulay irgendwie doch noch zum Sprechen zu bringen, hatte Summerfield begonnen, ihn regelmäßig zu ärgern. Doch er war ein Veteran der Wüstenkarawanen, und das Schweigen schien ihm in Fleisch und Blut übergegangen zu sein. Er wandte nur ausdruckslos den Blick ab, wenn Summerfield ihn aufzog, um sich unerreichbar in der Ferne zu verlieren.

Am Tag nach ihrem Aufbruch aus dem Dorf hatten sie in unmittelbarer Nähe das leise Brummen eines Doppeldeckers vernommen und aus dem Schutz eines Felsens beobachtet, wie er sich in eins der vielen Täler hinabsenkte, leise verschwand, mit einem tiefen Dröhnen wieder auftauchte und in der dünnen Bergluft um Höhe kämpfte. Sie waren nicht entdeckt worden, doch Moulay ordnete daraufhin an, dass sie noch weniger Stunden bei Tageslicht reiten und dafür eine weitere Stunde früher, um drei Uhr morgens, aufstehen sollten. Summerfield hoffte, dass der Kaïd sein Wort halten und den Vichy-Truppen mitteilen würde, dass er ihnen auf dem offenen Feld begegnen wollte. Er konnte den Gedanken nicht ertragen, dass Rajas Familie bombardiert werden könnte, und ihn verfolgte die furchtbare Vorstellung, wie die junge Frau vor einer Explosion davonrannte, nur um von Granatsplittern in den Rücken getroffen zu werden. Seine Angst war so lebendig, dass er in diesen Augenblicken beinahe schon ihre Schreie hören konnte. Und er wünschte sich sehnlichst gesprächigere Weggefährten, die ihn von diesen Gedanken ablenkten.

Doch auch wenn Moulay ein grauenvoller Reisebegleiter war, erkannte Summerfield schon bald seine Fähigkeiten als Führer. Moulay brauchte zur Orientierung keinen Kompass, wie Summerfield, der noch kurz zuvor einen für ein Stück Pökelfleisch erworben hatte, feststellte, als er seine Berechnungen hin und wieder überprüfte. Moulay orientierte sich an den Sternen oder an den Schatten, die die Felsen und Bäume im Sonnenlicht warfen. Manchmal waren ihm die Wege, die sie einschlugen, auch vertraut, und er zeigte mit seinem Stock in einer abrupten Geste die Richtung an. In anderen Momenten sah Summerfield mit wachsender Faszination dabei zu, wie sich Moulays Augen, denen ansonsten jeglicher Ausdruck fehlte, bei seinen Berechnungen hin und her und im Kreis bewegten, das Gelände abschätzten und die richtige Richtung bestimmten. Und er hatte bislang nie falschgelegen, auch wenn Summerfield sich mehrmals auf die Zunge beißen musste, um den gewählten Weg nicht zu hinterfragen. Was wie ein unbegehbares Felsenmeer ausgesehen hatte, barg bei näherem Hinsehen einen Sandweg; wo er nur einen schwindelerregenden Abgrund erkannt hatte, befanden sich sanft absteigende Stufen in der Bergflanke. Ihr gerissener Führer brachte sie mehrmals unmittelbar vor Sonnenaufgang an geheime Plätze, von denen er schwor, dass sie allein Gott und den Tieren bekannt waren. Oft handelte es sich dabei um kleine Oasen inmitten der Felsen oder am Grund einer Schlucht, in denen klares Wasser aus der Erde sprudelte und smaragdgrünes Schilfrohr wuchs. An einem dieser Orte fing Moulay Fische aus den Teichen, an einem anderen wuchsen das ganze Jahr hindurch Früchte an einem Baum, die Summerfield noch nie zuvor gesehen hatte – kleine, gelbe Kugeln, die wie Himbeeren schmeckten. Mit der Zeit veränderte sich Summerfields Einstellung, und seine Abneigung wich dem Respekt vor Moulays Fähigkeiten. Er hörte dennoch nicht auf, ihn zu ärgern – es war sein Mittel, um gegen den Trübsinn anzukämpfen und eine Distanz zu schaffen zwischen seinen eigenen Hoffnungen und Jeannes Last aus Schuld und Schmerz.

Die Landschaft veränderte sich, je weiter sie vorankamen. Baumlose, zerklüftete Schluchten wurden abgelöst von Pinienhainen und glatten Felsen. An manchen Stellen sahen die kastanienbraunen Steine wie glänzende Wollknäuel aus, die hinunter in die Flüsse im Tal kullerten, und Summerfield meinte, dass es in dieser Gegend vor Tausenden von Jahren vulkanische Aktivitäten gegeben haben musste. Dann kamen sie durch fruchtbares Land, in dem die Erde dunkelrot und mit dem grünsten Gras bedeckt war, das er je gesehen hatte. Nachdem sie noch einen weiteren Morgen und eine Nacht gereist waren, wurde der Boden unter ihnen rosa und fein wie Sand, und wilde Olivenbäume wuchsen verstreut auf den sanften Abhängen. Die Abstände zwischen den Gipfeln vergrößerten sich, und dazwischen taten sich weitläufige und windige Ebenen auf. Nach etwa fünf Tagen Reise gab Summerfield das Zählen auf und konzentrierte sich stattdessen ganz auf das Gelände und die Richtung, in die sie sich fortbewegten. Eines Tages waren sie wie üblich um drei Uhr früh aufgebrochen und hatten eine Hochebene aus zerklüfteten schwarzen Felsen umschifft, als sie sich plötzlich im ersten Indigoblau des Tages am Grenzbereich zur Sahara wiederfanden – einer Ebene, die von sich schlängelnden Pfaden und Flüssen durchzogen wurde, hin und wieder unterbrochen von Oasen, die sich dunkelgrün gegen das helle Beige abhoben, und von den rechtwinkligen Flickenteppichen der abgelegenen Dörfer. Summerfield stockte der Atem, und er richtete seinen Blick nach oben in die Weite des Himmels und auf den unendlich weit entfernten Horizont. Vor dieser Allgewalt der Natur kam ihm erneut der sichere Glaube an die Existenz Gottes auf die Lippen, und er sprach ein Gebet, das ihm einen neugierigen Blick von Jeanne und ein verständnisloses Stirnrunzeln von Moulay bescherte.

»Englisch«, erklärte Summerfield und zwinkerte Moulay frech zu. »Ich spreche dem Allmächtigen bloß meinen bescheidenen Dank für die Schönheit dieses Landes aus.«

»Gott sei gelobt für all seine Wunder«, stimmte Moulay zu, wandte sich in Richtung Osten, über die Wüstenebenen hinweg, und sank zum Morgengebet auf die Knie.

Als sie kaum zehn Kilometer weit in die Ebene vorgedrungen waren, führte Moulay sie zu einem kleinen Felsen, in dem sich mehrere Höhlen befanden – die vielleicht vor Urzeiten einmal bewohnt gewesen waren, dachte Summerfield –, und ließ sie dort mit Proviant und Wasser zurück. Er nahm schweigend die beiden Maultiere an sich und machte sich auf den Weg nach Süden, nachdem er mit seiner harten Geste in diese Richtung gewiesen hatte.

»Ksar-Tazzr«, sagte er und wandte sich noch einmal zu ihnen um. »Ein Dorf. Keine Maultiere mehr«, grunzte er, und Summerfield konnte an seinen Augen erkennen, dass er dabei grinste.

»Aber wann kommen Sie zurück?«, fragte Summerfield im Dialekt der Berge.

Moulay zuckte mit den Schultern. »Wenn Gott es erlaubt«, antwortete er und trottete mit den Maultieren über die staubige Erde davon.

Nun war Summerfield zum ersten Mal seit Verlassen des Tals wieder allein mit Jeanne. Es fühlte sich merkwürdig an. Sie schlief im Schatten einer Höhle, und Summerfield betrachtete sie. Ihre Haut hatte sich während der Reise gebräunt, obwohl sie die heißesten Stunden des Tages stets mieden, und erneut fiel ihm auf, dass ihre Gesichtszüge etwas hatten, das sie nicht ganz europäisch aussehen ließ. Er erinnerte sich daran, wie sie unter dieser Andersartigkeit gelitten hatte und wie er ihr bei ihren heimlichen Treffen im Orangenhain versichert hatte, wie schön sie war. Ob sie mit Jim geschlafen hatte?, fragte er sich und sah sich vor seinem inneren Auge selbst vor einer gefühlten Ewigkeit, wie er als Erster die Blütenblätter dieser seltenen Blume entfaltete. Er schüttelte unwillkürlich den Kopf, eine Geste der Ratlosigkeit: Sie waren so wahnsinnig ineinander verliebt gewesen. Und nun entwickelte sich auch seine Liebe zu Raja in diese Richtung. Bedeutete das, dass diese Gefühle immer nur kurzlebig waren? Dass ihn in seinem Leben noch weitere Lieben erwarteten? Was er für das einzig Wahre gehalten hatte, auf das ihn alle Wege hatten zuführen sollen, war also lediglich ein Punkt in einer Reihe von Illusionen, Luftspiegelungen gewesen, die ihm einst als Ziele gedient hatten? Er verlor sich in leeren Gedanken. Erst nach Minuten schüttelte er sich wieder zur Besinnung. Nein, Raja war anders: Es war nicht nur ihre körperliche Schönheit, ihre Fremdartigkeit und das Abenteuer, das ihr Körper versprach – darüber hinaus verspürte er ein süßes, warmes Zusammengehörigkeitsgefühl, eine Art Seelenverwandtschaft, eine *complémentarité* – das französische Wort kam ihm vor dem Englischen in den Sinn – ihrer Persönlichkeiten. Eine Frau wie Raja war eine Freude, eine Herausforderung und ließ jeden Tag neu und aufregend erscheinen. Ihre Wortgefechte waren kleine Liebesakte, denen die Leidenschaft der wahren Liebe zugrunde lag. In dieser Hinsicht war Jeanne anders gewesen. Die Blume schien tatsächlich das passende Bild für sie zu sein. Er hatte eine wunderschöne Mohnblume gepflückt, wild, doch zerbrechlich, sobald sie ihrer Wurzeln beraubt war. Seine Liebe für sie war Anbetung gewesen, ein Blick aus der Ferne, das Verlangen einer Biene nach dem Blütenstaub.

Moulay kam einige Stunden später zu Fuß zurück. Summerfield, der mit seiner Lee Enfield unter dem überhängenden Felsen wartete, hatte schon auf ihn schießen wollen. Doch Jeanne war ausnahmsweise einmal aufmerksam gewesen und hatte ihm zugeflüstert, dass sie in der einsamen Figur Moulay erkannte, und Summerfield hatte das Gewehr langsam und sorgfältig wieder gesichert.

»Wo sind die Kamele?«, fragte Summerfield stirnrunzelnd, als der drahtige kleine Mann sich zum Trinken niederließ.

»Kamele?« In Moulays Augen zeigte sich der Anflug eines Lachens. »Wieso Kamele? Warum keine Pferde?«

Summerfield zuckte verärgert mit der Schulter. »Also, wo sind dann die Pferde?«

Moulay schüttelte nur einmal scharf den Kopf. »Keine Pferde. Ein Lastwagen.«

»Ein Lastwagen«, wiederholte Summerfield.

Ein launischer Wink mit dem Stock in Richtung Süden. »Ist unterwegs.«

Vier Tage lang fuhren sie im mit Salzplatten gefüllten Laderaum eines zerbeulten Lastwagens durch die flache Vorsahara. Inmitten der Fracht war ein kleiner Hohlraum freigeräumt worden, der gerade groß genug war, dass Summerfield seine Beine im Sitzen ausstrecken konnte. Sollte jemand die Abdeckplane öffnen, würde er darunter nichts als die grob gehauenen Platten sehen. Die Federung des Wagens hatte aufgrund seiner schweren Ladung kaum Spielraum und machte es Summerfield unmöglich, sich auszuruhen. Schlimmer noch, Jeanne und er wurden jedes Mal von Salzstaub und -krümeln bedeckt, wenn sie auch nur über die kleinste Bodensenke oder einen Stein fuhren. Das Salz reizte ihre Haut, und sie konnten sich nur davor schützen, indem sie sich trotz der Hitze komplett bedeckt hielten. Vor der Fahrt hatte Moulay sie angewiesen, nicht miteinander zu sprechen, und so verständigten Summerfield und Jeanne sich mit gelegentlichen Gesten, Lippenbewegungen und Grimassen. Hauptsächlich kreisten ihre Mitteilungen um zwei Worte: »Hunger« – ein verzogenes Gesicht, gefolgt von Bauchreiben – und »unbequem« – ein verzogenes Gesicht, wozu Jeanne sich auf ihrem Platz wand und Summerfield sich theatralisch auf den Hintern klopfte.

Trotz der Abtrennung von der Fahrerkabine konnte Summerfield hören, dass Moulay und der Fahrer darin nahezu unaufhörlich und lautstark plapperten. Summerfield fühlte sich fast hintergangen. Nachdem er zehn Tage lang stumm und mürrisch gewesen war, legte Moulay nun eine Quasselbereitschaft an den Tag, die derjenigen der größten Klatschtanten im Dorf in nichts nachstand. Bald bekam Summerfield heraus, dass der Fahrer Moulays Cousin und zugleich der Ehemann seiner Schwester Wafa, also auch sein Schwager war. Im Laufe der Zeit erfuhr Summerfield dann nahezu alles über die Mitglieder von Moulays großer, äußerst umtriebiger Familie: ein neu erworbenes Haus hier, ein betrogener Ehemann da, Nours Kuchen, die sich so gut verkauften, eine verpfuschte Beschneidung und Abdelghanis Gürtelrose.

Summerfield war verärgert darüber, dass er seine Zeit, weit entfernt von Raja, auf engstem Raum mit einer grübelnden Jeanne verbringen musste, dass sein Magen nach Nahrung schrie und er wie ein reifer, salziger Käse roch. Um die Langeweile zu bekämpfen, summte er leise vor sich hin, stellte sich Raja vor und kämpfte gegen seinen beständigen Harndrang an, während sie über unbefestigte Straßen und Sandflächen holperten.

Dreimal wurden sie an einer Kreuzung von Straßensperren aufgehalten. Moulay wurde jedes Mal so stumm wie ein Fisch. Summerfields Herz raste hinten im Laderaum, und er schloss die Augen. Es verstrichen unerträglich lange Minuten der Angst, in denen jedes Geräusch verstärkt und mit Bedeutung aufgeladen wurde. Zu hören waren französische Stimmen, Befehle, Moulays Knurren und das Knistern von gewechselten Geldscheinen.

Als sie zum zweiten Mal angehalten wurden, musste Summerfield Jeanne an sich heranziehen und ihr die Hand auf den Mund legen. Er spürte den heißen Atem aus ihren Nasenlöchern auf seinen Fingern, merkte, dass sie kurz davor war, einen Laut von sich zu geben und aufzuspringen. Er hatte Angst, sie zu ersticken. Als sie wieder sicher über die Ebene fuhren, ließ er sie los, und obgleich sie keuchte und prustete, blieb sie doch in seinen Armen und drückte sich Trost suchend an ihn, und Summerfield fragte sich, ob darin wohl eine tiefere Bedeutung verborgen lag. Er erwiderte die Umarmung, da seine Nerven und seine mentale Erschöpfung nach Nähe und Geborgenheit verlangten. Sie hielten sich mehrere Minuten lang im Arm und schenkten sich gegenseitig Sicherheit und ein bisschen Frieden.

Beim dritten Halt kam der Laster aufjaulend zum Stehen, und Summerfield verdrehte seinen Körper, um durch einen Spalt in der hölzernen Wand zu linsen. Zu seiner Verblüffung erwartete sie bei dieser Straßensperre jedoch keine Stacheldrahtabsperrung mit einer Gruppe Soldaten, sondern allem Anschein nach Pygmäen, die grotesk bemalte Papphüte trugen und bis an die Zähne mit Speeren und Schilden bewaffnet waren. »Was zum Teufel …?«, zischte Summerfield, doch als sie näher heranfuhren, erkannte er erleichtert, dass es Jungen waren, eine wilde Mischung aus etwa Sechs- bis Zwölfjährigen. Erst als der älteste von ihnen, offensichtlich ihr Anführer, seine Hand ausstreckte und Daumen und Zeigefinger aneinanderrieb, begriff Summerfield, dass die Kinder eine Methode gefunden hatten, an Geld zu kommen: durch einen Straßenzoll. Moulay gestikulierte mit seinem Stock und überhäufte sie mit Beschimpfungen, doch sein Cousin zeigte sich toleranter, griff nach irgendetwas – Essen oder vielleicht ein wenig Tabak – und warf es den frechen Jungs durchs Fenster zu. Die Scheinkrieger verzogen sich johlend und ließen den Laster passieren.

Als sie in der fünften oder sechsten Nacht zum Essen und Schlafen anhielten, erklärte Moulay ihnen, dass sie bereits zweihundert Kilometer weit durchs südliche Algerien gefahren waren und nun parallel zur Grenze zu Mauretanien und Mali reisten. In diesem Gebiet waren die Grenzen unklar und selten markiert. Hier sammelten sich nicht nur die Spähtrupps der Vichy-Franzosen, sondern auch Plünderer, Karawanen, spanische Deserteure, Straßenräuber und die wilden Blauen Männer der nomadischen Tuareg. Es kam häufig zu Zusammenstößen, und von Zeit zu Zeit gerieten die einzelnen Stämme miteinander in Streit, nur um ihre Waffen später wieder gemeinschaftlich gegen die weißen Eindringlinge zu erheben.

Die staubige Erde und der Sand der Ebenen verwandelten sich nach und nach von einem rosa schimmernden Grau über Beige in ein feines Paprikaorange. Bald waren Sandverwehungen und die ersten Dünen zu erkennen, und Summerfield wurde schließlich bewusst, dass sie nun die eigentliche Wüste erreicht hatten, die sich vor ihnen fünftausend Kilometer weit ununterbrochen in östliche Richtung erstreckte.

Am nächsten Morgen kam der Laster nach dreistündiger Fahrt endgültig zum Stehen, und schon bei der letzten Unterhaltung mit seinem Cousin und Fahrer wurde Moulay wieder wortkarger. Ein letztes Mal wurde das Salz entladen und ein kleiner Durchgang im Laderaum geschaffen.

Summerfield half Jeanne auf die Beine, quetschte sich durch die Salzplatten, sprang von der Ladefläche und taumelte leicht, als er auf dem Sand aufkam, da seine Beine keinen festen Untergrund mehr gewöhnt waren. Er streckte sich, stöhnte über die Schmerzen in seinen Knien und rieb sie ein paarmal kräftig. Als er aufblickte, stand Jeanne bereits aufrecht, hatte ihm das Profil zugewandt und ließ ihren Blick von den matt aussehenden Dattelpalmen auf der linken Seite des Wagens über die immense Weite schweifen, die den gesamten Horizont zu ihrer Rechten einnahm. Summerfield stellte sich neben sie. Er pfiff durch die Zähne, woraufhin sie sich kurz zu ihm umdrehte, dann jedoch weiter die Wüste betrachtete. Summerfield hatte den merkwürdigen Eindruck, sich an einem umgekehrten Strand zu befinden, an dem er nicht aufs Wasser, sondern auf ein ockerfarbenes Meer aus Sand blickte, das von Millionen versteinerter Wellen gekräuselt und gepeitscht wurde, die sich bis jenseits des Horizonts endlos überlappten.

»Werden wir wirklich versuchen, das hier zu durchqueren?«, wandte er sich fragend an Moulay und dessen Cousin.

Der kleine Führer schüttelte nur knapp den Kopf. »Nicht versuchen. Einfach nur durchqueren.« Sein Cousin schien diese Antwort wahnsinnig lustig zu finden, vor allem, da es Moulay damit gelungen war, einen Weißen hereinzulegen. Er schüttelte sich vor Lachen, das wie ein schlimmer Schluckauf klang. Summerfield reagierte säuerlich, griff nach seiner Lee Enfield und begann demonstrativ, das Visier zu testen. Moulays Cousin verstummte abrupt und verschwand schließlich hinter dem Laster, um nach den Reifen zu sehen.

»Was nun?«, fragte Summerfield, der zufrieden über den Eindruck war, den er hinterlassen hatte.

»Wir warten«, erwiderte Moulay, der ihm diesen Erfolg missgönnte. »Mein Cousin reist in diese Richtung …« Ein Wink mit dem Stock. »Und wir wollen dort entlang …« Eine zweite Stockbewegung in Richtung der Dünen.

Summerfield schulterte sein Gewehr. »Und worauf warten wir dann noch?«

»Kamele«, antwortete Moulay. »Unsere Wüstenschiffe.«

Zwischen den Palmen befand sich ein Brunnen, und während Moulay sich von seinem Cousin verabschiedete und danach dem Lastwagen hinterherwinkte, bat Summerfield Jeanne, ihm beim Wasserholen zu helfen. Er hatte einen Eimer und ein Seil erwartet, doch der Brunnen war mit einer widerspenstigen Handpumpe ausgestattet, die fürchterlich quietschte und Wasser in eine provisorische Wanne aus einem in der Mitte durchgesägten Ölfass ausspuckte. Nach fünf schweißtreibenden Minuten hatten die beiden den Boden der Wanne zehn Zentimeter tief mit einer trüben, beigefarbenen Brühe gefüllt.

»Ich habe ein Bad verdammt nötig«, erklärte er Jeanne. »Aber du darfst zuerst.« Sie zögerte mit einem stummen, fragenden Gesichtsausdruck. Summerfield schnaubte und lächelte dann. »Ich werde mich umdrehen. Und ein Auge auf Moulay haben. Du brauchst dich dafür auch nicht auszuziehen – sieh her, ich zeige dir, wie es geht.« Summerfield ging in die Hocke, wickelte seine Kopfbedeckung ab, lockerte seine Umhänge und zeigte ihr pantomimisch, wie sie sich waschen sollte.

»Du kennst ihre Bräuche«, bemerkte Jeanne. »Du bist fast schon einer von ihnen.«

»Zwei Jahre in den Bergen«, bestätigte er. »Eins davon als Gefangener. Ich musste lernen.«

»Ich schätze, das muss man«, stimmte Jeanne zu und bedeutete ihm mit einem Kopfnicken, sich nun umzudrehen.

Mit dem Rücken zu ihr hörte Summerfield das Rascheln sich

lösender Kleidung. Dann plätscherte Wasser, und wie durch ein Wunder roch er plötzlich einen Hauch von Zitrone.

»Meine Güte, das riecht himmlisch«, rief er ihr über die Schulter hinweg zu. »Was ist das?«

»Seife«, antwortete Jeanne in zufriedenem Tonfall. »Aus Oliven und Zitronen.«

»Seife?« Summerfield war verblüfft.

»Von den Frauen im Dorf. Sie haben sie mir vor unserer Abreise geschenkt.« Es folgte ein längeres Schweigen. Dann fuhr sie leise und zaghaft fort: »Du kannst sie dir ausleihen, wenn du möchtest.«

»Danke, Jeanne«, erwiderte Summerfield, den ihre nette Geste überraschte und zum Lächeln brachte.

Er lauschte dem Geräusch ihrer Hände auf der nassen Haut und dem leisen Plätschern, mit dem sie die Seife in die Wanne eintauchte. Instinktiv drehte er den Kopf leicht um und warf aus den Augenwinkeln einen Blick auf sie. Sie war gerade damit beschäftigt, sich die Achselhöhlen zu waschen, und er erhaschte einen köstlichen, wenn auch nur flüchtigen Blick auf eine ihrer Brüste, die erzitterte, als ihre Hand sie streifte, kurz nach vorn gedrückt wurde und dann wieder in ihre himmlische Form zurückwippte. Er schloss die Augen, wandte sich ab und spürte, wie sein Hals ganz trocken wurde: Wenn es unter allem von Gott Geschaffenen eines gab, das der Schönheit der Natur das Wasser reichen konnte, dann war es die Wölbung und Bewegung einer Frauenbrust.

Nach weiteren Minuten, in denen er das Klappern von Metall und das Schöpfen von Wasser mit den Händen – wahrscheinlich, um sich die Haare zu waschen – vernommen hatte, verkündete Jeanne, dass er nun an der Reihe sei.

Er drehte sich um und erstarrte plötzlich für einen Augenblick unbeholfen und schüchtern. Ihr Gesicht leuchtete hell, mit dem nach hinten gekämmten Haar wirkte sie jungenhaft, und in ihren verdrießlichen Gesichtsausdruck mischte sich fast schon etwas wie Fröhlichkeit.

»Stimmt etwas nicht?«, fragte sie und senkte besorgt den Blick. »Ist da etwa ein Skorpion? Eine Schlange? Wo?«

Summerfield lachte, und seine Verlegenheit verflog. »Nein.« Er schüttelte den Kopf. »Nur du ... Ich habe dich schon lange nicht mehr so hübsch gesehen. Du bist wunderschön. Und du wirkst – glücklicher. Es freut mich, dich so zu sehen.«

Einen Moment lang dachte er, sie würde wie ein Buch zuklappen und in ihre Isolation zurückkehren, doch sie nahm sich zusammen und rang sich zu einem Lächeln durch.

»Ich denke, jetzt bist du an der Reihe«, bemerkte sie mit einem Blick auf die Seife. »Ich helfe dir, frisches Wasser zu pumpen, wenn du möchtest.«

Aber Summerfield meinte: »Nicht nötig, ich werde dein Wasser benutzen. Wenn es auf mich dieselbe Wirkung hat, bin ich ein glücklicher Mann.«

Sie tranken gerade den Minztee, den Moulay gekocht hatte, als drei flimmernde Gestalten am Horizont auftauchten: dreimal vier unerhört lange Beine, die an Straußenvögel erinnerten und mit einem dicken Bauch und einem Giraffenhals verbunden waren. Ihre Kamele kamen.

Auf einem von ihnen ritt ein Mann in die dunkelblaue Kleidung der Tuareg gehüllt – der Berbernomaden der Wüste. Kein Wunder, dass sie die Blauen Männer genannt wurden: Als der Reiter vor ihnen Halt machte und sein Gesicht freilegte, sah Summerfield, dass seine Haut einen dunklen Blauton angenommen hatte, da sein Schweiß die blaue Farbe aus dem Stoff der Kopfbedeckung gelöst und sie damit überzogen hatte. Der Reiter bemerkte Summerfields Erstaunen, legte grinsend eine Reihe leuchtend weißer Zähne frei und rieb sich die Wange. Er sprach schnell, in einem Dialekt, den Summerfield nicht verstand, und Moulay bot ihm eine Tasse süßen Tee an.

Nach einer langen Zeremonie, während der der Reiter drei Tassen Tee trank, einigten sie sich auf einen Preis für zwei der Kamele. Moulay begutachtete die Tiere noch einmal gründlich, suchte nach alten Wunden, aufgescheuerten Stellen und Abszessen und wies Summerfield danach an, zwei Goldmünzen aus seinem Rucksack zu holen. Dieser hatte keine Ahnung, woher Moulay wusste, dass er das Geld bekommen hatte, da es sich um eine stillschweigende Vereinbarung zwischen ihm und dem Kaïd gehandelt hatte, doch er übergab es dem Tuareg, der es mit einem höflichen Nicken in Empfang nahm. Ein weiteres Glas besonders süßen Tees wurde aus den Resten der anderen zusammengeschüttet. Der Nomade schlürfte die sirupartige Mischung geräuschvoll, bevor er sich erhob und die drei mit frommen Abschiedsgrüßen bedachte.

56

Als die Abenddämmerung sich über den Horizont legte, band Moulay ihre Habseligkeiten sowie zwei mit je zehn Litern Wasser gefüllte Ziegenhäute an die Kamele. Bevor es losging, wies er Summerfield und Jeanne an, sich vor die beiden Tiere zu stellen, und erklärte ihnen kurz, worauf es beim Reiten ankam. Sie sollten auf das Tier namens WaRed klettern – was Blume bedeutete und somit nicht gerade auf Geschwindigkeit oder Heldenmut hindeutete –, ein staksiges Weibchen mit einem großen Fleck in Form eines Blütenblatts um das linke Auge herum.

»Sprecht mit ihr«, forderte Moulay sie auf. »Sie muss euch vertrauen.«

»Was sollen wir denn sagen?«, fragte Summerfield, der sich ein wenig albern vorkam.

»Eure Namen. Und wie sehr ihr euch wünscht, dass sie euch durch den Erg trägt.«

Summerfield zuckte mit den Achseln, übersetzte Jeanne Moulays Worte, schlug alle Verlegenheit in den Wind und begann WaRed mit Wordsworths Gedicht »Narzissen« zu beschwören, was er in Anbetracht ihres Namens als passend empfand. Nach mehreren Anläufen und unter lautem Geschrei und Gelächter, als sich das Kamel mit einem scharfen Ruck erhob, saßen sie schließlich auf dem Tier, dessen Zügel Moulay an seinem eigenen Sattel befestigte. Er drehte sich ein letztes Mal zu ihnen um, wobei wie immer nur seine Augen hinter dem Tuch zu sehen waren, und machte seine übliche stoßende Bewegung mit dem Stock, von der Summerfield befürchtete, dass sie gegen ihn gerichtet war und Unschönes bedeuten sollte. Dann trotteten sie in einem langsamen, befremdlichen Gang in Richtung Osten auf den pistolengrauen Himmel zu.

Einsam, doch von unglaublicher Präsenz, so würde Summerfield die Wüste beschreiben. Sie reisten unermüdlich in das Meer aus Sand hinein und ließen alle Straßen hinter sich. Zunächst bestand die Umgebung noch aus Felsen und Steinen und vom Wind verbogenen Bäumen, an denen bauchige, blasenförmige grüne Früchte hingen, die laut Moulay Sodomsäpfel genannt wurden. Einmal trat ihr Führer in einer Vertiefung zwischen zwei Dünen an einen der Bäume heran und schlug mit seinem Stock flink gegen die Frucht. Die große, aufgeblähte Blase platzte sofort mit einem Knall auf, der Moulay ein freudloses Lachen entlockte.

»Nicht anfassen«, befahl er. »Ihr bekommt den Saft sonst nie wieder von den Fingern. Und wenn er eure Zunge berührt, werdet ihr sehr krank.« Er verdrehte grotesk die Augen und mimte Bauchkrämpfe.

Unter den dahinschreitenden Hufen des Kamels entdeckte Summerfield im Mondlicht glitzerndes Quarz. Manche der Steine waren zu langen, glatten, phallusähnlichen Gebilden geformt. Während einer Toilettenpause steckte er einen rosa durchscheinenden Stein ein, und während er sich schon wieder aufrichtete, sah er aus dem Augenwinkel noch etwas anderes, Gebogenes, Schwarzes. Er stieß einen unterdrückten Schrei aus, da er es zunächst für ein Tier hielt, dann bückte er sich und hob den Gegenstand auf. Es war ein schwarzer Stein, der von einer verkrusteten, feinen weißen Spur durchzogen wurde, die den Anschein erweckte, als wären zierliche Zweige in seine Oberfläche geritzt worden.

»Liebe Güte, das ist ja ein Fossil! Ein Wurm oder so etwas.« Summerfield winkte Moulay und Jeanne zu sich. »Was ist das?«, fragte er.

Moulay zuckte mit den Schultern. Zu ihren Füßen, in einem Umkreis von etwa sechs Metern, entdeckten sie mehrere Hunderte davon.

»Fische«, sagte Jeanne. »Vor Tausenden von Jahren muss das hier ein Meer gewesen sein.«

»Ein Meer! Ist das nicht unglaublich?«, staunte Summerfield.

Während sie durch die Nacht ritten, verwandelten sich die Felsen am Wegesrand langsam in Steine, die aussahen, als wären sie eilig über den Boden verteilt worden, bis ihre Kamele schließlich ausschließlich über feinen Sand schritten. Um sie herum tauchten immer mehr Dünen auf, bis die wellenförmigen Hügel gar nicht mehr zu zählen waren. Nun hatten sie endlich das wahre Sandmeer erreicht. Es wurde kalt, viel kälter, als Summerfield gedacht hätte, und seine Haut kribbelte von der Kälte, die trockener und schärfer war als die, die er aus den Bergen kannte. Sie wickelten sich in die dicken Wolldecken, die Moulay von dem Blauen Mann entgegengenommen hatte und die anscheinend gleich mehrere Zwecke erfüllten: als Nachtlager, Picknickdecke, Gebetsteppich, Umhang, Schutz vor Sandstürmen, Sonnenschirm und provisorisches Zelt. So ritten sie, bis Moulay ihnen schließlich das Zeichen zum Anhalten gab.

Summerfield grub zwei kleine, trichterförmige Löcher in den Sand, in denen er ein Feuer entfachte, so ähnlich, wie sie es auch damals im Schnee getan hatten, um sich verborgen zu halten. Er kochte eine Tasse Reis und teilte sich die fade, doch sättigende Mahlzeit allein mit Jeanne, da Moulay beschlossen hatte, nichts zu essen, und sich stattdessen wärmesuchend an sein Kamel kuschelte. Als sie ihre Schüsseln im Sand ausgewaschen hatten, saßen sie noch eine Weile schweigend beisammen, betrachteten die Schatten der Dünen und die unglaubliche Anzahl der Sterne.

»Ich habe noch nie zuvor so viele gesehen«, flüsterte Summerfield zu Jeanne hinübergebeugt. »Nicht einmal in den Bergen.«

»Wie Nadeln in einem Samtkissen«, erwiderte Jeanne atemlos. »Wir haben schon einmal gemeinsam in die Sterne gesehen«, fügte sie nach längerem Schweigen hinzu.

Summerfield lächelte in sich hinein. »Das war in einem anderen Leben. Ich dachte, du hättest das Gedicht längst vergessen.«

»Das hätte ich auch beinahe«, antwortete sie müde. »Ich hoffe, du bist nicht verletzt.«

Summerfield schüttelte den Kopf, obgleich er doch ein wenig beleidigt war. Er wollte sie fragen, was sie eigentlich mit seinen Briefen gemacht hatte, doch stattdessen sagte er: »Das macht nichts. Für dich beginnt schon bald ein neues Leben.«

Jeanne warf ihm einen Blick zu, blieb jedoch stumm. Sie fuhr sich mit einer Hand übers Haar unter dem *Chech*. »Glaubst du, dass wir es schaffen werden?«

»Natürlich.« Summerfield nickte. »Ich bin noch nicht bereit zu sterben. Ich habe noch einiges zu erledigen.«

»Hier draußen könnten wir wohl tatsächlich sterben«, erwiderte sie nachdrücklich. »Die Landschaft ist so unwirtlich. Hier ist überhaupt gar nichts.«

»Ich empfinde das nicht so. Auf mich wirkt das hier sogar auf sonderbare Weise tröstlich.«

»Du bist seltsam«, meinte Jeanne stirnrunzelnd.

»Anders als Jim Wilding«, gab Summerfield zurück.

»Anders als Jim«, echote Jeanne. Sie deutete hinauf in den Nachthimmel. »Eine Sternschnuppe! Hast du sie gesehen?« Doch Summerfield war zu spät dran. Er hatte sie verpasst. »Ich habe einen Brief geschrieben, Harry. Er ist für Jim, falls du ihn irgendwann wiedertriffst.« Summerfield runzelte die Stirn, und Jeannes Lippen umspielte ein ironischer Zug. Sie summte leise vor sich hin. »Ich glaube auch, dass du überleben wirst, Harry. Mein eigenes Überleben erscheint mir dagegen schon zweifelhafter. Vielleicht liegt es an all dem, was ich durchgemacht habe. Mir … mir fehlt einfach die Zuversicht, verstehst du?« Sie griff nach ihrer Tasche und zog vorsichtig einen gefalteten Brief heraus, der aus zwei an den Rändern schon ausgefransten Seiten bestand. »Gib ihn ihm, wenn du ihn findest.«

Summerfield zögerte und nahm den Brief dann mit einem Kopfnicken an sich. »Das werde ich.«

Er spürte die rauen Fasern zwischen Daumen und Zeigefinger und hielt den Brief ein wenig länger fest als nötig, da er das Gefühl genoss. Dann beugte er sich zu seinem Rucksack, öffnete ihn und schob den Brief hinein. Zu seinem Erstaunen vernahm Summerfield im Rucksack ein leises Klirren von Glas, zog ihn daraufhin stirnrunzelnd an sich heran und steckte die Hand noch tiefer hinein. Irgendetwas Scharfes stach gegen seine Fingerspitze. Er zog die Hand zurück und sah, dass in einem Finger eine kleine Glasscherbe steckte. Er entfernte sie und warf einen Blick in seine Tasche.

»Verdammt! Der Kompass – er ist kaputt.« Er öffnete den Rucksack so weit wie möglich und holte das zerstörte Gehäuse heraus. Die Nadel fehlte. »Ich gottverdammter Dummkopf«, fluchte er. »Wahrscheinlich ist das passiert, als ich von WaRed gestiegen bin. Ich hätte ihn in irgendetwas einwickeln sollen. Verdammt!«

»Ist es denn so schlimm?«, fragte Jeanne. Zu Summerfields Überraschung rückte sie mit ein paar Bewegungen näher an ihn heran. Summerfield spürte die plötzliche Wärme ihres Arms und Oberschenkels an seiner Seite.

»Schlimm? Ja«, flüsterte er. »Falls wir an diesem Ort jemals verlorengehen. Ein Kompass ist das wichtigste Hilfsmittel zum Überleben. Hör mal«, fügte er hinzu. »Sollen wir uns zu WaRed legen? Moulay –«

Jeanne seufzte schläfrig. »Aber sie stinkt«, flüsterte sie. »Und Moulay stinkt auch.«

»Ein geringer Preis für die gewonnene Wärme«, erwiderte Summerfield, doch Jeanne hatte sich stattdessen schon an ihn gelehnt und kuschelte sich wie eine Katze ein. Unerwartet legte sie ihm einen Arm um den Rücken und seufzte. Verwirrt und unfähig, sich zu bewegen, verharrte Summerfield steif. Dann wurde Jeanne schwer. Er zog langsam eine Decke zu sich heran, die er vorsichtig über sie beide legte. Jeannes Atem wurde tief und ruhig und strömte warm gegen sein Schlüsselbein. Sie war eingeschlafen.

Der nächste Tag ihrer Reise brach an. Als die Sonne auf ungefähr zehn Uhr stand, wies Summerfield Jeanne an, ihn bei WaReds wellenförmigem Schritt über den Sand festzuhalten, und griff mit seinen nun freien Händen nach seinem Rucksack, dessen Inhalt er nach und nach in die Falten seines Hemdes gleiten ließ. Der Gedanke verfolgte ihn nun schon seit ihrem Aufbruch – er musste unbedingt die Nadel wiederfinden. Wenn er sie auf die Spindel im Gehäuse steckte, sollte sie ihm, auch ohne die Flüssigkeit, die sie am Platz hielt, ein paar wertvolle Hinweise auf die richtige Richtung geben. Sorgfältig durchsuchte er alles zweimal hintereinander, durchfuhr mit den Fingern jede einzelne Falte und jede Ecke der ledernen Tasche, doch ohne Erfolg. Schließlich verlor er die Geduld, sprang von WaRed, was sowohl Jeanne als auch Moulay aufschreien ließ, und leerte die Tasche in den Sand aus.

»Wenn da wirklich noch etwas drin war, hast du es jetzt endgültig verloren«, kommentierte Jeanne, und Summerfield fluchte.

Moulay ließ sein Kamel zurücktrotten.

»Was ist los, Sidi Summerfield?«, fragte er. »Verträgt Ihre englische Haut vielleicht die Sonne nicht?«

»Nicht der richtige Moment für Scherze, Moulay«, fuhr Summerfield ihn an und erhob sich. Er stemmte die Hände in die

Hüften und fluchte noch einmal an die unermessliche Weite der Dünen gerichtet. »Verdammt! Mein Kompass, Moulay – er ist zerbrochen.«

»Oh«, machte Moulay. »Vielleicht können wir ihn ja reparieren.«

»Keine Chance«, erwiderte Summerfield. »Die Nadel hat sich im Sand verpisst.«

»Was?«, fragte Moulay, der kein Englisch verstand.

»Die Nadel ist weg«, erklärte Summerfield auf Arabisch.

»Vielleicht ist es Gottes Wille«, antwortete der Führer. »Es tut mir leid, dass das geschehen ist. Aber vertrauen Sie mir, Sidi Summerfield. Ist Moulays unbestreitbares Wissen denn nicht der beste Ratgeber in der Wüste?«

»Ja, ja«, sagte Summerfield, der sich über sich selbst ärgerte. »Aber der Kompass war eine Absicherung.«

»Glauben Sie nicht, ich hätte nicht bemerkt, dass Sie meine Richtungsangaben in den Bergen überprüft haben, Sidi. Ich habe nichts gesagt, da ich hoffte, Sie würden von selbst lernen, dass ich aus Erfahrung und aus Beobachtung des Landes stets weiß, wie ich von einem Punkt zum anderen komme.«

Summerfield schüttelte den Kopf. »Moulay, Sie haben nie mehr als ein paar Worte an mich gerichtet. Und jetzt –«

»Sie sind bekümmert, Sidi Summerfield. Das kann ich erkennen.«

»Ja«, wiederholte Summerfield. »Ja. Na gut. Ich *weiß*, dass Sie uns durch die Wüste führen können, Moulay. Ich wollte Sie nicht kränken.« Moulay nahm es mit einem Kopfnicken zur Kenntnis. »Und ich danke Ihnen, dass Sie uns bis hierher gebracht haben. Hoffen wir, dass der Rest der Reise genauso gut verläuft.«

»So Gott will«, erwiderte Moulay und erhob seinen Stock. »Hier entlang«, verkündete er.

Als sie etwa einen Kilometer weitergezogen waren, stellte Jeanne Summerfield eine Frage.

»Kennst du dich mit Sternbildern aus, Harry?«

»Wieso willst du das wissen?«, fragte Summerfield, noch immer verärgert.

»Du hast mir darüber einmal in einem Brief geschrieben. Über Kassiopeia und so.«

Summerfield schüttelte den Kopf. »Poetisches Gefasel«, erwiderte er. »Ich weiß so viel über die Sterne wie jeder andere Träumer.«

An diesem Tag ritten sie bis zum Mittag, da Moulay ihnen erklärte, dass sie mittlerweile so weit von allem entfernt waren, dass sie kaum noch Gefahr liefen, entdeckt zu werden. Als sie bei einem Gestrüpp aus verstreuten Dornbüschen abstiegen, fühlte Summerfield sich angeschlagen und wollte Jeanne gerade bitten, ihn zu stützen, als sie selbst sich gegen ihn lehnte, heftig schwankte und dann hinfiel. Summerfield ging auf die Knie und drehte sie auf den Rücken. Ihre Augen zuckten und rollten dann wieder zurück, so dass nur noch das Weiße darin zu sehen war. Sie zitterte, würgte und erbrach sich.

»Nein!«, ertönte Moulays Stimme, und der Mann trat zu ihnen. »So!«, ordnete er an und drehte sie zurück auf die Seite. »Sonst erstickt sie an ihrer eigenen Galle.«

»Was hat sie?«, fragte Summerfield verängstigt. »Was stimmt mit ihr nicht?«

»Ein Hitzeschaden.«

»Hyperthermie«, sagte Summerfield. »Die Sonne – ich habe ihr gesagt, sie müsse mehr trinken. Ist es gefährlich?«

Moulay zuckte mit den Schultern. »Sie könnte sterben«, erklärte er sachlich. Als er Summerfields panischen Blick bemerkte, fügte er jedoch hinzu: »Aber das passiert nur sehr selten.«

Jeanne würgte von neuem und erbrach eine Flüssigkeit, in der sich weißliche Klumpen aus unverdautem Reis befanden. Sie begann im Wahn zu reden – irgendetwas über ihre Haut und die Sterne und die Dunkelheit.

»Was sollen wir tun?«

»Nehmen Sie die Decken. Sie muss im Schatten liegen.« Summerfield eilte zu den Kamelen und holte die Decken sowie sein Gewehr. Er schaute, wo die Sonne gerade stand, steckte dann den Gewehrkolben der Lee Enfield in den Sand und drapierte eine Decke als Schutzdach darüber. »Achten Sie darauf, dass sie auf der Seite liegenbleibt«, wies Moulay ihn an. »Geben Sie ihr Wasser zu trinken und träufeln Sie ihr auch etwas auf den Nacken – so. Sie darf sich nicht bewegen. Und nicht in der Sonne liegen.« Moulay erhob sich.

»Wohin gehen Sie?«, fragte Summerfield, der ebenfalls aufstand, um dem Mann ins Gesicht zu blicken.

»Hilfe holen, natürlich.«

»Hilfe?« Summerfield schirmte seine Augen mit einer Hand ab. »In dieser gottverlassenen Wüste?«

»Ich kenne eine Oase in der Nähe, etwa eine Stunde von hier entfernt.«

»Warum setzen wir sie nicht auf das Kamel?«

»Wie ich bereits sagte: Sie darf nicht bewegt werden.« Moulays Blick war fest, und Summerfield bemühte sich vergeblich, darin eine Regung zu erkennen. »Wo eine Oase ist, da ist ein Brunnen. Und wo ein Brunnen ist, da sind Nomaden, die uns helfen können.«

»Sie wollen uns hier zurücklassen?«, fragte Summerfield ungläubig. »Sie meinten doch, hier sei meilenweit keine Menschenseele.« Summerfield schüttelte den Kopf, und seine Muskeln verspannten sich, als wüsste sein Körper instinktiv, dass etwas nicht stimmte. »Wo sind wir, Moulay? Und um Himmels willen, nehmen Sie endlich dieses verfluchte Tuch von Ihrem Gesicht!«

»Sie beleidigen mich, Sidi Summerfield. Sie sollten wissen, dass ein Mann der Wüste sein Gesicht niemals enthüllt. Und, wie ich Ihnen schon mehrmals gesagt habe, wir gehen in Richtung Osten. Auf das Gebirge zu, das Hoggar genannt wird.«

»Verdammter Mist«, schimpfte Summerfield auf Englisch vor sich hin. Dann gab er auf: »In Ordnung. Aber was, wenn sie wieder zu sich kommt? Was soll ich dann tun?«

»Mir folgen.«

»Wie?«

»Anhand der Spur des Stocks«, erwiderte Moulay und nickte in Richtung seines Kamels. »Ich werde meinen Stock an den Schwanz des Kamels binden. Wenn nötig, wird seine Spur Sie zu mir führen.«

Summerfield schwieg und warf Jeanne einen Blick zu, die nun leise stöhnte. Schließlich ergriff Moulay wieder das Wort: »Es ist die einzige Möglichkeit, Summerfield. Ich werde zurückkehren – das verspreche ich. Sie müssen hierbleiben und auf sie aufpassen.«

Summerfield sah ihren Führer eilig davonreiten; eine Düne hinauf, dann tauchte er aus seinem Blickfeld weg, und die unregelmäßige Spur des Stocks verschwand mit ihm. Er schleuderte der Düne einen Fluch hinterher, schlug seine Hände hilflos gegen die Hüften und ging dann zu Jeanne zurück.

Ihr merkwürdiges Gestammel hatte wieder eingesetzt, unterbrochen von Weinkrämpfen. Ihre Worte und Laute erinnerten Summerfield an Zauberformeln. »Ach, zum Teufel«, murmelte er vor sich hin und beschloss, Moulays Rat zu missachten und Jeanne in den Schatten des Dornbusches zu ziehen. Er hielt sie am Revers fest, roch das Erbrochene an seinen Händen und zog. Sie war schwerer, als er gedacht hatte, und er zerriss bei seinen Bemühungen versehentlich ihr Hemd an einer Stelle. Zuletzt gelang es ihm, sie unter das löchrige Dach der Zweige zu schleifen, und er holte die Decke und sein Gewehr nach.

Es herrschte beinahe absolute Stille. Ein leichter Windhauch stieß stumm gegen die Dünen, und wenn die Zweige sich nicht sanft bewegt hätten, hätte Summerfield geglaubt, die Natur wäre zum Stillstand gekommen. Dann humpelte WaRed ins Bild, der Moulay die Hinterbeine zusammengebunden hatte, damit sie nicht zu weit davonlaufen konnte. Das Tier schnüffelte an einem Dornbusch, biss in die Zweige und begann mit einem lauten, beherzten Seufzer zu kauen. Der Schlauch aus Ziegenhaut war noch zu einem Viertel mit Wasser gefüllt, und Summerfield nahm ihn WaRed vom Rücken, während diese fröhlich weiterkaute. Er goss in regelmäßigen Abständen etwas davon in einen Becher, führte ihn an Jeannes Lippen und befeuchtete dann ihren Nacken. Einmal versuchte sie, sich aufzurichten, und er musste sie ermahnen und so lange festhalten, bis sie nachgab und ruhig liegenblieb.

»Es tut mir leid, Harry. Ich habe merkwürdige Dinge gesagt. Ich wollte nicht weinen.«

Summerfield strich ihr über die Stirn und den Nacken. »Ich habe mich selbst furchtbar gefühlt«, sagte er. »Gut, dass du zuerst zusammengeklappt bist, denn ich war auch schon kurz davor.« Sie kicherte leise und streckte ihre Hand nach seiner aus.

Etwa dreißig Minuten waren vergangen. Summerfield war der Ansicht, Jeanne könne sich nun zumindest aufsetzen und einen größeren Schluck Wasser zu sich nehmen. Sie sah schon etwas besser aus, der blasse, wächserne Glanz war aus ihrem Gesicht verschwunden, und ihre Wangen hatten wieder Farbe bekommen. Summerfield erhob sich, ging ein paar Schritte, kehrte dann noch einmal zurück und nahm seine Lee Enfield an sich.

»Ich werde nur mal einen Blick über diese Düne werfen«, sagte er. »Versuch, dich nicht zu bewegen.«

»Harry –«

»Ich bleibe in Sichtweite, keine Angst.«

Summerfield ließ Jeanne im Schatten zurück und kletterte die nahezu senkrechte Wand der Düne hinauf, wobei seine Füße bis zu den Knöcheln versanken und der heiße Sand unter seinen Händen brannte. Er keuchte vor Anstrengung und wirbelte den Sand hinter sich auf. Als er endlich den Gipfel erreicht hatte, blickte er hinunter zu Jeanne und winkte ihr zu. Sie wirkte so klein dort unten. Summerfield schätzte, dass die Düne etwa zehn Meter hoch war. Jeanne winkte mit besorgtem Gesichtsausdruck zurück.

Summerfield drehte sich um und nahm das Gelände in Augenschein. Nichts, kein Hinweis auf eine Oase, dachte er laut. Verdammt – die Sonne stand direkt über ihnen, so dass es für den Moment unmöglich war, die Himmelsrichtung zu bestimmen. Weit entfernt auf der linken Seite waren die in der Hitze verschwommenen Felsen des Hoggargebirges zu erkennen. Dort musste also Osten sein. Nachdem er zehn Minuten lang den Horizont gemustert hatte, rutschte Summerfield die Düne wieder hinunter und kehrte zu Jeanne zurück. Er lächelte sie an und trank aus dem Becher, den sie ihm hinhielt.

»Mmm«, machte er und schnitt eine Grimasse. »Ein subtiler Nachgeschmack von Erbrochenem. Lecker!«

»Harry!«, kreischte Jeanne errötend, und er musste lachen. »Wir befinden uns in einer ernsten Lage.«

Er zuckte mit den Achseln. »Das stimmt. Ich frage mich, wo Moulay steckt.«

»Glaubst du, *er* hat den Kompass zerstört?«, fragte Jeanne, deren Stimme nun wieder so emotionslos wie zuvor klang.

»Wer weiß«, erwiderte Summerfield. »Ich könnte nicht sagen, ob der Mann lügt. Er versteckt ja die ganze Zeit sein Gesicht.« Schweigen. Summerfield blickte träge über das Gestrüpp hinweg und seufzte. »Wir müssen einfach tun, was alle anderen in dieser Gegend hier auch tun: auf Gott vertrauen und geschehen lassen, was geschieht.«

Jeanne summte leise und verfiel dann erneut in Schweigen. Eine Fliege brummte gemächlich um sie herum und zog dann wieder ab. WaRed stand etwa zwanzig Meter von ihnen entfernt und mampfte teilnahmslos vor sich hin. Doch plötzlich rührte sie sich aus irgendeinem Grund.

»Hat wohl auf Dornen gebissen«, kommentierte Summerfield.

»Harry?«

»Hmm? Was ist los?«

»Spürst du das?«

»Was?« Summerfield runzelte die Stirn.

»Die Erde bewegt sich. Wie ein leichtes Beben.«

»Wovon redest du?«

»Konzentrier dich«, forderte ihn Jeanne mit heiserer Stimme auf. »Man kann es auf der Haut spüren.«

Summerfield hielt den Atem an. Sie hatte recht. Durch seinen Hosenboden hindurch spürte er, dass sich der Untergrund leicht bewegte. Er rückte ein wenig zur Seite und legte seine Handflächen auf den Sand. Entfernte, unregelmäßige Erschütterungen.

»Grundgütiger, gibt es hier etwa Erdbeben?«, fragte er mit wachsender Besorgnis.

»Es wird stärker«, sagte Jeanne.

»Was zum ...!« Summerfield erhob sich instinktiv und schnappte sich sein Gewehr.

»Komm hinter mich«, rief er und drängte Jeanne beiseite.

Mit zitternden Fingern stellte er das Visier der Lee Enfield auf hundert Meter ein und ließ den Verschluss zuklappen. Eine Kugel rutschte mit einem Klicken in die Patronenkammer. Er hob das Gewehr an. Der Boden unter ihren Füßen rüttelte nun ächzend. WaRed buckelte auf drei Beinen und begann zu röhren.

»Verdammt! Pass auf!«, rief Summerfield und machte sich zum ersten Schuss bereit.

Auf einmal brach eine Gruppe Reiter schnaubend und Sand

aufwirbelnd über den Rücken der große Düne und galoppierte auf sie zu. Ein Pferd fiel im wilden Zickzacklauf hin und katapultierte dabei seinen Reiter aus dem Sattel; andere gaben spitze Schreie von sich und ruderten mit den Armen. Summerfield stand wie versteinert da, und die Mündung der Lee Enfield schwankte in seinem zitternden Griff hin und her. Er feuerte mit lautem Krachen eine Kugel in die Luft.

»Haut ab!«, schrie er aus lauter Zorn und Frust.

Schließlich wurden die Pferde mit einem schreckenerregenden Schrei zum Stehen gebracht und stampften kaum zwanzig Meter von ihnen entfernt auf der Stelle. Es waren rund fünfzehn. Einen Schuss hatte er noch, vielleicht zwei, dachte er. Er hatte das Gefühl, er müsste sich gleich in die Hosen machen. Es war nicht der Augenblick des Todes selbst, der ihm die größte Angst einjagte. Es war vielmehr der Schrecken, den die Tuaregkrieger verbreiteten. Sie waren komplett in schwarzblaue Kleidung gehüllt. Über ihren Gesichtern trugen sie schwarze Masken mit kleinen Löchern für die Augen. Sie sahen aus wie eine satanische Sekte, Dämonen der Wüste. Sekunden verstrichen, und Summerfield zitterte. Irgendwo hinter ihm schluchzte Jeanne. Sein Blick fiel auf das Pferd des Anführers, eines teuflischen Reiters mit einem Krummsäbel in seiner Scheide und einem Karabiner am Sattel. An dessen Knauf war ein Seil festgebunden, an dem etwas munter baumelte – ein Paar abgehackter menschlicher Hände. Am Zeigefinger der einen steckte ein großer, blutbefleckter Elfenbeinring. Es waren Moulays Hände.

»Jeanne«, krächzte Summerfield und drehte sich halb zu ihr um. »Gott hat mich im Stich gelassen. Es tut mir leid.«

57

Der Anführer der Krieger nannte ihnen weder seinen Namen, noch enthüllte er sein Gesicht. Misstrauisch standen Summerfield und Jeanne vor der Reiterhorde, während der Anführer zwei Männern ein Zeichen gab, WaRed zu beruhigen. In der Minute, die es dauerte, das Tier zu besänftigen, dämmerte es Summerfield, dass sie wohl nicht getötet werden sollten. Doch diese Erkenntnis beunruhigte ihn fast noch mehr.

»Was ist mit Moulay?«, fragte er schließlich, wobei er es vermied, die abgetrennten Hände zu betrachten. »Weshalb?«

»Er war ein Verräter und ein Dieb«, erwiderte der maskierte Anführer mit einem Knurren, bei dem es Summerfield eiskalt den Rücken herunterlief. »Die Wüste hat Ohren, und sein Cousin ist ein eingebildetes Plappermaul. Er wollte euch hintergehen.«

Summerfield brauchte ein paar Sekunden, um zu begreifen. Dann hob er den Blick. »Und ihr? Wollt ihr uns etwa nicht umbringen?«

Der Anführer grunzte und warf seinen Männern rasch ein paar Worte zu. Einer von ihnen, in dessen Maske Perlmuttstücke eingenäht waren, stieg ab und näherte sich Jeanne mit einer Tasche in der Hand. Summerfield stellte sich entschlossen vor sie.

»Das ist der Heiler unseres Stammes, und er weiß, wie Ihrer Frau geholfen werden kann. Lassen Sie ihn«, ordnete der Anführer an. Summerfield warf Jeanne einen Blick zu, nickte leicht und trat beiseite.

»Ich habe Ihnen eine Frage gestellt«, wandte er sich erneut an den maskierten Anführer. »Warum verschonen Sie uns?«

Diesmal drang ein tiefes, brummendes Lachen hinter der Maske hervor. »Weil wir euch zu den weißen Soldaten bringen.«

Summerfields Hoffnung sank in sich zusammen, und er schüttelte geschlagen den Kopf. »Zu den Vichy-Mistkerlen, diesen Hunden der allerschlimmsten Sorte.«

»Nein«, entgegnete der Anführer. »Wir reiten nach Osten. Wo die Befreier sind. Im Austausch lassen sie uns handeln, wie wir es für richtig halten, und wir bekommen Geld und Waffen.«

Summerfields Kiefer klappte herunter. »Ich glaube es nicht«, murmelte er. Er stemmte die Hände in die Hüften und wankte leicht, wie ein Mann, der die Orientierung verloren hat. Es war ein gottverdammtes Wunder! »Und was fangt ihr mit den Händen an?«, fragte er und wies auf die schaurigen Trophäen.

»Nichts. Wir werfen sie den Tieren und Insekten zum Fraß vor.« Der Anführer begann, das Seil vom Sattelknauf zu lösen.

»Und der Ring?«, wollte Summerfield stirnrunzelnd wissen.

»Ich würde niemals einen Ring an mich nehmen, der solch eine schmutzige Hand geziert hat«, knurrte der Anführer und klopfte dann leicht auf einen an seinem Gürtel befestigten Lederbeutel, in dem es leise klimperte. Summerfield spürte, dass der Mann unter seiner Maske grinste. »Seine drei Goldzähne dagegen schon.« Mit diesen Worten warf der Krieger Moulays abgetrennte Hände mit einer trägen, respektlosen Bewegung in den Sand, wo sie mit einem gedämpften Knall aufkamen.

Sie ritten zwei Wochen lang mit ihrer maskierten Eskorte durch die Wüste und sahen in all der Zeit nicht ein einziges Mal die Gesichter ihrer Retter. Diese ritten, redeten, aßen, entleerten sich und schliefen in voller Montur. Nach und nach machte Summerfield eine Bestandsaufnahme des wahrhaft schaurigen Waffenarsenals, das sie an ihre Sättel gebunden mit sich führten: Morgensterne, Krummsäbel, Dolche mit doppelter Klinge, silberne Schlagringe, Karabiner, Pistolen sowie eine besonders grausame Waffe, die aus langen silbernen Stacheln bestand, die einzeln auf die Finger gesetzt wurden wie ein schauerliches Ring-Set. Es kam ihm barbarisch, ja geradezu mittelalterlich vor.

Als sie eine Wüstenstraße aus Kies kreuzten, die bis zum Horizont schnurgerade von Süden nach Norden verlief, sahen sie in ein paar Kilometern Entfernung einen Konvoi aus drei Militärlastern. Der Anführer, von dem sie mittlerweile wussten, dass er Zoubir hieß, versuchte, seine Männer zuerst mit Worten, dann mit dem Schwingen seiner Reitgerte davon abzuhalten, ihnen hinterherzujagen. Schließlich gelang es ihm, ihren Enthusiasmus zu dämpfen, indem er seinen Morgenstern in der Luft kreisen und mit lautem Knall gegen ein Straßenschild krachen ließ. Darauf stand *Algers 1000 km* in die eine Richtung und, nun vom Morgenstern verbeult, *Timbuktu 750 km* in die andere.

WaRed schaffte den Weg durch das Hoggargebirge nicht. Ein Pferd zeigt seine Erschöpfung an, indem es immer langsamer wird, bis es schließlich zum Stehen kommt und sich weigert weiterzugehen. Bei einem Kamel ist es anders; es stapft einfach stetig im selben Rhythmus voran, bis es vor Schwäche umfällt und nicht mehr auf die Beine kommt. Der steile Anstieg und die tückischen Felsen des Gebirges hatten WaRed mehrmals ins Rutschen gebracht. Die Anstrengung kostete sie schließlich das Leben. Als sie sich eines Abend gerade einem spektakulären, orange leuchtenden Felsen näherten, der so durchlöchert war wie ein riesiger Termitenhügel, ging sie in die Knie, ließ Summerfield und Jeanne absteigen, rollte sich dann stumm auf die Seite und starb.

Doch was ihnen genommen wurde, wurde ihnen auch wieder gegeben. Die Stammesmänner freuten sich über das Geschenk, häuteten das Tier und schnitten große Stücke Fleisch heraus, die sie zwei Stunden lang in einem mit Sand gefüllten Loch erhitzten. In dieser Nacht erfuhr Summerfield, dass WaRed trotz ihres zarten Namens ein zähes altes Tier war, was durch den Sand, der das Fleisch während des Garens durchdrungen hatte, nicht besser gemacht wurde. Wie der Brauch es verlangte, aßen sie, so viel sie konnten, und hoben nichts für die kommenden Tage auf. Es war eine Mischung aus Gewohnheit und Stolz, denn die Krieger waren imstande, beinahe eine Woche lang ohne Nahrung auszukommen, während ihre Mägen von dem Glauben zehrten, dass Gott ihnen bei nächster Gelegenheit wieder genügend geben würde.

Sie ließen die prächtigen Felsen des Hoggargebirges hinter sich und stiegen in eine tiefe Talsenke hinab, von der aus es wieder aufwärts bis zu den Gipfeln des Tibestigebirges ging, die etwa dreihundert Kilometer weiter östlich lagen. Und dieses Gebirge bildete auch schon den nordwestlichsten Ausläufer des Tschad.

In den Schluchten trafen sie auf einen weiteren Stoßtrupp – manche von ihnen trugen die Khakiuniformen der Meharisten –, der in die Richtung unterwegs war, aus der sie gerade kamen. Summerfield spürte deutlich, dass nun endlich etwas geschah, dass die freie Welt reagierte und sich das Blatt langsam wendete. Auf eine stille Begrüßung folgte eine gemeinsame Teepause, in der die Anführer der beiden Gruppen Neuigkeiten austauschten, und dann ritten sie auch schon weiter, eine blauschwarze und eine khakifarbene Kolonne, beide verschleiert und maskiert und voller Geheimnisse.

Nach zwei weiteren Tagen sahen sie noch mehr Truppen. Von einer leichten Erhebung aus beobachteten sie in etwa fünf Kilometern Entfernung einen ganzen Schwarm Fahrzeuge – insgesamt waren es sieben –, die die Ebene in Richtung Libyen im Norden durchquerten und dabei eine dichte Staubwolke hinter sich herzogen. Mit Schrecken stellte Summerfield fest, dass sie plötzlich ihre Richtung änderten und direkt auf sie zugefahren kamen. Der Anführer ihrer Gruppe wartete ab, seine Männer stellten sich in einer Linie hinter ihm auf, und Summerfield nahm erneut seine alternde Lee Enfield von der Schulter.

»Gehören die zu den anderen oder zu uns?«, fragte er und warf dem gelassenen Führer einen nervösen Blick zu. »Sie haben bestimmt Maschinengewehre dabei.«

»Wir werden sehen«, knurrte der Anführer und richtete die Mündung seines Karabiners nach vorn. Als die Sand speiende Kolonne nahe genug gekommen war, zog er eine purpurrote Flagge aus seiner Satteltasche und ließ sie im Wüstenwind flattern. Die Fahrzeuge verlangsamten ihr Tempo, und das gleiche Banner, in derselben Farbe, wurde über dem vordersten Wagen hochgehalten. »Zu uns«, brummte die Stimme hinter der Maske.

Die Fahrzeuge kamen kaum fünfhundert Meter vor ihnen zum Stehen, und der Tuaregführer ritt auf sie zu, um sie zu begrüßen. Waren es Briten? Oder Franzosen? Für Summerfield war es in jedem Fall sonderbar, wieder Weiße zu Gesicht zu bekommen – seine eigenen Männer. Er stellte fest, dass die Fahrzeuge – mehrere Chevrolets, die mit ihren geschwungenen Kotflügeln eigenartig elegant wirkten, sowie ein paar umgebaute und in Wüstentönen gestrichene Hotchkiss-Geländewagen – ebenso schwer bewaffnet waren wie die Stammesmänner und vor Maschinengewehren und Benzinkanistern geradezu überquollen. Auf einmal fuhr der erste Wagen an und näherte sich den Tuareg. Ein Offizier mit einem Khaki-*Chech* und Schnürstiefeln stieg aus und ging mit großen Schritten mühsam auf sie zu. Er war außergewöhnlich groß, und seine Beine schienen sich noch nicht an den Wüstensand gewöhnt zu haben. Er begrüßte die Stammesmänner nachlässig und richtete den Fokus seines Interesses sofort auf Summerfield und Jeanne in ihrer fremdartigen Kleidung.

»Sidi Zoubir behauptet, Sie seien einer von uns«, erklärte der

Offizier, offensichtlich ein Hauptmann, mit tadellosem Privatschulakzent.

»Ich bin Brite«, erwiderte Summerfield mit einem komischen Gefühl im Magen, »und das hier ist Jeanne Lefèvre, eine französische Staatsbürgerin.« Ihm fielen die blassblauen Augen und die verbrannte Haut des Soldaten auf, die seinen so sehr ähnelten.

»Schön, Sie kennenzulernen, Summerfield«, grinste der Offizier. »Hauptmann Barnes, also B-a-r-n-*E*-s, von der *LRDG*.« Da er Summerfields Unverständnis bemerkte, fügte er hinzu: »*Long Range Desert Group*, ein zusammengewürfelter Haufen aus marodierenden Franzmännern und Briten. Wir gehören zu Leclercs Stützpunkt.«

»Ist er weit von hier entfernt?«, fragte Summerfield, der ganz vergaß, sich ans Protokoll zu halten.

»Also, Summerfield«, erwiderte der Hauptmann etwas verlegen, »ich kann zwar hören, dass Sie einer von uns sind, aber ich nehme mal an, Sie haben keinerlei Papiere bei sich? Einen Pass oder etwas in der Art? Sehen Sie, Ihre Kleider –«

»Papiere?« Summerfield war wie vor den Kopf gestoßen. Inmitten einer Wüste, so groß wie der Ozean? »Nein, tut mir leid. Die habe ich verloren, als ich in Marrakesch entführt wurde. Das war – verzeihen Sie, es fällt mir schwer, die Zeit exakt zu bestimmen – vor über zwei Jahren, glaube ich.«

»Hmm.« Hauptmann Barnes stemmte die Arme in die Hüften und schien nachzudenken. Dann zog er eine Pfeife hervor, die ihm wohl dabei helfen sollte, das Problem zu lösen. »Äh, wie machen wir das nun am besten? Ich muss Sie irgendwie überprüfen, verstehen Sie?«, fügte er entschuldigend hinzu. Er schwieg eine Weile mit gerunzelter Stirn, dann begann er plötzlich etwas schief zu singen: »*Bob-by Shaf-toe …*«

Summerfield blinzelte mit den Augen und tauschte mit den maskierten Tuareg verwunderte Blicke aus.

»*Bob-by Shaf-toe* –«, wiederholte Barnes und gab Summerfield ein Zeichen fortzufahren.

»*Went-to-sea*«, sang Summerfield, und der Anführer der Krieger ließ ein Grunzen vernehmen.

»*Silver* –«, stachelte ihn Barnes weiter an.

»*Buckles on his knee*«, fuhr Summerfield fort und lief dabei rot an. »*He'll come back and marry me.*« Pause. »*Bo-nn-y Bob-by Shaf … toe!*« Zum Schluss fiel Barnes mit entzücktem Gesichtsausdruck tatkräftig in den Gesang ein.

Daraufhin gratulierte er Summerfield schmunzelnd: »Das soll mir genügen, Summerfield. Nun, ich bin mir sicher, diese Kerle hier bringen Sie zum Hauptquartier«, sagte er mit einem Nicken in Richtung des Kriegerhäuptlings. »Ich fürchte, dort müssen Sie den Jungs vom Geheimdienst Ihre Geschichte erzählen. Das verstehen Sie sicher. Man kann nicht vorsichtig genug sein bei Rommels Leuten und den Tricks der Spaghettifresser.«

»Nein, nein, selbstverständlich«, erwiderte Summerfield, ohne viel zu verstehen. »Ist es noch weit?«

»In etwa zwei Tagen werden Sie wohl mit einem Stück Seife in einer Badewanne mit heißem Wasser sitzen«, rief der Hauptmann fröhlich und fügte in gedämpftem Tonfall und mit einer in Richtung der schweigsamen Krieger erhobenen Augenbraue hinzu: »Prachtvolle Leute, nicht wahr? Zum Glück sind sie auf unserer Seite – die würden selbst dem Teufel Angst einjagen.« Summerfield nickte. Hauptmann Barnes trat einen Schritt auf ihn zu, und Summerfield ergriff seine Hand, die trotz der Hitze ganz trocken war. »Viel Glück, Summerfield. *Madame* –«, fügte er mit einem raschen, höflichen Nicken in Jeannes Richtung hinzu.

»Ihnen auch, Barnes«, erwiderte Summerfield. »Ich hoffe, man sieht sich einmal wieder, und – tut mir leid, wenn ich etwas … verwirrt gewirkt habe. Wir waren eine ganze Weile allein.«

»Hmm, in Ordnung«, sagte Barnes, ein wenig verlegen. Er

drehte sich um und ging auf seinen Wagen zu, dessen Fahrer bereits den Motor aufheulen ließ. »Ach, übrigens«, rief er, als er auf seinem Sitz Platz nahm, »ich habe noch Kleidung zum Wechseln im Kofferraum – die Standard-Khaki-Wüstenausrüstung. Möchten Sie sie haben?«

Summerfield zögerte und zuckte dann mit der Achsel: »Ach, nein danke, Barnes. Für den Moment bleibe ich lieber in diesen Sachen hier.«

Der Hauptmann lächelte ihn sonderbar an, warf dann seinem Fahrer einen Blick zu, der nur die Augenbrauen hochzog.

»Hauptmann Barnes, eine Sache noch«, rief Summerfield hastig. Barnes streckte den Kopf aus dem Wagen. »Was wäre passiert, wenn ich ›Bobby Shaftoe‹ nicht gekannt hätte?«

Barnes zog die Augenbrauen hoch und grinste.

»Ganz einfach, Summerfield. Ich hätte meinen Revolver gezogen und Ihnen damit in die Stirn geschossen. Es gibt in dieser Gegend einfach zu viele Spione.« Barnes lachte, winkte noch einmal träge und nickte dann seinem Fahrer zu, der den Chevy in einem weiten Kreis rückwärts wenden ließ, wobei er reichlich Staub und Steine aufwirbelte, bevor er den Vorwärtsgang einlegte und Gas gab, um die anderen Wagen einzuholen. Summerfield wandte sich Jeanne zu und berührte sie am Handgelenk.

»Wir haben es fast geschafft, Jeanne. Bald wird es dir schon viel besser gehen.«

Am nächsten Tag beschleunigten die Reiter das Tempo, um ihr Ziel möglichst schnell zu erreichen, an dem aller Wahrscheinlichkeit nach eine Belohnung auf sie wartete. Summerfield und Jeanne klammerten sich jeder hinter einem der Krieger fest und waren die meiste Zeit über damit beschäftigt, das Gleichgewicht zu halten, während die Pferde zwischen schnellem Trab und Galopp wechselten. An einem zwischen dicht wachsenden Dattelpalmen versteckten Brunnen hielten sie kurz an, um die Pferde zu tränken, dann ging es noch etwa fünfzig Kilometer weiter, bevor der Anführer das Zeichen gab, ihr Nachtlager zu errichten.

Die Männer legten sich in einem lockeren Kreis nieder, nachdem sie die Pferde an größere Steine zwischen ihnen gebunden hatten. Sie zündeten kein Feuer an – an diesem Abend mussten sie ohne Mahlzeit auskommen –, um nicht versehentlich unter Beschuss zu geraten. Etwa zwanzig Meter von der Hauptgruppe entfernt wurden Wachposten aufgestellt, die alle zwei Stunden abgelöst wurden.

Nachdem sie den Tag über getrennt gewesen waren, fanden Summerfield und Jeanne sich nun wieder, wund gescheuert und mit schmerzenden Gliedern von ihrem wilden Ritt. Sie setzten sich in der Dunkelheit beisammen, und Summerfield holte heimlich ein Stück gesüßten und zusammengebackenen Weizenschrot aus seinem Rucksack. Da der Klumpen zu hart zum Zerbrechen war, nagten und bissen sie nacheinander davon ab. Wie in den drei vorangegangenen Nächten rückte Jeanne nah an ihn heran und senkte den Kopf, bis er auf seiner Schulter ruhte. Für Summerfield fühlte es sich immer noch merkwürdig an, er verstand jedoch, dass sie trotz allem, was sie erlitten hatte, in mancherlei Hinsicht noch ein kleines Mädchen war, das ein bisschen Nähe brauchte. Er befreite seinen Arm zwischen ihnen und legte ihn schützend um sie herum. Jeanne seufzte zustimmend. In dem unglaublichen Nachthimmel über ihnen entdeckte Summerfield plötzlich eine Sternschnuppe und hielt ehrfürchtig die Luft an.

»Trotz allem«, flüsterte er, »trotz meiner zweiunddreißig Jahre, trotz allem, was geschehen ist, bewundere ich die Sterne immer noch so sehr. Das ist schon komisch.«

»Harry?« Er spürte, wie Jeanne ihren Körper leicht an seinen drückte. »Ich habe mich nie bei dir bedankt.« Summerfield seufzte verlegen. »Ich war so … so kurz davor, allen Lebensmut zu verlieren, so wütend und beschämt. Ich musste irgendjemanden dafür hassen. Es tut mir sehr leid.«

»Ich hoffe –«, setzte Summerfield gerade an, als Jeanne sich mit einer Hand aufstützte und ihn sanft auf die Lippen küsste. »Oh.« Er schwieg. Sie blickte ihn durch die Dunkelheit hindurch an, und er glaubte, ihre Augen lächeln zu sehen.

»Danke, Harry. Du … Dank dir geht es mir schon so viel besser. Ich möchte wieder leben.«

»Das ist gut«, antwortete Summerfield, der nicht recht wusste, was er sagen sollte. Er erwiderte ihr Lächeln, und sie senkte den Kopf wieder, bis ihre Wange an seiner Brust ruhte. Er schloss für ein paar Sekunden die Augen, atmete ganz ruhig und wurde von einem wohligen Gefühl durchströmt. Er suchte mit seiner Hand unter der Decke nach ihrer. Er hielt sie fest, und sie erwiderte den Druck.

»Zwischen uns wird immer eine Form von Liebe sein, Harry«, sagte sie leise. »Das lässt sich nicht leugnen. Doch es ist eine unmögliche Liebe, zumindest kann sie unmöglich zu mehr führen als zu einem Kuss und diesen Händen, die einander halten.«

»Ich weiß«, erwiderte Summerfield mit trockener Kehle. »Und es ist gut so.«

58

Faya Largéa war ein schmutziges kleines Wüstendorf, das sich in einen ausufernden Stützpunkt der Freien Französischen Streitkräfte verwandelt hatte, die aus dem Tschad heraus die britischen Truppen in Libyen unterstützten. Dazu gehörten eine Start- und Landebahn, ein Treibstofflager, Dutzende Reihen Zelte sowie Gräben, Befestigungsanlagen und kilometerweit gespannter Stacheldraht zur Verteidigung. Im Ort herrschte geschäftiges Treiben: Die Anwesenheit so vieler Soldaten hatte die halbe Wüstenbevölkerung in einem Umkreis von dreihundert Kilometern angezogen, die dort nun ihre Waren verkauften und gegen Bezahlung Arbeiten verrichteten. Ins Zentrum genau dieses Ortes führte der Anführer der Tuaregkrieger Summerfield, Jeanne Lefèvre und seine kleine Kolonne maskierter Kämpfer, die stolz und lässig an einer Reihe von Kontrollpunkten und Unterständen vorbeitrabten.

Sowohl die uniformierten weißen Europäer als auch die schwarzen Nordafrikaner – ihrem typischen roten Fez nach Senegalesen – wandten die Köpfe nach ihnen um, und ein *RAF*-Offizier, der von seiner *Hurricane* aufblickte, deren Propeller er gerade kontrollierte, salutierte mit erschrockenem Gesichtsausdruck. Am nächsten Kontrollpunkt erfolgte ein hastiger Anruf über das Funktelefon, und ein Sergeant wurde angewiesen, sie auf seinem Fahrrad zum Hauptquartier zu führen.

Das Hauptquartier war in den Räumen eingerichtet worden, die das Post- und Telegraphenamt beherbergten – ein unebenes, tiefliegendes Gebäude aus ungleichmäßigem braunem Lehm mit vergitterten Fenstern und einem hohen, etwas schiefen Mast voller Antennen in etwa zwanzig Metern Entfernung. Der Sergeant betrat das Gebäude und tauchte Minuten später gemeinsam mit einem kleinen, muskulösen Offizier wieder auf, der das weiße Käppi der *Légion* auf dem Kopf und einen Verband um den rechten Arm trug. Anstatt auf sie zuzugehen, trat er sofort auf den Anführer der Krieger zu und begrüßte ihn mit einer Verbeugung. Sie schienen sich zu kennen. Ein paar Worte im Wüstendialekt wurden gewechselt. Daraufhin gab Summerfields Reiter ihm durch einen leichten Stoß zu verstehen, dass er und Jeanne absteigen sollten. Beunruhigt nahm Summerfield zur Kenntnis, dass die beiden Wachen vor dem Gebäude ihre Gewehre im Anschlag hielten.

Der Offizier, ein Leutnant, trat zu ihnen und bot Summerfield in einer unbeholfenen Geste seine linke Hand dar. Summerfield schüttelte sie.

»*Un britannique, je crois*«, sagte der Offizier mit einem Kopfnicken. »*Bienvenue à Faya Largéa,* willkommen.« Summerfields Reiter beugte sich zu ihm hinunter und reichte ihm sein Gewehr und seinen Rucksack. Als er die Lee Enfield sah, schien der Offizier zurückzuschrecken. »Oh, ich denke, das werde ich an mich nehmen. Sergeant?« Als er Gewehr und Tasche übergeben hatte, wandte er sich mit sichtlichem Interesse an Jeanne. »Ah, ein französisches Fräulein, wenn ich mich nicht irre! Eine Sandrose!«, fügte er galant hinzu. »Sie wurden mir bereits angekündigt«, fuhr er an sie beide gewandt fort. »Sie müssen verstehen, dass wir gezwungen sind, Ihnen einige Fragen bezüglich Ihrer Identität zu stellen.« Er legte eine Pause ein und wartete auf ein Zeichen der Zustimmung von Summerfield und Jeanne. »Und mit einiger Wahrscheinlichkeit verfügen Sie auch über Informationen, die für uns von großem Nutzen und Interesse sind.« Er verstummte erneut. »M'moiselle«, richtete er sich mit einem Kopfnicken an Jeanne. »Diesmal heißt es: der Herr zuerst. Bitte folgen Sie mir ins Offizierskasino, Mademoiselle Lefèvre. Dort können Sie sich stärken, während wir Ihren Begleiter befragen.« Mit diesen Worten führte der Offizier Jeanne am Handgelenk auf ein abseits gelegenes Zelt zu. Als Jeanne den Kopf umdrehte, um Summerfield einen letzten Blick zuzuwerfen, hatte der Sergeant auch schon seinen Arm ergriffen und ihn angewiesen, das Gebäude zu betreten. Auf der Schwelle blieb er stehen, um sich von den Wachen durchsuchen zu lassen. Er stank offensichtlich ziemlich, denn der Wachposten beendete seine Kontrolle mit einem Naserümpfen.

»*Désolé*«, sagte Summerfield und betrat die Kühle des Innenraums. Als seine Augen sich an das Dämmerlicht gewöhnt hatten, erblickte er an der Wand gegenüber eine riesige Trikolore, deren Mitte ein sonderbares Kreuz zierte.

»*La Croix de Lorraine*«, informierte ihn der Sergeant, als er Summerfields Neugierde bemerkte. »Ist Ihnen das nicht bekannt?«

Summerfield schüttelte den Kopf und kam sich plötzlich schrecklich alt vor – als wäre er in einer Zeitkapsel aus der Vergangenheit hergereist. »Ich habe lange Zeit weit entfernt von allem verbracht.«

»Das Zeichen der Freien Französischen Streitkräfte«, setzte der Sergeant gerade zu einer Erklärung an, als ein zweiter Leutnant erschien.

»Danke, Sergeant. Sie dürfen auf Ihren Posten zurückkehren. Ich nehme ihn mit.« Der Sergeant salutierte, nickte Summerfield knapp zu und marschierte davon. »Guter Mann«, kommentierte der Leutnant, und Summerfield stieg ein Hauch von Pinie in die Nase, das Eau de Cologne des jungen Mannes. »Mein Name ist De MontSalvert.«

»Summerfield, Harry Summerfield. Britischer Staatsbürger.«

»Das werden wir noch herausfinden, Mr. Summerfield«, erwiderte der Leutnant mit einem Lächeln. »Sie werden sowohl von französischen als auch von britischen Offizieren verhört werden. Ich hoffe, Sie haben Verständnis für diese Notwendigkeit.«

»Es wurde mir bereits erklärt, ja«, sagte Summerfield. »Aber dürfte ich mich vielleicht zuerst waschen?«

»Leider nein«, antwortete der Leutnant und neigte bedauernd den Kopf. »Meine Vorgesetzten sind sehr beschäftigt. Wir dürfen sie nicht warten lassen. Hier entlang, bitte.«

Mit leichtem Druck auf Summerfields Schultern führte der Leutnant ihn auf eine Tür zu und klopfte.

»Herein«, kam eine gedämpfte, energisch klingende Stimme.

Die Tür öffnete sich, und Summerfield trat ein. Doch er erstarrte augenblicklich. Er traute seinen Augen nicht – vor ihm saß, auf einem Klappstuhl hinter einem Feldschreibtisch, uniformiert und leicht ergraut, Jean Bassouin. Der Summerfield ebenso ungläubig anstarrte wie dieser ihn.

Bassouin lud Summerfield und Jeanne ein, mit ihm zu Abend zu essen. Als er dem warmherzigen Mann gegenübersaß, fiel es Summerfield schwer, sich Bassouin als Soldaten vorzustellen. Seine Uniform, die ihn als Oberst auswies, wollte ihm nicht recht passen und saß so locker, dass sie eher wie die Montur eines Gärtners wirkte. Summerfield bemerkte das schütter werdende Haar und die ergrauten Schläfen seines Gastgebers und schüttelte unbeabsichtigt den Kopf vor Erstaunen. Er konnte immer noch nicht ganz glauben, dass sie sich tatsächlich wiedergefunden hatten.

»Vater erzählte, Sie seien verhaftet worden, bevor wir geflohen sind«, erwähnte Jeanne, die frisch gebadet war und ein weißes Hemd zu Armeehosen trug. »Wir waren so besorgt.«

»Das waren Fresquin und seine Kumpane«, erklärte Bassouin

mit versteinerter Miene. Dann schnitt er eine Grimasse und blickte auf seinen Teller hinab. »Wie ist es nur möglich, dass ein Kollege – ein beruflicher Weggefährte und ein Staatsdiener wie ich – so etwas tut? Es überrascht mich immer noch. Sie haben mich ein paar Tage lang unter Hausarrest gestellt, dann haben sie mich mit dem Zug in den Norden geschickt. Ich hörte, dass ich in Tanger in ein Schiff gesetzt werden sollte. Wahrscheinlich wollte man mich in Frankreich vor Gericht stellen – furchtbar.« Er hob den Blick, bemerkte die Betroffenheit seiner Gäste und lächelte. »Aber die Dinge haben sich ja zum Besseren gewendet, *n'est-ce pas*?«

»Sie sind ihnen entkommen?«, fragte Summerfield und führte eine Gabel Corned Beef zum Mund.

Bassouin schüttelte den Kopf. »Ja, aber das war reines Glück. Aus irgendeinem Grund sind meine beiden Bewacher in Tanger einfach davongelaufen, ich weiß bis heute nicht, weshalb. Sie kehrten mir einfach auf offener Straße den Rücken und gingen fort. Logischerweise habe ich daraufhin dasselbe getan. Nur in die andere Richtung!« Er lachte, und Summerfield und Jeanne stimmten erleichtert ein. »Im Rückblick schätze ich, sie wussten, worum es ging, und konnten es nicht mit vollem Herzen unterstützen. Es hatte ja nichts mit politischen Einstellungen oder mit Sorge um das Vaterland zu tun. Einen Mann zu verhaften, nur weil er Jude ist – das ist skandalös.« Bassouin wiederholte das Wort noch einmal leise und schwieg dann mit einem tiefen Seufzen. Er senkte den Kopf und sah einen Augenblick lang so aus, als würde er im Stillen beten. Summerfield warf Jeanne einen besorgten Blick zu. »Allein aus diesem Grund haben sie sie mitgenommen, wisst ihr«, erklärte Bassouin schließlich.

»Mitgenommen?«, fragte Jeanne.

»Sarah, meine Tochter.« Jeanne lehnte sich zurück, und Summerfield sah, dass ihre linke Hand zitterte. »Gerüchteweise habe ich erfahren, dass sie in ein Lager in der Nähe von Paris gebracht wurde, dann ins Elsass. Damals dachte man noch, es sei nur für ein paar Monate, dann würde die Bedrohung gebannt und der Krieg vorüber sein. Später haben wir erfahren, wofür diese Lager eigentlich gedacht waren.« Bassouin blickte sie mit einem wässrigen Glanz in den Augen an. »Sarah, die das Leben und die Menschen so sehr liebte«, sagte er, obgleich er wusste, wie vergeblich seine Worte waren. »Ich habe keine Hoffnung mehr.«

Jeanne beugte sich vor, sah Summerfield verstohlen an und legte ihre Hand auf Bassouins. Der Blick des Mannes wurde sanft und zärtlich, und er streichelte mit seiner freien Hand leicht ihren Unterarm, fast so, als würde er seine verlorene Tochter trösten. Eine Weile schwiegen alle, dann zog sich Bassouin mit verhärteter Miene wieder zurück und wandte sich an Summerfield.

»Wir müssen dieses Übel bekämpfen, Harry. Bekämpfen und zertreten, wie man ein widerliches Insekt zertritt. Erst dann können wir wieder Ruhe finden und unser Leben erneut aufnehmen.«

Summerfield nickte, Bassouins Worte hatten ihm einen Schauer den Rücken hinuntergejagt. »Jean, ich will Ihnen helfen. Ich weiß nur nicht recht, wie.«

»Können Sie schießen? Oder war die alte Lee Enfield nur Show?«

»Ich kann schießen«, erwiderte Summerfield und mied dabei Bassouins Blick.

»Und Sie haben sie auch bereits im Kampf benutzt, wie ich sehe«, sagte Bassouin mit einem kurzen, traurigen Lächeln. »Ich weiß, wie es sich anfühlt, Harry. Doch wir müssen diese Dinge tun – aus Pflichtgefühl, Angst oder aus reinem Überlebenswillen. Andere erheben die Waffe aus Hass oder aufgrund einer bestimmten Doktrin. Diese Leute sind Verbrecher, seien es Deutsche, Italiener, Vichy-Franzosen oder all die anderen, die von einer wahnhaften Ideologie getrieben sind. Und sie müssen bekämpft werden.«

»Ein hehres Ziel«, bemerkte Summerfield, nicht ohne Ironie. »Womöglich sind solche Ziele bei mir etwas in Vergessenheit geraten. Ich habe schon zu viele Männer sterben sehen.«

»Sie sprechen Englisch, Französisch, Spanisch auch, wenn ich mich nicht irre, und Arabisch. Sie können reiten und schießen. Sie wissen, wie man überlebt.«

»Aber nicht, wie man sich ohne Kompass zurechtfindet«, schnaubte Summerfield mit einem Blick in Jeannes Richtung. »Ich würde mich wahrscheinlich sogar in einem öffentlichen Park verlaufen, Jean. Wir wären da draußen beinahe umgekommen.«

»Dann werden Sie es eben lernen«, erklärte Bassouin kategorisch. »Wissen Sie, was die *LRDG* ist?«

»Wir haben einen gewissen Hauptmann Barnes getroffen«, nickte Summerfield.

»Barnes, ja, ich kenne ihn. Ziemlich britisch«, bemerkte Bassouin mit dem Anflug eines Lächelns.

»Ziemlich.«

»Aber lassen Sie sich von Äußerlichkeiten nicht irreführen. Der Mann ist Berufssoldat und ein Techniker erster Güte. Er war es, der bei der Sebha-Oase die Bahngleise in die Luft gesprengt hat. Ohne ihn hätte Rommel Montgomery gehörig in die Eier getreten. Und das hätte Monty gar nicht gefallen«, fügte Bassouin kopfschüttelnd hinzu. »Die Briten können Ihre Kenntnisse gut gebrauchen, Harry. Und die Freien Franzosen benötigen sie sogar dringend. De Gaulle will, dass wir bei den Kämpfen eine größere Rolle übernehmen. Was wir hier im Tschad über die Wüste verstreut haben, ist erst der Anfang einer Armee, die nicht nur Afrika, sondern auch Frankreich und ganz Europa an der Seite unserer britischen und amerikanischen Verbündeten befreien wird.«

Summerfield sah Bassouin an und dachte über dessen Worte nach. Er spürte Jeannes Blick auf sich ruhen und fragte sich, was sie wohl von alldem hielt. Dies war der Krieg, in den er so lange hatte ziehen wollen. Und was ist mit Raja und den Bergen?, wollte eine Stimme in seinem Inneren wissen. Sein Herz verkrampfte sich – wie sehr er sie doch vermisste.

»Wissen Sie, Jean, ich … ich habe mich verändert. Ich habe das Gefühl, nicht hierher zu gehören – unter all die Weißen.«

Bassouin lächelte und nickte verständnisvoll. »Was hat Barnes Ihnen über die *LRDG* erzählt?«

»Er nannte sie einen zusammengewürfelten Haufen«, erwiderte Summerfield, der an ihre merkwürdige Begegnung zurückdachte.

»Freidenker, Querköpfe, Abenteurer, Liebhaber Nordafrikas und der Wüste«, zählte Bassouin auf. »Keiner von ihnen passt in den Regen, in die stickige Enge Europas. Als wir vor ein paar Monaten Koufa eingenommen haben, wurde ein Stoßtrupp von den italienischen *Saharianas* aufgerieben. Von dreißig Männern kehrten nur zehn zurück – und diese zehn überlebten nicht, weil sie wussten, wie man einen Kompass liest oder mit Artilleriegeschützen umgeht. Sie haben überlebt, weil sie Rebellen sind, weil sie diese große, weite Wüste und deren Bewohner lieben und weil sie weiter dafür kämpfen wollen, sie zu befreien.«

Bassouin schwieg und gab seinen Worten Zeit zu wirken. Er wandte sich unwillkürlich seinem Teller zu und nahm ein paar Bissen, bevor er fortfuhr: »Und was würden Sie denn auch stattdessen tun, Harry? Hierbleiben und vor Langeweile umkommen? Versuchen, nach Marokko zurückzukehren, wo Sie womöglich die Boches oder die Vichy-Patrouillen in die Finger kriegen?«

Summerfield faltete die Hände. An der Wand hinter ihnen tickte eine Uhr. Von irgendwoher drang leise Radiomusik zu ihnen vor.

»Sie waren schon immer ein überzeugender Mann, Jean«, sagte er mit einem schiefen Lächeln.

Bassouin grinste. »Ich kann Ihnen einen Streifen auf der Schulter versprechen, der Sie als Leutnant auszeichnet.«

»Keinen Stern? Dann gehöre ich also zu den Franzosen?«

Bassouin zuckte die Achseln. »Hier sind alle Nationen der Welt vertreten. Sie werden mit Briten, Franzosen, Gabunern, Neuseeländern, Tuareg, Rhodesiern, Senegalesen, Indern und weiß Gott wem noch zusammen kämpfen.«

»Und wenn ich nicht mehr kämpfen will?«, fragte Summerfield und blickte sein Gegenüber direkt an.

Bassouin kaute und dachte ein paar Sekunden lang darüber nach. Er zog die Schultern ein und holte Luft. »Sie bekommen einen offenen Vertrag. Sagen wir, Sie werden den Tuareg gleichgestellt – und sind damit nicht direkt ein Söldner, uns aber auch nicht völlig verpflichtet. Sie kämpfen mit uns für eine gemeinsame Sache, bis es genug ist. Ich werde dafür sorgen, dass Sie die entsprechenden Papiere erhalten.«

Summerfield überlegte noch einen Moment und wägte Bassouins Angebot ab. Er fragte sich, was Raja wohl dazu sagen würde – wie er sie kannte, würde sie ihn wahrscheinlich ausschimpfen –, dann nickte er. »Bis es genug ist«, wiederholte er Bassouins Worte. Dann wandte er sich an Jeanne: »Und was ist mit dir?«

Sie sah ihn überrascht an: »Mit mir?«

»Das ist tatsächlich eine gute Frage«, stimmte Bassouin zu.

»Darüber habe ich noch gar nicht nachgedacht.«

»Möchtest du hierbleiben?«, bot Bassouin ihr an und warf gleich darauf Summerfield einen Blick zu.

Dieser zog die Augenbrauen hoch und schüttelte den Kopf. »Das glaube ich kaum. Für Jeanne hat etwas anderes Vorrang.« Er sah sie an. »Jeanne?«

»Soll ich euch ein paar Minuten lang allein lassen?«, fragte Bassouin die beiden.

Jeanne lächelte schief. »Danke, Jean. Aber das ist nicht nötig, wirklich. Harry und ich haben bereits über die Situation gesprochen. Erinnerst du dich noch an den Tag meiner Verlobung? Ich muss auf Jim warten.«

Bassouin registrierte diese Entscheidung mit einem Schlucken. »Ich kann dich nach Kairo bringen lassen. Dort bist du sicher«, nickte er. Ein paar Sekunden lang herrschte Schweigen, und die Musik von draußen – Jazz – war nun deutlicher zu vernehmen. Dann schnalzte Bassouin mit der Zunge und zeigte mit einer abschließenden Geste, dass nun alles geklärt war. »Harry, ich stelle Sie Ihren neuen Kameraden vor, einem verrückten Haufen Sonderlinge, die das Herz am rechten Fleck haben und obendrein verdammt gute Soldaten sind. Ich denke, Sie werden sich unter ihnen bald heimisch fühlen.«

Bassouin erhob sich, aber noch zögerte Summerfield, ihm zu folgen. Er blieb vor Jeanne stehen, und diese blickte zu ihm auf. Sie sahen sich lange an, dann ergriff sie seine Hand und drückte sie.

»Leb wohl«, sagte Summerfield, zog seine Hand mit einem kurzen Nicken zurück und verschwand.

Als sie draußen auf den Sand des Exerzierplatzes traten, nahm Bassouin Summerfield zur Seite und wirkte plötzlich unsicher.

»Stimmt etwas nicht, Jean? Wollen Sie mich nun doch nicht einberufen?«, fragte Summerfield ironisch.

»Harry, Sie wissen, wie sehr ich Sie schätze. Schon als wir uns bei diesem unsäglichen Diner bei den Lefèvres kennenlernten, mochte ich Sie auf Anhieb gern, weil Sie so ... anders waren.«

»Das beruht auf Gegenseitigkeit«, versicherte Summerfield und runzelte die Stirn. »Aber ich verstehe nicht ganz ...«

»Anderssein«, wiederholte Bassouin wie zu sich selbst. »Ja, ich glaube, das trifft es recht gut. Wissen Sie, ich bin Algerienfranzose, eine französisch-jüdisch-algerische Mischung.«

»Das haben Sie bereits einmal erwähnt«, erwiderte Summerfield, ratloser als zuvor.

»Nun, da meine Tochter Sarah verloren ist«, fuhr Bassouin fort, »und die Lefèvres auf so schreckliche Weise ermordet wurden, was würden Sie davon halten, wenn ich Jeanne bitte, mich als ihren … ihren …«

»… ihren Vater anzusehen?«, half Summerfield ihm.

»Genau«, erwiderte Jean mit gespielter Lässigkeit.

»Nun, ich … ich denke, das wäre eine äußerst liebenswürdige Geste«, antwortete Summerfield, der sich Mühe gab, seine Überraschung zu verbergen. »Und sie hat in der Tat stets erwähnt, wie verbunden sie sich Ihnen fühlt. Sarah war für sie wie eine Schwester. Ich habe die beiden sogar einmal miteinander verwechselt.«

Bassouin lächelte traurig und bedeutete ihm mit einer kleinen Handbewegung, weiter auf das Offizierskasino zuzugehen.

»Sie ist auch anders, nicht wahr?«, fragte Bassouin eigenartigerweise als Nächstes, während sie über den Sand schlenderten.

Summerfield nickte und warf ihm einen Blick zu.

»Eine Schönheit«, bemerkte er. »Sie wirkt nicht wirklich europäisch, zumindest ist sie ein sehr südlicher Typ. Sie hat mir einmal erzählt, wie sie damit zu kämpfen hat. Anscheinend sind ihre Eltern jedes Mal in die Luft gegangen, wenn sie etwas in dieser Hinsicht erwähnt hat.«

Bassouin brummte zustimmend und schien die Umrisse seines Schattens zu betrachten, der neben seinem linken braunen Halbstiefel auf die Erde fiel. »Solche Dinge dürfen nun einmal nicht ausgesprochen werden, verstehen Sie«, erklärte er sachlich.

»Was meinen Sie damit?« Summerfield straffte die Schultern, und sein Blick traf den Bassouins.

»Die Tatsache, dass Jeannes Mutter und ich eine Affäre hatten.«

»Sie wollen sagen …?« Summerfield blieb stehen.

»Ich schätze, das ist jetzt nicht mehr von Bedeutung. Nach allem, was geschehen ist«, fügte Bassouin hinzu und ergriff Summerfields Arm. »Der Krieg, Verrat, Verlust – all das relativiert die Dinge.«

»Wusste Lefèvre davon?«

»Natürlich. Ebenso wie meine Frau. Wir waren uns einig, dass es besser wäre, es totzuschweigen. Es hätte unserem Ansehen als moralische Bewahrer von Recht und Ordnung in den Kolonien nicht gerade gutgetan, oder?« Summerfield schnitt eine Grimasse. »Zumindest war das unser Argument«, fügte Bassouin hinzu. »Arme Agnès, Jeannes Mutter. Ich glaube nicht, dass sie und Philippe-Charles danach noch einmal im selben Bett geschlafen haben. Vermutlich haben sie deshalb keine eigenen Kinder bekommen.«

»Meine Güte«, murmelte Summerfield, dann fiel ihm Jeanne ein. »Und was ist jetzt mit Jeanne?«

»Sie meinen heute? Nun, ich werde es ihr selbstverständlich nicht sagen. Genauso wenig wie Sie.«

Summerfield zog eine Augenbraue hoch und traf auf Bassouins festen Blick. Trotz seiner geringen Körpergröße fühlte sich Summerfield plötzlich ziemlich eingeschüchtert.

»Nein, natürlich nicht.«

»Zumindest … werde ich ihr vorerst nichts sagen«, fuhr Bassouin abwesend fort. »Erst einmal Gras über die Sache wachsen lassen, und so weiter. Aber, wissen Sie, Harry, ich würde sie einfach wahnsinnig gern eines Tages zum Altar führen.« Er lachte, und Summerfield, der von den Enthüllungen noch ganz benommen war, stimmte ein. »Nun, Harry. Da wären wir.«

Summerfield folgte Bassouins Arm, der zum Eingang des Offizierskasinos wies. Auf das Mauerwerk war ein frecher Spruch in großen weißen Buchstaben gemalt worden: *Mit schönem Gruß an Rommel.*

»Bereit, Ihre Kameraden kennenzulernen? Ach übrigens, ich habe noch gar nicht diesen sonderbaren Brauch erwähnt, mit dem sie Neulinge empfangen …«

59

November 1942

Mehrere schwarze Rauchsäulen stiegen über der Stadt Safi an der westmarokkanischen Küste auf, und Summerfield beobachtete fasziniert, wie eine Einheit *F4 F Wildcats* durch sie hindurch- und mit Kurs aufs Inland über ihre Köpfe sowie die Festung, die die Altstadt überragte, hinwegflog. Er warf noch einen letzten Blick durch sein Fernglas auf die verstreuten Häuser und Höfe, die südlichen Vorboten der Stadt, und nickte dann dem Funker zu, er solle den Befehl zum Vorrücken geben. Langsam rollten die sechs verbliebenen Fahrzeuge des LRDG-Spähtrupps, bestehend aus Ford F30s und 30-Zentner-Chevys, in V-Formation auf die ersten Gebäude zu, während die Mündungen ihrer Vickers und Brownings auf das umliegende Gelände gerichtet waren.

Nach zweihundert Metern wurden sie aus einem Schlupfloch hinter einer niedrigen Mauer aus beschossen. Während Summerfield seinem linken Flügel das Zeichen gab, Gas zu geben und auszuschwärmen, schwenkten die beiden Chevys zu seiner Rechten um und kamen in einem eingeübten Manöver zum Stehen, um ihm Feuerschutz zu geben. Im anführenden Jeep rief Summerfield: »Gib Gas!«, und der Fahrer folgte dem Befehl sofort, so dass der kleine Wagen über Kies und Sand auf den versteckten Scharfschützen zupreschte. Als sie noch etwa fünfzig Meter von ihrem Ziel entfernt waren, schoss eine kleine graue Figur mit einer Art Feuerwehrhelm auf dem Kopf hinter der Mauer hervor, warf sein Gewehr beiseite und versuchte, sich in einer nahe gelegenen Hütte in Sicherheit zu bringen. Doch er war in seiner Panik kaum zehn Schritte weit gesprintet, da geriet er in den Kugelhagel der schweren Maschinengewehre und sein Körper wurde regelrecht in Fetzen gerissen. Summerfield ließ den Wagen langsamer werden, begutachtete das Chaos auf der anderen Seite der Mauer und hielt kurz an, um das alte Lebel-Gewehr zu untersuchen, dass der Vichy-Scharfschütze getragen hatte und dessen Schaft von den Kugeln abgerissen worden war. »Vorwärts«, ordnete er an und gab das Zeichen, die Formation erneut zu bilden.

Safi war ein ausgedehntes Fischerdorf, in dem auch Phosphat abgebaut wurde. Die maroden Phosphatwerke und Fischfabriken wirkten neben dem alten Stadtkern fehl am Platz. Aus dem heranfahrenden Jeep heraus hatte Summerfield beides im Blick: die von der Kriegsflotte vom Wasser aus zerstörten Dächer der Fabriken und die alten Gebäude, die sich dicht zusammengedrängt den Berg hinaufwanden, auf dem die Festung das Meer überblickte. An diesem Morgen um 4:30 Uhr waren die Truppen der *Western Task Force,* insgesamt fünfunddreißigtausend amerikanische Soldaten, nach einem dreißigminütigen Bombardement von ihren Schlachtschiffen aus in und um Safi gelandet. Aus der Luft waren der Flugplatz und die Kommunikationswege des Ortes beschossen worden, dann waren die Flugzeuge weitergeflogen, um die aus dem Norden nachrückende Verstärkung der Vichy-Truppen aufzuhalten.

Zur selben Zeit hatte Summerfield hundert Kilometer südlich zugesehen, wie es in der Morgendämmerung aufblitzte, und der Wind hatte das schwache Rumpeln der schweren Geschütze über die Wüstenebene getragen.

Als sie die Stadt erreichten, war sie schon fast vollständig unter alliierter Kontrolle, und der Großteil der Garnison Safis war als Gefangene auf dem Brückenkopf versammelt worden, bewacht von amerikanischen Soldaten. Ein paar verstreute, verzweifelte Vichy-Anhänger waren noch übrig, die im Wabenmuster der Straßen der alten Medina einen sinnlosen Kampf weiterführten.

Überall lag Schutt herum: Reifen, Lattenkisten, Kleidung, Schuhe, Waffen, leere Patronenhülsen, verlassene Fahrzeuge, tote Hunde sowie menschliche Leichname, meist Zivilisten. Während sie wachsam durch die Vororte mit ihren Elendsvierteln fuhren, bis sie die Straßen der Stadt erreicht hatten, ertönte aus der Ferne hin und wieder ein einzelner Gewehrschuss, gefolgt von Maschinengewehrfeuer. Ein heftigerer Knall in der Nähe ließ sie automatisch in Deckung gehen und wies sie darauf hin, dass Minen ausgelegt worden waren. Da sie die Gefahr als akut einschätzten, stiegen Summerfield und zwei Unteroffiziere aus und liefen mit waagrecht ausgestreckten Armen vor den Fahrzeugen her, um nach Stolperdraht und den verräterischen Anzeichen frisch ausgehobener Erde auf der sandigen Straße Ausschau zu halten.

Als sie die geteerten Straßen der Stadt erreicht hatten, führte Summerfield seinen Konvoi auf den Hafen zu. Amerikanische Techniker waren damit beschäftigt, Telefonleitungen zu verlegen und Verteidigungsstellungen zu sichern, während sich Panzer und Infanteriekolonnen, die soeben am gesicherten Hafen von Bord gegangen waren, in die andere Richtung auf die Front zubewegten. Einheimische Marokkaner standen misstrauisch in kleinen Grüppchen an Straßenecken beisammen, unsicher, ob sie diese fremde Invasion begrüßen oder sich doch lieber versteckt halten sollten.

Sie kamen am Rathaus vorbei, an das die ersten amerikanischen Sturmtrupps ein riesiges Sternenbanner gehängt hatten.

Seine Fassade war von Einschlägen durchlöchert. Mehrere Fenster waren schwarz und ausgebrannt, und links neben einer kopflosen Statue lagen die verkohlten Leichen von mehreren Vichy-Soldaten in einer Reihe, bewacht – als würden sie ansonsten wiederauferstehen und fliehen – von einer britischen Einheit mit Bajonetten.

Zwei Straßen weiter hatten sie das Gebäude des Fernsprechamts erreicht, das Hauptquartier der Alliierten. Wie Summerfield sah, musste auch hier der Widerstand heftig gewesen sein. Das Pflaster war übersät mit Tausenden Patronenhülsen, und in der ganzen Straße war nicht ein einziges Fenster intakt geblieben. Auf der Erde hatten sich große, bräunliche Blutpfützen gebildet, und ein gutes Dutzend Leichen lagen, bedeckt mit einer Plane, noch immer dort, wo sie gefallen waren. Auf der Straße vor dem Amt stand das Wrack eines Vichy-Panzers, eines alten R35 von vor dem Krieg, der gegen die amerikanischen Shermans nichts hatte ausrichten können. Als Summerfield und seine Männer daran vorbeikamen, warfen sie einen Blick durch das eigenartige Loch in seiner Wanne und zogen eine Grimasse angesichts dessen, was sie drinnen nur erahnten.

Summerfield verbrachte eine nutzlose Stunde im Hauptquartier. Nachdem er die Sicherheitskontrollen passiert hatte, waren dort einfach zu viele Menschen gewesen, die zu viel zu tun hatten. Als er schon beschlossen hatte, wieder zu gehen, bekam er schließlich die Gelegenheit, dem wachhabenden Sergeant – einem bulligen Mann, dem sein Helm drei Größen zu klein zu sein schien – seine Frage zu stellen. Er erhielt die Antwort, auf die er gehofft hatte.

Summerfield ließ seine Männer zum Hafen fahren, um ihre Vorräte aufzustocken, schulterte seine Maschinenpistole und machte sich zu Fuß auf den Weg.

Die erste Bar war geplündert, und ihre Einrichtung war aus dem offenen Fenster heraus über die halbe Straße verstreut worden. Eine zweite, etwas bescheidene Bar ein paar Häuser weiter schien in einem besseren Zustand. Ein kleiner ausgebleichter und zerfranster Sonnenschirm war in einen Stuhl geklemmt worden, um anzuzeigen, dass sie geöffnet hatte. Summerfield musste lächeln – noch so ein seltsamer Zufall. Er schritt auf die offene Tür zu, nahm seine Kopfbedeckung ab und trat ein.

Der Raum war kühl und so düster, dass Summerfield einen Augenblick brauchte, um sich zurechtzufinden. Als seine Augen sich an das Dämmerlicht gewöhnt hatten, sah er, dass die Wände hellgrün gestrichen waren. Über die Regale mit den Flaschen und Gläsern waren drei hastig entworfene Papierflaggen an die Wand gehängt worden – die amerikanische, die britische und die des Freien Frankreichs.

Die Bar war erstaunlich leer und ruhig: Es saßen darin zwei Navy-Offiziere, die in einer Ecke Zeitschriften lasen und an ihrem Orangensaft nippten, ein amerikanischer Armeehauptmann, der mit dem Kopf auf den verschränkten Armen schlief. Und schließlich der Mann, nach dem er gesucht hatte – ein breitschultriger, gutaussehender Kerl Anfang dreißig, also etwa in Summerfields Alter, der die Uniform eines Majors des *US Intelligence Corps* trug. Er schien auf etwas zu warten und starrte die Wand vor sich an. Seinem Gesichtsausdruck nach zu urteilen wartete er schon seit geraumer Zeit. Summerfield blieb stehen und sah zu, wie der Mann sein Glas hob, den Inhalt begutachtete und es schließlich austrank. In diesem Moment sah der Mann aus strahlend blauen Augen in seine Richtung – der Blick war zuerst unfokussiert, dann fragend, dann ungläubig. Summerfield nickte und musste grinsen.

»Jim Wilding, was um alles in der Welt machst du in diesem Rattenloch?«

Sie umarmten sich, und Wildings anfänglicher Schock verwandelte sich in lautstarke Freude, die den Armeehauptmann aufschrecken ließ. Schließlich bat er Summerfield an seinen Tisch und rief laut nach Alkohol. Die beiden setzten sich und waren eine Weile nicht imstande zu sprechen. Wilding war in guter körperlicher Verfassung, und der elegante Schnitt der US-Offiziersuniform verlieh ihm ein lässig-gepflegtes Aussehen. Doch erst als er den Mund aufmachte, erkannte Summerfield ihn endgültig wieder. Wildings wohlklingende, tiefe Stimme weckte in ihm Erinnerungen an Gibraltar und Marrakesch vor beinahe fünf Jahren und trieb ihm fast die Tränen in die Augen.

»Ich werde nicht sagen, wie sehr wir uns verändert haben, Jim«, meinte Summerfield mit leicht ironischem Tonfall. »Wir treffen uns so selten, dass es einfach zu offensichtlich ist.«

Wilding schüttelte den Kopf. »Liebe Güte, was ist mit dir geschehen, Harry? Wo sollen wir bloß anfangen? Und das mit mir und –« Wilding hielt inne und sah plötzlich gequält aus. »Harry?« Er wandte die Augen ab, sah Summerfield dann wieder direkt an. »Ich fürchte, ich habe schlechte Nachrichten für dich.«

Summerfield erwiderte seinen Blick, bemerkte das Bedauern in den Gesichtszügen des Amerikaners, seinen sorgenvollen Ausdruck.

Er schüttelte den Kopf. »Ich weiß, Jim.« Wilding runzelte die Stirn.

»Ich habe hier etwas für dich.« Summerfield griff in die Innentasche seiner Uniform und zog einen zerfledderten Brief hervor. »Tut mir leid, dass er in solch einem Zustand ist. Er ist ziemlich weit gereist«, erklärte Summerfield mit sanfter Stimme. »Es ist ein Brief für dich, Jim. Geschrieben vor einer ganzen Weile – von Jeanne.« Wildings Augen weiteten sich. »Es geht ihr gut. Sie ist in Sicherheit. In Kairo.«

»Mein Gott …« Wilding schien innerlich zusammenzubrechen, seine Gesichtszüge sackten nach unten.

»Sie braucht dich, Jim. Sie sagt, dass sie dich liebt.«

Zwei Tage später stand Summerfield mit Jim Wilding auf dem Flugplatz und sah zu, wie die *Dakota* vor dem Flug durchgecheckt wurde. Ihre beiden Motoren husteten und brummten und verfielen schließlich in ein gleichmäßiges Dröhnen. Wilding hob seinen Seesack auf.

»Richte ihr Grüße von mir aus«, sagte Summerfield und ergriff die ausgestreckte Hand des Amerikaners.

»Das werde ich, Harry. Ich werde dir auf ewig dankbar sein, für alles, was du für sie – für uns – getan hast.« Summerfield senkte errötend den Blick. »Du bist ein prima Kerl, Harry. Völlig durchgeknallt, aber trotzdem prima.« Sie lachten. »Ich muss los«, meinte Wilding und presste die Lippen aufeinander. »Kairo, ich komme!«

»Pass auf dich auf, Jim. Man sieht sich.«

»Hey – Harry?«, rief Wilding, der sich auf halber Strecke zum Flugzeug noch einmal umdrehte. Er ließ seinen Seesack fallen und legte die Hände trichterförmig um den Mund, um gegen den Lärm anzukommen: »Ich habe dich noch gar nicht gefragt – was machst du jetzt eigentlich?«

»Oh.« Summerfield zögerte und runzelte die Stirn. »Meine Arbeit ist getan. Ich gehe nach Hause, Jim.« Wilding schnitt eine Grimasse und legte eine Hand ans Ohr. »Ich sagte, ich gehe nach Hause«, wiederholte Summerfield.

»Und wohin wäre das?«, rief Wilding verblüfft zurück. Er nahm seinen Seesack erneut auf, ging ein paar Schritte und begann, das Flugzeug zu erklimmen. »Nach England?«

Summerfield schüttelte den Kopf. »Nein. In die Berge.«

»Berge? Hier? Harry, du bist verrückt.«

Summerfield grinste und winkte zum Abschied. »Dort erwartet mich die Hoffnung!«

»Was hast du gesagt? Hoffnung?« Wilding lächelte verwirrt und machte ein Zeichen, dass er nicht sicher war, ob er ihn richtig verstanden hatte.

Summerfield nickte und grinste. »Richtig, Jim – *Hoffnung.*«

60

Viele Jahre später traf der Gipser Achik Radoun in einem Vorort von Marrakesch vor seiner Mittagspause die letzten Vorbereitungen an der Wand, die er gerade bearbeitete. Achik schätzte sich glücklich. Er hatte einen dauerhaften Vertrag mit einem Tochterunternehmen einer französischen Firma mit Sitz in Casablanca und konnte am Ende jedes Monats drei Viertel seines Lohns an seine Eltern und seine Familie schicken. Es war sein dritter Auftrag für sie, der ihn in den Süden des Landes geführt hatte, wo er an der Renovierung eines alten Schulgebäudes mitarbeitete, das in einen dieser Fünf-Sterne-Luxus-Hotelkomplexe für Europäer umgewandelt werden sollte, die in der königlichen Stadt Urlaub machten. Achik hatte noch nie zuvor so viele vergoldete Türknäufe gesehen, wie sie in den Lagerräumen aufgeschichtet waren, solch eine Vielzahl von Containern voller Toiletten und Badewannen, die in all ihrer Raffinesse doch vulgär wirkten. Das alles war dermaßen weit entfernt von jenen Dingen, die sein Land so lange wild und ungezähmt gehalten hatten.

Rafik, Achiks Meister, rief aus den überwucherten Gärten zu ihm hinauf: »Hey, Achik, leg die Arbeit nieder. Es ist Zeit fürs Gebet und danach fürs Essen, mein Freund. Beides kann nicht länger warten!«

Achik rief zurück, er würde sofort kommen, und wollte auch gerade gehen, als seine Gewissenhaftigkeit ihn noch einmal innehalten ließ. Er drehte sich mit einem Stirnrunzeln um.

Der Raum war einst recht klein gewesen. Erst vor zwei Tagen war eine Wand mit Vorschlaghämmern eingerissen worden, so dass an dieser Stelle nun eine erschreckend überdimensionierte Schlafsuite mit angeschlossenem Badezimmer entstehen konnte. Achik betrachtete den verstreut herumliegenden Schutt: die verblassten grünen Tapetenreste, die kaputten Stühle, die Kleidungsfetzen, das verbogene Metall, den zerbrochenen Bilderrahmen mit dem ausgebleichten Schwarzweißfoto einer alten, stattlichen christlichen Nonne. Ihre Lippen umspielte ein schwaches Lächeln, und für Achik sah es so aus, als teilte sie der Kamera mit, sie hüte ein Geheimnis, das außer ihr niemandem bekannt war. Dies musste einmal ihr Zimmer gewesen sein. Was das Gebäude hier wohl einst gewesen sein mochte – vielleicht ein Kloster oder so etwas? Eine Schule? Es stand seit den frühen Siebzigern leer und gehörte zu den letzten Überresten der französischen Herrschaft in der großen, rötlichen Stadt. Und nun wurde Marokko wieder stark, dachte Achik. Stark und voller Touristenpaläste und moderner Toilettensitze. Die Dinge veränderten sich in rasender Geschwindigkeit. Der Wandel vollzog sich so schnell, dass er manche Gegenden seiner Heimatstadt nicht wiedererkannte, wenn er zu seiner Familie zurückkehrte.

Erneut vernahm er Rafiks ungeduldigen, doch wohlmeinenden Ruf von unten. Und wieder wollte Achik ihm folgen, zögerte jedoch. Instinktiv zog es ihn zu der letzten Aufgabe, die er noch erledigen musste, bevor er die Wand am Nachmittag verputzen würde: die Fußleiste. Mit einem Seufzen hob er sein Brecheisen auf, beugte sich hinunter und entfernte das brüchige Holz mit einem einzigen kräftigen Zug. Es löste sich wacklig und geräuschvoll von seinen Nägeln und kippte zu Boden, wo es eine kleine Staubwolke aufwirbelte. Zwischen die Latten, vor denen sich die Fußleiste befunden hatte, war ein Haufen Papiere gesteckt worden. Er bückte sich, schaute sie sich genauer an und zog sie dann heraus. Sein Herz pochte bei dem Gedanken, dass er womöglich ein Bündel versteckter Geldscheine gefunden hatte. Aber nein, es waren bloß alte Briefe. Er verdrehte grinsend die Augen, steckte das Bündel in seine Jackentasche und eilte hinunter zu Rafik.

Spät am Abend, als er schon zu Bett gegangen war, stand Achik noch einmal auf, nahm seine Jacke und holte die Briefe heraus.

Es waren über ein Dutzend, schätzte er, zusammengebunden mit zerfaserndem Bast. Er zog sein Taschenmesser hervor, ließ die Klinge aufschnappen und schnitt das Band sauber durch. Die Blätter rutschten heraus, und er legte sie rasch auf seiner Bettdecke ab. Sie rochen alt und muffig, und die sauberen, exakten Zeilen in französischer Schrift darauf sahen aus, als wären sie mit einem Füllfederhalter niedergeschrieben worden. Er berührte die Briefe und ließ seine Finger auf einem ruhen, der besser erhalten schien als die anderen. Als er ihn auffaltete, riss er an der Kante leicht ein, und Achik hielt ihn einen Augenblick lang in die Luft, bevor er das dünne Papier auf seinen Schoß legte.

»Na, sehen wir mal, was die alte Nonne zu sagen hat«, dachte er. Er kniff die Augen zusammen und versuchte, die Schleifen und Linien zu entziffern:

… ich würde dich so gern nur ein einziges Mal küssen und dir sagen: Ich war derjenige, der diese gereimten Worte an einen Haken gehängt hat, und nun habe ich den Köder der Liebe selbst geschluckt.

Achik sah verblüfft auf und musste lachen. »Unglaublich! Die alte Nonne hatte es faustdick hinter den Ohren!« Er schüttelte den Kopf und fühlte sich wie verzaubert: Welch ein kaltes Opfer an ein Leben voller Einsamkeit und welch ein brennendes Herz, das darin weiterschlägt …

61

Er hatte vergessen, wie es war, wenn der Frühling in den Atlas kam. Es hieß, Gott habe dem Winter vergeben und die Menschen erneut mit den lila Knospen des wilden Thymians, mit Hängen voller Blüten und Tälern voller grüner Triebe gesegnet.

Er erklomm den Pfad, seine Muskeln brannten, und der Schweiß sammelte sich in Tropfen, die ihm Nacken und Rücken, Arme und Beine hinunterliefen. Die Farbenpracht ließ sein Herz überquellen von einem Gefühl der völligen Verbundenheit mit der Welt. Dieses Gefühl linderte die Blasen an seinen Füßen, obwohl er sie durch die zerschlissenen Sohlen seiner Armeestiefel hindurch beständig am Boden wundrieb. Und es stillte den Durst seines ausgetrockneten Mundes.

Er fand den Weg instinktiv, brauchte weder Kompass noch Führer. Er wusste, dass das Tal dort vor ihm lag, noch einen Gipfel und vielleicht noch eine Senke entfernt. Er kämpfte sich durch ein Gestrüpp aus Dornbüschen, zählte noch hundertdreizehn Schritte auf dem schmalen Pfad durch die Steine, dann sah er den Bergrücken seines Tales wenige Meter vor sich und schleppte sich voller Freude, wenn auch unter Schmerzen, auf allen vieren bis zum Gipfel.

Summerfield schloss die Augen. Der Wind blies ihm kühl und stürmisch ins Gesicht, und er erinnerte sich. Das Tal und seine Düfte – der süßliche, trockene Staub, die Olivenpressen, Moschus und Zimt, Cumin und Schweiß, Honig und der metallische Geruch des Brunnenwassers – kehrten zu ihm zurück. Die

Farben und die Menschen, darunter auch jene, die wie Badr gestorben waren, doch vor allen Dingen Raja.

Es war nicht schwer für einen Mann, im Krieg verlorenzugehen. Die Bataillone zogen weiter, und die Nachzügler, die Verletzten, die Deserteure oder Ungläubigen irrten allein durch das zurückgelassene Chaos. Er hatte fünf Monate gebraucht, um in die Berge zurückzugelangen. Er war immer nachts und am frühen Morgen gewandert, hatte die Maschinenpistole der Offiziere wieder gegen eine Lee Enfield, das Gewehr der Soldaten, eingetauscht und diese hauptsächlich aus Berbertradition bei sich behalten. Ein Krieger kehrte nicht ohne Waffe, ohne Trophäe zurück. An manchen Orten hatten sie ihn mit Nahrung versorgt, da sie ihn für einen Befreier hielten. Anderswo waren sie vor ihm weggerannt, da seine blauen Augen und seine zerschlissene Khaki-Uniform bei den Menschen Erinnerungen an Legionäre, Vichy-Soldaten und die deutschen Militäreinheiten weckten, die in den Süden geschickt worden waren, um Pétains Franzosen zu unterstützen. Er hatte einiges an Gewicht verloren, und sein Haar war störend lang geworden. Irgendwann während seiner Reise hatten sich Läuse darin eingenistet, die sich nicht um die Karbolseife scherten, die im Laufe der Wochen stark abnahm und schließlich ganz aufgebraucht war. Nun kratzte er sich ständig. Er ließ die Stoppeln auf seinem Gesicht einfach wachsen. Erst als er in seinem entstehenden Bart die ersten grauen Haare entdeckte, rasierte er sich. Danach behielt er einen Rhythmus bei – vier Tage lang Stoppeln, dann die Rasur –, der ihm anzeigte, wie die Zeit verstrich und wie das Ritual ihn mit jedem Mal weiter in Richtung Südosten brachte, wo seine Heimat war.

Er öffnete die Augen. Einen kurzen Moment lang war er merkwürdig traurig und konnte nicht lächeln, obwohl seine Sinne von dem, was er sah, ganz berauscht waren. Es war das Tal – die große, weite, beeindruckende Kluft in den hohen rosa Bergen; die Heimat der Stämme, die ihn als einen der ihren aufgenommen hatten, die Heimat von Raja, die ihn gerettet hatte, und die Heimat seines Herzens, das ihn hierhergeführt hatte. Er begriff, dass ein so vollkommenes, erfüllendes Glück leicht in Melancholie kippen konnte.

In der Ferne sah er, was er für das Dorf Zemghort hielt: Nur die Schatten seiner rosa Flechtwände zeigten an, wo genau es in den Hängen versteckt lag. Sein eigenes Dorf, Aït Itmolas, befand sich irgendwo unter ihm außerhalb seines Blickfeldes, verborgen hinter der Felsnase, auf der er gerade stand. Weit entfernt sah er kleine Figuren, die sich bewegten. Es waren jedoch nicht die Frauen auf dem Feld, sondern grasende Esel. Es musste gegen drei Uhr nachmittags sein, wenn noch alle Pause machten; kein Wunder, dass er niemanden zu Gesicht bekam. Ein gelber Fink flog über ihn hinweg. Er nahm seinen Mantel, der ihm in den Wintermonaten in den Ebenen als Bettdecke gedient hatte, hängte sich das Gewehr über die Schulter und marschierte los.

Der erste Blick auf die noch etwa dreihundert Meter entfernten Terrassendächer von Aït Itmolas schenkte ihm neue Zuversicht und verscheuchte seine sonderbar kleinmütigen Sorgen. Er hatte sich so dumme Fragen gestellt. Was ist, wenn sie mich vergessen haben? Was ist, wenn sie mich nicht wiedererkennen? Was ist, wenn Raja nicht mehr da ist? Nachdem er sich seinen Weg durch eine Ansammlung großer Kakteen gebahnt hatte, von denen ihm einige bis an die Schultern reichten, trat er auf eine kleine Lichtung und erblickte einen neben einer Pfütze auf dem Felsen hockenden Jungen. Der Kleine keuchte und sprang auf, und auf seinem pausbäckigen Gesicht zeigte sich ein entschlossener und zugleich ängstlicher Ausdruck.

»*Salaam*«, begrüßte ihn Summerfield. »*Labess,* wie geht's?«

Die Augen des Jungen weiteten sich. Er konnte kaum älter als fünf Jahre sein. Er blickte auf Summerfields Schulter und die Gewehrmündung, dann auf sein langes, verfilztes und von der Sonne gebleichtes Haar und auf seine Augen, über denen die Augenbrauen ebenfalls so hell geworden waren, dass man sie kaum noch erkannte. Summerfield trat einen Schritt vor. Eine Sekunde lang wirkte der Junge unentschlossen, dann drehte er sich abrupt um und rannte laut schreiend davon.

»Toll«, sagte Summerfield laut zu sich selbst und stemmte die Hände in die Hüften. »Ich schätze, ich werde noch einmal ganz von vorn anfangen müssen!«

Er schüttelte den Kopf, sammelte sich und setzte seinen Abstieg ins Tal fort. Für ein paar Sekunden erhaschte er einen Blick auf den großen, gedrungenen Turm der Kasbah, die vor drei Jahren sein Gefängnis gewesen war, dann bog er auf dem Pfad nach links ab, der sich um mächtige, moosbedeckte Felsbrocken herumschlängelte und in die Talebene, direkt in ein Zwiebelfeld hineinführte. Die rötlich braun gefärbte Erde war fruchtbar, gut bewässert und blieb sogleich in Klumpen an seinen Stiefeln hängen, was seine Schritte erschwerte.

Er folgte den Bewässerungsgräben, die ihn zu einem blühenden Olivenhain führten. An den Zweigen hingen Wäschestücke zum Trocknen – große Stoffstreifen in Blau, Rubinrot und Schwarz. Sein Herz schlug schneller, er grinste vor freudiger Erregung und warf seinen Mantel beiseite. Er ging auf die Bäume zu, legte sein Gewehr und seinen Rucksack ab und zog seine zerschlissene Armeejacke aus, nachdem er ihre Taschen leergeräumt und deren Inhalt in seine Hosentaschen gesteckt hatte. Dann wandte er sich den gefärbten Stoffbahnen zu und zögerte, wägte ab und wählte schließlich ein indigoblaues Hemd. Er hielt es vor sich, roch den Duft der Olivenseife auf den rauen Hanffasern und überprüfte die Größe. In Ordnung, sagte er sich und zog es über den Kopf.

Er sammelte seine Sachen wieder zusammen. Dann trat er zurück in den Schatten der Bäume. Beim Aufblicken hatte er sie gesehen: Raja. Auf einmal war er schüchtern und voller Selbstzweifel, und er beobachtete, wie Raja mit einer Gruppe Frauen aus einer Tür trat und geradewegs auf ihn zukam. Sie war zierlich, hatte noch immer diesen beschwingten Gang und trug ihren mit Datteln gefüllten Korb mit lässiger Leichtigkeit. Sie hatte einen weißen Kittel übergeworfen, der an manchen Stellen schon ausgebleicht oder grau geworden war, und trug dazu ein blaurot leuchtendes Kopftuch, dessen Pailletten in der Sonne glitzerten. Sie sagte etwas, und das Trällern ihrer Stimme sowie das Lachen der anderen Frauen drangen zu ihm herüber. Raja, die Maulheldin, der Kasper. Raja, die Süße mit dem stürmischen Blick. Raja, die Schönheit mit ihrem olivbraunen Teint und ihren feinen Gesichtszügen. Raja, die nun eine Frau war, die geliebt werden wollte. Summerfield erschauderte – das Gewicht seiner langen Abwesenheit lastete auf ihm, und er musste die aufkommenden Tränen hinunterschlucken. Er verfluchte sich innerlich, da er sich nicht zur Schau stellen wollte. Sie war das Schönste, das die Natur je erschaffen hatte. Er holte tief Luft und trat einen Schritt vor.

Als sie ihren Blick zufällig kurz von ihren Freundinnen abwandte und ihn bemerkte, schien die Welt für einen Augenblick stehenzubleiben. Ein beinahe gequältes Lächeln trat auf ihr Gesicht, dann klappte sie zusammen und fiel auf die Knie.

Summerfield eilte zu ihr, beugte sich hinunter und schloss sie fest in die Arme. Er spürte ihre Schultern, ihre Arme, ihre Brüste. Zwischen Lachen und Weinen schwankend, war sie unfähig zu sprechen. Er legte ihr die Hände auf die Wangen und blickte ihr tief in die Augen. Ihre Lippen suchten einander nicht – sie durften es nicht –, und stattdessen schob Summerfield ihr Kopftuch beiseite, um ihr Haar zu küssen.

»*Habibi* Harry, mein liebster Harry«, flüsterte sie. »Ich dachte schon, ich hätte dich verloren.«

Summerfield drückte sie an seine Brust, als wollte er sie nie mehr loslassen, und atmete ihren Geruch nach Zimt, Moschus und Holzfeuer ein.

»So sicher, wie die Sterne am Himmel stehen, wusste ich, dass ich dich finden würde«, sagte er.

Sich immer noch in den Armen haltend, standen sie auf, als Kinder und andere Neugierige sich nach und nach um sie herum versammelten. Irgendjemand rief: »Der Engländer!« Raja rief ihnen zu, während sie seinen Arm festhielt: »Summerfield ist wieder da, der *Amazigh,* der freie Mann, einer von uns!« Dann wandte sie sich an ihn: »Werden wir ein Haus haben, Harry?«

»Ja, meine Liebste, das werden wir.«

»Und werden wir ein richtiges Bett haben, mein *Amazir*?«

»Ein Bett, das wir wahrscheinlich kaum wieder verlassen können, meine Wilde.«

»Und werden wir Kinder haben, Harry?«

»Viele«, grinste Summerfield und drückte ihren Arm. »Und ich werde ihnen ›Bobby Shaftoe‹ vorsingen, um sie an die englische Küste zu erinnern.«

»Und ich werde ihnen sagen, wie albern und stur du sein kannst.«

»Raja!« Summerfield entzog sich ihr, sah ihr Erstaunen über seinen Tadel und drückte seine einzigartige Frau gleich wieder an sich. »Mit der Hoffnung verwandt ist das Mitgefühl – willst du mir deines denn nicht erweisen? Ich vergaß, dass deine Schönheit sowohl die eines Fuchses als auch die einer Taube ist.«

»Komm, mein Löwe, *Amazir,* wir wollen den Mullah aufsuchen. Er wird sich freuen, denn er hat Zeit gehabt, sich viele weitere großartige Erfindungen für unser Dorf auszudenken.«

Gemeinsam gingen sie über die blassrötliche Erde, während die Kinder um sie herumrannten und Staub aufwirbelten und die Frauen ein Erntelied anstimmten, vorbei an den Bewässerungskanälen, in denen das klare Wasser eilig voranplätscherte. Über alldem färbte sich der Himmel langsam orange, und sie schritten durch die warme, stille Luft des Tales. Im Osten nahmen die steilen Hänge einen Malvefarbton an, im Westen leuchteten sie golden. Es war das Ende einer Reise, das letzte Kapitel eines Buches. Summerfield hielt Raja eng umschlungen, und seine Gedanken wanderten zurück, durch all die Jahre, zu all den Ländern, in denen er gelebt und für die er gekämpft hatte. Zu manch gutem Mann, der böse geworden war, und anderen, die sich gebessert hatten. Es war eigenartig, dachte er, während er die Berge betrachtete und Rajas Wärme spürte, wie sehr die Gegenwart ihn bezauberte.

Dank

Das Schreiben selbst war für mich stets ein Abenteuer und ein wunderbarer Prozess, in dem sich die verschiedenen Stationen eines Lebens zu einem Text und zu einer Geschichte zusammenfügen. Wenn ich auf diese Reise zurückblicke, möchte ich den folgenden Menschen meinen besonderen Dank aussprechen: meinem Großvater, Alfred Suckling, für seine Geschichten aus dem Krieg und für seine Inspiration; Joan und Tom, meiner Mutter und meinem Vater, für alles, was sie gewesen sind; Tim, Jane und Emily – meinen lieben, abenteuerlustigen Kindern; Lydie Keo – meiner Liebe und Unterstützung; Azziz Radouk, meinem marokkanischen Führer und Freund, der mich zu den wahren Menschen der Berge gebracht hat; Ben Mohammed Zoubir, meinem mauretanischen Führer und Freund, mit dem ich in der Wüste manches Abenteuer erlebte; Lahcen Belahcen, einem guten Mann, für seinen Rat und sein Wissen über die Kultur der Araber und Berber; Ashaka, meiner Katze, die mir während des Schreibens von *Tal der Hoffnung* oft Gesellschaft geleistet hat; den Menschen und Kindern des Atlas – die für immer einen Platz in meinem Herzen haben werden; zu guter Letzt Simon Petherick und seinem Juwel, Beautiful Books, bei dem mein Buch zuerst erschienen ist.

KIM EDWARDS
Die Tochter des Fotografen
Roman
Aus dem Amerikanischen
von Silke Haupt und Eric Pütz
540 Seiten
ISBN 978-3-7466-2444-0

»Bezaubernd von der ersten Seite an.« FÜR SIE

Wie kann eine Frau weiterleben, wenn ihr das Kind genommen wird? Wie kann ein Mann weiterleben, der seiner Frau so etwas angetan hat? Bewegend und fesselnd erzählt Kim Edwards die anrührende Geschichte einer Familie, deren Schicksal sich im Bruchteil einer Sekunde unumkehrbar wendet. Ein Roman über Trennungen, Neuanfänge und die Kraft der Liebe.

»Ein Roman zum Bewundern, Betrauern und am Ende Begeistert sein.« BILD AM SONNTAG

»Jeder muss von der außergewöhnlichen Kraft und Wärme dieses Romans tief beeindruckt sein.« THE WASHINGTON POST

Mehr Informationen erhalten Sie unter www.aufbau-verlag.de oder in Ihrer Buchhandlung

atb aufbau taschenbuch

KIM EDWARDS
See der Träume
Roman
Aus dem Amerikanischen
von Gesine Schröder
480 Seiten
ISBN 978-3-7466-2874-5
Auch als E-Book erhältlich

»Dieses Buch strahlt.« BOOKREPORTER

Kurz vor ihrem 30. Geburtstag ist die Weltenbummlerin Lucy Jarrett beruflich und emotional an einem Tiefpunkt angelangt. Kurzfristig beschließt sie, in ihre Heimat nach Upstate New York zu fahren. Doch zu Hause empfangen sie unerwartete und schmerzliche Konflikte: Ihre Mutter beginnt ein Liebesverhältnis, während Lucy den ungeklärten Tod ihres Vaters nie verwunden hat. Auch die Begegnung mit ihrer Jugendliebe rührt alte Gefühle auf. Und plötzlich stößt sie auf ein lange verschüttetes Familiengeheimnis, das immer mehr in die Gegenwart hineinwirkt.
Nach ihrem internationalen Bestseller »Die Tochter des Fotografen« erzählt Kim Edwards in ihrem neuen Roman über Liebe, Verrat und Verlust.

»Spannend wie ein Krimi und herzergreifend wie ein Liebesroman.«
COSMOPOLITAN

Mehr Informationen erhalten Sie unter www.aufbau-verlag.de
oder in Ihrer Buchhandlung

aufbau taschenbuch

ANDREA BUSFIELD
Mauertänzer
Roman
Aus dem Englischen von
Cornelia Hohlfelder-von der Tann
346 Seiten
ISBN 978-3-7466-2601-7

Fawad und wie er die Welt sieht

Für Fawad ist Afghanistan das Land der Abenteuer, der Poesie und der Traditionen – trotz des beschwerlichen Alltags im kriegsgezeichneten Kabul. Als der Elfjährige mit seiner Mutter in eine WG mit westlichen Journalisten zieht, bleibt der Kultur-schock nicht aus: Der trinkfeste James sitzt halbnackt in der Sonne, die blonde May schwärmt für Frauen, und die emanzipierte Georgie liebt einen mächtigen Paschtunen. Fawad will seine Mutter vor diesen Sünden beschützen, zugleich ist er hingerissen von der fremden Lebensweise.

»Dieser Roman geht unter die Haut!« FREUNDIN

Mehr Informationen erhalten Sie unter
www.aufbau-verlag.de oder in Ihrer Buchhandlung

atb aufbau taschenbuch

KIM ECHLIN
In der Mitte des Flusses
Roman
Aus dem kanadischen Englischen
von Claudia Feldmann
272 Seiten
ISBN 978-3-7466-2690-1

Lieben heißt: sich erinnern

Nach über 30 Jahren bricht Anne Greves ihr Schweigen und erzählt von der Liebe ihres Lebens: dem Musiker Serey, den sie in Montreal kennenlernte, bevor er in sein Heimatland zurückkehrte, das vom Krieg gepeinigte Kambodscha. Zehn Jahre vergehen ohne ein Wort von ihm, dann folgt sie dem Ruf ihres Herzens. Wie durch ein Wunder finden sich die Liebenden ein zweites Mal. Doch Serey ist nicht mehr derselbe.

Mehr Informationen erhalten Sie unter www.aufbau-verlag.de oder in Ihrer Buchhandlung

atb aufbau taschenbuch